Judith Lennox
Am Strand von Deauville

Zu diesem Buch

Als die behütete Poppy 1920 in der Sommerfrische in Deauville dem Vagabunden Ralph begegnet, ist sie von seinem Charme überwältigt und schlägt alle Warnungen in den Wind. Die beiden heiraten und bekommen drei Kinder, mit denen sie ein unstetes Leben zwischen französischen Weingütern und italienischen Palazzi führen. Nur Faith, die älteste, sehnt sich nach einem echten Zuhause. Nach dem Einmarsch der Deutschen in Frankreich 1940 ist die Familie gezwungen, zu ihren Wurzeln zurückzukehren und sich in der Heimat England eine neue Existenz aufzubauen. Faith wird Ambulanzfahrerin in London und kümmert sich selbstlos um die Verwundeten. Doch dann begegnet sie Guy, ihrer Jugendliebe, den sie in all den Turbulenzen nie hat vergessen können. Guy ist Arzt geworden – und unglücklich verheiratet ... Ein bewegender Roman über das Schicksal einer Familie in der ereignisreichen ersten Hälfte des 20. Jahrhunderts.

Judith Lennox, in Salisbury geboren, wuchs in einem Cottage in Hampshire auf. Nach dem Studium arbeitete sie unter anderem als Pianistin, bevor sie zu schreiben begann. Mit ihrem Roman »Das Winterhaus« gelang ihr ein Bestsellererfolg, an den sie mit »Tildas Geheimnis« und »Picknick im Schatten« anknüpfte. Zuletzt erschien von ihr »Die Mädchen mit den dunklen Augen«. Sie lebt mit ihrer Familie bei Cambridge.

Judith Lennox
Am Strand von Deauville

Roman

Aus dem Englischen von
Mechtild Sandberg

Piper München Zürich

Von Judith Lennox liegen in der Serie Piper außerdem vor:
Das Winterhaus (2962)
Tildas Geheimnis (3219)
Serafinas später Sieg (3391)
Picknick im Schatten (3463)
Der Garten von Schloß Marigny (6024)

Ungekürzte Taschenbuchausgabe
Juli 2002
© 1998 Judith Lennox
Titel der englischen Originalausgabe:
»Footprints on the Sand«, Corgi Books / Transworld Publishers Ltd.,
London 1998
© der deutschsprachigen Ausgabe:
2001 Piper Verlag GmbH, München
Umschlag / Bildredaktion: Büro Hamburg
Isabel Bünermann, Julia Martinez, Charlotte Wippermann
Umschlagabbildung: John Harris (Agentur Schlück GmbH)
Foto Umschlagrückseite: Peter von Felbert
Satz: KCS Buchholz / Hamburg
Druck und Bindung: Clausen & Bosse, Leck
Printed in Germany   ISBN 3-492-23593-X

www.piper.de

In Erinnerung an meine Mutter

Teil I

DIE SANDBURG

1920 – 1940

1

DAS ERSTE MAL sah sie ihn am Strand. Er stand im Sand und warf seinem Hund einen Stock ins Meer hinaus. Sein emporgeschwungener Arm hing vor einem metallgrauen Himmel. Der Hund paddelte durch das eisige Wasser. Einziges leuchtendes Signal in der grauen Eintönigkeit war sein roter Schal. Sie beobachtete, wie er sich bückte und den Hund streichelte, ohne sich an den Wasserspritzern zu stören, die aus dem Fell aufstoben, als das Tier sich schüttelte. Als er den Stock ein zweites Mal hinausschleuderte, weiter jetzt, drückte sie die Augen zu und sagte zu sich: Wenn er ihn diesmal wiederbringt, suche ich mir einen Beruf. Sie öffnete die Augen wieder. Über den Wellen kaum erkennbar war der Kopf des Hundes, der den Stock zwischen seinen Zähnen hielt. Da wandte sie sich ab und ging ins Hotel zurück.

Es war April, kalt und trübe in Deauville, wo Poppy mit ihrer Mutter und ihren Schwestern Urlaub machte. Wegen des Krieges waren die Vanburghs seit dem Sommer 1914, seit mehr als fünf Jahren also, nicht mehr im Ausland gewesen. Aber Deauville war noch genau so, wie Poppy es in Erinnerung hatte: der lange helle Sandstrand, die Promenade, das Kasino, die Restaurants und Geschäfte. Wären nicht die jungen Männer in den Rollstühlen gewesen, auf der Suche nach einer Sonne, die sich niemals zeigte – Poppy, die es vor Langeweile und Rastlosigkeit fast zerriß, hätte meinen können, immer noch in ihrer ereignislosen edwardianischen Kindheit eingesperrt zu sein.

Das Frühstück im Hotel wurde unweigerlich von den Nörgeleien ihrer Mutter begleitet. »Schrecklich, dieser Kaffee ... nach allem, was wir durchgemacht haben ... und das Brot, eine grauenhafte Farbe ... ach, und die Zimmer, eiskalt ...« Jeden Morgen hätte Poppy, die an die versehrten jungen Männer am Strand denken mußte, am liebsten gesagt: Ja, Mama, aber wenigstens hattest du keine Söhne! Doch sie schwieg und überließ es Rose und Iris, ihre erregte Mutter zu beschwichtigen.

Sie hatte es sich angewöhnt, nach dem Frühstück allein spazierenzugehen. In den Fuchspelz eingepackt, den sie im vergangenen April zum Geburtstag bekommen hatte, ging sie mit langen Schritten am Wasser entlang und ließ sich vom unaufhörlichen Wind das helle Haar ins Gesicht peitschen, während sie darüber nachdachte, was sie mit ihrem Leben anfangen sollte. In zwei Wochen würde sie einundzwanzig werden. Vor drei Jahren war sie von der Schule gegangen, und das einzig Bemerkenswerte an diesen drei Jahren war, wie ihr schien, daß überhaupt nichts passiert war. Selbst wenn sie scharf nachdachte, konnte sie sich nicht an ein einziges besonderes Ereignis erinnern. Sie war weder verlobt noch verheiratet, und der Strom junger Männer, die im Haus der Vanburghs in London vorgesprochen hatten, war mit dem Fortschreiten des Krieges merklich dünner geworden. Sie hatte keinen Beruf und wußte auch keinen, der sie besonders gelockt hätte. Dank der Hinterlassenschaft ihres Vaters, aus der sie ein kleines monatliches Einkommen bezog, brauchte sie nicht für Brot und Lohn zu arbeiten, und sie konnte sich nicht vorstellen, einen der Berufe zu ergreifen, die junge Frauen ihres Alters üblicherweise ausübten – Krankenschwester, Lehrerin, Stenotypistin. Aber irgend etwas mußte sie tun, das war ihr klar. Am Beispiel ihrer älteren Schwestern sah sie nur allzu deutlich, was aus ihr werden würde, wenn sie weiterhin einfach in den Tag hineinlebte. Rose hatte mit siebenundzwanzig bereits die Gewohnheiten und fixen Ideen einer alten Jungfer entwickelt, und Iris, die vierundzwanzig war, beschäftigte sich mit Spiritismus.

Der regenfeuchte Wind und die tiefhängenden Wolken, die den Horizont verwischten, waren bedrückend. Sie haßte Deauville; es schien ihr so ewig gleich und selbstzufrieden wie ihr Zuhause. Dreimal täglich der Marsch am Strand entlang – vor dem Frühstück, nach dem Mittagessen, vor dem Abendessen! Poppy schlug die Absätze ihrer Schuhe tief in den feuchten Sand, als könnte sie durch die Veränderung dieser Mikrolandschaft das eingefahrene Einerlei ihres Lebens ändern.

Das zweite Mal sah sie ihn an einem kalten Freitagmorgen. Er baute eine Sandburg. Wegen des ungewöhnlich kühlen Wetters und der frühen Stunde war der Strand leer bis auf sie und ihn und den Hund, der am Wasser herumtollte. Die Burg wuchs unter seinen Händen zu einem spektakulären Bauwerk mit Türmen, Zinnen und Brücken, die Mauern verziert mit Muscheln und Seetang. Es war die schönste Sandburg, die Poppy je gesehen hatte. Sie fand es erstaunlich, daß ein erwachsener Mensch bereit war, so viel Energie in etwas zu stecken, das so kurzlebig war.

Er war groß und kräftig, sein Haar einige Nuancen dunkler als ihr eigenes, und seine großen Hände formten den Sand mit Zartheit. Sein Mantel war lang und schwer und hatte einen Persianerkragen. Der scharlachrote Schal, der locker um seinen Hals lag, flatterte im Wind, und auf dem Kopf trug er einen schwarzen Schlapphut, der unverkennbar bessere Tage gesehen hatte. Gewiß, daß er, in seine Arbeit vertieft, ihre Anwesenheit nicht bemerkt hatte, beobachtete sie ihn, wie er flache Muscheln in ockerbraune Mauern drückte. Faszinierend, mit welcher Hingabe er sich diesem kindlichen Unternehmen widmete! Ihrer

Schätzung nach war er mindestens zehn Jahre älter als sie. Schon wollte sie ihn auslachen, insgeheim über ihn spotten – aber da durchbrach ein Licht die graue Wolkendecke, der erste Sonnenstrahl seit zwei Wochen, und fiel golden auf die Türme und Zinnen, so daß die Burg flüchtig zu märchenhaftem Leben zu erwachen schien.

Poppy wandte sich ab, überrascht von den Tränen, die ihr in die Augen sprangen, und als sie davonging, hörte sie ihn hinter sich rufen: »Es fehlen noch ein paar Fahnen, finden Sie nicht auch?«

Sie blickte zurück. Er stand aufrecht, die Hände in den Taschen, und sah ihr nach. Sie war es schon gewöhnt, daß Männer sie so ansahen, und stellte nur den Kragen ihres Mantels auf, ehe sie hocherhobenen Kopfes weiterging.

Aber allein in dem Hotelzimmer, das sie mit ihren älteren Schwestern teilte, ertappte sie sich dabei, daß sie Fahnen, Flaggen, Banner auf das Hotelschreibpapier kritzelte. Und später, vor dem Abendessen, schob sie heimlich einen Cocktailspieß aus ihrem Glas in ihren Handschuh. Albern, sagte sie sich. Morgen würde die Sandburg verschwunden sein, fortgespült von der Flut.

Als sie am nächsten Morgen erwachte, wurde ihr augenblicklich bewußt, daß sich etwas verändert hatte. Die grauen Wolken waren hellem Sonnenlicht gewichen, das durch die Ritzen der Läden ins Zimmer strömte. Ein breiter Streifen weißen Lichts lag auf dem blankpolierten Fußboden. Poppy stand auf und kleidete sich an. Sie spürte die Wärme auf ihren nackten Armen und ihrem Kopf, als sie aus dem Hotel trat und die Promenade hinunterlief.

Er war da. Es war nicht dieselbe Burg, es war eine neue, größer und noch prachtvoller. Sie nahm die Papierfähnchen aus der Tasche.

»Hier«, sagte sie, und er sah zu ihr auf und lachte.

»Sie müssen bestimmen, wo sie hinsollen.«

Sie stieß einen Cocktailspieß in einen Turm, einen zweiten in die Ecke der Wehrmauer. Dann lief sie zum Hotel zurück, zu ihrer nörgelnden Mutter und ihren langweiligen Schwestern.

Vorgeblich waren sie wegen der Gesundheit ihrer Mutter nach Deauville gereist; in Wirklichkeit, vermutete Poppy, weil ihre Mutter hoffte, unter den anderen Briten, die hier Urlaub machten, geeignete Ehemänner für ihre drei unverheirateten Töchter zu finden. Iris war einmal verlobt gewesen, aber ihr Bräutigam war 1916 in der Schlacht an der Somme gefallen.

»Sie hat eine Fotografie von Arthur, aber das Bild ist ihm nicht sehr ähnlich, und jetzt kann sie sich eigentlich gar nicht mehr erinnern, wie er ausgesehen hat«, sagte Poppy eines Tages zu Ralph. Nur war er da noch nicht Ralph, sondern noch Mr. Mulgrave.

Sie gingen am Wasser entlang. Er war immer da, wenn sie zu ihrem Morgenspaziergang kam, und sie waren ganz von selbst miteinander ins Gespräch gekommen. In der warmen Frühlingssonne hatte er Mantel und Schal abgelegt und trug nur ein Jackett mit Flicken an den Ellbogen.

Poppy sagte etwas zaghaft: »Und Sie, Mr. Mulgrave? Haben Sie auch ...?«

Er verstand nicht gleich, dann lachte er erheitert. »Für König und Vaterland gekämpft? Um Gottes willen, nein. Eine schauderhafte Vorstellung.«

»Oh!« Sie dachte an die Plakate, die sie gesehen hatte (»Dein Land braucht dich!«), an Drückeberger und gewisse Zeitungsartikel, die sie gelesen hatte. »Waren Sie ein Verweigerer aus Gewissensgründen?«

Er lachte aus vollem Hals. »Das ist so ziemlich das einzige, was noch schlimmer ist, als in einem Schützengraben zu hocken und sich bombardieren zu lassen – aus Gewissensgründen bei Wasser und Brot in einer kalten Gefängniszelle zu hocken.«

Sie hatten vor einem kleinen Café angehalten. »Ich habe mörderische Kopfschmerzen«, sagte er. »Wollen wir einen Kaffee trinken?«

Poppy wußte, daß sie Ralph Mulgrave, wenn sie sich von ihm zum Kaffee einladen ließ, etwas gestattete, was die Grenzen ihrer Freundschaft sprengte; etwas, das nicht mehr akzeptabel war. Sie hatte ihrer Mutter nichts von Ralph Mulgrave erzählt; er war, sagte sie sich, nichts weiter als ein netter Mensch, mit dem sie sich hier die Zeit verkürzte.

Das Café war düster und schmuddelig, sehr französisch, nicht die Art von Lokal, dessen Besuch Mrs. Vanburgh ihren Töchtern erlaubt hätte. Ralph bestellte Kaffee und für sich einen Brandy dazu. »Gegen den Kater«, erklärte er, und Poppy lächelte, ohne zu verstehen. Dann sagte er: »Ich bin die letzten Jahre viel auf Reisen gewesen. Mexiko – Brasilien – die pazifischen Inseln ...«

»Oh, wie aufregend!« rief Poppy und ärgerte sich, daß sie sich wie ein naives kleines Schulmädchen anhörte. »Ich wollte immer reisen, aber ich bin nie über Deauville hinausgekommen.«

»Entsetzliches Pflaster«, erklärte er. »Ich hasse den ganzen verdammten Norden – da bekommt man doch nur Asthma.«

Es gelang Poppy, ihren Schock darüber zu verbergen, daß es wagte, in ihrer Anwesenheit zu fluchen.

»In Brasilien habe ich eine Zeitlang in einem Zinkbergwerk gearbeitet«, berichtete Ralph weiter. »Man kann da ein Vermögen verdienen, aber meine Lunge hat es auf die Dauer nicht mitgemacht. Und ich habe einen Roman geschrieben.«

»Einen Roman! Wie heißt er?«

»*Nymphe, mein Engel.*« Er löffelte Zucker in seinen Kaffee.

Poppy riß die Augen auf. Die Vanburghs waren weder

eine besonders kulturbeflissene noch an modischen Trends interessierte Familie, aber sogar sie hatte von dem Roman gehört. Sie erinnerte sich an Onkel Simons entrüstetes Gestammel, als er über das Buch gesprochen hatte.

»Was Sie alles schon gemacht haben!«

Ralph zuckte die Achseln. »Na ja, es hat mir ein bißchen Geld eingebracht. Aber ich bin kein großer Schriftsteller, wenn ich ehrlich sein soll. Ich male lieber.«

»Sie sind Maler?«

»Ich zeichne gern.« Er kramte in seiner Tasche und brachte einen Bleistiftstummel zum Vorschein. Den Blick scharf auf Poppy gerichtet, begann er auf den freien Rand der Speisekarte zu zeichnen. Plötzlich nervös, meinte Poppy, die Pause im Gespräch überbrücken zu müssen.

»Rose wollte gern als Landarbeiterin aushelfen, aber Mama hat es ihr nicht erlaubt, und Iris hat eine Zeitlang im Krankenhaus gearbeitet, aber sie fand das sehr anstrengend. Ich wollte auch etwas tun, und als ich mit der Schule fertig war, habe ich beim Verbandrollen geholfen, aber ich war ziemlich ungeschickt. Die Dinger haben sich immer wieder aufgewickelt. Und jetzt weiß ich überhaupt nicht, was ich tun soll – ich meine, Frauen, die Busse oder Traktoren fahren, gibt es jetzt ja nicht mehr, nicht wahr. Ich könnte wahrscheinlich Lehrerin oder Krankenschwester werden, aber ich weiß gar nicht, ob es dazu bei mir reicht, und Mama wäre es sowieso nicht recht. Ich sollte heiraten, nur gibt's ja fast keine jungen Männer mehr, und –«

Sie schlug sich mit der Hand auf den Mund und brach ab.

Er sah sie an und sagte ruhig: »Aber natürlich werden Sie heiraten. Schöne Frauen finden immer einen Ehemann.« Dann drehte er die Speisekarte um, so daß sie die Skizze sehen konnte, die er in der einen Ecke aufs Papier geworfen hatte. Das herzförmige Gesicht von hellen

Locken umrahmt, die großen, runden Augen und der volle Mund, der so gar nicht der Mode entsprach. Es erschreckte und erregte sie, sich zu sehen, wie er sie sah.

»Oh!« stieß sie atemlos hervor. »Sie sind wirklich gut.«

Ralph schüttelte den Kopf. »Ich wollte Maler werden, aber es hat nicht hingehauen.« Er riß die Ecke der Speisekarte ab und überreichte sie ihr. »Ihr Bild, Miss Vanburgh.«

Die seltenen Male, die Poppy fähig war, klar zu denken (wenn sie nicht damit beschäftigt war, sich sein Gesicht vor Augen oder seine Worte ins Gedächtnis zu rufen), erschreckte sie die Erkenntnis, wie leicht sie sich auf verbotenes Terrain hatte locken lassen. Die Besuche in dem kleinen Café wurden zur Gewohnheit; eines Tages sagte Ralph nicht Miss Vanburgh, sondern Poppy zu ihr, und sie ihrerseits nannte ihn Ralph. Er führte sie in ein anderes Café, tiefer im Gewirr der Hintergassen der Stadt, wo Freunde ihn umarmten und sie mit Küssen und Komplimenten empfingen. Er erzählte ihr von sich: daß er mit sechzehn aus dem Internat durchgebrannt und seither nie wieder nach England zurückgekehrt war. Er war in ganz Europa herumgereist, hatte in Scheunen und Straßengräben genächtigt und war dann weitergezogen bis nach Afrika und zu den Inseln im Pazifischen Ozean.

Ralph haßte England und alles, was es verkörperte. Er haßte den ewigen grauen Nieselregen, die puritanischen Schuldgefühle der Engländer bei jeglichem Genuß, die Selbstgefälligkeit, mit der sie an ihre Überlegenheit glaubten. Sein großes Ziel war es, genug Geld zu sparen, um sich einen Schoner kaufen zu können. Mit dem wollte er auf dem Mittelmeer herumschippern und nebenbei mit Wein handeln. Er war ein Mensch, der leicht Freundschaften schloß, aber das wußte Poppy schon – wenn sie mit Ralph durch Deauville bummelte, winkten ihnen praktisch an jeder Ecke irgend jemand zu. Er war amüsant, intelligent, sensibel und unkonventionell, und sie wußte auch, daß sie sich auf den ersten Blick in ihn verliebt hatte, an dem Morgen schon, als sie ihn mit seinem Hund beobachtet hatte. Daß außer ihr alle Welt ihn zu lieben schien, fand sie befriedigend und beunruhigend zugleich: Einerseits war es ihr Bestätigung, daß sie ihre Zuneigung nicht an den Falschen verschwendete; andererseits schloß es nicht aus, daß ihre Liebe, die so einzigartig, so außergewöhnlich schien, dies gar nicht war.

Eines Tages entwischte sie ihrer Mutter und ihren Schwestern gleich nach dem Mittagessen, um sich in der Straße hinter dem Hotel mit Ralph zu treffen. Er hatte ein Automobil gemietet, einen blitzenden cremefarbenen Wagen mit offenem Verdeck, in dem er mit ihr die Küste hinunterfuhr, um ihr eine Kostprobe der ausgefalleneren Vergnügungen zu geben, die Trouville zu bieten hatten. Er wolle mit ihr eine Freundin besuchen, erklärte er, eine weißrussische Gräfin, die in einem hohen, schmalbrüstigen und recht baufälligen alten Haus in einer etwas finsteren Seitenstraße wohnte. Er machte Poppy mit Elena bekannt, die dunkel, exotisch und alterslos war, ganz wie man es von einer weißrussischen Gräfin erwartete. Die Party im Haus, die bereits seit mehr als vierundzwanzig Stunden im Gange war, hatte nichts mit den Festen gemein, die Poppy bisher erlebt hatte. Ihrer Erfahrung nach waren größere Festlichkeiten steife und förmliche Angelegenheiten, bei denen man nur seine Limonade zu verschütten, eine falsche Bemerkung zu machen oder einmal zu oft mit demselben Partner zu tanzen brauchte, um sich gesellschaftlich unmöglich zu machen. Hier wurde ihr Champagner gereicht, nicht Limonade. Hier irrte sie sich in der Tür, als sie ins Badezimmer wollte, und geriet in ein Schlafzimmer, in dem sich ein Pärchen in inniger Umschlingung auf einer karminroten Chaiselongue räkelte. Hier tanzte sie den ganzen Nachmittag mit Ralph, ihren Kopf an seine Schulter gedrückt, während er mit seinen großen, zarten Händen ihren Rücken streichelte.

Auf der Rückfahrt nach Deauville sagte sie: »Ich kann dich morgen nicht treffen, Ralph. Es ist mein einundzwanzigster Geburtstag, und ich muß den Tag mit Mama und meinen Schwestern verbringen.«

Er runzelte ein wenig die Stirn, sagte aber nichts, und sie fügte ziemlich verzweifelt hinzu: »Und in ein paar Tagen reisen wir nach Hause.«

»Willst du das?«

»Natürlich nicht! Aber ich muß.«

»Wieso?«

Die Wirkung des Champagners hatte nachgelassen. Sie war müde und hatte Kopfschmerzen. »Was soll ich denn sonst tun?«

»Du könntest hierbleiben. Bei mir.«

Das Herz klopfte ihr plötzlich bis zum Hals. »Wie denn?« flüsterte sie.

»Du bleibst einfach. Du fährst nicht zurück. So habe ich es gemacht.«

Sie wollte sagen: Du hast gut reden, du bist ein Mann, aber sie kam nicht dazu, weil sie gerade in die Straße eingebogen waren, die zum Hotel führte, und dort auf dem Trottoir wie drei Rachegöttinnen ihre Mutter und ihre beiden Schwestern warteten.

Im dichten Verkehr war kein Entrinnen möglich. Poppy war drauf und dran, unter den Sitz zu kriechen, aber Ralph hielt sie zurück. »Ich werde mich vorstellen«, sagte er selbstsicher und warf seine Zigarette aus dem Wagen, bevor er neben Mrs. Vanburgh und ihren Töchtern anhielt.

Für Poppy war es ein Alptraum. Ralph ließ seinen ganzen Charme spielen, sprach mit tadellosem Akzent und fluchte nicht ein einziges Mal, doch Mrs. Vanburgh durchschaute ihn. Solange sie auf der Straße standen, wahrte sie die Form, doch im Hotel kannte sie kein Pardon mehr. Poppy sagte manchmal die Wahrheit (Ralph komme aus einer angesehenen englischen Familie) und log häufig (sie hätten sich nur ein-, zweimal getroffen und lediglich eine kurze Spritztour durch Deauville gemacht), aber ihre Mutter witterte mit Recht das Schlimmste. Auf scharfe Fragen über Ralphs berufliche Laufbahn, seinen Wohnort und seine Pläne für die Zukunft mußte Poppy schniefend und schnüffelnd eingestehen, daß er keinen festen Wohnsitz hatte und unter anderem als Fremdenführer, Flugzeugführer und Bootsbauer gearbeitet hatte. »Ein Hans Dampf in allen Gassen, der nichts Richtiges gelernt hat«, stellte Mrs. Vanburgh mit verächtlich gekräuselten Lippen fest, dabei hatte Poppy ihr noch tunlichst verschwiegen, daß Ralph eine Zeitlang in Menton als Eintänzer sein Geld verdient und sich einen Winter lang als Zuckerrübendieb vor dem Verhungern gerettet hatte.

Wäre nicht am folgenden Tag Poppys Geburtstag gewesen, sie hätten noch am selben Abend den Zug nach Calais bestiegen, um nach England zurückzukehren. So aber blieben sie, und Poppy ließ die Feier, eine steife, lustlose Angelegenheit, die ihre Krönung in einem Anstandsbesuch bei zwei älteren Damen fand, die Mama noch aus ihrer Schulzeit kannte, gottergeben über sich ergehen. Obwohl alle so taten, als wären die schändlichen Ereignisse des Vortags nicht gewesen, blieb eine unerfreuliche Spannung in der Luft.

Poppy hatte auf ein Zeichen von Ralph gehofft – Blumen vielleicht –, aber es kam nichts. Er wußte, daß sie Geburtstag hatte, aber er rührte sich nicht. Ihr taten die Kiefermuskeln weh von der Anstrengung des ewigen krampfhaften Lächelns, und als sie auf ihre erneute Anfrage am Empfang des Hotels hörte, daß niemand eine Nachricht für sie hinterlassen hatte, war ihr, als hätte sie einen Messerstich ins Herz erhalten.

Als sie bis zum Abendessen noch immer nicht von ihm gehört hatte, war ihr klar, daß entweder ihre Mutter ihn vergrault hatte oder seine Absichten von Anfang an nicht ehrlich gewesen waren. Vielleicht hatte sie sich nur eingebildet, Ralph mache sich mehr aus ihr als aus all den anderen Frauen, mit denen er befreundet war. Was sollte ein attraktiver und erfahrener Mann wie Ralph Mulgrave schon in einem naiven Ding wie Poppy Vanburgh sehen? Morgen würden sie nach England zurückkehren. Sie konnte sich ihres Lebens dort kaum erinnern – es erschien ihr wie ein Traum –, aber sie konnte sich die Leere vorstellen, die auf sie wartete. Tränen brannten ihr in den Augen, aber sie drängte sie zurück. Als das Abendessen vorüber war, ihre Mutter verstohlen gähnte und Iris und Rose es kaum erwarten konnten, sich zum Bridge mit dem Colonel und seinem Bruder zusammenzusetzen, stand Poppy auf.

»Ich gehe noch einmal ans Meer, Mama. Ich möchte zum Abschied ein letztes Mal den Sonnenuntergang sehen.«

Ehe ihre Mutter sie aufhalten konnte, verließ sie den Saal. Der Wind draußen hatte aufgefrischt. Sie schlang fröstelnd ihre bloßen Arme um ihren Oberkörper. In rotgoldener Glut ging am Horizont die Sonne unter und übergoß das gekräuselte Wasser und die Federwolken mit ihren Farben. Poppy blickte lange abschiednehmend zum Meer hinaus, und als sie sich schließlich herumdrehte, sah sie ihn hinter sich stehen.

»Ralph! Ich dachte, du würdest nicht mehr kommen.«

»Es ist doch dein Geburtstag«, entgegnete er. »Ich habe dir ein Geschenk mitgebracht.« Er hielt ihr ein gefaltetes Blatt Papier hin.

Sie glaubte, es wäre wieder eine Skizze, aber als sie das Papier aufschlug, sah sie, daß es ein Formular war, sehr amtlich und ganz in Französisch. In ihrer Verwirrtheit verstand sie kein Wort des Gedruckten.

»Es ist eine Heiratserlaubnis, eine Sondergenehmigung«, sagte er. »Ich bin dafür heute eigens nach Paris gefahren.«

Sprachlos starrte sie ihn an.

»Wir können uns morgen nachmittag trauen lassen. Und dann können wir in den Süden reisen. Ich habe eine ganz fabelhafte Idee, weißt du. Wasserkühler. Mit Wasserkühlern kann man bestimmt ein Vermögen verdienen.«

»Ralph«, sagte sie leise. »Ich kann doch nicht –«

»Natürlich kannst du.« Er umschloß ihr Gesicht mit seinen Händen und hob es leicht an. »Ich habe es dir doch gesagt, Poppy, Liebste. Du gehst einfach. Du packst ein paar Sachen ein und deinen Paß und gehst.«

»Das wird Mama niemals erlauben –«

»Du brauchst die Erlaubnis deiner Mutter nicht. Du bist einundzwanzig.« Ralph küßte sie auf die Stirn. »Es liegt jetzt allein an dir, Poppy. Wenn es dir lieber ist, brauchst du mich nur fortzuschicken. Dann gehe ich, und du siehst mich nie wieder. Oder du kannst mit mir kommen. Bitte, komm mit. Ich zeige dir die schönsten Flecken der Erde. Dir wird nie wieder kalt sein, du wirst dich nie wieder langweilen, du wirst nie wieder einsam sein. Bitte sag, daß du mitkommst.«

Das Blatt Papier zitterte in ihrer Hand. »Oh, Ralph«, flüsterte sie, dann lief sie ins Hotel zurück.

In dieser Nacht verlor Poppy ihre Unschuld in einem Hotel irgendwo zwischen Deauville und Paris. Am nächsten Tag wurden sie getraut und reisten sofort nach Süden weiter. In Zimmern, deren Läden dicht geschlossen waren, um die sengende Glut der südlichen Sonne abzuwehren, liebten sie sich.

Ralph hielt sein Versprechen: Poppy sah die provenzalischen Hügel und die herrlichen Strände der Côte d'Azur. Sie langweilte sich nie, sie fühlte sich niemals einsam. Die

Geburt ihrer Tochter Faith im Dezember, knapp neun Monate später, besiegelte ihr Glück. Inzwischen lebten sie in Italien, in einem großen umbrischen Bauernhaus. In den mageren Monaten hielten sie sich mit Poppys Einkommen und den Tantiemen von Ralphs Buch über Wasser. Ralph war damit beschäftigt, den Wasserkühler zu perfektionieren, der ihm so viel einbringen sollte, daß er sich den ersehnten Schoner würde kaufen können. Poppy stellte sich vor, wie sie durch blaue Gewässer segelten, das Kind im Schatten eines Sonnenschirms in einem Moseskörbchen an Deck. In den frühen Morgenstunden, wenn sie noch im Bett lagen und das Sonnenlicht in weißen Streifen durch die Ritzen der Läden fiel, pflegte Ralph Poppy in die Arme zu nehmen und ihr die Route zu beschreiben, die der Schoner auf dem Mittelmeer nehmen würde. »Neapel, Sardinien ... und dann Zakynthos – Zakynthos ist die schönste Insel, die du dir vorstellen kannst, Poppy.« Vor ihrem geistigen Auge sah sie den weißen Sand und die türkisgrünen Wellen.

Häufig kamen Freunde von Ralph zu Besuch. Manchmal blieben sie ein paar Tage, oft mehrere Monate. Ralph war großzügig mit seiner Zeit, seiner Gesellschaft, seiner Gastfreundschaft, und im Haus herrschte stets geräuschvolles Leben. Als sie im April nach Griechenland gingen, waren Ralphs Freunde mit von der Partie, litten mit ihnen auf der stürmischen Überfahrt, schwatzten und lachten mit ihnen, während sie auf Mulis durch die felsigen Hügel des Isthmus ritten. Poppy, die daheim in London kaum je die Küche hatte betreten dürfen, hatte mittlerweile gelernt, wie man Paella und Frittata machte, wie man Braten schmorte und Soßen würzte. Sie kochte gern, aber Hausarbeit war ihr ein Greuel. So lebte man denn in einem freundschaftlichen Chaos, in dem für den Magen gut gesorgt war.

Ein Jahr später kam Jake auf die Welt. Er war ein lebhaftes, anstrengendes Kind, das kaum Schlaf brauchte. Sie waren inzwischen wieder in Italien, diesmal in Neapel. Der Wasserkühler war kein Erfolg gewesen, und sie hatten daher den Kauf des Schoners aufschieben müssen. Nun lebten sie zusammen mit zwei Töpfern in einem alten Miethaus mit großen, düsteren Zimmern, in denen es nach frischem Ton und Farbe roch. Ralph war für die finanzielle Seite des Töpfergeschäfts zuständig. Seine Freunde, denen Poppy den Spitznamen »die Untermieter« gegeben hatte, waren ihm und seiner Familie nach Neapel gefolgt. Poppy hatte derweilen erkannt, daß Ralph ein Mensch der Extreme war. Er hatte keine Bekannten – er liebte den anderen entweder von ganzem Herzen, oder er lehnte ihn rundweg ab. Bei denen, die er liebte, kannte seine Großzügigkeit keine Grenzen. Er besaß die Gabe, jedem seiner Freunde das Gefühl zu vermitteln, er wäre der wichtigste Mensch in seinem Leben. Er liebte, stellte Poppy fest, wie ein Kind – kritiklos und ohne Vorbehalte. Sie hielt sich vor, ihre Eifersucht auf die »Untermieter« sei absurd, ein Zeichen beschämender Engherzigkeit.

Nicole wurde 1923 geboren. Die Entbindung war schwierig und langwierig. Zum ersten Mal seit ihrer Heirat weinte Poppy nach ihrer Mutter. Nach der Geburt ging es ihr nicht gut. Ralph übernahm es, das Neugeborene zu versorgen. Er liebte Nicole abgöttisch und erklärte sie unverzüglich zum hübschesten und intelligentesten seiner drei Kinder.

Als Poppy sich wieder ganz erholt hatte, übersiedelte die Familie Mulgrave nach Frankreich, wo Ralph eine Bar pachtete. Da seine vorherigen Geschäftspartner, die beiden Töpfer, sich mit dem Gewinn aus dem gemeinsamen Unternehmen aus dem Staub gemacht hatten, waren er und Poppy nun so knapp bei Kasse, daß sie es sich nicht leisten konnten, eine Köchin oder eine Kinderfrau zu engagieren. Poppy stand stundenlang in der Küche und kochte Eintopfgerichte aus Knochen und Suppenhühnern, während die Kinder unbeaufsichtigt blieben und eine Dummheit nach der anderen machten. Manchmal war sie so todmüde, daß sie am Herd einschlief. Sie begann sich über die »Untermieter« zu ärgern, die den Gewinn aus der Bar vertranken, aber als sie sich bei Ralph darüber beklagte, sagte der nur verdutzt: »Aber das sind doch meine *Freunde*, Poppy!« Es gab einen erbitterten Streit.

Genya de Bainville, eine alte Freundin von Ralph, rettete sie. Nachdem sie von ihrer Ankunft in der Nachbarschaft gehört hatte, suchte sie eines Tages die Bar auf, sah Poppys graues Gesicht und Ralphs verdrossene Miene und lud die ganze Familie auf ihr Schloß ein. Sie war eine polnische Emigrantin, die einen wohlhabenden Franzosen geheiratet und nach seinem Tod das Schloß La Rouilly geerbt hatte. Spuren früherer Schönheit waren auch heute noch in ihrem schmalen Gesicht mit den hohen Wangenknochen zu erkennen, aber die südliche Hitze hatte den zarten Teint verbrannt, und er war so spröde und furchig geworden wie die Felder und Weingärten ihres Guts. Auch von ihrem früheren Reichtum war nicht viel geblieben. Große Teile von La Rouilly waren baufällig, und obwohl Genya über Sechzig war, half sie, genau wie die Mulgraves, bei der Weinlese.

La Rouilly war ein quadratischer Bau mit vielen Fenstern, von deren grünen Schlagläden fast die gesamte Farbe abgeblättert war. Die Rasenflächen waren gelb und vertrocknet, der Garten eine Wildnis aus krankheitsbefallenen Begonien und Rosen, die gewaltige Mengen Blätter, aber kaum Blüten trieben. Hinter dem Schloß lag ein brackiger grüner Weiher, jenseits davon Wald. Weinstöcke überzogen die Hänge der sanftgewellten Hügel.

Poppy liebte La Rouilly. Sie hätte für immer hier leben mögen und gern ihre Tage damit zugebracht, Sarah, der Köchin, in der riesigen Küche zur Hand zu gehen, oder draußen Blumen und Früchte zu ziehen. Kinder und »Untermieter« waren in den vielen Räumen von La Rouilly leicht untergebracht, und Genya war, wie Ralph, ein geselliger Mensch, der gern andere um sich hatte.

Aber als der Herbst kam, wurde Ralph von Ruhelosigkeit gepackt, neue ehrgeizige Ziele beanspruchten seine Zeit und sein Geld, und seinen Träumen vom idealen Heimatland, vom schönstgelegenen Haus, vom großen Gewinn folgend, nahmen sie das Nomadenleben wieder auf. In einem Jahr reisten sie nach Tahiti und Goa; im nächsten nach Shanghai. In Shanghai bekamen sie alle das Denguefieber, und eine Zeitlang mußte befürchtet werden, daß Nicole sich nicht davon erholen würde. Nach dieser Erfahrung bestand Poppy darauf, in Europa zu bleiben.

Jeden Sommer, wenn der Erfolg, auf den Ralph gehofft hatte, sich wieder nicht eingestellt hatte, kehrten sie nach La Rouilly zurück und halfen dort, von Genya mit offenen Armen aufgenommen, bei der Weinlese. Poppy maß den Lauf der Jahre an der Größe ihrer Kinder, die sie mit den knorrigen Weinstöcken verglich. 1932 hatte Jake seine ältere Schwester Faith zu deren Empörung und Zorn eingeholt.

Und 1932 kam Guy.

Ralph brachte Guy Neville eines Abends im August mit nach La Rouilly.

Poppy stand gerade in der Küche und rupfte die Hühnchen für das Abendessen, als Ralph von der Hintertür rief: »Wo ist der verdammte Kellerschlüssel, Poppy?«

»Ich glaube, Nicole hat ihn«, rief sie zurück. »Kann sein, daß sie ihn irgendwo vergraben hat.« Sie hörte Ralph fluchen und fügte hinzu: »Sie ist mit Felix im Musikzimmer.«

Felix, ein Komponist und Stammgast in La Rouilly, gehörte zu den »Untermietern«, die Poppy die liebsten waren.

»Du lieber Gott –« schimpfte Ralph laut. »Ich habe jemanden mitgebracht.«

Ein junger Mann trat aus dem Schatten an die Küchentür. Er sagte zaghaft: »Entschuldigen Sie, daß ich einfach so reinplatze, Mrs. Mulgrave. Die hier habe ich Ihnen mitgebracht.«

Er überreichte ihr einen Strauß aus Mohnblumen und Margeriten. »Es sind nur Wiesenblumen«, fügte er entschuldigend hinzu.

»Wie schön!« Poppy nahm lächelnd den Strauß entgegen. »Ich suche gleich mal eine Vase für sie. Und Sie sind –?«

»Guy Neville.« Er bot ihr die Hand.

Er war hoch aufgeschossen und mager, mit rötlich glänzendem Haar, sie schätzte ihn auf neunzehn oder zwanzig. Seine Augen waren ungewöhnlich, von einem intensiven Blaugrün, sehr tief liegend, mit schweren Lidern, die sich fältelten, wenn er lächelte. Er sprach das kultivierte Englisch der gehobenen Mittelklasse, das Poppy aus ihrer Kindheit kannte, und ganz unerwartet überkam sie ein Anflug von Wehmut. Eilig rechnete sie nach, ob das Abendessen für einen zusätzlichen Gast reichen würde, und wischte sich die blutigen Hände an ihrer Schürze ab.

»Ich bin Poppy Mulgrave. Bitte, entschuldigen Sie. Das ist eine Arbeit, die ich hasse. Die Federn sind schon schlimm genug, aber –« Sie schnitt ein Gesicht.

»Ich kann die Hühner ausnehmen, wenn es Ihnen recht ist. Es ist bestimmt nicht halb so schlimm wie eine Lungensektion.« Er ergriff das Messer und machte sich sogleich an die Arbeit.

»Sind Sie Arzt?«

»Medizinstudent. Ich bin im Juni mit meinem ersten Jahr fertig, und jetzt reise ich ein bißchen durch die Gegend.«

Die Tür flog auf, und Faith stürmte herein. »Nicole heult, weil Papa ihr gesagt hat, daß sie den Schlüssel ausgraben muß. Aber es ist immer noch besser als das fürchterliche Gekeife.«

Faith, in einem langen Spitzenunterrock, der über den Boden schleifte, und einem alten Pullover von Poppy mit Löchern an den Ellbogen, war elfeinhalb, klein und dünn, ein vernünftiges Kind, auf das Poppy sich immer verlassen konnte, was sie von Faiths beiden Geschwistern nicht behaupten konnte. Faith warf einen Blick auf den jungen Mann am Küchentisch und flüsterte: »Eines von Papas herrenlosen Hündchen?«

»Ich glaube, ja«, flüsterte Poppy zurück. »Aber er kann gut Hühner ausnehmen.«

Faith ging um den Tisch herum, um Guy besser sehen zu können. »Hallo!«

Guy blickte auf. »Hallo!«

Sie sah ihm einen Moment zu, dann sagte sie: »Es ist immer viel mehr von dem Zeug da« – sie deutete auf den Berg von Eingeweiden – »als man vermutet, nicht wahr?«

Er lachte. »Ja, da hast du recht.«

»Felix gibt Nicole Gesangsunterricht und bringt Jake das Klavierspielen bei, aber mit mir wäre absolut nichts anzufangen, sagt er, weil ich überhaupt kein Gehör habe«, erklärte sie ihm.

»Geht mir genauso«, sagte Guy. »Wenn ich mal den richtigen Ton treffe, ist es reiner Zufall.«

Wieder an Poppys Seite, murmelte Faith: »Er sieht ganz verhungert aus, findest du nicht auch?«

Poppy musterte Guy. Faith hat recht, dachte sie. Er sah aus, als hätte er seit Wochen nichts Richtiges mehr gegessen. »Die Hühner müssen ewig kochen, ehe sie gut sind, sie sind ziemlich alt und zäh. Tu doch einfach Brot und Käse auf den Tisch, Schatz, ja?«

Da zu dieser Zeit noch zehn andere Gäste in La Rouilly logierten, die alle Ralphs Zeit und Aufmerksamkeit für sich beanspruchten, beschloß Faith, sich Guys anzunehmen. Sie fand ihn interessant. Er hatte die Hühner mit einer so sorgsamen Präzision ausgenommen – jeder Mulgrave hätte einfach wild drauflosgefuhrwerkt, um zwar das gleiche Ergebnis zu erhalten, aber dabei eine Riesenschweinerei anzurichten. Beim Abendessen stritt er mit Ralph, jedoch mit einer Höflichkeit und Zurückhaltung, wie man sie nie zuvor in La Rouilly erlebt hatte. Weder knallte er sein Weinglas auf den Tisch, um seinen Argumenten Nachdruck zu verleihen, noch stürmte er eingeschnappt aus dem Zimmer, als Ralph ihm mitteilte, er habe idiotische Ansichten. Jedesmal, wenn Poppy aufstand, sprang auch Guy auf, um ihr beim Einsammeln der schmutzigen Teller zu helfen oder um ihr die Tür zu öffnen.

Erst in den frühen Morgenstunden versiegten Wein und Gespräch. Poppy war lange zuvor zu Bett gegangen, und Ralph war in seinem Sessel eingenickt. Guy sah auf seine Uhr und sagte: »Ich hab' gar nicht gemerkt – ich bin ja wohl von allen guten Geistern verlassen. Ich muß sofort los.«

Er holte seinen Rucksack aus der Küche und lief in die Finsternis hinaus. Faith folgte ihm. Auf dem mit Kies bestreuten Vorplatz machte er halt und sah sich mit zusammengekniffenen Augen um.

»Alles in Ordnung?«

»Ich habe die Orientierung verloren. Ich weiß nicht mehr, wo es ins Dorf geht.«

»Wollen Sie nicht über Nacht hierbleiben?«

»Nein, das wäre eine Zumutung...«

»Sie könnten eines von den Mansardenzimmern haben, aber schön ist es da oben, ehrlich gesagt, nicht – da bröckelt dauernd was von der Decke runter. Es wär' bestimmt gemütlicher, in der Scheune zu übernachten.«

»Ginge das? Wenn es keine Umstände...«

»Überhaupt nicht«, versicherte Faith. »Ich hole Ihnen eine Decke.«

Nachdem sie die Decke und ein Kopfkissen besorgt hatte, führte sie ihn in die Scheune. »Sie brauchen sich nur einen Packen Stroh zusammenzuschieben und sich in die Decke zu wickeln. Nicole und ich schlafen manchmal hier draußen, wenn es sehr heiß ist. Am besten geht man hoch rauf, wegen der Ratten.«

Er leerte seinen Rucksack auf dem Stroh aus.

Sie sah zu. »Alles gefaltet!«

»Das lernt man im Internat.«

Sie schüttelte ihm das Kissen auf und zog einen Kerzenstummel aus ihrer Tasche. »Den können Sie haben, wenn Sie lesen wollen.«

»Danke, aber ich hab' eine Taschenlampe. Bei den Mengen, die ich getrunken habe, würde ich womöglich noch die Scheune abbrennen.«

Am nächsten Morgen brachte sie ihm das Frühstück: zwei weiße Pfirsiche und ein Brötchen, in ein schmuddeliges Geschirrtuch gewickelt, dazu eine große Tasse schwarzen Kaffee. Er schlief noch. Nur sein Kopf und ein ausgestreckter Arm waren zu sehen. Faith betrachtete ihn einen Moment. Wie still er dalag, ganz anders als Jake, der im Schlaf ständig schniefte und rumorte. Leise sprach sie seinen Namen.

Er stöhnte und schlug blinzelnd die Augen auf. Als er sie sah, sagte er: »Ich habe fürchterliche Kopfschmerzen.«

»Das passiert Papas Gästen leider oft. Ich habe Ihnen etwas zu essen gebracht.«

Er setzte sich auf. »Ich habe keinen großen Hunger.«

Sie setzte sich neben ihn ins Stroh und drückte ihm die Kaffeetasse in die Hand. »Dann trinken Sie wenigstens den Kaffee. Ich hab' ihn extra für Sie gemacht.«

Guy sah auf seine Uhr. »Elf Uhr – du meine Güte...« Er schüttelte den Kopf.

»Außer Genya und mir ist noch niemand auf. Das heißt, wo Jake ist, weiß ich nicht. Er ist mein Bruder«, erklärte sie. »Wir haben ihn seit« – sie zählte nach – »seit Dienstag nicht mehr gesehen.«

Es war Sonntag. Guy sagte: »Machen sich deine Eltern keine Sorgen?«

Faith zuckte die Achseln. »Jake verschwindet manchmal wochenlang. Mama hat natürlich ein bißchen Angst um ihn. Trinken Sie den Kaffee, Guy«, fügte sie fürsorglich hinzu. »Dann geht's Ihnen gleich wieder besser.«

Er trank, aß etwas von dem Brötchen. Nach einer Weile sagte er: »Jetzt muß ich aber gehen.«

»Warum?«

»Ich möchte eure Gastfreundschaft nicht ausnutzen.«

Faith war fasziniert. Keinem der »Untermieter« war es je eingefallen, so etwas zu sagen. »Papa hat bestimmt nichts dagegen, wenn Sie bleiben. Im Gegenteil, er wird es Ihnen wahrscheinlich übelnehmen, wenn Sie gerade heute wieder verschwinden. Er hat nämlich Geburtstag. Erst fahren wir raus und sehen uns ein Boot an, das er kaufen will, und dann machen wir am Strand ein großes Picknick. Wir machen an seinem Geburtstag immer ein Picknick am Strand. Er erwartet bestimmt, daß Sie mitkommen.«

»Im Ernst?«

»Im Ernst«, versicherte sie mit Entschiedenheit. »Wo haben Sie Papa eigentlich kennengelernt, Guy?«

Er machte ein verlegenes Gesicht. »Ich wollte per Anhalter nach Calais fahren. Mir sind in Bordeaux meine Brieftasche und mein Paß gestohlen worden, weißt du. Am besten gehe ich wahrscheinlich zum nächsten Konsulat.«

Sie betrachtete ihn aufmerksam. Seine dunklen Wimpern waren länger als ihre eigenen. Sie fand das ungerecht. »Woher kommen Sie denn?«

»Aus England. Ich wohne in London.«

»In was für einem Haus?«

»Ach, es ist nur ein ganz gewöhnliches Londoner Stadthaus aus rotem Backstein. Du weißt schon.«
Sie nickte, obwohl sie es nicht wußte. »Und da wohnen Sie mit Ihren Eltern und Ihren Geschwistern?«
»Nein, nur mein Vater und ich leben dort.«
»Haben Sie keine Mutter?«
»Sie ist gestorben, als ich noch sehr klein war.«
»Und fühlt Ihr Vater sich jetzt nicht einsam, wo er ganz allein ist?«
Er schnitt eine Grimasse. »Er behauptet, nein. Er hat mich gedrängt, wegzufahren. Er ist der Ansicht, daß Reisen den Horizont erweitert.«
»Dann müssen die Mulgraves einen unermeßlichen Horizont haben«, sagte sie. »Wir sind nämlich dauernd auf Reisen.«
Er sah sie erstaunt an. »Und was ist mit der Schule? Hast du eine Hauslehrerin?«
»Mama hat es ein paarmal versucht, aber sie gehen immer gleich wieder. Die letzte hatte Angst vor Spinnen, da können Sie sich wohl vorstellen, was sie von La Rouilly hielt. Jake geht manchmal zur Dorfschule, aber er prügelt sich immer mit den anderen Jungs. Felix gibt uns Musikunterricht, und einer von den Untermietern hat uns Schießen und Reiten beigebracht. Papa sagt, das sind die wichtigsten Dinge.«
In den folgenden Tagen murmelte Guy hin und wieder: »Ich sollte jetzt wirklich verschwinden...«, aber Faith beschwichtigte ihn, und sehr bald begann der besondere Zauber von La Rouilly zu wirken, und nach einer Weile bekam sein Leben einen neuen Rhythmus, der dem der anderen glich: Er stand spät auf, saß stundenlang bei ausgedehnten Mahlzeiten, diskutierte und trank mit Ralph bis in die frühen Morgenstunden, verbrachte den Tag in Gesellschaft von Poppy oder Felix oder den Kindern.
Wenn sie auf dem schleimigen, von Fröschen bevölker-

ten Weiher hinter dem Schloß ruderten, pflegte Jake Guy zu drängen, ihm Geschichten aus dem Internat zu erzählen.

»Und ihr mußtet jeden Morgen ein kaltes Bad nehmen? Auch wenn ihr gar nicht dreckig wart? Warum denn?«

»Für Gott, vermute ich«, antwortete Guy.

Die drei Mulgrave-Kinder starrten ihn verständnislos an.

»Frisch gewaschen ist man Gott näher«, erklärte Guy und fügte mit einem Achselzucken hinzu: »Ist natürlich absolut lächerlich.«

»Erzähl vom Frühstück«, sagte Nicole.

»Porridge und Kippers. Porridge ist so eine Art Haferschleim, und Kippers sind geräucherte Heringe mit haufenweise Gräten.«

»Das klingt ja ekelhaft.«

»Es hat auch ekelhaft geschmeckt. Aber man mußte es essen.«

»Warum?«

»Das gehörte zu den Regeln.«

»Wie die Mulgrave-Regeln«, warf Faith ein.

Er fragte neugierig: »Was sind die Mulgrave-Regeln?«

Faith warf ihrem Bruder und ihrer Schwester einen Blick zu. »Bleibt Papa aus dem Weg, wenn er schlecht gelaunt ist«, zitierte sie. »Versucht Papa zu überreden, Mama das Haus aussuchen zu lassen.«

»Wenn die Einheimischen feindselig sind«, steuerte Jake bei, »dann sprecht in einer fremden Sprache, um sie durcheinanderzubringen.«

»Und wenn sie richtig gemein sind und Steine auf euch werfen, dann laßt euch nie, nie anmerken, daß es euch weh tut«, schloß Nicole. »Und haltet um jeden Preis zusammen.« Sie sah Guy an. »Bist du immer am selben Ort zur Schule gegangen?«

»Seit ich zwölf war, ja.«

Faith nahm ihm die Ruder ab. »Wir haben nie länger als ein Jahr am selben Ort gelebt. Abgesehen natürlich von La Rouilly. Aber da sind wir immer nur ein paar Monate am Stück. Weißt du, daß wir dich schrecklich beneiden? Du bist ein richtiger Glückspilz.«

»Also, die Schule war in Wirklichkeit reichlich langweilig. Überhaupt nicht beneidenswert.«

Faith richtete ihre bekümmerten graugrünen Augen auf ihn. »Aber deine Sachen waren doch immer am selben Platz. Du hattest deine eigenen Teller und Stühle, nicht das Zeug von anderen Leuten. Du konntest schöne Sachen für dich haben, und sie sind nicht verlorengegangen, du mußtest sie nicht aufgeben, weil sie nicht mehr in den Koffer gepaßt haben. Du hast jeden Tag zur selben Zeit dein Essen gekriegt.« Ihr Ton war beinahe ehrfürchtig. »Und du mußtest nie Socken mit Löchern anziehen.«

»So habe ich das noch nie betrachtet.«

Faith begann, das Boot über den See zu rudern. Mit ihren mageren Armen zog sie die Ruder kraftvoll durch das Wasser. »Ein richtiger Glückspilz«, sagte sie noch einmal.

Im folgenden Sommer kam er wieder nach Rouilly. Faith lag oben auf dem Dach in der Sonne, als sie ihn sah, zunächst nur ein kleines Strichmännchen, dann unverkennbar Guy, der den langen, gewundenen Weg nach La Rouilly heraufkam. Und auch im nächsten Sommer kam er und im Sommer darauf. Und immer fühlte sich Faith für ihn verantwortlich. Sie allein spürte eine Verletzlichkeit bei ihm, eine dunklere Seite hinter der zur Schau getragenen Unbeschwertheit, eine Bereitschaft, die Last der Welt auf seine Schultern zu nehmen. Wenn sie ihn trüber Stimmung antraf, schlug sie kurzweilige Zerstreuungen vor oder neckte ihn einfach so lange, bis sein Gesicht sich aufhellte. Der schönste Moment im ganzen Jahr, dachte sie bei sich, der Moment, den sie am liebsten in Bernstein gefaßt hätte, war der, wenn Guy Neville nach La Rouilly zurückkehrte.

Jeden Sommer schwammen sie im dicken, grünen Wasser des Weihers. Jeden Sommer pflückten sie die wilden Erdbeeren an den Feldrainen und spülten sie mit dem herben Weißwein aus der Schloßkellerei hinunter. Jeden Sommer stellte sich die ganze Familie samt Untermietern und Gutsarbeitern auf der Treppe von La Rouilly auf, wenn Guy mit seiner Brownie-Box ein Gruppenfoto schoß.

Im Sommer 1935 suchten sie im Wald nach Trüffeln. Nicole schlug mit einem Stock lustlos auf das Unterholz ein.

»Wie sehen sie überhaupt aus?«

»Wie schmutzige Steine.«

»Wir brauchen ein Trüffelschwein.«

»Jake hat Genyas Schwein.«

»Ich mag Trüffeln sowieso nicht. Und es ist viel zu heiß, um hier rumzulaufen.« Nicole ließ sich einfach auf den Waldboden fallen, streckte ihre nackten Beine aus und lehnte sich mit dem Rücken an einen Baumstamm. »Spielen wir Scharade.«

»Das geht doch nicht zu zweit.« Faith spähte durch das dunkle Geäst des Waldes. »Ich kann Jake und Guy nirgends sehen.«

»Und das Schwein auch nicht.« Nicole kicherte. »Dann spielen wir eben Gedankenverbindung.«

Gedankenverbindung war ein unheimlich kompliziertes Spiel, das Ralph sich ausgedacht hatte. Faith ließ sich auf einem Ast über Nicole nieder. »Viel zu heiß. Ich hab' jetzt schon Kopfweh.«

»Dann Lieblingssachen.«

»Na schön. Aber stell mir bloß keine Fragen über Musik. Da kann ich mich nämlich nie erinnern.«

Nicole sah zu Faith hinauf.

»Du mußt die Wahrheit sagen, das weißt du!«

»Ehrenwort!«

»Also, Lieblingsstrand?«
»Zakynthos.«
»Mir hat's auf Capri besser gefallen. Lieblingshaus?«
»La Rouilly natürlich.«
»Natürlich.«
»Jetzt bin ich dran. Lieblingsbuch?«
»*Sturmhöhe*. Und mein absoluter Lieblingsheld – natürlich Heathcliff.«
»Mit dem zu leben wäre eine Qual«, sagte Faith. »Er würde sich aufregen, wenn sein Toast angebrannt oder nicht genug Zucker in seinem Kaffee wäre.«
»Und du, Faith?«
»Ich, was?«
»Wer ist dein absoluter Lieblingsheld?«
Faith hockte auf ihrem Ast und baumelte mit den Beinen. Hin und wieder durchdrang ein Sonnenstrahl das Grün der Bäume und blendete sie.
»Die Wahrheit, bitte«, rief Nicole von unten.
»Ach, das ist doch ein blödes Spiel.« Sie sprang auf die Erde.
»He, das ist nicht fair.« Nicole war verärgert. »Du hast es versprochen. Wenigstens mußt du mir sagen, wie er aussieht. Ist er dunkel oder blond?«
»Dunkel.«
»Und seine Augen – blau oder braun?«
Sie dachte, sie sind blaugrün und dunkel wie das Mittelmeer, wenn es im Schatten liegt. Eine unerklärliche Niedergeschlagenheit hatte sie erfaßt, und sie begann zu laufen, rannte durch das dichte Grün aus wildem Knoblauch vor Nicole davon.
Nicoles Stimme folgte ihr. »... gemein von dir, Faith!« Aber sie rannte weiter, den Hang hinunter, bis sie außer Hörweite war.
Die Vegetation wurde dichter und üppiger, als sie die Böschung hinunterlief. Weißschäumender Schierling und

Brombeergestrüpp reichten ihr bis zu den Hüften, und Klebkraut riß an ihrem Rock. Sie zog ihn hoch und stopfte ihn in ihren marineblauen Schlüpfer. Hohe grüne Stengel schlugen gegen ihre Oberschenkel. Oben bildeten die Bäume ein dunkles Gewölbe, das hier und dort von einem Strahl glänzenden Lichts durchbohrt wurde. Die Hitze drückte sie nieder wie eine körperliche Last, als sie in die Talmulde hinunterlief. Die Bäume lichteten sich, und Sonnenschein lag auf dem Gewirr von Sträuchern und Büschen. Überall auf Blumen und Blättern sah sie Bläulingsfalter mit sanft wippenden blaßblauen Flügeln sitzen, die von einer dünnen schwarzen Borte umrandet waren. Als Faith näher kam, flatterten sie in die Luft wie kleine Fetzen zarter blauer Seide, die der Wind erfaßt hat.

Die Schlange sah sie nicht, sie lag zusammengerollt unter welken Blättern und Gras. Einen Moment schien die Erde sich unter ihrem Fuß zu winden, dann stach etwas in ihren Knöchel. Sie sah die Schlange davongleiten und blickte hinunter zu den zwei kleinen Einstichen, die sie in ihrer Haut hinterlassen hatte. Merkwürdig, dachte Faith, wie sich schlagartig alles um einen herum verändern kann. Was eben noch erfreulich und alltäglich gewesen war, schien nun finster und bedrohlich. Sie stellte sich vor, wie das Gift durch ihre Adern kroch, ihr Blut verseuchte und ihr Herz zum Stillstand brachte. Voll Angst sah sie sich um, konnte aber im ersten Moment niemanden entdecken. Der Wald schien abweisend, leer, furchteinflößend. Dann sah sie oben auf der Böschung einen Schatten, der sich bewegte. Laut rufend begann sie, den Hang hinaufzuklettern.

»Faith?«

Als sie Guys Stimme hörte, blickte sie in die Höhe. »Ich bin von einer Schlange gebissen worden, Guy.«

»Rühr dich nicht«, sagte er hastig. »Halt dich ganz still.« Und schon rannte er, mit einem Stock Nesseln und Gestrüpp auseinanderschlagend, die Böschung hinunter. Als er sie erreichte, kniete er vor ihr nieder, zog ihr die Sandale vom Fuß und drückte seinen Mund auf ihren Knöchel, um die Wunde auszusaugen. Hin und wieder hielt er inne und spie das Gift ins Gras. Nach einer Weile überfiel Faith eine innerliche Kälte, die sie frösteln machte, und Guy zog seine Jacke aus und legte sie ihr um. Dann hob er sie auf seine Arme.

Ihr Fuß tat so weh, als hätte ihn jemand mit einem Hammer zertrümmert. Die Sonne, die sie durch das dunkle Geäst der Bäume sehen konnte, war eine metallische, gleißende Scheibe, die im Gleichtakt mit ihrem schmerzenden Fuß pulsierte. Guy, der sie fest in den Armen hielt, lief, die tiefhängenden Äste mit den Schultern aus dem Weg stoßend, durch den Wald so schnell er konnte. Als sie den Schutz der Bäume hinter sich ließen, traf die Glut der Sonne sie mit voller Kraft. Hitze und Dürre hatten aus dem Rasen ein braches Feld rissiger Erde gemacht; die Grashalme waren strohige gelbe Stoppeln. Der Himmel selbst schien zu glühen. Poppy, die im Gemüsegarten Unkraut jätete, schrie laut auf, als sie Guy mit Faith kommen sah, und rannte ihnen über die verdorrte Rasenfläche entgegen.

Die nächsten Tage brachte Faith auf dem mitgenommenen alten Sofa in der Küche zu, den Fuß hochgelagert auf einem Turm von Kissen. Die »Untermieter« bemühten sich nach Kräften, ihr die Zeit zu vertreiben. »Felix hat mir vorgesungen«, berichtete sie Guy, »und Luc und Philippe haben mit mir Poker gespielt, und die Kinder waren natürlich alle hier, um sich den Schlangenbiß anzusehen. Ich bin das gar nicht gewöhnt, Guy – sonst bekommen immer Nicole und Jake die geballte Aufmerksamkeit, weil sie hübscher sind als ich und begabter und überhaupt viel liebenswerter.«

Das Erbe der Mulgraves und der Vanburghs hatte sich bei Faith in einer Ausformung niedergeschlagen, die dem konventionellen Bild von Schönheit nicht entsprach. Faith war verzweifelt über ihre hohe, knochige Stirn, ihr helles Haar, das weder richtig lockig war noch glatt, und ihre onyxgrünen Augen, deren Blick stets bekümmert wirkte, ganz gleich, wie ihr zumute war.

Guy zauste ihr das Haar. »Da hast du wohl für mich gar keine Zeit mehr.«

Sie sah ihn an. »Oh, für dich habe ich immer Zeit, Guy. Du hast mir das Leben gerettet. Das heißt, daß ich immer in deiner Schuld stehen werde. Ich gehöre jetzt für immer dir, nicht wahr?«

Im Herbst reisten sie nach Spanien. Drei von Ralphs Freunden hatten dort einen Bauernhof gekauft und waren wild entschlossen, mit dem Anbau von Safran ein Vermögen zu machen. »Das Zeug wird mit Gold aufgewogen, Poppy«, erklärte Ralph. Sie hatten früher schon einmal eine Weile in Spanien gelebt, in Barcelona und Sevilla, und Poppy freute sich auf blaues Meer, Zitronenbäume und Springbrunnen in schattigen Innenhöfen.

Sie war entsetzt, als sie den Hof sah, auf dem sie in Zukunft zusammen mit Ralphs Freunden leben sollten. Das Haus, ein weitläufiger flacher Bau, der völlig verwahrlost wirkte, stand am Rand eines Dorfs auf einer weiten Ebene. Die kleinen Fenster blickten auf Meilen konturlosen Landes hinaus, so ausgedörrt, daß Poppy sich nicht vorstellen konnte, daß hier je etwas wachsen würde. Die einzigen Farben unter dem blassen Himmel waren Rot, Ocker und Braun. Im Dorf lebten klapprige alte Esel und arme Bauern, deren Lebensweise, dachte Poppy, sich seit den Zeiten der Pest wohl kaum verändert hatte. Wenn es regnete, wurde der Staub zu beinahe knietiefem Schlamm. Schlamm war überall; selbst die Hütten der Bauern schienen aus Schlamm gemacht.

Im Haus gab es weder fließendes Wasser noch einen

Herd. Das Wasser mußte am Dorfbrunnen geholt, das Essen am offenen Feuer zubereitet werden. Die Safranpflanzer, alles Männer, schienen bisher von ungesäuertem Brot und Oliven gelebt zu haben – im ganzen Haus lagen Brotkrusten und Olivensteine herum. Einer von Ralphs Freunden sagte, als er Poppy die Küche zeigte: »Ich bin wirklich froh, daß du da bist. Du kannst uns endlich mal was Richtiges kochen.«

Poppy sah sich in der Küche um und hätte am liebsten die Flucht ergriffen.

Am Ende der ersten Woche erklärte sie Ralph, dieses Leben sei unmöglich. Er sah sie verständnislos an. »Schau dir doch das Haus an«, erläuterte sie. »Das Dorf. Dieses kalte, von Armut gebeutelte Land.« Sie müßten hier weg, sie müßten in die zivilisierte Welt zurückkehren.

Ralph war verwirrt. Das Haus sei doch ganz in Ordnung, die Menschen, mit denen sie zusammenlebten, ebenso. Warum um alles in der Welt sollten sie von hier weggehen?

Poppy begann zu streiten, und Ralph wurde wütend. Ihre Stimmen schwollen an, schallten durch das ganze Haus und brachen sich an den rußgeschwärzten Decken. Ralph blieb stur – sie würden ein Vermögen machen, wenn sie nur Geduld hätte, und außerdem habe er ihr gesamtes gemeinsames Einkommen aus seinen Tantiemen und der Hinterlassenschaft von Poppys Vater in Knollen und Ausrüstung angelegt. Sie könnten gar nicht weggehen. Als Poppy in wildem Zorn einen Teller nach ihm warf, floh Ralph auf seine Safranfelder und betäubte seine verletzten Gefühle mit einer Flasche sauren Weins.

Poppys Zorn löste sich in tiefe Niedergeschlagenheit auf, sobald sie allein war. Sie ließ sich auf den nächsten Stuhl fallen und weinte. In den folgenden Wochen tat sie ihr Bestes, um das Haus ein wenig wohnlicher zu machen, aber es widerstand all ihren Bemühungen. Ralphs Freunde hinterließen mit zermürbender Regelmäßigkeit ihre schmutzigen Fußstapfen in jedem Zimmer; das Küchenfeuer, das die Kälte und die Feuchtigkeit nicht vertrug, pflegte unweigerlich im ungünstigsten Moment auszugehen. Frischgewaschene Leintücher und Handtücher wurden stockig, bevor sie trockneten. Sie litt darunter, daß keine Frau ihres Alters auf dem Hof war, mit der sie sich hätte austauschen können.

Als der Winter endlich dem Ende zuging und ein zaghafter Frühling sich ankündigte, begann ihr heftiges Unwohlsein zu schaffen zu machen. Zwölf Jahre waren vergangen, seit sie Nicole, ihr letztes Kind, geboren hatte, darum kam sie zunächst gar nicht auf den Gedanken, daß sie noch einmal schwanger sein könnte. Sie schrieb die wiederkehrenden Anfälle von Übelkeit und die Lethargie, die sie plagten, der verhaßten Umgebung zu, dem immer feuchten Haus und der tristen Landschaft. Aber als sie nach einigen Monaten einen Arzt in Madrid aufsuchte, eröffnete der ihr, daß sie schwanger sei und das Kind im September zur Welt kommen werde. Poppy atmete auf vor Erleichterung: Ihr Kind würde in La Rouilly geboren werden, und der gute alte Dr. Lepage würde ihr beistehen.

Wenn auch manches in ihrem Leben mit Ralph sich nicht so entwickelt hatte, wie sie es erwartet hatte (aber was hatte sie überhaupt erwartet, als sie vor so langer Zeit mit ihm nach Paris durchgebrannt war?), so hatte sie doch ihre Schwangerschaften und die Zeit, als ihre Kinder klein gewesen waren, immer sehr genossen. Jetzt noch ein Kind zu bekommen, welch ein herrlicher Luxus! Ihre ersten drei waren so rasch hintereinander geboren, daß sie nach Nicoles Geburt beinahe zu erschöpft gewesen war, um sich rückhaltlos an dem Kind zu freuen. Poppy strickte kleine Jäckchen, nähte Nachthemdchen und träumte von Frankreich und ihrem kleinen Sohn, der in der Wiege neben ihrem Bett lag. Sie war sicher, daß sie einen Jungen zur Welt bringen würde.

Und tatsächlich brachte sie einen Jungen zur Welt, aber nicht in Frankreich, sondern in Spanien. Ihr Sohn wurde zwei Monate zu früh geboren, in dem Schlafzimmer, das sie mit Ralph teilte. Es gab im Umkreis von fast hundert Kilometern keinen Arzt; eine schwarzvermummte Frau aus dem Dorf stand ihr bei der Entbindung bei. Poppy hatte keine Wiege, aber wie das Schicksal es wollte, brauchte sie auch keine. Das Kind lebte nur wenige Stunden. Ihren kleinen Sohn im Arm lag sie im Bett und glaubte, ihn mit ihrer Willenskraft am Leben erhalten zu können. Er war zu schwach, um von ihrer Brust zu trinken. Die Hebamme bestand darauf, einen Priester zu holen, der das Kind auf den Namen Philip taufte, nach Poppys Lieblingsonkel. Als der Junge schließlich aufhörte zu atmen, nahm Ralph ihn weinend aus Poppys Armen.

Eine Woche später schlug Ralph vor, sie sollten vorzeitig nach Frankreich abreisen. Poppy weigerte sich. Sie hatte seit Philips Geburt und Tod kaum gesprochen; jetzt sagte sie klar und deutlich nein. Als Ralph ihr erklärte, daß sich der Boden als ungeeignet für den Anbau von Safran erwiesen hatte und das Haus vielen seiner Freunde zu abgelegen war, um auf Besuch zu kommen, daß er außerdem einen ganz neuen fabelhaften Plan hätte, wie der finanzielle Verlust, den sie erlitten hatten, wieder wettgemacht werden könne, schüttelte sie nur den Kopf. Den ganzen Tag saß sie auf der Veranda im Schatten und starrte auf die verdorrten Überreste der Pflanzen auf dem Feld und zum fernen Friedhof.

Mitte Juli, als in Madrid der Bürgerkrieg ausbrach, drängte Ralph sie von neuem zur Abreise. Wieder lehnte Poppy ab. Erst als einer von Ralphs Freunden ihr klarmachte, daß das Chaos, das Spanien zu überrollen drohte, eine Gefahr für die Kinder sei, erlaubte sie Faith, die Sachen zu packen.

Zwei Tage später brachen sie auf, reisten zunächst über

Land nach Barcelona und von dort aus auf einem Schiff voller Flüchtlinge, Soldaten und Nonnen nach Nizza. Poppy, die an Deck saß und die spanische Küste langsam hinweggleiten sah, war, als würde ihr das Herz aus dem Leib gerissen.

In La Rouilly versuchte sie, Genya zu erklären, wie sie sich fühlte. »Ich mußte ihn ganz allein dort zurücklassen, an diesem schrecklichen Ort. Es ist furchtbar, ihn dort ganz allein zu wissen.« Poppy brach ab und zwinkerte heftig. »Das Leben dort war grauenhaft. Ich dachte, ich würde wahnsinnig werden. So trostlos und trist, und alle schienen bettelarm zu sein. Ich habe in der Zeitung gelesen, daß sie jetzt die Kirchen niederbrennen und die Priester töten, und ich muß ständig denken – ich denke dauernd, was ist, wenn sie die Gräber schänden, Genya? Was, wenn –« Poppy umklammerte Genyas schmales Handgelenk. Sie sah aus, als würde sie gleich zusammenbrechen.

Genya drückte sie an sich. Poppy wurde vom Weinen geschüttelt. Nach einer Weile schenkte Genya ihr ein Glas Kognak ein und drückte es ihr in die zitternde Hand.

»Trink, Poppy, Liebes – damit dir wieder warm wird. Ich habe eine Cousine in Madrid. Wenn du mir den Namen des Dorfes sagst, in dem ihr gelebt habt, kann Manya vielleicht hinfahren und nachsehen, ob alles in Ordnung ist.«

Poppy starrte sie an. »O Genya! Wirklich? Würdest du das tun?«

»Es kann allerdings eine Weile dauern. Wohin will Ralph denn diesen Herbst?«

Poppy zuckte die Achseln. »Das weiß ich nicht. Du kennst ihn doch – ich erfahre es erst an dem Tag, an dem er mir sagt, ich soll packen.« Ihr Ton war bitter. »Vielleicht gehen wir an die Riviera. Ralph mag die Riviera im Winter.«

»Dann schreibe ich dir postlagernd nach Nizza, sobald ich etwas gehört habe.«

Poppy stand auf und ging zum Fenster. Mit schleppender Stimme sagte sie: »Weißt du, Genya, daß ich neulich morgens die Läden aufgemacht habe und nicht wußte, in welchem Land ich bin? Nach einiger Zeit beginnt alles gleich auszusehen. Bäume mit welkendem Laub und Felder, auf denen nichts zu wachsen scheint, und armselige kleine Häuser. Es beginnt alles gleich auszusehen.«

Aber sie sagte Genya nicht, wie heftig sie Ralph grollte: Das konnte sie keinem Menschen sagen. Der Groll war wie etwas Lebendiges, eine verzehrende Leidenschaft, stärker selbst als ihr Schmerz, und sie nährte ihn ständig. Obwohl sie wußte, daß es ungerecht war, Ralph die Schuld an Philips Tod zu geben – schließlich hatte *ihr* Körper das Kind zu früh ausgetrieben –, blieb der Groll unvermindert. Wenn *er* sie nicht an diesen fürchterlichen Ort geschleppt hätte; wenn *er* nicht darauf bestanden hätte zu bleiben, obwohl sie ihn angefleht hatte, abzureisen. Sie tat etwas, was sie nie zuvor getan hatte: Sie schlief nicht mehr mit ihm, sagte, sie habe sich von den Strapazen der Entbindung noch nicht erholt. Es war ihr eine Genugtuung, Ralphs gekränktes Gesicht zu sehen, wenn sie seine Zärtlichkeiten zurückwies.

Diesen Winter verbrachten sie in Marseille, in einer gemieteten Wohnung im alten Teil der Stadt. Ralph war mit seinem neuesten Projekt beschäftigt, dem Verkauf marokkanischer Teppiche. Poppy reiste jeden Monat einmal nach Nizza und fragte auf der Post nach einem Brief. Er traf im Februar ein. Genya schrieb: »Meine Cousine Manya konnte das Dorf besuchen, wo ihr gelebt habt. Die Kirche und der Friedhof sind unversehrt, Poppy. Manya hat Blumen auf das Grab gelegt.«

Allein auf der Promenade, den Blick auf den Kiesstrand

gerichtet, weinte Poppy. Nach einer Weile wurde ihr bewußt, daß die grauen Wellen und der verhangene Himmel sie an jenen lang vergangenen Urlaub in Deauville im Jahr 1920 erinnerten. Sie wußte – wußte es schon seit einigen Wochen –, daß Ralph, verletzt durch ihre Kälte, mit einer jungen Frau namens Louise, die bei ihnen zu Gast war, ein Verhältnis angefangen hatte. Louise, ein albernes junges Ding, schwärmte Ralph mit einer kritiklosen Bewunderung an, die Balsam für seine gekränkte Eitelkeit war. Poppy wußte, daß sie jetzt die Wahl hatte: Sie konnte Ralph weiterhin bestrafen und ihn so Louise oder deren Nachfolgerin in die Arme treiben; oder sie konnte sich ihm wieder zuwenden und ihm zeigen, daß sie ihn immer noch liebte, auch wenn manches sich verändert hatte. Sie dachte an ihre Kinder, und sie erinnerte sich eines Mannes, der am Strand eine Sandburg gebaut hatte: ein Werk der Vergänglichkeit, aber von einer Schönheit, die sie ergriffen hatte. Poppy schneuzte sich, wischte die Tränen weg und machte sich auf den Weg zum Bahnhof.

Zu Hause zeigte sie Ralph Genyas Brief. Er sagte nichts, sondern ging zum Fenster und blieb dort mit dem Rücken zu ihr stehen. Aber sie sah, daß das Blatt Papier in seinen Händen zitterte. Sie ging zu ihm, legte ihm die Arme um die gebeugten Schultern und küßte seinen Nacken. Sie bemerkte, daß er fülliger geworden war und daß sein Haar jetzt mehr grau als blond war. Obwohl sie dreizehn Jahre jünger war als Ralph, fühlte sie sich in diesem Moment ebensoviel älter. Lange Zeit blieben sie so stehen und hielten einander umschlungen, dann gingen sie zu Bett und liebten sich.

Aber in mancher Hinsicht hatte sie sich für immer verändert. Als Ralph ihr einen Zettel zeigte, auf den er Zahlen gekritzelt hatte, und sagte: »In einem halben Jahr haben wir genug für den Schoner, Poppy. Das Teppichgeschäft geht gut – die Leute hier zahlen das Zehnfache von dem, was die Händler in Nordafrika für die Dinger verlangen«, lächelte sie nur. Sie wußte zu gut, daß keines seiner Projekte sich länger als ein Jahr gehalten hatte.

Zum erstenmal eröffnete sie ein Bankkonto auf ihren Namen und zahlte die Zinsen aus ihrem Einkommen ein, anstatt sie Ralph zu geben. Die Wohnung, in der sie lebten, war klein und eng. Poppy ahnte, daß härtere Zeiten heraufzogen.

Und sie hatte plötzlich Sehnsucht nach langweiligen englischen Sommern, nach Buchsbaumhecken mit graubereiftem Laub, nach einer bleichen frühmorgendlichen Sonne, deren Licht zwischen den kahlen Ästen winterlicher Eichen und Buchen hindurchsickerte. Mit dem Verlust ihres Sohnes hatte sie auch die Fähigkeit verloren, Ralphs Glauben an eine rosige Zukunft zu teilen. Sie sah jetzt die Fallstricke und Gefahren dieses Lebens, das sie führten. Auf der Schwelle zu ihrem achtunddreißigsten Lebensjahr, dachte sie, begann sie endlich erwachsen zu werden.

Als im Sommer 1937 die erste Augustwoche verstrich und Guy noch immer nicht in La Rouilly eingetroffen war, verkroch Faith sich auf den riesigen Speicher des Schlosses, wo sie mit der Hitze und den Fliegen allein sein konnte. Von hier aus konnte sie durch kleine staubige Fenster den Weg überblicken, der sich von der Straße aus durch den Wald schlängelte.

Der Speicher war voll von vergessenen Schätzen. Spukhäßliche Lampenschirme, unendlich langweilige verschimmelte Bücher, ein ganzer Schiffskoffer voll verrosteter Schwerter. Und Kartons über Kartons, vollgestopft mit Kleidern. Faith breitete sie vorsichtig, beinahe ehrfurchtsvoll aus. Seidenpapier knisterte leise. Knöpfe blitzten, Bänder glänzten. Die in die Etiketten eingestickten Namen – Poiret, Vionnet, Doucet – klangen wie Poesie. Im dämmrigen Licht unter dem Dach tauschte sie ihr verwaschenes Baumwollkleid mit Chiffon und kühl fließender Seide. Im goldgerahmten Spiegel musterte sie ihr Bild. Sie hatte sich verändert im Verlauf dieses letzten Jahres. Sie war gewachsen. Die hervortretenden Wangenknochen gaben ihrem Gesicht eine klarer ausgeprägte Form. Sie hatte Busen bekommen und rundere Hüften, so daß die Kleider richtig saßen.

Aber mit dem Erwachsenwerden schien auch eine neue Empfindsamkeit einherzugehen. Sie hatte sich jedes Jahr auf Guy Nevilles Ankunft in La Rouilly gefreut, aber seine Verspätung in diesem Sommer machte sie ängstlich und unsicher. Aus Furcht vor Spott vertraute sie sich niemandem an. Obwohl die anderen so ungeduldig wie sie selbst auf Guy warteten, obwohl Poppy immer wieder kopfschüttelnd auf den Kalender sah und Ralph und Jake lauthals miteinander stritten, war es Faith unmöglich, die Angst auszusprechen, die sie erfaßt hatte: daß Guy nie wieder nach La Rouilly kommen würde; daß er sie alle vergessen hatte; daß er Besseres zu tun hatte.

Sie fragte sich, ob sie in Guy verliebt war, und dachte, wenn das so ist, dann ist die Liebe keineswegs so wunderbar, wie einem die Romane weismachen wollen. Sie verlor alle Lust an Vergnügen und Kurzweil, die La Rouilly zu bieten hatte. Ohne Guy machte es ihr keinen Spaß, auf dem Weiher zu rudern oder im Wald zu picknicken. Die Zeit wurde ihr quälend lang, darum floh sie auf den Speicher, wo sie allein war, wo es keine Erinnerungen gab.

Zuerst sah sie ihn durch den schmalen klaren Streifen im Glas, den sie mit der Fingerspitze blankgerieben hatte: eine kleine dunkle Gestalt, die gebeugt von der Last des Rucksacks den gewundenen Weg zum Schloß heraufkam. Augenblicklich vergaß sie alle Langeweile und das endlose Warten und rannte seinen Namen rufend die Treppe hinunter.

An Ralphs zweiundfünfzigstem Geburtstag veranstalteten sie ein großes Picknick am Strand von Royan. Rauchwolken von dem aus Treibholz aufgeschichteten Feuer wehten träge auf das Meer hinaus. Die Sonne, die tief über dem Horizont hing, überzog die Wellen mit rotem Glanz.

Sie sprachen über Spanien. Faith, die den Sonnenuntergang beobachtete, hörte dem Gespräch nur mit halbem Ohr zu.

»Die Republikaner werden siegen«, erklärte Jake.

Felix schüttelte den Kopf. »Nie im Leben, mein Junge.«

»Aber sie *müssen* –«

»Mit Stalins Hilfe –« begann Guy.

»Stalin hat sich bisher halbherzig gezeigt«, sagte Felix wegwerfend. »Er hat Angst, daß es die Deutschen als Vorwand nehmen werden, Rußland anzugreifen, wenn er die Republik unterstützt.«

Die letzten Fischerboote, die in den Hafen einliefen, hoben sich als schwarze Silhouette vom strahlenden Himmel ab. Guy trank die letzten Tropfen aus seinem Glas. Ralph machte eine neue Flasche auf. »Mit uns hat das alles jedenfalls nichts zu tun. Diese ganze verdammte Sauerei geht einzig die Spanier an.«

»Da täuschst du dich, Ralph. Wenn wir Franco siegen lassen, dann werden wir früher oder später alle mit hineingezogen.«

»In einen Bürgerkrieg? Unsinn! Absoluter Quatsch. Ich glaube, dir ist die Sonne nicht bekommen, Felix.« Ralph füllte Felix' Glas auf.

Einer der »Untermieter«, ein französischer Dichter, sagte: »Dieser Krieg in Spanien ist der letzte romantische Krieg, meint ihr nicht auch? Ich würde sofort zu den Internationalen Brigaden gehen, wenn ich nicht auf meine Leber Rücksicht nehmen müßte.«

»Romantisch?« dröhnte Ralph. »Wer hat schon mal von

einem romantischen Krieg gehört? Es gibt kein dreckigeres Geschäft!«

»Ralph, Schatz.« Poppy tätschelte ihm die Hand.

Felix warf noch ein Stück Treibholz ins Feuer und hüstelte.

»Ich wollte dir übrigens sagen, Ralph – und dir auch, liebste Poppy –, daß ich Ende September nach Amerika abreise. Ich habe endlich mein Visum bekommen.« Felix legte Ralph eine Hand auf den Arm und fügte entschuldigend hinzu: »Du mußt das verstehen, Ralph. Es ist einfach sicherer.«

»Was zum Teufel soll das heißen, Mann?«

»Ich bin Jude, Ralph.«

Faith, die etwas abseits im Sand saß, hätte die leisen Worte beinahe nicht gehört. Sie sah den geduldigen, beinahe mitleidigen Blick in Felix' Augen. Ihr war in letzter Zeit aufgefallen, daß ihre Mutter ihren Vater manchmal so ansah.

»Ralph, wer kann sagen, was in ein oder zwei Jahren in Frankreich los ist? Wo willst du hin, wenn du im Herbst aus La Rouilly weggehst? In Spanien herrscht Aufruhr, und Italien hat seine eigene Sorte von Faschismus.« Felix schüttelte den Kopf. »Ich kann nicht bleiben.«

Danach schwiegen sie alle. Die Sonne sank tiefer, und die bronzefarbenen Schatten auf der stillen See breiteten sich weiter aus. Nach einer Weile sagte Ralph erbittert: »Alle meine Freunde lassen mich im Stich. Richard Deschamps arbeitet bei einer Bank – man stelle sich das vor! –, und Michael und Ruth sind nach England zurückgekehrt, weil sie ihre Sprößlinge auf eine dieser entsetzlichen Schulen schicken wollen, wo die Kinder wie Gefangene gehalten werden. Lulu hat mir geschrieben, sie müsse ihre kranke Mutter pflegen. Lulu im Schwesternhäubchen! Und Jules habe ich nicht mehr gesehen, seit er sich in diesen Knaben in Tunis vergafft hat. Und du, Felix, du bist ein geldgieriger kleiner Jude und wirst wahrscheinlich schon bald Millionen damit verdienen, daß du die Musik zu irgendwelchen gräßlichen Hollywoodfilmen schreibst.«

Felix war nicht beleidigt. »Das sind ja glänzende Aussichten! Ich schicke dir dann ein Foto, Ralph, von meinem Chauffeur und meinem Daimler.«

Faith bemerkte, daß Guy aufgestanden war und sich von dem geselligen Kreis am Strand in Richtung Dünen entfernte. Sie folgte ihm und senkte auf dem Weg ihre nackten Füße in die Eindrücke, die er im Sand hinterlassen hatte. Auf dem Scheitel einer Düne holte sie ihn ein. Die Mulde zu ihren Füßen lag schon in tintenschwarzem Schatten.

Er sah sie lächelnd an. »Das ist ein wunderschönes Kleid, Faith.«

Guy bemerkte selten, was sie anhatte. Glücklich sagte sie: »Das ist mein Bläulingskleid, Guy. Du weißt schon, nach dem Schmetterling, weil es die gleiche Farbe hat, siehst du?« Das Kleid aus dem blaßlavendelblauen Crêpe de Chine war an den Ärmeln mit schmalen schwarzen Samtstreifen besetzt. »Genya hat es mir geschenkt. Sie paßt nicht mehr hinein. Es ist von Paquin.«

Guy schien das nichts zu sagen. Sie hakte sich bei ihm ein. »Du bist ein Banause, Guy. Madame Paquin ist eine berühmte Modeschöpferin.«

Er berührte den seidigen Stoff. »Es steht dir.«

Sie strahlte beglückt. »Findest du?«

Mit einem Stirnrunzeln sah er zum Meer hinaus. »Eigentlich wollte ich Ralph heute sagen, daß ich in ein oder zwei Tagen abreisen muß«, bemerkte er, »aber nachdem Felix ihm schon so eine unangenehme Überraschung bereitet hatte, wollte ich ihm den Tag nicht ganz verderben.«

All ihre Glückseligkeit war wie weggeblasen. »Aber du bist doch erst so kurz hier, Guy.«

Er nahm seine Zigaretten heraus. »Ich mache mir Sorgen um meinen Vater. Er bestreitet es, aber ich glaube, er ist ziemlich krank.« Guy riß ein Streichholz an, aber der Wind blies es gleich wieder aus. »Verflixt!« Er sah sie an, lachte und fasste sie bei der Hand. »Auf die Plätze, fertig, los!«

Sie rannten in Riesensprüngen halb stolpernd den steilen Hang der Düne hinunter und landeten lachend bäuchlings im Sand in der Mulde. Guy warf seine Jacke über das harte Strandgras. »Komm, Faith.«

Sie setzte sich neben ihm nieder. Die Dünen schirmten sie von der Gesellschaft am Strand ab. Sand quoll zwischen Faiths Zehen hindurch. Guy bot ihr eine Zigarette an. Faith hatte das Rauchen mit Jake zusammen geübt. Sie hielt ihr zerzaustes Haar mit einer Hand zurück, als Guy ihr Feuer gab.

Nach einer Weile sagte sie: »Erzähl mir von London. Alles, was ich bisher gehört habe, klingt so wunderbar.« Poppy hatte ihr vom Nachmittagstee bei Fortnum & Mason erzählt, vom Einkaufen bei Liberty und dem Army & Navy Store.

»Hackney ist, ehrlich gesagt, eine ziemlich scheußliche Gegend. Da gibt's viel Armut, weißt du – Väter ohne Arbeit, Kinder, die barfuß laufen müssen. Die meisten Leute haben keine Versicherung, das heißt, daß sie jeden Arztbesuch selbst bezahlen müssen. Und die Wohnungen, in denen sie hausen – düstere Souterrains oder winzige Zimmer, die immer feucht sind und wo es von Schaben wimmelt.« Sie hörte den Zorn in seiner Stimme. »Darum brauchen sie gute Ärzte, verstehst du.«

»Und dein Vater ist ein guter Arzt?«

»Einer der besten, ja. Nur –« Guy drückte seine Zigarette im Sand aus.

»Was, Guy?«

»Nur wollte ich eigentlich Chirurg werden.« Er zuckte die Achseln. »Aber Dad braucht Hilfe, und die Praxis bringt nicht viel ein, da wird das wohl flachfallen.« Sein Gesicht trübte sich, aber er sagte: »Es spielt keine Rolle. Das Wichtige ist doch, daß man Gutes tut, nicht wahr? Daß man dazu beiträgt, die Lebensumstände der Leute zu verbessern, ihnen eine Chance zu geben. Daß man sie nicht einfach an heilbaren Krankheiten sterben läßt, nur weil sie das Pech haben, arm zu sein.«

Er legte sich im Sand zurück und schob die Arme unter seinen Kopf. Faith fröstelte. Die Sonne war fast untergegangen, und es begann kühl zu werden. Das Bläulingskleid war dünn.

»Komm, lehn dich an mich.« Guy legte einen Arm um sie und zog sie zu sich hinunter. »Ich halte dich warm.«

Sie legte ihren Kopf auf seine Brust. Er hatte sie schon früher in den Armen gehalten, als sie noch ein Kind gewesen war, um sie nach einem Sturz oder etwas anderem zu trösten, aber jetzt schien seine Berührung anders. Eigenartiger, wunderbarer.

»Und du, Faith«, sagte er, »was hast du für Pläne?«

Sie sah zum Himmel hinauf, wo sich die ersten Sterne zeigten. Sie lächelte. »Ich würde schrecklich gern in einem Kasino arbeiten.«

»Als Croupier?«

»Hm. Dann könnte ich tolle Kleider mit Pailletten und Straußenfedern tragen. Oder ich würde gern in einem Film mitspielen, aber Papa sagt, ich hätte eine Stimme wie eine verrostete Gießkanne. Oder ich könnte vielleicht auch in einem Pudelsalon arbeiten.«

»Gibt es denn so was?«

»O ja, in Nizza gibt's Schönheitssalons für Pudel, Guy. Hunde mögen mich, und mit Kamm und Bürste käme ich schon zurecht.«

Sie wußte, daß er lachte. Sie spürte die Vibrationen seines Brustkorbs unter sich. »Du bist hinreißend, Faith«, sagte er. »und du wirst mir ganz schrecklich fehlen.«

Das Herz schlug ihr bis zum Hals. »Ach was«, sagte sie leichthin, »du vergißt mich bestimmt, sobald du wieder in England bist. Die großen Gesellschaften und die tollen Frauen. Wetten, daß du dich im Nu in eine von ihnen verliebst. Schau dir nur Jake an – er ist jeden Monat eine andere Frau verliebt. Die letzte war fünfundzwanzig und hatte einen Mantel aus Fuchsschwänzen.«

Er lachte. »Ich fürchte, Jake wird mal ein richtiger Casanova.« Er grub seine Hand in ihr Haar und wand die Locken um seine Finger. »Aber wie dem auch sei, ich habe nicht genug Geld, um an Heirat auch nur zu denken.«

»Nicole ist überzeugt, daß es für sie nur einen Mann gibt, der irgendwo schon auf sie wartet. Und sie ist sicher, daß sie, sobald sie ihm begegnet, spürt, daß er der Richtige ist. Glaubst du, sie hat recht, Guy?«

»Nicole ist eine Romantikerin«, sagte er ein wenig herablassend. »Aber ich glaube auch, daß man warten soll, bis man sein Ideal gefunden hat. Daß eine Ehe fürs Leben geschlossen werden sollte – und daß Leidenschaft und Tiefe dabeisein sollten – innere Übereinstimmung.«

Sie lag ganz still. Der Moment schien in der Schwebe zu hängen wie ein Pendel, das gleich nach dieser oder jener Seite ausschlagen würde.

Guy sagte: »Aber egal, ich habe nicht die Absicht, mich in nächster Zeit in jemanden zu verlieben. Ich habe Wichtigeres zu tun.«

Doch sie wußte, daß man die Liebe nicht wählen konnte; man wurde von ihr gewählt. Sie schloß die Augen, froh, im Dunklen zu sein. Die Mulgrave-Regel, sagte sie sich. Laß die anderen nie sehen, daß es dir weh tut.

2

AM TAG NACH Guy Nevilles Abreise aus La Rouilly ging Faith gegen Mitte des Vormittags in Jakes Zimmer und fand den Zettel auf seinem Kopfkissen. »Bin auf dem Weg nach Spanien, zu den Internationalen Brigaden. Sag Mama, sie soll sich nicht aufregen. Ich schreibe bald.«

Ralph tobte und preschte sofort los zur spanischen Grenze, um seinen Sohn zu suchen. Eine Woche später kehrte er, immer noch tobend, allein nach La Rouilly zurück. Nicole zog sich mit einem Stapel Romane und einem Beutel Schokoladenbonbons in den Garten zurück, während Faith dem Sturm trotzte und versuchte, ihre Mutter zu trösten.

»Jake wird schon nichts zustoßen, Mama. Er kann gut auf sich selbst aufpassen, das weißt du doch. Erinnerst du dich, wie er damals vom Dach fiel und wir alle glaubten, er wäre tot? Und dann hatte er nur einen läppischen kleinen blauen Fleck!«

Poppy lächelte, aber innerlich war ihr todelend. Das Bild ihres Sohnes mit einem Gewehr in der Hand, die Vorstellung, daß auf ihn geschossen werden würde, waren entsetzlich. Er ist doch noch nicht einmal *sechzehn*, dachte sie. Ein Kind noch!

Ralph blieb gekränkt und erbost. »Der Junge hat noch nie auch nur einen Funken Verstand besessen. Jahrelang habe ich mich bemüht, ihm Vernunft beizubringen, und was tut er? Brennt einfach durch!«

Poppy erinnerte ihn daran, daß er es nicht anders gemacht hatte. »Du bist auch mit sechzehn von zu Hause durchgebrannt, Ralph.«

»Das war etwas ganz anderes. Ich war auf einer fürchterlichen Schule in diesem fürchterlichen Land, wo man vor Langeweile fast umkam. Ich bin nicht von zu Hause weggelaufen, um anderer Leute Krieg zu führen und mir dabei womöglich eine Kugel einzufangen.«

Poppy krampfte die Hände ineinander. Ralph ging ins Dorfgasthaus und betrank sich. Oben, in Jakes Zimmer, bemühte sich Poppy, nicht zu weinen, während sie Schrank und Kommode durchsah. Nachdem sie warme Pullover und Unterhemden herausgesucht hatte – in Spanien konnte es im Winter sehr kalt werden –, schrieb sie einen langen Brief, packte ihn zusammen mit den Kleidungsstücken ein und schickte das Paket über das Rote Kreuz an Jake.

Einiges von dem, was Ralph gesagt hatte, ließ sie nicht wieder los. Zum erstenmal machte sie sich ernste Sorgen um ihre Kinder, nicht nur um Jake, sondern auch um Faith und Nicole. Sie wußte, daß auch Mädchen Versuchungen ausgesetzt waren, wenn auch vielleicht anderer Art. Jetzt bedauerte sie es, sich nicht um eine normale Schulbildung für ihre Kinder gekümmert zu haben. Faith war intelligent und sensibel, aber es fehlte ihr an Selbstbewußtsein, an Orientierung, und das konnte leicht dazu führen, daß sie sich im Leben treiben lassen würde, ohne je das Richtige für sich zu finden. Und Nicole – sie war zwar erst vierzehn, aber die Dorfjungen belagerten schon jetzt das Tor von La Rouilly in der Hoffnung, sie zu Gesicht zu bekommen. Noch hätte Nicole einem verletzten Vogel oder einem Kätzchen, das sich verlaufen hatte, mehr Aufmerksamkeit geschenkt, aber das würde nicht immer so bleiben.

Im Herbst gingen sie in den Süden und ließen sich schließlich in Menton nieder. Dort hob Poppy Geld von ihrem Konto ab und suchte die Oberin des Nonnenklosters auf. Wieder zu Hause, zitierte sie die beiden Mädchen zu sich, holte einmal tief Atem und eröffnete ihnen, daß sie von der nächsten Woche an regelmäßig zur Schule gehen würden.

»Die Nonnen sind alle sehr nett. Sie haben mir gezeigt, was die Mädchen dort in der Klosterschule alles machen. Sie lernen Sticken, Zeichnen, Schneidern, es werden Spiele gemacht, und einen Chor gibt es auch. Ihr werdet bestimmt bald viele Freundinnen haben ...« Sie verstummte, als sie die Gesichter ihrer Töchter sah.

Nicole nannte ihren Preis: den King-Charles-Spaniel, den sie in einen Käfig eingesperrt im örtlichen Tiergeschäft gesehen hatte.

Faith lehnte rundweg ab. »Da käme doch nichts dabei heraus, Mama. Ich bin fast siebzehn, viel zu alt für die Schule. Außerdem habe ich eine Stellung in einem Wäschegeschäft gefunden. Es ist ganz phantastisch. Ich muß immer Seidenstrümpfe tragen, damit die Männer, die in den Laden kommen, sehen, wie schön sie aussehen, und sie für ihre Frauen und Geliebten kaufen.«

Poppy entgegnete zaghaft: »Aber *Mathematik* – und *Geographie* ...«

Faith blieb unbeeindruckt. »Im Laden muß ich auch die Kasse bedienen, das ist die beste Rechenübung, und wir sind so viel herumgereist, das ist doch besser, als die Orte auf dem Atlas zu suchen, meinst du nicht?«

Poppy gab nach. Am Montag trat Nicole in einer dunkelbraunen Uniform, die ihr Ralphs gnadenlosen Spott eintrug, zum erstenmal den Weg zur Klosterschule an. Poppy hatte das Gefühl, sie liefe den ganzen Tag mit angehaltenem Atem herum, aber um vier kam Nicole zu ihrer Erleichterung recht vergnügt und sehr zufrieden mit sich selbst nach Hause.

»Die anderen Mädchen sind gar nicht so übel, und

Schwester Hélène hat gesagt, meine Stimme müsse geschult werden.«

Faith, die den Nachmittag freihatte, machte Geräusche, als müßte sie sich übergeben, Poppy jedoch atmete auf. Dann setzte sie sich wieder an den Tisch und schrieb ihren Brief an Jake fertig. Sie schrieb ihm jeden zweiten Tag, ohne je eine Antwort zu erhalten. Ohne zu wissen, ob ihr Sohn überhaupt noch am Leben war.

Guy Neville entsagte seinem Ziel, Chirurg zu werden, an dem Tag, an dem sein Vater starb. Nach der Beerdigung, bei der sich die Patienten seines Vaters in dünnen Mänteln mit respektvollem Abstand vom Grab im unaufhörlichen Regen zusammendrängten, kehrte er in das leere, dumpf hallende Haus in der Malt Street zurück. Dem Dienstmädchen, einem kopflosen jungen Ding namens Biddy, hatte er den Nachmittag freigegeben. Nachdem er sich in der Küche ein Brot gemacht hatte, setzte er sich an den Schreibtisch, um die Bücher seines Vaters durchzugehen, fühlte sich aber schon nach kurzer Zeit völlig überfordert. Er goß sich ein Glas Whisky ein und setzte sich an den offenen Kamin, ohne sich die Mühe zu machen, das darin aufgeschichtete Holz anzuzünden. Auf dem Kaminsims standen drei Fotografien: eine von seiner Mutter, eine von seinem Vater und die dritte eine Aufnahme von den Mulgraves, die er in La Rouilly gemacht hatte. Während er langsam seinen Scotch trank, packte ihn eine heftige Sehnsucht nach ihnen allen.

Am folgenden Morgen hielt er wie gewöhnlich Sprechstunde im hinteren Zimmer des Hauses. Der letzte Patient ging um ein Uhr, aber danach nahm Guy sich nur die Zeit, die Suppe zu essen, die Biddy ihm gekocht hatte, ehe er aufbrach, um die anstehenden Krankenbesuche zu machen. Es regnete ohne Unterlaß; er konnte sich nicht erinnern, wann er das letzte Mal die Sonne gesehen hatte.

Es war Februar, eine Zeit im Jahr, wo es immer viel zu tun gab. Er diagnostizierte Bronchitis, Diphtherie und Krätze und schickte einen Patienten mit Verdacht auf beginnende Tuberkulose ins Krankenhaus auf die Isolierstation.

Als er wieder zu Hause war, setzte er sich von neuem über die Rechnungsbücher. Um Mitternacht ging er schließlich zu Bett und schlief zum erstenmal seit dem Tod seines Vaters tief und fest.

Seine Arbeit nahm ihn ganz in Anspruch. Er hatte wenig Zeit, um seinen Vater oder seine aufgegebenen Ziele zu trauern. Eines Tages wurde er in ein Haus in der Rickett Lane gerufen, eine der ärmsten Gegenden von Hackney. Er kannte die Leute, die Familie Robertson, gut. Joe Robertson hatte chronisches Asthma und konnte deshalb keiner geregelten Arbeit nachgehen. Seine Frau, eine stämmige Person mit einem ziemlich losen Mundwerk, war den fünf Kindern eine liebevolle Mutter und bemühte sich nach Kräften, das feuchte kleine Haus, in dem sich immer wieder Ungeziefer ansiedelte, in Ordnung zu halten.

Die Robertsons hatten ihn wegen ihres sechsjährigen Sohnes Frank gerufen, der über Bauchschmerzen klagte. Nachdem Guy den Jungen untersucht hatte, sagte er zu Mrs. Robertson: »Ich werde versuchen, ihn im St. Anne's Hospital unterzubringen. Es ist wahrscheinlich nichts Ernstes, aber sicher ist sicher.«

Das St. Anne's in Islington war das nächste große Lehrkrankenhaus. Mrs. Robertson packte Frank in eine fadenscheinige Wolldecke, und Guy fuhr mit den beiden zum Krankenhaus. In der Ambulanz untersuchte der Arzt den kleinen Jungen, dann trat er zu Guy. »Ich glaube nicht, daß wir ihn einweisen müssen. Es ist meiner Ansicht nach nur eine Magenverstimmung.«

»Ich halte es für möglich, daß es eine akute Blinddarmentzündung ist.«

»Ach was?« Der Hohn war unüberhörbar. »So voreilige Schlüsse würde ich nicht ziehen, Dr. Neville.«

Guy kämpfte um Selbstbeherrschung. »Und wenn ich recht habe?«

»Routinemäßige Blinddarmoperationen nehmen wir nur bei unseren Privatpatienten vor. Der Junge würde in das zuständige Gemeindekrankenhaus gehen müssen.«

Das Gemeindekrankenhaus pflegte die weniger interessanten Fälle zu übernehmen, mit denen man im St. Anne's nicht seine Zeit verschwenden wollte. Mitten in einem Armenviertel gelegen, lockte es nicht gerade die besten Ärzte an.

»Frank hat seit seiner Geburt eine zarte Konstitution. Mir wäre wohler, wenn er hier betreut würde«, gab Guy zu bedenken.

»Das St. Anne's ist nun wirklich nicht dazu da, sich um Ihr Wohlergehen zu sorgen, Herr Kollege.«

Der Ton machte Guy wütend, aber er ging ohne ein Wort wieder in den kleinen Behandlungsraum zurück. Später am selben Tag wies er Frank, dessen Temperatur unaufhaltsam stieg, ins Gemeindekrankenhaus ein, wo er unverzüglich am Blinddarm operiert wurde.

Zehn Tage später brachte die älteste Tochter der Robertsons eine Botschaft in die Praxis in der Malt Street mit der Bitte um Guys Besuch. Frank war am Tag zuvor aus dem Krankenhaus entlassen worden.

»Er sieht so schlecht aus, Doktor«, flüsterte Mrs. Robertson mit unverhohlener Angst, als sie Guy in das Zimmer hinauf begleitete, das Frank mit seinem jüngeren Bruder teilte.

Guy war entsetzt, als er den Jungen sah. Das hohe Fieber und die entzündete Wundnarbe legten eine postoperative Infektion nahe. Ohne lange zu überlegen, fuhr er mit dem in Decken gehüllten Kind an seiner Seite auf dem schnellsten Weg ins St.-Anne's-Krankenhaus. In der Ambulanz bemerkte er den arroganten Stationsarzt, mit dem er bei früherer Gelegenheit gesprochen hatte, und stürmte mit Frank auf dem Arm einfach an ihm vorbei. Dann sah er aus einem der Behandlungsräume einen Chefarzt treten. Chefärzte waren immer leicht zu erkennen: Sie waren gepflegt und teuer gekleidet und unweigerlich von einer Schar ehrfürchtiger Assistenzärzte und unterwürfiger Schwestern umgeben.

Guy drängte sich durch das Gefolge und tippte dem Mann in dem eleganten Maßanzug auf die Schulter.

»Entschuldigen Sie, Sir, aber ich habe hier einen Patienten, den Sie sich ansehen müssen. Vor etwa einer Woche wollte ich das Kind mit Verdacht auf Blinddarmentzündung hier im St. Anne's einweisen. Ihr schnöseliger Stationsarzt in der Ambulanz diagnostizierte Magenverstimmung und erklärte mir, daß die Kinder mittelloser Leute hier nicht behandelt werden. Das Kind landete also bei irgendeinem Metzger im Gemeindekrankenhaus und von dort hat man es mit einer Wundinfektion nach Hause geschickt.«

Eine der Schwestern beäugte ihn entrüstet und sagte: »Sie können doch nicht einfach Dr. Stephens' Zeit stehlen –«, aber der Arzt fiel ihr ins Wort. »Lassen Sie nur, Schwester. Bringen Sie den Jungen da hinein.«

Ein Vorhang wurde aufgezogen.

»Wir werden tun, was wir können«, sagte Dr. Stephens, während er Frank untersuchte. »Glauben Sie mir, wir werden tun, was in unserer Macht steht.«

Eine Woche später brachte die Post eine Einladung zum Abendessen am folgenden Freitag bei Dr. Selwyn Stephens und Miss Eleanor Stephens. Unten auf der Karte standen die schnell hingeworfenen Worte: »Es wird Sie freuen zu hören, Herr Kollege, daß Frank Robertson sich gut erholt. Die Schwester hat mir berichtet, daß er die anderen Kinder auf der Station mit seinem breiten Wortschatz bestens unterhält.«

Nach der äußerst flüchtigen und nicht unbedingt herzlichen Begegnung mit Dr. Stephens war Guy geneigt abzusagen, zumal er einen langweiligen Abend in steifer Gesellschaft erwartete. Doch er sah auch, daß die Einladung eine großzügige Geste war, ein Friedensangebot, und rang sich deshalb dazu durch, sie mit einem Dankesschreiben anzunehmen.

Der Abend wurde genauso katastrophal, wie er befürchtet hatte. Beim Ankleiden entdeckte er, daß seine Smokingjacke von Motten angefressen war und Biddy den Kragen seines Hemdes versengt hatte. Nachdem er mißmutig in die unbequeme Montur gestiegen war, in der er sich wie ein Fremder vorkam, mußte er draußen feststellen, daß sein Wagen nicht ansprang. Durch strömenden Regen raste er zum Bahnhof, verpaßte den Zug um Haaresbreite und mußte zehn Minuten warten, bis der nächste kam. Die Wagen waren überfüllt; Guy mußte stehen, ein Fuß gepeinigt von der Regenschirmspitze irgendeines Fremden, das Gesicht in den nach Mottenpulver stinkenden Wintermantel des vor ihm stehenden Fahrgasts gedrückt. Und obwohl er den ganzen Weg vom Bahnhof bis zum Haus der Stephens' in Bloomsbury im Laufschritt zurücklegte, kam er zwanzig Minuten zu spät.

Die anderen Gäste waren ihm auf den ersten Blick samt und sonders unsympathisch. Drei von ihnen waren Ärzte, einer ein Mann mittleren Alters mit sattem Embonpoint und glatten Händen, die beiden anderen jüngere Kollegen von Dr. Stephens aus dem St. Anne's Hospital. Der vierte Mann war ein Schriftsteller mit dem albernen Namen Piers Peacock. Guy kannte den Namen vom Einband eines Romans, den er einmal im Zug gefunden hatte. Er hatte ihn angelesen und ihn so schnell für so ungeheuer öde befunden, daß er das Buch kurzerhand weggeworfen und lieber zum Fenster hinausgesehen hatte. Die beiden Ehefrauen waren nichts als Schatten ihrer Männer, unfähig, auch nur einen selbständigen Gedanken zu fassen.

Und dann war da noch Eleanor, Selwyn Stephens' Tochter, dunkeläugig, mit fast schwarzem Haar, in einem Kleid aus blauem Satin. Guy nahm sofort ihre Vitalität wahr, die Energie, die von ihr ausging. Sie war von ganz anderer Art als die blassen, ausgezehrten Frauen, die er täglich in seiner Praxis sah. Eleanor Stephens überwachte den Ablauf des Essens und die Tischgespräche mit unauffälliger Kompetenz. Allein sie anzusehen, war ein Vergnügen, ein Trost an einem sonst in jeder Hinsicht tödlich langweiligen Abend.

Sie waren beim Käse angelangt, als Dr. Humphreys sagte: »Ich habe meinem Neffen gerade geholfen, eine Praxis in Kensington zu kaufen, Selwyn. Sie werden sich erinnern, er hat seine Zulassung vor einigen Jahren bekommen – das ist ein guter Start, denke ich.«

Ohne zu überlegen, sagte Guy: »Aber für die Menschen wäre es vielleicht hilfreicher gewesen, wenn Sie ihm eine Praxis in Poplar oder Bethnal Green gekauft hätten.«

Einen Moment war es totenstill. Alle starrten Guy an. Er hielt den Blicken trotzig stand.

»Was für eine sonderbare Bemerkung.«

Guy sah Dr. Humphreys an. »Finden Sie? Es gibt in Kensington dreimal so viele Arztpraxen wie in Hackney.«

»Ist das wahr?« fragte Eleanor Stephens. »Wie kommt das denn?«

»Weil Kensington mehr einbringt als Hackney«, antwortete Guy unumwunden.

Dr. Humphreys tupfte sich den Mund mit seiner Serviette. »Wir müssen alle irgendwie leben, Dr. Neville.«

Silbernes Besteck und Geschirr aus feinstem Porzellan. Guy versetzte ärgerlich: »Aber wir leben wie die Fürsten. Und als Folge davon sind unsere Patienten auf Almosen angewiesen.«

»Die Leute sollten Ärzten wie Selwyn, der dem Krankenhaus seine Dienste kostenfrei zur Verfügung stellt, dankbar sein.«

Guy drohte die mühsam bewahrte Beherrschung zu verlieren. »Niemand sollte sich auf Almosen verlassen müssen, wenn es um sein Wohlergehen geht oder um das seiner Kinder.«

»Ich muß sagen –«

Selwyn Stephens unterbrach. »Meine Tochter arbeitet im Wohlfahrtsausschuß des Krankenhauses mit. Wollen Sie sagen, daß solche ehrenamtliche Tätigkeit nichts wert ist, Dr. Neville?«

Guy spürte, wie er rot wurde. »Nein. Selbstverständlich nicht, Sir.« Er suchte nach einer Erklärung. »Ich meine nur, Wohltätigkeit sollte gar nicht nötig sein. Gute Gesundheit sollte jedermanns Recht sein.«

Der Schriftsteller lächelte gönnerhaft. »Sind Sie Sozialist, Dr. Neville?«

Guy beachtete ihn gar nicht. »Unser derzeitiges System – wenn man bei einem solch erbärmlichen Flickwerk überhaupt von System sprechen kann – ist ungerecht.« Dies war ein Thema, das Guy schon seit langem intensiv beschäftigte. »Die Leute erdulden Krankheiten, die leicht zu behandeln wären, nur weil sie das Geld für den Arzt nicht haben. Jeden Tag sehe ich Frauen mit fortgeschrittener Hypothyreose zum Beispiel, mit Gebärmuttervorfall und Krampfadern –«

»Nicht bei Tisch bitte, Verehrtester«, murmelte der Arzt aus Cambridge. »Die Damen ...«

»Ich bitte um Entschuldigung«, murmelte Guy.

»Und wie sieht Ihre Lösung des Problems aus, Dr. Neville?« Piers Peacock zündete sich eine Zigarre an. »Wer, meinen Sie, sollte für die ärztliche Behandlung dieser Unglücklichen aufkommen?«

»Ich denke, wir alle.«

»Ich wurde in der Überzeugung erzogen, daß ich nicht meines Bruders Hüter bin.«

Das selbstgefällige Lächeln, das die Worte begleitete, entfachte von neuem Guys Zorn. »Und ich wurde dazu erzogen, nicht achtlos am anderen vorüberzugehen.«

»Sondern sein Scherflein beizutragen«, warf Eleanor Stephens unerwartet ein. »Noch jemand etwas vom Käse? Nein? Wollen wir dann zum Kaffee in den Salon hinübergehen?«

Guy floh ins Badezimmer. Er riß das Fenster auf und atmete gierig die eiskalte Luft ein. Während er sein Spiegelbild anstarrte, sagte er sich, daß er sich wie ein Narr benommen hatte. Er lebte schon zu lang allein; was er einmal an Umgangsformen besessen hatte, war ihm abhanden gekommen.

Es kostete ihn einige Willensanstrengung, in den Salon zurückzukehren. Während Miss Stephens eine Beethoven-Sonate auf dem Klavier spielte, saß er still in einer Ecke des Zimmers und ließ sich von der Musik besänftigen. Um Mitternacht, als er meinte, mit Anstand gehen zu können, verabschiedete er sich höflich, ließ sich vom Mädchen Hut und Mantel reichen und eilte in die Nacht hinaus. Es hatte aufgehört zu regnen, aber Fahrbahnen und Trottoirs glänzten von der Feuchtigkeit wie schwarzer Satin. Noch ehe er die Ecke des Platzes erreicht hatte, hörte er hinter sich eilige Schritte, und als er sich umdrehte, sah er Eleanor Stephens.

»Sie haben Ihren Schirm vergessen, Dr. Neville.« Ihr Gesicht war gerötet vom schnellen Lauf.

Er nahm den Schirm entgegen und dankte ihr. Dann sagte er: »Ich bin froh, daß ich noch Gelegenheit habe, mit Ihnen allein zu sprechen. Ich muß mich für mein Verhalten heute abend entschuldigen. Es war unmöglich.«

Sie lachte. »Aber keineswegs. Ich sollte mich bei *Ihnen* entschuldigen. Ich hatte mir überhaupt nicht klargemacht, was für eine Bande von engstirnigen Spießern das ist.«

»Ich dachte –«

»Wir wären die dicksten Freunde?« Eleanor Stephens schüttelte den Kopf. »Mein Vater kann Edmund Humphreys nicht ausstehen, aber er möchte keinen Unfrieden, weil er beruflich viel mit ihm zu tun hat. Außerdem schuldeten wir ihm eine Einladung. Und Piers Peacock habe ich eingeladen, weil ich glaubte, er wäre interessant – ich meine, bei jemandem, der Kriminalromane schreibt, kann man das doch annehmen, nicht wahr? –, aber er war es leider überhaupt nicht. Ein Glück, daß Sie da waren, Dr. Neville, sonst wäre ich wahrscheinlich über dem Dessert eingeschlafen.«

Er war neugierig. »Ich sollte wahrscheinlich besser nicht fragen, aber warum um alles in der Welt haben Sie mich eigentlich eingeladen?«

Sie lachte. »Mein Vater hat mir von Ihrem – *Rencontre* im St. Anne's erzählt. Ich fand die Geschichte ausgesprochen amüsant.« Das Lächeln verschwand. »Abgesehen von dem armen kleinen Jungen natürlich. Ich wollte Sie gern kennenlernen. Ich war neugierig. Die meisten jungen Ärzte erstarren in Ehrfurcht vor meinem Vater. Ich verstehe gar nicht warum – er ist so ein lieber Mensch.«

»Dann tut es mir doppelt leid, daß einige meiner Bemerkungen völlig unangebracht waren.«

»Wieso? Welche denn? War es Ihnen nicht ernst mit dem, was Sie gesagt haben, Dr. Neville?«

Er antwortete ihr aufrichtig. »Doch, mit jedem Wort.«

»Gut«, sagte sie. »Ich hatte nämlich großen Respekt vor Ihnen. Man sollte sich immer selbst treu sein.« Sie bot ihm die Hand. »Gute Nacht, Dr. Neville. Ich hoffe, wir sehen uns einmal wieder.«

Eleanor Stephens hatte ihr ganzes bisheriges Leben in dem Haus am Holland Square zugebracht. Seit ihrem neunten Lebensjahr wohnte sie mit ihrem Vater und dem Dienstmädchen allein in dem großen Haus. Nach dem Tod ihrer Mutter hatte ihr Vater eine Haushälterin engagieren wollen, aber Eleanor hatte es ihm ausgeredet. Sie könne es nicht ertragen, hatte sie ihm erklärt, eine andere Frau am Platz ihrer Mutter zu sehen. Das entsprach allerdings nur teilweise der Wahrheit. Tatsache war, daß sie selbst das Haus führen wollte. Sie hatte schon damals gewußt, daß sie es leicht schaffen würde. Sie organisierte gern. Ihr Elternhaus war nicht mehr als eine größere Ausgabe des Puppenhauses in ihrem Zimmer. Es bereitete ihr Befriedigung, jeden Morgen die Speisenfolge für das Abendessen mit der Köchin zu besprechen, und sie erinnerte sich noch gut, wie ihre Mutter immer die Fingerspitze an den Bücherborden entlanggezogen hatte, um die Arbeit des Mädchens zu überprüfen. Sie gestattete sich nicht, über ihren Haushaltspflichten die Schule zu vernachlässigen, und ging mit siebzehn mit einem achtbaren Abschlußzeugnis ab. Sie wußte jedoch, daß sie für eine akademische Laufbahn nicht geeignet war, und zog daher ein Studium gar nicht erst in Betracht.

In den ersten Jahren nach dem Schulabschluß war Eleanor zu Hause glücklich und zufrieden. Sie spielte in einem Amateurtrio Klavier und nahm Malunterricht. Sie veranstaltete regelmäßig kleine Abendgesellschaften, zu denen sie Medizinstudenten und Assistenzärzte des St.-Anne's-Krankenhauses einlud. Zu den schüchternen jungen Ärzten war sie liebenswürdig und entgegenkommend, um ihnen die Hemmungen zu nehmen; den forscheren, die zu flirten versuchten, nahm sie freundlich, aber bestimmt den Wind aus den Segeln. Bald rechnete man es sich bei den unteren Chargen des St. Anne's als Ehre an, zu einem Abendessen bei Miss Stephens eingeladen zu werden. Zunächst stellte sie sich dem Wohlfahrtsausschuß des Krankenhauses nur als zusätzliche Hilfskraft zur Verfügung, wenn er eine öffentliche Sammlung veranstaltete; bald jedoch bot man ihr einen Posten im Ausschuß selbst an.

Und trotzdem war ihr an ihrem vierundzwanzigsten Geburtstag Anfang des vergangenen Jahres bewußt geworden, daß sie sich irgendwie unbefriedigt fühlte. Die Geburtstagsfeier – ein elegantes Abendessen mit einem Dutzend Gäste – verlief ohne Pannen. Die Komplimente (»Liebe Eleanor, Sie sind wirklich eine wunderbare Gastgeberin. Was haben Sie doch für ein Glück, Selwyn!«) kamen automatisch. Es waren seit sieben Jahren immer dieselben. Nicht daß sie sie für unaufrichtig hielt, aber sie hatten durch die ständige Wiederholung etwas so entsetzlich Vorhersehbares bekommen.

Erst als sie eines Nachmittags in der geräumigen Lebensmittelabteilung bei Fortnum's zufällig mit Hilary Taylor zusammentraf, begann sie, sich ernstlich Gedanken über ihre Zukunft zu machen. Sie kannte Hilary von der Schule.

»Wie schön, dich zu sehen, Darling«, hatte sie gesagt und Hilary auf die Wange geküßt. In der Schule hatten sie alle Hilary etwas von oben herab behandelt, weil sie Pickel hatte und ihre Mutter Zimmer vermietete. Hilarys Teint war jetzt, wie Eleanor feststellte, samtweich und makellos.

»Willst du backen?« fragte sie. In Hilarys Korb lag ein Glas Maraschinokirschen.

Hilary lachte herzlich. »Du meine Güte, nein! Ich habe vom Backen keine Ahnung. Ich esse die Dinger, wenn ich unter Termindruck bin – sie halten mich wach. Ich weiß nicht, ob es der Zucker ist oder der Maraschino.«

Bei Tee und Gebäck hatte Hilary Eleanor berichtet, daß sie jetzt als Redakteurin bei einer eleganten Frauenzeitschrift namens *Chantilly* arbeitete. Eleanor machte eine Bemerkung über den Brillantring an Hilarys Finger.

»Jules ist Rennfahrer«, erzählte Hilary. »Ich weiß nicht, ob ich ihn heirate. Er möchte, daß ich mit ihm nach Argentinien gehe, und ich hänge doch so an meiner Arbeit.«

Danach hatte Hilary sich erkundigt, was Eleanor denn

so treibe. Eleanor hatte wie stets geantwortet: »Ach, eigentlich immer das gleiche. Ich mache meine Arbeit im Krankenhaus und kümmere mich um meinen Vater.« Aber zum erstenmal war sie sich dabei langweilig – ja, beinahe altjüngferlich – vorgekommen statt beeindruckend edel und gut.

Einen Moment war es still geblieben, dann hatte Hilary teilnahmsvoll gesagt: »Ach, du Arme. Du bist so richtig im häuslichen Glück sitzengeblieben, hm?«

Hilarys Worte hatten sie getroffen. Als sie am Abend im Spiegel ihr gediegenes Tweedkostüm und ihren praktischen Kurzhaarschnitt betrachtet hatte, waren ihr Hilarys schicke, schulterlange Ponyfrisur und ihre eigenwillige, hochmodische Art sich zu kleiden eingefallen. Sie hatte mit Erschrecken festgestellt, daß aus Eleanor, der Tragischen und Bewundernswerten, die das Leben nach dem Tod ihrer Mutter so tapfer gemeistert hatte, die patente Eleanor geworden war, die immer mit allem prima zurechtkam, und eines Tages, dachte sie, würde sie vielleicht die arme Eleanor werden, die ein Opfer der Umstände geworden war.

Sie beschloß zu reisen und besuchte in diesem Sommer Südfrankreich und Norditalien, fand die Erfahrung interessant, aber unbefriedigend. Sie spielte mit dem Gedanken, sich eine Arbeit zu suchen, aber ihr fiel nichts ein, was sie wirklich gelockt hätte. Sie war sich im klaren darüber, daß sie keine besonderen Begabungen besaß, und der erschreckende Verdacht überfiel sie, daß dies vielleicht alles war, was das Leben zu bieten hatte, daß sie all ihre Energie und Entschlußkraft bei Kaffeekränzchen und kleinen Abendessen und zeitraubenden, ergebnislosen Ausschußsitzungen verschleudern würde. Da dachte sie an Heirat.

Natürlich kannte sie Männer und war mit ihnen ausgegangen, ins Theater, auf Feste, aber keine der Beziehungen, die sie anknüpfte, hatte länger als einige Monate gehalten.

Die Assistenzärzte, die sie zu ihren Gesellschaften einzuladen pflegte, wirkten auf sie so jung und unreif. Sie trat einem Bridge-Klub bei und, zur Erheiterung ihres Vaters, einem linken Literaturzirkel. Sie verlor ihre Jungfräulichkeit und fand das Ganze eher enttäuschend. Sie vermutete, daß Frauen heirateten, um Kinder zu bekommen, aber beim Besuch einer Freundin in einer Entbindungsklinik fand sie das Neugeborene mit dem zerknitterten kleinen Gesicht nur häßlich. Vermutlich, sagte sie sich, empfand man bei den eigenen Kindern anders.

Sie war sensibel genug, um zu merken, daß ihre Ausstrahlung von Resolutheit und Tüchtigkeit manche Männer abschreckte. Sie versuchte, die naive Kokette zu spielen, und fand es unerträglich. Ihr war außerdem klar, daß sie jeden Mann, der ihr über den Weg lief, mit ihrem Vater verglich und für ungenügend befand.

Die starke Sonne blendete Guy, als er aus dem Foyer des Krankenhauses trat, und er kniff die Augen zusammen. Im selben Moment hörte er jemanden sagen: »Möchten Sie nicht ein Gänseblümchen für das St.-Anne's-Krankenhaus kaufen, Sir?« Als er den Kopf drehte, sah er Eleanor Stephens mit einer Sammelbüchse in der Hand auf der Treppe stehen.

Sie lächelte, als sie ihn erkannte. »Ach, Dr. Neville, entschuldigen Sie. Ich habe nicht gesehen, daß Sie das sind. Wir haben heute nämlich unseren Sammeltag.« Sie trug einen Kasten mit weißen Papierblumen. »Wir bitten die Leute, ein Gänseblümchen zur Unterstützung des Krankenhauses zu kaufen.«

Guy kramte in seiner Tasche nach Kleingeld, und sie steckte ihm die Blume ans Revers. »So«, sagte sie. »Das war's. Ich muß jetzt nach Hause. Mein Vater wartet auf sein Essen.« Sie sah Guy an. »Wo wohnen Sie? Vielleicht können wir ein Stück zusammen gehen.«

»In der Malt Street. In Hackney. Das ist leider nicht Ihre Richtung, Miss Stephens.«

»Ach, aber es ist so ein schöner Tag – und ich muß mir dringend ein wenig die Füße vertreten. Vielleicht kann ich von Ihrem Haus aus ein Taxi anläuten, Dr. Neville?«

Er lächelte. »Ich würde mich über Ihre Begleitung freuen.«

Der abendliche Berufsverkehr war abgeflaut, und die Straßen begannen, sich zu leeren. Nachdem sie eine Weile schweigend nebeneinander hergegangen waren, sagte Eleanor Stephens: »Ein harter Tag, Dr. Neville?«

»Eine junge Frau mit Schwangerschaftskomplikationen. Sie hat den Arzt viel zu spät gerufen, weil sie die Kosten fürchtete. Im St. Anne's hat man wenig Hoffnung. So unnötig das Ganze. Und es sind natürlich andere Kinder da. Weiß der Himmel, was aus denen werden soll.«

Sie murmelte etwas Anteilnehmendes, und sie gingen weiter unter dem leuchtendblauen Himmel dahin, den nur einige feine Wolkenstreifen trübten. Guy wurde sich bewußt, daß er schon viel zu lange geschwiegen hatte, daß er ausgesprochen ungesellig war. Der alte Guy Neville, der in La Rouilly bis in die frühen Morgenstunden diskutiert und gelacht hatte, schien sich seit einiger Zeit verabschiedet zu haben.

Sie bogen in die Malt Street ein, und Eleanor Stephens folgte ihm ins Haus. Als er drinnen war, sah er seine Wohnung zum erstenmal so, wie andere sie sehen mußten: düster und unfreundlich, Berge von Mänteln und Jacken im Flur, staubige Treppengeländer, die Karikatur eines Junggesellenhaushalts.

Er erinnerte sich der strahlenden, gepflegten Räume im Haus der Stephens' und entschuldigte sich. »Ich habe leider gar kein Talent für Hausarbeit.«

»Haben Sie kein Mädchen, Dr. Neville?«

»Doch, aber sie ist gelinde gesagt ein bißchen unorganisiert.«

»Ich weiß, wie schwer es heutzutage ist, tüchtige Hausangestellte zu finden, aber meine Großmutter lebt in Derbyshire und hat es bisher immer geschafft, mir ein vernünftiges Mädchen aus dem Nachbardorf zu besorgen. Ich könnte einmal mit ihr reden, wenn es Ihnen recht ist.«

Guy dachte im stillen, daß ein vernünftiges Dorfmädchen wahrscheinlich nur die arme Biddy in die Hysterie treiben würde. Da er den Verdacht hatte, daß im Wohnzimmer noch die Reste vom Frühstück herumstanden, führte er Eleanor kurzerhand in sein Arbeitszimmer und stöhnte beim Anblick seines Schreibtischs, der mit Stapeln von Rechnungen und Büchern beladen war. Am vergangenen Abend hatte er einen weiteren halbherzigen Versuch unternommen, die Unterlagen zu ordnen, war aber nach zehn Minuten so todmüde geworden, daß er zu Bett gegangen war.

»Ich räume das nur beiseite«, murmelte er peinlich berührt.

»Kann ich Ihnen nicht helfen?« Eleanor musterte die Rechnungen und Aufzeichnungen. »Mit Papierkram kann ich umgehen. Ich erledige alle Sekretariatsarbeiten für meinen Vater. Wollen Sie mich nicht einmal sehen lassen, was ich tun kann?«

»Das wäre eine Zumutung für Sie, Miss Stephens.«

»Aber nein, es macht mir überhaupt nichts aus – und wenn Sie vielleicht das Fenster aufmachen und ein bißchen frische Luft hereinlassen würden – und mir eine Tasse Tee zubereiten könnten ... Ach, du lieber Gott. Ich fange schon an, Sie herumzukommandieren, nicht? Vater sagt immer, ich kommandiere sogar die Hausierer an der Tür herum.«

»Seit dem Tag, an dem mein Vater gestorben ist, versuche ich mich zu zwingen, die Papiere zu ordnen, aber ich bin einfach nicht dazu gekommen. Ich bin dabei, eine Mutter-und-Kind-Klinik einzurichten, wissen Sie – so viele Krankheiten könnten bei angemessener Vorbeugung vermieden werden –, und wenn die Patienten nicht in die Praxis kommen, dann müssen wir Ärzte eben zu ihnen kommen. Ich habe vor, eine Schwester anzustellen, die die Neugeborenen wiegt und die Routineuntersuchungen vornimmt –« Er brach ab und sah sie an. »Entschuldigen Sie. Das ist eine meiner fixen Ideen.«

»Aber es ist doch eine wunderbare Idee, Dr. Neville. Trotzdem müssen Sie hier Ordnung schaffen, sonst sitzen Sie am Ende mitten im Chaos.«

Er lachte leicht verlegen. »Die Wahrheit ist, daß ich alle Verwaltungsarbeit hasse.«

»Aber ich nicht.« Sie setzte sich an den Tisch. Guy machte das Fenster auf und ging in die Küche, um Eleanor einen Tee zu brühen und sich einen Scotch mit Wasser einzugießen.

Als er wieder ins Zimmer kam, sah sie ihn mit einem Stirnrunzeln an. »Auf manchen steht ›FH‹. Was bedeutet das?«

Er spähte ihr über die Schulter. »Formalhonorar«, erklärte er. »Das ist für Leute, die zu stolz sind, Almosen anzunehmen, sich aber die vollen Kosten für den Besuch und das Rezept nicht leisten können. Verstehen Sie, wir haben ein paar Patienten, die zahlungskräftig sind – Colonel Walker zum Beispiel, und Mrs. Crawford. Von solchen Leuten verlangen wir sechs Guineen im Quartal. Das heißt, daß wir den Ärmeren nur etwa fünf Shilling in Rechnung stellen können, auch wenn sie zehn- oder zwölfmal zur Behandlung hier waren.«

»Mit anderen Worten«, sagte Eleanor Stephens bedächtig, »Ihr Colonel Walker und Ihre Mrs. Crawford bezahlen für Ihre ärmeren Patienten mit?«

»Ja, so ist es wohl. Ich habe es bis jetzt nicht so betrachtet. Das riecht nach Sozialismus, nicht wahr? Mrs. Crawford wäre entsetzt. Sie glaubt, daß alle Sozialisten mit dem Teufel im Bunde sind.«

Eleanor richtete ihren Blick wieder auf die Papiere. Ihr beinahe schwarzes Haar glänzte im Licht. Wie Teer, dachte Guy – oder Sirup. Nein, das war ein schlechter Vergleich. Ihm fehlte das Talent für die lyrische Metapher. Niemanden reizte es, Teer oder Sirup zu berühren.

Er fügte hinzu: »Und natürlich mußte ich die Praxis nach dem Tod meines Vaters kaufen. Im Augenblick ist die Lage nicht gerade rosig.«

Sie sah auf. »Ach, Dr. Neville, Sie Armer.« Ihre braunen Augen waren voller Anteilnahme.

»Wenn Sie meine Buchhalterin werden wollen, Miss Stephens, dann sollten Sie mich Guy nennen.«

Sie lächelte. »Zwei Bedingungen!«

»Ja?«

»Erstens natürlich, daß Sie mich Eleanor nennen. Und zweitens, daß Sie mir auch einen Scotch mit Wasser spendieren. Tee ist wirklich nicht stark genug, um mit diesem Kuddelmuddel fertig zu werden.«

Zweimal in der Woche kam Eleanor von da an in das Haus in der Malt Street, um Guys Bücher in Ordnung zu bringen. Nachdem sie alle seine Zettel sortiert und die Aufzeichnungen in ein ordentlich gebundenes Heft übertragen hatte, führte er sie zum Dank in ein Konzert. In der Zwischenzeit hatte er sich seinerseits bemüht, das Haus etwas ansehnlicher zu machen, hatte einen Fensterputzer geholt und Biddy mit viel gutem Zureden dazu gebracht, die Böden zu wischen und etwas aufzuräumen.

Nach einer Weile stellte er fest, daß sich ohne bewußte Absicht eine gewisse Regelmäßigkeit in ihrer Beziehung eingestellt hatte. Eleanor pflegte den Freitagnachmittag durchzuarbeiten, um mit den Büchern auf dem laufenden zu bleiben, und danach tranken sie zusammen Tee oder gingen in ein Pub. Nachdem Eleanor die Büroarbeit gründlich durchorganisiert hatte, setzte sie ihre beträchtlichen Energien an anderen Stellen ein: Sie fand einen Lebensmittelhändler, der bereit war, ins Haus zu liefern; einen Handwerker, der die Fensterrahmen ausbessern und die Haustür streichen würde; und eine zuverlässige Wäscherei.

Eines Freitagabends traf Guy bei der Heimkehr von seinen Krankenbesuchen Eleanor in der Rumpelkammer unter der Treppe an.

»Ich habe ein Staubtuch gesucht, Guy. Ich wollte den Aktenschrank im Sprechzimmer saubermachen, aber ich konnte nirgends Staubtücher finden, weder in der Küche noch im Wäscheschrank. Da habe ich hier nachgesehen.«

Eleanor schob sich rückwärts aus dem niedrigen Kämmerchen und richtete sich auf. Sie sah, fand Guy, in der Schürze und mit den aufgekrempelten Ärmeln viel jünger und weicher aus.

»Hast du eine Ahnung, was sich da drinnen alles angesammelt hat! Ein altes Radio, ein Kerzenleuchter und mehrere Kartons voller Zeitschriften. Und dann noch ein wunderschöner kleiner Sessel – Regency, da bin ich ganz sicher.«

Er sagte: »Du hast eine Spinnwebe an der Stirn«, und wischte sie mit der Fingerspitze weg. Ihre Haut war kühl und weich. »Ich mache dir was zu essen, Eleanor – zur Belohnung für deine Unerschrockenheit. Ich glaube, in diese Kammer hat sich seit Jahrzehnten keiner mehr hineingewagt. Wie wär's mit Rühreiern? Ja?«

Sie aßen im Speisezimmer, inmitten schwerer, dunkler Möbel, die Guys Mutter zur Hochzeit bekommen hatte. Eleanor betrachtete die Familienfotografien in den silbernen Rahmen.

»Ist das deine Mutter? Sie war eine sehr schöne Frau. Du hast ihre Augen, Guy. Und das muß dein Vater sein.« Sie stellte die Fotografie nieder und ergriff die nächste. »Und wer sind diese Leute? Verwandte?«

Er schüttelte den Kopf. »Das sind meine Freunde, die Mulgraves.«

»Wo ist das Bild aufgenommen? Das Haus sieht sehr großartig aus.«

»In Frankreich. Diese Frau hier« – er wies auf Genya – »ist die Eigentümerin des Schlosses.« Er lächelte in der Erinnerung. »Sie sind alle ganz außergewöhnliche Menschen, Eleanor. Ich würde dich schrecklich gern mit den Mulgraves bekannt machen – du wärst begeistert von ihnen, das weiß ich. Sie sind so originell, so anders. Sie kennen nur ihre eigenen Regeln. Die Kinder sind absolut furchtlos.« Doch noch während er das sagte, dachte er, daß das auf Faith nicht zutraf; sie schickte, im Gegensatz zu Jake und Nicole, ihren Tollkühnheiten stets ein tiefes Luftholen voraus.

Er erzählte ihr, wie Ralph ihn am Straßenrand in der Nähe von Bordeaux aufgelesen und nach La Rouilly mitgenommen hatte; wie er unversehens einen ganzen Monat geblieben war. »Und Poppy, Ralphs Frau, ist eine großartige Person – sie läßt sich nie aus der Ruhe bringen und wird immer mit allem fertig. Und die Kinder sprechen alle mindestens fünf Sprachen, obwohl sie, glaube ich, keinen einzigen Tag in ihrem Leben zur Schule gegangen sind.«

»Das wird ihnen das Leben in der Zukunft vielleicht noch recht schwermachen«, meinte Eleanor.

»Man merkt es aber irgendwie gar nicht. Faith – sie ist die Älteste – wirkt auf mich absolut perfekt, so wie sie ist.«

»Wie alt ist sie?«

Er mußte einen Moment überlegen. »Siebzehn, glaube ich.«

»Ist sie hübsch? Auf dem Foto ist sie halb verdeckt.«

Guy hatte nie darüber nachgedacht, ob Faith hübsch

war. »Das kann ich wirklich nicht sagen.« Er lachte. »Sie trägt jedenfalls die ausgefallensten Kleider. Meistens Abgelegtes von ihrer Mutter oder Genya. Nachmittagskleider, wie sie zur Jahrhundertwende Mode waren, und Federboas.«

Eleanor sagte: »Das hört sich an, als wärst du in sie verliebt.«

Er sah sie überrascht an. »Aber nein, natürlich nicht. Faith ist für mich wie eine Schwester. Ich habe ja keine eigenen Angehörigen – ich nehme an, die Mulgraves sind für mich so eine Art Ersatzfamilie.«

»Sei mir nicht böse, Guy. Wir sind schließlich beide erwachsen. Es ist doch klar, daß wir nicht ohne engere Bindungen durchs Leben marschiert sind.«

Aber Eleanor Stephens wirkte irgendwie so unberührt, so sauber und frisch, daß es Guy gar nicht eingefallen war, Spekulationen darüber anzustellen, ob sie Liebhaber gehabt hatte. Zum erstenmal sah er sie vor sich, wie sie mit einem Mann im Bett lag, stellte sich ihren nackten Körper vor, die glatte, straffe Haut, die üppigen Formen.

Eleanor lachte. »Mein Vater sagt immer, Ärzte sollten jung heiraten, damit ihnen jemand das Frühstück macht, wenn sie Frühdienst haben, und ihnen das Bett wärmt, wenn sie spät in der Nacht nach Hause kommen. Ach, entschuldige –« Mit rotem Kopf brach sie ab. »Ich wollte nicht – ich weiß, daß du mich nicht in solchen Zusammenhängen siehst...«

Sie war sichtlich verlegen, und ihre Verwirrung war rührend im Gegensatz zu ihrer gewohnten resoluten Selbstsicherheit. Guy, der seit dem Tod seines Vaters den Schmerz mit harter Arbeit bekämpfte, konnte sich kaum erinnern, wann er sich das letzte Mal zu einer Frau hingezogen gefühlt hatte, und seine plötzliche Begierde überraschte ihn.

»Was glaubst du denn, wie ich dich sehe?« fragte er.

Sie schüttelte stumm den Kopf. Er begriff, wie leicht

man sich verleiten lassen konnte, nur die tüchtige, stets vernünftige Eleanor in ihr zu sehen und sie so zu schmälern, und er sagte leise: »Ich sehe dich als eine sehr attraktive Frau, Eleanor. Ich sehe dich als eine Frau, die ich sehr gern küssen würde.« Und er tat es.

Es war Mitternacht, als Eleanor nach Hause kam. Ihr Vater rief aus dem Wohnzimmer: »Noch einen Schlaftrunk?« und schenkte zwei Kognaks ein, als sie seiner Aufforderung nachkam.

Sie hockte sich zu Füßen seines Lieblingssessels am Feuer.

»Und wie geht es deinem feurigen Dr. Neville, Kind?« fragte er, als er sich zu ihr setzte.

»Guy geht es gut«, antwortete sie, »aber er ist nicht *mein* Dr. Neville.« Doch sie lächelte dabei.

»Nein? Ihr habt euch doch aber in letzter Zeit sehr häufig gesehen, nicht wahr?«

Eleanor wurde heiß bei der Erinnerung an Guys Küsse. Sie hob den Kopf und sah ihren Vater an. »Hast du etwas dagegen, Daddy? Magst du ihn?« Sie wurde sich bewußt, daß sie mit angehaltenem Atem auf sein Urteil wartete.

Ihr Vater antwortete mit Bedacht. »Dr. Neville genießt, soviel ich weiß, unter den Kollegen einen guten Ruf. Natürlich ist er noch jung. Aber ja, ich muß sagen, er gefällt mir. Als junger Mensch braucht man einen gewissen Idealismus. Meiner Meinung nach würde ohne Idealismus kein Arzt die ersten Jahre seiner Ausbildung durchstehen. Es ist allerdings zu hoffen, daß Dr. Neville mit der Zeit eine pragmatischere Einstellung entwickelt.« Er hielt inne und fragte dann vorsichtig: »Hast du ihn gern, Eleanor?«

»Wir sind – wir sind gute Freunde.« Doch sie bekam Herzklopfen, wenn sie an Guy dachte, und etwas im Inneren ihres Körpers zog sich zusammen vor Erregung. Sie fragte sich, ob das Liebe war; ob sie Guy Neville liebte. Sie hatte nie an die romantische Liebe geglaubt, hatte sie immer für eine Fiktion gehalten.

»Er scheint nicht vermögend zu sein«, warnte ihr Vater. »Sei vorsichtig, mein Kind – mit Idealen kann man kein Haus kaufen und keine Familie ernähren.«

»Guy hat ein sehr hübsches Haus.«

»In Hackney?« Selwyn Stephens' Ton verriet seine Skepsis.

»Wenn man es ein bißchen herrichtet – die vorderen Räume sind angenehm hell und luftig, mit ein wenig Farbe und guten Stoffen ließe sich eine Menge aus ihnen machen.«

»Aber vielleicht möchte Dr. Neville sein Haus gar nicht herrichten, Eleanor.« Er tätschelte ihre Schulter. »Sei vorsichtig, mein Kind«, sagte er wieder. »Ich habe manchmal den Eindruck, daß du die Tendenz hast, dich über andere hinwegzusetzen.« Sein Ton war gütig. »Aber im Ernst – Hackney! Das ist etwas anderes als Bloomsbury, Kind. Und das Leben als Frau eines kleinen Allgemeinarztes, der um seine Existenz kämpfen muß – das wäre nicht das, was du gewöhnt bist, Eleanor.«

Sie dachte, aber ich will ja auch gar nicht das, was ich gewöhnt bin! Das langweilt mich nur, es macht mich müde, es hat überhaupt nichts Herausforderndes mehr. Und ich könnte so viel für Guy tun. Mit meiner Hilfe brauchte er kein kleiner Allgemeinarzt zu bleiben, der um seine Existenz kämpfen muß. Und er brauchte auch nicht in der Malt Street zu bleiben. Aber sie sagte nur: »Wir sind nur Freunde, Vater.«

»Natürlich. Aber sollte sich etwas Ernsteres anbahnen, wäre ich selbstverständlich bereit, euch zu helfen. Du weißt, ich bin kein reicher Mann, aber ich könnte Dr. Neville vielleicht eine Partnerschaft anbieten.« Selwyn Stephens lächelte. »Vorausgesetzt, er könnte es mit seinem strengen Gewissen vereinbaren, ein solches Angebot anzunehmen.«

Sie faßte seine Hand. »Ach, Vater, du bist immer so gut zu mir. Aber ich denke nicht daran, Guy zu heiraten. Wer würde sich denn dann um dich kümmern?«

»Ich käme schon zurecht. Auf keinen Fall sollst du um meinetwillen etwas aufgeben, was du dir wirklich wünschst.«

Eleanor schloß einen Moment die Augen, und in ihr schläfriges Bewußtsein drang Guys Stimme: »Faith wirkt auf mich absolut perfekt.« Bevor ihr Vater sie an ihre Müdigkeit erinnerte und sie ermahnte, zu Bett zu gehen, hatte sie noch Zeit, darüber nachzudenken, daß Faith, nach dem, was sie über sie gehört hatte, eine Frau zu sein schien, die eher bei Männern als bei ihren Geschlechtsgenossinnen Anklang fand, und sie gestand sich ein, daß sie froh war, Faith weit weg in Frankreich zu wissen.

Die Mulgraves hörten mehr als ein Jahr lang nichts von Jake. Sie verbrachten den Winter 1938/39 in Marseille. Faith war gern dort. Auf einem Straßenmarkt entdeckte sie zwei Fortuny-Kleider, zusammengerollt wie dicke Würste, und sie fand Arbeit in einem Café in der Nähe des Hafens. Bei der Arbeit konnte sie den Wald von Masten sehen, der draußen auf dem Wasser schaukelte. Auf der einen Seite des Cafés hatte ein Segelmacher seine Werkstatt, auf der anderen ein Schiffsausrüster sein Geschäft. Draußen war immer etwas los – lautstarke Meinungsverschiedenheiten, Prügeleien, und einmal wurde direkt vor dem Café ein Mann niedergestochen, und Faith mußte ein Tischtuch auf die Wunde drücken, um das Blut zu stillen, während der *patron* den Arzt holte.

Sie servierte Frühstück und Mittagessen und arbeitete am Tresen. Es gab einen Klavierspieler, und abends war Tanz. Die Kundschaft war eine Mischung aus Seeleuten und Geschäftsleuten. Einer der Geschäftsleute mit Namen Gilles trug elegante Anzüge, hatte olivbraune Haut, gelecktes schwarzes Haar und ein kleines Oberlippenbärtchen. Er fuhr einen großen grauen Wagen mit rostroten Ledersitzen und wollte immer nur von Faith bedient werden. Nicole, die abends in dem Café sang, war beeindruckt von ihm. »Ich glaube, er handelt mit Opium oder ist ein Mädchenhändler. Überleg doch mal, Faith, du könntest zu seinem Harem gehören.«

Gilles ließ Faith seine Morgenzeitung lesen.

»Ich muß wissen, was in der Welt vorgeht«, erklärte sie ihm. »Es könnte Krieg geben, dann müßten wir uns überlegen, wohin wir am besten gehen. Wir haben ja kein richtiges Zuhause.«

»Wenn es Krieg gibt, meine Schöne, müssen Sie mit mir nach Afrika kommen. Ich habe eine wunderschöne Villa in Algier. Die Dienstboten würden Ihnen jeden Wunsch von den Augen ablesen, und Sie würden nie wieder andere Leute bedienen müssen.«

Gilles sagte das jedes Mal, und Faith lächelte stets und erwiderte höflich: »Nein, danke«, während sie im stillen über die Vorstellung von sich in Pluderhosen lachte.

Ralph und Poppy reisten für eine Woche zu Freunden nach Nizza. Eines Morgens brachte der Postbote Faith, als sie aus dem Haus ging, einen Brief, den Genya ihnen nachgeschickt hatte. Sie las ihn, während sie durch das Gewirr von Gassen zum Café ging. Er war in Französisch geschrieben, der Unterschrift nach von einem Mann namens Luis, der berichtete, Jake sei krank und befinde sich in einem Flüchtlingslager in der Nähe von Perpignan.

Gilles saß schon im Café, als sie ankam. Sie brachte ihm sein Frühstück, lieh sich wie immer seine Zeitung aus, las die Berichte über Spanien und begann zu planen. Als sie Gilles die zweite Tasse Kaffee einschenkte, sagte sie: »Dürfte ich Sie bitten, mir Ihr Auto zu leihen, Gilles?«

Sie sah, daß er blaß wurde, aber als Gentleman vom Scheitel bis zur Sohle verbarg er sofort sein Unbehagen. »Aber selbstverständlich. Darf ich fragen, wozu Sie den Wagen brauchen?«

»Mein Bruder ist in einem Flüchtlingslager in Argelès. Er hat anscheinend keinerlei Papiere, und die Wächter glauben ihm nicht, daß er Engländer ist. Ich dachte, wenn ich dort in Ihrer Prachtkarosse vorfahre, werden sie mir vielleicht glauben.«

»Geld macht immer Eindruck«, stimmte Gilles zu. Er nahm einen Schlüsselbund aus seiner Tasche. »Natürlich leihe ich Ihnen den Wagen, *ma chère* Faith.« Er sah sie an. »Ich nehme doch an, Sie können fahren?«

Sie war in Genyas altem Citroën-Lieferwagen auf den Feldern von La Rouilly herumkutschiert und nahm an, daß Gilles' Wagen nach den gleichen Prinzipien funktionieren würde. Mit einem Kuß auf die Wange bedankte sie sich bei ihm und ging dann zu ihrem Chef, dem Wirt des Cafés, um ihn um zwei Tage unbezahlten Urlaub zu bitten. Zu Hause schlüpfte sie in ihr Bläulingskleid und Poppys alten Fuchspelz, legte Brillantohrringe an und schminkte sich mit reichlich Puder und Lippenstift. Bei einem letzten prüfenden Blick in den Spiegel fand sie, daß sie aussah wie mindestens fünfundzwanzig, dazu schwer reich und mondän.

Gilles' Wagen war etwas widerspenstiger, als sie erwartet hatte. Sie streifte ein oder zwei Hausecken, als sie das Fahrzeug durch die engen Straßen manövrierte, die aus Marseille hinausführten, aber zum Glück waren die Schrammen nicht allzu schlimm. Auf der Küstenstraße nach Argelès fuhr es sich leichter. Sie saß vor Wind und Schneeschauern geschützt unter dem Stoffverdeck und konnte in Ruhe überlegen, was sie tun würde, wenn sie das Lager erreichte.

Ende Januar 1939, als General Francos Truppen durch Katalonien vorrückten, war Jake mit Zehntausenden anderer Flüchtlinge von Barcelona zur französischen Grenze marschiert. Er kam nur langsam voran. Er litt an einer starken Influenza, und während er sich auf den steinigen Straßen müde vorwärtsschleppte, quälte ihn der Husten mehr als die Flugzeuge der Legion Condor, die den Zug immer wieder unter Beschuß nahmen. Obwohl das Wetter durchgängig schlecht war, eiskalt mit einer Mischung aus Regen-, Graupel- und Schneeschauern – die passende Kulisse zum Tod der Republik, dachte Jake –, plagten ihn extreme Temperaturschwankungen. Manchmal schien sich aus der Gegend um sein Herz eine lähmende Kälte auszubreiten, dann wieder peinigte ihn eine schier erstickende Hitze, die ihm den Schweiß aus allen Poren trieb. Er vermutete, daß er Fieber hatte, und hätte sich am liebsten irgendwo im Straßengraben zusammengerollt, um dort liegenzubleiben, bis der Husten und die Hitzewallungen nachließen. Aber er marschierte weiter, weil seine Freunde weitermarschierten und er in diesem wirren und verwirrenden Krieg entdeckt hatte, daß Treue den Freunden gegenüber, die an seiner Seite gekämpft hatten, das einzige Gefühl war, dem er wirklich trauen konnte. Wenn seine Kräfte ihn verließen, wenn er ein paar Minuten am Straßenrand haltmachte und das ganze geschlagene, gequälte spanische Volk an ihm vorüberzustolpern schien – Frauen mit Säuglingen auf den Armen, Kinder, die eine Puppe oder einen Ball an sich drückten –, dann blieb Luis bei ihm. Und um Luis' willen rappelte sich Jake wieder auf und marschierte weiter, zwang sich, einen Fuß vor den anderen zu setzen.

An der Grenze jubelten sie im Vorgefühl der Sicherheit. Jake sah viele, die sich bückten und eine Handvoll spanische Erde aufhoben, um sie nach Frankreich mitzunehmen. Zunächst ließen die Franzosen nur Frauen, Kinder und Verwundete über die Grenze; ein paar Tage später durften die Männer ihnen folgen.

Im Lager von Argelès, das nicht mehr war als ein von Stacheldraht umgrenztes Dünengebiet, träumte Jake. Er träumte von dem Jungen, der sich geweigert hatte weiterzukämpfen und von Männern in Ledermänteln weggeführt und hinterrücks erschossen worden war; er träumte von den Kindern, die er, von den Bomben der Legion Condor zerfetzt, im Schlamm hatte liegen sehen; er träumte von dem Gefangenen, den man lebendig im Straßengraben verscharrt hatte – die Bezahlung einer alten Schuld, vermutete Jake. Zwischen diesen Alpträumen suchten andere Bilder ihn heim. Er war wieder in La Rouilly, und sie machten alle zusammen Picknick im Wald hinter dem Schloß: seine Eltern, Faith, Nicole, Guy, Felix. Die Sonne schien, und Jake verspürte eine beinahe unerträgliche Sehnsucht.

In Argelès gab es kein Dach über dem Kopf und anfangs weder zu essen noch zu trinken. Luis hob ein Loch im Sand aus, und Jake rollte sich, seinen Mantel um sich geschlagen, in der Grube zusammen wie ein überwinterndes Tier. In den langen, öden, kalten Stunden sprachen sie von der Zukunft. Luis hatte Freunde in Paris, die eine linksgerichtete Zeitung herausgaben; zu ihnen würde er sich durchschlagen, sobald es möglich war. Jake, sagte er, müsse mitkommen, die Pariserinnen wären bildhübsch, und er begleitete seine Worte mit einer kurvenreichen Handbewegung. Jake hustete und bemühte sich um ein Lächeln. Luis, der Angst um ihn hatte, erklärte dem französischen Wachposten, daß Jake Engländer war, aber der Mann glaubte ihm nicht. Jake hatte keinerlei Ausweispapiere, und wenn er im Fieber lag, phantasierte er in allen möglichen Sprachen. Die meisten Ausländer hatten Spanien bereits im Oktober verlassen, als die Internationalen Brigaden sich aufgelöst hatten. Es gelang Luis, einen Brief an

Faith aus dem Lager zu schmuggeln, gerichtet an die Adresse in La Rouilly. Jake, der nicht wußte, wo seine Familie sich derzeit aufhielt, fühlte sich manchmal quälend einsam.

Er hatte wieder den entsetzlichen Traum von dem Mann, der lebendig begraben wurde, als der Wachposten kam, um ihn zu holen. Noch heftig erregt von dem Traum, hatte er Mühe, in die Realität zurückzufinden. Luis beruhigte ihn, indem er ihm mitteilte, daß seine Schwester auf ihn warte. Jake konnte es kaum glauben; er konnte sich Faith nicht in der eisigen Kälte und dem Dreck von Argelès vorstellen. Dennoch schluchzte er laut auf vor Erleichterung. Er warf Luis beide Arme um den Hals und flüsterte: »Wir sehen uns in Paris.« Dann folgte er dem Posten über die Dünen.

Im ersten Moment erkannte er Faith nicht. Sie trug ihr altes blaues Kleid und den Pelzmantel ihrer Mutter und sah, wie er widerwillig zugeben mußte, umwerfend aus, wenn auch reichlich extravagant. Die Wachen waren offensichtlich hingerissen von ihr: Sie boten ihr Zigaretten und Kaffee an und ließen nichts unversucht, um sich an sie heranzumachen. Es war widerlich. Sie lachte und kokettierte, wie es überhaupt nicht ihre Art war, und dann drehte sie sich um und sah ihn, und ihr ganzes Gesicht veränderte sich. »Ach, Jake!« rief sie und lief zu ihm, um ihn in die Arme zu nehmen. Er merkte erst, daß sie weinte, als ihre Tränen seinen Hals näßten.

Jake sah so elend aus, daß Faith ihm erst einmal keine Fragen stellte, sondern einfach redete. Sie spürte, daß er den Trost und die Ablenkung ihrer Stimme brauchte, um nicht zusammenzubrechen. »Ich hab' gesagt, ich wäre die Tochter eines englischen Herzogs, und du wärst mein Bruder. Ich mußte sie bestechen, weißt du – ein Glück, daß etwas Geld im Auto war.«

Jake riß die Augen auf, als er das Auto sah. »Wo hast du denn den Wagen her? Das ist ja ein *Phantom*.«

Faith erzählte von Gilles.

»Bist du seine Geliebte?«

»Aber nein, natürlich nicht.« Faith kramte Gilles' Taschenflasche mit Kognak aus dem Handschuhfach. »Er ist Gast in dem Café, in dem ich arbeite. Er ist wahnsinnig nett. Ich glaube, er ist Schmuggler.«

Sie flößte Jake Kognak ein, fütterte ihn mit Schokolade und hüllte ihn in Wolldecken, damit er nicht fror. Nachdem sie eine Weile gefahren waren, entspannte er sich sichtlich, so als ließe er Spanien und das Lager endgültig hinter sich.

»Warum bist du überhaupt nach Spanien gegangen, Jake?« fragte sie.

Er zuckte die Achseln. »Wegen dem, was Felix damals gesagt hat. Daß die Republikaner verlieren würden.« Er lachte. »Ich habe mir eingebildet, ich würde für die Freiheit kämpfen. Aber es ist mir nicht unbedingt gelungen, die steigenden Fluten des Faschismus aufzuhalten, hm?«

Faith warf ihm einen kurzen Blick zu. Er hatte sich sehr verändert, seit er vor anderthalb Jahren aus La Rouilly verschwunden war. Von den tief eingefallenen Wangen, dem Schmutz und dem stoppeligen Kinn einmal abgesehen, spürte sie, daß die eigentlichen Veränderungen tiefer gingen und daß diese Veränderungen ihn für immer prägen würden.

»Du warst immer schon widerlich ehrgeizig, Jake«, sagte sie, aber sie drückte ihm die Hand dabei. »Wie war es denn?«

Matschregen glitt an der Windschutzscheibe hinunter.

Jake sagte: »Es hat ständig geregnet, und ich hatte ein Loch im Stiefel und hab' mir eine Riesenblase geholt, die sich entzündete, und die meiste Zeit hatte ich Durchfall, und fast immer hab' ich mich irgendwo verlaufen. Ich hatte das Gefühl, daß ich die meiste Zeit auf dem Marsch zu irgendeinem Ziel war, und sobald ich dort ankam, mußte ich wieder woanders hin. Es war kalt, ich war chronisch müde, und mein Gewehr hatte dauernd Ladehemmung.« Er zog einen zerdrückten Tabakbeutel aus seiner Tasche und gab ihn Faith. »Würdest du mir eine drehen? Meine Hände zittern zu stark.«

Er hustete, aber sie drehte ihm die gewünschte Zigarette. Eine Weile rauchte er schweigend, dann sagte er: »Ich wußte nie recht, wo ich eigentlich stand. Ich hatte geglaubt, es würde – klar sein. Einfach. Gut und böse, schwarz und weiß. Aber so war es nicht.« Er begann wieder zu husten. Als der Anfall vorüber war, sagte er: »Ich meine, in gewisser Weise war's natürlich doch so, und es ist furchtbar, daß die Faschisten allem Anschein nach gesiegt haben. Aber weißt du, ich habe mit eigenen Augen gesehen, wie Leute, die auf derselben Seite standen wie ich, die schrecklichsten Dinge getan haben, und da dachte ich...« Er zwinkerte und starrte lange Zeit nur stumm zum Fenster hinaus.

Nach einiger Zeit sagte sie behutsam: »Und was willst du jetzt tun, Jake?«

»Erst mal will ich den verdammten Husten loswerden.« Seine Miene veränderte sich, und das vertraute entwaffnende Lächeln blitzte auf. »Und dann geh' ich nach Paris. Ein Freund von mir kennt Leute, die dort eine Zeitung herausgeben. Du solltest mitkommen, Faith.«

3

IN PARIS TEILTE sich Jake eine Wohnung in der Rue des Sts-Pères am Rive Gauche mit Luis und einem englischen Maler namens Rufus Foxwell. Rufus hatte nur beißenden Spott übrig für die Zeitung, bei der Luis und Jake arbeiteten. »*L'Espoir? Le Désespoir* wäre zutreffender.« Jake war geneigt, Rufus recht zu geben; alle politische Leidenschaft, die ihn einst beflügelt hatte, war ihm im Chaos es spanischen Bürgerkriegs vergangen. Außerdem beschränkte sich die Tätigkeit bei der Zeitung vor allem darauf, im Regen herumzustehen und zu versuchen, das verdammte Blatt irgendwelchen völlig desinteressierten Passanten aufzuschwatzen. Nach einem Monat gab er auf und fing in einer Kneipe an, wo er mehr Geld bekam und wenigstens ein Dach über dem Kopf hatte.

Jake war begeistert von Paris. Er war begeistert von den breiten Straßen, den prächtigen, blaßgrauen Gebäuden und dem Licht der Morgensonne auf der Seine. Nach der drückenden Hitze der Gironde erschien ihm die Pariser Luft prickelnd wie ein edler Wein. Die Frauen waren tatsächlich so schön und elegant, wie Luis versprochen hatte, mit schlanken, seidenbestrumpften Beinen und schicken kleinen Hütchen auf dunklen Locken. Gleich an seinem ersten Tag in Paris verliebte er sich, aber keine Woche später hatte er sich schon einer anderen zugewandt. Er lernte schnell, mit einem Blick und einem Lächeln sein Interesse mitzuteilen. Die Objekte seiner Begierde verfolgte er mit

Hartnäckigkeit: Waren sie verheiratet oder gläubig oder mit einem *poilu* verlobt, der irgendwo in einer Kaserne an der Marne eingesperrt war, so erhöhte das nur die Spannung. Er hatte bald große Routine darin, taktvolle kleine Briefchen zu schreiben, die gerade das richtige Maß an Endgültigkeit und Bedauern ausdrückten, um eine Affäre mit Anstand zu beenden.

An dem Tag, als Frankreich Deutschland den Krieg erklärte, tranken Jake, Luis und Rufus Foxwell bis in die frühen Morgenstunden. Eine Woche später brachte Rufus Anni mit, eine Deutsche, die irgendwann einmal seine Freundin gewesen war. Anni war klein und drall und hatte kurzgeschnittenes dunkles Haar und kohlschwarze Augen. Sie trug lange Hosen und gestreifte Pullis und sah aus, fand Jake, wie ein pummeliger, schnippischer Schuljunge. Jake, der seine neueste Eroberung zum Abendessen mitgebracht hatte, eine langbeinige Blondine namens Marie-Joseph, fand Anni ziemlich unsympathisch. Sie hatte zu allem und jedem eine sehr dezidierte und eigenwillige Meinung und nahm kein Blatt vor den Mund. Beim Essen, in Rotwein geschmorter Braten, den Luis zubereitet hatte, wandte sich das Gespräch natürlich dem Krieg zu. Georges, der Herausgeber der Zeitung, war überzeugt, daß er innerhalb weniger Monate vorüber sein würde.

Da fragte Anni mit ihrer kehligen Stimme und ihrem deutschen Akzent: »Sag mal, Luis, weißt du schon, wohin du gehen willst? Schließlich bist du spanischer Kommunist, da wirst du in Paris nicht sicherer sein als ich.«

Alle starrten sie verblüfft an, und Rufus sagte: »Wie meinst du das, Anni?«

Sie zündete sich eine Zigarette an, bevor sie antwortete. »Ich meine natürlich, wenn die Nazis Paris besetzen.«

Irgend jemand lachte. Jake sagte: »Die Nazis werden Paris niemals besetzen. Das ist ja lächerlich.«

»Meinst du?« fragte sie, ihre dunklen, unergründlichen Augen auf ihn gerichtet.

Jake hatte das Gefühl, gewogen und für zu leicht befunden zu werden.

»Vielleicht bist du ein bißchen zu pessimistisch, Darling.« Rufus schenkte allen nach. »Deutschland hat schon im letzten Krieg versucht, Paris zu erobern, und hat es nicht geschafft. Warum sollte es jetzt anders sein?«

Anni zuckte die Achseln. »Weil es andere Menschen sind. Weil es eine andere Situation ist. Alles verändert sich.«

»Länder verändern sich nicht.«

Sie sah Jake mit kaltem Blick an. »Vor neun Jahren habe ich mit meinen Eltern in einer schönen Wohnung in Berlin gelebt. Mein Vater war ein leitender Gewerkschafter. Wir hatten immer zu essen, und ich wollte an der Kunstakademie studieren.« Anni hob die Hände mit einer Geste der Vergeblichkeit. »Und jetzt ist mein Vater tot, und ich kann nicht mehr in Berlin leben, und meine Familie ist bettelarm.«

»Das war Deutschland«, sagte Jake ärgerlich. »Hier sind wir in Frankreich. Das ist nicht dasselbe.« Ein schauderhaftes Bild war ihm bei Annis Worten plötzlich gekommen: Paris voller Hakenkreuze und Knobelbecher. Ja, schlimmer noch, ein La Rouilly, das nicht mehr das Paradies seiner Kindheit war.

Jake kehrte dem Gespräch den Rücken und konzentrierte seine Aufmerksamkeit für den Rest des Abends auf Marie-Joseph. Aber die Verstimmung blieb, und als Marie-Joseph ihm in den frühen Morgenstunden die Erlaubnis zu bleiben abzuschmeicheln suchte, schüttelte er den Kopf und sagte schroff, er müsse zum Bahnhof und seine Schwester abholen, die mit dem Nachtzug komme.

Faith fand den Schlafwagen ideal. Es gab ein Klappbett, ein kleines Waschbecken, das in einem Schrank versteckt war, und eine Jalousie, um das Fenster zu verdunkeln. Sie teilte das Abteil mit nur einer anderen Reisenden, einer betagten Nonne, die ein knarrendes Korsett trug und, wie Faith Jake erzählte, als er sie an der Gare d'Austerlitz abholte, stundenlang betete.

»Ich dachte schon, sie wäre im Knien eingeschlafen. Ich wollte sie gerade mit der Schuhspitze anstoßen, als sie sich bekreuzigte und endlich in ihr Bett hüpfte.«

Jake fuhr mit Faith in die Wohnung in der Rue des Sts-Pères. »Die anderen sind im Moment unterwegs«, erklärte er. »Sie kommen später. Ich habe dir ein Zimmer freigemacht.«

Das Zimmer war sehr klein, es glich eher einer Kammer, aber das schmale Fenster blickte auf ein Panorama von Cafés und Marktbuden hinunter. Faith strahlte. »Ach, Jake! Es ist herrlich hier.«

Er sah auf seine Uhr. »Ich muß zur Arbeit. Kommst du zurecht? Du kannst auspacken, dir was zu essen machen, ganz, wie du willst.«

Nachdem er gegangen war, sah sie sich in der Wohnung um. Auszupacken schien ihr wenig sinnvoll. Es gab keinen Schrank im Zimmer, sie würde also ohnehin aus dem Koffer leben müssen. In der Küche stapelte sich das schmutzige Geschirr in Bergen im Spülbecken, jeder Topf und jede Pfanne waren entweder mit einer Kruste undefinierbarer Zusammensetzung überzogen oder mit grauem Wasser gefüllt. Auf dem Tisch stand eine Tasse, die überquoll von Zigarettenkippen. Im Atelier neben der Küche lehnten riesige Leinwände in Stapeln an den Wänden. Faith sah sie durch und wurde mitten in der Besichtigung von einer Stimme überrascht. »Das sind nicht meine besten. Ich werde sie alle übermalen.«

Ein Mann stand in der offenen Tür. Er war ihrer Schätzung nach etwas älter als Jake, kleiner und drahtiger, mit unordentlichem rötlichbraunem Haar und sehr dunklen

Augen. Er hatte eine weite Cordhose voller Farbkleckse an und dazu eine Jacke, an der mehrere Knöpfe fehlten.

»Das hier gefällt mir.« Faith wies auf eines der Bilder.

Er kam herein und betrachtete sein Werk. »Na ja, nicht sehr eigenständig. Ein bißchen viel Chagall-Einfluß.« Er bot ihr die Hand. »Rufus Foxwell. Sie sind sicher Faith.«

»Jake mußte zur Arbeit«, erklärte sie. »Er meinte, es wäre in Ordnung, wenn ich hierbleibe, bis er zurückkommt.«

»Ich finde das gar nicht in Ordnung«, widersprach Rufus lächelnd. »Sie können doch nicht Ihren ersten Morgen in Paris hier in dieser Bruchbude verbringen. Holen Sie Ihre Jacke, Miss Mulgrave. Wir beide machen jetzt einen Stadtbummel.«

Zuerst führte er sie in ein Café, wo sie mit Croissants und Kaffee ein zweites Frühstück einnahmen. Dann machten sie eine Bootsfahrt auf der Seine. Am Nachmittag, nach einem ausgedehnten, geruhsamen Mittagessen, gingen sie in den Louvre, redeten ohne Ende und lachten viel. Als sie durch die Tuilerien-Gärten spazierten, legte Rufus ihr den Arm um die Schultern. Zurück in der Wohnung, machte Faith in ihrem Zimmer ein Nickerchen, während Rufus in seinem Atelier arbeitete. Als sie erwachte, war Jake nach Hause gekommen. Er machte sie mit Luis bekannt, der in der Küche stand und kochte. Appetitliche Düfte nach Knoblauch und Tomaten übertönten die Gerüche von Farben und Leinöl.

Nach dem Essen kamen alle möglichen Leute vorbei: eine ziemlich hirnlose Blondine namens Marie-Joseph, die offenbar Jakes derzeitige Flamme war (Jake hatte in bezug auf Frauen immer noch den gleichen unmöglichen Geschmack), ein großgewachsener magerer Mann namens Georges, eine junge Deutsche in langen Hosen. Danach konnte sie die Gesichter und die Namen nicht mehr auseinanderhalten. In den Zimmern wurde es stickig und laut. Jemand sang und beschwerte sich, weil kein Klavier da war, worauf ein halbes Dutzend Männer zur Straße hinunterlief, aus der nächsten Bar ein Klavier herausrollte und es begleitet vom Geschimpf der anderen Mieter im Haus die Treppe hinaufhievte. Faith tanzte mit ständig wechselnden Partnern, und jemand klatschte ihr einen knallenden Kuß auf die Wange. Ein Maler wollte sie malen, eine Frau gab ihr die Adresse des Modesalons, in dem sie arbeitete. »Ich such' Ihnen was Hübsches von der Stange aus, *chérie*.« Es erinnerte Faith an die Abende in La Rouilly, als sie jünger gewesen waren.

Mit leichten Kopfschmerzen floh sie irgendwann in die Küche, um Kaffee zu kochen. Neben dem schmutzigen Geschirr hatte sich eine Riesenmenge leerer Flaschen angesammelt. Während sie nach sauberen Tassen suchte, hörte sie hinter sich die Tür klappen und drehte sich um.

»Ich find's wirklich nicht nett von Jake, daß er Sie uns so lange vorenthalten hat«, sagte Rufus. »Ziemlich egoistisch von ihm. Und das ist ein irres Kleid, das Sie da anhaben!«

»Gefällt es Ihnen?« Sie hatte es auf dem Speicher von La Rouilly entdeckt, fließende spinnwebgraue Spitze, vermutlich aus dem ersten Jahrzehnt des Jahrhunderts.

»*La Belle Dame sans Merci*« murmelte Rufus. »Einsam und bleich im Mondenschein ...«

Eine Weile ließ sie sich seine Küsse gefallen, dann entzog sie sich ihm und sagte: »Rufus, ich mag Sie wirklich gern, aber –«

»Das kommt zu plötzlich?« Er lachte. »Ich dachte, Sie wären ein freier Geist wie Jake. Aber ich bin gern bereit, mich in Geduld zu fassen, wenn es Ihnen darum geht, Faith. Wenigstens bis morgen.«

Er stand vor ihr, die Hände zu ihren beiden Seiten gegen die Wand gestützt, so daß sie von seinen Armen umschlossen war. »Das ist es nicht«, sagte sie.

»O Jammer. Dann bin ich nicht Ihr Typ?«

Sie lachte. »Ich weiß gar nicht, was mein Typ ist.«

»Oder gibt es da vielleicht einen anderen?« Er schien die Veränderung in ihrem Gesicht wahrzunehmen. »Aha! Jake hat nichts davon gesagt –«

»Nein.« Sie schüttelte den Kopf, aber sie dachte an Guy. Er sagte: »Ich werde nicht lockerlassen, Faith. Ich bin nämlich jemand, der nicht so leicht aufgibt.«

Dann flog die Tür auf und Jake rief lachend: »He, Hände weg von meiner Schwester, Foxwell, sonst gibt's Ärger.«

Rufus sprang zurück. »Bitte um Entschuldigung.«

Faith sah einen Küchenschrank durch. »Ich kann nirgends Kaffeetassen finden.«

»Im Schrank unter dem Spülbecken sind Marmeladengläser. Rufus benutzt sie manchmal zum Pinselreinigen, aber davon brauchst du dich nicht abschrecken zu lassen.«

An den Küchentisch gelehnt, tranken sie den Kaffee und sahen zur dunklen Seine hinaus, in deren stillem Wasser sich die Sterne spiegelten.

»Gefällt's dir?« fragte Jake, und Faith nickte.

»Du bleibst doch ein paar Wochen, ja? Ich möchte dich mit allen meinen Freunden bekannt machen.«

»O ja, ich bleibe eine Weile.« Sie umfaßte seinen Arm. »Jake, was meinst du, sollten wir nach England gehen?«

»Nach England? Wozu denn das? Ich dachte, es gefällt dir in Paris.«

»Ich finde es herrlich. Aber ich meine, wir sollten vielleicht alle nach England gehen. Wegen des Krieges.«

Jake sagte: »Du redest wir diese verrückte Anni.« Er kippte den Rest seines Kaffees ins Spülbecken.

»Werd nicht gleich böse, Jake. Die englischen ›Untermieter‹ sind alle nach Hause gereist.«

Er hatte ihr den Rücken zugewandt. Nach einer kleinen Weile sagte er: »Nach Hause? Wo sind wir denn zu Hause, Faith?«

»In La Rouilly nehme ich an. Aber wir sind Engländer. Wir haben englische Pässe.« Sie berührte seine verkrampfte Schulter. »Wenn etwas Schlimmes geschehen sollte – *wenn*, Jake –, dann kommst du doch zu uns zurück, nicht wahr?«

»Du wirst Papa nie dazu bringen, nach England zu gehen.«

»Nein, leicht wird es nicht werden, das weiß ich. Aber ich glaube, Mama würde gern gehen.«

Er sagte neugierig: »Willst du wegen Guy da rüber?«

Sie hatte Guy seit mehr als zwei Jahren nicht mehr gesehen. Sie schüttelte den Kopf. »Nein. Er hat mich wahrscheinlich längst vergessen.«

»Unsinn. Der Typ ist Guy nicht.«

Es fiel ihr schwer, sich England vorzustellen, noch schwerer, sich selbst dort zu sehen, in einem Land, wo es immer regnete oder neblig und kalt war. Aber vielleicht würden sie gerade dort, auf dieser feuchten, unwirtlichen Insel, sicher sein. Sie sagte noch einmal: »Du kommst doch nach Hause, nicht wahr, Jake?«

Um ihr eine Freude zu machen, sagte er: »Natürlich. Ich verspreche es dir, Faith.«

Weihnachten reiste Jake zu seiner Familie nach Marseille, stritt sich mit Ralph und kehrte vorzeitig nach Paris zurück. Die Wohnung in der Rue des Sts-Pères war leer, bis auf Anni, die am Tisch in der Küche saß und mit den Fingern eingelegten Kohl aus dem Glas aß.

Jake knallte seinen Rucksack auf den Boden. »Was tust du denn hier?«

Sie kaute weiter ihren Kohl. »Dein Charme ist umwerfend, Jake. Aber da es dich zu interessieren scheint, Rufus hat mir erlaubt, sein Atelier zu benützen. Bei mir sind Ratten, und sie fressen alle meine Sachen auf. Rufus meinte, über Neujahr wäre niemand hier.« Sie musterte Jake. »Offensichtlich hat er sich geirrt. Tut mit leid. Ich haue gleich wieder ab.«

Er wußte, daß er sich wie ein Scheusal benommen hatte, und es tat ihm leid. »Du brauchst nicht zu gehen«, sagte er versöhnlich. »Ich bin früher zurückgekommen als geplant.«

»Waren die Festivitäten zu Hause nicht nach deinem Geschmack?«

»So kann man sagen.« Angewidert musterte er das Glas mit dem eingelegten Kohl. »Hast du keinen Löffel?«

Sie wies zum Spülbecken. »Den Abwasch anderer Leute mach ich aus Prinzip nicht.«

Das schmutzige Geschirr türmte sich noch höher als gewöhnlich. Mit einem gottergebenen Seufzer kramte Jake eine Schachtel Streichhölzer heraus und zündete den Boiler an. Nachdem er das Durcheinander so gut es ging vorsortiert hatte, begann er, Luis verfluchend, der den Jahreswechsel bei irgendwelchen reichen Freunden von Rufus in Le Touquet verbrachte, die Geschirrberge abzutragen. Gereizt war er sich bewußt, daß Anni die ganze Zeit, während er schuftete, seelenruhig hinter ihm am Tisch saß.

Irgendwann sagte sie: »Ich muß sowieso arbeiten. Du brauchst also keine Angst zu haben, daß ich dein Liebesleben störe.«

Irgend etwas in ihrem Ton brachte seinen Ärger zum Überkochen. »Was ich tue, geht dich überhaupt nichts an«, schnauzte er wütend.

»Eben, sage ich doch.« Damit stand sie auf und ging in Rufus' Atelier hinüber.

Jake machte seinem Ärger in einer Putzorgie Luft und schrubbte Boden und Tischplatten, bis sie vor Glanz strahlten und in der ganzen Wohnung nicht ein einziger schmutziger Teller mehr zu finden war. Dann suchte er sein Adreßbuch aus seinem Rucksack und machte sich daran, eine lange Liste von Namen durchzugehen. Auf Marie-Joseph waren schon vor langem Suzanne, Martine und Pepita gefolgt, aber alle hatten sie für den Silvesterabend bereits etwas vor, wie er feststellen mußte, nachdem er von Wohnung zu Wohnung gestapft war. Er begann sich selbst leid zu tun und bedauerte beinahe, so überstürzt aus Marseille abgereist zu sein. Zurück in der Wohnung, fand er vor der Tür einen Blumenstrauß mit einer Karte, die an Mademoiselle Anni Schwartz adressiert war. Von drinnen hörte er laute Grammophonmusik; sie hatte wahrscheinlich die Türglocke nicht gehört.

Er nahm den Strauß, ging in die Wohnung und klopfte an die Tür des Ateliers. »You're the Cream in my Coffee«, plärrte das Grammophon. Anni saß am Tisch, den Kopf über ein Blatt Papier gebeugt. Sie blickte auf und sagte: »Jake! Ich wußte gar nicht, daß du mich magst.« Er sah zu den Blumen hinunter und wurde rot.

»Die sind nicht von mir – sie lagen draußen – das Grammophon ...«

»Ich weiß, mein Schatz, ich weiß.« Sie drehte die Musik leiser, zauste ihm kurz das Haar und nahm ihm die Blumen ab. Sie brachte es mühelos fertig, ihm das Gefühl zu geben, er sei ein kompletter Idiot. »Chrysanthemen – igitt!« Sie warf einen Blick auf die Karte. »Und sie sind auch noch von Christian«, sagte sie mit einer Grimasse. »Christian ist ein unheimlich langweiliger Mensch. Ich schenk' sie der Concierge. Warum bekommt man nur so oft Blumen von Männern, von denen man sie gar nicht haben will?«

Sein Blick fiel auf den Holzschnitt, der auf dem Tisch lag. »Das ist ja toll«, sagte er. Er hatte nicht vorgehabt zu bleiben und ganz gewiß nicht, ihr Komplimente zu machen, aber er konnte nicht anders. Der kleine Druck zeigte ein anmutiges altes Schloß inmitten von Wäldern. »Wo ist das?« fragte er.

»Nirgends. Es ist ein Phantasiegebilde – von jedem meiner Lieblingsplätze ein bißchen was.«

»Es erinnert mich an etwas.« Doch Annis Bild zeigte ein

Bauwerk, das weit älter war als La Rouilly, ein altertümliches Schloß mit Zinnen und Türmen und einem architektonisch angelegten Park. Er versuchte, seinen Eindruck zu erklären. »Es wirkt so friedlich.«

»Dann habe ich heute gut gearbeitet. Aber was tust du hier, Jake? Ich dachte, ich würde dich frühestens morgen wiedersehen. Haben deine Freundinnen dich im Stich gelassen?«

Er sagte verdrossen: »Die haben alle schon was vor.«

»Armer Jake. Und das bricht dir wohl das Herz?«

»Ja, natürlich. Ich bete diese Frauen an.«

Sie packte ihre Werkzeuge zusammen. »Ich hatte eher den Eindruck, du verachtest sie.«

»Was redest du für einen Quatsch!«

Mit einem Tuch wischte sie einen Tintenfleck vom Tisch. Sie trug eine farbverschmierte Hose und ein uraltes fadenscheiniges Hemd und sah, wenn überhaupt möglich, noch schlimmer aus als gewöhnlich, fand Jake.

»Du flirtest mit hübschen Frauen, aber wehe, wenn sie auf deine Annäherungsversuche eingehen! Dann willst du nichts mehr von ihnen wissen. Du willst immer nur haben, was du nicht bekommen kannst.«

»Ach, du meine Güte«, sagte er. »Ich dachte, du wärst Malerin. Daß du auch in Psychoanalyse machst, wußte ich nicht.«

Sie lächelte. »Und jetzt, mein armer Jake, kommen alle deine Angebeteten prima ohne dich zurecht. Ich fürchte, dir bleibt nur eines – du wirst Silvester mit mir feiern müssen.«

Zuerst glaubte er, auch das sei Spott. Aber als sie in einem Karton zu kramen begann, eine frische Bluse herauszog und zu ihm sagte: »Meinst du nicht, du solltest rausgehen, während ich mich umziehe?«, begriff er, daß es ihr ernst war. Er wurde rot, murmelte eine Entschuldigung und ging hastig hinaus.

Sie saßen in verqualmten Kellerkneipen, die voller Menschen waren, tanzten zu wilder Jazzmusik, rochen den süßlichen Duft von Haschisch. Er lernte Hunderte von Leuten kennen und konnte ihre Namen nicht behalten. Als es Mitternacht schlug, zog er sie an sich und küßte sie. Ihre Lippen lagen kühl auf den seinen, und hinterher ertappte er sich dabei, daß er sie nicht aus den Augen verlieren wollte, daß er sie mit Blicken verfolgte, während sie sich durch das Gewühl drängte und lachend ihre Freunde umarmte. Was er einmal unschön oder abstoßend gefunden hatte – das kurzgeschorene Haar, den kleinen, kräftigen Körper –, war plötzlich faszinierend geworden.

Im Morgengrauen gingen sie zu Fuß zur Wohnung zurück. Er war ziemlich betrunken und in jenem Stadium der Müdigkeit, wo alles irreal erscheint. In seiner Jackentasche steckte eine Flasche Champagner – er konnte sich nicht erinnern, wo er sie mitgenommen hatte –, und in seinem Mund hing eine Zigarette. Anni ging neben ihm, die Hände tief in die Taschen ihrer Jacke vergraben, unberührt von Müdigkeit, ihr Schritt so flott und zielstrebig wie immer.

In der Wohnung öffnete Jake den Champagner, Anni holte Gläser und legte eine Platte auf.

»Auf 1940«, sagte er. »Auf Liebe, Ruhm und Reichtum«, begann er, aber sie legte ihm einen Finger auf die Lippen.

»Denk jetzt nicht an die Zukunft«, sagte sie und begann, sein Hemd aufzuknöpfen.

Sie verführte ihn. Das war ihm nicht mehr widerfahren, seit er mit sechzehn seine Unschuld verloren hatte. Sie liebte ihn auf eine Weise wie keine Frau vor ihr. Aber das war es gar nicht – nicht die Liebkosungen, die Küsse, die ganze Grammatik der Liebe –, was ihm den Atem raubte, so daß er am Ende so erschöpft war, als wäre er auf gewundenen Wegen kilometerweit durch einen dunklen Wald gelaufen. Nein, zum erstenmal in seinem Leben hatte er sich ganz hingegeben; er hatte nicht wie sonst neben sich gestanden und sich spöttisch beobachtet, indes er zugleich sie beobachtet, bewertet und für ungenügend befunden hatte. Als er schließlich in die Kissen zurückfiel, wußte er nicht, ob sie sich nur ein paar Minuten geliebt hatten oder einen ganzen Tag. Er hatte die Fähigkeit verloren, die Zeit in Stunden, Minuten, Sekunden aufzuteilen. Es gab nur Anni: ihre Haut an seiner; ihren Duft; den Schlag ihres Herzens.

Das Krachen einer Tür in der Wohnung eine Etage tiefer weckte ihn. Er war allein. Er stand auf und ging durch die Räume. Sie war nicht da. Wären nicht die schmalen roten Streifen gewesen, die ihre Fingernägel auf seinem Schulterblatt hinterlassen hatten – er wäre nicht sicher gewesen, ob er die Ereignisse der Nacht nicht nur geträumt hatte.

Die Mulgraves waren den ganzen Winter auf Reisen. Faith hatte den Eindruck, daß sie sich in einer immer enger werdenden, immer schnelleren Spirale bewegten. Schnee und Kälte eines eisigen Winters verfolgten sie, während sie von Menton nach Antibes reisten, von Antibes nach St. Jean de Luz. Nirgends blieben sie länger als einige Wochen. Jedes Mal, wenn sie in einem neuen Hotel, einer neuen Pension oder Mietwohnung ankamen, sah Ralph sich um und sagte: »Ja, das ist es.« Aber schon nach einem Monat, manchmal sogar früher, war es vorbei mit seiner Zufriedenheit. Er packte die ganze Familie zusammen mit Bergen von Koffern, Vogelkäfigen und Bücherkartons wieder in den Wagen.

Ralph hatte das Geld, das eigentlich für den Schoner bestimmt gewesen war, für einen majestätischen, aber altersschwachen Citroën ausgegeben, der mit enervierender Regelmäßigkeit in den ungünstigsten Momenten liegenblieb. Poppy ertrug die Autopannen, die Kälte und die immer kleiner und schäbiger werdenden Häuser mit einer Miene grimmiger Langmut. Nicole, die mit Minette, ihrem King-Charles-Spaniel, ihren Katzen, ihrem Kaninchen und einem Käfig voll Kanarienvögel hinten im Wagen saß, fröstelte in dem schäbigen Nerz, den sie auf einem Markt in Toulon erstanden hatte. In jedem neuen Ort suchte sich Faith Arbeit in einem Geschäft oder Restaurant und sparte ihren Lohn – halb in Francs, halb in Pfund Sterling, nur für den Notfall.

Irgendwann fuhren sie nachts in Richtung Norden durch Norditalien. Poppy, die vorn auf dem Beifahrersitz saß, schlief. Nicole schaute zum Fenster hinaus. In den Strahlen der Scheinwerfer blitzten wirbelnde Schneeflocken. Ralph, der am Steuer saß, warf einen Blick auf die Karte. »Gleich sind wir da.«

Gleich sind wir wo? dachte Faith. In welchem Haus? In welchem Land? Sie hatte den Namen der Freunde vergessen, bei denen sie bleiben wollten.

»Die Lovatts verbringen den Winter immer in Italien«, sagte Ralph mit Entschiedenheit.

In den frühen Morgenstunden hielt er den Wagen vor einem Haus in den Hügeln an. Alles war dunkel. Faith konnte nur das Tor erkennen und die schneebedeckten Zypressen. Ralph schüttelte Poppy an der Schulter, um sie zu wecken, und begann schon, den Kofferraum zu entladen. Nicole stieg aus. Das zweiflügelige Tor des Anwesens, auf dem das Haus stand, war mit einem Vorhängeschloß gesichert. Nicole zwängte sich durch die Lücke zwischen dem Torpfosten und der Hecke. Faith folgte ihr.

Ihre Stiefel knirschten im Schnee, als sie die Auffahrt hinaufgingen. Die Schneedecke war ungebrochen, das Haus war dunkel, auf dem Vorplatz stand kein Auto. Ab und zu kam der Mond hinter den Wolken hervor und beleuchtete die Fassade mit den geschlossenen Läden. Faith und Nicole gingen einmal um das Haus herum. Schnee lag auf den Blumenbeeten im Garten und umwölkte die Statuen.

Nach einer Weile sagte Nicole: »Es ist kein Mensch da, stimmt's, Faith?« Sie zitterte vor Kälte.

»Sie sind anscheinend diesen Winter in England geblieben.«

»Es ist so still. Ich finde es gruselig hier.«

Faith antwortete nicht. Den Blick auf das dunkle, abweisende Haus gerichtet, war sie sich eines Gefühls äußerster Trostlosigkeit bewußt. Es war, dachte sie, als wären sie an den Rand eines Wirbels hinausgeschleudert worden und könnten nicht zur Mitte zurückkehren, sondern müßten für immer ausgeschlossen an der Peripherie verharren. Wie auf einem Abstellgleis für all die, welche keine Heimat hatten.

Nicole warf Schneebälle auf ein Standbild. Die heftige Bewegung ihres Arms erschütterte die in Eis erstarrte Landschaft. Schneebrocken zersprangen und rieselten in staubigen Wolken zu Boden. »Ich halte es nicht aus«, sagte sie zornig, »wenn immer alles gleichbleibt.«

Jake achtete weder auf die Kälte noch auf die immer bedrückenderen Nachrichten. Wenn er, allzu selten, mit Anni zusammen war, konnte er an nichts anderes denken als an sie; wenn sie nicht bei ihm war, beschäftigten ihn unablässig die Fragen, wo sie war, mit wem sie zusammen war, was sie tat. Anni machte sich rar. Manchmal bekam Jake sie wochenlang nicht zu Gesicht und spürte, wie eine beinahe mörderische Wut in ihm zu wachsen begann. Dann klopfte sie bei ihm an die Tür oder erschien unversehens in der Kneipe, und all sein Groll verflog. Manchmal nahm er sich in seinem Ärger über ihre Abwesenheiten, ihre Halsstarrigkeit und ihren Eigensinn vor, Schluß zu machen. Aber sein Entschluß hielt immer nur bis zu ihrem nächsten Anruf oder ihrem nächsten Brief.

Einmal nahm sie ihn mit auf ihr Zimmer in einem Haus in der Nähe des Friedhofs Père Lachaise. Es gab eine Druckerpresse in der Ecke des Zimmers, einen Tisch mit Tuschfarben und ihren Werkzeugen und eine Matratze. Sie liebten sich auf der Matratze. Hinterher zündeten sie sich Zigaretten an und lagen still nebeneinander. Schläfrig von der Lust, kaum fähig sich zu bewegen, sahen sie den Rauchringen nach, die zur Zimmerdecke aufstiegen.

»Vielleicht sollten wir heiraten«, sagte sie so gedämpft, so beiläufig, daß er zuerst glaubte, sie mißverstanden zu haben.

»Wie bitte?«

»Ich sagte, vielleicht sollten wir heiraten.«

Er lachte. »Mr. und Mrs. Mulgrave vor dem Altar. Kannst du dir das vorstellen? Was würdest du denn anziehen, Anni? Weißen Satin oder deinen Arbeitskittel?«

Sie antwortete nicht. Er konnte ihr Gesicht nicht sehen, nur ihr krauses dunkles Haar in seiner Armbeuge. Seine Worte hallten in dem kleinen, schmuddeligen Zimmer nach.

Anfang Mai, nachdem Norwegen vor den Deutschen kapituliert hatte, kehrte Rufus nach London zurück und überließ seine Wohnung Jake und Luis. Am 15. Mai ergab sich Holland; die deutschen Truppen rückten unaufhaltsam nach Süden vor. Jake, dem die Unruhe in Luis' Blick auffiel, schleppte den Freund in eine Kneipe. Er versuchte, Luis aufzuheitern, aber der sah ihn nur mit bekümmerten braunen Augen an und sprach wenig. Ein paar Tage später fand Jake, als er von der Arbeit nach Hause kam, einen kurzen Brief von Luis vor. »Bin auf dem Weg über Nordafrika nach Mexiko. Vergiß mich nicht. *No pasarán!*« Jake knüllte das Papier zusammen und warf es zum Fenster hinaus. Die deutschen Truppen hatten den Ärmelkanal erreicht. Die Wohnung schien Jake leer und öde.

Er versuchte, Anni zu überreden, zu ihm zu ziehen. Aber sie schüttelte lächelnd den Kopf. »O nein, Jake, ich glaube nicht, daß das gutginge. Du bist zu unordentlich, und ich muß beim Arbeiten allein sein.«

Er hatte ein Gefühl, als ginge alles zu Ende, als schlüpften ihm die Dinge durch die Finger. Er wollte festhalten, was er gefunden hatte: Paris und dieses sonderbare schwankende Glück mit Anni. Doch Ende Mai, als er Faiths Brief erhielt, hatten bereits viele seiner Freunde die Stadt verlassen. Er überflog den Brief und stopfte ihn in seine Tasche. Er konnte Faiths Wunsch nicht erfüllen und nach Hause kommen, weil er Anni seit zwei Wochen nicht gesehen hatte. Er wußte, daß Anni Frankreich nicht verlassen hatte; er war mehrmals zu dem Haus gegangen, in dem sie wohnte, und hatte durch das Fenster gespäht. Er hatte die Kleider gesehen, die sauber gestapelten Tassen und Untertassen, die Druckerpresse, die Tuschfarben und die Werkzeuge. Ihre abgetragenen alten Kleider und das angeschlagene Geschirr hätte sie vielleicht zurückgelassen, wenn sie außer Landes gegangen wäre, aber niemals ihre Werkzeuge.

Jetzt las er täglich die Zeitung; jetzt lief in der Kneipe und in der Wohnung unablässig das Radio. Während deutsche Panzer südwärts rollten, der Widerstand der Franzosen an der Maas unter dem Ansturm der Deutschen zusammenbrach und an den Stränden bei Dünkirchen Reste der britischen Expeditionsstreitkräfte auf Rettung warteten, füllte sich Paris mit Flüchtlingen aus dem Norden. Manches, was Jake sah, erschien ihm surreal: ein holländischer Bauer, der mit seiner Rinderherde beim Invalidendom Rast machte und seine Kühe das Gras der Grünanlagen abweiden ließ; und draußen, vor der Stadt, endlose Ströme klappriger, staubbedeckter Autos voll mit Alten und Kindern, die Wagendächer hoch bepackt mit Matratzen und Bettzeug. Am Himmel kreisten die deutschen Bomber und bombardierten die Vorstädte. Jake erinnerte sich an Spanien und überlegte, was er tun sollte.

Doch überall in den Cafés sah man weiterhin Frauen in hübschen Kleidern und Männer, die ungeduldig nach Bier riefen, und auch jetzt noch stöberten Studenten in den Büchern der Bouquinisten am Rive Gauche. Plakate an Häusermauern riefen die Bürger von Paris zum Durchhalten auf. *Chantons quand même! Citoyens, aux armes!«*

Am 10. Juni wirkte Paris auf Jake wie eine Geisterstadt. Auf den Champs-Elysées herrschte Totenstille; die Reichen mit ihren Autos hatten die Stadt verlassen. Nur die Neugierigen, die Fatalisten und ein Häuflein Amerikaner, die dank ihrer Nationalität nichts zu befürchten hatten, waren geblieben. Die Sonne stand glühend am Himmel. Jake ging nicht zur Arbeit. Er lief von Café zu Café, von Kneipe zu Kneipe, klapperte all die Lokale ab, an die er sich von Silvester erinnerte, um Anni zu suchen.

Kurz nach Mittag hatte er Glück. Ein senegalesischer Saxophonist sagte: »Anni? Die hab' ich vor ungefähr zwei Stunden gesehen. Sie wollte zur Gare d'Austerlitz.«

Jake rannte an der Seine entlang zum Bahnhof. Das Hemd klebte ihm am schweißnassen Rücken. Als er sich dem Bahnhof näherte, kam er nur noch langsam voran. Riesige Menschenmengen versperrten ihm den Weg. Er puffte und stieß, er war jünger und kräftiger als die meisten rundherum, und trotzdem ging es kaum vorwärts. Er schwamm gegen eine gewaltige Menschenflut, und ein schreckliches Gefühl der Ohnmacht erfaßte ihn, eine überwältigende Furcht, daß er sie nie wiedersehen würde. Es kostete ihn Kraft, sich zu vernünftigem Überlegen zu zwingen. Nachdem er sich durch das Gedränge in die Straße hinter dem Bahnhofsgebäude durchgekämpft hatte, fand er endlich ein Tor, das in den Güterhof führte. Er zog sich hoch, schwang sich hinüber auf die andere Seite und suchte sich zwischen Kisten und Schiffskoffern hindurch den Weg zu den Bahnsteigen der Passagierzüge.

Er hatte den Eindruck, daß die Menschen dort zu einer festen Masse zusammengepreßt waren. Die Kinder weinten nicht, aber ihre Gesichter waren runzlig und alt. Ihre Hoffnungslosigkeit erschütterte ihn und ließ ihn einen Moment seine eigenen Ängste vergessen; aber dann dachte er an Anni und begann von neuem zu drängen und zu stoßen. Er sah, wie Menschen Säuglinge und kleine Kinder über die Köpfe der Menge hinweg weiterreichten, um zu verhindern, daß sie erdrückt wurden. Überall im Bahnhof standen Züge, und alle waren sie so voll, daß die Menschen in Trauben an den Türen hingen. Die Hitze war unerträglich. Er sah eine alte Frau ohnmächtig werden; ihr Gesicht wurde bleich, sie schloß die Augen, aber sie blieb auf den Beinen, gehalten von den Menschenmassen rund um sie herum. Unablässig hielt er nach Anni Ausschau, während er an den Zügen entlanglief, sein Blick flog von einer dunkelhaarigen Frau zur nächsten.

Dann sah er sie. Sie saß auf einem Fensterplatz in einem der Wagen, nur wenige Meter von ihm entfernt. Die Lokomotive stieß schnaubend eine Dampfwolke in die Luft, und Jake unternahm eine letzte verzweifelte Anstrengung. Er wedelte mit beiden Händen über seinem Kopf und schrie laut ihren Namen, während er sich mit dem ganzen Gewicht seines Körpers vorwärts warf, ohne Rücksicht darauf, wen er aus dem Weg stieß. Langsam drehte sie den Kopf in seine Richtung, und der Blick ihrer Augen hinter der Glasscheibe des Fensters wurde scharf.

Sie schob das Fenster herunter. »Jake!« rief sie. »Was tust du hier?«

»Ich hab' dich gesucht«, schrie er zurück und drängte sich, die Arme nach ihr ausgestreckt, noch ein Stück vor. »Ich mußte dich sehen. Wohin fährst du?«

»Nach Nizza. Dort treffe ich mich mit Christian.«

Jake erinnerte sich der Chrysanthemen, die Anni am Silvesterabend erhalten hatte. Ein Mann namens Christian hatte sie ihr geschickt.

»Wir heiraten.«

Er bekam plötzlich keine Luft.

»Du mußt dich um deine Familie kümmern, Jake«, rief sie. »Mach dir um mich keine Sorgen.«

Er begann wieder zu atmen. »Aber du hast gesagt, er wäre langweilig – du kannst ihn doch nicht *heiraten*!«

»Christian hat eine Farm in Kenia. Dort bin ich sicher.«

Jake stürzte vorwärts. Er meinte, wenn er sie nur berühren könnte, dann würde sie sich erinnern, was sie einander bedeutet hatten, und diese verrückte Idee, den unbekannten, langweiligen Christian zu heiraten, aufgeben. Der Pfiff zur Abfahrt durchkreuzte schrill seine Worte, als er rief: »Du solltest mich heiraten.«

Sie lächelte. »Ich dachte, das hätten wir schon besprochen, Schatz.«

Jakes erhobene Arme fielen herab. Er dachte daran, wie er mit Anni im Bett gelegen und sie gesagt hatte: »Vielleicht sollten wir heiraten.« Er hatte gelacht.

Als der Zug sich langsam in Bewegung setzte, rief sie: »Außerdem würde ich interniert werden, wenn ich nach England ginge.«

Der Zug fuhr rascher; verzweifelt rannte Jake mit. »Anni!«

»Fahr nach Hause, Jake«, rief sie ihm zu. »Du mußt deine Familie retten. Die Nazis werden alle Engländer hier internieren. Du mußt –«

Der Rest ihrer Worte wurde vom Schnauben der Maschinen, vom Kreischen der Räder und dem klagenden Aufschrei derer verschluckt, die auf dem Bahnsteig zurückblieben.

Er blieb still stehen, unfähig zu glauben, daß sie wirklich fort war, daß er sie verloren hatte. Dann, als der Zug längst verschwunden war, drängte er sich durch die Menge den Bahnsteig hinunter, auf der Suche nach einem Ausgang. Er brauchte mehr als eine Stunde, um nach Hause zu kommen. Dort trank er ein großes Glas Kognak und schwankte zwischen Zorn und Schmerz. Er schaltete das Radio ein und hörte, daß die deutschen Truppen sich Pontoise näherten, das nur dreißig Kilometer von Paris entfernt war.

Und als er in seine Jackentasche griff, um seine Zigaretten herauszuholen, fiel ihm Faiths Brief wieder in die Hand. Nachdem er ihn noch einmal gelesen hatte, stellte er die Kognakflasche weg, wusch sich das Gesicht und stopfte ein paar Sachen in seinen Rucksack. Dann verließ er die Wohnung. Er machte sich nicht einmal die Mühe, hinter sich abzuschließen.

Er ging in südlicher Richtung und überlegte, was für Möglichkeiten er hatte. Nach den Szenen, die er an der Gare d'Austerlitz erlebt hatte, war ihm klar, daß er mit dem Zug nicht aus der Stadt herauskommen würde. Im Radio hatte er gehört, daß die Hauptausfallstraßen aus Paris von Personenautos und Lastwagen blockiert waren. Viele von ihnen kamen nicht mehr weiter, weil ihnen der Treibstoff ausgegangen war. Während er noch überlegte, fiel sein Blick auf eine Reihe Fahrräder, die draußen vor einer Kirche an die Mauer gelehnt standen. Er suchte sich das neueste und robusteste heraus, schwang sich in den Sattel und radelte zur Stadt hinaus. Denk an die Mulgrave-Regeln, sagte er sich, als seine Beine müde zu werden begannen und ihm der Schweiß über das Gesicht lief: Zusammenhalten um jeden Preis.

Sogar in La Rouilly war vieles anders geworden. Die »Untermieter«, wie Felix oder Guy, waren fort, hatten sich in ihre eigenen Winkel der Welt zurückgezogen, und eine Spannung hing in der Luft, so bedrohlich wie die Ruhe vor dem Sturm. Dennoch war Ralphs Überzeugung, daß er und seine Familie in Frankreich bleiben würden, bis zum Juni 1940 durch nichts zu erschüttern. Als die Nachrichtensender meldeten, daß die deutschen Truppen vor Paris standen, verwünschte Ralph den Feind, betrank sich und erhob sich am folgenden Morgen mit neuer Entschlossenheit aus seinem Bett. Paris mochte fallen, Tours mochte fallen, Bordeaux mochte fallen – La Rouilly würde nicht fallen. Nachdem er sämtliche Spaten und Schaufeln aus den Geräteschuppen zusammengetragen hatte, rief er zum Bau von Panzerfallen auf. Zusammen mit den Mädchen und Reynaud, dem Faktotum, hob er in den Wäldern rund um La Rouilly tiefe Gruben aus und deckte sie mit Ästen und Zweigen zu. Genya, Sarah und Poppy schleppten auf Ralphs Befehl große Mengen an Vorräten in den Keller. Ralph inspizierte die Borde, auf denen Schinken, getrocknete Bohnen, Reis und Wein gelagert waren, mit beifälliger Miene. »Hier könnten wir wochenlang durchhalten. Den Mistkerlen werden wir's zeigen.«

Am folgenden Abend beorderte er Faith und Nicole auf den Speicher hinauf. Alle drei kletterten sie aufs Dach des Schlosses hinaus. Ralph hatte drei niedrige, aus Holzstücken zusammengenagelte Böcke mitgebracht. Hier draußen konnten sie bis zur fernen silbrigen Linie der Gironde und zum grauglänzenden Meer sehen. Ralph beschattete seine Augen mit der Hand.

»Wir postieren die Geschütze hier« – er deutete zuerst auf einen Kamin, dann auf die hervorspringenden Ecken der Dachbrüstung – »hier und hier.« Er stellte die Böcke an die bezeichneten Stellen. »Die können wir zum Zielen gebrauchen.«

Nicole und Faith sahen einander an. »Auf was sollen wir denn schießen, Papa?«

»Auf wen! Nicht auf was. Auf die Hunnen natürlich.«

Faith zupfte ihren Vater am Ärmel. »Aber wenn Jake kommt, gehen wir doch nach England, nicht wahr, Papa?«

»Nach England? Niemals!« Ralph ließ sich durch das Dachfenster auf den Speicher hinunter. »Ich gehe jetzt in die Küche und helfe Genya beim Bombenbauen.«

Faith ließ sich an einem Kamin rücklings abwärts gleiten und setzte sich. Sie fühlte sich plötzlich ganz ohne Hoffnung. Nicole hockte sich neben sie.

»Wenn es wirklich soweit kommt«, sagte sie, »wenn sie

wirklich hierherkommen, Faith, glaubst du daß dieser ganze Hokuspokus dann irgendwas ändert?«

Faith erschien es in diesem Moment überhaupt nicht ausgeschlossen, daß sie bleiben würden. Vielleicht würde sie schon in wenigen Wochen – oder sogar Tagen – durch die Wälder, die La Rouilly umgaben, Panzer rollen sehen, die mit ihren schweren Rädern die wildwachsenden Blumen niederwalzten und die Rasenflächen in Furchen warfen. Stumm schüttelte sie den Kopf.

»Aber im Keller versteck' ich mich nicht«, erklärte Nicole. »Im Keller hab' ich Angst. Da ist es so finster, und außerdem gibt's da Fledermäuse.«

Faith sagte: »Mama möchte nach England gehen. Ich habe sie gefragt.«

Eine Zeitlang saßen sie schweigend beieinander, die Knie bis zum Kinn hochgezogen, und sahen zu, wie der letzte Abglanz der untergegangenen Sonne am Himmel verblich. Schließlich sagte Faith niedergeschlagen: »Wir müssen ihn irgendwie überreden.«

»Wie denn?« fragte Nicole finster. »Auf dich hört Papa nicht.«

»Und auf Mama auch nicht.«

»Und Jake ist nicht hier.«

»Jake kommt bestimmt bald heim.«

»Es ist gemein von ihm, daß er so lang wegbleibt. Er ist eine gemeine Ratte. Er sollte mit Papa reden.«

»Ach, Papa hört doch nie auf Jake, das weißt du doch, Nicole. Trotzdem, ich hab' ihm geschrieben. Er wird sicher bald nach Hause kommen. Er hat es versprochen.«

Der Himmel war dunkel geworden. Über dem Horizont ging strahlend der erste Stern auf. Sie sahen einander an und flüsterten gleichzeitig: »Genya!«

Bis zum Dienstag abend war Jake gerade einmal bis Étampes gekommen, nur vierzig Kilometer südlich von Paris. Die

Straßen waren von Fahrzeugen aller Art verstopft: Personenautos, Lastwagen, Pferdefuhrwerken, Handwagen. Wieder fühlte sich Jake an seine Flucht aus Spanien erinnert. In den endlosen Strömen von Fahrzeugen und Menschen kam man nicht einmal mit dem Fahrrad vorwärts. Der Zorn und das Elend der Flüchtlinge waren überall spürbar, und Jake plagte unablässig die Furcht, Paris zu spät verlassen zu haben. »Wenn etwas Schlimmes geschehen sollte, dann kommst du doch zu uns zurück, nicht?« Faith Worte verfolgten ihn ständig. Er stellte sich seine Eltern und seine Schwestern in einem Lager wie jenem in Argelès vor, als feindliche Ausländer interniert.

Zusammen mit tausend anderen, die auf den Straßen unterwegs waren, nächtigte er in einem Straßengraben. Am folgenden Morgen brach er in aller Frühe auf und nahm den ersten Feldweg, der ihn von der Hauptstraße wegführte. Er radelte an einer Herde Ochsen vorbei, zwischen hochstehenden Weizenfeldern hindurch, unter mächtigen, von Flechten überzogenen Buchen dahin und hielt schließlich im Schatten an, um wieder auf die Karte zu sehen.

Das Fahrrad über Hecken und Gräben zu schleppen war beschwerlich, aber Jake wurde durch die Entdeckung einer schmalen, gewundenen Landstraße belohnt, die völlig leer war. Er sauste mit Tempo dahin, bis es dunkel wurde und er nicht mehr sehen konnte, wohin der Weg führte. Nachdem er das Fahrrad hinter einer Hecke versteckt hatte, rollte er sich im tiefen Gras zusammen und war innerhalb von Minuten eingeschlafen.

Am nächsten Morgen wurde er von der feuchten Berührung einer Kuhzunge geweckt, die ihm über das Gesicht leckte. Zum Frühstück aß er Pfirsiche aus der Dose und trank das letzte Wasser aus seiner Flasche. Dann fuhr er wieder los. Gegen Mittag, als die Sonne ihm auf den Kopf brannte, hielt er einen Bauern an, der mit seinem Heuwagen unterwegs war, und bot ihm den Rest seines Kognaks als Entgelt für eine Fahrt bis ins nächste Dorf. Der Bauer spie aus und sagte nichts, aber er nahm die Kognakflasche und erlaubte Jake, sich samt seinem Fahrrad ins Heu hinaufzuhieven. Jake verschlief die Fahrt und wachte mit verbrannter Nase in einem Dorf in der Nähe von Pithiviers wieder auf.

Das Dorf war von Soldaten und zurückgelassenen Hunden bevölkert, die ähnlich ziellos durch die Straßen streiften. Lebensmittel waren nirgends mehr zu haben, weder in Geschäften noch in Gasthäusern, aber Jake fand eine alte Frau, die auf ihrem Erdbeerfeld arbeitete, und kaufte ihr eine Tüte Erdbeeren ab. Als er sie fragte, warum sie nicht wie die anderen vor den Deutschen fliehe, zuckte sie die Schultern und sagte: »Die Sonne verbrennt meine Ernte, und in der Dürre vertrocknen meine Sämlinge. Was können mir da die Deutschen noch antun?« Dann füllte sie Jakes Wasserflasche auf, wünschte ihm *bonne chance* und wandte sich wieder ihrer Feldarbeit zu.

Als er das Dorf hinter sich gelassen hatte, geriet er von neuem in den Strom der Flüchtlinge und wurde, während er sich mühsam vorankämpfte, auf ein fernes Geräusch aufmerksam, das ihn tief erschreckte. Eine Sekunde lang war er wieder auf der Straße von Barcelona, auf der Flucht vor den Bombern der Legion Condor. Hastig drehte er sich um und sah das halbe Dutzend winziger silbrig schimmernder Punkte am vergißmeinnichtblauen Himmel. Er mußte seine Augen mit der Hand beschatten und zusammenkneifen, um die Form der Flugzeuge, ihre Nationalität erkennen zu können, und stellte mit Entsetzen fest, daß es deutsche Stukas waren. Er sah sich nach einem Versteck um und entdeckte auf der anderen Straßenseite einen Graben. Eine laute Warnung rufend, warf er sein Fahrrad in den Graben. Er wußte, daß er ohne das Rad überhaupt keine Chance hatte, noch rechtzeitig in La Rouilly anzukommen. Dann sah er, wie die Menschen rundherum in Panik gerieten, hörte ihre angstvollen Schreie und begann, in rasender Eile Kinder aus Autos zu reißen und ohne viel Federlesens in den Graben zu werfen. Einen gebrechlichen alten Mann trug er huckepack in den Schutz eines ausladenden Baumes. Er spürte die Einschläge der Bomben im ausgetrockneten Boden unter seinen Füßen, noch ehe er die Explosion hörte. Und während er, die Hände über dem Kopf, zusammengerollt im Graben lag, wurde seine Furcht von einem Zorn überwältigt, der so heftig war, daß es ihn erschöpfte.

Als keine Bomben mehr fielen, als die Stukas ihren Spaß gehabt hatten und wieder abgezogen waren, kroch er aus dem Graben und sah sich um. Früher einmal hätte er geweint bei dem, was er sah: zerfetzte Autos, Krater in den Kornfeldern, abgerissene Glieder, grausam entstellte Tote. Als jetzt die Flüchtlinge leichenblaß und zitternd vor Schock wie benommen aufstanden, um sich wieder auf den Weg zu machen, wurden sein Zorn und sein Entsetzen von der Angst verdrängt, daß er La Rouilly nicht mehr rechtzeitig erreichen würde. Er verachtete sich dafür, daß er auf Anni gewartet hatte, die ihn nicht genug geliebt hatte. Wieder bog er von der Hauptstraße ab und machte seinem Zorn und seiner Angst Luft, indem er wie ein Wahnsinniger in die Pedale trat.

Auf den schmalen Sträßchen, denen er folgte, begegnete er keiner Menschenseele. Erst am Nachmittag, als er das Rad einen steilen Hügel hinunterrollen ließ, sah er mitten auf der Straße ein Auto stehen; ein sehr schickes Auto – ein Alfa, dachte er, so ein schnittiger kleiner Sportwagen, der sich besser auf der Rennbahn von Le Mans gemacht hätte als auf einer Landstraße. Als er näher kam, sah er die Frau, die am Straßenrand saß. Sie war, wie ihr Auto, schick und schnittig. Auf dem Kopf hatte sie zum Schutz gegen die Sonne einen breitkrempigen Strohhut, und sie rauchte mit Zigarettenspitze. Sie war um die Dreißig und trug ein elegant geschnittenes Kostüm, Seidenstrümpfe und eine dunkle Brille. Als er abbremste, hob sie den Kopf und sah ihn an.

»Ich habe eine Reifenpanne«, sagte sie, als wäre er ein Mechaniker, den sie gerufen hatte.

»Wohin wollen Sie?«

»Auf ein Schloß bei Blois.«

Jake überlegte rasch. »Ich flicke Ihnen den Reifen, wenn Sie mich bis Blois mitnehmen.«

Sie zuckte die Achseln. »In Ordnung.«

Sie saß im Gras und rauchte, während er schuftete. Die Muttern am Rad waren so fest angezogen, daß er seine ganze Kraft brauchte, um sie zu lösen. Als die Arbeit geschafft war und er sich die öligen Hände im Gras abgewischt und den gesamten Inhalt seiner Wasserflasche über den Kopf gegossen hatte, zwängte er das Fahrrad auf den schmalen Rücksitz.

»Paßt gerade. Kommen Sie.«

Sie fuhr schnell und geübt, steuerte den Alfa mit hoher Geschwindigkeit über die schmalen kurvenreichen Landstraßen. Jake hatte das Gefühl zu fliegen, und sein Optimismus kehrte zurück.

Nach einer Weile sagte er, von ihrem beharrlichen Schweigen irritiert: »Wenn wir schon Reisegefährten sind, sollte ich mich vielleicht vorstellen. Ich bin Jake Mulgrave.«

»Comtesse de Chevillard. Nennen Sie mich einfach Hélène.« Sie bot ihm die Hand. »Im Handschuhfach ist Kognak, Jake.«

Sie griffen beide während der Fahrt immer wieder zur Flasche. Sie fuhr schneller und leichtsinniger. Der Himmel verdunkelte sich, und die Bäume warfen lange blaue Schatten auf die Straße. In der Dunkelheit verlor er, da er die Karte nicht mehr lesen konnte, die Orientierung, wußte nicht, wohin sie eigentlich fuhren. Es war, als wären sie die letzten lebenden Menschen, die hier unter einem Mond, der riesengroß und bleich am tintenschwarzen Himmel hing, durch ein leeres ländliches Frankreich brausten. Die Wirkung des Kognaks verstärkte noch den Eindruck des Irrealen, das Gefühl, daß die Welt, wie er sie gekannt hatte, sich für immer verändert hatte. Als er bemerkte, daß Hélène die Augen zuzufallen drohten, griff er ihr ins Lenkrad und sagte: »Sie sind müde. Wir sollten eine Weile anhalten.«

»Ja«, flüsterte sie, und er sah auf seine Uhr. Es war beinahe zehn.

»Lassen Sie mich fahren«, sagte er, »und Sie halten die Augen offen und sehen, ob Sie was entdecken.«

Sie tauschten die Plätze. Nachdem Jake eine Weile gefahren war, sagte sie: »Hier! Biegen Sie hier ab.«

Sie passierten ein schmiedeeisernes Tor und rollten eine schmale Allee hinunter, an deren Ende, vom Mondlicht übergossen, ein großes Haus stand. Die Türmchen und Zinnen erinnerten ihn an das Schloß auf Annis Holzschnitt. Zorn und Schmerz wallten flüchtig auf.

Auf dem mit Kies bedeckten Rondell vor dem Haus hielt er den Alfa an. Hélène stieg aus, und sie gingen zur Haustür. Auf der breiten Vortreppe lag ein Durcheinander von Kleidungsstücken und Haushaltsgegenständen verstreut – Löffel, Schmuck, Kinderspielsachen –, als hätte in der Säulenhalle jemand einen Bazar abgehalten. Jake drückte auf die Klinke, und die Tür ging auf. Er riß ein Streichholz an und spähte ins Vestibül des Hauses. Bilderrahmen, aus denen die Leinwände herausgerissen waren, lagen zerstückelt auf dem Teppich. Helle Flecken an den Wänden zeigten, wo die Gemälde einmal gehangen hatten.

»Plünderer«, murmelte er.

Sie faßte ihn beim Ellbogen. »Vielleicht sind sie noch hier.«

»Das glaube ich nicht.« Er flüsterte wie sie. »Aber vielleicht gibt es hier irgendwo was zu essen. Ich bin kurz vor dem Verhungern.«

Er lief zum Wagen hinaus und holte eine Taschenlampe

aus dem Kofferraum. Zurück im Haus, das wie ausgestorben schien, machten sie sich auf die Suche nach einer Küche oder Speisekammer. Überall fanden sie Spuren von Gewalt, die dem Haus angetan worden war.

Das Klappern von Hélènes hochhackigen Pumps schien unnatürlich laut.

»Sie haben überhaupt nichts mitgenommen«, sagte sie. »Sie haben nur alles kaputtgemacht. Alles zerstört.«

Er sah Scherben venezianischen Glases und die Reste eines Aubusson-Teppichs, den jemand mit einem Messer zerschnitten hatte, und war ungerührt eingedenk der Flüchtlingsströme und der Bomber.

Küche und Speisekammern waren leergefegt. Die abgeräumten Regale und gähnenden Schränke wirkten wie Hohn. Aber unter einem Mülleimer entdeckte Jake eine Kiste mit Gemüse, und im großen Herd war wunderbarerweise Kohle. Er wollte sie fragen, ob sie kochen könne, unterließ es aber, da er wußte, daß es sinnlos wäre. Statt dessen begann er selbst Kartoffeln zu schälen und Karotten zu schrubben. Sie wanderte in den mondhellen Garten hinaus.

Als das Gemüse fertig war, sah er, daß Hélène einen kleinen Blumenstrauß auf den großen Holztisch gestellt und für zwei gedeckt hatte – mit Silber und Muranoglas, das die Plünderer offenbar übersehen hatten.

»Das Haus hat doch bestimmt einen Weinkeller«, sagte er und stieß nach kurzer Suche auf eine abgeschlossene Tür, für die allerdings kein Schlüssel zu finden war. Draußen im Schuppen war eine Axt. Als Jake auf die Tür einschlug, dachte er, daß er nicht besser war als die Plünderer, die vor ihm das Haus geschändet hatten. Aber der Wein war gut; er brauchte den Wein.

Nach dem Essen gingen sie nach oben. Die Schlafzimmer waren luxuriös mit majestätischen Himmelbetten in Wolken von Samt und Seide. Jake zog seine Stiefel aus, bevor er sich in die Kissen fallen ließ. Nach einer Weile, als die Ereignisse des Tages zu erschreckenden Träumen zu verschmelzen begannen (die Erdbeeren, die die alte Frau ihm anbot, waren kleine zuckende Herzen; von den Gesichtern der am Straßenrand gefallenen Flüchtlinge schälte sich das Fleisch in Streifen ab, als er sie der Sonne zuwenden wollte), erwachte er plötzlich vom Quietschen der Zimmertür. Mit einem Ruck fuhr er in die Höhe und starrte mit hämmerndem Herzen in die Dunkelheit.

Dann hörte er Hélènes Stimme. »Ich konnte nicht schlafen«, sagte sie. »Ich hatte dauernd Angst, sie würden wiederkommen. Kann ich bei Ihnen im Bett schlafen?«

Sie trug Hemd und Höschen aus Seide. Sie schlug die Bettdecke auf und schlüpfte darunter. Körper an Körper geschmiegt, schliefen sie ein. Als der Morgen dämmerte, erwachte Jake und berührte mit den Lippen Hélènes weiche Schulter. Die Begierde, die seine Liebkosungen entfachten, wurde gesteigert von einem Verlangen, sich für Annis Zurückweisung zu rächen.

Später standen sie auf, kleideten sich an und fuhren weiter. Als sie sich zur Mittagszeit in Blois trennten, tauschten sie einen höflichen Händedruck und wünschten einander viel Glück.

Der ganze Vorsprung, den er am Vortag durch die Autofahrt herausgeholt hatte, zerrann an diesem Nachmittag. Es begann heftig zu regnen, und der Regen verwandelte den Staub auf der Straße in Schlamm. Auf einem Feldweg hatte er eine Reifenpanne und brauchte, so schien ihm, eine Ewigkeit, um in dem strömenden Regen das Loch zu flicken. Auf der Fahrt durch ein Dorf, dessen Straßen von Flüchtlingen überschwemmt waren, sah er am Schwarzen Brett vor dem Rathaus mehrere Anschläge: »Madame Lebrun, die im Haus gleich neben der Kirche untergekommen ist, sucht ihre Söhne Edouard (4 Jahre) und Paul (6 Jahre), die hier am 11. Juni verlorengegangen sind.« Und: »Madame Tabouis, postlagernd Bordeaux, hofft auf Nachricht von ihrer Tochter

Marianne, acht Jahre alt, die am 12. Juni zehn Kilometer vor Tours verlorengegangen ist.« Alle Anschläge waren mit Fotografien versehen. Jake nahm sich einen Moment Zeit, um die kleinen lächelnden Gesichter zu betrachten, dann stieg er auf sein Fahrrad und fuhr weiter.

Die Nacht verbrachte er in einer Scheune zwischen Tours und Poitiers. Die Bauern tischten ihm und einem Dutzend anderer Suppe und selbstgebackenes Brot auf. Jeder einzelne Muskel seines Körpers tat ihm weh, und er fror erbärmlich in seinen feuchten Kleidern. Als die Bauersfrau kam, um das Geschirr abzuräumen, berichtete sie, daß Paris gefallen sei. Dann reichte sie jedem von ihnen einen Emailbecher mit Champagner. »*Liberté!*« sagte sie und trank.

In der Küche von La Rouilly saßen die Mulgraves mit Genya und Sarah am Radio und hörten die BBC-Nachrichten. Zum Schluß erklang die dünne, ferne Stimme des englischen Königs, der Worte der Hoffnung und der Freundschaft über den Kanal sandte. Danach hörten sie zuerst die Marseillaise und dann die englische Nationalhymne.

Genya legte ihre zierliche, faltige Hand auf Ralphs kräftige Pranke und sagte liebevoll: »Ihr müßt fort von hier, Ralph. Ihr müßt nach England gehen. Dort seid ihr sicherer.«

»Ich hasse dieses verdammte Land –« begann Ralph, aber Genya brachte ihn mit einem sachten Händedruck zum Schweigen.

»Frankreich wird überleben. La Rouilly wird überleben. Aber du und deine Familie vielleicht nicht, wenn ihr bleibt. Sobald dieser ganze Horror vorüber ist, kommt ihr zurück, Ralph, lieber Junge, und alles wird wieder wie immer.«

Nicole kniete neben ihrem Vater nieder. »Ich will nicht hierbleiben, Papa.«

»Warum nicht?« blaffte er sie an. »Hast du etwa Angst? Ich dachte, gerade du würdest keine Angst –«

»Natürlich habe ich keine Angst«, unterbrach sie ihn in festem Ton. »Aber ich fürchte, hier wird alles furchtbar langweilig werden, und du weißt, wie ich das hasse.«

In seinen Augen waren Tränen. Er sagte barsch: »Und was ist mit dem Jungen? Ohne den Jungen können wir nicht fortgehen.«

»Jake wird nach Hause kommen«, sagte Faith. »Er hat es mir versprochen.«

Langsam wandte Ralph sich Genya zu. »Und du, Genya, Liebe?«

Genya lächelte. »Einen alten Baum soll man nicht verpflanzen. Ich bin von Polen nach La Rouilly gekommen, und in La Rouilly werden Sarah und ich bleiben. Es ist unser Zuhause. Du, Ralph, hast kein Zuhause. Vielleicht mußt du dir jetzt eines suchen.«

»Bitte, Ralph«, flüsterte Poppy.

Ralph rieb sich mit dem Handrücken die Augen. Dann nickte er beinahe unmerklich, und Faith war, als stieße das Haus selbst einen leisen Seufzer der Erleichterung aus.

»Dann müssen wir packen«, sagte Poppy.

Nicole umarmte ihren Vater. »Du bist ein Engel, Papa.«

»Benzin ist im Wagen.«

»Wir nehmen eine der Flinten mit. Nicole, hol ein Gewehr und eine Schachtel Munition ...«

»Und Minette –« Nicole kniete neben ihrem Hund nieder. »Und Snip und Snap – und die Kaninchen – und meine Goldfische ...«

»Du kannst den Hund mitnehmen – der könnte gegen die Hunnen nützlich sein. Und die Kaninchen, hm, die lassen sich braten, wenn uns das Essen ausgehen sollte –«

»Papa!«

»Ich kümmere mich um die Kaninchen, die Katzen und die Goldfische«, sagte Genya hastig. »Mach dir keine Sorgen, meine Kleine. Jetzt lauf und hol deinem Vater die Flinte.«

»Poppy, Erste-Hilfe-Ausrüstung – Verbandzeug und Desinfektionsmittel für den Fall, daß wir verwundet werden. Faith – Taschenlampen und Kerzen, so viele Genya entbehren kann.« Ralph sah Genya an. Seine Stimme wurde weich. »Liebste Genya, komm mit uns. Du kommst doch mit, ja?«

Sie schüttelte den Kopf. »Nein, Ralph.«

»Aber, Polen – sieh dir doch an, was diese Schurken mit Polen gemacht haben!«

»Ich weiß, Ralph. Und darum bleibe ich. Ich werde La Rouilly lieber bis auf die Grundmauern niederbrennen und in den Ruinen die polnische Fahne schwenken, als es diesen Barbaren überlassen. Und ich sterbe gern, wenn ich weiß, daß ihr alle in Sicherheit seid.«

Faith nahm alles mit, was in den alten Rucksack paßte: das spinnwebgraue Abendkleid, ein Vionnet-Cape, die beiden plissierten Fortuny-Modelle, ein schwarzes Crêpekleid und natürlich das Bläulingskleid. Sie faltete es liebevoll, ein Talisman gegen eine ungewisse Zukunft, und schlug es sorgsam in Seidenpapier ein.

In dieser Nacht schlief sie nicht. Unzählige Male stand sie auf und ging zum Fenster, um nach Jake Ausschau zu halten. In den frühen Morgenstunden, als es noch dunkel war, kleidete sie sich an. Als sie nach unten kam, fand sie Ralph allein im Salon, wo er über einer Straßenkarte saß.

Sie zupfte ihn am Ärmel. »Was ist mit Jake?«

»Er wird uns schon finden«, brummte er, aber sie sah die Qual in seinen Augen.

Sie begann zu weinen und wischte die Tränen zornig weg.

»Ich dachte an Bordeaux«, sagte Ralph, »aber ich habe mit Sophie telefoniert und sie sagt, die ganze Stadt sei voller Flüchtlinge.«

»Die Regierung ist von Tours aus dorthin verlegt worden.«

»Und die Gironde ist vermint, und der Bahnhof wird ständig bombardiert.« Ralphs Ton war wütend. »Ich habe deshalb beschlossen, daß wir nach Norden fahren, aller Welt entgegengesetzt. Wir peilen La Rochelle an. Dort bekommen wir bestimmt ein Schiff. Ich kenne massenhaft Leute in La Rochelle. Und außerdem ...«

Er sprach nicht weiter. Aber sie wußte, welche Hoffnung er nicht auszusprechen wagte: »Und außerdem wird uns vielleicht Jake auf seinem Weg nach Süden in die Arme laufen.«

Als sie eine Stunde später von La Rouilly abfuhren, war die Sonne noch nicht aufgegangen. Die Sterne am Himmel spiegelten sich im dunklen, friedlichen Wasser des Sees. Die beiden Schwestern knieten hoch aufgerichtet auf dem hinteren Sitz des Citroën, den Blick unverwandt rückwärts gerichtet, um sich die Erinnerung an Genya, die winkend im Hof stand, und das im grauen vormorgendlichen Licht blasse Haus für immer einzuprägen, damit sie sich das Bild in den kommenden, langen Monaten der Ungewißheit jederzeit würden vor Augen rufen können.

Jakes Reise hatte mit der Zeit etwas Traumhaftes bekommen – wie einer dieser Alpträume, in denen man läuft, so schnell man kann, und doch nicht vom Fleck kommt. Er wußte, daß irgendwo nicht allzu weit in seinem Rücken die deutschen Truppen südwärts marschierten und er seine Familie finden mußte, bevor die Nazis ihn fanden und als feindlichen Ausländer in ein Lager sperrten. Schreckliche Szenen zogen an ihm vorüber und setzten sich in seinem Gedächtnis fest: ein Priester, der eine uralte Frau in einem Schubkarren schob; Kinder, die weinend am Straßenrand entlangstolperten und nach ihrer Mutter riefen. Britische Soldaten, die von ihrem Regiment getrennt worden waren und im Schatten einer Baumgruppe den Klängen eines Grammophons lauschten. Er hatte sie angesprochen, um zu erfahren, wo genau er sich befand. Sie hatten gelacht und zurückgerufen: »Keinen blassen Schimmer, Kumpel.«

Er hatte nichts mehr zu essen und beinahe ständig Magenschmerzen vor Hunger. Jeder Muskel tat ihm weh. Er fuhr wie im Schlaf. Er hatte aufgehört, sich Vorwürfe zu machen, daß er Paris nicht früher verlassen hatte; er hatte nicht mehr die Kraft, Bedauern oder Zorn zu empfinden. Manchmal machte er sich nicht einmal die Mühe, Deckung zu suchen, wenn über ihm die Stukas kreisten, sondern fuhr einfach weiter, mitten durch den Bombenhagel.

Um die Mittagszeit herum ließ er sich vom Fahrrad ins Gras am Straßenrand fallen und schlief. Unruhe weckte ihn, das Scheppern von Metall. Als er hochfuhr, sah er einen Mann über sein Fahrrad gebeugt.

»He, das ist meins!« rief er aufgebracht und bekam dafür einen Stiefeltritt in den Magen. Einen Moment blieb ihm die Luft weg, dann sprang er auf, Zorn und Furcht verliehen ihm Flügel. Sich einen Weg durch das Menschengedränge bahnend, jagte er dem Dieb hinterher und bekam das Rad am hinteren Schutzblech zu fassen. Das Fahrrad schwankte und verlor an Tempo. Jake stürzte sich auf den Dieb. Sie fielen beide zu Boden. Jake war jünger und kräftiger. Er packte ein Büschel verfilzter Haare und schlug den Kopf des anderen mehrmals auf die harte, von der Sonne ausgetrocknete Straßenoberfläche.

Die Hände, die seine Arme umklammert hielten, fielen herab, und der Mann blieb still liegen. Zuerst war Jake nur erleichtert, daß sein Fahrrad bei dem Handgemenge keinen Schaden erlitten hatte. Er schwang sich in den Sattel und fuhr davon. Auf seinem Hemd war ein kleiner Blutfleck. Er erwartete, daß jemand ihn anhalten, eine Erklärung verlangen würde. Mindestens hundert Menschen mußten gesehen haben, wie er den Mann zusammengeschlagen hatte. Er hätte ihn töten können. Und genaugenommen gehörte ihm das Fahrrad gar nicht.

Aber niemand sprach ihn an. Stumpfe Blicke trafen ihn und glitten von ihm ab. In diesem Moment wurde ihm klar, daß die ganze Welt sich verändert hatte, daß nichts mehr so sein würde, wie es einmal gewesen war.

Faith saß am Steuer. Hin und wieder uferte der Strom der Flüchtlinge über beide Straßenseiten aus, dann beugte sich Ralph aus dem Wagen und schoß mit der Flinte in die Luft, und die Männer, Frauen und Kinder schlurften wieder hinüber auf die richtige Straßenseite. Die Mulgraves konnten weiterfahren.

Als Faith die Straßengabelung erreichte, wo es nach La Rochelle abging, bremste sie und sah Ralph fragend an.

Er schüttelte den Kopf. »Nein. Wir können auch noch ein Stück weiter nördlich abbiegen.«

Sie hatte ein Gefühl, als würde das letzte bißchen Hoffnung wie Sand in ihrer Hand zusammengedrückt und ränne ihr langsam zwischen den Fingern hindurch. Bei jedem blonden jungen Mann, den sie auf der Straße erblickte, begann ihr Herz zu klopfen, erst vor hoffnungsvoller Erregung, dann vor tiefer Enttäuschung.

Um die Mitte des Nachmittags näherten sie sich der Kreuzung, wo die Straße zur Küste abzweigte. Faith wußte, wenn sie noch weiter nach Norden führen, würden sie riskieren, den Hafen erst zu erreichen, nachdem das letzte Schiff ausgelaufen war, oder – schlimmer noch – den deutschen Truppen in die Hände zu fallen.

Ralph blickte die lange, schnurgerade Straße hinauf, die vor ihnen lag. »Wir machen jetzt erst einmal Rast und essen etwas«, sagte er. »Eine halbe Stunde. Dann fahren wir weiter nach La Rochelle.«

Die Steigung schien nicht enden zu wollen. Er hatte sich ganz in sich selbst zurückgezogen, nahm die sengende Sonne nicht mehr wahr, spürte weder Hunger noch Durst noch seine schmerzenden Glieder. Er hatte Anni vergessen. Während er sich den Hang hinaufkämpfte, rief er sich Szenen aus seiner Kindheit ins Gedächtnis. Er erinnerte sich an Quallen, die durchscheinend und von langen Nesseln umkränzt in blauem Wasser schaukelten. Er erinnerte sich an ein Bauernhaus in der Toskana, wo er in der kühlen Dunkelheit der Scheune und des Weinkellers Verstecken gespielt hatte. Und er erinnerte sich an die Wälder hinter La Rouilly, wo er mit Faith, Nicole und Guy gewandert war. Ob Guy wußte, daß Faith ihn liebte? Er dachte sich, es wäre gut, wie Faith zu sein und immer ein und denselben Menschen zu lieben.

Als er endlich den Scheitelpunkt des Hügels erreichte, stieg er vom Fahrrad und lehnte sich keuchend über den Lenker. Er blickte hügelabwärts. Der Himmel war voller Sterne, obwohl es mitten am Nachmittag war. Als er ein paarmal zwinkerte, verschwanden die Sterne. Und als er erneut hügelabwärts blickte, sah er, daß die Straße leer war bis auf ein einsames Auto, das am Straßenrand stand.

Im ersten Moment glaubte er zu halluzinieren. Er meinte, in seinem gegenwärtigen Zustand der Erschöpfung hätte sein Hirn an den Geistern der Vergangenheit festgehalten und sie einfach in die Gegenwart verpflanzt. Dort nämlich, am Fuß des Hügels, waren seine Eltern und seine Schwestern. Sie machten Picknick. Poppy reichte belegte Brote herum, Ralph entkorkte eine Weinflasche. Minette legte ihren Kopf auf Nicoles Schoß und wartete darauf, daß etwas für sie abfallen würde.

Jake kniff die Augen zu. Aber als er sie wieder aufmachte, waren sie immer noch alle da.

Und wer außer den Mulgraves, dachte er, wäre imstande, seelenruhig zu picknicken, während die Welt unterging? Als er wieder aufs Rad stieg und es den Hang hinunterrollen ließ, lachte er.

Teil II

FREMDE UFER

Juli 1940 – Dezember 1941

4

LONDON WAR UNENDLICH groß, grau und staubig. Bei Tag glitzerte Sonnenlicht auf den Dächern, und die Sperrballons am Himmel leuchteten golden, saphirblau und silbern, indes sie sich träge im Hitzedunst drehten. Bei Nacht, wenn alles verdunkelt war, spendeten allein die Sterne Licht. Faith, die zum Fenster hinausblickte, hatte den Eindruck, daß das Gewirr von Straßen und Häusern sich ins Endlose dehnte.

Rufus Foxwell hatte Faith und Jake vorgeschlagen, das Haus mit ihm zu teilen, das er in der Mahonia Road in Islington gemietet hatte. Es war ein ziemlich heruntergekommenes Reihenhaus im georgianischen Stil, das früher einmal einen gewissen Glanz besessen hatte. Rufus hatte außerdem Jake ein Pub empfohlen, das einen Barkeeper suchte, und Faith eine Anstellung als Gesellschafterin bei einer älteren Dame vermittelt, mit der er bekannt war. Er hatte ihnen geholfen, ihre dringendsten Probleme zu lösen – sie hatten ein Dach über dem Kopf und Arbeit, um sich ihren Lebensunterhalt zu verdienen.

Aber die Alpträume blieben. Die Erinnerung an ihre erste Nacht in England ließ Faith nicht los. Als sie nach einem Tag und einer Nacht auf See endlich in einem kleinen Fischerdorf an der Südküste angelegt hatten, wollte Ralph unbedingt auf der Stelle weiter nach London. Aber der nächste Bahnhof war mehrere Kilometer entfernt, und nachdem sie fast zwei Stunden marschiert waren, war es dunkel geworden. Sie hatten gemerkt, daß sie sich verlaufen hatten, und Poppy hatte vor Erschöpfung geweint. Sie hatte sich auf ihre Koffer gesetzt und in ihr kleines Taschentüchlein geweint. Die Nacht hatten sie auf einem Feld verbracht, im Korn zusammengerollt, Ausgesetzte in einem fremden Land. Faith hatte zu den Sternen hinaufgeschaut und geweint wie ihre Mutter: um Frankreich, um alles, was sie verloren hatten.

Am Morgen hatten sie nur wenige hundert Meter entfernt eine Bushaltestelle entdeckt. Der Bus hatte sie zum Bahnhof in Woodleigh gebracht. Mit ihren Ersparnissen hatte Faith die Bahnkarten nach London bezahlt. Verdreckt, todmüde und mit einer Barschaft von elf Shilling und sechs Pence waren sie schließlich bei Tante Iris eingetroffen. Die war hilfsbereit gewesen, aber verständlicherweise distanziert. Sie und Poppy hatten seit zwanzig Jahren keinerlei Kontakt mehr gehabt. Iris hatte Ralph, Poppy und Nicole ihr Ferienhäuschen in Norfolk zur Verfügung gestellt. Faith und Jake waren bei Rufus in London geblieben.

Schnell waren sie im lockeren, sich ständig verändernden Kreis von Rufus' Freunden aufgenommen worden. Viele waren in Uniform. Sie kamen auf einen geselligen Abend vorbei, tranken, rauchten und tanzten, als gälte es ihr Leben, und waren am nächsten Morgen fort. Die Stadt leerte sich. Auf den Bahnhöfen drängten sich Menschenmassen, Soldaten und Privatleute, die aus der Stadt flohen. Die Ungewißheit, die Spannung nervöser Erwartung, die Gerüchte von einer bevorstehenden Invasion, das Heulen der Sirenen, die vor Luftangriffen warnten, die niemals stattfanden – diese ganze Stimmung legte sich Faith aufs Gemüt. Sie hatte geglaubt, in England würde sie sich sicher fühlen, aber so war es nicht. Sie war vielmehr verwirrt, fühlte sich wurzellos und deplaziert. Gewiß, sie waren ständig auf Reisen gewesen, aber dieses Vagabundenleben war durch eine gewisse Kontinuität gekennzeichnet gewesen. Ralphs Launen, Ralphs Vorstellungen hatten sie geleitet. So unberechenbar er war, er war stets der ruhende Pol in ihrem ruhelosen Universum gewesen. Doch jetzt, gegen seinen Wunsch gefangen in einem Land, das er verabscheute, schien er reduziert, besiegt. Die Familie Mulgrave war gespalten worden. Mit der Flucht aus Frankreich hatten sie ihr Zuhause und ihr Geld verloren, aber sie hatten außerdem eine Lebensart eingebüßt, die sich nicht nach England verpflanzen ließ.

In den ersten Wochen war Faith abgelenkt durch die Abende im Pub, die improvisierten Partys, die tränenreichen Abschiede von Rufus' Freunden, die an die Front gingen, die Spaziergänge mit dem Hund ihrer Arbeitgeberin oder die Suche nach der Handarbeit, die diese ständig verlegte. Dann packte sie eines Tages plötzlich die Ungeduld, und sie überwand die merkwürdige Zaghaftigkeit, die sie seit ihrer Ankunft in London erfasst hatte. In der öffentlichen Bibliothek blätterte sie in den Adreßbüchern und fand Guys Namen. *Dr. G. Neville, 7 Malt Street.* Sie schrieb sich seine Telefonnummer auf. Das Herz schlug ihr bis zum Hals. Sie hatte Guy seit drei Jahren nicht mehr gesehen. Wenn sie ihn anrief, würde sie dann womöglich einen schrecklichen Moment lang Bestürzung oder Widerwillen oder künstliche Herzlichkeit in seiner Stimme hören? Oder – schlimmer noch – würde er sich, wenn er ihren Namen hörte, vielleicht nicht gleich erinnern?

Das Londoner Viertel, in dem Guy lebte, bestand aus einer Mischung kleiner Häuser, zusammengedrängt wie Hundehütten, und größerer Villen aus rotem Backstein, der von Ruß geschwärzt war. Guys Haus war eine der Backsteinvillen. Es stand in einem Garten mit staubbedeckten Lorbeer- und Buchsbaumbüschen, durch den ein geschlängelter Weg zur Haustür führte.

Am Tor blieb Faith stehen und sah Jake an. »Glaubst du, er wird sich an uns erinnern?«

»Na hör mal, du Verrückte!« sagte Jake, nahm sie bei der Hand und zog sie in den Garten.

In der Zeit, die zwischen dem Läuten der Türglocke und dem Klang schneller Schritte drinnen im Flur verging, knüllte Faith die Spitzenmanschette ihrer Bluse zu einem schmuddeligen Knoten zusammen. Dann ging die Tür auf, und Guy stand vor ihr. Zuerst sah sie die Ungläubigkeit in seinem Blick und dann, zu ihrer Erleichterung, die Freude.

»Faith! So eine Überraschung! Das ist ja wunderbar!«

Das Gefühl der Deplaziertheit verging, als Guy sie in die Arme nahm und an sich drückte und wieder und wieder ihren Namen nannte.

Er führte sie und Jake ins Haus. Sie hatte das Gefühl, alles sehr scharf zu sehen: das bunte Glas in der Haustür, die Pflanzen mit den glänzenden grünen Blättern in den Messingjardinieren.

Dann rief aus einem anderen Zimmer eine Frau: »Willst du uns nicht miteinander bekannt machen, Guy?«, und als sie ins Nebenzimmer blickte und die junge dunkelhaarige Frau sah, die dort auf dem Sofa saß, wollte sie sagen: Guy, du hast uns nie erzählt, daß du eine Schwester hast.

Aber er sprach, bevor sie etwas sagen konnte.

»Eleanor, ich möchte dich mit meinen Freunden bekannt machen, Faith und Jake Mulgrave. Faith – Jake – das ist Eleanor, meine Frau.«

Das ist Eleanor, meine Frau. Erinnerungen überschlugen sich, bitter und schmerzlich. *Ich werde mich nicht verlieben... Ich habe Wichtigeres zu tun...* Sie erkannte, wie töricht und naiv es von ihr gewesen war, anzunehmen, Guy würde sich an einen so beiläufig ausgesprochenen Vorsatz halten. Er hatte die Worte wahrscheinlich schon vergessen, als er vom Strand weggegangen war. Wohingegen sie, die arme Idiotin, sie wie einen Schatz in ihrem Herzen bewahrt hatte.

Sie betrachtete ihn und sah, daß er sich verändert hatte. Das sonst immer unordentliche dunkle Haar war kurz geschnitten, und er war ganz anders gekleidet – korrekter, eleganter. Als er durchs Zimmer ging, um Jake die Hand zu schütteln, bemerkte sie, daß ein Schritt ungleichmäßig war.

Sie selbst war wie erstarrt, stand an der Tür, als wäre die Zeit stehengeblieben, seit er gesagt hatte: »Faith – das ist Eleanor, meine Frau.« Sie hatte vergessen, was die Form verlangte, was jetzt von ihr erwartet wurde. Einzig der Schock und der Zorn in Jakes Gesicht rissen sie aus Stummheit und Erstarrung. Strahlend sagte sie: »Ich hatte keine Ahnung, daß du verheiratet bist, Guy. Meinen herzlichen Glückwunsch. Und so ein schönes Haus!« Sie wußte nicht, ob ihre Fähigkeit, sich zu verstellen, sie freute oder anwiderte.

»Eleanor hat alles renovieren lassen«, sagte Guy. »Als ich aus Frankreich zurückkam, habe ich das Haus kaum wiedererkannt.«

Eleanor Neville sagte: »Wollen Sie nicht Platz nehmen, Miss Mulgrave? Mr. Mulgrave? Darf ich Ihnen eine Tasse Tee anbieten?«

»Danke, sehr gern.« Sie warf Jake einen scharfen Blick zu. *Laß sie nie merken, daß es weh tut.*

Er verstand und setzte sein gewinnendstes Lächeln auf. »Das ist sehr freundlich von Ihnen, Mrs. Neville, aber wir möchten nicht stören.«

»Unsinn! Wir freuen uns, daß Sie da sind. Wir bekommen nicht viel Besuch, nicht wahr, Liebling? Wir entwickeln uns zu einem richtigen alten Ehepaar.« Eleanor lachte.

»Wann warst du denn in Frankreich, Guy?«

»Vor zwei Monaten. Als Sanitätsoffizier.«

»Er ist verwundet worden, der Arme.« Eleanor berührte Guys Hand. »Wir haben ihn wieder gesund gepflegt.«

»Ach, es war keine Heldentat – ich hab' mir den Fuß gebrochen, als ich in einen Graben sprang. Dummerweise ist der verdammte Knochen nicht wieder richtig zusammengewachsen.«

»*Guy!*«

»Entschuldige, Schatz. Aber es ist ziemlich lästig.«

Eleanor ging aus dem Zimmer. Einen Moment blieb es still. Dann sagte Guy lächelnd: »Und ihr? Es ist wunderbar, euch wiederzusehen. Ich hätte nie geglaubt, daß ihr nach England kommen würdet. Ralph sagte doch immer, daß er England haßt.«

»Das tut er auch.« Sie zitterte jetzt nicht mehr. Sie schaffte es sogar, ihren Mund zu einem Lächeln zu verziehen. »Nicole und ich haben ihm so lange zugesetzt, bis er klein beigegeben hat.«

»Und Genya hat geholfen.«

»Wir haben ihm keine Wahl gelassen.«

»Wir *hatten* keine Wahl«, warf Jake ein. »Wir wären interniert worden.«

»Gräßlich! Stell dir das nur mal vor, in irgendeinem fürchterlichen Gefangenenlager dahinzuvegetieren.« Sie konnte es kaum glauben, daß sie es war, die diese albernen Phrasen drosch.

Eleanor Neville war mit dem Teetablett zurückgekehrt. Faith nahm die Tasse, die sie ihr reichte, und ließ ohne zu überlegen einen Würfel Zucker nach dem anderen hineinfallen, bis der Tee in die Untertasse schwappte. Da erst wurde ihr bewußt, was sie tat. »Oh, entschuldigen Sie vielmals. Jetzt habe ich wahrscheinlich Ihre ganze Zuteilung verbraucht...«

»Eleanor hat einen geheimen Zuckervorrat.«

»Man tut, was man kann«, sagte Eleanor leichthin. »Aber Sie wollten gerade etwas sagen, Miss Mulgrave.«

Sie ging langsam zum Fenster und atmete den schweren, morbiden Duft der Lilien ein. »Jake ist mit dem Fahrrad gefahren, und wir anderen mit dem Auto, und dann haben wir alle von La Rochelle aus das Schiff genommen. Es war richtig aufregend. Mal was ganz anderes. Aber Papa findet, England sei die Hölle, und ist vollkommen ungenießbar, deshalb sind Jake und ich in London geblieben.«

»Und wo sind Ralph und Poppy untergekommen?«

»In Norfolk. Papa findet es entsetzlich. Die Leute im Dorf gaffen ihn an, weil er sogar an warmen Tagen seinen schwarzen Mantel und den Schlapphut trägt – du erinnerst dich doch an den alten Hut, Guy? Aber Papa behauptet, er fröre immer.« Sie sprach zu laut und zu viel, das merkte sie, aber sie konnte es nicht ändern. »Nicole – das ist unsere jüngste Schwester, Mrs. Neville – lebt auch dort, aber sie wird wohl nicht lange bleiben. Sie ist fest entschlossen, eine berühmte Sängerin zu werden.«

»Werden Ralph und Poppy denn in Norfolk bleiben?«

»Im Moment haben sie keine andere Möglichkeit, glaube ich. Wir haben hier kein Zuhause, und wir haben unser ganzes Geld verloren, als wir aus Frankreich weggingen – nicht daß wir je viel besessen hätten!«

»Die Deutschen haben alle britischen Vermögen beschlagnahmt«, erklärte Jake.

»Wir sind also arm wie die Kirchenmäuse. Was für die Mulgraves allerdings nicht gerade eine neue Erfahrung ist.«

»Und was habt ihr vor?«

Zum erstenmal, seit er gesagt hatte: »Das ist Eleanor, meine Frau«, sah sie Guy richtig an. Es war ungerecht, dachte sie, daß er, obwohl sie ihm nicht mehr lieb war, nicht geschrumpft war in ihren Augen, nicht alle Anziehungskraft verloren hatte.

»Ich arbeite, Guy. Ich betreue eine alte Dame. Rufus hat mir die Anstellung vermittelt.«

»Rufus?«

»Rufus Foxwell. Er ist Maler, aber er ist zur Handelsmarine gegangen. Wir kennen ihn aus Paris. Mrs. Childerley ist eine Bekannte von ihm. Sie ist sehr alt und braucht jemanden, der ihr Gesellschaft leistet und ihren Hund spazierenführt. Da hat Rufus an mich gedacht. Und Jake arbeitet in einem Pub mit dem hübschen Namen *The Grasshopper*.«

»Aber ich werde mich auch an die Front melden.«

»Und zu welcher Truppengattung wollen Sie sich melden, Mr. Mulgrave?«

»Zu den Landstreitkräften, denke ich. Wissen Sie, ich habe in Spanien gekämpft.« Er lachte. »Besser, beim alten zu bleiben. Da weiß man, was man hat.«

»Jake war Offizier«, warf Faith ein. Sie hatte Kopfschmerzen und sagte sich, sobald sie den ekligen zuckersüßen Tee getrunken habe, könne sie mit Anstand gehen.

»Und was treibst du, Guy?«

»Ich bin wegen dieses Beinbruchs untauglich geschrieben worden. Es ist wahrscheinlich ganz gut so. Ich habe das Gefühl, Ärzte werden in London bald gebraucht werden.«

»Glaubst du, die Deutschen haben vor, London zu bombardieren?«

»Das ist doch unvermeidlich, meinst du nicht?« Er wandte sich Eleanor zu und legte seine Hand auf die ihre. »Du und Oliver habt nichts zu fürchten. Ihr seid auf dem Land sicher.«

»Wer ist Oliver?« Faith erwartete, daß Guy antworten würde: »mein Hund« oder: »mein Schwiegervater«.

»Oliver ist unser Sohn.«

Sie nahm wahr, daß Jake plötzlich zu reden begann; um das peinliche Schweigen zu überbrücken, eine Diskussion über den Krieg im Atlantik begann; und sie krampfte ihre Hände ineinander, bis sie weh taten und sie in ruhigem Ton sagen konnte: »Wie alt ist denn Ihr Oliver, Mrs. Neville?«

»Sechs Monate. Er ist am Neujahrstag geboren. Guy und ich haben letztes Jahr am Neujahrstag geheiratet. Ein schöneres Geschenk zu unserem ersten Hochzeitstag hätten wir uns nicht wünschen können.«

»Möchtest du ihn sehen, Faith?« fragte Guy. »Komm mit ins Kinderzimmer.«

»Ihr werdet ihn wecken, Guy. Du weißt doch, was für einen leichten Schlaf er hat.«

Guy tätschelte Eleanors Schulter. »Ich verspreche dir, daß wir ganz leise sein werden. Und wenn er wirklich aufwachen sollte, wiege ich ihn so lange, bis er wieder eingeschlafen ist.« Er lächelte. »Oliver ist der einzige Mensch auf der Welt, Faith, dem mein Gesang gefällt.«

Faith folgte Guy nach oben ins Kinderzimmer. Im schwachen Schein der Nachtlampe konnte sie das Kinderbett erkennen, das auf der einen Seite des Zimmers stand. Oliver lag auf dem Rücken, die Wangen vom Schlaf gerötet, die Arme zu beiden Seiten des Köpfchens hochgeschoben.

Sie flüsterte: »Er ist ja goldblond, Guy.«

Guy lächelte. »Ja, wir glauben, daß er vertauscht wurde. Er ist so viel schöner und gescheiter als wir beide.« Er beugte sich über seinen Sohn und küßte ihn auf die Stirn.

Faith brannten Tränen in den Augen, als sie zu dem schlafenden Kind hinuntersah. Sie empfand die Zukunft als so dunkel und verwirrend wie diese riesige Stadt, die sie umgab. Trotzdem sagte sie: »Er ist ein wunderschönes Kind, Guy. Ich kann mir vorstellen, wie stolz du auf ihn bist.«

Jake erwartete sie im Flur. Guy ließ sich von ihr ihre Adresse aufschreiben. Ihre Handschrift war krakelig und ungleichmäßig. Sie verabschiedeten sich und gingen.

Draußen begann Faith zu weinen.

Jake fluchte. »Komm, nimm meinen Ärmel.«

Faith wischte ihr Gesicht an seinem ausgestreckten Arm und holte einmal tief Atem.

»Wie konnte er das tun?« hörte sie Jake wütend sagen. »Wie konnte er diese Frau heiraten?«

»Wieso nicht? Wieso sollte er nicht heiraten, wen er will?«

»Deinetwegen natürlich!«

»Mach dich nicht lächerlich, Jake.« Ihr Ton war schroff. »Guy war mir nicht verpflichtet. Wir waren nie ein Paar. Und außerdem« – sie erinnerte sich an das Haus – »denk doch mal an dieses schöne Zimmer. Die Vorhänge paßten genau zu den Sofakissen. Und die herrlichen Blumen. So was gelänge mir nie.«

Jake hakte sich bei ihr unter, und sie gingen sehr schnell durch die dunklen, unvertrauten Straßen.

Guy sagte: »Was meinst du? Sind sie nicht hinreißend?«

Sie waren in der Küche. Eleanor spülte das Teegeschirr. »Jake hat eine Menge Charme«, erklärte sie. »Ein bißchen rauh und ungeschliffen, aber trotzdem – eine Menge Charme. Ich werde ihn zu einem meiner kleinen Abendessen einladen.«

»Und Faith?«

Eleanor, die gerade einen Teelöffel polierte, stand mit dem Rücken zu ihm. »Also, ich fand sie, offen gestanden, recht anstrengend.«

»Ja, sie hatte etwas Unruhiges, nicht?«

»Und wie sie angezogen war!« Eleanor lachte.

Guy konnte sich nicht erinnern, was Faith angehabt hatte. Irgend etwas Langes, Fließendes, glaubte er.

»Ihr Rocksaum war hinten heruntergerissen«, sagte Eleanor. »Sie hatte weder Strümpfe noch Handschuhe an. Und die Sandalen mit den geflochtenen Sohlen – du meine

Güte! Ich muß leider sagen, daß ihr die natürliche Grazie ihres Bruders gänzlich fehlt.«

»Findest du nicht, daß du etwas sehr hart bist, Eleanor? Sie mußten wahrscheinlich Hals über Kopf aus Frankreich fliehen und hatten keine Zeit, die passende Reisegarderobe anzulegen.«

Sie faltete das Geschirrtuch und legte es zum Trocknen auf den Herd. »Nein, natürlich nicht. Es ist wirklich nicht meine Absicht, herzlos zu sein. Und ich bin sicher, daß Miss Mulgraves drastische Art, sich auszudrücken, ihren jüngsten Erlebnissen und ihrer Erziehung zuzuschreiben ist. So ein Zigeunerleben fordert seinen Tribut.«

Sie stellte sich auf Zehenspitzen und küßte ihn auf die Wange. Als er den Arm um ihre Taille legte, dachte er, wie anders sie sich anfühlte als Faith. Soviel handfester, soviel wirklicher.

Von oben hörte er seinen Sohn und sagte: »Oliver weint.«

Eleanor horchte. Das dünne Wimmern war gerade noch vernehmbar. »So was Dummes«, sagte sie ärgerlich und löste sich von ihm. »Ich habe ihn doch erst vor anderthalb Stunden gefüttert. Im Buch steht, daß Kinder in seinem Alter fähig sein sollten, vier Stunden zwischen den Mahlzeiten durchzuhalten.«

»Aber kleine Kinder richten sich nicht immer nach dem Lehrbuch, Schatz.« Guy küsste sie auf die immer noch unwillig gerunzelte Stirn. »Ich sehe nach ihm, wenn du möchtest. Vielleicht ist es ihm nur zu warm.«

»Ach, warum konnten wir aber auch kein ordentliches Kindermädchen finden!«

Die fleißigen Bauernmädchen, mit denen die alte Mrs. Stephens bisher stets hatte dienen können, waren abtrünnig geworden und in die Industrie oder zum Militär abgewandert, wo mehr Geld zu verdienen war.

»Vielleicht hätten wir doch Biddy behalten sollen«, meinte Guy vorsichtig.

»Biddy war unmöglich, Guy, und hysterisch dazu!«
Er ging aus der Küche hinaus, froh um die kühle, dunkle Stille des Flurs. Oben im Kinderzimmer nahm er seinen zornigen Sohn auf den Arm. Sein Fuß tat ihm weh, und er war müde, obwohl es erst neun Uhr war. Er hatte die Praxis zu Monatsbeginn wieder aufgemacht. Die Zahl seiner Patienten war merklich geschrumpft – viele der Mütter und Kinder waren evakuiert worden, und die jungen Männer waren an der Front –, aber er hatte immer noch sehr viel zu tun.
Als das Weinen des Kindes ein wenig nachließ, setzte sich Guy, den Kleinen fest an seine Brust gebettet, vorsichtig in den Korbsessel, der in der Ecke des Zimmers stand. Mit geschlossenen Augen atmete er den süßen, pudrigen Duft des Säuglings ein.
Die Ereignisse der letzten anderthalb Jahre waren so verwirrend schnell aufeinandergefolgt, daß er kaum Zeit gehabt hatte, sich mit ihnen in ihrer ganzen Tragweite auseinanderzusetzen. Schon bald nach ihrer Verlobung hatten er und Eleanor in aller Hast die Hochzeit geplant, da der Krieg nunmehr unvermeidlich schien. Er gab sich allein die Schuld an den Schwierigkeiten, die sich in ihrer Ehe gezeigt hatten. Sein Entschluß, Selwyn Stephens' Angebot einer Partnerschaft in dessen lukrativer Praxis abzulehnen, hatte Eleanor verstimmt, das wußte er. Er hatte ihr erklärt, daß er Arzt geworden war, um denen zu helfen, die es am dringendsten nötig hatten, und er hatte geglaubt, sie hätte das verstanden.
Der Anlaß zu ihrem ersten ernstlichen Streit war trivial gewesen. Er war zu einem Sterbenden gerufen worden, und nachdem er getan hatte, was er konnte, um seinem Patienten das Sterben leichtzumachen, hatte er mit der Witwe zusammen eine Tasse Tee getrunken, während sie auf das Eintreffen der Verwandten wartete. Als er kurz vor zehn Uhr nach Hause gekommen war, hatte er mit Ver-

wunderung die vielen Mäntel an der Garderobe im Flur gesehen und erstaunt das Stimmengewirr aus dem Speisezimmer vernommen. Erst ein paar Sekunden später war ihm eingefallen, was er bis zu diesem Moment völlig vergessen hatte: das Abendessen, zu dem Eleanor eingeladen hatte.

Sie war, wie immer, die perfekte Gastgeberin, bis der letzte Gast gegangen war. Dann schloß sie die Tür und drehte sich mit so viel eisigem Zorn im Blick nach ihm um, daß er bestürzt war. »Ich hatte dieses Essen für dich geplant«, sagte sie. »Drei Monate – *drei Monate* habe ich gebraucht, um John Taylor-Quest soweit zu bringen, daß er meine Einladung annahm, Guy. Er hätte dir beruflich eine Riesenhilfe sein können. Und wo warst du? Beim Tee mit einer alten Putzfrau! Wie konntest du mir das antun?«

Ihre Kälte, ihre Wut hatten ihn angesteckt. Er erinnerte sich, daß er geantwortet hatte: »Ich habe keine berufliche Hilfe nötig, Eleanor. Mrs. Tuttle brauchte mich weit dringender als John Taylor-Soundso.«

Sie hatte zwei Tage lang kein Wort mit ihm gesprochen. Im Bett hatte sie ihm die kalte Schulter gezeigt. Dann war ihm morgens beim Frühstück aufgefallen, wie blaß und spitz sie aussah, und nach ein paar Fragen war ihm klargeworden, was Eleanor selbst noch nicht ahnte: daß sie schwanger war. Er hatte begriffen, daß ihre Stimmung ihrem Zustand zuzuschreiben war, hatte ihr Arme voll Blumen mitgebracht, und sie hatten sich versöhnt.

Im folgenden Januar wurde Oliver geboren. Nicht lange danach hatte Guy seinen Einberufungsbefehl erhalten und war im März nach Frankreich abgereist. Schon zwei Monate später war er verwundet nach England zurückgekehrt.

Oliver war wieder eingeschlafen, aber Guy legte ihn nicht gleich in sein Bettchen zurück, sondern blieb noch eine Weile sitzen und genoß die Nähe und Wärme des schlafenden Kindes. Er war glücklich über seinen kleinen Sohn, aber er wußte natürlich, daß Oliver kein einfaches Kind war und Eleanor häufig bis zur Erschöpfung in Anspruch nahm. Die beiden würden ihm fehlen, wenn sie, sollte es wirklich zu Bombenangriffen auf London kommen, zu der alten Mrs. Stephens aufs Land zögen, aber die Landluft würde ihnen zweifellos guttun.

Faiths Gesichtsausdruck fiel ihm ein, als sie sich über Olivers Bett gebeugt und zu dem Kind hintergesehen hatte. Wie wunderbar, dachte er, sie wiedergesehen zu haben – es war beinahe so, als hätte sich ein verlorener Teil seines Lebens wiedergefunden. Und welch eine Erleichterung zu wissen, daß die Mulgraves nicht von der Flutwelle des Krieges fortgerissen worden waren, die Frankreich überschwemmt hatte. Die fiebrige Munterkeit, die ihm an ihr aufgefallen war, hielt er für eine Reaktion auf die alptraumhafte Flucht aus Frankreich. »Es war richtig aufregend. Mal was anderes«, hatte sie gesagt, als hätte es sich um irgendein tolles Vergnügen gehandelt. Aber Guy hatte in Faiths Augen die Furcht gesehen, die sich hinter der scheinbaren Unbekümmertheit versteckte, und glaubte ihr nicht.

Nicole hatte nicht vor, sich lange in Norfolk aufzuhalten. Sie würde eine berühmte Sängerin werden, und sie würde sich unsterblich verlieben. Sie liebte die langen Spaziergänge mit Minette über die silbrig glänzenden Moorwiesen, hinter denen man in der Ferne graugrün das Meer sehen konnte. Sie war enttäuscht, daß der Strand wegen der erwarteten Invasion mit Stacheldraht abgesperrt war.

Das Ferienhaus ihrer Tante Iris war klein, nur vier Zimmer insgesamt, zwei unten und zwei oben, und eine Außentoilette. Der Garten war dafür um so größer, eine Wildnis aus Nesseln und Dornengestrüpp, der Poppy unverzüglich mit einer Sense zu Leibe rückte. Nicole gab sich alle Mühe, ihren Vater aufzuheitern, aber der war entschlossen, sich nicht aufheitern zu lassen.

»Dieses gottverlassene öde Nest hier! Und die Einheimischen sind lauter Kretins. Du kannst es mir glauben, ich schneid' mir eigenhändig die Kehle durch, Nicole, wenn ich hier für längere Zeit bleiben muß.«

Mit dem Verlauf des Sommers wurden die Zahlen der im Luftkrieg abgeschossenen Flugzeuge in der Lokalzeitung vermeldet wie Kricket-Ergebnisse. Auf der letzten Seite ebendieser Zeitung entdeckte Nicole die Ankündigung eines Talent-Wettbewerbs im nahe gelegenen Cromer. Sie fuhr mit Tante Iris' klapprigem alten Fahrrad hinüber. Minette hockte im Einkaufskorb, der am Lenker befestigt war. Außer ihr waren noch zwölf weitere Wettbewerbsteilnehmer da, meist Tänzer und Sänger, dazu ein Jongleur und ein Bauchredner mit seiner Puppe. Da das Klavier verstimmt war, sang Nicole ohne Begleitung ein Volkslied, das einer der »Untermieter« ihr vor Ewigkeiten einmal beigebracht hatte. Es hieß »Mein falscher Schatz«, und sie mochte besonders die letzte Strophe.

»... dann setz ich die Segel und fliege der Sonne entgegen.

Mein falscher Schatz wird fortan um mich weinen auf all seinen Wegen ...«

Als sie endete, bekam sie eine Menge Applaus. Der Bürgermeister überreichte ihr den ersten Preis, ein Buch über Clark Gable und eine Tafel Schokolade. Sie teilte die Schokolade mit Minette und ihren Konkurrenten, und der Bauchredner sagte: »Hör mal, machst du bei der Geschichte in Cambridge mit? Solltest du, solltest du – du bist wirklich gut, weißt du.«

Sie lieh sich einen Bleistift und schrieb sich alles Notwendige auf dem Schokoladenpapier auf. Sie hatte keinen einzigen Penny, aber sie schaffte es mit viel Charme, Mr. Phypers, dem der Lebensmittelladen gehörte, zu überreden, ihr das Fahrgeld zu leihen. Der Wettbewerb, eine weitaus großartigere Angelegenheit als der in Cromer, fand in einem kleinen Theater in der Newmarket Road statt. Hinter der Bühne drängten sich die Mädchen in der Toilette, um sich zurechtzumachen. Nicole fuhr sich nur einmal mit dem Kamm durch die Haare, gab Minette einen Kuß und drückte dem Pianisten ihre Noten in die Hand.

Sie sang: »Ach, ich habe sie verloren« aus Glucks Oper *Orpheus und Eurydike*. Felix hatte es vor Jahren mit ihr einstudiert, und während sie von Liebe und Verlust sang, dachte sie an La Rouilly, dachte an die Weingärten und den Wald, der im Sommer voll von wildem Knoblauch war. Sie wußte von Anfang an, daß sie siegen würde. Auf der Heimreise, eingezwängt in einen Wagen mit mindestens hundert Menschen, wie ihr schien, überlegte sie, was sie mit ihrem Preisgeld von fünf Pfund anfangen würde. Zwei Shilling und sechs Pence gingen zurück an Mr. Phypers für das Fahrgeld. Ein Pfund für Papa, um ihn aufzumuntern. Zehn Shilling für Kleiderstoff und Nähmaterial. Der Rest für die Bahnfahrt nach Bristol, wo sie, wie der Richter beim Wettbewerb in Cambridge vorgeschlagen hatte, beim BBC probesingen wollte.

Faith staubte jedes einzelne der vielen hundert Bücher in der Bibliothek ihrer Arbeitgeberin ab, schnitt den Rasen hinten im Garten und die Hecke mit einer stumpfen Gartenschere und badete Mrs. Childerleys giftigen alten Hund. Die Hitze hielt an, kein Grashalm rührte sich. Sie wünschte irgendein Ereignis herbei, so dramatisch, so umwälzend, daß es die dumpfe Stille in ihrem Kopf zum Platzen bringen würde. Manche von Rufus' Freunden behaupteten, in sie verliebt zu sein. Sie erlaubte ihnen ein paar Küsse und tanzte mit ihnen. Beim Tanzen vergaß sie manchmal, was geschehen war, aber sobald die Musik endete, kehrten die Niedergeschlagenheit und das Gefühl demütigender Beschämung zurück. Wie die Stadt selbst, erschienen ihre Verehrer ihr fremd und sonderbar, dennoch versuchte sie krampfhaft, sich in diesen oder jenen zu verlieben. Aber es gelang ihr nicht.

Eines Tages im August kehrte Rufus spätabends in das Haus in der Mahonia Street zurück. Er ließ seinen Tornister zu Boden fallen und warf sich auf das Sofa. Am Morgen brachte Faith ihm eine Tasse Tee. Unrasiert und noch in Uniform, richtete er sich auf, gähnte und rieb sich die Augen.

Sie setzte sich zu ihm, während er seinen Tee trank. Es war Samstag, da brauchte sie nicht zur Arbeit zu gehen. Als er fertig war, küßte er sie mit kratzigem Stoppelbart auf die Wange und sagte: »Ich brauche dringend ein Bad. Würdest du mir ein paar Scheiben Toast machen, Faith?«

Nachdem sie einen Toastturm auf einem Teller aufgebaut hatte, klopfte sie an die Badezimmertür. »Der Toast ist fertig. Bist du präsentabel?«

»Nein, aber du kannst ja wegschauen. Komm und erzähl mir was.«

Das Badewasser war eine graue Brühe aus Schmutz und Seife. Sie sagte: »Wir sollen die Wanne eigentlich nur bis zu dieser schwarzen Linie füllen, Rufus, nicht bis zum Hals.«

Sie reichte ihm den Teller und hockte sich, die Knie bis zum Kinn hochgezogen, auf den Toilettensitz.

Er rauchte eine Zigarette und schnippte die Asche ins Badewasser. »Komm mit rein, Faith – natürlich nur aus Gründen der Sparsamkeit.«

Sie schüttelte den Kopf. Seine Augen lagen tief in den Höhlen, und die Bartstoppeln auf Wangen und Kinn verliehen ihm etwas Draufgängerisches, Piratenhaftes. Er ließ sich tiefer ins Wasser gleiten und legte den Kopf auf den gerundeten Rand der Wanne. Dann schloß er die Augen. Nur sein wirres Haar und seine Kniescheiben waren sichtbar.

»Wie lange hast du Urlaub?«

Er öffnete die Augen. »Drei Tage. Aber morgen muß ich zu meiner Mutter. Wo ist Jake?«

»Er schläft noch.«

»Weck ihn. Wir gehen in die Stadt.« Eine Flutwelle brandete auf, als Rufus aus dem Wasser stieg.

Sie bummelten durch die Stadt, trafen sich mit Freunden, machten zur Mittagszeit in Hampstead Heath ein Picknick mit Brot, Käse und Äpfeln. Später zogen sie von einem Pub ins andere und landeten schließlich im Café Royal. Ein Mann, um die Fünfzig und rundlich, quetschte sich zu ihnen an den Tisch.

Rufus wedelte lässig mit der Hand. »Bruno, das sind meine Freunde Jake und Faith Mulgrave. – Mulgraves, das ist Bruno Gage. Er schreibt unheimlich bissige Kritiken.« Rufus kniff die Augen zusammen. »Sagtest du nicht mal, daß dein Vater ein Buch geschrieben hat, Jake?«

Bruno Gage sah Jake an. »Mulgrave? Es gab mal einen Autor namens Mulgrave ... *Nymphe, mein Engel*?«

Jake drückte seine Zigarette aus. »Das einzige literarische Abenteuer meines Vaters.«

»Kennst du das Buch, Linda, Schatz?« Bruno sah zu der Frau auf, die an ihren Tisch getreten war. Sie schüttelte den Kopf mit dem seidigen blonden Haar. »Ein *succès de scandale*, soweit ich mich erinnere«, fuhr Bruno fort. »Ich habe es heimlich im Unterricht gelesen, als ich noch zur Schule ging. Damals fand man es sehr gewagt. Heute würde es natürlich eher als harmlos gelten. Ich habe das Buch immer in meiner Pausenbüchse unter dem Früchtebrot versteckt.«

»Es muß doch toll sein, einen berühmten Vater zu haben.«

»Ich fand das Buch, ehrlich gesagt, immer komplett blödsinnig«, erklärte Jake. »Ich hab's nie fertig gelesen.«

»Sie müssen mich mit ihm bekannt machen. Ich würde

Ralph Mulgrave wahnsinnig gern kennenlernen.« Bruno sah auf seine Uhr. »Und jetzt kommt ihr alle mit zu mir. Ich habe meinen Keller ausgeräumt. Heute wird gefeiert.«

»Bruno hat Hunderte von Leuten eingeladen«, bemerkte Linda. Ihre hellen Augen waren auf Jake gerichtet.

»Es ist meine ›Nach-uns-die-Sintflut‹-Party«, erklärte Bruno. »Wir müssen meinen ganzen Champagner trinken und meinen ganzen Dosenlachs essen, damit die Deutschen in die Röhre gucken, wenn sie wirklich hier einfallen.«

Gemeinsam verließen sie das Café.

Bruno Gage lebte in einem eleganten vierstöckigen Stadthaus in Knightsbridge. Als er die Terrassentür aufstieß, strömten die Düfte von Jasmin und Rosen aus dem Garten in den Salon. Beim Knallen der Champagnerkorken schrie eines der jungen Mädchen angstvoll auf und lachte dann schrill vor Erleichterung. »Ich dachte, es wäre... Ich dachte, es wäre...« stammelte sie und konnte den Satz nicht zu Ende bringen.

»Ich habe die feste Absicht, mich heute abend so vollaufen zu lassen, daß es mir schnurzegal ist, wenn sie kommen«, sagte jemand.

Und jemand anders sagte: »Wenn sie heute abend kommen, fällt die Hochzeit meiner Cousine aus, und ich brauche dieses scheußliche Brautjungfernkleid nicht anzuziehen.« Alle lachten.

Jemand legte eine Platte auf, »*You made me love you, I didn't want to do it*« ... Rufus nahm Faith in die Arme, und sie tanzten in den Garten hinaus. Als er sie an sich drückte und sie die Augen schloß, dachte sie: Ich habe es beinahe vergessen. Ein Teil ihres Schmerzes war von Zorn und Wut verdrängt worden. Die Erkenntnis, daß sie Guy nicht soviel bedeutet hatte wie er ihr, war zutiefst kränkend.

Die Party wurde lauter, ausgelassener. Auf der Suche

nach dem Badezimmer stolperte Faith zuerst über eine Frau, die sich in eine chinesische Vase übergab, und dann über ein Pärchen, das auf der Treppe lag und schmuste.

Als sie zurückkam, fragte Rufus, »Wollen wir gehen?«, und sie nickte. Sie hatte ziemlich viel getrunken. Auf dem Heimweg sangen sie, und Rufus erzählte Unmengen unanständiger Witze, die sie ungeheuer komisch fand. Es machte ihr überhaupt nichts aus, daß sie beim Singen den Ton nicht halten konnte. Rufus hatte den Arm um ihre Taille gelegt und hielt sie, wenn sie stolperte.

Es war beinahe dunkel, und als sie in die Mahonia Road einbogen, erkannte sie nicht gleich den Mann, der vor ihrem Haus stand. Erst als er sich, aufmerksam geworden durch Gelächter und Gesang, umdrehte, sah sie, daß es Guy war.

»Guy«, sagte sie leise.

Rufus blieb schwankend stehen und kniff die Augen zusammen. Faith prallte gegen ihn. Guy überquerte die Straße.

»Ich war gerade in der Gegend«, sagte er, »und wollte euch besuchen.«

Sie sah, wie er den Mund verzog, als er erst sie und dann Rufus musterte. »Aber du bist offensichtlich anderweitig beschäftigt.«

Damit machte er kehrt und ging davon. Sie schrie leise auf und drückte eine Faust auf ihren Mund.

»Reizender Typ«, murmelte Rufus.

Sie wandte sich ihm zu. »Gehen wir rein?«

Rufus schob den Schlüssel ins Türschloß. Faith rannte nach oben. Wenn sie sich jetzt Zeit zum Überlegen ließ, würde ihre Entschlossenheit ins Wanken geraten. In ihrem Zimmer knöpfte sie ihr Kleid auf und ließ es zu Boden gleiten. Rufus legte seine Hände um ihre Taille und küßte ihren Nacken. Sie war froh, daß das Licht so schlecht war; ihr Unterkleid war alt und in der Wäsche grau geworden.

Seine Lippen berührten die Mulde entlang ihrer Wirbelsäule. Nur einmal hielt er inne, als sie schon im Bett lagen, und sah sie mit seinen dunklen Augen an. »Du tust das doch nicht zum erstenmal, nicht wahr, Faith?«

»Natürlich nicht.«

Sie hatte Ekstase oder Abscheu erwartet und erlebte keines von beidem. Es war, dachte sie, nichts Besonderes; eine kleine Invasion des einen Körpers durch einen anderen, weiter nichts. Als es vorbei war, war sie erleichtert: Sie hatte eine Brücke überquert, sie hatte das Leben, dem sie schon entwachsen war, hinter sich gelassen.

Auf der Party tanzte Jake mit vielen der Mädchen, küßte die eine oder andere und trank reichlich von Bruno Gages hervorragendem Champagner. Die Räume des Hauses waren von einer goldenen, gelackten Pracht, die ihn an etwas erinnerte, aber das Bild war so nebelhaft, daß er es nicht zu fassen bekam. La Rouilly war es nicht; diese geschnörkelte Chinoiserie hatte keinerlei Ähnlichkeit mit der verblichenen Grandezza von La Rouilly. Er bemühte sich, nicht daran zu denken, was aus La Rouilly geworden war, das auf dem Streifen besetzter Zone stand, der sich längs der Westküste Frankreichs entlangzog.

Hinter ihm sagte jemand: »Sie bewundern das Dekor? Eine Spur überladen, finden Sie nicht? Ich bekomme nach einer Weile immer Kopfschmerzen.«

Er drehte sich um. Die blonde Frau aus dem Café Royal stand in der Tür. Jake sagte verwirrt. »Ich dachte, Sie und Bruno –«

»– wären verheiratet?« Sie lächelte. »Was für eine Idee! Einfach schauderhaft.« Sie trat ins Zimmer und schloß die Tür hinter sich. »Ich bin Linda Forrester.« Sie bot ihm die Hand.

Sie war eine schöne Frau, groß und sehr schlank, mit leicht abfallenden Schultern wie die einer Ballettänzerin.

»Also, ich weiß nicht, aber ich finde Bruno ziemlich voreilig«, sagte sie. »Ich meine, daß hier deutsche Soldaten durch den Garten trampeln werden, ist doch reichlich unwahrscheinlich. Ich kann es mir jedenfalls nicht vorstellen.«

Er sah hinaus in den Garten mit dem gepflegten Rasen, den ordentlich geschnittenen Sträuchern und Büschen, den Beeten farbenfroher Blumen. Plötzlich war das Bild scharf: Dieses Haus erinnerte ihn an das Schloß, in dem er auf seiner letzten verzweifelten Fahrt durch Frankreich eine Nacht verbracht hatte. Er entsann sich der eingeschlagenen Fensterscheiben, der hellen Flecken an der Wand, wo einmal Gemälde gehangen hatten.

»Ich kann es mir sehr gut vorstellen«, entgegnete er mit einem Blick durch das prächtige Zimmer. »Hier ist doch reiche Beute zu machen. Ein Cézanne und ein – ein Dufy, richtig? Das Haus stünde sicher ganz oben auf der Liste.«

Ihr plötzlicher Zorn war einzig in den blaßblauen Augen zu erkennen; sie war, vermutete er, der Typ Frau, der jedes Stirnrunzeln und jedes Lächeln sorgsam vermied, um ja nicht die Faltenbildung zu fördern.

»Sie wollen mir nur angst machen.«

Jake zuckte mit den Schultern. »Keineswegs. Ich sage lediglich meine Meinung.«

Sie schwieg einen Moment, dann bemerkte sie: »Aber es ist ein guter Vorwand, nicht wahr, für den ganzen Zauber hier?«

Wieder schweifte sein Blick zum Fenster hinaus, und er sah, was sie mit »der ganze Zauber hier« meinte. Die Gäste hatten den Garten erobert und tanzten ausgelassen zwischen den Blumenbeeten. Unter einer Buche stand ein Pärchen in inniger Umarmung. Sein Schatten fiel lang auf den abendlich dunklen Rasen.

Sie war keineswegs dumm, wie er zunächst angenommen hatte, und die leere Schönheit ihres Gesichts war nichts als eine Maske, hinter der sich Intelligenz und vielleicht Skrupellosigkeit verbargen.

»Der Krieg mischt uns alle durcheinander wie Spielkarten«, sagte sie. »Da entstehen ganz neue Paarungen.«

Die Einladung war unmißverständlich. Er nahm ihre Hand in die seine und ließ seine Fingerspitzen über ihre schlanken Finger gleiten. Als er zu dem Trauring an ihrem Ringfinger gelangte, hielt er inne. »Ihr Mann...«

»Mein Mann ist in Nordafrika.«

Seine Finger wanderten ihren nackten Arm hinauf und suchten liebkosend die Mulde unter ihrem Hals. Sie zitterte ein wenig und sagte: »Das Schlimmste ist die Ereignislosigkeit, nicht wahr? Ich habe Warten immer gehaßt.«

Das Schlimmste ist die Ereignislosigkeit... Im Geist sah Jake den langen Zug von Frauen und Kindern, der sich, gnadenloser Hitze und bitterer Kälte preisgegeben, durch Spanien und Frankreich schleppte. Heftiger Abscheu erfaßte ihn. Er ließ die Hand sinken und kramte seine Zigaretten aus seiner Hosentasche. Nachdem er sich eine angezündet hatte, sagte er: »Wissen Sie, ich habe immer wieder festgestellt, daß es sich nur selten lohnt, das zu nehmen, was man mühelos haben kann.«

Als er aus dem Zimmer ging, hörte er sie sagen: »Es ist schon eigenartig, Jake, die schönsten Männer sind oft die größten Nieten. Enttäuschend, könnte man vielleicht sagen, wie eine Rose ohne Duft.«

Als Faith am folgenden Morgen erwachte, war Rufus schon auf und im Begriff sich anzukleiden. »Ich muß um acht am Bahnhof sein«, erklärte er. Eine Socke in der Hand, richtete er sich auf und sah sie scharf an.

»Was ist?«

»Du hast mich gestern abend belogen, stimmt's? Ich war der erste, richtig?«

»Ist das so wichtig? Irgendeiner mußte es ja mal sein.«

Sie sah, wie sein Gesicht sich veränderte, und sagte hastig: »So hab' ich das nicht gemeint, Rufus. Bitte sei jetzt nicht böse.«

Er setzte sich zu ihr auf die Bettkante, nahm seine Zigaretten heraus, bot ihr eine an und sagte, nachdem er ihr und sich Feuer gegeben hatte: »Du liebst einen anderen.«

»Nein. Jetzt nicht mehr.« Faith versuchte eine Erklärung. »Er ist verheiratet und hat ein kleines Kind.«

»Das verhindert doch nicht –« Er brach mit einem Kopfschütteln ab. »Ach was, ich hab' einfach was dagegen, so leicht – austauschbar zu sein.«

Schweigen. Sie hielt den Kopf gesenkt.

Rufus sagte: »Ist es der Typ, der gestern abend hier gewartet hat?«

Sie antwortete nicht.

»Sag's mir. Ich finde, das schuldest du mir.«

Sie sagte tonlos: »Er heißt Guy Neville. Ich kenne ihn schon ewig – seit ich elf Jahre alt war. Er hat uns jeden Sommer in Frankreich besucht.«

»Liebst du ihn?«

»Ja«, antwortete sie schlicht. »Ich habe ihn immer geliebt. Ich kann mich gar nicht an eine Zeit erinnern, wo ich ihn nicht geliebt habe.« Sie sah den Schmerz in Rufus' Gesicht, fügte aber dennoch hinzu: »Ich glaube, ich habe mich gleich auf den ersten Blick in Guy verliebt. Er stand bei uns in der Küche und hat ein Huhn ausgenommen – das mußt du dir mal vorstellen, ich verliebe mich in einen Mann, der ein Huhn ausnimmt!«

Sie drückte die Finger auf die Augen, um die Tränen zurückzuhalten.

Nach einer Weile zog er sie an sich und bettete ihren Kopf in die Höhlung unter seiner Schulter. »Ich war mal in ein Mädchen verliebt, das auf dem Hof meines Onkels gearbeitet hat«, sagte er. »Wie sie mit den Schweinen geredet hat, wenn sie den Stall ausmistete! Ich wollte unbedingt, daß sie mit mir auch so redet.«

Sie lachte zitternd. »Guy hat mir mal das Leben gerettet. Ich wurde von einer Schlange gebissen, und er hat das Gift aus der Wunde gesogen. Weißt du, ich habe mir eigentlich nie vorgestellt, daß ich ihn mal heiraten würde – ich habe einfach angenommen, er würde immer für mich dasein.« Eine Zeitlang sagte sie nichts, sondern zwang sich, zurückzudenken. »Und jetzt wird mir klar, wie dumm ich war«, bemerkte sie dann. »Ich habe Guy jedes Jahr nur ein paar Wochen gesehen. Und ich war noch ein Kind. Es war – nur ein Urlaub für ihn. Aber für mich war es ...«

»Was?«

»Der schönste Teil des Jahres«, antwortete sie. »Der lebendigste Teil. Aber Guy lebte sein Leben größtenteils ohne mich. In Wirklichkeit wußte ich kaum etwas von ihm. Ich hatte nie seine Familie kennengelernt. Ich hatte nie das Haus gesehen, in dem er wohnte. Ich war nie in England gewesen.«

Rufus zuckte die Achseln. »Solche Dinge spielen nicht unbedingt eine Rolle.«

»O doch, Rufus, das tun sie schon. Es geht doch um die Frage, wo man hingehört.« Ihre Stimme war rauh. »Und als ich ihn besuchte«, fügte sie nach einer Weile hinzu, »da sah er so glücklich aus. Er hat so ein hübsches Haus und einen ganz süßen kleinen Jungen, und seine Frau sieht gut aus und ist gescheit und wirklich nett. Und ich dachte plötzlich, wieso um alles in der Welt habe ich mir eingebildet, daß Guy *mich* lieben würde?«

Er stand auf und begann seinen Tornister zu packen.

»Haßt du mich jetzt?«

Er sah sich nach ihr um. »Nein, wieso? Was hätte das für einen Sinn?«

Sie zuckte zusammen. Rufus stopfte die restlichen Sachen in seinen Tornister und zog die Schnallen zu. »Außerdem werden wir alle uns sowieso bald über wichtigere Dinge Gedanken machen müssen. Dieser ganze – ganze *Quatsch*, wer wen liebt und wer mit wem schläft, wird dann völlig nebensächlich werden. Aber im Moment ist es eben leider nicht so, und darum gehe ich jetzt lieber, Faith.« Er lächelte schief. »Es verstößt gegen meine Prinzipien, mich von so was aus der Fassung bringen zu lassen, du mußt mir also schon ganz schön unter die Haut gegangen sein. Wenn wir uns das nächste Mal sehen, werde ich mich absolut korrekt verhalten, darauf kannst du dich verlassen.«

Dann ging er, und sie meinte, sich nie zuvor in ihrem Leben so sehr geschämt zu haben.

Später stand sie auf, nahm ein Bad, kleidete sich an und verließ das Haus. Sie konnte die Stille in der Wohnung nicht ertragen. Obwohl noch nicht acht, war es schon warm. Sie ging ziellos, automatisch einen Fuß vor den anderen setzend, überquerte Straßen, bog um Ecken, alles mit dem Gefühl, daß die eine Richtung so gut sei wie die andere und es kaum eine Rolle spiele, wenn sie mitten auf eine befahrene Straße hinausträte oder schnurstracks in den Fluß marschierte. Sie, die beinahe ihr Leben lang unterwegs gewesen war, hatte die Orientierung verloren.

Irgendwann sah sie vor sich den gewaltigen viktorianischen Bau des Liverpool-Bahnhofs. Sie schob ihre Hand in die Tasche und zählte ihr Geld. Im Zug weinte sie. Schmutzigrote Vorstädte und gelbe Felder zogen von Tränen verwischt vorüber. Die wenigen Kilometer vom Bahnhof nach Heronsmead, zum Ferienhaus von Tante Iris, ging sie zu Fuß und kam zur Mitte des Nachmittags an. Sie lief um das Haus herum nach hinten in den Garten und sah ihre Eltern, bevor diese sie bemerkten: Ralph saß, einen breitkrempigen Hut in die Stirn gezogen, in einem Liegestuhl und las; Poppy lag neben einem Blumenbeet auf den Knien und zupfte Unkraut. Die Sonne war noch heiß und das

Gras gelb wie Stroh. Ein Teil der Scham und der Traurigkeit fielen von ihr ab, als sie winkend den Arm hob und ihren Eltern einen Gruß zurief.

Der Zug fuhr um fünf aus Bristol ab. Aber dann kroch er im Schneckentempo durch Vorstädte und Dörfer, hielt mitten auf der Strecke auf irgendwelchen Nebengleisen an und rangierte, wie es schien, ziellos vorwärts und rückwärts. Als er endlich in einem Bahnhof anhielt, war es, wie Nicole mit einem Blick auf ihre Uhr feststellte, fast halb sieben. Sie hatte einen Fensterplatz; mit den Fingern rieb sie das rußige Glas blank. Nirgends war ein Schild mit dem Namen des Orts – sie waren alle im Hinblick auf die drohende Invasion entfernt worden –, und die Ansage des Bahnhofsvorstehers ging im Lärm von Lokomotive und Menschen unter. Die Soldaten, die seit Bristol mit Nicole im Wagen gefahren waren, stiegen fast alle aus, und vielleicht ein halbes Dutzend neuer Passagiere, in Zivil, stieg ein.

»Ist der Platz noch frei?« fragte ein Mann.

Nicole lächelte, nickte und nahm Minette, die sich auf den Polstern breitgemacht hatte, auf den Schoß.

»Mein Hund hat keine Fahrkarte. Er kann gut bei mir sitzen.«

Der Mann setzte sich. Er trug einen Nadelstreifenanzug und einen Hut und hatte einen Regenschirm und eine Aktentasche bei sich. Ein echter englischer Gentleman, dachte Nicole beifällig. »Wissen Sie, wo wir hier sind?« fragte sie.

»Oxford. Verträumte Türme, wie es irgendwo so romantisch heißt.«

»Oh.« Sie sah wieder zum Fenster hinaus. »Es ist ein bißchen wie Florenz, nicht wahr? Nur die Farben sind anders.«

Er lächelte. »Ja, möglich.«

»Ich meine – Gold- und Grüntöne statt Ocker und Terrakotta.«

»Ja.« Er schien einen Moment nachzudenken. »Ja – ich glaube, Sie haben recht.«

»Jede Stadt hat ihre eigenen Farben, finden Sie nicht auch? Genau wie jeder Name.«

»Namen haben Farben?«

»Mein Name – Nicole – ist scharlachrot und schwarz, und der Name meines Bruder, Jake, ist feuerrot, und der meiner Schwester, Faith, hat so ein sanftes rosiges Braun.«

»Mein Name ist David«, sagte er. »Welche Farbe hat er?«

Sie betrachtete ihn. Seine Augen waren klug und ausdrucksvoll, und das dunkle Haar hatte an den Schläfen einen grauen Schimmer. »Königsblau«, erklärte sie mit Gewißheit.

»Tatsächlich? Ich habe eine königsblaue Krawatte, die ich ziemlich gern mag und an besonderen Tagen und Feiertagen trage. Leider verlangt meine Arbeit meistens dezente Streifen.«

»Was arbeiten Sie denn?«

»Ach, dies und das«, antwortete er vage. »Bürokram, sehr langweilig. Und Sie, was tun Sie?«

»Ich bin Sängerin. Ich komme gerade vom Vorsingen für eine Radiosendung.«

»Ach was? Das ist ja aufregend. Wie ist es denn gegangen?«

Sie dachte zurück. Anfangs war sie sehr nervös gewesen, da sie noch nie mit Mikrofon gesungen hatte; aber als sie erst zu singen angefangen hatte, hatte sie sich besser gefühlt. »Es ist sehr gut gegangen.«

»Sie scheinen sich Ihrer Sache sehr sicher zu sein.«

Der Zug legte an Geschwindigkeit zu, als er die Stadt hinter sich gelassen hatte. Sie erklärte: »Ich bekomme immer alles, was ich wirklich will, wissen Sie. Man muß es nur genug wollen.«

Er schien erheitert. »Und Sie haben keine Angst, daß Sie damit das Schicksal herausfordern könnten?«

Nicole schüttelte den Kopf. »Überhaupt nicht.« Sie sah ihn wieder an. »Haben Sie ein Lieblingslied?«

Er überlegte. »Ich liebe Händel. Und Mozart natürlich. Wenn ich ein Lieblingslied nennen müßte, was mir schwerfallen würde, dann wäre es wahrscheinlich ›Dove sono i bei momenti‹ aus *Figaros Hochzeit*.«

Leise summte sie die Eröffnungstakte. Der Zug tauchte in einen Tunnel. Als sie wieder ans Tageslicht kamen, sagte sie: »Möchten Sie eine Pflaume? Sie sind wirklich gut – ich habe sie heute morgen gepflückt.«

»Gern, wenn Sie eine übrig haben.«

»Eigentlich wollten wir Pflaumenmarmelade kochen, aber es ist nicht genug Zucker da, und ich finde sie so ohnehin besser.«

Sie nahm eine braune Tüte aus ihrer Tasche und bot sie ihm an. Der Zug fuhr wieder langsamer, stampfte keuchend durch ockerfarbene Stoppelfelder und graubraune Dörfer.

»Wie weit fahren Sie?« fragte er, und sie antwortete »Bis Holt, in Norfolk«, und Hund und Hut, Pflaumen und Schirm flogen plötzlich nach allen Seiten, als er sich ihr entgegenwarf und sie aus dem Sitz zu Boden riß.

Im ersten Moment hatte sie keine Ahnung, was vor sich ging. Rundherum war ein schauderhaftes Getöse, sie lag platt auf dem Boden, er kauerte über ihr und beschirmte ihr Gesicht mit seinem Körper. Er hielt ihren Arm fest, um sie am Aufstehen zu hindern. Als sie bei den krachenden Detonationen zusammenzuckte, sagte er scharf: »Es ist nichts, es passiert nichts«, dann kam der Zug mit kreischenden Rädern ruckend zum Stehen, und sie schlitterte über den Boden und flog mit dem Kopf gegen die Tür. Sie hörte das heulende Wimmern des feindlichen Flugzeugs, als es wieder in die Höhe zog.

Mit einemmal war es ganz still. Dann schluchzte jemand laut auf, jemand anderer begann zu fluchen, und eine Stimme sagte: »Vorsicht, hier ist alles voll Glasscherben.«

Nicole machte die Augen auf.

»Bitte entschuldigen Sie«, sagte er. »Ich habe Sie wahrscheinlich zu Tode erschreckt – aber ich sah das Flugzeug ... Alles in Ordnung?«

Sie nickte nur benommen.

»Gut, dann seh' ich mal nach, ob ich was helfen kann. Warten Sie hier, ja? Ich bin gleich wieder da.«

Sie fegte die Glasscherben von der Sitzbank und setzte sich, Minette fest an sich gedrückt. Vorsichtig betastete sie ihren Hinterkopf und stieß auf eine ziemlich dicke eiförmige Beule. Auf der anderen Seite des Ganges saß eine Frau, die weinte. Das Wagendach war voller Löcher.

Nach ungefähr zehn Minuten kam David zurück. »Es hat ein paar Verwundete gegeben, aber es sind zwei Krankenschwestern im Zug, die sich um sie kümmern. Der Wassertank ist durchlöchert, und einige Wagen sind ziemlich schwer beschädigt. Die Bahn schickt einen anderen Zug, aber bis der kommt, werden wahrscheinlich Stunden vergehen. Es ist vielleicht gescheiter, wenn wir uns auf eigene Faust auf den Weg machen.«

Sie stieß die Wagentür auf. Sie waren mitten auf dem Land, nirgends waren Häuser zu sehen, nur Wiesen, Wälder und Hecken. Die Abendsonne lag leuchtend auf den gelben Stoppelfeldern und der trockenen braunen Erde der Wege. Er sprang zuerst heraus, sie folgte, von seiner helfenden Hand gestützt.

»Soll ich Ihre Tasche nehmen?«

Nicole schüttelte den Kopf. »Sie ist nicht schwer, und Minette kann laufen.« Sie setzte den Hund zu Boden, der sofort kläffend an den Feldrain rannte. »Wissen Sie, wo wir sind?«

»Irgendwo in Bedfordshire.« Er schaute sich um.

»Wenn wir ein Dorf finden, bekommen wir von dort vielleicht eine Busverbindung. Und Sie sollten Ihre Familie anrufen. Sonst sorgen sich Ihre Eltern unnötig um Sie.«

Am Horizont machten sie den dünnen Strich einer Kirchturmspitze aus und stapften ihr durch staubige Felder entgegen. Es war Abend, aber es war noch warm, Nicole schlüpfte aus ihrer Jacke und stopfte sie in die Reisetasche.

Als sie das Dorf erreicht hatten, blieb David vor einem Pub stehen.

»Möchten Sie einen Schluck Kognak? Nur aus Gesundheitsgründen – zur Beruhigung Ihrer Nerven. Das war ja vorhin ganz schön beängstigend.«

»Ach, eigentlich macht mir so was keine Angst«, sagte sie. »Aber einen Kognak hätte ich trotzdem gern.«

Im Schankraum war es so düster und voll, daß sie es vorzogen, sich hinten in den kleinen Garten zu setzen. David machte ausfindig, daß in einer halben Stunde ein Bus nach Bedford abfuhr; von Bedford aus müßte es einen Zug nach Cambridge geben, wo Nicole dann Anschluß nach Holt hätte.

Er fragte neugierig: »Wenn es Ihnen keine Angst macht, unter Beschuß genommen zu werden, wovor haben Sie dann eigentlich Angst?«

Nicole überlegte einen Moment. »Vor dem Alleinsein. Ich hasse es, allein zu sein. Und unter der Erde habe ich Angst – in Kellern und Höhlen und so. Und dann hasse ich es noch« – sie krauste die Nase – »mich zu langweilen.«

Er bot ihr die Hand. »Ich habe mich noch gar nicht richtig vorgestellt. Sie wissen nicht mehr über mich, als daß ich einen königsblauen Vornamen habe. Ich bin David Kemp.«

»Nicole Mulgrave«, erwiderte sie und ergriff seine Hand.

Eleanor hatte sehr schnell gelernt, ihre Mutterpflichten mit Kompetenz zu erledigen, aber die Freude, die sie sich von diesen Tätigkeiten erwartet hatte, brachten sie ihr nicht. Nachdem sie sich einigermaßen von der Entbindung erholt hatte, stellte sie fest, daß sie die langen Stunden, die sie mit ihrem Sohn verbrachte, vor allem als langweilig empfand. Die sich ständig wiederholenden Aufgaben, die zur Versorgung eines Säuglings gehörten – Füttern, Wickeln, Baden, einschläfernde Spaziergänge mit dem Kinderwagen, dümmliche Spiele mit Rassel und Teddybär –, schienen ihr unendlich ermüdend. Ihr Geist blieb unbefriedigt, ihr Körper war ständig erschöpft. Wenn sie sich hinsetzte, um ein Buch zu lesen, riß Olivers Geschrei sie aus der Lektüre, bevor sie eine Seite fertig hatte. Ihr Klavierspiel schien ihn unruhig zu machen. Jeder Besuch bei ihrem Vater, bei Freunden wurde zum Desaster, weil dieses lebhafte, immer wache Kind unablässig ihre Aufmerksamkeit beanspruchte. Sie konnte sich nicht erinnern, wann sie zuletzt in einem Konzert gewesen war. Wenn Guy sich wirklich einmal einen Abend freinehmen konnte; wenn sie selbst es geschafft hatte, ein Mädchen aus der Nachbarschaft aufzutreiben, das bereit war, während ihrer Abwesenheit das Kind zu hüten, ging meistens im letzten Moment doch noch alles schief: Babysitter waren unzuverlässig, und Oliver schien ein besonderes Talent dafür zu haben, immer dann, wenn sie einmal ausgehen wollten, erhöhte Temperatur zu bekommen, was Guy augenblicklich zu der Befürchtung veranlaßte, er könnte die Masern oder die Windpocken oder sonst eine der unzähligen Kinderkrankheiten ausbrüten.

Im Mai war Guy dann nach Frankreich abgereist, und Eleanor mußte sehen, wie sie mit den einsamen Abenden und endlosen Nächten zurechtkam, in denen sie kaum ein Auge zutat, weil Oliver offenbar unfähig war, sich an einen geregelten Tagesablauf zu gewöhnen. Eines Nachmittags, als sie bei einem Treffen der Freiwilligen Dienste für Frauen – eine Freundin hatte sich netterweise erboten, zu Hause bei Oliver zu bleiben – die Diskussionen über Feldküchen, Notversorgung und Erholungsheime mit anhörte, war ihr bewußt geworden, wie sehr ihr diese Welt fehlte: ihre ehrenamtlichen Tätigkeiten, ihre Ausschüsse, das Gefühl, ein wichtiger Teil der Gesellschaft zu sein. Körperliche Beschwerden während der Schwangerschaft hatten sie gezwungen, ihre Arbeit am Krankenhaus aufzugeben.

Enthusiasmus beflügelte sie, als sie an diesem Abend mit dem Bus nach Hause fuhr. Die Ortsgruppe der Freiwilligen Dienste für Frauen wurde von einer Frau namens Doreen Tillotson geleitet, die Eleanor von ihrer Arbeit beim Wohltätigkeitsausschuß des St.-Anne's-Krankenhauses kannte. Doreen war eine kopflose und ewig unschlüssige Person, der alle Führungseigenschaften fehlten. Eleanor wußte genau, daß sie selbst die Ortsgruppe weit besser leiten könnte als die arme Doreen. Im Verlauf der zweieinhalbstündigen Diskussion hatte sie auf mindestens ein halbes Dutzend Veränderungen hingewiesen, die unbedingt vorgenommen werden mußten, ob es sich nun um Kleinigkeiten handelte wie zum Beispiel die Notwendigkeit, sicherzustellen, daß genug Teelöffel vorhanden waren, oder um gewichtigere Dinge wie die Beschaffung finanzieller Mittel oder die Werbung freiwilliger Mitarbeiter. Noch am selben Abend entwarf sie einen Aktionsplan, auf dem sie in der Reihenfolge ihrer Wichtigkeit die Veränderungen aufführte, die vorgenommen werden mußten.

Aber dann kehrte Guy verwundet aus Frankreich zurück, und jeder Babysitter, den Eleanor anheuerte, warf vor Olivers stundenlangem Geschrei das Handtuch. In ihrer Verzweiflung nahm sie ihn zu einem Treffen der Freiwilligen Dienste mit. Im Bus schlief er brav in seinem Bastkörbchen, aber sobald sie den Korb in einer Ecke des Versammlungsraums niederstellte, begann er zu quengeln.

Nach fünf Minuten wuchs sich das Quengeln zu wütendem Geschrei aus. Eleanor versuchte, ihn in Schlaf zu wiegen, aber er hörte nicht auf zu schreien. Schließlich stellte sie den Korb in ein Zimmer im oberen Stockwerk und schloß energisch die Tür. Olivers Schreie drangen bis nach unten, aber Eleanor reagierte nicht auf sie und ignorierte die vorwurfsvollen Blicke der anderen Frauen.

Als Guy seine Kriegsverletzung so weit überwunden hatte, daß er wieder ohne Hilfe zurechtkommen konnte, schlug er Eleanor vor, sie solle zu ihrer Erholung mit Oliver zusammen zu ihrer Großmutter nach Derbyshire reisen. Mrs. Stephens kümmerte sich um das Kind, während Eleanor sich etwas Ruhe gönnte. Zum erstenmal seit Monaten konnte sie wieder durchschlafen. Sie unternahm ausgedehnte Fahrten mit dem Fahrrad und wurde sich eines Abends, als sie angenehm müde in ihr Bett sank, mit schlechtem Gewissen bewußt, daß sie Oliver den ganzen Tag über nicht gesehen und überhaupt nicht vermißt hatte. Aber London vermißte sie. Sie war in der Großstadt aufgewachsen, und sie hatte Sehnsucht nach den belebten Straßen, nach den Geschäften, den Theatern und Konzerten, den Gesprächen mit anderen Menschen.

Ihre Großmutter liebte Oliver abgöttisch und verwöhnte ihn sträflich. Als Eleanor mit ihm nach London zurückreiste, weinte er die ganze lange Bahnfahrt hindurch. Aus dem ersten Impuls heraus wollte sie Guy, der sie vom Bahnhof abholte, sofort erzählen, wie unausstehlich Oliver gewesen war. Aber sie erkannte noch rechtzeitig, welche Gefahren das in sich barg.

Als der Luftkrieg um England begann und die ersten Kampfflugzeuge ihre tödlichen Spuren in den tiefblauen Himmel zeichneten, drängte Guy Eleanor, wie sie es bereits vorausgesehen hatte, London gemeinsam mit Oliver zu verlassen. Sie machte Ausflüchte: Sie werde ihre Entscheidung treffen, wenn die Bombardierung begänne und keinen Tag früher. Guy war darüber nicht glücklich, aber er akzeptierte ihre Haltung.

Dann kam der Tag, an dem die Mulgraves plötzlich vor der Tür standen. Eleanor entging nicht, wie Faith Guy anblickte. Was Guy überhaupt nicht wahrnahm, erkannte sie augenblicklich: Faith Mulgrave liebte Guy. Sie hatte Mühe, ihre tiefe Abneigung gegen Faith, diese unkonventionelle Person, deren Kleidung so ausgefallen war wie ihr Verhalten undiszipliniert, zu verbergen, aber sie wußte, daß sie sich dazu zwingen mußte. Sie wußte genug über die menschliche Natur, um sich vorstellen zu können, daß sie und Faith Mulgrave möglicherweise unterschiedliche Seiten von Guys Wesen ansprachen. Damit war klar, daß sie nicht zu lange aus London fortbleiben durfte; auf keinen Fall lang genug, um Guy Gelegenheit zu geben, zu erkennen, daß Faith Mulgrave nicht mehr das entzückende Kind war, das er in Erinnerung hatte, sondern eine erwachsene Frau, noch dazu eine erwachsene Frau, die weder die moralischen Grundsätze noch die Selbstbeherrschung besaß, die sie gehindert hätten, den Ehemann einer anderen zu lieben.

5

NICOLE LIEF DAVID Kemp entgegen, der vor dem Cumberland-Hotel auf sie wartete, stellte sich auf die Zehenspitzen und küßte ihn auf die Wange. Er überreichte ihr etwas zaghaft einen Blumenstrauß. »Ich dachte – Glückwunsch oder Trost.«

»Glückwunsch«, sagte sie und schwenkte vergnügt den Strauß. »Ich bin auserkoren worden, mit der Geoff-Dexter-Band zu singen.«

»Da wirst du bald berühmt sein«, sagte er, »und alle werden mich beneiden, wenn ich ihnen erzähle, daß ich mit der berühmten Sängerin Nicole Mulgrave Pflaumen gegessen habe.«

Sie gingen ins Hotel. Nachdem sie Tee bestellt hatten, sagte Nicole: »Ich soll schon in vierzehn Tagen in meinem ersten Konzert auftreten. Ich durfte mir zwei Kleider bei Harrods aussuchen. Sie sind todschick, David.«

»Wo wohnst du?«

»Bei meiner Schwester Faith in Islington. Sie hat beschlossen, Sanitätswagenfahrerin zu werden. Nächste Woche muß sie die Fahrprüfung machen.«

»Erzähl mir mehr von deiner Familie.«

Sie erzählte ihm von Ralph und Poppy, von Jake, Genya und den Untermietern, von La Rouilly, von den vielen Reisen in aller Herren Länder, die sie als Kind mit ihren Eltern unternommen hatte.

»Das klingt herrlich exotisch und abenteuerlich«, sagte

er, als der Tee gebracht wurde und sie ihm einschenkte.
»Ich habe Leute mit großen Familien immer beneidet. Weißt du, mein Vater ist sehr bald nach meiner Geburt gestorben. Ich bin ganz allein mit meiner Mutter aufgewachsen. Und wir haben natürlich immer in demselben Haus gelebt.«

»Wo ist denn euer Haus?«

»In Wiltshire, nicht weit von Salisbury.«

»Ist es schön?«

Er lächelte. »Compton Deverall ist uralt, es zieht überall, und der Komfort ist gleich Null. Aber ich liebe es.«

Gerade als sie die nächste Frage stellen wollte, hörte sie die Sirenen. Sie warf ihm einen Blick zu. »Falscher Alarm?«

»Wahrscheinlich. Im Keller ist ein Luftschutzraum.« Einige Gäste verließen den Saal.

»Zucker?« fragte sie gelassen und reichte ihm die Dose.

Sie hörte eine ferne, dumpfe Detonation, rührte ihren Tee um und biß von ihrem Sandwich ab. Wieder fiel eine Bombe und dann noch eine. Das Restaurant hatte sich mittlerweile fast ganz geleert.

»Was um alles in der Welt haben sie denn auf diese Sandwiches –« begann sie, dann war ein lautes Krachen zu vernehmen, und der Teelöffel sprang in der Untertasse auf und nieder.

»Sardellenpaste, fürchte ich«, sagte David. Er berührte ihre Hand. »Nicole, die Einschläge kommen näher. Ich finde, wir sollten in den Keller gehen.«

Sie folgte ihm nach unten. Unterirdische Räume nahmen ihr die Luft: die Düsternis, die tiefhängenden Decken, die einen schier erdrücken wollten. Sie hielt es nicht lange aus. »David«, sagte sie, »ich werde wahnsinnig hier unten. Können wir nicht gehen?«

Er blickte zu ihr hinunter und sah plötzlich zerknirscht aus. »Ach Gott, das hatte ich ganz vergessen. Du bist nicht gern unter der Erde, nicht wahr? Weißt du was – mein Haus ist nicht weit von hier, und der Eßtisch ist ein wahrer Koloß. Wenn du es riskieren willst, auf die Straße hinauszugehen...«

Draußen, im Herbstsonnenschein, verflogen Nicoles Ängste. Als sie den Blick hob, sah sie die silbernen Flugzeuge, die wie eine Schar Wildgänse in Keilformation über den Himmel schossen. Sie sah die weiße Wolke, die von einem bombardierten Gebäude aufstieg, sich öffnete und bauschte wie ein Segel, riesengroß wurde und sich rot färbte. Es war, fand sie, ein beeindruckendes Bild.

»Im Osten bekommen sie am meisten ab.« David nahm sie bei der Hand und zog sie eilig mit sich. »Komm!«

In dem hohen Reihenhaus am Devonshire Place führte er sie ins Speisezimmer. Nicolas Blick wanderte zu der Fotografie auf der Anrichte.

»Was für eine schöne Frau!« Das Porträt zeigte eine dunkelhaarige, versonnen blickende junge Frau. »Wer ist sie?«

»Sie hieß Susan«, sagte er. »Sie ist an TBC gestorben. Wir waren verlobt.«

»Ach, David –« Sie ging zu ihm. »Wie schrecklich für dich.«

»Es ist lange her.«

Als um Viertel nach sechs die Entwarnung kam, gingen sie in die Küche, und er machte Omelettes und Salat. »Meine Mutter schickt regelmäßig Eier und Gemüse von zu Hause«, erklärte er. »Eigentlich hab' ich ein ziemlich schlechtes Gewissen deswegen. Ich bin so ein verwöhnter Bursche.«

Sie nahm sich vom Salat. »Der schmeckt köstlich, David. Mach dir kein schlechtes Gewissen. Ich tu's auch nie.«

Er wusch gerade ein Körbchen mit späten Himbeeren für den Nachtisch, als die Sirenen wieder zu heulen begannen.

»Wir essen sie am besten unter dem Tisch.«
»Aber wir brauchen Champagner, David. Hast du Champagner da? Er schmeckt so gut zu Himbeeren.«
Das Knallen des Korkens ging im Krachen der Bomben unter. Nicole stürzte ihr erstes Glas Champagner schnell hinunter. »Sie kommen näher.«
»Sie haben die Brandbomben heute nachmittag geworfen«, erklärte David, »um das Zielgebiet zu erleuchten. Ich glaube, wir haben eine schlimme Nacht vor uns.«
Sie hielt ihm ihr Glas hin. »Dann schenk mir noch mal ein, David, mein Schatz.«
Er runzelte die Stirn. »Ich weiß nicht recht –«
»Was?«
»Du bist noch so jung, Nicole.«
»Ich bin siebzehn«, entgegnete sie entrüstet.
»Siebzehn – du meine Güte!« Er schüttelte den Kopf. »Ich bin zweiunddreißig.«
»Mein Vater ist dreizehn Jahre älter als meine Mutter«, sagte Nicole, »und sie waren immer die besten Freunde. Und außerdem« – sie begann zu kichern – »wie kannst du dich ausgerechnet jetzt darum sorgen, ob ich ein oder zwei Gläser Champagner trinke?« Sie mußte schreien, um im Getöse des Bombenhagels gehört zu werden. Er sah sie an und begann ebenfalls zu lachen.

Es war, dachte Guy, als er am folgenden Tag vom Krankenhaus nach Hause ging, so etwas wie eine Taufe gewesen. Das Gefühl des Unwirklichen, das sich seit der Kriegserklärung vor einem Jahr – seit München vielleicht – gehalten hatte, war mit einem Schlag zunichte gemacht worden. Ein neuer Realismus mußte sich einstellen bei allen, die sich an diesem schönen Septembermorgen vor einer zerstörten Landschaft wiederfanden.
Er war in der Nacht nur einmal zu Hause gewesen, um sich zu vergewissern, daß Eleanor und Oliver sicher im

Luftschutzraum waren. Die übrige Zeit hatte er sich mit all den anderen Helfern um die Opfer des schweren Luftangriffs gekümmert. Jetzt fühlte er sich trotz einer Nacht ohne Schlaf merkwürdig beschwingt. Es war eine Wonne, einfach am Leben zu sein. Er war froh, daß Sonntag war und er keine Sprechstunde hatte. Er mußte mit Eleanor sprechen, die nötigen Vorbereitungen treffen, am Bahnhof anrufen, um die Abfahrten nach Derby zu erfragen, und danach konnte er sich ausruhen.

Ihm graute vor dem Moment, an dem sie – Eleanor und Oliver – abreisen und er in ein einsames Junggesellendasein zurückkehren würde, aber er wußte, daß er keine Wahl hatte.

Schnellen Schritts bog er in die Malt Street ein und sah erleichtert, daß die Häuser dort alle unversehrt waren. Nur eine dünne Schicht roten Staubs, den der Wind herbeigeblasen hatte, nahm Laub und Gras den Glanz. Die zertrümmerten Häuser in Stepney und Whitechapel jedoch standen ihm lebhaft vor Augen, und ebenso lebendig war die Erinnerung daran, was einstürzende Mauern und Dächer dem zerbrechlichen menschlichen Körper antun konnten.

Eleanor war in der Küche, als er kam. Er küßte ihren Nacken, genoß wie immer die Berührung ihres glänzenden Haars und ihrer straffen Haut, ihre gesunde Kraft.

»Was macht Oliver?«

»Er schläft jetzt, Gott sei Dank. Im Luftschutzraum hat er die ganze Nacht geschrien.«

»Ich rufe am Bahnhof an und erkundige mich nach den Abfahrtszeiten der Züge nach Derby. Meinst du, du schaffst es, heute alles zu packen, Darling?«

Sie rieb gerade Käse für eine Soße. »Olivers Sachen sind alle gewaschen und gebügelt«, sagte sie. »Und ich brauche ja nur mein Nachtzeug.«

»Dein Nachtzeug? Du brauchst warme Kleider, Eleanor. Ich habe das ungute Gefühl, daß diese Angriffe bis in den Winter hinein gehen werden.«

Ohne sich nach ihm umzudrehen, ohne ihn anzusehen, sagte sie ruhig: »Guy, ich bringe Oliver zu meiner Großmutter, und dann komme ich wieder nach Hause.«

Er setzte sich ihr gegenüber und rieb sich die Augen. Seine Lider waren rauh vom Backsteinstaub. »Eleanor«, sagte er, »ich möchte, daß du mit Oliver in Derbyshire bleibst.«

»Nein, Guy.« Sie umwickelte das restliche Stück Käse mit Butterbrotpapier und legte es weg. »Ich komme zurück und helfe dir.«

Er nahm ihre Hand und bemühte sich, ruhig zu sprechen. »Es fällt mir entsetzlich schwer, dich gehen zu lassen, Eleanor – es wäre mir viel lieber, du könntest bleiben. Du wirst mir schrecklich fehlen. Aber ich möchte dich in Sicherheit wissen.«

»Wir haben doch den Luftschutzraum«, entgegnete sie. »Den mache ich mir schon gemütlich mit Büchern und Decken.«

»Aber Oliver ...«

»Oliver ist in Derbyshire bestens aufgehoben. Ich habe meiner Großmutter geschrieben. Sie ist glücklich, ihn ganz für sich allein haben zu können.«

Er starrte sie ungläubig an. »Du hast das alles schon arrangiert?«

»Aber ja.« Sie drückte seine Hand und löste sich von ihm, um sich wieder der Zubereitung des Abendessens zu widmen. Sie bückte sich und nahm Kartoffeln aus einem Sack.

»Ohne es mit mir zu besprechen?«

»Ich wollte dich nicht damit belasten. Du hast genug um die Ohren, Guy.«

»Oliver ist auch *mein* Sohn! Ich kann es nicht fassen, daß du all das hinter meinem Rücken eingefädelt hast.«

»Aber Guy, das ist doch lächerlich!« Eleanor blieb leicht und unbekümmert. »So, wie du das sagst, klingt es ja, als hätte ich mich gegen dich verschworen. Dabei habe ich lediglich die beste Lösung für uns alle gesucht.«

»Für Oliver ist es wohl kaum die beste Lösung.« Er konnte seinen wachsenden Zorn nicht mehr verbergen.

»Aber natürlich.« Sie legte die Kartoffeln ins Spülbecken und drehte das Wasser auf. »Bei meiner Großmutter ist er in Sicherheit, und das ist das wichtigste.«

»Ein kleines Kind braucht seine Mutter.«

»Ach, das ist doch Unsinn, Guy. Ein acht Monate alter Säugling kann einen Menschen nicht vom anderen unterscheiden. Solange er es warm hat, regelmäßig gefüttert und gewickelt wird, ist es Oliver doch egal, wer ihn versorgt.«

»Ich kann mir wirklich nicht vorstellen, daß das stimmt, Eleanor. Ich glaube bestimmt, du irrst dich –«

»Wir beide haben uns doch auch ganz gut ohne Mutter durchgeschlagen, oder nicht?«

Guy war im Internat gewesen, als seine Mutter gestorben war. Sein Tutor hatte ihn zu sich bestellt und ihm die Nachricht so schonend wie möglich beigebracht. In Anbetracht des Schicksalsschlags, der ihn getroffen hatte, hatte er sein Mittagessen im Krankenzimmer einnehmen dürfen. Er erinnerte sich, daß er zum Nachtisch Eis bekommen hatte, als könnte ihn das trösten.

Er sagte ärgerlich: »Ich will nicht, daß Oliver sich *durchschlägt*. Ich will, daß er glücklich ist.«

»Soll das heißen, daß ich das nicht will?«

Sie wandte sich ihm zu. Zum erstenmal sah er die stählerne Härte in ihren Augen. Sie legte den Kartoffelschäler beiseite und wischte sich die Hände an einem Geschirrtuch.

»Es ist für uns alle die beste Lösung«, wiederholte sie. »Oliver ist bei meiner Großmutter in Sicherheit und wird gut versorgt, und ich kann dir hier helfen und mich bei den

Freiwilligen Diensten für Frauen nützlich machen.« Sie lächelte, aber ihr Blick war nicht weicher geworden. »Nun komm schon, Guy – weißt du nicht mehr, in was für einem Kuddelmuddel du gesteckt hast, bevor du mich kennengelernt hast? Und du wirst bestimmt bald mehr denn je zu tun haben. Ich glaube nicht, daß du ohne mich mit allem fertig werden würdest.«

Beinahe hätte er gesagt: Ich bin bestens mit allem fertig geworden, bevor ich dich kennenlernte, aber er verkniff es sich; er wußte, wie es klingen würde. Mit beiden Händen fuhr er sich durch das staubige Haar und schloß die Augen. Aus dem dunklen Raum trat die Erinnerung an Faith, wie er sie zuletzt gesehen hatte. Auf dem Heimweg eines Abends vom Krankenhaus war ihm eingefallen, daß er ganz in der Nähe des Hauses war, in dem Faith und Jake wohnten. Er hatte spontan beschlossen, sie zu besuchen; er bedauerte es, bisher keine Zeit für einen solchen Besuch gefunden zu haben. Und dann hatte er Faith auf der Straße gesehen: laut lachend und singend, offensichtlich nicht mehr nüchtern, hing sie an ihrem heruntergekommen aussehenden Begleiter. Ganz klar, daß die beiden ein Paar waren. Er konnte sich nicht mehr erinnern, was er zu ihr gesagt hatte, aber den Schock, den er empfunden hatte, konnte er immer noch spüren und ebenso das Gefühl, um eine Illusion gebracht worden zu sein.

Guys Zorn loderte auf und fiel plötzlich in sich zusammen. Eine tiefe Erschöpfung überkam ihn, so tief, wie sie die schwere Arbeit der Nacht nicht hervorzubringen vermocht hatte. Er sagte müde: »Wenn du der Meinung bist, daß das das richtige ist, Eleanor, bleibt mir nichts anderes übrig, als es zu akzeptieren.«

»Gut«, sagte Eleanor kurz und energisch. »Ich wußte, du würdest einsehen, daß das die einzig vernünftige Lösung ist. Weißt du was, du gehst jetzt nach oben und wäschst dich. Du machst ja den Küchenboden ganz schmutzig. Ich lasse dir ein schönes, heißes Bad einlaufen, und dann bring ich dir Tee und Toast, und du ruhst dich gründlich aus. Es wird alles wunderbar klappen, du wirst sehen.«

Ein Freund hatte Faith vorgeschlagen, bei den Sanitätern zu arbeiten. »Du hast keine richtige Ausbildung und von Büroarbeit keine Ahnung. Autofahren ist anscheinend das einzige, was du kannst.« Faith war etwas pikiert darüber, daß die Weltkenntnis, die sie auf ihren vielen Reisen erworben hatte, so beiläufig abgetan wurde, aber der Vorschlag gefiel ihr. Sie würde nachts einen Sanitätswagen fahren und tagsüber weiterhin Mrs. Childerley betreuen, die ihr im Lauf der Zeit lieb geworden war.

Sie bestand die Fahrprüfung im zweiten Anlauf. Der Wagen, mit dem sie sich herumschlagen mußte, war ein uraltes Ungetüm – so launisch wie der museumsreife Citroën, den Ralph in Frankreich hatte zurücklassen müssen – und insofern also nicht ganz unvertraut. Sie bekam einen Baumwollkittel, eine Bluse und einen Stahlhelm und mußte sich einem Kurs in Erster Hilfe unterziehen. Die Sanitätswagen waren Privatfahrzeuge, die grau lackiert und mit Kufen für die Tragen ausgestattet waren. Die Fahrer arbeiteten in Zweiergruppen und wurden jede Nacht in einem anderen Bezirk eingesetzt.

Zu Beginn war alles ungeheuer verwirrend. Faiths größte Angst war, daß sie sich in der Dunkelheit hoffnungslos verfahren würde; viele Straßen waren wegen Bombenschäden oder Blindgängern gesperrt, so daß ihre hastig erworbenen Stadtkenntnisse kaum etwas halfen. Wenn sie anhielt und nach dem Weg fragte, kam es immer wieder vor, daß die Leute, völlig durcheinander von Lärm und Zerstörung, sie in die falsche Richtung schickten.

An den Unglücksorten versorgten Schwestern und Ärzte die Opfer der Bombenangriffe notdürftig, ehe Faith und

Bunty, ihre Partnerin, die Verletzten auf Tragen in den Sanitätswagen brachten und ins Krankenhaus fuhren. Eigentlich sollte sie jeden Verwundeten mit einem Etikett mit seinem Namen und einer Kurzbeschreibung seiner Verletzungen versehen, aber irgendwie war dazu niemals ausreichend Zeit, oder sie hatte ihren Stift verlegt oder konnte in Staubwolken und Finsternis kaum die Hand vor den Augen sehen, geschweige denn etwas niederschreiben. Im Krankenhaus wurden die Verwundeten von der Notaufnahme übernommen, und Faith und Bunty fuhren in die Unfallstation zurück, um auf den nächsten Ruf zu warten.

Es gab Unmengen von Möglichkeiten, Fehler zu machen. Einmal vergaß Faith, ihre Decken aus der Notaufnahme wieder mitzunehmen, und ihr Vorgesetzter machte einen Riesenzirkus, weil er ihr neue geben mußte. Ein andermal riß sie den Wagen herum, um einem Krater in der Straße auszuweichen, und die Verletzten hinten im Fahrzeug stöhnten und schrien zum Erbarmen. Eines Nachts landete sie am völlig falschen Ort und brauchte volle zehn Minuten, um zu merken, daß sie in der Green Street war und nicht in der Green Road. Zwischen den Einsätzen, wenn sie im Kellergeschoß bei den Telefonen warteten, tranken sie und Bunty unzählige Tassen Tee.

»Das schlimmste ist die Schlepperei – wenn man die Tragen in den Wagen hieven muß«, beschwerte sich Bunty, während sie frisches Wasser in den Kessel goß. »Da macht man sich den ganzen Rücken kaputt.«

»Gestern abend dachte ich, ich würde in Dover landen. Ich hatte keine Ahnung mehr, wo ich war.« Faith sah Bunty an. »Und ich habe Angst...« Sie zögerte und hielt inne.

»Wovor?«

»Daß es mal richtig schlimm wird. Wir haben bis jetzt nur« – sie zählte an ihren Fingern ab – »zehn Verwundete gehabt. Und keiner davon war schwer verletzt. Ich hab' Angst, daß mir übel wird oder daß ich vor Schreck nicht mehr weiß, was ich zu tun habe.«

»Ja, ich hab' eine Tante, die wird ohnmächtig, wenn sie nur Blut sieht«, sagte Bunty.

Schon in der folgenden Nacht mußte Faith sich ihren schlimmsten Befürchtungen stellen. Es war ein besonders schwerer Angriff. Sie hatten in der Zentrale nicht einmal Zeit, sich zwischen den Einsätzen eine Tasse Tee zu kochen. Kaum waren sie zurück, wurden sie schon wieder hinausgerufen. Um drei Uhr morgens waren Rauch- und Staubwolken so dicht, daß durch die Windschutzscheibe nichts mehr zu erkennen war. Bunty kurbelte das Fenster auf ihrer Seite herunter und lehnte sich hinaus, um Faith Fahranweisungen zu geben.

»Langsamer – ein bißchen weiter nach links – man kommt hier ja kaum durch ... fahr langsamer, Faith – halt mal lieber an, da liegt was auf der Fahrbahn ...«

Sie stiegen aus dem Wagen. Bunty ging voraus auf das dunkle Bündel zu, das, vom trüben Licht der Scheinwerfer erfaßt, auf dem Asphalt lag. Sie beugte sich hinunter. »Ach, mein Gott«, flüsterte sie.

Das Kind mußte von der Gewalt der Detonation in die Luft geschleudert worden sein; beim Aufschlag auf die Straße war der kleine Körper aufgerissen worden. Faith hörte, wie Bunty zu weinen anfing; es war ein tränenloses, krampfhaftes Schlucken. Sie selbst mußte überraschenderweise nicht weinen. Sie weinte nicht, sie schluchzte nicht, sie tat nichts von dem, was sie befürchtet hatte. Sie lief nur ganz automatisch zum Wagen, holte eine Decke und hüllte das tote Kind in diese ein, bevor sie es behutsam auf eine der Tragbahren legte. Danach zündete sie eine Zigarette an und schob sie Bunty zwischen die zitternden Finger. Ein Luftschutzwart rief scharf: »Machen Sie das Licht aus!«, aber sie ignorierte ihn. Sie konnte nicht glauben, daß in diesem Inferno das Lichtpünktchen einer glühenden Zigarette vom Himmel aus erkennbar wäre.

Am folgenden Abend fühlte sie sich sonderbar erleichtert, so, als hätte sie eine Prüfung bestanden. Anfangs hatten das Heulen der Sirenen und das tiefe Dröhnen der Bomber am Himmel Angst und Übelkeit hervorgerufen, das wimmernde Pfeifen der fallenden Bomben löste eine blinde Panik in ihr aus, die sie nur zu unterdrücken vermochte, weil ihre Angst, sich lächerlich zu machen, beinahe noch größer war. Aber die Angst hatte erstaunlich schnell nachgelassen: Mit Angst von solcher Intensität konnte man auf die Dauer nicht leben. Sie schrumpfte auf ein erträgliches Maß, mit dem man umgehen konnte. Lärm und Chaos der Bombenangriffe waren allumfassend: das schrille Heulen der Sirenen; die Einschläge der Brandbomben in den Straßen; das Krachen einstürzender Mauern und Kamine; die Feuersbrünste, die ganz London zu überziehen schienen; die Rauchschwaden, die den Himmel verfinsterten. Sie hatte sich Drama und Aufregung gewünscht; beides wurde ihr jetzt im Übermaß beschert.

Ihr Tag bekam einen festen Rhythmus: Wenn sie morgens um sechs nach Hause kam, legte sie sich hin und schlief bis eins, dann ging sie zu Mrs. Childerley und blieb, bis sie abends um sechs wieder zur Unfallstation mußte. Als Krankenwagenfahrerin verdiente sie drei Pfund die Woche, und Mrs. Childerley bezahlte ihr zwei Pfund zehn. Am Ende der ersten Woche kam sie sich reich vor. Die Bomben machten ihr angst, aber sie glaubte nicht, daß sie in einem Luftschutzraum weniger Angst gehabt hätte. Als sie nach zwei Wochen Dienst einen Tag freihatte, fuhr sie nach Heronsmead und war erschrocken über die anhaltende Verdrießlichkeit ihres Vaters und die ungesunde Blässe ihrer Mutter. Sie schlug ihrem Vater vor, sie in London zu besuchen, und hatte den Eindruck, daß ihre Mutter erleichtert war, als er zusagte.

Auf der Unfallstation läutete das Telefon ohne Pause. Brände verdunkelten die Sterne, übertünchten ihren gelben Glanz mit gebranntem Siena. Man wies ihnen einen neuen Bezirk zu. Faith lenkte den Wagen durch die unbekannten Straßen, während Bunty den Stadtplan studierte und mit lauter Stimme Anweisungen gab. Vor einem Trümmerhaufen, aus dem zackige Teile verbogener Treppengeländer und geborstener Mauern wie eine ungleichmäßige Zahnreihe hervorragten, mußten sie langsamer fahren. Flammen schlugen in die Höhe; Staub wirbelte in terrakottafarbenen Wolken auf. Gegenstände waren vom Druck der Detonation in die Luft geschleudert worden und irgendwo gelandet; das Gebiet rund um den Bombeneinschlag erinnerte an ein surrealistisches Gemälde. An einem Laternenpfahl hing ein Frauenkleid; ein Stuhl lag auf einer Mülltonne; eine Topfpflanze hatte sich irgendwie in einen Fahrradkorb gequetscht. Die ganze Front eines Miethauses war weggerissen worden. Zimmer mit vergilbten Tapeten und schäbigen Möbeln hingen in der Luft. Faith wandte sich ab; es wäre ihr voyeuristisch erschienen, ihren Blick auf den armseligen Wohnungen fremder Leute ruhen zu lassen.

Sie parkten etwas entfernt von der Unglücksstelle und kletterten über den Trümmerhaufen, um die Verletzten zu erreichen. Die Trage war schwer. Schmutzkörnchen bohrten sich kantig in Faiths Handflächen; Staub machte sie husten. Sie mußte sich die Augen reiben, um die Gestalten erkennen zu können, die in den Ruinen arbeiteten: die Ärzte und Schwestern, die sich über ihre Patienten beugten; die Männer der Rettungsmannschaft, die auf der Suche nach Überlebenden vorsichtig Beton und Ziegel abtrugen; die Feuerwehrleute, die gegen die Flammen kämpften.

»Hallo, Sanitäter, hierher!« rief eine Krankenschwester und winkte Faith und Bunty.

Einer der Männer von der Rettung hielt eine Betonplatte in die Höhe gestemmt. Die Schwester erklärte: »Sie haben sie fast raus. Aber es sieht nicht gut aus. Am besten nehmt ihr sie gleich mit und kommt danach wieder, um die anderen zu holen.«

Die Frau, die unter Bergen von Backsteinen eingeklemmt war, sah aus wie ein formloses Bündel Lumpen. Ein Arzt kniete neben ihr. Beide waren mit rotem Backsteinstaub überzogen.

Der Arzt sagte plötzlich: »Nein! Nein – sie ist tot!« Er stand auf.

Faith erkannte die Stimme sofort. Sie wußte, daß es zu spät war, sich abzuwenden und den Versuch zu machen, sich zu verstecken. Sie sah, wie Guy sich den Staub aus den Augen wischte und dann seinen Blick auf sie richtete.

»Ach, das ist aber eine Überraschung«, sagte er. »Faith Mulgrave! Du hast also neben all deinen gesellschaftlichen Verpflichtungen tatsächlich noch Zeit gefunden, ein bißchen was für die Allgemeinheit zu tun.« Ehe ihr eine Erwiderung einfiel, ging er davon und verlor sich im Nebel von Rauch und Staub.

Anfang November kam Ralph nach London. Poppy blieb in Norfolk. Sie hatte Angst vor den Bomben, erklärte Ralph mit Verachtung. Rufus, der für ein paar Tage auf Urlaub zu Hause war, nahm sich an den Abenden, an denen Faith arbeitete, seiner an und zeigte ihm London. An Faiths freiem Abend waren sie zum Essen eingeladen.

»Bei Linda Forrester«, erklärte Rufus, während er seinen Schlips knotete. »Wahrscheinlich sollte ich als abgelegter Liebhaber so taktvoll sein, die Einladung abzulehnen, aber Linda hat die ganze Speisekammer voll Dosenlachs.«

Faith erinnerte sich an die eisige, elegante Blondine auf Bruno Gages Fest. »Die Frau ist doch verheiratet, oder nicht, Rufus?«

Rufus zog sich den Kamm durch die Haare, die nicht zu bändigen waren und immer wieder eigenwillig in die Höhe standen. »Harold ist zwanzig Jahre älter als Linda. Sie hat ihn natürlich des Geldes wegen geheiratet. Am Tag, nachdem Harold nach Afrika abgereist war, hat sie zur Feier des Tages ein bombastisches Fest geschmissen. Ich denke, die nächste Fete wird steigen, wenn sie erfährt, daß er für König und Vaterland sein Leben gelassen hat. Beinahe – *beinahe*, wohlgemerkt! – könnte der arme Kerl mir leid tun. Aber er ist leider ein so eingebildeter Pinkel, daß es nicht ganz dazu reicht.«

In Linda Forresters luxuriöser Wohnung am Queen Square aßen sie große Mengen Lachs, die sie mit Chablis hinunterspülten, und danach Pfirsiche mit Sahne. Linda Forrester trug einen hautengen Schlauch aus weißem Crêpe, am Hals mit winzigen silbernen Perlen besetzt. Ralph saß auf ihrer einen Seite, Bruno Gage auf der anderen.

»Ich finde es eine großartige Leistung, ein Buch zu schreiben, Ralph.« Linda bot Ralph die Schale mit den Pfirsichen an. »Ich sterbe schon vor Langeweile, wenn ich nur einen Brief schreiben muß.«

Bruno goß Ralph Chablis ein. »Sagen Sie, Ralph, haben Sie bei *Nymphe* auf eigene Erfahrungen zurückgegriffen? War die Frau in Ihrem Buch – ich kann mich gerade nicht an ihren Namen erinnern –«

»Maria«, sagte Ralph.

»War die Frau in Ihrem Buch eine ehemalige Angebetete?«

»Ja, also tatsächlich habe ich sie in Brasilien kennengelernt«, sagte Ralph.

»›Mexicali Rose ...‹« sang jemand.

»*Brasilien*, du Dummkopf!«

»›Rosen aus der Picardie‹ wäre wohl mehr Ihre Zeit, wie, Ralph?«

Ihr Vater schien plötzlich lebendig geworden zu sein. Die Melancholie und Verdrießlichkeit der letzten Monate waren verflogen, hatten sich unter dem Einfluß von Wein und Geselligkeit aufgelöst. Aber er war gealtert; um Jahre gealtert durch die Erfahrung der Entwurzelung. Er war jetzt fünfundfünfzig, und Faith, der er stets alterslos und unverwüstlich erschienen war – ein Mann, dem die Widrigkeiten des Lebens nichts anhaben konnten –, sah, wie sehr die letzten sechs Monate ihn verändert hatten. Das helle Haar war jetzt ganz weiß, schwere Tränensäcke hingen unter seinen Augen, zum erstenmal ahnte sie seine Verletzlichkeit.

Gelächter riß sie aus ihren Gedanken. Ralph hatte die Runde mit Schwänken aus seiner Jugend unterhalten.

»Ein Gigolo! Ralph! Ich bin schockiert.«

»Man stelle sich das vor! Ralph mit Monokel und Zigarettenspitze. Ein richtiger Salonlöwe.«

Ralph lehnte sich in seinem Sessel zurück. »Habe ich Ihnen schon die Geschichte erzählt, als mein Freund Bunny und ich die feinen Herren spielten und es schafften, uns im *Crillon* einzuschleichen?«

»Nein, erzählen Sie, Ralph!«

»Wir sind ganz Ohr.«

»Wahnsinnig spannend.«

Faith hielt es nicht mehr aus. Sie berührte die Hand ihres Vaters. »Wir sollten jetzt gehen, Papa. Es ist spät.«

»Sie haben noch gar keinen Kaffee getrunken, Miss Mulgrave.«

»Kaffee, Linda?« rief Bruno mit hochgezogenen Brauen. »Was hast du verkauft? Deinen Körper oder deine Seele?«

Mit verschwommenem Blick sah Ralph seine Tochter an. »Sei nicht so langweilig, Faith. So gut habe ich mich nicht mehr amüsiert, seit ich diese gottverlassene Insel betreten habe.«

Sie dachte: Aber sie benützen dich, Papa, und sie lachen dich aus, dann ging sie aus dem Zimmer. Aber sie blieb im Haus und trat in den Salon nebenan. Die Decken waren hoch und stuckverziert, die Wände in einem eleganten Creme gestrichen und bis auf Hüfthöhe mit dunklem Holz getäfelt. Die Fenster waren wegen der Verdunkelung verhüllt, sie konnte nicht hinaussehen. Sie zündete sich eine Zigarette an und schnippte die Asche trotzig auf den Teppich. Nach einer Weile hörte sie Schritte und drehte sich um.

»Ich dachte, Sie hätten vielleicht gern eine Tasse Kaffee, Miss Mulgrave«, sagte Linda Forrester. Sie reichte Faith Tasse und Untertasse. »Stören Sie sich nicht an ihnen. Sie sind alle ziemlich betrunken. Aber Ihr Vater ist ein Schatz. Ein richtiges Original, so amüsant. Er hat mir versprochen, zu meiner Geburtstagsfeier im nächsten Monat zu kommen. Sie müssen auch kommen, Miss Mulgrave.«

»Abends arbeite ich meistens. Ich fahre einen Sanitätswagen.«

»Oh, das ist aber ungewöhnlich! Und Ihr Bruder – Jake – wie geht es ihm?«

»Jake geht es gut«, sagte sie. »Er wartet auf seine Einberufung.«

»Vielleicht werde ich ihm auch eine Einladung schicken.«

Linda Forresters Gesicht glich einer Maske, fand Faith. Einer bleichen, vollkommen geformten Maske. »Wenn Sie meinen.«

Linda Forrester lächelte. »Kommen Sie doch wieder mit in den Salon, Miss Mulgrave. Wir wollen Bézigue spielen.«

Als Linda die Tür öffnete, hörte sie die Stimme ihres Vaters.

»... Krieg ist absolut lächerlich. Ich habe ein Jahr lang in Berlin gelebt, wissen Sie, vor dem Ersten Weltkrieg. Ganz reizende Menschen, die Deutschen. Man muß sie doch nicht gleich alle in Grund und Boden verdammen, nur weil irgendwelche Verrückten vorübergehend ans Ruder gekommen sind.«

»Papa.« Faith legte ihm die Hand auf die Schulter.

Er sah mit zornfunkelndem Blick zu ihr auf. »Nimm zum Beispiel Felix. Felix ist ein großartiger Mensch, oder etwa nicht?«

»Aber natürlich ist er das, Papa.«

»Und was die Italiener angeht... Wir hatten eine Villa an der ligurischen Küste. Eine herrliche Gegend. Erinnerst du dich, Faith? Die Menschen waren alle so entgegenkommend. Erinnerst du dich an Signora Cavalli? Eine großartige Frau...«

»Papa, du mußt geben, alle warten auf dich«, sagte sie im Ton sanfter Ermahnung und setzte sich neben ihn. Sie hatte sich schon damit abgefunden, daß ihr ein langer öder Abend bevorstand. Diese Leute hier waren nur minderwertiger Ersatz für den Freundeskreis, mit dem ihr Vater sich früher umgeben hatte; aber er brauchte Menschen um sich und war bereit, sich notfalls auch mit Scheinfreunden zu begnügen, die nur auf ihr Amüsement aus waren, für seine Großherzigkeit und seine Unschuld jedoch überhaupt kein Gespür hatten.

Erst um fünf Uhr morgens löste sich die Gesellschaft auf. Rufus war Stunden früher gegangen; Faith jedoch war mit ihrem Vater geblieben. Irgend jemand nahm sie ein Stück des Wegs im Auto mit, den Rest gingen sie zu Fuß. Ralph stolperte in der Dunkelheit über den Bordstein und schimpfte laut. Nach einer kleinen Weile begann der Himmel sich zu lichten, und Ralph blieb immer wieder stehen, um sich auf den von Bomben verwüsteten Straßen umzusehen.

»Unglaublich«, murmelte er.

Aus Schuttbergen ragten verbogene Stahlträger in die Luft. Enten schwammen in den Notwasserreservoirs, die man in den Kellern ausgebombter Häuser angelegt hatte. An halbeingestürzten Mauern flatterten vom Regen verwaschene Tapetenfetzen. Mitten in den Ruinen wucherte büschelweise Feuerkraut, aus dessen violetten Blüten sich jetzt, im Oktober, Samenkapseln gebildet hatten, aus denen wie Rauchwölkchen winzige Fallschirme zu Boden segelten.

Unvermittelt sagte Ralph: »Hast du mir nicht erzählt, daß du Guy getroffen hast, Faith?«

»Ein-, zweimal, ja«, antwortete sie abwehrend.

»Der gute alte Guy!« Ralph seufzte sentimental. »Ich werde ein Glas mit ihm trinken. Er wohnt doch in Hackney, nicht? Da brauchen wir nicht lang. Du kannst mich führen, Faith.«

Mit Schrecken begriff sie, daß er vorhatte, sich stehenden Fußes nach Hackney aufzumachen und in trunkener Unbekümmertheit durch London zu torkeln, bis er die Malt Street gefunden hatte. Sie starrte ihn an. Er trug den vertrauten alten Mantel, den roten Schal und den schwarzen Schlapphut. Aber die Sachen waren schäbig und abgetragen; der Schal war ausgefranst, die breite Krempe des Huts mit Staub bedeckt. In ihrer Bestürzung war sie einen Moment lang wie gelähmt und vermochte nichts anderes zu sehen als ein Bild ihres Vaters, der in seinem fadenscheinigen Mantel und dem verstaubten Hut bei Guy anklopfte und weinselig lallend in das makellose Heim des Ehepaars Neville einbrach.

In heller Panik rief sie: »Aber wir können Guy doch jetzt nicht besuchen, Papa. Er liegt bestimmt noch im Bett und schläft.«

»Wir überraschen ihn einfach«, entgegnete Ralph unbeirrt.

Sie erinnerte sich an Guys Gesicht in der Nacht nach dem Bombenangriff, an die abgrundtiefe Verachtung in seinem Blick. *Du hast also neben all deinen gesellschaftli-*

chen Verpflichtungen tatsächlich noch Zeit gefunden, ein bißchen was für die Allgemeinheit zu tun.

»Papa, das geht nicht –«

»Mensch, sei doch nicht so phantasielos, Faith!« donnerte Ralph. »Du warst immer das phantasieloseste unter meinen Kindern. Guy wird sich freuen wie ein Schneekönig, wenn er uns sieht!«

Sie holte tief Atem. Sie würde ihm die Wahrheit sagen müssen. »Papa, Guy und ich haben uns zerstritten. Ich glaube nicht, daß er sich freuen würde, mich zu sehen.«

»Guy war nie ein nachtragender Mensch. Und du solltest es auch nicht sein, Faith. Nun komm schon.«

Verzweifelt versuchte sie, Zeit zu gewinnen. »Dann laß uns ihn zum Mittagessen einladen, Papa. Am Sonntag. Das ist doch eine viel bessere Idee, findest du nicht?«

Zu ihrer Erleichterung nickte er.

Zwei Tage später fand Faith bei der Heimkehr von ihrer Stelle bei Mrs. Childerley einen Brief von Guy auf der Matte. »Eleanor und ich danken für die freundliche Einladung und nehmen gerne an. Wir freuen uns auf den Besuch.« Die kühle Förmlichkeit des Schreibens machte sie zornig.

Sie beschloß, mit Perfektion zu kontern. Eleanor Nevilles Eleganz und formvollendete Gewandtheit vor Augen, bemühte sie sich, diese nachzuahmen. Alpträume plagten sie: Ihr Vater würde eine seiner gänzlich irrationalen heftigen Abneigungen gegen Eleanor fassen und sich gar erst nicht bemühen, sie zu verbergen; irgendwelche wüsten Freunde von Rufus würden sich ausgerechnet jenen Sonntag mittag aussuchen, um ihnen einen Besuch abzustatten.

Als Faith am Sonntag in den frühen Morgenstunden von der Nachtschicht nach Hause kam, ging sie nicht zu Bett, sondern begann sofort die Böden zu schrubben, das Besteck zu polieren, Gemüse zu schneiden. Sie schüttelte die

Kissen auf, bis sie beinahe so pompös aussahen wie die in Eleanor Nevilles Salon, auch wenn sie farblich nicht zueinander paßten; und sie fand einen alten Bettüberwurf, den sie auf dem zerschrammten Eßzimmertisch ausbreitete. Sie brachte eine halbe Stunde damit zu, sich den Ziegelstaub aus dem Haar zu waschen und dieses zu einem einigermaßen adretten Knoten zu drehen, und eine weitere halbe Stunde widmete sie einer Anprobe ihrer gesamten Garderobe. Nach einigem Hin und Her entschied sie sich für ein Modell aus schwarzem Crêpe, das irgendeine Freundin ihrer Eltern, die bei ihrem Besuch in Trauer gewesen war, in La Rouilly zurückgelassen hatte.

Ihr Vater, der um halb zwölf verschlafen im Morgenrock erschien, warf einen Blick auf sie, brummte: »Mein Gott, du siehst aus wie eine Missionarin, Faith«, und goß sich einen Drink ein. Als er wieder nach oben gegangen war, um sich anzukleiden, versteckte sie die Whiskyflasche im Bücherschrank und stellte eine Schale mit Blumen auf den Eßtisch. Sie hatte nur Waldrebe und Brombeerlaub aufgetrieben, aber das Gesteck gefiel ihr auf dem Tisch. Danach setzte sie die Katze, die sich über die Milch für den Pudding hermachen wollte, vor die Tür und suchte im ganzen Haus vergeblich nach vier zusammenpassenden Eßtellern und Puddingschälchen. Um ein Uhr, als Guy und Eleanor erwartet wurden, war sie völlig erledigt.

Ihre schlimmsten Befürchtungen erwiesen sich zum Glück als unbegründet. Ihr Vater umarmte Guy herzlich und begrüßte Eleanor mit ausgesuchter Höflichkeit. Faith reichte jedem ein Glas Sherry und lief wieder in die Küche, um sich um das Essen zu kümmern. Sie hatte gefüllte Crêpes gemacht, ein Gericht, das es erlaubte, sich nach dem jeweiligen Angebot im Gemüseladen zu richten.

Das Mittagessen verlief ohne Panne. Ralph und Guy schwelgten in Erinnerungen an La Rouilly; Eleanor erzählte Faith von ihrer Arbeit bei den Freiwilligen Diensten für Frauen. Von Zeit zu Zeit versuchte Ralph, Faith und Guy in ein gemeinsames Gespräch zu ziehen, doch Faith ignorierte diese Bemühungen. Nach dem Essen wünschte sie nur, Guy und Eleanor würden endlich gehen; sie konnte es kaum erwarten, sich aufs Sofa fallen zu lassen und die Augen zuzumachen.

Aber als sich Eleanor erbot, beim Abspülen zu helfen, sagte Ralph mit Entschiedenheit: »Kommt nicht in Frage. Das erledigen Faith und Guy. Guy war früher schon ein hervorragender Geschirrspüler, das weiß ich noch. Wir beide machen inzwischen einen Spaziergang, Eleanor. Es ist so ein prachtvoller Tag.«

Bei dem unbeholfenen Versuch ihres Vaters, den Bruch zwischen ihr und Guy zu kitten, verspürte Faith einen Anflug von Gereiztheit. Nachdem er mit Eleanor gegangen war, blieb es zunächst peinlich still. Dann sagte Faith förmlich: »Es ist nicht nötig, daß du mir hilfst, Guy, es ist ja kaum etwas zu tun.«

Aber er folgte ihr in die Küche. Sie sah sein Gesicht, als er das Chaos in seinem ganzen Ausmaß registrierte: ein Turm von Töpfen und Pfannen im Spülbecken; Gemüseabfälle in Sieb und Schüssel; und an der Zimmerdecke Teigreste eines Pfannkuchens, den sie beim Wenden allzu schwungvoll in die Höhe geschleudert hatte. Sie begann die schweren Pfannen aus dem Becken zu heben, um es mit sauberem Wasser füllen zu können. Etwas Wasser schwappte auf den Boden und überspülte Zwiebelschalen und Teigklümpchen.

»Eleanor macht beim Kochen zwischendurch immer wieder mal Ordnung«, bemerkte Guy kalt.

»Ich hatte keine Ahnung, daß du so *zensierend* sein kannst, Guy.«

»Zensierend?«

»Ja. Und so schnell mit deinem Urteil. Seit du Rufus und mich zusammen gesehen hast –«

»Ah – er heißt Rufus?« Guy ergriff den Besen und begann, ihr den Rücken kehrend, mit übertriebener Energie den Boden zu fegen.

Sie riß ihm den Besen aus den Händen. »Hör auf!« sagte sie scharf. »Ich hab' dir gesagt, ich kann das allein machen. Ich brauche deine Hilfe nicht.« Gemüseabfälle verteilten sich über die Fliesen.

»Wie du willst.«

Zornig fegte Faith die Bescherung auf das Schäufelchen. Gleichzeitig versuchte sie zu erklären. »Rufus ist mein Freund, Guy.«

»Ja. Sicher. Das war nicht zu übersehen.«

Sie hörte den Hohn in seiner Stimme und wurde wütend. »Was zum Teufel geht dich das überhaupt an?« schrie sie aufgebracht, und er zuckte mit den Schultern und sagte: »Nichts natürlich. Wenn es dir gefällt, mit sämtlichen Männern Londons ins Bett zu steigen, steht es mir nicht zu, irgend etwas dazu zu sagen.«

Sie starrte ihn fassungslos an. Die Kehrschaufel fiel ihr scheppernd aus der Hand. Sie richtete sich mit zitternden Knien auf und lehnte sich an die Kante des Spülbeckens, den Blick zum Fenster hinaus gerichtet, jedoch ohne etwas zu sehen.

Sie sagte kein Wort. Das Schweigen zog sich in die Länge, bis er schließlich murmelte. »Es tut mir leid. Verzeih mir, Faith. Das hätte ich nicht sagen sollen.«

Langsam drehte sie den Kopf, um ihn anzusehen. »Ich habe ein einziges Mal mit Rufus geschlafen«, sagte sie leise, mit zitternder Stimme. »Es war ein Fehler. Ein schlimmer Fehler. Machst du nie Fehler, Guy?«

»Doch, natürlich.« Er zog seine Zigaretten heraus und hielt ihr die Packung hin. Sie schüttelte den Kopf. Sie hörte das Zischen der Streichholzflamme, als er sich eine Zigarette anzündete. Einen nach dem anderen ließ sie die schmutzigen Teller ins Spülbecken gleiten. Sie fühlte sich wie ausgehöhlt, erschöpft bis ins Innerste. Tränen trübten ihren Blick, und sie hatte heftige Kopfschmerzen, dennoch versuchte sie blinden Auges Ordnung in das Chaos zu bringen.

»Versteh mich«, sagte Guy. »Ich möchte einfach nicht, daß du verletzt wirst.«

Die Hände im schmutzigen Wasser, hörte sie auf zu spülen.

»Dein Freund – Rufus – trug die Uniform der Handelsmarine.«

»Ja. Er ist jetzt schon wieder auf See.« Sie zog die Hände aus dem Wasser und trocknete sie an ihrem Rock, indes sie sich ihm zuwandte.

»Ich kann mir vorstellen, daß du ihn vermißt.« Sie begriff, daß er versuchte, Frieden zu schließen. »Du hast sicher Angst um ihn.«

»Ja, ich vermisse ihn, und ich habe Angst um ihn.« Sie sah Guy in die Augen und fügte mit fester Stimme hinzu: »So, wie man um einen Freund Angst hat.« Sie ließ Wasser in den Kessel laufen und stellte diesen auf den Herd.

Er hatte sich von ihr abgewandt und sah zum Fenster hinaus. »Fühlst du dich hier nicht einsam, Faith?« fragte er unvermittelt. »Hast du keine Angst?«

Sie schüttelte den Kopf. »Nein, eigentlich nicht. Ich bin immer viel zu müde, um Angst zu haben.« Sie zog Schranktüren auf und schlug sie wieder zu.

»Was suchst du?«

»Die Teekanne.«

»Die hast du gerade vorhin in die Speisekammer gestellt.«

Sie öffnete die Tür zur Speisekammer, und da stand die Teekanne zwischen Mehl und Zucker und Kaffee-Ersatz. Sie konnte sich nicht erinnern, sie dorthin gestellt zu machen. Zurück am Herd öffnete sie die Teedose und hätte sie beinahe fallen gelassen. Teeblättchen rieselten zu Boden.

Hinter ihr sagte Guy: »Du lieber Gott, Faith, setz dich hin und laß mich das machen.«

»Ich schaff das schon, danke.« Aber sie war nicht sicher, daß sie es wirklich schaffen würde; sie hatte das Gefühl, vor Mattigkeit kaum noch stehen zu können.

Er zog einen Stuhl heran und drückte sie darauf nieder. Nachdem er den Tee aufgegossen hatte, stellte er sich ans Becken und begann zu spülen. »Das Geschirrtuch hängt am Haken neben der Tür«, sagte sie, aber die Worte klangen verwischt. Sie sah ihm eine Weile zu, immer mit dem Vorsatz, aufzustehen und ihm zu helfen, jedoch unfähig, sich von der Stelle zu rühren. Schließlich ließ sie den Kopf einfach auf ihre auf dem Tisch verschränkten Arme sinken und schlief ein.

Als sie am Ende der Straße um die Ecke bogen, sagte Eleanor zu Guy: »Pfannkuchen als Hauptgang! Das habe ich noch nie erlebt.«

»In Frankreich ist das gang und gäbe.«

»Tatsächlich?« Eleanor war ungläubig. »Und dieses Unkraut auf dem Tisch ... Ihre Frisur war ziemlich unmöglich, findest du nicht auch? Mit einem gepflegten Pagenkopf sähe sie viel besser aus. Ich muß sie einmal zu meiner Friseuse schicken.«

Entsetzt über die Vorstellung von Faith mit einem »gepflegten Pagenkopf«, sagte Guy: »Das wäre doch wohl reichlich taktlos!«

»Ach, aber du weißt doch, daß ich in solchen Dingen sehr behutsam bin. Nein, wirklich, man täte dem armen Ding einen Gefallen. Nun, wir werden die Einladung wohl erwidern müssen. Da kann ich ihr dann Angela gleich empfehlen.«

Danach gingen sie eine Zeitlang schweigend nebeneinanderher. Wegen der zahlreichen Umleitungen infolge von Bombenschäden brauchten sie länger als erwartet. Als sie die Malt Street erreichten, musterte Eleanor zuerst das Dach, in dem zahlreiche Schindeln fehlten, dann die Fenster, in denen zersprungene Scheiben durch Pappteile ersetzt worden waren, und schüttelte den Kopf.

»Wenn das noch schlimmer wird, müssen wir zu meinem Vater ziehen.«

Guy sperrte die Tür auf. Wie immer erwartete er halb, Olivers Stimmchen zu hören, und wie immer sagte er sich sofort resigniert, daß er Oliver Wochen, vielleicht Monate lang nicht sehen oder hören würde.

»Wie sieht es denn hier aus!« rief Eleanor entsetzt. Ziegelstaub aus einem Riß in der Wand hatte sich auf dem Teppich zu einer roten Pyramide angehäuft.

»Wenn du mit Oliver in Derbyshire geblieben wärst, wie ich es vorgeschlagen hatte«, sagte er, »würde dir das alles erspart bleiben.«

»Ach, Guy, wir wollen doch nicht wieder *damit* anfangen.« Eleanor sprach voll geduldiger Nachsicht und falscher Heiterkeit, als hätte sie es mit einem trotzigen kleinen Jungen zu tun. Sie hängte Hut und Mantel an die Garderobe. »Es entwickelt sich alles bestens. Genau wie ich prophezeit habe. Ich habe erst heute morgen einen Brief von Großmutter bekommen – ich zeige ihn dir gleich –, und sie schreibt, daß Oliver gesund ist und sich offensichtlich sehr wohl fühlt. Er hat gerade einen neuen Zahn bekommen.«

Guy fragte sich, wie stark verändert er Oliver vorfinden würde, wenn er ihn das nächste Mal sah. Kleine Kinder wandelten sich ja von Tag zu Tag. Die Sehnsucht nach seinem Sohn war schmerzhaft wie eine körperliche Wunde. In seinem Arbeitszimmer wandte er seiner Frau den Rücken zu und schloß die Augen. Erst nach einer Weile richtete er seine Aufmerksamkeit auf ihre Worte.

»... und das Haus am Holland Square ist viel stabiler gebaut ... und natürlich weiter entfernt vom East End.«

Sie versuchte immer noch, ihn zu überreden, in das Haus ihres Vaters zu übersiedeln. »Wir können nicht einfach unsere Zelte hier abbrechen, Eleanor«, entgegnete er mit Bestimmtheit. »Denk an meine Patienten.«

»Die Praxis könnte ja hierbleiben. Es gibt schließlich Busse, und du hast ein Fahrrad. Du könntest leicht jeden Tag zur Sprechstunde in die Praxis fahren.«

Er unterließ es, sie darauf hinzuweisen, daß Busfahrten dieser Tage zeitraubende und ungewisse Unternehmungen waren, und sagte statt dessen: »Sicher. Aber was geschieht bei einem Notfall? Ich muß sofort erreichbar sein, wenn ich gebraucht werde.«

Sie zog die welken Blumen aus dem Strauß in der Vase auf dem Kaminsims. »Es gibt Telefone, Guy.«

Er lachte geringschätzig. »Was meinst du wohl, wie viele von meinen Patienten Telefon haben?«

»Ich meinte, es gibt öffentliche Fernsprecher.«

»Viele meiner Patienten kommen mit dem Telefon nicht zurecht. Manche von den alten Frauen haben noch nie in ihrem Leben eines benutzt.«

»Dann wird es Zeit, daß sie es lernen«, versetzte sie kurz, während sie fortfuhr, verwelkte Rosen aus der Vase zu entfernen und säuberlich auf eine gefaltete Zeitung zu legen.

»Das ist doch Unsinn, Eleanor!« Guys Ton war scharf. »Ein Umzug an den Holland Square kommt nicht in Frage. Begreif endlich, daß ich nicht bereit bin, das auch nur in Betracht zu ziehen.«

Sie beschäftigte sich weiter mit den Blumen. Er sah ihr eine Zeitlang zu, dann trat er zu ihr und sagte: »Jetzt sei nicht böse, Eleanor, bitte.« Er legte seine Hand auf ihre Schulter. »Ich verstehe ja, daß es für dich im Moment nicht einfach ist. Und ich weiß, daß du dich um deinen Vater sorgst.« Er senkte den Kopf und küsste ihren Nacken. Er konnte sich nicht erinnern, wann sie das letzte Mal miteinander geschlafen hatten: Sein Nachtdienst und ihre Arbeit für die Freiwilligen Dienste nahmen sie so in Anspruch, daß sie selten eine ganze Nacht lang das Bett teilten.

»Guy!« sagte sie, aber er hörte nicht auf, sie zu küssen. Ihre Haut war glatt und frisch, ihr Haar weich und locker. Mit einer Hand zog er die Jalousie herunter.

Sie sagte: »Die Nachbarn ... und wenn ein Angriff kommt ...«

»Wenn ein Angriff kommt, sind wir hier sicherer als oben.« Er begann, ihre Bluse aufzuknöpfen.

»Nein, Guy.« Sie entzog sich ihm und hob die Hände, um ihr Haar zu richten. »Ich muß noch die Pläne für den Teedienst machen. Ich bin sowieso schon zu spät dran damit.«

Damit ging sie.

Er zog die Jalousie wieder hoch und sah durch das Kreuz und Quer weißer Streifen, das die Scheiben bedeckte, zum Fenster hinaus. »Machst du niemals Fehler, Guy?« fragte eine feine Stimme in seinem Kopf. Er verscheuchte sie entschlossen, setzte sich in einen Lehnstuhl, schloß die Augen und nickte ein.

Nicole hatte nur eine sehr vage Vorstellung davon, was für einer beruflichen Tätigkeit David Kemp nachging. Er hatte ihr klargemacht, daß er über seine Arbeit nicht sprechen könne, und im Grunde genommen interessierte sie sich auch nicht übermäßig dafür. Sie wußte, daß er viel auf Reisen war, und vermutete, daß er eine große Zahl wichtiger und bedeutender Leute kannte. Für sie zählte, daß er ein liebevoller und großzügiger Mensch von großer Herzensgüte war. Er meisterte jede Situation, ob es eine Lappalie war oder etwas Schwerwiegendes, mit unerschütterlicher Gelassenheit und ruhigem Vertrauen. Sie hatte nie einen Mann wie ihn gekannt. Nach einiger Zeit wurde sie gewahr, daß Davids Tage bis ins kleinste geplant waren, daß er die Verbindung zu Freunden und Verwandten mit selbstverschriebener Regelmäßigkeit pflegte, daß sein Leben von einer Ordnung regiert wurde, die er für selbstverständlich hielt.

Wenn er auf Reisen war, schrieb sie ihm, manchmal mehrmals die Woche, lange, schlampig hingekritzelte Briefe voller Fehler. Zweimal im Monat sang sie in London mit der Geoff-Dexter-Band; die Konzerte wurden im Radio übertragen. Außerdem ging sie seit einiger Zeit regelmäßig auf Tournee und trat bei Konzertveranstaltungen für die Truppen auf. Manches daran fand sie schön und aufregend: in dunklen, menschenüberfüllten Zügen durch ein unbekanntes England zu fahren; in Abendkleid und Gummistiefeln über ein Feld zu irgendeinem fernen Luftwaffen- oder Infanteriestützpunkt zu stapfen. Am meisten genoß sie es, wenn sie auf die Bühne trat und sich der Applaus, der im allgemeinen eher zurückhaltend war, im Lauf ihres Vortrags steigerte und bei ihrem letzten Lied zum Sturm anschwoll.

Sie hatte bald heraus, was sie tun mußte, um die Zuneigung ihres Publikums zu gewinnen. Sie bekam Routine darin, ihre Lieder der Stimmung der Zuhörer entsprechend zu wählen. Oft begann sie ihren Vortrag mit einem schmissigen Gassenhauer, drosselte dann das Tempo und ging zu etwas Verführerischem über. Gegen Ende ihres Auftritts rührte sie die Zuhörer mit einer wehmütigen kleinen Schnulze zu Tränen und schloß dann mit einem patriotischen Lied, das alle mitriß. Sie konnte die Kindliche sein, die die älteren Männer an ihre fernen Töchter erinnerte. Und sie konnte die Verführerin sein. Sie vermittelte jedem einzelnen das Gefühl, für ihn allein zu singen.

Aber so gern sie sang und so sehr sie ihre Auftritte genoß, hatte dieses Zigeunerleben auch Seiten, die ihr gar nicht gefielen. Die tristen kleinen Pensionen, die unfreundlichen Wirtinnen mit dem mißbilligenden Blick. Sie war nicht habsüchtig, aber sie hatte immer einen ausgeprägten Sinn für das Schöne gehabt. Alles Häßliche, Einfallslose bedrückte sie. Sie haßte es, das Badezimmer mit Fremden teilen zu müssen. Beim Anblick dunkler Ränder in der Badewanne wurde ihr körperlich übel.

Im November mußte sie anläßlich mehrerer Konzerte für die Truppen, die in den Lagern rund um York stationiert waren, ein häßliches kleines Zimmer in einer düsteren Hintergasse der Stadt beziehen. Sie kam sich vor wie in einer Zelle in dem kleinen Raum mit der hohen Decke und den schmutziggrün gestrichenen Wänden. Abends, nach den Vorstellungen, war sie immer allein, da die anderen Mitglieder des Ensembles wegen der Knappheit der Unterkünfte über die ganze Stadt verteilt worden waren. Sie war das Alleinsein nicht gewöhnt; irgend jemand war immer dagewesen – Ralph und Poppy, Jake und Faith, der endlose Zug der »Untermieter«. Die Stille, die Leere des Zimmers machten sie unruhig. Sie wußte nicht, wie sie die Stunden füllen sollte. Und jeden Abend graute ihr davor, sich in dieses Bett zu legen, dessen Decken voller Flecken waren, und dessen Laken in der Mitte, wo hundert fremde Leiber sich auf ihnen gedreht und gewälzt hatten, beinahe durchsichtig wirkten. Zum erstenmal wurde ihr klar, daß ihr Lebensstil – der Lebensstil der Familie Mulgrave –, wenn auch unkonventionell, doch niemals verlottert gewesen war. Dafür hatte Poppy gesorgt.

Drei Wochen sollten sie in York bleiben, eine Aussicht, die sie noch vor Ablauf der ersten Woche entsetzlich fand. Sie schlief in ihrem Mantel, um jede Berührung mit dem gräßlichen Bett zu vermeiden. Das Essen, das die Wirtin ihr servierte, mußte sie stehenlassen. Die Teller waren angeschlagen und zerkratzt und manchmal beim Abendessen mit gelben Klümpchen verziert, Überresten des Frühstückseis vom Morgen. Sie war sich bewußt, daß sie undankbar und hochmütig war; täglich starben Männer, damit sie essen konnte. Doch sie brachte keinen Bissen hinunter: Der verkochte Kohl und das Fleisch voller Knorpel blieben ihr im Hals stecken. Sie war häufig sehr müde, manchmal richtiggehend schwach. Ihre Familie und ihre Freunde fehlten ihr schrecklich.

Nachdem sie zehn Tage ausgehalten hatte, fand sie eines Abends bei der Rückkehr in ihre Pension ein Telegramm vor. Es war von David Kemp. Er teilte ihr mit, daß er in Nordengland zu tun habe und sie am Neunzehnten besuchen werde. Und der Neunzehnte war schon am nächsten Tag!

Er wartete vor der Pension auf sie, als sie am folgenden Abend nach Hause kam. Sie rannte ihm entgegen und warf ihm die Arme um den Hals. Er wollte sie zum Abendessen ausführen, und sie schlug vor, vorher ein Stück spazierenzugehen. Sie erzählte ihm witzige kleine Anekdoten über die anderen Mitglieder des Ensembles. Er hörte aufmerksam zu und lachte, aber nach einer Weile fragte er. »Was ist los, Nicole? Was bedrückt dich?«

»Gar nichts«, versicherte sie. »Mich bedrückt gar nichts.«

Er glaubte ihr nicht. Behutsam entlockte er ihr die Wahrheit, und sie gestand ihm ihre Einsamkeit, ihren Abscheu vor dem Essen, dem häßlichen Zimmer, dem Schlafen in dem ungepflegten Bett. »Und die Steppdecke, David! Du solltest sie sehen. Fette rosarote Rosen, wie Kohlköpfe. Jeden Moment erwartet man, daß irgendwo ein rosaroter Wurm rauskriecht.« Sie lachte, in dem Bemühen, einen Scherz daraus zu machen.

Er musterte sie ernst. »Du siehst müde aus, Nicole. Das ist nicht gut. Du solltest nicht so ein Leben führen.«

»Ich mußte die Steppdecke wegtun. Aber daraufhin habe ich so sehr gefroren, daß ich nicht mehr schlafen konnte. Darum schlafe ich jetzt in meinem Mantel, wie eine Landstreicherin.« Sie lachte wieder. Dann sagte sie: »Erzähl mir von eurem Haus, David. Erzähl mir von Compton Deverall.«

Sie gingen durch schmale mittelalterliche Gassen in Richtung Stadtmauer. Die Fenster waren alle verdunkelt, aber Mond und Sterne erleuchteten die Straßen mit hellem Glanz.

»Das Haus ist von Wäldern umgeben«, sagte er. »Es wurde größtenteils zu Beginn des siebzehnten Jahrhunderts erbaut. Mein Vater war allerdings immer überzeugt, daß ein oder zwei Innenmauern und Kamine weit älter sind – aus dem Mittelalter vielleicht. Es hat viele lange schmale Fenster mit bleigefaßten Scheiben – sie glitzern, wenn die Sonne darauf scheint. Der Kemp, der das Haus vor Jahrhunderten erbaut hat, war nämlich ein großer Bewunderer von Hardwick Hall, weißt du. Compton Deverall ist natürlich viel kleiner.«

Nicole hatte nie von Hardwick Hall gehört, aber sie gab sich angemessen beeindruckt.

David fügte hinzu: »Als kleiner Junge habe ich immer wieder versucht, die Fenster zu zählen, aber spätestens wenn ich bei siebzig angelangt war, habe ich mich jedesmal verzählt. Es gibt ein Geheimzimmer, wo früher die Priester versteckt wurden – meine Familie war bis zur Zeit Karls II. römisch-katholisch – und natürlich ein Gespenst.«

»Ein Gespenst! Wie romantisch!«

Er lachte. »Im Augenblick ist es leider mit der Romantik nicht weit her. Man hat uns ein halbes Mädchenpensionat einquartiert. Und jeden Abend solche Unmengen von Fenstern zu verdunkeln, ist eine Plage. Aber meine Mutter schmeißt den Laden mit bewundernswertem Geschick. Sie flüchtet sich allerdings, sooft es geht, in ihren Garten.«

Nicole hatte immer ein Faible für alte Häuser gehabt, für Gärten und Parks und weite Wälder. Sie dachte an den

Frühstücksraum der Pension mit den tristen Tischdecken voller Soßenkleckse und schauderte.

Sie hatten die Stadtmauer erreicht, aber als sie die ersten Stufen der Treppe hinaufstieg, hielt David sie mit einem Ruf auf.

»Nein, Nicole! Das ist gefährlich. Da kannst du leicht ausrutschen und stürzen.«

»Ich nicht, David«, widersprach sie mit selbstsicherer Gewißheit. »Ich bin sicher auf den Füßen. Du gehst doch mit?«

»Ach, Nicole, mit dir würde ich überall hingehen. Das weißt du doch längst, nicht wahr?«

Sie drehte sich um und sah zu ihm hinunter. »David! Ich hatte keine Ahnung –«

»– daß ich dich liebe? Ich liebe dich schon seit dem Moment, als ich dich das erste Mal sah. Ich hätte nie geglaubt, daß ich einer Frau einmal so etwas sagen würde – so ein Klischee, und ich bin weiß Gott kein romantischer Mensch. Aber es ist wahr.«

Er wirkte unglaublich traurig. Sie lief die Treppe hinunter. »Warum hast du mir das nicht schon früher gesagt?«

Er seufzte. »Weil ich zweiunddreißig bin und du gerade mal siebzehn. Weil ich alt und häßlich bin und du die schönste Frau bist, die ich je gesehen habe. Weil ich fad und langweilig bin und du – du bist wie Quecksilber.«

»Pscht!« Sie drückte ihm die Finger auf die Lippen. Dann nahm sie ihn bei der Hand und führte ihn die Treppe hinauf zum Scheitel der Mauer. Dort neigte sie sich zu ihm und legte ihre Lippen auf die seinen. Nach einer Weile begann er, sie richtig zu küssen. Nur einmal öffnete sie die Augen, und da sah sie den leuchtenden Halbmond an einem tintenschwarzen Himmel, umgeben von unzähligen Sternen. Sie hätte sich, fand sie, keinen romantischeren Ort für ihren ersten Kuß aussuchen können.

Als er sie bat, ihn zu heiraten, erkannte sie, wie blind sie gewesen war. Sie hätte von Anfang an wissen müssen, daß David der Richtige war. Das Schicksal hatte sie an jenem Tag im Zug zusammengeführt und später, bei dem Bombenangriff, einander noch näher gebracht. Sie versuchte, sich ein Leben an David Kemps Seite vorzustellen. Sie sah sich durch die großzügigen Räume des alten Herrenhauses gehen, durch die Wälder streifen, die es umgaben. In ihrer Phantasie war Compton Deverall eine englische Version von La Rouilly. Sie würde reiten können und sich so viele Hunde halten, wie sie wollte. Sie stellte sich rauschende Feste vor und lange gemütliche Abende mit Freunden. Sie würde Mitglied einer alteingesessenen englischen Familie werden und nie wieder einsam sein. Sie sah, daß sie in David Kemp eine Zuflucht gefunden hatte.

Nachdem sie seinen Antrag angenommen hatte, hielt er sie lange in den Armen und streichelte ihr feines blondes Haar. Dann küßte er sie von neuem. »Ich wollte, ich könnte dich gleich dieses Wochenende nach Hause mitnehmen«, sagte er. »Mutter wird dir gefallen und du ihr, aber wenn du das Haus siehst, wirst du vielleicht Bedenken bekommen.«

Nicole war überzeugt, daß das nicht geschehen würde. Sie löste sich von ihm und tänzelte, lachend über seine Beschwörungen, vorsichtig zu sein, den schmalen Fußsteig an der Mauer entlang.

Nach der Begegnung mit Nicole hatte David Kemp das Gefühl, ihm sei ein zweites Leben geschenkt worden. Die Jahre der Leere und der Einsamkeit seit dem Tod seiner Verlobten waren endlich vorüber, es war wieder hell um ihn geworden. Er hatte nicht daran geglaubt, daß er nach Susan je wieder eine Frau lieben würde – hatte sich bereits damit abgefunden, daß er ein alter Hagestolz werden würde –, aber seit jener ereignisreichen Bahnfahrt wußte er, daß er sich geirrt hatte.

Daß Nicole seine Liebe erwiderte, erschien ihm wie ein Wunder. Er hatte keine Fotografie von ihr, aber ihr Bild war in sein Herz eingebrannt: das schmale Gesicht mit den blaugrünen Augen, das lange silberhelle Haar, ihre anmutige, biegsame Gestalt. Unversehens war sie in sein Leben getreten und hatte es für immer verändert. Ihre Impulsivität und heitere Unbekümmertheit verzauberten ihn. Er verliebte sich nicht leicht, aber nun, da es geschehen war, liebte er tief. Er wußte, daß ihm mit Nicole etwas Einzigartiges beschert worden war, etwas sehr Kostbares. Er war entschlossen, sie so bald wie möglich aus diesem unsteten und anstrengenden Leben, das sie führte, zu befreien.

Er konnte es kaum erwarten, sie nach Compton Deverall zu bringen. In diesem Haus war er geboren worden; seit Jahrhunderten war es im Besitz seiner Familie. Sein Vater war 1914 in der Schlacht bei Mons gefallen; seitdem lebten er und seine Mutter allein in dem großen Haus, versorgt von einer Schar von Dienstboten, die allerdings in den letzten Jahren rasch geschrumpft war. Geschwister hatte David keine. Nach dem Besuch des Marlborough College hatte er in Oxford Philosophie, Wirtschaft und Politikwissenschaft studiert und danach eine Tätigkeit im Finanzministerium übernommen. Im Sommer 1940, als nach dem Fall Frankreichs und der dramatischen Truppenevakuierung aus Dünkirchen Winston Churchill den amtierenden Premierminister Neville Chamberlain abgelöst hatte, war David an Hugh Daltons Ministerium für Wirtschaftsangelegenheiten versetzt worden. Die Tätigkeit brachte lange Arbeitszeiten mit sich, viele Reisen und Berge von Papierkram, aber sie kam seinen besonderen Fähigkeiten entgegen: einem Blick für das Detail und für das Wesentliche.

Nachdem David sich über das Wochenende Urlaub genommen hatte, gelang es ihm, genug Benzin aufzutreiben, um mit dem Wagen nach Wiltshire zu fahren. An einem kalten Novembermorgen brachen er und Nicole in aller Frühe zur Fahrt nach Compton Deverall auf. Er brauchte keine Karte und vermißte die Wegweiser nicht, die man entfernt hatte, um die erwarteten Invasoren zu verwirren. Er kannte den ganzen Weg auswendig; jeder Hügel und jede Mulde, jeder Baum und Strauch waren ihm vertraut, und er atmete tief auf, als er die große dunkle Weite der Ebene von Salisbury vor dem kalten blauen Himmel sah und jenseits davon die sanften grünen Hügel, durch deren Gras die weiße Kreideerde schimmerte. Seine Familie hatte Jahrhunderte hindurch ihre Schafherden an den Hängen dieser Hügel weiden lassen, und er selbst war als Junge in den Schulferien hier umhergestreift und hatte an versteckten Plätzen an den Wiesenrainen seltene Orchideen aufgespürt. Immer wenn er nach Hause kam, breitete sich innerer Friede in ihm aus. In den finsteren Jahren nach Susans Tod war ihm das Gefühl von Kontinuität und Dauerhaftigkeit, das sein Zuhause und seine Mutter ihm vermittelt hatten, ein starker Trost gewesen. Und nun wollte er all dem, was er liebte, Nicoles Schönheit und leuchtenden Glanz hinzufügen.

Gegen Mittag bogen sie von der Hauptstraße ab und fuhren unter den hohen Buchen der Allee hindurch, die zum Haus führte. Es war, dachte er, ein Tag, wie er selbst ihn gewählt hätte, hätte man ihm freie Hand gelassen, um Nicole Compton Deverall zum erstenmal zu zeigen. Die letzten fallenden Blätter leuchteten wie Bronze, und durch das filigrane Netzwerk kahler Äste zeigten sich, von sonnenglitzernden Dachschindeln umgeben, die kunstvollen elisabethanischen Schornsteine.

»David!« rief Nicole beeindruckt. »Das ist ja ein wunderbares Haus!«

Er lächelte und trat auf die Bremse. »Ja, nicht wahr?«

»Es ist, als ob – ach, man möchte meinen, jeden Moment müßte die alte Königin Elisabeth in Reifrock und Halskrause heraustreten – oder Sir Walter Raleigh, um seinen Umhang über eine der Pfützen zu breiten.«

»Leider gibt es viele Pfützen. Das Haus sieht vielleicht romantisch aus, aber das täuscht. Es ist nichts als ein Haufen Schwerarbeit.«

Nicole stieg schon aus dem Auto. »*Ich* finde es romantisch. Ich glaube, ich werde hier ein Leben führen wie im Märchen. Ich weiß schon jetzt, daß ich wunschlos glücklich sein werde.« Sie beugte sich über die geöffnete Autotür und gab ihm einen Kuß auf den Scheitel. »Und ich werde dich auch wunschlos glücklich machen, David.«

Später am Abend, nachdem er Nicole gute Nacht gewünscht hatte, suchte er seine Mutter in der Küche auf.

»Möchtest du eine Tasse Kakao?« fragte Laura Kemp und hielt die Kakaodose hoch.

»Ach, ja, bitte.« Er lehnte sich an den Herd. »Und? Sie gefällt dir, nicht wahr?«

»Sie ist entzückend.« Laura lächelte ihren Sohn an. »Das ganze Haus wirkt heller durch sie.« Sie maß Kakao und Zucker ab. »Ich frage mich nur...« sagte sie und hielt inne.

»Was?«

Sie legte den Löffel aus der Hand und drehte sich nach ihm um. »Nicole ist sehr jung, David.« Hastig fügte sie hinzu: »Das muß natürlich nicht unbedingt eine Rolle spielen. Aber wenn wir jetzt nicht gerade Krieg hätten, würde ich für eine ausgedehnte Verlobungszeit plädieren.«

Nicole wollte noch vor Weihnachten heiraten.

David runzelte die Stirn. »Fürchtest du, daß sie es sich anders überlegen wird?«

Laura Kemp schüttelte den Kopf. »Nein, das glaube ich nicht. Sie scheint dich sehr gern zu haben. Aber ist sie – ist sie dem allen hier« – Sie umfaßte mit großer Geste die riesige altmodische Küche mit dem unförmigen Herd – »ist sie dem allen hier gewachsen?«

»Sie ist begeistert vom Haus. Sie hat es mir selbst gesagt.«

»David.« Laura Kemp berührte den Arm ihres Sohnes. »Ich freue mich für dich. Wirklich.«

Er sah sie lächelnd an. »Ich weiß, Mutter.« Er schob seine Hände in die Hosentaschen, ging zum Herd und blickte in den Milchtopf.

»Du glaubst nicht, daß Nicoles Eltern verlangen werden, daß sie wartet, bis sie einundzwanzig ist?«

Er lachte. »Nein, das glaube ich nicht. Ich habe den Eindruck, sie kann ihren Vater um den Finger wickeln.«

»Hast du ihn schon kennengelernt?«

»Nein. Bis jetzt kenne ich nur ihre ältere Schwester, und die ist wirklich nett. Die Eltern leben in Norfolk. Ich weiß, ich hätte mit Nicoles Vater sprechen müssen, ehe ich ihr meinen Antrag machte, aber ich konnte einfach nicht mehr warten.«

»Was macht denn der Vater beruflich?«

»Der scheint so eine Art Hansdampf in allen Gassen zu sein. Nicht unbedingt erste Garnitur. Ihre Mutter ist allerdings eine Vanburgh. Aber du weißt, daß ich auf solche Dinge nie Wert gelegt habe.«

»Einen Vorteil hat es trotzdem, eine Frau aus den eigenen Kreisen zu heiraten«, erklärte seine Mutter mit Entschiedenheit. »Man kann sich darauf verlassen, daß ihr die Gepflogenheiten vertraut sind. Wo wollt ihr denn nach der Hochzeit leben, David?«

»Ich möchte Nicole hierherbringen. Ich will nicht, daß sie in London bleibt.« Er runzelte die Stirn. »Ich bin viel unterwegs, das weißt du ja, Mutter, und mir wäre wohler, wenn ich sie hier bei dir wüßte, wo sie gut aufgehoben ist.«

»Natürlich. Ich wünschte nur, du könntest auch bleiben, Darling. Ich mache mir immer Sorgen um dich.« Sie sah ihn liebevoll an. »In London ist es doch sicher sehr schlimm im Moment?«

»Ziemlich schlimm, ja. Aber wir Schreiberlinge haben bestens ausgestattete Luftschutzräume. Du kannst also ganz beruhigt sein.«

»Glaubst du, es wird eine Invasion geben?« fragte sie.

Nie hatte ihm seine Mutter ihre Ängste gezeigt. Und deutlicher, vermutete er, würde sie ihm wohl auch nie sagen, daß sie sich fürchtete. Er trat zu ihr und umarmte sie.

»Nein, das glaube ich nicht. Im September bestand die Gefahr durchaus. Jetzt bin ich optimistischer. Es kommt nur darauf an, durchzuhalten. Wir müssen dafür sorgen, daß genug zu essen in der Speisekammer ist. Und wir dürfen nicht den Mut verlieren.«

»Was meinst du denn, wie lange es noch dauern wird?«

»Lange«, antwortete er. »Und ich fürchte, es wird noch schlimmer kommen, bevor es besser wird. Aber du hast hier nichts zu befürchten, und Nicole auch nicht.« Er sah seine Mutter an. »Und unsere Schulmädchen auch nicht.«

Die Mädchen, die man bei ihnen einquartiert hatte, hausten oben in der Mansarde. Laura Kemp lächelte resigniert.

»Sie essen wie die Scheunendrescher, David. Und der Krach ist manchmal –«

Er lachte. »Ja, ich weiß, Mutter, du hast gerade die Ruhe und den Frieden hier immer besonders geliebt, du Arme.« Er wurde wieder ernst. »Also, habe ich deinen Segen?«

»Vorsicht, die Milch kocht gleich über«, sagte Laura Kemp und fügte hinzu: »Natürlich hast du meinen Segen, David.«

6

NICOLE HEIRATETE DAVID Kemp im Dezember. Die Trauung fand in der kleinen Kirche aus dem zwölften Jahrhundert statt, die anderthalb Kilometer von Compton Deverall entfernt stand. Nicole trug ein weißes Spitzenkleid nach viktorianischer Mode, das Davids Großmutter gehört hatte. Sie sah bezaubernd aus. Ralph, Poppy, Faith und Jake nahmen an der Feier teil. Als sie aus der Kirche ins Freie traten, fielen die ersten Schneeflocken aus dem eisengrauen Himmel. Das bringt Glück, sagte jemand, wenn es am Hochzeitstag schneit.

Faith verbrachte Weihnachten in Heronsmead, wo sie einen großen Teil der Zeit verschlief. Ihr fiel auf, daß Poppy ständig müde war, während Ralph schlechte Laune hatte und zuviel trank.

Zurück in London, erhielten sie eine Einladung zum Abendessen von den Nevilles. Guy und Eleanor lebten jetzt im Haus von Eleanors Vater am Holland Square in Bloomsbury. Das Essen war trotz der Rationierung köstlich, die Räume waren elegant und komfortabel. Faith war froh, daß sich das Verhältnis zwischen ihr und Guy entspannt zu haben schien. Alles andere hätte sie überfordert. Ihre ständige körperliche und seelische Erschöpfung und die alptraumhafte Fremdheit der Londoner Straßen hätte jegliche Leidenschaft auf ihrer Seite – oder Zorn auf seiner – unerträglich gemacht.

Selbst wenn sie eine dienstfreie Nacht hatte, wurde sie

gnadenlos vom Heulen der Sirenen, vom Donnern der Bombenexplosionen und vom Getöse der einstürzenden Häuser aus dem Schlaf gerissen. Ihre Müdigkeit wurde beinahe zu etwas Greifbarem, zu etwas, das sie an sich nehmen und mit sich tragen konnte, wohin auch immer sie ging. Sobald sie auch nur eine freie Minute hatte, nutzte sie sie zum Schlafen. Sie schlief auf der Bank im Park ein, während Mrs. Childerleys Hund sein Geschäft verrichtete; sie schlief, eine Tasse Tee neben sich und Spielkarten in der Hand, in der Rettungszentrale ein, während sie auf das Läuten des Telefons wartete. Sie schlief manchmal im Stehen ein, während sie beim Metzger Schlange stand (»wie ein Pferd in der Box«, schrieb sie Jake, der im Norden Englands stationiert war), und wenn sie einmal ins Kino ging, schlief sie von der Wochenschau bis zum Nachspann des Films durch. Sie verrichtete ihre Arbeit auch jetzt noch mit Kompetenz, aber sie handelte wie in Trance. Jeder Muskel tat ihr weh. Nachdenken war ungeheuer anstrengend und mühsam, so als wollte man durch Gelatine schwimmen, und quälte den müden Kopf wie Migräne.

Im Februar erhielt sie einen Brief von Nicole. »Ich erwarte ein Kind, Faith. Gräßlich, und mir ist immerzu schlecht.« Die Luftangriffe gingen auch in den ersten Wochen des Jahres sporadisch weiter. Faith freute sich, wenn das Wetter schlecht war, und fürchtete, wie alle Londoner, klare Himmel und Vollmond.

Das Haus in der Mahonia Road war hinfällig wie eine alternde Matrone, die den Strapazen der langen, schlaflosen Nächte immer weniger entgegenzusetzen hatte. Es gab nicht ein heiles Fenster mehr; Faith hatte nicht mehr die Kraft und auch nicht das Bedürfnis, die ausgeschlagenen Scheiben durch Karton zu ersetzen; der kalte Wind und der matschige Regen konnten ungehindert ins Haus eindringen. Sprünge und Risse zogen sich verzweigt wie das Geäst wilden Weins durch die alten Mauern. Die Treppe schien seitlich abgerutscht zu sein, aus ihrer Verankerung an Wand und Geländer gerissen. In einem der oberen Zimmer war die Decke durchgesackt, und der Regen, der durch die Lecks im Dach sickerte, vermischte sich mit dem herunterbröselnden Verputz zu einem grauen Brei. Das Haus, fand Faith, paßte in die Londoner Landschaft des Jahres 1941; ein surreales, wie einem Traum entstiegenes Gebäude, das in diese stillen, von Bomben verwüsteten Straßen ohne Menschen hineingehörte.

Das immer gleiche fade Essen, die ewigen Pannen bei der Wasserversorgung waren nicht mehr von Bedeutung. Von Bedeutung war einzig, morgens mit der Gewißheit zu erwachen, daß die Menschen, die man liebte, unversehrt und in Sicherheit waren. Von Bedeutung waren Besuche von Rufus und Ralph, Briefe von Poppy, Nicole und Jake, die Gespräche mit den anderen Frauen in der Rettungszentrale, das gelegentliche Winken Guys über das Chaos der Bombentrümmer hinweg.

Eines Nachts, als sie auf der Fahrt vom Krankenhaus zurück zur Rettungszentrale um eine Ecke bogen, packte Bunty sie plötzlich beim Arm. »Halt mal eine Sekunde an. Ich wohne hier ganz in der Nähe. Ich will nur mal schnell sehen, ob's meiner Mutter gutgeht.«

»Ist sie nicht im Luftschutzkeller?«

»Da hält sie es nicht aus. Zu viele Menschen, behauptet sie. Sie setzt sich immer unter die Treppe. Ich bin gleich wieder da.«

Bunty sprang aus der Fahrerkabine. Faith sah ihr nach, wie sie die Straße hinunterlief. Die rötliche Glut des Himmels beleuchtete ihre stämmige kleine Gestalt. Faith machte die Wagentür auf, stieg aus und kramte in ihrer Tasche nach ihren Zigaretten. Nach dem schweren Angriff der Nacht war die Luft rot von Ziegelstaub. Sie riß gerade ein Streichholz an, als die Bombe fiel. Ein fauchender Luftzug packte sie, als würde sie durch einen Riesenstrohhalm aufgesogen, dann folgten ein zuckender Blitz und ein Krachen von so betäubender Lautstärke, daß alle Gedanken ausgelöscht wurden. Als sie die Augen öffnete, sah sie, daß sie an eine Gartenmauer gedrückt bäuchlings in einer Pfütze lag. Die Luft war eine staubgeschwängerte Brühe. Sie hatte Mühe, Atem zu holen. In der einen Hand hielt sie immer noch die Zigarette, in der anderen das Streichholz. Halb benommen, setzte sie sich auf. Wenn sie mit den Augen zwinkerte, konnte sie auf der Innenseite ihrer Lider den Widerschein des taghellen Blitzes sehen. Alle Geräusche, das Donnern einstürzenden Mauerwerks, das Dröhnen der Bomber, die Schreie der Verletzten, wirkten seltsam gedämpft.

Sie stand auf. Bunty, dachte sie und wirbelte herum, den Blick zu der Straße wendend, durch die die Freundin davongelaufen war. Aber die Umgebung war völlig entstellt, der Verlauf der Straße, die Gruppierung der Häuser nicht mehr erkennbar. Faith ging zum Rettungswagen zurück. Die Gewalt der Explosion hatte alle Fensterscheiben gesprengt. Sie versuchte, die Szene zu rekonstruieren, wie sie sich vor der Bombenexplosion abgespielt hatte. Sie erinnerte sich, daß sie in der Fahrerkabine gesessen und Bunty nachgesehen hatte, die die Straße hinuntergelaufen war, und machte sich auf, den Weg der Freundin durch die aufgerissene Straße zu verfolgen. Sie kletterte über Trümmerhaufen und lief um den riesigen Bombentrichter herum. Laut rief sie Buntys Namen, aber ihre Stimme klang, als käme sie aus weiter Ferne, erstickt von der vernebelten Luft. Auf einer Seite der Straße brannte es. Die Flammen erleuchteten die Ruinen, so daß sie keine Taschenlampe brauchte. Ihr Gehirn war wie betäubt, und sie war unfähig, diese Szene mit jener von vor zehn Minuten in Verbindung zu bringen.

Unter einem Haufen Ziegelsteine sah sie einen Fetzen Stoff hervorlugen und erkannte das Karomuster des Mantels, den Bunty an diesem Abend getragen hatte. Sie kniete in den Trümmern nieder und begann mit bloßen Händen, die Steine abzutragen. Der Mörtel zerkratzte ihr die Finger, aber sie nahm den Schmerz gar nicht wahr. Über ihr stand wackelig die Ruine des zerbombten Hauses, dessen gebrochene Mauern sich mit zackigen Rändern vor dem bleichen Mond abhoben. Wie eine Wahnsinnige grub sie in Schutt und Gestein, schleuderte Ziegelsteine auf die Seite, gesplitterte Dachschindeln, Stoffetzen, Teppichstücke. Ihr war, als hätte sie Stunden gescharrt, als jemand sie an der Schulter faßte und sagte: »Lassen Sie sie, Miss. Kommen Sie weg hier. Das Haus kann jeden Moment einstürzen.«

Sie stieß den Mann beiseite und scharrte weiter in den Trümmern. Buntys Schuh, dachte sie, als sie einen ledernen Stiefel freilegte. Bunty hatte ihre Schuhe stets mit großer Sorgfalt gepflegt. Faith rieb mit dem Mantelärmel über das staubige, abgewetzte Leder.

Der Mann umfaßte von neuem ihre Schulter und schüttelte sie. Als sie aufblickte, sah sie den Helm und den Arbeitsanzug, die ihn als Luftschutzhelfer auswiesen. »Sie müssen hier weg, Miss. Ich sag Ihnen doch, das Haus kann jeden Moment einstürzen.«

Sie rief erregt: »Ich muß sie hier rausholen.«

»Ist sie eine Freundin von Ihnen?«

Sie antwortete nicht. Er beugte sich hinunter und umschloß mit den Fingern Buntys regloses Handgelenk. »Sie können nichts mehr für sie tun, Kind«, sagte er behutsam. »Und Ihre Freundin würde sicher nicht wollen, daß Sie ihretwegen Schaden erleiden, meinen Sie nicht auch? Schauen Sie, da kommen die Rettungsmannschaften. Ich verspreche Ihnen, daß sie sie da rausholen.«

Sie ließ sich von ihm hochziehen und wegführen. Ihr Kopf war leer, sie war nicht fähig, einen zusammenhängenden Gedanken zufassen. Sie hatte Bunty die Straße hinunterlaufen sehen zum Haus ihrer Mutter – *Ich will nur mal sehen, ob's meiner Mutter gutgeht... Ich bin gleich wieder da* –, und dann war die Bombe gefallen. Unmöglich, daß Bunty in diesen wenigen Augenblicken ihr Leben verloren hatte. Faith hatte den Tod schon früher gesehen, hundertmal und öfter, aber an diesem Abend hatte sie zum erstenmal den Tod eines Menschen mit ansehen müssen, der ihr nahestand.

Eine Frau drückte ihr einen Becher Tee in die blutverschmierten Hände. Sie starrte in den Becher, in dem die Flüssigkeit, von ihren zitternden Fingern geschüttelt, hin und her schwappte. Sie blieb stehen und sah zu, wie die Männer gesplitterte Holzbalken und Bodendielen zur Seite räumten. Sie glaubte erst, daß Bunty wirklich tot war, als die Männer ihren Körper aus den Trümmern hoben und sie die Schlaffheit ihrer Glieder sah und den unnatürlichen Winkel, in dem ihr Kopf herabhing.

Nach Buntys Tod änderte sich alles. Faiths Vertrauen in die Zukunft löste sich in Luft auf. Sie wußte, daß sie sich nicht darauf verlassen konnte, am nächsten Morgen wieder zu erwachen, wenn sie sich schlafen legte, daß sie nicht ahnen konnte, ob nicht der Tod, wie ein Dieb in der Nacht, ihre Freunde oder Familie holen würde. Ihre Fähigkeit, zu schlafen, wo sie gerade ging oder stand, verließ sie schlagartig. Und wenn sie schlief, so plagten sie Alpträume. Sie, die niemals abergläubisch gewesen war, wurde es jetzt. Sie murmelte Beschwörungsformeln vor sich hin, wenn sie abends auf dem Weg zur Arbeit die Haustür hinter sich schloß; sie vollzog jeden Morgen, bevor sie zu Bett ging, gewissenhaft das gleiche Ritual, weil sie fürchtete, augenblickliche Strafe würde sie ereilen, wenn sie von einer Ordnung abwich, die sie bisher beschützt zu haben schien. Sie fürchtete, das Glück, von dem sie sich stets begünstigt geglaubt hatte, würde sie verlassen. Sie gewöhnte sich an, ein Armband zu tragen, das ihr Vater ihr vor Jahren in Italien gekauft hatte, und als sie es einmal abends verlegte, war sie überzeugt, daß sie den nächsten Tag nicht erleben würde. Als die Sonne aufging über den Ruinen von London, lachte sie über ihre Ängste, aber das bedrückende Gefühl ständiger Bedrohung blieb und nagte unablässig an ihr.

Am 19. März, in der Nacht des bis dahin schwersten Luftangriffs, geschah etwas Beängstigendes. In den frühen Morgenstunden saß sie in der Rettungszentrale und wartete auf ihren nächsten Einsatz, als das Telefon läutete und ihr mitgeteilt wurde, wo Verletzte aufzunehmen waren. Im nächsten Moment, so schien es ihr jedenfalls, war es Morgen, und sie stand vor dem Haus in der Mahonia Road, im Begriff, den Schlüssel ins Türschloß zu schieben. Sie hatte keine Ahnung, was in den Stunden zwischen Notruf und Heimkehr geschehen war. Alle Erinnerung daran war ausgelöscht. Als sie ins Haus ging, sah sie auf dem Küchentisch einen Laib Brot und das Brotmesser liegen und schloß daraus, daß sie mitten in der Nacht kurz nach Hause gekommen sein mußte, um etwas zu essen, wie sie das gelegentlich zu tun pflegte. Als sie am Abend wieder zum Dienst erschien, stellte ihr niemand irgendwelche Fragen, niemand bedachte sie mit neugierigen oder verwunderten Blicken. Offenbar hatte sie in der Nacht ihre Arbeit zuverlässig wie immer getan. Aber die beunruhigende Gedächtnislücke ließ sich nicht schließen, sosehr sie sich auch darum bemühte.

Eine Woche später passierte das gleiche zum zweitenmal. Wieder fehlten ihr zwei Stunden; als wäre jemand ihrem Leben mit der Schere zu Leibe gerückt und hätte sie einfach herausgeschnitten. Den ersten Blackout hatte sie noch als dummen Zwischenfall, als eine vorübergehende Störung abtun können; beim zweitenmal schaffte sie das nicht mehr. Furcht packte sie, daß sie langsam verrückt werden könnte, daß in ihrem Kopf etwas nicht stimmte. Sie erinnerte sich an einen der »Untermieter«, der, nachdem er zunehmend seltsamere Verhaltensweisen an den Tag gelegt hatte, schließlich in einer Nervenheilanstalt in Basel gelandet war. Sie hatte ihn einmal mit Ralph zusammen besucht. In ihren schlimmsten Momenten sah sie sich jetzt selbst in einer solchen Anstalt hinter verschlossenen Türen und vergitterten Fenstern. Sie wußte, daß sie einen Arzt aufsuchen sollte, aber aus Angst vor der Diagnose scheute sie davor zurück. Sie gewöhnte sich an, etwa alle zehn Minuten auf die Uhr zu schauen, als könnte sie so die beängstigenden Absencen bannen und sich fest in der Zeit verankern.

Minden Hall war ein großer alter viktorianischer Kasten von einem Haus, der düster und unfreundlich am Rand eines unwirtlichen Hochmoors im Norden des Landes thronte. Nissenhütten, die man rund um das Herrenhaus aufgebaut hatte, hockten wie dicke Kröten im Gras. Es war immer kalt in den Hütten, und der Rasen unter ihnen war mit Regenwasser vollgesogen. Sein erster Tag in Minden Hall erschien Jake, den man dort stationiert hatte, wie eine ganze Woche; seine erste Woche wie ein ganzer Monat. In den anderthalb Jahren, in denen er in Spanien gekämpft hatte, hatte er Langeweile, Nässe und Kälte aushalten müssen, und der ganze Kampf war letztlich sinnlos gewesen. Doch hier, in Minden Hall, wo er stundenlang am Schreibtisch sitzen und Papiere hin und her schieben mußte, schien ihm die Sinnlosigkeit auf die Spitze getrieben. Die Männer, die Jakes Quartier teilten, nahmen das deprimierende Wetter und die geisttötende Eintönigkeit der Arbeit fraglos hin. Doch bei Jake mischte sich Wut in die Langeweile; er konnte einfach nicht akzeptieren, daß für ihn der Krieg so ein Gesicht haben sollte. Er erinnerte sich an Linda Forresters Bemerkung über die »unerträgliche Ereignislosigkeit«. Er hatte sie verachtet, als sie das gesagt hatte; als oberflächlich und egozentrisch abgetan; jetzt mußte er ihr grollend recht geben.

Nach zwei Wochen ging er zu seinem Kommandeur, um eine Versetzung zu beantragen. Er wies Captain Crawford darauf hin, daß sein Potential mit dem bloßen Ausfüllen von Formularen vergeudet sei. Captain Crawford erinnerte ihn daran, daß er die medizinische Untersuchung nicht gerade glänzend bestanden habe; vielmehr hatte die Bronchitis, die er sich Anfang 1939 geholt hatte, seine Lunge auf Dauer geschädigt. Jake schwor, er sei jetzt absolut fit, und rief Captain Crawford ins Gedächtnis, daß er bei den Internationalen Brigaden gekämpft hatte.

Ohne Jake anzusehen, sagte Captain Crawford: »Tja, in Spanien haben die merkwürdigsten Leute gekämpft, Mulgrave. Und keine abgeschlossene Schulbildung. Sieht schlecht aus, fürchte ich.« Und damit war Jake, der Crawfords Worte nicht verstand, entlassen.

Am Abend im Pub berichtete er einem Kameraden namens Crabbe von dem Gespräch. Crabbe musterte ihn durch eine Wolke blauen Pfeifenqualms.

»Du bist nicht hoffähig, Mulgrave. Nicht britisch genug. Die können dich nicht einordnen.«

»Einordnen?« wiederholte Jake verdutzt.

»Es geht um die Klasse, Mann. Du bist weder Fisch noch Fleisch. Du hast was ausgesprochen Fremdartiges... du hast im Ausland gelebt... und auf seiten der Roten gekämpft.« Crabbe ahmte stümperhaft Crawfords vollmundige Sprechweise nach. »Tja, so geht das eben nicht, alter Freund. Man muß sich doch fragen, wo Ihre Loyalitäten liegen.«

Angesichts der Unmöglichkeit, der Monotonie seiner täglichen Arbeit zu entrinnen, beschloß Jake, sich an den Zerstreuungen, die Minden Hall zu bieten hatte, schadlos zu halten. An willigen jungen Damen fehlte es nicht, und wenn sie andeuteten, eine feste Bindung eingehen zu wollen – zum Beispiel vor den Schaufenstern von Juwelierläden stehenblieben oder für die Romantik von Kriegstrauungen zu schwärmen begannen –, bereitete Jake der Affäre unverzüglich ein Ende. Er bekam bald einen Blick für Frauen, die das gleiche wollten wie er – Abwechslung ohne Verpflichtung, flüchtigen sexuellen Genuß ohne das Risiko emotionaler Verletzung. Gelangweilt und einsam, wie er war, fand er bald heraus, wie man sich beliebt machte. Er nahm jede Herausforderung und jede Wette an. Er bestach eine Wäscherin, eine der voluminösen langen Unterhosen des Kommandeurs aus der Wäscherei zu stibitzen, und hängte sie an der Fahnenstange vor dem Haus auf, wo sie fröhlich im Wind flatterte. Ein andermal kletterte er abends volltrunken an der Regentraufe zum Dach von Minden Hall hinauf und schmückte es mit Luftschlangen. Unten auf dem Rasen sammelte sich ein großes Publikum und feuerte ihn mit lauten Rufen an. Er handelte sich dafür eine strenge Standpauke ein und einen verstauchten Fuß, als er die letzten Meter beim Abstieg stürzte.

Aber trotz seiner allgemeinen Beliebtheit fühlte er sich ausgeschlossen, stets Zaungast, niemals Teil der Gruppe. Er war jemand, der am Rand stand, nicht einer, der dazugehörte. Er konnte sich nicht an dieses freudlose, graue Land gewöhnen. Er war nicht imstande, positive Gefühle für dieses Land aufzubringen, das ihn bei seinem Kampf ums Überleben zu solcher Inaktivität verurteilte. Die Liebesbeziehung zu Anni schien jetzt lang vergangen, unentwirrbar verbunden mit der hektischen Nervosität von Paris vor dem Krieg und der Hitze und Hoffnungslosigkeit des Sommers 1940. Zurückblickend war er niemals ganz sicher, wer die Schuld trug an ihrem Bruch – Anni, weil ihre Liebe zu ihm nicht groß genug gewesen war, oder er selbst, weil er nicht die Courage besessen hatte, einfach zu vertrauen. Nur eines stand für ihn fest: Alles, was ihm wahrhaft etwas bedeutete, zerfiel entweder von selbst zu Staub, oder aber er zerstörte es. Alle politische Leidenschaft, die ihn einmal bewegt hatte, war mit dem Untergang der spanischen Republik erloschen. Wenn er je ein Zuhause gehabt hatte, so war es La Rouilly gewesen, und trotzdem hatte er, wie so viele andere, das sterbende Frankreich im Stich gelassen. Er würde Anni, die er geliebt hatte, nie wiedersehen.

Alles, was ihm einmal etwas bedeutet hatte, hatte er auf seiner verzweifelten Flucht aus Frankreich für immer abgeworfen. Bar allen Besitzes und aller Überzeugungen war er auf dieser Insel gestrandet. Er und seine Familie hatten mit knapper Not überlebt. Obwohl er seinen Eltern und seinen Schwestern nur unregelmäßig schrieb, obwohl er sie nur selten sah und ihre unerschütterliche Zuneigung für selbstverständlich nahm, wußte er, daß einzig seine Familie ihm noch etwas bedeutete. Ralph hatte seine Verachtung für Vaterland, Patriotismus und Politik nie verhehlt. Jake begann zu erkennen, wie viel er mit seinem Vater gemeinsam hatte.

Das Leuchten des Wintersonnenlichts in den vielen Fenstern des alten Herrenhauses, der weiße Nebel, der über dem Rasen schwebte, entzückten Nicole. Hier war alles so wunderbar anders, so zauberhaft, so fremd. An schönen Tagen machte sie lange Spaziergänge durch die Buchenwälder; wenn es regnete, erkundete sie das Haus und pflegte mit Spinnweben im Haar und neu entdeckten Schätzen in den Händen aus Räumen zu treten, die jahrzehntelang nicht benutzt worden waren.

Sie war jung und schön und voller Charme und wurde bald mit Einladungen der guten Familien aus der Nachbarschaft überschüttet. Sie ihrerseits bat die Gastgeber nach Compton Deverall, um sich zu revanchieren. In diesem Winter, der nur Entbehrungen und schlechte Nachrichten mit sich brachte, boten die Einladungen bei der jungen Mrs. Kemp willkommene Zerstreuung. Während Laura köstliche Mahlzeiten auf den Tisch brachte, obwohl fast alle Nahrungsmittel rationiert und Delikatessen ganz vom Markt verschwunden waren, unterhielt Nicole ihre Gäste mit Gesellschaftsspielen aller Art, viele von ihnen waren Ralphs Schöpfungen und bis dahin Geheimnis der Familie Mulgrave. Laura, die am liebsten im Garten werkelte, erkannte neidlos an, daß Nicole die bessere Gastgeberin war, und überließ ihr die Bewirtung und Unterhaltung der Gäste.

Dank des bewirtschafteten Bauernhofs, der mit Schweinen, Hühnern und Puten zum Besitz gehörte, und dank des großen, von einer hohen Mauer umgebenen Nutzgartens, den Laura bestellte, mußten sie nie Hunger leiden. Jedes Wochenende war das Haus voller Leute aus London, die die Aussicht auf eine schmackhafte Mahlzeit und eine Nacht ungestörten Schlafs nach Wiltshire gelockt hatte. Nicole nahm Davids Freunde ebenso herzlich auf wie ihre Freunde aus der Zeit bei der BBC und ENSA. In bislang unbewohnten Räumen wurden Schonbezüge von den Möbeln entfernt, Böden geschrubbt, Betten gerichtet. Geschirr, das jahrelang in den Schränken verstaubt war, wurde gespült und bereitgestellt. An einem Wochenende speisten dreißig Personen an dem langen alten Eichentisch.

Nicole war so kontaktfreudig wie ihr Vater. Menschen interessierten sie, und wenn sie im Lebensmittelgeschäft anstand oder an der Haltestelle auf den Bus wartete, zog sie andere gern in ein Gespräch. Aus Fremden wurden so rasch Bekannte, aus Bekannten wurden innerhalb von ein, zwei Tagen Freunde. Salisbury, ein Truppenstützpunkt, war nahe, darum gehörten zu den Wochenendgästen in Compton Deverall viele Soldaten und Flieger. Französische, holländische und belgische Flieger speisten an Laura Kemps Tisch und tanzten mit ihrer schönen Schwiegertochter. Als Nicole einen polnischen Flieger mit ein paar Worten seiner Muttersprache begrüßte, die Genya ihr vor

Jahren einmal beigebracht hatte, fiel der Mann vor ihr auf die Knie und küßte ihren Rocksaum.

Mitte Januar mußte David nach London zurück. Nicole wurde erst im folgenden Monat klar, daß sie schwanger war. Von quälender Übelkeit geplagt, schrieb sie das Unwohlsein zunächst einem verdorbenen Magen zu. Laura Kemp, die schon da einen ganz anderen Verdacht hatte, bestand darauf, den Arzt zu holen. Als Nicole hörte, daß sie ein Kind erwartete, wollte sie es zunächst nicht glauben. In der Theorie wußte sie zwar, daß verheiratete Frauen für gewöhnlich Kinder bekamen, aber sie hatte nie daran gedacht, daß ihr selbst das widerfahren könnte. In einem Brief teilte sie David die freudige Nachricht mit. Ihre Vorbehalte behielt sie für sich.

An guten Tagen gab sich die Übelkeit meist um die Mittagszeit; an schlechten brachte Nicole keinen Bissen hinunter und mußte sich selbst auf leeren Magen häufig übergeben. Wenn die Übelkeit kaum noch zu ertragen war, pflegte sie mit Minette im Schlepptau um das Haus herumzugehen und versuchte, die Fenster zu zählen. Nie kam sie zweimal auf das gleiche Ergebnis. Laura Kemp meinte, sie solle sich hinlegen und ruhen. Aber Nicole haßte es, tatenlos herumzuliegen. Sie wollte Menschen um sich haben, sie wünschte sich Geselligkeit und Abenteuer. Sie ritt regelmäßig mit Thierry Duquesnay, einem französischen Flieger, aus und gab diese Gewohnheit erst auf, als der Arzt ihr streng die Leviten las und erklärte, daß sie eine Fehlgeburt riskiere, wenn sie weiterhin reite. Frustriert stellte sie fest, daß sie zum Singen zu kurzatmig geworden war. Aber tanzen konnte sie noch, und sie tat es mit Leidenschaft zur Musik des alten Grammophons, das im Großen Saal stand. Einer der Flieger brachte ihr neue Schallplatten mit, um Davids Sammlung zerkratzter Achtundsiebziger zu ergänzen. Ein Kanadier zeigte ihr den Jitterbug, und mit Thierry flog sie wie ein Vogel im Walzertakt durch den Saal.

Seit dem letzten Luftangriff gab es in dem Haus in der Mahonia Road kein Wasser mehr, doch die Wände waren feucht, ja, sie trieften vor Nässe. Wenn Faith sie berührte, war sie beinahe überzeugt davon, daß ihre Fingerspitzen voll Blut sein würden, wenn sie die Hand wieder wegzöge. Nachts ächzte und stöhnte das Haus wie von Schmerzen geplagt. Es war, als hätte es eine schwere innere Wunde empfangen, und die äußerlichen Symptome verschlimmerten sich von Tag zu Tag.

Drinnen wanderte Faith von Zimmer zu Zimmer, schlief immer dort, wo es ihr am behaglichsten schien. Durch die Löcher in der Zimmerdecke, wo Verputz und Mörtel herausgebrochen waren, und die Öffnungen im Dach, wo die Schindeln fehlten, konnte sie die Sterne erkennen, flimmernde weiße Stecknadelköpfe an einem schwarzblauen Himmel. Wenn es kalt war, machte sie sich mit den zertrümmerten Fensterrahmen und dem herausgerissenen Treppengeländer ein wärmendes Feuer. Da der angeschlagene Kamin nicht mehr zog, füllte sich das Zimmer mit Rauch, der aber durch die scheibenlosen Fenster rasch wieder abzog. Als Gas und Strom abgestellt wurden, behalf sich Faith mit Kerzen und lebte von Konserven. Es machte ihr nichts aus; sie war Provisorien gewöhnt und wurde mit dieser Ausnahmesituation gut fertig.

Aber es ängstigte sie, daß immer noch diese Gedächtnisausfälle auftraten. Manchmal blieben sie eine ganze Woche oder länger aus, und dann entfielen ihr plötzlich zwei, drei Stunden, verschwanden aus ihrem Gedächtnis, ohne auch nur einen Schatten zu hinterlassen. Da bisher niemand irgendwelche Beschwerden vorgebracht hatte, konnte sie nur annehmen, daß sie weiterhin Nacht für Nacht ohne Pannen ihre Arbeit verrichtete: den Rettungswagen fuhr, die Verletzten abholte und ins Krankenhaus brachte. Aus Angst vor den Konsequenzen sprach sie mit keinem Menschen über diese Blackouts. Sie bezweifelte, daß ihre Vorgesetzten eine Krankenwagenfahrerin im Dienst behalten würden, die ab und an für kurze Zeit das Gedächtnis verlor.

In der öffentlichen Bibliothek saß sie über medizinischen Fachbüchern und las von Wucherungen im Gehirn und gespaltenen Persönlichkeiten. Schaudernd erinnerte sie sich der Geschichte von Dr. Jekyll und Mr. Hyde und fragte sich, inwiefern sich die andere, unbekannte Faith Mulgrave von ihr unterschied.

Die Angst, wahnsinnig zu werden, verdrängte alle anderen Ängste. Sie zuckte nicht einmal mehr zusammen, wenn sie aus der Ferne das Dröhnen feindlicher Flugzeuge vernahm; ihr Magen verkrampfte sich nicht mehr, wenn sie das Pfeifen und die donnernden Einschläge der Bomben in der Nachbarschaft hörte. Man sagte ihr großen Mut, ja Verwegenheit nach. Wenn noch ein Paar Hände gebraucht wurde, um in einem von Einsturz bedrohten Gebäude eine Lampe zu halten, während ein Arzt um das Leben eines Kindes kämpfte, dann war unweigerlich Faith zur Stelle. Wenn sie mit halsbrecherischer Geschwindigkeit um frische Bombenkrater herum zu einem Unglücksort raste, während es glutrote Brandbomben vom Himmel regnete, dann fürchtete sie nicht um ihr Leben, sondern kämpfte stets nur mit der Angst, langsam den Verstand zu verlieren.

In der Nacht des 19. April flogen die Deutschen einen Angriff, der London besonders schwer traf. Unter den krachenden Einschlägen der Bomben schien die Erde selbst zu erzittern. Auf der Fahrt zu einem Unglücksort in Poplar, wo sie Verletzte abholen sollte, wurde sie mitten in dem ohrenbetäubenden Lärm rundherum und angesichts der grellodernden Flammen von einem merkwürdigen Überschwang erfaßt, der ganz von ihr Besitz ergriff und sie einen Moment lang von aller Furcht befreite. Sie sprang aus dem Wagen und blieb stehen, um sich umzusehen. Beinahe alle Häuser auf der einen Seite der Straße waren von den Bomben in Schutt und Asche gelegt worden. Ein paar Menschen brachen aus den Ruinen hervor, unnatürlich ausgelassen, froh und dankbar, noch am Leben zu sein. Andere stolperten verzweifelt zwischen eingestürzten Mauern umher und suchten nach Angehörigen, die unter den Trümmern begraben waren. Ärzte und Krankenschwestern versorgten die Verletzten. Rettungsmannschaften räumten schwere Balken zur Seite. Feuerwehrleute kämpften gegen die Flammen.

Einer der Ärzte hob den Arm und winkte Faith. Als sie auf ihn zulief, schrie ein Luftschutzhelfer ihr etwas nach, aber sie achtete nicht auf ihn, sondern setzte ihren Weg rund um einen riesigen Bombentrichter fort. Sie hatte den Arzt schon erkannt, wußte, daß es Guy war, als der Luftschutzhelfer sie einholte.

»Sind Sie verrückt geworden? Haben Sie mich nicht gehört? Da unten in dem Loch liegt ein Blindgänger!«

Faith drehte sich nach dem Bombenkrater um und dachte, wie praktisch, wenn die Bombe explodiert wäre, als sie gerade um das Loch herumgelaufen war. Ein schneller, unerwarteter, sicherer Tod.

Sie merkte, daß Guy sie ansah, und zwang sich, dem Helfer eine Antwort zu geben. »Tut mir leid. Ich habe Sie gar nicht gehört.«

Sie wandte sich Guy zu. Ein kleiner Junge war unter Steinen und Holzbalken eingeklemmt. Faith stemmte einen Balken in die Höhe. Sie hörte Guy sagen: »Mehrere Rippen sind eingedrückt, und mit den Beinen sieht es schlimm aus.« Er warf ihr einen Blick zu. »Alles in Ordnung, Faith?«

»Ja, ja, alles in Ordnung«, versicherte sie.

Sie sah ihm bei der Arbeit zu. Die präzisen, flinken Bewegungen seiner Hände beruhigten sie. Nach einer Weile rief einer der Rettungsleute: »Er ist jetzt frei.«

Sally, die junge Frau, die jetzt mit ihr zusammen fuhr,

half ihr, den verletzten Jungen auf eine Trage heben, die sie gemeinsam in den Krankenwagen schoben.

Auf der Rückfahrt vom Krankenhaus wurden sie aufgehalten, weil sie sich immer wieder Wege zwischen Schutt und Trümmern suchen mußten, die die Straßen blockierten. Sally sagte: »Halt mal kurz an. Ich muß dringend pinkeln. Da drüben ist eine Hecke.« Faith zog die Handbremse an. Sie hörte wieder Buntys Stimme. »Halt mal kurz an. Ich will nachsehen, ob's meiner Mutter gutgeht.« Sie schaffte es nicht, einfach sitzen zu bleiben und auf Sally zu warten. Sie stieg aus dem Wagen und wanderte in den ausgebombten Häusern umher.

Tische und Stühle, von braunem Schlamm bedeckt und von der Feuchtigkeit des Regens verzogen, standen in Zimmern, denen eine Wand oder eine Decke fehlte. Ein Bett, komplett mit Matratze und Leintüchern, war aus einem oberen Zimmer in einen Salon hinuntergestürzt und stand nun mitten in einem Chaos von zerfetzten Büchern, gesplitterten Regalborden und Porzellanscherben. Faith hörte Schritte und schob einen Wust zerrissener Vorhänge zur Seite. Dahinter stand eine alte Frau über einen Herd gebeugt. Eine brennende Kerze auf einem wackligen Tisch spendete trübes Licht. Faith blieb in der Türöffnung stehen und beobachtete die Alte. Es war, als sähe sie ein Gespenst, als hätte ihr aus dem Gleichgewicht geratener Geist diese Gestalt heraufbeschworen, einen Schatten, der durch die Ruinen dieses Hauses irrte.

Aber dann drehte sich die Frau nach ihr um und sagte: »Ich mache das Abendessen für meine Jungs.«

Sie rührte in einem Kochtopf. Erst jetzt gewahrte Faith, daß sie sich in einem Raum befanden, der früher einmal eine Küche gewesen war. Das Spülbecken war halb aus der Wand herausgerissen und hing schief herab, auf den Regalborden, die wunderbarerweise gehalten hatten, lagen in wildem Durcheinander verbeulte Konservendosen und durchnäßte Zellophanpackungen mit Lebensmitteln. Eine Seite des Raums war offen, den Elementen ungeschützt preisgegeben. Der Boden mit den gesprungenen Fliesen stand voll glänzender Pfützen.

Die alte Frau trug einen abgerissenen schäbigen Mantel über mehreren schmutzigen Pullovern und Strickjacken. Sie winkte Faith zu sich heran. »Wollen Sie mal kosten?«

Faith stieg über Mörtelbrocken und gebrochene Fliesen. Der Herd brannte nicht, es schien nicht einmal Kohle darin zu sein. Der hölzerne Rührlöffel im Topf bewegte sich langsam.

»Soll ich Sie nicht ins Asyl bringen?« flüsterte Faith, aber die Frau beachtete sie nicht.

»Hier ist Suppe für dich, Kindchen. Schöne, heiße Brühe.«

Faith blickte auf den Herd und sah, daß der Topf mit Schutt gefüllt war, der Löffel in roten Backsteinbrocken rührte. Einen Moment lang starrte sie die alte Frau wortlos an, dann rannte sie stolpernd aus dem Haus.

Am folgenden Nachmittag wurde Faith, die am Küchentisch eingenickt war, von hartnäckigem Klopfen an der Haustür geweckt. Zunächst reagierte sie nicht; sie hoffte, das Klopfen würde aufhören und sie würde weiterschlafen können. Aber der Störenfried draußen ließ nicht locker, und so stand sie schließlich auf und ging zur Haustür.

Sich die Augen reibend, öffnete sie. »Guy!«

»Kann ich reinkommen?«

Sie ließ ihn ein. Im Wohnzimmer blieb er stehen und sah sich ungläubig um. »*Lebst* du hier etwa?«

Sie sah das Haus plötzlich so, wie er es sehen mußte: die scheibenlosen Fenster, die von Rissen durchzogenen Wände, die verstümmelten Stuckverzierungen, den dunklen Regenfleck auf dem Teppich, den Deckenberg auf dem Sofa.

»Ich schlafe manchmal hier drinnen. Und manchmal in einem der anderen Zimmer. Je nachdem, wo es gerade am angenehmsten ist. Es kommt darauf an, aus welcher Richtung der Wind weht – mal schlägt es den Regen von der einen Seite rein, mal von der anderen.« Als sie sein Gesicht sah, fügte sie beschwichtigend hinzu: »Es ist nicht so schlimm, wie es aussieht, Guy. La Rouilly war ja auch ein bißchen klapprig. Ich bin das gewöhnt.«

»In La Rouilly war es warm. Und du warst dort nicht allein.«

»Jake kommt immer, wenn er Urlaub hat. Und Rufus auch.« In der Küche spülte sie zwei Tassen. »Tee?«

»Ja, bitte.« Er setzte sich an den Tisch.

Sie füllte den Kessel und stellte ihn auf den Herd. Sie stand mit dem Rücken zu ihm, als er sagte: »Eigentlich bin ich hergekommen, weil ich mich entschuldigen wollte.«

Sie drehte sich herum. »Entschuldigen? Wofür?«

»Dafür, daß ich als Freund ziemlich versagt habe.«

Tränen brannten ihr in den Augen. Nichtachtung, selbst Kälte konnte sie aushalten, aber schon ein freundliches Wort rührte sie in diesen Tagen zu Tränen. Sie wandte sich ab und kramte in der Schublade nach Löffeln, damit er ihr Gesicht nicht sah.

»Ich habe nie vergessen, wie nett ihr alle zu mir wart, als ich das erste Mal bei euch aufkreuzte«, sagte er. »Ich weiß noch, wie Ralph mich am Straßenrand aufgelesen und mitgenommen hat und Poppy mich dann zum Abendessen eingeladen hat. Und wie du mir im Stall ein Bett gemacht hast. Wie alt warst du damals, Faith? Zehn?«

»Elf«, antwortete sie leise.

»Ich saß ganz schön in der Patsche – kein Geld, keine Freunde –, und ihr habt mich gerettet. Und ich durfte euch Jahr für Jahr besuchen, ihr hattet nie etwas dagegen – weißt du eigentlich, wie sehr ich mich jedes Jahr auf den Sommer gefreut habe und auf das Wiedersehen mit euch allen,

Faith? Ich habe die Tage gezählt. Es war der schönste Teil des Jahres. Und mir ist plötzlich bewußt geworden, daß ich, seit du in England bist, nicht ein einziges Mal –« Er brach plötzlich ab, als er an ihren zuckenden Schultern sah, daß sie weinte. »Faith, was ist denn?«

»Ach, mir fehlt das alles so sehr, Guy«, stieß sie hervor. »Alles! Frankreich – La Rouilly – und Genya – was mag aus ihr geworden sein?«

Er nahm sie in die Arme und drückte sie an sich. Einen Moment schloß sie die Augen und gab sich dem Gefühl von Wärme und Geborgenheit in seinen Armen hin.

»Genya ist eine Überlebenskünstlerin«, sagte er. »Es geht ihr bestimmt gut.« Aber es klang nicht so, als wäre er wirklich davon überzeugt.

»Das Wasser kocht.« Sie löste sich von ihm und ging an den Herd, um den Tee aufzugießen.

»Da ist doch noch etwas, stimmt's, Faith?«

Sie schüttelte den Kopf. Sprechen konnte sie nicht.

»Es ist meine Schuld«, sagte Guy bitter. »Ich habe mich überhaupt nicht um dich gekümmert. Ich kann verstehen, daß du kein Vertrauen zu mir hast.«

Faiths Hände zitterten. Aus der Kanne in ihrer Hand schwappte Tee auf den Tisch. »Es hat nichts mit dir zu tun, Guy«, sagte sie. »Ich kann mit keinem Menschen darüber sprechen.«

»Worüber?«

Sie drückte die Augen zu. »Es ist so furchtbar.«

»Nichts ist so furchtbar«, erwiderte er ruhig und vernünftig, »daß es nicht hilft, darüber zu sprechen.«

»Doch, das hier schon.«

Er nahm ihre Hand und umschloß sie mit seinen warmen Händen. Sanft sagte er: »Ich weiß, daß ich in den letzten Monaten nicht für dich da war. Ich war mit meinen eigenen Angelegenheiten beschäftigt. Ich war dir gegenüber kurz angebunden, und ich war eifersüchtig – ja, ich gebe es zu, ich war schlicht und einfach eifersüchtig, als ich dich mit Rufus sah. Deshalb war ich so scheußlich zu dir. Ich habe mir wahrscheinlich eingebildet, du wärst meine spezielle Freundin, und konnte es nicht ertragen, dich mit jemand anderem zu sehen.«

Sie lächelte schwach.

»Willst du mir nicht erlauben, Wiedergutmachung zu leisten und dir zu helfen?« fragte er.

Sie sah ihn aufmerksam an und fragte sich, ob sie es wagen sollte, ihm zu vertrauen. Bevor sie den Impuls zügeln konnte, sagte sie: »Ich glaube, ich werde langsam verrückt, Guy.«

Er lachte nicht. Er sagte auch nicht, sie solle sich nicht lächerlich machen. »Erklär mir, warum du das glaubst.«

Lange sagte sie nichts. Sie entzog ihm ihre Hand und trat, beide Arme um ihren Oberkörper geschlungen, ans Fenster. In den Bäumen zwitscherten die Vögel, an den Ästen grünten die ersten Blütenknospen. Sie nahm allen Mut zusammen.

»Ich kann mich manchmal einfach nicht mehr erinnern.«

Guy schwieg einen Moment, bevor er sagte: »Ich nehme an, du sprichst nicht von Namen oder solchen Dingen? Du willst sagen, daß du dich nicht erinnern kannst, was war; daß dir manchmal die Erinnerung an eine Stunde fehlt, vielleicht sogar einen ganzen Tag...«

»Nein, ein ganzer Tag war es noch nie«, warf sie rasch ein. »Ich dachte, es hätte sich gebessert, es würde sich allmählich wieder geben, aber dann sind mir neulich Nacht gleich sechs Stunden entfallen.«

Sie erinnerte sich der alten Frau, die in der ausgebombten Küche am Herd gestanden hatte, und sie erinnerte sich, im Morgengrauen ihre Haustür aufgeschlossen zu haben. Dazwischen klaffte ein Loch.

»Ich habe in der Bibliothek darüber nachgelesen.« Ihre

Stimme war brüchig. »Ich bin krank, stimmt's, Guy? Mit meinem Kopf ist was nicht in Ordnung.«

»Ich kann dir nur eines raten, Faith – lies niemals medizinische Fachbücher. Während meines Studiums habe ich mir eingebildet, sämtliche Krankheiten zu haben, mit denen ich mich gerade beschäftigen mußte: Gelbfieber, Malaria, Tuberkulose...« Er lächelte. »Faith, du brauchst keine Angst zu haben, daß du verrückt wirst. Du bist nur sehr, sehr erschöpft und stehst unter einem unglaublichen Druck. Es kommt vor, daß man das Gedächtnis verliert, wenn man unter zu starker Belastung steht. Das ist nicht einmal ungewöhnlich. Der Geist kann nichts mehr ertragen und schaltet einfach ab. Es ist ein Schutzmechanismus. Eigentlich sehr vernünftig, wenn man sich's überlegt.«

Sie wollte ihm so gern glauben. »Aber du bist doch auch erschöpft, Guy. Hast du Erinnerungslücken?«

»Ich rauche und trinke zuviel. Und ich bin bei jeder Kleinigkeit sofort auf hundert. Ich habe Alpträume, ganz fürchterliche Alpträume, und immer dreht es sich um Oliver. Wir möchten wahrscheinlich alle gern glauben, daß Extremsituationen unsere besten Seiten zum Vorschein bringen. Aber so ist das eben nicht unbedingt. Obwohl Eleanor... Eleanor hält sich glänzend. In Krisen läuft sie zu Hochform auf.«

Sie sah ihn mit ernsten Augen fragend an. »Sagst du mir die Wahrheit? Ich bin nicht krank und werde auch nicht verrückt?«

»Ganz sicher nicht«, antwortete er mit Entschiedenheit. »Du bist lediglich sehr erschöpft, und wenn du dich ein, zwei Wochen erholen könntest, würden diese Blackouts garantiert aufhören.«

Eine Riesenwelle der Erleichterung überschwemmte sie. »Ach, Guy, du hast ja keine Ahnung, was für Angst ich gehabt habe!«

Er sah sie an. »Kannst du dir Urlaub nehmen?«

»Ich habe zwei Wochen, ja. Ich wollte nach Norfolk fahren und meine Mutter besuchen. Papa sagt, es gehe ihr gut, aber ich weiß nicht...« Poppys Briefe hatten in letzter Zeit etwas Beunruhigendes gehabt: Es war nichts Greifbares, dennoch war Faith besorgt.

»Dann beantrage deinen Urlaub und fahr weg, sobald du kannst. Und in der Zwischenzeit –« Er sah sich in der mitgenommenen Küche um. »Faith, du kannst unmöglich hierbleiben.«

»Aber ich bin gern hier, Guy«, entgegnete sie rasch. Die Mahonia Road war ihr in den vergangenen acht Monaten zum Zuhause geworden. »Ich mag das Haus. Die Löcher in den Wänden und so – das macht mir nichts aus. Außerdem kommt der Sommer. Da wird es wieder warm.«

Sein Gesicht verriet Zweifel, aber er sagte: »Wie du meinst. Aber auf jeden Fall kommst du am Samstag zum Mittagessen zu uns. Eleanor hat gern Gäste und wird sich freuen, dich zu sehen. Du kommst doch, ja?«

Ende Mai endlich bekam Faith eine Woche Urlaub. Guy, der sie in dem Haus in der Mahonia Road abholte, erbot sich, ihre Tasche zum Bahnhof zu tragen.

»Ich habe noch gar nicht gepackt.«

Guy sah auf seine Uhr. »Dann solltest du dich beeilen. Aber ich kenn' dich ja – du stopfst ein paar Sachen in die Tasche, und fertig ist der Lack. Ich habe euch Mulgraves oft genug beim Packen zugeschaut.«

»Ich habe mich gebessert«, erklärte sie von oben herab. »Ich bügle alles vorher.«

»Hast du immer noch diese Blackouts?«

»Ich habe keinen einzigen mehr gehabt.« Seit sie sich Guy anvertraut hatte, waren sie ausgeblieben. Es war beinahe so, als hätte das bloße Darübersprechen das Problem gelöst.

»Komm her.« Er nahm sie bei der Hand und runzelte die Stirn. »Du bist ja nur noch Haut und Knochen.«

Sie entwand sich ihm und lief die Treppe hinauf. Auf halbem Weg rief sie ihm über die Schulter zu: »Du brauchst dir keine Sorgen um mich zu machen, Guy.«

Während sie in ihrem Zimmer ein paar zerknitterte Kleidungsstücke in eine Reisetasche stopfte, hörte sie ihn von unten rufen: »Wer würde sich denn sonst um dich sorgen? Nicole? Jake? Ralph?«

»Ich kann für mich selbst sorgen.«

»Natürlich. Du warst immer die Vernünftige in der Familie. Das mußt du von Poppy geerbt haben.«

Mit der Tasche in der Hand lief sie wieder nach unten. »Von Ralph bestimmt nicht«, sagte sie mit Schärfe. Dann zog sie die Haustür auf, und sie traten in den dünnen Nieselregen hinaus.

Er spannte seinen Schirm auf, und sie drängten sich darunter aneinander. Als sie an der Ecke den Bus davonfahren sahen, beschlossen sie, bis zur nächsten Haltestelle zu Fuß zu gehen.

»Machst du dir Sorgen um deinen Vater?« fragte Guy, während sie im Slalom die tiefen Pfützen umrundeten, die sich auf dem von Bombensplittern durchlöcherten Bürgersteig gebildet hatten.

Faith seufzte. »Papa kommt sehr oft nach London. Er findet die Bombenangriffe aufregend und abenteuerlich – er fand England ja immer so langweilig, und das ist es jetzt natürlich weiß Gott nicht mehr. Mich stört das nicht, und es stört mich auch nicht, daß er bei mir wohnt, es gibt nur ein bißchen mehr Abwasch – aber ich – was mich stört, sind die Leute, mit denen er sich angefreundet hat ... Das sind irgendwie komische Leute.«

»Na, eure ›Untermieter‹ waren doch auch immer reichlich komisch«, meinte er.

»Ich weiß.« Sie versuchte, ihm den Unterschied zu erklären. »Aber die waren anders. Diese Leute stacheln ihn an und dann – ich glaube, sie machen sich über ihn lustig, Guy ... ach, ich weiß auch nicht ...«

Über gewisse Dinge konnte sie mit niemandem sprechen, nicht einmal mit Guy. Sie konnte ihm beispielsweise nicht sagen, daß sie eine verzweifelte Hoffnungslosigkeit bei Ralph spürte, eine innere Gequältheit, die mit anzusehen sie kaum ertragen konnte. Sie wußte, daß die neuen Freunde Ralph nicht liebten, wie die »Untermieter« ihn geliebt hatten. Sie wußte, daß Bruno Gage und sein Gefolge Ralph als ein kurioses Relikt der edwardianischen Epoche betrachteten, als Quelle der Belustigung in mageren Zeiten.

Der Regen trommelte auf den Stoff des Schirms. Guy fragte: »Und Nicole? Und Jake? Wie geht es ihnen?«

»Jake langweilt sich. Nicole geht es gut.«

»Sie erwartet ein Kind, nicht wahr?«

»Ja, im September. Sie schreibt, daß man bis jetzt noch kaum etwas sieht.«

»Ja, bei manchen Frauen ist das so. Guter Muskeltonus.«

Faith hakte sich bei ihm ein. »Ach, Guy, ich bin so froh, daß wir wieder Freunde sind.«

Oft quälte Guy die Befürchtung, daß die Not- und Rettungsdienste unter der ständigen Belastung der nächtlichen Bombenangriffe zusammenbrechen und die Verletzten stöhnend und klagend unversorgt in Krankenhauskorridoren und Foyers liegenbleiben würden, während Ärzte und Schwestern einer nach dem anderen erschöpft aufgaben. Er fragte sich, wie lange ein Mensch weitermachen konnte, ohne mehr als drei oder vier Stunden am Stück ungestört zu schlafen. Er fragte sich, wie lange es noch dauern würde, bis ihn beim Anblick des nächsten blutverschmierten, mit Glassplittern gespickten Gesichts eines Bombenopfers körperliche Übelkeit überwältigen würde. Der einzige Trost war, dachte Guy mit zähneknirschender Befriedigung, daß die deutsche Luftwaffe der Stadt eine Arbeit abnahm, die längst überfällig war – die Bereinigung der Slums.

Er konnte nur durchhalten, indem er sich von seinen Emotionen abkapselte und sich nicht gestattete, mit denen zu fühlen, um deren Leben er kämpfte. Er konnte sich Empathie nicht leisten, sondern mußte sich auf das Technische beschränken, das Schneiden und Nähen, und mit kalter Sachlichkeit entscheiden, welche der Opfer den Einsatz lohnten und welche nicht. Manchmal fürchtete er, diese erzwungene innere Distanziertheit werde auf andere Teile seiner beruflichen Tätigkeit übergreifen und er würde in Gegenwart von Frauen, deren Leben durch den Verlust ihrer Söhne zerbrochen war, oder von verwirrten alten Männern, die ihre Frauen bei einem Bombenangriff verloren hatten, ebenfalls nichts mehr empfinden, sondern sich damit begnügen, ein Rezept zu schreiben und leere Floskeln des Beileids zu murmeln – den Körper zu behandeln und die Seele außer acht zu lassen.

Bis vor kurzem hatte er sich starke Gefühle nur noch für einen Menschen bewahrt: Oliver, seinen Sohn. Wegen der Arbeitsüberlastung hatte er ihn drei Monate lang nicht gesehen, von September, als Eleanor Oliver nach Derbyshire gebracht hatte, bis Ende November, als Guy sich Urlaub genommen und den Jungen besucht hatte. Oliver war zu der Zeit fast ein Jahr alt gewesen, hatte die ersten Wörter gesprochen und die ersten unsicheren Schritte gewagt. Guy hatte sich von seiner Liebe zu seinem kleinen Sohn so heftig erschüttert gefühlt, daß er beinahe geweint hätte. Beim Anblick von Olivers schönem, unversehrten kleinen Körper mußte er an all die toten und verstümmelten Kinder denken, die er in London aus den Ruinen gezogen hatte, und er schwor sich, daß Oliver niemals leiden und er ihn vor allen Schrecknissen des Lebens schützen würde; daß sein Sohn stets geliebt und geborgen sein und es ihm an nichts fehlen würde.

Guy war drei Tage in Derbyshire geblieben. Er war mit Oliver auf dem Arm zur Dove hinuntergegangen, um ihm das glitzernde Eis zu zeigen, das sich kristallklar an den Flußrändern zu bilden begann. Den Kleinen huckepack auf dem Rücken, war er zum Gipfel des Thorpe Cloud hinaufgeklettert. Zweimal war er seither nach Derbyshire zurückgekehrt, um seinen Sohn zu besuchen, beide Male mit Eleanor. Und jedesmal war ihm beim Abschied von Oliver aufgefallen, daß Eleanor beinahe leichten Herzens ging und allem Anschein nach nicht einmal einen Bruchteil des bitteren Trennungsschmerzes fühlte, der ihn selbst quälte. Im Gegenteil, sie schien aufgeblüht zu sein, seit ihr die Verantwortung, für ein kleines Kind zu sorgen, abgenommen war. Ihre Arbeit für die Freiwilligen Dienste beanspruchte den größten Teil ihrer Zeit, den Rest brauchte sie dazu, das Haus am Holland Square in Ordnung zu halten.

Ihrer Übersiedlung aus der Malt Street in das Haus von Eleanors Vater war ein langer Zermürbungskrieg vorausgegangen, bei dem Eleanor Guy so lange bearbeitet hatte, bis dieser schließlich klein beigegeben hatte. Sie hatte den Auszug aus dem Haus, in dem Guy sein ganzes Leben verbracht hatte, mit der kühlen und selbstsicheren Effizienz geregelt, die für sie typisch war, und dafür gesorgt, daß er zügig und ohne Sentimentalität vonstatten ging. Zurück am Holland Square genoß sie die Weiträumigkeit des Hauses, die Eleganz der Zimmer, die Wiederbegegnung mit den vielen altvertrauten Dingen. Und als er einmal mit sehnsüchtiger Wehmut von der schäbigen Gemütlichkeit des Hauses in der Malt Street sprach, sah sie ihn verständnislos an und sagte: »Das ist doch nichts als Unsinn, Guy. Wir haben es hier viel bequemer. Du hast nicht nur ein Arbeitszimmer, sondern auch dein eigenes Ankleidezimmer, und für mich ist es eine herrliche Erleichterung, mich nicht mehr in dieser fürchterlichen alten Küche abplagen zu müssen.«

Sie bewohnten das Haus zusammen mit Eleanors Vater. Insgesamt war das Arrangement nicht übel. Guy mochte den älteren Mann, und die Auseinandersetzungen zwischen ihnen, die natürlich nicht ausblieben, wurden immer im Guten ausgetragen.

Aber er spürte, daß mit der Übersiedlung in Eleanors Elternhaus etwas zwischen ihnen verlorengegangen war. Seine Ehe entsprach nicht dem, was er erwartet hatte. Eleanor hatte ihm klipp und klar erklärt, daß sie keine weiteren Kinder wolle, und Guy war sich bewußt, daß er selbst zur Demontage seiner Idealvorstellungen beigetragen hatte, indem er sich diesem und anderen ihrer Wünsche gebeugt hatte – der Verschickung Olivers nach Derbyshire, dem Umzug von der Malt Street an den Holland Square. Der romantische Traum, sagte er sich, war nichts als schöne Illusion, die Kameradschaft und praktische Unterstützung, die Eleanor ihm bot, das Höchste, was ein Mensch erhoffen konnte, und weit mehr, als anderen zuteil wurde. Die Intensität der Gefühle, die ihm so viel bedeutet hatte, war nichts anderes gewesen als der Wunschtraum eines sehr jungen und reichlich naiven Menschen. Seine anfängliche Leidenschaft war erloschen; er tröstete sich mit dem Gedanken, daß dies wahrscheinlich am besten war. Eleanor war ihm hilfreiche Gefährtin, und sie war die Mutter seines Kindes, das war genug. Sie besaß eine Stärke, die es ihm ersparte, sich um sie sorgen zu müssen. Die Sorge um sie hätte ihn nur geschwächt, und Schwäche konnte er sich im Augenblick nicht leisten.

Traurig und mit einem Gefühl schmerzlichen Verlusts verließ Guy den Liverpool-Bahnhof, nachdem er Faith zum Zug gebracht hatte. Der Schmerz war jenem ähnlich, den er verspürte, wenn er an Oliver dachte. Aber das Bild, das ihm jetzt vor Augen stand, war das von Faith. Er erinnerte sich der weichen Kühle ihrer Wange, als er sie am Bahnhof zum Abschied geküßt hatte. Ihre Magerkeit, ihre Blässe hatten ihn erschreckt. Er stellte sich vor, wie er sie fortbrachte von dem Schlachtfeld, das London geworden war – irgendwo aufs Land oder ans Meer vielleicht. Er sah sich an ihrer Seite einen menschenleeren Strand entlangwandern und erinnerte sich mit plötzlichem Schrecken an Eleanor, das Haus am Holland Square und an ihre Ehe. Einen Moment lang hatte er vergessen, daß er verheiratet war.

Er klappte seinen Mantelkragen hoch und ging schnell durch die belebten Straßen.

7

HERONSMEAD IN DEN letzten Maitagen – das war Silber und Gold, Glitzern der Marschen und des fernen Meers. Poppy arbeitete schon seit dem Morgen im Garten. Sie stand über die Himbeerbüsche gebeugt, als sie das Knarren des Gartentors hörte. Als sie aufblickte, sah sie ihre Tochter.

»Faith!« rief sie. Beinahe wäre sie in Tränen ausgebrochen, aber sie nahm sich zusammen. Faith sollte nicht sehen, wie ihr zumute war. Sie breitete die Arme aus. »Ach, Faith! Das ist eine wunderbare Überraschung. Warum hast du mir nicht geschrieben, daß du kommst?«

»Ich war bis gestern nicht sicher, ob ich wirklich freibekommen würde.«

»Wie lange hast du Urlaub?«

»Eine Woche.«

Poppy hielt Faith auf Armeslänge von sich ab und betrachtete sie. Sie hatte trotz ihrer zwanzig Jahre noch immer etwas von dem etwas schlaksigen linkischen Backfisch, der sie gewesen war. Aber ihr Gesicht trug deutliche Spuren der Erschöpfung, die Augen waren dunkel umschattet.

»Du bist schrecklich dünn, Kind.«

»Mir geht's gut, Mama. Ich bin nur hundemüde.«

Sie gingen in das kleine Haus. Poppy ließ Wasser in den Kessel laufen.

»Wo ist Papa?« fragte Faith, und Poppy warf ihr einen scharfen Blick zu.

»In London. Ich dachte, er wohnt bei dir, Faith.«

»Ich habe ihn seit Wochen nicht mehr gesehen. Er wohnt wahrscheinlich bei Bruno Gage.«

Poppy deckte den Tisch.

»Fühlst du dich einsam, wenn Papa nicht da ist?« fragte Faith neugierig.

Es schien Poppy, daß sie das Lächeln beinahe verlernt hatte. Was sie hervorbrachte, war mehr eine Grimasse, die ihrem Mund einen falschen Zug der Erheiterung verlieh.

»Es ist ruhiger hier ohne ihn«, antwortete sie ehrlich. »Dein Vater langweilt sich in Heronsmead. Aber ich liebe es. Der Boden hier ist ein Geschenk. Damals, als wir ständig unterwegs waren, hatte ich in meinen Gärten immer nur Staub und Steine. Hier brauche ich die Samen nur auf die Erde zu werfen, und es sprießt schon am nächsten Tag.« Sie sah zum Fenster hinaus und ließ ihren Blick über die Felder zu den Salzmooren mit dem sanft wogenden Schilf wandern. »Mich stört nur«, fügte sie hinzu, »daß ich nicht ans Meer kann. Wegen des Stacheldrahts, weißt du. Manchmal träume ich, ich laufe barfuß durch den Sand.«

Sie sagte Faith natürlich nicht alles. Es gab Dinge, die vertraute man seiner Tochter nicht an. Sie konnte Faith beispielsweise nicht sagen, daß sie Ralph seit einiger Zeit in Verdacht hatte, eine Beziehung zu einer anderen Frau zu haben.

Als sie vor einem Jahr hier angekommen waren, hatte Poppy sehr rasch ihr Herz für Heronsmead entdeckt. All das, was Ralph verabscheute, gefiel ihr. Die Öde der Landschaft, die Abgeschiedenheit waren ihr eine Wohltat. Sie hatte erkannt, daß sie längst keine Reiselust mehr verspürte und alle Abenteuerlust gestillt war. Es war, als wären durch diese letzte, grauenvolle Fahrt von Frankreich nach England alle Überreste ihrer jugendlichen Rastlosigkeit ausgerottet worden. Sie liebte den weiten Himmel Norfolks, die schimmernden Salzsümpfe, das Gefühl des Unveränderlichen, Bleibenden, das die Landschaft ihr vermittelte. Sie liebte das kleine Haus aus Flintstein und den Garten, der sie mit seinen hohen Mauern zum Schutz der Pflanzen vor den scharfen Nordwinden an den ummauerten Garten von La Rouilly erinnerte. Für Ralph bedeutete diese späte Verpflanzung nach England einzig Verlust; für Poppy war sie Heimkehr.

Die Dorfbewohner, weltferne, eigenbrötlerische Leute, hatten die Mulgraves zunächst mit Mißtrauen beobachtet. Poppy hatte die Anzeichen deutlich wahrgenommen: hinter vorgehaltener Hand getuschelte Bemerkungen; behutsam seitwärts gleitende Spitzenvorhänge, sobald sie und Ralph sich blicken ließen. Ralphs Kleidung, in den Augen der Dörfler verdächtig exotisch; seine Gewohnheit, im Bad bei offenem Fenster lauthals nichtenglische Lieder zu schmettern (hauptsächlich waren es italienische und französische Schlager, aber den Einheimischen schien alles Ausländische gleichermaßen verdammenswert); seine ungehemmten Flüche in allen Sprachen, die ihm zur Verfügung standen – all dies trug dazu bei, daß die Leute im Ort nicht so schnell bereit waren, die Mulgraves zu akzeptieren. Im September 1940, als die Angst vor einer Invasion den Höhepunkt erreichte, hatte ein Polizist in Heronsmead vorgesprochen. Poppy erkannte schnell, daß böswilliger Klatsch ihn zu ihnen geführt hatte; sie hatte seine Befürchtungen mit einer Tasse Tee und dem besonderen englischen Charme beschwichtigt, den sie mit ein wenig Mühe immer noch hervorzaubern konnte. Schließlich war er gegangen und hatte sie nicht wieder belästigt.

Ralph hatte sich nie darum bemüht, hier akzeptiert zu werden – im Gegenteil, er hatte es geradezu darauf angelegt, die Leute vor den Kopf zu stoßen. Doch Poppy hatte in den letzten Monaten begonnen, um Freundschaft zu werben. Sie pflegte auf der Straße stehenzubleiben und mit den Leuten zu sprechen; sie war sogar dem örtlichen Frauenverein beigetreten. Einmal ging sie auch zur Kirche, aber Ralphs sarkastische Bemerkungen waren so scharf und gnadenlos, daß sie das kein zweites Mal tat. Sie gestand sich ein, wie unglücklich sie in den letzten Jahren gewesen war, und erkannte, daß sie seit dem Tod ihres vierten Kindes der Heimkehr dringend bedurft hatte. Sie wäre, dachte sie oft, rundum glücklich gewesen, wären nicht der Krieg und Ralphs Unzufriedenheit gewesen. Der Krieg ängstigte und entsetzte sie. Sie hörte keine Nachrichten und vermied es, die Schlagzeilen in den Zeitungen zu lesen. Sie fand es unerträglich, daran zu denken, was in Frankreich, Italien, Griechenland geschah. In all diesen Ländern hatte sie Freunde. Auf der Flucht aus Frankreich im Jahr 1940 hatte sie gelernt, was Furcht hieß. Die ohnmächtige Angst, Jake zurücklassen zu müssen, war ihre lebhafteste und schrecklichste Erinnerung. Das ferne Dröhnen der Bomber, die über den Küstenstädten Norfolks ihre tödliche Ladung abwarfen, belebte diese Angst stets von neuem. Wenn am Himmel deutsche Flugzeuge erschienen, rannte Ralph in den Garten hinaus und drohte ihnen mit geballter Faust. Poppy versteckte sich in der Besenkammer. Sie dankte Gott, daß Jake bisher noch nicht an die Front geschickt worden und Nicole sicher verheiratet war. Ihre Sorge galt Faith, aber weniger, dachte sie, als sie sich unter gleichen Umständen um die anderen beiden gesorgt hätte. Faith war ihre Vernünftige.

Als Ralph die ersten Male nach London gefahren war, war Poppy erleichtert und froh gewesen. Sie hatte bis dahin in ständiger Angst vor dem Tag gelebt, an dem er ihr befehlen würde, die Koffer zu packen und mit ihm zusammen aus Heronsmead fortzuziehen. Gewiß, er fehlte ihr, und das Haus war schrecklich still ohne ihn, aber sie hoffte, er würde in London so etwas wie einen Ausgleich finden, die Geselligkeit, nach der er so sehr lechzte, und dann zufrieden zu ihr zurückkehren und sich eine Weile mit dem begnügen können, was er hatte. Aber seine Aufenthalte in London hatten ihn eigentlich nur noch ruheloser gemacht. Jedesmal war er etwas länger weggeblieben, während seine Aufenthalte in Heronsmead zusehends kürzer geworden waren. Und zu Hause war er unweigerlich gereizt und launisch. Es schien ihm schwerzufallen, seine Tage herumzubringen. Er, der es haßte, allein zu sein, gewöhnte es sich an, lange, einsame Abendspaziergänge zu unternehmen. Und zum erstenmal, seit Poppy ihn kannte, hatte er keinerlei hochfliegende Pläne, keine tolle Idee, die die Familie Mulgrave garantiert zu Millionären machen würde.

Im März hatte Ralph sie gebeten, mit ihm nach London zu übersiedeln. Sie könnten bei Faith im Haus wohnen, hatte er vorgeschlagen, da gebe es jetzt, wo Jake nicht mehr dort lebte, genug Platz. Poppy hatte nein gesagt. Es wäre der helle Wahnsinn, hatte sie erklärt, gerade jetzt an einen Umzug nach London zu denken, und außerdem sei sie glücklich in Heronsmead. Zu ihrer Überraschung hatte Ralph nicht widersprochen. Er hatte nur mit den Schultern gezuckt und gesagt: »Wie du meinst.« Dann war er zu einem seiner endlosen Spaziergänge aufgebrochen. Sie hatte damals die Tragweite ihrer Weigerung, mit ihm aus Heronsmead fortzugehen, nicht erkannt.

Bis zu dem Moment, als sie den Brief fand, hatte sie Ralphs Stimmungsschwankungen der Tatsache zugeschrieben, daß er gezwungen war, in einem Land zu leben, in dem er nicht leben wollte. Aber vor etwa einem Monat waren ihr die Augen geöffnet worden. Bei einem plötzlichen Regenschauer, der die trockene Wäsche, die noch im Garten hing, zu durchnässen drohte, hatte sie sich den nächstbesten Mantel vom Haken geschnappt und war nach draußen gerannt. Im Lauf hatte sie die Hände in die Taschen geschoben und war auf ein gefaltetes Blatt Papier gestoßen. Im selben Moment war ihr bewußt geworden, daß sie Ralphs alten schwarzen Mantel übergezogen hatte. Sie hatte das Papier entfaltet und einen Blick darauf geworfen in der Erwartung es werde – nun ja, vielleicht eine Quittung sein oder eine Theaterkarte. Mit einem Liebesbrief hatte sie nicht gerechnet.

Sie erinnerte sich, wie sie im strömenden Regen im Garten gestanden und den Brief angestarrt hatte. Nach ein, zwei Minuten hatte der Regen die mit Tinte geschriebenen Worte unleserlich gemacht. Aber da hatte sie sie schon auswendig gewußt.

»Ralph, Liebster – vermißt Du mich nicht schon? L.«

Wie banal, war ihr erster Gedanken gewesen. Ein Liebesbrief in einer Manteltasche. Wie konventionell. Ausgerechnet bei Ralph, der stolz darauf war, etwas Außergewöhnliches zu sein. Etwas später, als der Schmerz einsetzte, hatte sie sich einzureden versucht, daß sie sich irrte. Daß es ein rein freundschaftlicher Brief gewesen sei. Daß er nichts Kompromittierendes enthalten habe. Aber es gelang ihr nicht. *Ralph, Liebster – vermißt Du mich nicht schon?*« Soviel Arroganz, dachte sie, in diesen wenigen Worten, soviel siegessichere Gewißheit, ihn zu besitzen. Sie betrachtete Ralph mit neuem Blick und erkannte, daß das, was sie früher für Unzufriedenheit mit seiner Umgebung gehalten hatte, in Wirklichkeit die Launenhaftigkeit des stürmisch Verliebten war. Heimlich folgte sie ihm auf einem seiner Abendspaziergänge, verabscheute sich dafür, verabscheute Ralph, der sie zu solchem Tun herausforderte. Er ging zur öffentlichen Telefonzelle am anderen Ende des Dorfs. Er sprach Stunden. Er sprach mit L., daran gab es für Poppy keinen Zweifel.

Ralph hatte sich in der Vergangenheit immer wieder einmal ein Abenteuer geleistet. Stets mit irgendeiner der »Untermieterinnen«. Das erste Mal, vermutete Poppy, war es nach Nicoles Geburt dazu gekommen, als sie – Poppy –

krank und erschöpft gewesen war. Später, 1937, nachdem sie Spanien hinter sich gelassen hatten, war die Episode mit Louise gefolgt. Sie vermutete, daß es noch ein, zwei weitere gegeben hatte. Sie hatten vielleicht eine Woche gedauert, höchstens vierzehn Tage, bis Poppy die betreffende Frau aus dem Haus geworfen und Ralph sie weinend um Vergebung gebeten hatte. Sie hatte ihm stets verziehen, weil sie wußte, daß diese Frauen ihm nichts bedeuteten; ihm nur dazu dienten, in einer schwierigen Zeit sein Selbstvertrauen zu stärken und seinen Egoismus zu befriedigen.

Aber mit dieser Geschichte hier verhielt es sich anders. Diesmal *liebte* Ralph. Sie merkte es an seiner Zerstreutheit, seiner tiefen Niedergeschlagenheit, wenn er von der unbekannten L. getrennt war. Sie merkte es an seinen ständigen Stimmungsschwankungen zwischen Euphorie und Hoffnungslosigkeit.

Poppy war todunglücklich. Ein Blick in den Spiegel zeigte ihr, daß man ihr jeden Tag ihrer zweiundvierzig Jahre ansah. Mit Bitterkeit erkannte sie, daß sie irgendwann in den letzten Jahren den jugendlichen Schmelz verloren hatte. Ihr honigblondes Haar, jetzt von Grau durchzogen, wirkte stumpf und fade, und ihr zarter englischer Teint hatte unter der erbarmungslosen südlichen Sonne, der er so viele Jahre lang ausgesetzt gewesen war, merklich gelitten. Es gab, dachte sie, eigentlich nichts, was einen irgendwie damit hätte aussöhnen können, zweiundvierzig Jahre alt zu sein. Sie ermüdete viel schneller als früher und neigte zu Anfällen heftiger Kopfschmerzen. Ihr Körper hatte sich niemals völlig von der Frühgeburt des vierten Kindes erholt. Die Kinder waren aus dem Haus. Sie fehlten ihr entsetzlich, und sie erinnerte sich voll sehnsüchtiger Wehmut der warmen, sonnigen Tage ihrer Kindheit. Sie stellte sich L. jung und schön vor, eine Frau mit einem Körper, der noch straff war und nicht gezeichnet von den Spuren mehrerer Schwangerschaften.

In den Momenten der tiefsten Niedergeschlagenheit fragte sie sich, ob überhaupt jemand sie wirklich vermissen würde, wenn sie tot wäre. Ihre Freunde lebten alle in weiter Ferne, ihre Kinder führten ihr eigenes Leben, Ralph liebte eine andere Frau, und sie selbst war England zu lange fern gewesen, um eine enge Beziehung zu ihren beiden Schwestern aufbauen zu können. Sie dachte daran, Ralph zu einer Aussprache zu zwingen, aber sie tat es nicht. Sie war sich nicht mehr sicher, wie sie ausgehen würde.

Johnny Deller, der kanadische Flieger, schleppte drei Ruderboote an. Nicole hatte keine Ahnung, wo er sie ergattert hatte. Er war gut im »Organisieren« und schaffte es, selbst unerreichbare Dinge wie Schokolade und Nylonstrümpfe aufzutreiben. Morgens ruderten sie in den Booten auf dem klaren grünen Wasser des Avon. Nicole veranstaltete Rennen und ernannte sich zum Steuermann von Thierrys Boot. Mit Minette auf dem Schoß kniete sie vorn im Bug und zählte die Schläge. Grüne Ufer und tiefhängende Weiden glitten schnell vorüber, und sie konnte vor Lachen kaum sprechen. Als Johnnys Mannschaft siegte, krönte sie ihn mit einem Kranz aus Wassergras.

Nach einem Picknick schwammen sie im Fluß. Nicole, die keinen Badeanzug mitgenommen hatte – die Schwangerschaft war mittlerweile deutlich sichtbar, und sie trug keine enganliegenden Kleidungsstücke mehr –, planschte anfangs nur ein wenig mit den Füßen im Wasser, aber als sie ausrutschte und untertauchte, schwamm sie, nachdem sie prustend wieder an die Oberfläche gekommen war, mit langen, technisch nicht sehr sauberen Kraulzügen zur Mitte des Flusses hinaus. Nach dem Schwimmen legten sie sich alle auf der mit Butterblumen übersäten Uferwiese in die Sonne. Nicole bettete ihren feuchten Kopf auf Johnnys Brust und ließ ihr Kleid in der Sonnenhitze trocknen. Sie fühlte, wie Johnny mit behutsamen Fingern die Knoten in ihrem Haar entwirrte, und spürte die Blicke Thierrys, der sie aus dem Schatten des Kastanienbaums beobachtete.

Am Spätnachmittag kehrten sie nach Compton Deverall zurück. Einer der jungen Holländer nahm Nicole auf der Stange seines Fahrrads mit. Laura Kemp war nicht da, sie mußte sich um ihre Schwester kümmern, die vor kurzem operiert worden war, aber das Haus war trotzdem voller Menschen. Nicole kochte einen Riesentopf Gulasch für die Evakuierten und die Wochenendgäste und schickte den jungen Holländer in den Weinkeller, aus dem er mit mehreren verstaubten Flaschen eines sehr kostbaren alten Rotweins zurückkehrte. Nach dem Essen spielten sie Scharade und Felix' musikalisches Ratespiel, das sehr kompliziert war. Johnny gab bald frustriert auf, er hielt sich lieber an Kognak und Zigaretten, aber Thierry gewann auf Anhieb. Thierry war sehr klug. Dann schlug einer von Nicoles BBC-Freunden vor, sie sollten Verstecken spielen. Compton Deverall mit seinen verwinkelten Gängen und dunklen Nischen, meinte er, eigne sich hervorragend dafür.

Nicole stand allein oben in einem Zimmer, und sah, halb hinter einem Brokatvorhang versteckt, zum Fenster hinaus zu den Sternen. Als sie die Tür hörte, drehte sie den Kopf und sah Thierry.

»Du hast dich nicht sehr gut versteckt, Nicole.«

»Ach, das ist doch ein albernes Spiel.«

»Alle Spiele sind albern«, meinte er heiter und zündete sich eine Zigarette an. »Sie sollen albernen Leuten, die nichts mit sich anfangen können, helfen, die Zeit zu vertreiben.«

Mit einem Blick auf seine Zigarette sagte er halbherzig: »Die Verdunkelung...«, aber er rauchte weiter. Das Schweigen wurde lang. Sie erklärte: »Außerdem hasse ich es, mich in Schränken und finsteren kleinen Löchern zu verstecken.«

Er stand neben ihr. Er berührte sie nicht, aber sie meinte, die Wärme seines Körpers wahrnehmen zu können. Er sagte: »Als ich 1940 aus Frankreich geflohen bin, habe ich mich zwei Tage und zwei Nächte in einem Zug im Innern einer Holzbank versteckt gehalten.«

Sie schauderte. »O Gott, wie gräßlich!«

»Dir ist kalt, Nicole.« Er schlang von hinten seine Arme um sie, und sie lehnte sich an ihn. Nach einer Weile spürte sie den Druck seiner Lippen in ihrem Nacken. Dann strich er mit beiden Händen sanft über die Rundung ihres Bauchs unter dem Baumwollkleid.

»Laß das!« sagte sie scharf.

»Habe ich dir weh getan?« Seine Stimme klang besorgt.

»Nein, darum geht es nicht. Es ist nur –« sie suchte nach den rechten Worten – »es erinnert mich daran.«

»An das Kind?«

»Ja. Ich möchte lieber nicht daran denken.«

Er schwieg einen Moment, dann fragte er: »Möchtest du das Kind denn nicht haben, Nicole?«

Es war das erste Mal, daß ihr jemand diese Frage stellte. Alle anderen – David, Laura, Poppy, Ralph – hielten es für selbstverständlich, daß sie das Kind haben wollte. Nur bei Faith hatte Nicole manchmal unausgesprochenen Zweifel zu spüren geglaubt.

Sie versuchte, ihre Empfindungen zu erklären. »Ich mag es nicht *in* mir haben. Das fühlt sich an, als würde ich von ihm einverleibt. Als gehörte ich ihm.«

»Aber es ist doch genau umgekehrt, nicht wahr?« widersprach er sanft. »Das Kind wird dir gehören, Nicole.«

»Aber es fühlt sich nicht so an.« Flüchtig legte sie eine Hand auf ihren Leib. »Ich will mich nicht von ihm verändern lassen, aber es wird mich trotzdem verändern, nicht wahr? Ich bin froh, wenn es erst auf der Welt ist, wenn alles vorbei ist.«

»Du wirst es lieben, wenn es erst da ist«, sagte er. »Wie

es scheint, lieben alle Mütter ihre Kinder, ganz gleich, wie häßlich oder ungezogen sie sind.«

»Meinst du wirklich?« Sie lächelte. »Wenn es Davids gutmütiges Naturell mitbekommt und mein Aussehen, wird es bestimmt von aller Welt vergöttert.« Sie sah einen Wagen mit abgeblendeten Scheinwerfern durch die Buchenallee auf das Haus zu kommen. »Noch mehr Besuch«, sagte sie. »Ich werde die Leute im Keller unterbringen müssen.«

Sie lief aus dem Zimmer und eilte nach unten. Die anderen hatten das Spiel abgebrochen. Irgend jemand spielte laut Klavier, und beinahe ebenso laut lief das Grammophon. Johnny war vor dem offenen Kamin eingeschlafen, und einige der Leute falteten Papierflugzeuge und schossen sie zum Lüster hinauf.

Sie hörte einen Schlüssel in der Haustür. Jemand faßte ihre Hand, als sie vorüberging, und wollte mit ihr tanzen. Es war Mitternacht. Nicole sah auf, als der späte Gast in den Großen Saal trat.

»David!« rief sie und rannte ihm entgegen.

Nur ein paar Freunde über das Wochenende, erklärte sie. Dann bemerkte sie, wie müde und blaß er aussah, als er sich ohne ein Wort in einen Sessel fallen ließ und den Kopf in die Hände stützte. Sie trat zu ihm und streichelte seine gekrümmten Schultern. Die anderen brachen auf, gingen leise zur Haustür hinaus. Ihre Stiefel knirschten im Kies der Auffahrt. Zwei Männer zogen den schlafenden Johnny hoch; ein anderer schaltete das Grammophon aus.

»David«, sagte sie. »Sie sind jetzt alle weg, Schatz.«

Langsam hob er den Kopf und sah sie an.

»Du siehst ganz erschöpft aus«, sagte sie leise.

Tiefe Furchen zogen sich von seiner Nase zu seinen Lippen. Sein Gesicht hatte keine Farbe. Er sah eher aus wie vierzig als wie dreißig.

»War ein harter Tag«, sagte er und versuchte zu lächeln. »Das heißt, genau gesagt, waren es ein paar harte Wochen.«

»Wo warst du überhaupt?«

»Das kann ich dir nicht sagen.« Er rieb sich die Augen und zwinkerte.

»Im Ausland?«

Er antwortete nicht, aber sie sah die Wahrheit in seinen Augen. »Ach, David«, flüsterte sie. Dann kniete sie vor ihm nieder und legte ihren Kopf in seinen Schoß.

»Ich bin fast –« er sah auf seine Uhr – »fast zwölf Stunden ununterbrochen gefahren. Ich hätte wahrscheinlich nicht einfach so hereinplatzen sollen, ohne dir vorher Bescheid zu geben, aber ich hatte eine solche Sehnsucht nach zu Hause. Ich hatte solche Sehnsucht nach dir, Nicole.« Er schaute sich um. »Aber als ich hier hereinkam, habe ich das Haus kaum wiedererkannt. Es ist so anders. Die ganzen Leute –«

Zum erstenmal bemerkte sie die zerknüllten Papierflieger, die überall auf dem Boden herumlagen, die leeren Flaschen neben dem Kamin, die schmutzigen Gläser, die vollen Aschenbecher.

Sie umfaßte seine Hände. »Aber *ich* bin nicht anders, David. Ich bin dieselbe. Abgesehen von dem hier natürlich.«

Sie stand auf und ließ es zu, daß er seinen Kopf an ihren Bauch drückte. Endlich lächelte er. Er versuche, erklärte er, den Herzschlag des Kindes zu hören. Nicole stellte sich vor, wie das kleine Herz in ihrem Inneren tickte, wie die Uhr in dem Krokodil in *Peter Pan*. Dies war ihr Geschenk an ihn, sagte sie sich. Das Kind war ihr Geschenk an David, der lieb und gut und unkompliziert war und den sie immer lieben würde, ganz gleich, was geschah.

Im Oktober 1940, nachdem sie Oliver nach Derbyshire gebracht hatte, hatte Eleanor einen alten Lieferwagen gekauft, ihn mit Teegerät und Geschirr ausgestattet und war in jene Gebiete des East End gefahren, in denen die Bomben am ärgsten gewütet hatten. Sie hatte für Männer und Frauen, die nicht einmal mehr eine Teetasse besaßen, geschweige denn eine Küche, Tee und Toast zubereitet und die erschöpften Feuerwehrleute, Rettungsmannschaften und Ärzte mit warmem Essen versorgt. Einen Monat später hatte sie einen zweiten Lieferwagen erworben, diesen ebenfalls mit allem Notwendigen ausgestattet und mit zwei zuverlässigen Mitarbeiterinnen der Freiwilligen Dienste besetzt. Im neuen Jahr hatte sie den Wagen, den sie selbst bisher gefahren hatte, einer Kollegin anvertraut und sich danach ganz darauf konzentriert, weitere geeignete Fahrzeuge aufzutreiben, sie angemessen einzurichten und zu besetzen. Sie organisierte gern; Leute mit Tee zu versorgen, die aussahen, als hätten sie seit zwei Wochen dieselben Kleider auf dem Leib, machte ihr weit weniger Spaß.

Als die deutsche Luftwaffe die ersten Angriffe auf Englands große Provinzstädte – Coventry, Bristol, Southampton – flog, fragte man Eleanor um Rat. Sie reiste durch ganz England, versuchte Fahrzeuge und Benzin aufzutreiben und sich ein Bild davon zu machen, wo Hilfe am dringendsten gebraucht wurde. Sie besaß einen Blick für tüchtige und zuverlässige Leute. Man bat sie, bei der Überwachung der Sammelstellen für Altkleider zu helfen, die die Freiwilligen Dienste eingerichtet hatten. Sie delegierte die Aufgabe, schmutzige Unterwäsche und löchrige Pullover zu sortieren, an andere und beaufsichtigte lieber die Verteilung der Spenden, um sicherzustellen, daß die brauchbarsten Kleidungsstücke an Menschen gegeben wurden, deren Not besonders groß war. Der Bürgermeister von Bristol persönlich dankte ihr für ihre tatkräftige Hilfe.

Trotz ihrer anspruchsvollen ehrenamtlichen Arbeit versäumte es Eleanor nicht, Oliver regelmäßig zu besuchen. Er war jetzt anderthalb Jahre alt, ein zarter hübscher Junge mit blondem Haar und blauen Augen. Wenn sie in Derbyshire ankam, pflegte er ihr entgegenzulaufen und sie mit einem Überschwang zu begrüßen, den sie als unerwartet befriedigend fand. Er schien ihre Besuche als besonderes Glück zu empfinden und pflegte sich während ihrer Aufenthalte fest an ihren Rock zu klammern und nicht von ihrer Seite zu weichen. Sie empfand seine Anhänglichkeit als seltsam rührend.

Eines Tages beobachtete sie ihn beim Spielen am Bach. Während er Steine ins Wasser warf, drehte er sich alle paar Minuten nach ihr um, als wollte er sich vergewissern, daß sie noch da war. Der Ausdruck seiner Augen – diese blaue Intensität – erinnerte sie plötzlich an Guy und die frühen Tage ihrer Liebe. Es hatte eine Zeit gegeben, da hatte Guy sie auch so angesehen, mit diesem Blick bedingungsloser Hingabe. Aber das war lange her.

Guy hatte sich, dachte sie, mit der Ankunft der Mulgraves in England verändert. Er war ihr gegenüber plötzlich kritischer geworden, zeigte sich bei weitem nicht mehr so bemüht, es ihr recht zu machen. Sie hatte schon lange geahnt, daß Guys Persönlichkeit zwei Seiten hatte: die eine, der sie entsprach, und die andere, zu der die Mulgraves – insbesondere Faith Mulgrave – gehörten. Nach außen war Guy konventionell und angepaßt, aber im Innern war er auch ein Rebell. Eleanor wußte, daß er sie wegen ihrer Tatkraft, ihrer Selbstsicherheit und ihrer Zielstrebigkeit geheiratet hatte. An Faith Mulgrave zog ihn – ja, was an ihr zog ihn eigentlich an? Eleanor konnte nicht verstehen, was Männer an Faith bewunderten. Sie selbst sah nur einen mageren, knochigen Körper, ungepflegtes Haar von einem faden Aschblond und ein Gesicht, das mit der allzu hohen Stirn und den tragischen graugrünen Augen völlig reizlos war.

Hilfesuchend hatte Eleanor sich an ihren Vater gewandt, um sich die Anziehungskraft Faith Mulgraves erklären zu lassen. »Sie ist authentisch«, hatte Selwyn Stephens gesagt. »Sie ist sie selbst«, was Eleanor überhaupt nichts sagte. Sie kam zu dem Schluß, daß Männer Faith mochten, weil sie spürten, daß sie zu haben war; weil sie an ihrer ungenierten Art und ihrer ausgefallenen Kleidung die lockeren Sitten erkannten.

Zwar hatte sie Faith von Anfang an als Rivalin erkannt, aber die Gefahr war wesentlich verringert, ja, praktisch ausgeschaltet worden durch die Tatsache, daß sie – Eleanor – mit Guy verheiratet war. Zu Guys Wesenszügen gehörte ein beinahe puritanischer Idealismus. Eleanor wußte, daß Guy nicht der Typ Mann war, der sich leichtfertig auf erotische Abenteuer einließ. Die moralischen Grundsätze, die eine strenge Erziehung durch Eltern und Schule ihm eingebleut hatte, ließen sich nicht so leicht über Bord werfen.

Bei Faith lagen die Dinge natürlich ganz anders. Ihre Kindheit und Jugend hatten sie sicher nicht gelehrt, Beständigkeit zu schätzen. Eleanor war überzeugt davon, daß Faith Mulgrave, die mit Vergnügen in anderer Leute Häuser wohnte, mit Vorliebe in geliehenen oder geerbten Kleidern herumlief und die Freunde anderer Leute umgarnte, ohne sich den Kopf darüber zu zerbrechen, nicht davor zurückschrecken würde, einer anderen Frau den Ehemann auszuspannen. Faith hatte sie mit Schwänken über die zahllosen Liebesabenteuer ihres Bruders Jake unterhalten. Über die verheiratete jüngere Schwester gab es Klatsch, der Eleanor selbst zu Ohren gekommen war. Warum sollte die nachlässige, unbekümmerte Faith anders sein als ihre Geschwister? Und welcher Mann war schon stark genug, auszuschlagen, was ihm auf einem silbernen Tablett angeboten wurde?

Eleanor hatte seit einiger Zeit den Eindruck, daß der Krieg, der London so schwer beutelte und alle gesellschaftlichen Normen umgestoßen hatte, die Gefahr verstärkte. Überall wurden die Regeln gebrochen. Die Stadt, in der Eleanor aufgewachsen war, hatte sich im Lauf eines einzigen Jahres unglaublich verändert. Die Bomben, die Slums und Villenbezirke gleichermaßen dem Erdboden gleichmachten, hatten mehr als das Stadtbild verwüstet. Beim Fleischer standen mondäne Damen der Gesellschaft in Pelzmänteln neben ärmlichen Hausfrauen in Kittelschürzen um Fleisch an. Fabrikarbeiter tanzten, frech geworden dank des Geldes, das sie mit Kriegsarbeit verdient hatten, in den Nachtlokalen der Reichen. London war zu einem sich ständig verändernden Kaleidoskop sämtlicher Nationalitäten, sämtlicher Klassen verkommen. Man wurde nicht mehr nach der Sprache beurteilt, die man gebrauchte, oder nach dem Namen, den man trug, sondern nach der Uniform, die man anhatte. Eleanor fand das alles höchst bestürzend. Guy, vermutete sie, kam bestens damit zurecht.

Die Mulgraves waren in ihren Augen beispielhaft für die entwurzelten Menschen in der von Luftangriffen verheerten Stadt. Heimatlos und mittellos irrten sie ohne Ziel in einer Stadt umher, die Eleanor bis zur Unkenntlichkeit verändert schien. Die vielen verschiedenen Sprachen, die sie sprachen, die Altkleider aus den Sammelstellen, die sie trugen, gehörten im London des Jahres 1941 zum Alltag. Diese Menschen paßten weit besser als Eleanor in diese veränderte Welt; sie und ihresgleichen hatten Eleanor um die sichere Gewißheit ihres Platzes in der Gesellschaft gebracht. Und Eleanor erkannte, daß das, was sie anfangs bei Guy bewundert hatte – seine Furcht- und Respektlosigkeit –, ihn in diesem zerbombten anderen London enger mit den Mulgraves verband als mit ihr.

Sie hatte Faith Mulgrave nur selten gesehen, bis Guy meinte, man müsse sich dringend um sie kümmern, weil sie völlig erschöpft und gesundheitlich angeschlagen sei. Wir sind alle erschöpft, hätte Eleanor gern entgegnet. Faith braucht deine Fürsorge nicht dringender als wir alle hier. Auch Eleanor arbeitete jeden Tag achtzehn Stunden; auch Eleanor konnte kaum eine Nacht durchschlafen. Faith fuhr lediglich einen Sanitätswagen; sie brauchte nicht zu denken, zu organisieren, sie brauchte nicht die Last der Verantwortung zu tragen wie Eleanor. Typisch für diese Leute, dachte Eleanor, die eindrucksvollere, aber weniger fordernde Aufgabe zu wählen.

Guy schrieb an Jake nach Northumberland, dem es gelang, für ein Wochenende Urlaub zu bekommen. Er reparierte die schlimmsten Schäden in dem Haus in der Mahonia Road. Guy lud ihn zum Abendessen ein. Jake war von den Mulgraves noch immer der Vorzeigbarste. Er hatte bessere Manieren als Ralph und war nicht so verlottert wie dieser, und ihm fehlte die Durchtriebenheit, die Eleanor bei Faith argwöhnte. Zwar war er blond und blaßhäutig wie Faith, aber seine Augen waren richtig blau und hatten nicht dieses schmutzige Graugrün, und er war groß und von kräftiger Statur.

Jake sparte nicht mit Komplimenten über das Essen, das Eleanor ihnen aufgetischt hatte.

»Sie sind eine fabelhafte Köchin.« Er umfaßte Eleanors Hand und küßte sie. »Das war die köstlichste Mahlzeit, die ich seit langem gegessen habe.«

Eleanor, die niemals errötete, merkte überrascht, wie ihr die Röte heiß ins Gesicht schoß.

Faith zog ein Gesicht. »Igitt, Jake – du alter Kriecher!«

Eleanor sagte: »Sie sind sehr hart mit Ihrem Bruder, Faith.«

Faith stand von ihrem Stuhl auf und legte Jake einen Arm um die Schultern. »Nur, weil ich ihn schon so lange kenne. Ich durchschaue ihn.«

Jake lächelte, zog Faith am Haar und machte eine ausgesprochen ungezogene Bemerkung.

Faith fügte hinzu: »Und da Sie immer so nett zu mir

sind, Eleanor, finde ich, Sie sollten die Wahrheit über meinen Bruder wissen.«

Eleanor sagte steif: »Es hat mich gefreut, Sie zu sehen, Jake.«

»Schmeicheln Sie ihm nicht, Eleanor. Er ist eingebildet genug.« Faith wandte sich Guy zu. »Weißt du noch, Guy, wie Jake immer Madame Perron Bonbons abgeschmeichelt hat?«

Guy runzelte die Stirn. »Das war doch dieser alte Drache in der *épicerie* im Dorf, oder?«

»Richtig. Nicole und ich hatten Todesangst vor ihr. Wir glaubten, sie wäre eine Hexe. Aber an Jake hatte sie einen Narren gefressen.«

»Genya hat die alte Perron gehaßt. Sie hatte immer den Verdacht, daß sie zuviel berechnet«, warf Jake ein.

»Ja, ich weiß, sie hatten die fürchterlichsten Kräche. Und Genya hat sie auf polnisch angebrüllt.«

»Sie konnte phantastisch fluchen –«

»Und wenn sie sich dann zu ihrer vollen Größe von gerade mal eins fünfzig aufrichtete –«

»Weißt du noch, Guy ...«

Sie hatten sie vergessen. Selwyn Stephens lächelte nachsichtig und begab sich zu seinem Sessel am offenen Kamin. Eleanor jedoch wurde von einem tiefen, schwelenden Groll erfaßt. Sie hatten sie ausgeschlossen. Sie gehörte nicht dem kleinen privilegierten Kreis um die Mulgraves an. Guy, ja, aber sie nicht. Sie duldeten sie, aber sie nahmen sie nicht auf. Nicht durch Reichtum oder gesellschaftlichen Rang waren sie privilegiert, sondern durch die besondere Nachsicht, die die Gesellschaft ihnen widerfahren ließ. Hätte Eleanor sich Freiheiten herausgenommen wie sie, sie hätte nur Spott und Verachtung geerntet. Aber für die Mulgraves galten andere Regeln.

An einem heißen Sommertag war Eleanor unangemeldet in die Malt Street gefahren, um Guy in der Mittagspause zu besuchen. Als sie den Weg durch den Vorgarten hinaufging, hörte sie Stimmen aus dem Garten. Guys Stimme und Faiths Stimme. Sie stritten über irgend etwas, aber der Streit wurde von Lachsalven begleitet.

Eleanor machte auf dem Absatz kehrt. Sie nahm einen Bus bis Camden und ging den Rest des Wegs zu Fuß nach Hause. Sie rannte beinahe, aber ihre Wut konnte das nicht dämpfen. Als sie über den Queen Square eilte, sah sie plötzlich eine bekannte Gestalt.

Ralph Mulgrave. Sie erkannte den weiten schwarzen Mantel und den verbeulten Schlapphut. Die Frau in seiner Begleitung kannte sie nicht, eine hochgewachsene, sehr schlanke Blondine, mit jener lässigen Eleganz gekleidet, die Eleanor stets erstrebte und nie erreichte.

Von der gegenüberliegenden Straßenseite aus beobachtete Eleanor, wie die beiden einander umarmten. Die Umarmung zweier Liebender: soviel Sehnsucht in der Versunkenheit des Kusses, soviel Liebe und Anbetung in der Art, wie Ralph die Frau an sich zog. Einen Moment lang neidete sie ihnen ihre Leidenschaft, dann ging sie weiter. Innerlich triumphierte sie über ihre heimliche Beobachtung und war fest entschlossen, sie gegebenenfalls als Waffe einzusetzen.

»Erdbeeren...« Faith starrte die Früchte an, und ihr wurde flau vor Hunger und Begierde.

»Sie sind aus Compton Deverall«, sagte Nicole. »Wir haben Massen davon.«

An diesem Morgen hatte ein gutaussehender junger Mann in einer Uniform der Royal Air Force einen Brief in der Mahonia Road abgegeben, in dem Nicole ihrer Schwester mitteilte, daß sie in London sei und in dem Haus der Familie Kemp am Devonshire Place wohne.

»Du kannst sie aufessen, Faith. Mir ist schon ganz übel davon, und außerdem habe ich keinen Hunger.«

Nicole, die im siebten Monat schwanger war, sah aus wie ein dicker Käfer, fand Faith, mit dünnen Gliedern und einem runden Körper. Gesicht, Arme und Beine schienen in dem Maß dünner geworden zu sein, wie ihr Leib an Umfang zugenommen hatte.

»Hat David dich hergefahren?« fragte sie und schob eine Erdbeere in den Mund.

»Ich habe David ewig nicht mehr gesehen. Das letzte Mal im Mai. Nein, ich bin per Anhalter gefahren, wenn du's genau wissen willst.« Nicole kicherte. »Ich hab' mich in meinem gräßlichen Umstandskleid an den Straßenrand gestellt und den Daumen hochgehalten.«

Faith lupfte eine kleine grüne Raupe von einer Erdbeere. »Die hier ist auch per Anhalter gefahren.«

Auf dem Tisch stand eine Vase mit üppigen Rosen. »Setz sie doch da auf ein Blatt«, meinte Nicole. »Die hat Thierry mir mitgebracht.«

»Wer ist Thierry?«

»Ein Franzose, der zu romantischen Gesten neigt.«

Faith setzte die Raupe behutsam in das warme rosafarbene Herz einer Rose. »Es ist wahnsinnig heiß und staubig in London. In Compton Deverall ist es doch bestimmt viel angenehmer. Warum bist du nicht dortgeblieben?«

»Mir war langweilig.« Nicole zuckte die Schultern. »Seit die Angriffe aufgehört haben, bekommen wir kaum noch Besuch. Letztes Wochenende war ich mit Laura und dem Mädchenpensionat ganz allein.« Sie sah Faith an. »Hast du was für mich aufgetrieben? Ich trage die ganze Zeit Davids alte Pullis, aber für ein Nachtlokal sind die bestimmt nicht das richtige.«

»Hier.« Faith leerte ihr Netz aus. Die beiden Kleider waren wenig spektakulär zu zwei dünnen Würsten zusammengedreht, doch als sie sie ausschüttelte, fielen sie in fließender seidener Pracht zu Boden.

Nicole hielt eines hoch. »Toll!«

»Ja, nicht wahr? Fortuny natürlich. Sie müßten dir passen – sie sind ohne Taille gearbeitet.«

Nicole schlüpfte aus ihrem Kittel und zog sich das Kleid über den Kopf. Die weiche Seide leuchtete in dem gleichen Türkisgrün wie ihre Augen.

»Als Belohnung bekommst du Champagner zu deinen Erdbeeren, Faith, mein Schatz«, sagte Nicole und gab ihr einen Kuß. »Ich kenne einen unheimlich gewieften Franzosen, der mir ein halbes Dutzend Flaschen geschenkt hat.« Sie strich mit den Händen über die schmalen Plisseefalten und zog ein finsteres Gesicht, als sie zu ihrem Leib gelangte. »Du kannst dir nicht vorstellen, wie froh ich sein werde, wenn der Klops hier endlich weg ist. Nur noch sechs Wochen, Gott sei Dank. Er ist überall im Weg. Könntest du...?« Nicole reichte Faith die Champagnerflasche und lachte. »Ich kann nicht mehr Wange an Wange tanzen. Es ist jetzt eher Bauch an Bauch.«

Faith spürte etwas Dunkles, Depressives unter Nicoles künstlicher Fröhlichkeit. »Nicole, bedrückt dich irgendwas?« fragte sie, während sie die Gläser füllte und eines ihrer Schwester reichte.

»Wenn ich David wirklich liebte«, sagte Nicole leise, »dann würde ich doch keine anderen Menschen brauchen, oder?«

Faith erwiderte beruhigend: »Du hast doch selbst gesagt, daß du ihn in letzter Zeit kaum gesehen hast. Du bist einfach ein bißchen einsam.«

»Ja, wahrscheinlich.« Nicole zupfte an den Falten des seidenen Kleides.

Faith fragte sich, ob Nicoles Erwartungen an die Ehe nicht viel zu hoch gespannt waren. »Man kann vielleicht gar nicht erwarten, daß ein einziger Mensch alle Wünsche und Bedürfnisse erfüllt, die man hat.« Sie wählte ihre Worte mit Sorgfalt. »So etwas gibt es wahrscheinlich nur in Romanen. Ich nehme an, du kommst auf solche Gedanken,

weil du dich durch die Schwangerschaft ziemlich müde und unwohl fühlst.« Faith hörte den drängenden Unterton in ihrer eigenen Stimme. »Guy sagt, daß Frauen in der Schwangerschaft oft niedergeschlagen sind.«
»Guy.« Nicole lächelte. »Wie geht es Guy? Ich habe ihn seit Jahren nicht gesehen. Sieht er immer noch so umwerfend gut aus?«
Faith hatte zwei Gläser Champagner getrunken und ein ganzes Körbchen Erdbeeren gegessen. Sie fühlte sich schwer und schläfrig. Auch sie lächelte. »Guy arbeitet wahnsinnig viel und läuft noch häufiger als früher mit unwirschem Gesicht herum.«
»Er hatte immer schon was von Heathcliff«, meinte Nicole träumerisch.
»Wir essen ziemlich oft zusammen zu Mittag. In seinem Haus in Hackney.«
Als Faith später zu Hause auf dem Sofa einnickte, träumte sie, die grüne Raupe, die sie in den Erdbeeren gefunden hatte, hätte sich in die Schlange verwandelt, von der sie vor Jahren im Wald von La Rouilly gebissen worden war. Im Traum spürte sie Guys Lippen auf ihrem Fuß, aber er saugte nicht wie damals, in jenem lang vergangenen Sommer, das Gift aus der Wunde, sondern liebkoste mit seinem Mund ihre Fußsohle, ihre Zehen und ihr Bein. Ein köstlicher Kitzel kroch langsam zu ihrem Knie hinauf, der ein brutales Ende fand, als um sieben ihr Wecker läutete und sie zum Dienst mußte.

Nicole mochte das Haus am Devonshire Place nicht besonders – es war ziemlich düster und recht einfach eingerichtet –, aber sie hatte sowieso nicht die Absicht, sich dort viel aufzuhalten. Nachdem sie mit ihren Londoner Freunden telefoniert hatte, wurde sie bald mit Einladungen zur Restaurantbesuchen und abendlichen Ausflügen in Bars und Nachtlokale überschüttet. Sie war jeden Abend unterwegs, obwohl ihr, wie sie Faith erklärt hatte, der »Kloß« ständig im Weg war. Sie bekam einen besorgten Brief mit einem kaum verhüllten Vorwurf von Laura Kemp (sie war Hals über Kopf aus Compton Deverall abgefahren) und schrieb sofort zurück, sie sei nach London gefahren, um Babysachen einzukaufen, wie David vorgeschlagen hatte. Aber am Ende kaufte sie keine Rasseln und Hemdchen, sondern legte das ganze Geld, das David ihr gegeben hatte, in einem winzig kleinen Corot an, den sie bei einem Antiquitätenhändler in der Frith Street entdeckte. Draußen im Sonnenlicht bewunderte sie die leuchtenden Farben des Gemäldes. Ein viel schöneres Geschenk für ihren Sohn, fand sie, als ein langweiliger Beißring.

Nicoles Freunde brachten ungewohnte Lebendigkeit in das Haus am Devonshire Place. Sie ging mit ihnen ins Theater und ins Café Royal und zu Quaglino's. Aber immer quälten sie dieselben Fragen: Wenn David der Richtige war, warum brauchte sie dann die anderen? Wenn sie David wahrhaft liebte, warum war sie es dann nicht zufrieden, in Compton Deverall zu bleiben und auf ihn zu warten? Da diese beunruhigenden Gedanken sich nur hervorwagten, wenn sie allein war, sorgte sie dafür, daß sie stets Gesellschaft hatte.

Einzig Thierry schien ihre innere Unruhe zu bemerken. In den frühen Morgenstunden warf er die anderen Gäste hinaus und konfiszierte Nicoles Weinglas und ihre Zigaretten. Anschließend machte er ihr einen Becher heiße Milch.

»Das ist gut für das Baby«, sagte er. »Davon bekommt es gesunde Zähne und kräftige Knochen.«

Er bestand darauf, daß sie sich aufs Sofa setzte und die Beine hochlegte, dann hockte er sich zu ihr auf die Armlehne. Während sie die heiße Milch trank, sagte er: »Du solltest nach Hause fahren, Nicole. Zurück in dein schönes Haus auf dem Land.«

»Bald.« Sie sah lächelnd zu ihm hinauf. Thierrys Gesicht besaß eine dunkel-romantische Schönheit, doch die hochliegenden Wangenknochen und die abwärts gezogenen äußeren Winkel seiner Augen verliehen ihm einen maskenhaft spöttischen Zug. »Freddy und Jerry wollen mich morgen besuchen.«

Thierry zuckte die Achseln. »Ach, das sind doch kleine Jungs«, meinte er wegwerfend.

»Sie sind Zwillinge und sehen beide glänzend aus. Außerdem sind sie wahnsinnig charmant.«

Er zündete sich eine kleine schwarze Zigarre an. »Du treibst dich bis zur Erschöpfung, nur damit du nicht zu denken brauchst, Nicole. Was sind das für Gedanken, die du unbedingt vermeiden willst?«

Sie antwortete nicht. Er drängte sie.

»Geht es um das Kind? Hast du Angst vor der Geburt?«

»Ich vermute«, sagte sie, »das wird ziemlich schrecklich werden. Alle sagen es. Aber eigentlich habe ich darüber noch gar nicht nachgedacht. Über die Geburt, meine ich.«

»Bist du dir denn immer noch unsicher, ob du es überhaupt haben willst?«

Sie bedauerte ihr früheres Gespräch mit ihm. Sie hatte sich einmal flüchtig gefragt, ob vielleicht Thierry der Richtige war, aber sie fühlte sich in seiner Gegenwart niemals ganz unbefangen und hatte daraus mit Erleichterung geschlossen, daß er es nicht sein konnte.

»Aber natürlich will ich das Kind haben.« Sie stellte das Glas weg; die Haut auf der Milch ekelte sie. »Was glaubst du, wie David sich über einen Sohn freuen wird! Seit dem sechzehnten Jahrhundert hat sich die Familie Kemp immer in direkter Linie fortgepflanzt.«

»Tatsächlich?« Er lächelte mokant. »Ich kann mir vorstellen, daß David so etwas wichtig ist. Aber dir doch nicht, Nicole. Du bist eine Zigeunerin. Und genau deswegen hat David sich natürlich unsterblich in dich verliebt.«

»Ich liebe David«, sagte sie heftig. »Ich möchte ihn glücklich machen.«

»Nur weil du ihm gegenüber ein schlechtes Gewissen hast.«

»Das ist nicht wahr! Ich liebe ihn.«

Er blickte zu ihr hinunter. »Ja, vielleicht.« Eine Zeitlang rauchte er schweigend, dann sagte er: »Wenn du David wirklich glücklich machen willst, Nicole, dann solltest du schleunigst nach Compton Deverall zurückfahren. Hier machst du dich nur müde und kaputt.«

»Ach, Thierry, das besorgte Kindermädchen«, sagte sie schnippisch. »Du hast den Beruf verfehlt, mein Lieber. Du solltest die Spitfires aufgeben und lieber im Park Kinderwagen schieben.«

Sie wollte aufstehen, aber so einfach ging das dieser Tage nicht mehr, und so mußte sie sich zu ihrem Ärger von ihm aufhelfen lassen. Er ließ sie nicht gleich los, sondern blieb vor ihr stehen und sagte leise: »Wenn du nicht schwanger wärst, würde ich dir nicht heiße Milch machen und Polster unter die Füße schieben, sondern mit dir ins Bett gehen.«

»Wie kannst du es wagen!« rief sie empört.

»Oh, ich würde noch viel mehr wagen. Und du würdest es mir erlauben.« Mit den Fingerspitzen streichelte er ihren Nacken. »Ich würde, wie ich schon sagte, mit dir ins Bett gehen. Aber das zu tun, während du Davids Kind in dir trägst –« er zog seine Hand von ihrem Nacken und legte sie leicht auf ihren Bauch – »das käme mir vor, als träte ich in die Fußstapfen eines anderen Mannes.«

Sie zischte wütend: »Ich habe dir gesagt, daß ich David liebe!«

Er ließ sie los. »Natürlich liebst du ihn. Aber vielleicht nicht genug.« Er nahm Jacke und Mütze. »Geh jetzt zu Bett, Nicole.«

Am nächsten Tag stürzte sich Nicole, Thierrys erschreckende Bemerkungen noch in den Ohren, in emsige Betriebsamkeit. Auf ein Mittagessen im Savoy folgte ein Ausflug mit Ralph und seinen Freunden nach Hampstead Heath, danach ein Abendessen mit Freunden vom BBC in einem britischen Restaurant und der Besuch einer Revue im Criterion. Nach dem Theater gingen sie ins *Bag o'Neils* in der Beak Street. Sie trug eines der Fortuny-Kleider, die Faith ihr mitgebracht hatte. Seine Farbe, hell wie die Schale einer Auster, betonte die Blässe ihres Gesichts. Verstimmt sah sie, daß Thierry sich ihrer Gesellschaft angeschlossen hatte. Um ihn zu ärgern, tanzte sie viel und lachte häufig. Die Beine taten ihr weh, und manchmal, wenn sie zu schnell aufstand, wurde ihr merkwürdig flau, aber sie war nicht bereit, ihrer Erschöpfung nachzugeben. Nachgeben hätte geheißen, daß das Kind siegte; daß es sie verändert hatte; daß sie ihm gehörte.

Ein junger Kanadier brachte ihr gerade einen neuen Tanzschritt bei, als ihr plötzlich schwindlig wurde und durch die verqualmte Luft des Nachtlokals blitzende Sterne und dunkle grünliche Flecken tanzten. Als sie wieder zu sich kam, lag sie auf einer Bank. Jemand sagte: »Sie braucht frische Luft«, und wedelte ihr mit einer Mütze der Royal Air Force vor dem Gesicht herum. Ein anderer versuchte, ihr Kognak einzuflößen.

Eine Frau sagte: »... kann doch ihren Fratzen nicht hier zur Welt bringen«, und Nicole, die fast nie weinte, wäre am liebsten in Tränen ausgebrochen.

Thierry rettete sie. Er trug sie hinaus zu seinem Wagen, bugsierte sie vorsichtig auf den vorderen Sitz und brachte sie zum Devonshire Place zurück. Sie erwartete etwas wie: »Na bitte, das mußte ja so kommen«, aber er sagte nichts. Am Morgen saß sie blaß und schwach im Bett, während er ihre Sachen packte. Dann fuhr er sie nach Compton Deverall.

Es war Hochsommer, und sie konnte die vielen Fenster

und die hohen Schornsteine erst sehen, als sie aus der dichtbelaubten Buchenallee hinauf auf den Vorplatz fuhren. Da erschienen ihr die steinernen Säulen der Fenster wie Gitterstäbe, und sie hatte das Gefühl, das mächtige alte Haus, das sich vor ihr erhob, wolle sie verschlingen.

Eines Tages erschien Faith zur Morgensprechstunde in der Praxis in der Malt Street. Guy kam aus dem Sprechzimmer, um den nächsten Patienten hereinzurufen, und da saß sie im Wartezimmer zwischen einem Mann mit einem vereiterten Finger und einem Jungen mit Hautausschlag. Er wurde blaß – er fühlte tatsächlich, wie die Farbe aus seinem Gesicht wich –, als er sah, daß ihr Kleid vorn voller Blut war, aber sie sagte schon im selben Moment eilig: »Mir fehlt nichts, Guy. Ich bin wegen Stromer hier.« Sie hielt einen Hund auf dem Schoß, ein langbeiniges, verwahrlostes Tier undefinierbarer Rasse. »Ich habe ihn auf dem Weg hierher gefunden«, erklärte sie. »Er ist in eine Glasscherbe getreten. Ich habe die Pfote mit meinem Unterrock verbunden, aber sie hört nicht auf zu bluten. Ich wußte nicht, wo hier in der Nähe ein Tierarzt ist, und da dachte ich, du könntest ihm vielleicht helfen.« Sie sah ihn hoffnungsvoll an.

Guy warf einen Blick auf das Tier. Es gab in diesen Tagen kaum noch Hunde in London. Viele hatten die Stadt zusammen mit ihren Eigentümern verlassen, andere, die heulend durch die Straßen liefen, verrückt geworden vom ohrenbetäubenden Lärm der Bombardierungen, hatten eingeschläfert werden müssen. Der Hund, den Faith aufgelesen hatte, schien aus härterem Holz geschnitzt.

Er sagte: »Zuerst muß ich mich um meine menschlichen Patienten kümmern« und verarztete sehr geschwind den eitrigen Finger und den Hautausschlag. Danach breitete er Zeitungspapier auf der Liege in seinem Sprechzimmer aus und bat Faith dann, den Hund hereinzubringen. Die

Schnitte in der Pfote waren tief und lang. Guy reinigte und nähte sie.

»Wieso eigentlich Stromer?« fragte er nach einer Weile. »Er trägt doch gar kein Namensschild.«

»Er ist auf der Straße herumgestromert. Ich glaube, er ist ein herrenloses Tier. Vielleicht behalte ich ihn. Schau doch mal, wie dünn er ist. Schrecklich, nicht?«

Stromer war nicht nur dünn; er stank auch zum Gottserbarmen. In dem verfilzten schmutzigen Fell tummelten sich die Flöhe in Scharen. Er würde das ganze Sprechzimmer desinfizieren müssen.

»Er ist kein junger Hund mehr. Schau – die Ohren werden schon grau.«

»Oben im Schlafzimmer hängen noch ein paar Sachen von Eleanor, Faith, wenn du dich umziehen möchtest. Ich mache inzwischen hier alles fertig.«

Sie sah an ihrem blutbefleckten Kleid hinunter. »Im Bus wollte sich keiner neben mich setzen.«

Sie ging nach oben. Guy setzte die letzte Naht und ging zum Waschbecken, um sich gründlich die Hände zu waschen. Als er zur Untersuchungsliege zurückkam, bemerkte er, daß Stromer verdächtig still dalag. Er nahm sein Stethoskop und hörte den Hund ab, fand aber keinen Herzschlag. »Schock vermutlich«, murmelte er. »Armer alter Bursche.« Er suchte ein altes Laken heraus, wickelte den Hund darin ein und ging nach oben, um Faith zu holen.

Die Tür des Schlafzimmers, das er einmal mit Eleanor geteilt hatte, stand halb offen. Flüchtig sah er den weich abfallenden Schwung von Hals und Schultern, bevor er sich abwandte, hüstelte und dann anklopfte.

»Faith? Kann ich reinkommen?«

Sie drehte sich lächelnd nach ihm um, während sie den letzten Knopf einer cremefarbenen Bluse schloß. »Eleanor hat wunderschöne Sachen«, bemerkte sie. »Bitte sag ihr,

daß ich die Bluse sehr vorsichtig waschen und bügeln –«
Sie brach ab, vermutlich entnahm sie seiner Miene, daß etwas geschehen war.

Er ging durch das Zimmer zu ihr und sagte ihr, daß der Hund nicht mehr lebte. Auf ihre Tränen, dieses haltlose Weinen und das tiefe Schluchzen, das es begleitete, war er nicht vorbereitet.

Beinahe hätte er gesagt: Aber er war doch nur ein alter Straßenköter voller Flöhe, aber es gelang ihm, die Worte noch hinunterzuschlucken. Er wußte, daß sie nicht um den Hund weinte, den sie hatte retten wollen, sondern über alles, was sie im vergangenen Jahr hatte mit ansehen müssen. Während er ihr übers Haar strich und ihr den Rücken streichelte, wurde er sich einer ganz neuen Regung bewußt, eines Verlangens von solch heißer Intensität, daß es ihn erschreckte. Er wollte sie hier und jetzt, auf dem Bett, das er einmal mit seiner Frau geteilt hatte. Er wollte ihr die Bluse vom Körper reißen, die sie von Eleanor geliehen hatte, um wieder die matt schimmernde helle Haut betrachten zu können, die er durch den Türspalt gesehen hatte.

Er küßte sie nicht einmal. Früher hätte er es getan – in aller Freundschaft –, aber er wußte, daß er das jetzt nicht wagen konnte. Freundschaft – welch ein schwaches, welch ein verlogenes Wort für die Gefühle, die er Faith seit Wochen, Monaten, seit Jahren vielleicht, entgegenbrachte. Mit erschreckender Klarheit erkannte er das Ausmaß seiner Selbsttäuschung und ließ sie los, stieß sie beinahe von sich, bevor er zur Tür hinausstürzte und die Treppe hinunter in den Garten lief.

Er holte einen Spaten aus dem Schuppen und begann, an einer schattigen Stelle unter einem Baum eine Grube auszuheben. Er war froh um die harte körperliche Arbeit, die es kostete, den ausgetrockneten Boden umzugraben. Während er immer wieder den Spaten in die Erde stieß, zwang er sich, über die Jahre zurückzublicken. Zu Beginn war sie ein Kind gewesen, so etwas wie eine jüngere Adoptivschwester, Teil der Familie, die er nie gehabt hatte. Dann war sie Freundin und Gefährtin geworden. Sie hatte ihn zum Lachen gebracht; sie hatte ihn Alltägliches in einem neuen Licht sehen lassen. Und plötzlich war sie erwachsen gewesen, innerhalb eines Jahres, wie es schien. Bei seinem letzten Besuch in La Rouilly hatte er erkannt, daß sie kein Kind mehr war; sie war eine junge Frau geworden. Er erinnerte sich, wie sie zusammen am Strand von Royan gelegen hatten. Er erinnerte sich an das blaue Kleid und den leichten Druck ihres Kopfs auf seiner Brust; wie der Rauch seiner Zigarette in dünnen Fäden zum dunklen Himmel aufgestiegen war, während er eine lockige Strähne ihres strohblonden Haars um seinen Finger gedreht hatte. Hatte er sie damals schon geliebt und war nur zu blind gewesen, es zu erkennen?

Er erinnerte sich auch seiner Wut, als er sie mit Rufus auf der Straße gesehen hatte. Die Wut war reiner Eifersucht entsprungen. Er war entsetzt über seine Blindheit, aber am meisten erschreckte ihn die plötzliche Erkenntnis der Tragweite seiner Entdeckung. War er in den letzten Jahren beständig dem falschen Weg gefolgt? Und was um alles in der Welt sollte er jetzt tun, da er wußte, wie sehr er Faith liebte?

Nach einer Weile kam auch sie in den Garten hinunter. Sie fertigte aus zwei Stöcken, die sie mit Schnur zusammenband, ein kleines Kreuz und schnitzte mit einem Messer sorgfältig den Namen »Stromer« in das Holz. Ihre Augen waren rot und verschwollen, ihr Gesicht war fleckig. Eleanors Kleider waren ihr viel zu weit. Andere, dachte er, hätten sie vielleicht für reizlos und lächerlich gehalten; andere hätten es absurd gefunden, einen verdreckten alten Straßenköter mit solchem Zeremoniell zu begraben. Aber in seinen Augen war sie schön. Immer schon.

Nachdem er das Tier in die Grube gelegt hatte, sah sie

ihn an und sagte: »Jetzt geht er im Himmel auf Hasenjagd, nicht wahr?« Er nickte und trat zurück, unfähig zu sprechen.

Eine Zeitlang betrachtete er sie schweigend und beneidete den Marienkäfer, der ihren Arm hinaufkroch. Dann sagte er: »Geh wieder rein, Faith. In der untersten Schublade des Aktenschranks ist eine Flasche Whisky.« Er wollte nicht, daß sie in seinen Augen die Wahrheit sah. Er mußte allein sein; er mußte nachdenken.

Er schüttete das Grab zu. Es war heiß; er krempelte die Hemdsärmel auf und lockerte seinen Schlips. Ihm schien, daß die Straße, der er bis vor kurzem mit Unbehagen gefolgt war, sich endlich in zwei Wege gegabelt hatte, die in völlig unterschiedliche Richtungen führten. Er wußte nicht, wie er Faith lieben und dennoch mit Eleanor verheiratet bleiben sollte. Er war immer stolz gewesen auf seine Aufrichtigkeit. In der Lüge hatte er keine Erfahrung. Klar sah er die Entscheidung vor sich, die er vielleicht würde treffen müssen, und war entsetzt. Ebenso klar sah er den einzigen Weg, sich diese Entscheidung eventuell zu ersparen.

8

ALS ELEANOR NACH Hause kam, saß Guy am Küchentisch und sah seine Aufzeichnungen durch. Es war warm und muffig im Raum; Fliegen prallten brummend gegen die Fensterscheiben. Eleanor legte Hut und Handschuhe ab.

»Der Zug hatte Verspätung. Und ich mußte die ganze Fahrt stehen, von Crewe bis hierher.« Sie gab ihm einen flüchtigen Kuß auf die Wange. Er sah blaß aus und müde. »War wohl ein harter Tag?« fragte sie.

»Richtig.« Guy schraubte seinen Füller zu. »Eleanor, setz dich einen Moment zu mir. Ich möchte gern mit dir reden.«

»Ach, du kannst doch mit mir reden, während ich arbeite. Ich muß die Füllung für die Pastete machen, und Betty Stewart hat die Abrechnungen für den letzten Monat vermasselt –«

»Eleanor, bitte!« Er schenkte ihr eine Tasse Tee ein und stellte sie auf den Tisch. Sie bemerkte, daß er seinen eigenen Tee nicht angerührt hatte. Er zog einen Stuhl für sie heran, und sie setzte sich.

»Was ist denn, Guy? Du machst mir ja richtig angst! Ist was passiert? Ist Vater –« Selwyn Stephens machte Urlaub in Derbyshire.

»Deinem Vater geht es gut. Er hat heute morgen angerufen. Ich möchte über etwas anderes mit dir sprechen, Eleanor, auch wenn es ihn am Rande betrifft. Ich möchte nämlich, daß Selwyn Oliver mitbringt, wenn er wieder nach Hause kommt.«

Eleanor lachte kurz auf. »Aber Guy, wie oft sollen wir das denn noch erörtern?«

Er schloß einen Moment die Augen. Auf seiner Stirn lag ein feiner Schweißfilm. »Ich finde«, sagte er schließlich, »daß Oliver jetzt wieder nach Hause kommen sollte. Die Luftangriffe sind vorbei. So sieht es jedenfalls aus. Wir hatten seit beinahe drei Monaten keinen größeren Angriff mehr in London.«

»Aber wir haben keine Ahnung«, entgegnete Eleanor, »was in Herrn Hitlers Kopf vorgeht. Jetzt ist es vielleicht ruhig in London, aber wer weiß, ob das in der nächsten Woche oder im nächsten Monat so bleiben wird.«

»Oliver wird hier so sicher sein wie anderswo. Du weißt doch selbst, daß in letzter Zeit vor allem das Umland von Angriffen betroffen ist und Dörfer auf dem Land genauso in Gefahr sind wie die größeren Städte.«

Eleanor rührte ihren Tee um. Guy hatte recht. Erst vor vierzehn Tagen hatte sie veranlassen müssen, daß ohne Verzug Kleider und Nahrungsmittel in ein schwergetroffenes Dorf in Dorset geschickt wurden. Es war von einem Bomber, der Exeter nicht gefunden und seine Ladung statt dessen irgendwo über dem Land abgeworfen hatte, praktisch dem Erdboden gleichgemacht worden.

»Also, kann ich Selwyn anrufen und ihm sagen, er soll Oliver mitbringen, wenn er nach Hause kommt?«

Eleanor erinnerte sich der ersten neun Monate mit Oliver. Das tägliche Einerlei, die Isolation, das hartnäckige Gefühl, daß niemand ihren Einsatz würdigte, waren unerträglich gewesen. Die Vorstellung, von neuem mit einem kleinen Kind zu Hause angebunden zu sein, bereitete ihr einen gewaltigen Schrecken.

»Nein«, antwortete sie. »Nein.« Sie stand auf, ging in die Speisekammer und suchte die Zutaten für die Pastetenfüllung heraus.

»Warum nicht?« Guys Stimme klang angespannt.

»Weil Oliver sich in Derbyshire wohl fühlt.«
»Er würde sich hier, bei seinen Eltern, wohler fühlen.«
»Er hat dort sein geregeltes Leben.« Sie nahm einen Suppenlöffel aus der Schublade.
»Ein geregeltes Leben?« Seine Stimme bebte vor kaum unterdrücktem Zorn.

Eleanor, die Mehl abwog, spürte, wie sie selbst zornig wurde.

»Kinder brauchen Beständigkeit, Guy. Sie brauchen tägliche Gewohnheiten.«
»Kinder brauchen ihre Eltern. Wenn der Krieg noch länger dauert, Eleanor, zwei Jahre oder fünf – oder sogar zehn –, soll dein Sohn dann weiterhin bei deiner Großmutter leben? Glaubst du, er wird sich dann überhaupt noch erinnern, wer wir sind?«
»Red keinen Unsinn, Guy«, versetzte sie kalt, während sie Brett und Messer herausholte, um Zwiebeln zu schneiden.
»Wieso Unsinn? Kleine Kinder haben ein kurzes Gedächtnis.«
»Ich besuche Oliver jeden Monat. Genau gesagt, alle vier Wochen. Selbstverständlich erinnert er sich an mich.«
»Du hast die Termine wahrscheinlich in deinem Kalender vermerkt. ›Versammlung Freiwillige Dienste... Monatsabrechnungen prüfen... Sohn besuchen...‹.« Er wandte sich ab und zündete sich eine Zigarette an. Als er wieder sprach, war aller Sarkasmus aus seinem Ton gewichen. Seine Stimme klang todmüde und hoffnungslos, das jedenfalls war Eleanors Eindruck.
»Eleanor, ich brauche meinen Sohn. Ich brauche das Zusammensein mit ihm. Ich möchte, daß Oliver nach Hause kommt.«
»Ach ja?« zischte sie, sich heftig nach ihm umdrehend. »Und was ist mit meinen Bedürfnissen?«
»Ich dachte eigentlich, daß sich in bezug auf Oliver un-

sere Bedürfnisse decken.« Seine Augen waren hart und dunkel.

Sie erkannte seine Entschlossenheit, weil sie selbst nicht minder entschlossen war. Sie hatte, dachte sie, ihr Leben gut eingerichtet. Sie hatte das fürchterliche kleine Haus in Hackney hinter sich gelassen und war an den Holland Square in das Haus ihres Vaters zurückgekehrt. Sie hatte Guy; selbst wenn seine Berührung sie nicht länger zu erregen vermochte, so bemerkte sie doch, wie andere Frauen ihn ansahen und sie beneideten. Sie arbeitete auf einem Gebiet, das ihr gestattete, von ihren Talenten Gebrauch zu machen. Haus, Ehemann, Arbeit – sie hatte nicht die Absicht, eines davon aufzugeben.

Sie warf die gehackten Zwiebeln in eine Pfanne. »Oliver ist erst anderthalb Jahre alt«, sagte sie. »Von Großmutter weiß ich, daß er immer noch zweimal die Nacht aufwacht.«

»Ich würde ihn nachts versorgen, Eleanor. Das habe ich doch früher auch schon getan.«

»Und was ist, wenn du im Krankenhaus Dienst hast? Er ist noch zu klein für den Kindergarten. Wer soll sich um ihn kümmern, wenn er wirklich nach Hause käme?«

»Wir würden bestimmt eine Lösung finden. Du könntest deine Verpflichtungen ein wenig einschränken ... ich habe nachmittags immer zwei freie Stunden ...«

»Zwei freie Stunden am Nachmittag!« wiederholte sie geringschätzig. »Was ist das schon für ein Kind, das den ganzen Tag jemanden braucht, der sich mit ihm beschäftigt? Wenn ich Oliver besuche, folgt er mir auf Schritt und Tritt wie ein Hündchen.«

»Wenn du mehr Zeit für ihn hättest, müßte er sich vielleicht nicht so stark an dich klammern.«

Sie fing die halblaut gemurmelten Worte gerade noch auf und schrie aufgebracht: »Würdest du vielleicht deine Arbeit aufgeben, die dir so wichtig ist, Guy? Würdest du diesen schwachen, ewig kranken Leuten, um die du dich so rührend kümmerst, den Rücken kehren, um dich dafür um deinen Sohn zu kümmern?« Sie schleuderte das Messer auf die Trockenablage des Spülbeckens. »Würdest du als Partner zu Vater in die Praxis gehen, wie ich dir das immer wieder vorgeschlagen habe? Wir hätten mehr Geld, wenn du es tätest ... Und wenn wir mehr Geld hätten, wäre es vielleicht einfacher, eine Kinderfrau zu finden. Und wenn du nicht jeden Tag in die Malt Street und wieder zurück fahren müßtest, wärst du vielleicht mehr zu Hause. Also, wie ist es, Guy? Würdest du das tun? Würdest du diesmal tun, was *ich* will?«

Er schwieg lange. Dann sagte er leise und ruhig: »Nein, Eleanor.« Er nahm sein Jackett von der Stuhllehne und ging.

»Wohin willst du?« rief sie ihm nach. »Das Abendessen ist bald fertig.« Aber er antwortete nicht. Als sie die Haustür zufallen hörte, stand sie einen Moment wie erstarrt, die Fingernägel in die Handballen gegraben. Dann kippte sie den kalten Tee aus den beiden Tassen ins Spülbecken und begann mit ungewohnt schwerer Hand den Pastetenteig auszurollen.

Während sie die Pastete fertig machte und mit Milch bepinselte, war sie sich eines Anflugs von Furcht bewußt, in die sich Zorn mischte. Sie hatte das bedrückende Gefühl, daß irgend etwas in diesem Gespräch ihr entgangen war; als hätte Guy mit seiner Frage, ob Oliver nach Hause kommen könne, noch eine zweite, ganz andere Frage gestellt. Eleanor schob die Keramikform mit der Pastete so ungestüm in das Backrohr, daß der ganze Herd schepperte, dann ging sie in den Salon und schenkte sich einen Gin ein.

Der Augustnachmittag war brütend heiß. Ausgerüstet mit einer großen Decke, einem Picknickkorb und einem Koffergrammophon, gingen Rufus und Faith aus dem Haus.

Als sie die Straße überquerten, hörte Faith jemand ihren Namen rufen und drehte sich um. Sie sah Guy, der ihnen nachlief, und wartete, bis er sie eingeholt hatte.

Er wirkte erregt und war außer Atem. »Faith«, sagte er drängend, »ich muß dich unbedingt sprechen.«

»Komm doch mit. Wir wollen irgendwo Picknick machen.«

Sie nahmen den Weg zum Park. Guy machte ein düsteres Gesicht, rauchte und sprach kaum ein Wort. Faith zuckte im Geist die Schultern und achtete nicht auf ihn. Sie unterhielt sich mit Rufus. Bei Mrs. Childerley holte sie den alten Hund ab und legte ihn an die Leine. Unfähig, das drückende Schweigen noch länger zu ertragen, sagte sie schließlich: »Herrgott noch mal, Guy, was ist denn los? Was habe ich denn jetzt wieder getan?«

Er sah sie ehrlich erstaunt an. »Getan? Gar nichts, Faith. Du hast nichts getan.«

Sie hatten den Park erreicht und gingen durch die lange Lindenallee. Blaßgrüne Lindenblüten sanken durch die stille Luft. Faith ließ den Hund von der Leine, und er rannte schnüffelnd um die Bäume.

»Dann mach nicht so ein finsteres Gesicht, Guy. Wenn du schlechte Laune hast, warst du immer schon schrecklich.«

»Aber das ist es gar nicht. Ich wollte nur –«

»Da drüben unter den Bäumen sind Stella und Jane«, rief Rufus.

Sie lagerten unter den Linden und aßen. Wolken verhängten die Sonne, und die Luft war so heiß und schwer, daß Faith meinte, sie müßte sie mit den Händen greifen können. Betäubend lag die Hitze über dem Spätnachmittag, und die Gespräche waren träge und bruchstückhaft. Jedes gesprochene Wort schien schwebend im Raum zu hängen wie die fallenden Lindenblüten. Faith, Stella und Jane hielten eine oberflächliche Unterhaltung aufrecht.

Guy saß an einen Baumstamm gelehnt und zupfte einem Gänseblümchen die Blütenblätter aus, und Rufus lag ausgestreckt im Gras, rauchte und hüllte sich in Schweigen. Faith wußte, daß es ihm nach jeder Überquerung des Atlantik schwerer fiel, auf sein Schiff zurückzukehren.

»Hast du eigentlich mal von deinem gutaussehenden Bruder gehört, Faith?« fragte Stella.

»Jake hat gerade Urlaub. Er ist bei meinen Eltern in Norfolk. Danach kommt er nach London, ich weiß nur noch nicht wann.« Faith warf einer Schar Spatzen Brotkrümel zu und beobachtete, wie Guy aufstand und davonging.

Unter den Bäumen flogen die Worte hin und her.

»Bruno macht wieder ein Fest.«

»Kommst du auch, Rufus?«

»Ich möchte wissen, wo er die Fressalien herbekommt. Er muß tolle Beziehungen haben.«

»Fragt sich nur, zu was für Kreisen.«

»Sogar Linda ist der Dosenlachs ausgegangen.«

»Die habe ich seit einer Ewigkeit nicht gesehen.«

»Irgend jemand hat mir erzählt, sie hätte eine ganz heiße Affäre.«

»Also, was *Heißes* kann ich mir bei Linda wirklich nicht vorstellen.«

»Und wer ist der Glückliche? Sag schon.«

»Sie tut sehr geheimnisvoll ...«

Guy stand allein, abseits von den anderen. Die Hände in den Jackentaschen, starrte er über das hitzedürre Gras in die Ferne. Gespräche und Grammophonmusik blieben zurück, als Faith zu ihm trat.

»Was ist los?« fragte sie beinahe schroff. »Ist es die Arbeit? War sie so schlimm in letzter Zeit?«

»Nein, eigentlich nicht. Es war eher Routine.« Er rauchte. Als er ihr seine Packung Zigaretten hinhielt, schüttelte sie verneinend den Kopf. »Ich hätte nie gedacht, daß mir die Bomben mal fehlen würden, aber neulich Nacht war es beinahe so.« Er lächelte flüchtig. »Sie haben mich wenigstens wach gehalten.«

»Ja, bei uns in der Zentrale ist es auch furchtbar langweilig. Ich habe das Gefühl, ich sitze die ganze Zeit nur rum und spiele Poker.« Faith sah ihn fragend an. »Hast du mit Eleanor Streit gehabt?«

Er sagte: »Wir – wir hatten eine Meinungsverschiedenheit« und warf den Zigarettenstummel ins Gras. Die farblosen dürren Halme glühten rot auf. Er sah zu, wie sie verbrannten.

Sie hätte ihn gern bei der Hand genommen oder ihm den Arm um die Schultern gelegt, aber sie tat es nicht. Er hatte so etwas Distanziertes, und es ging eine solche Spannung von ihm aus, daß sie fürchtete, bei einer Berührung würde sein Zorn in tausend scharfe Stücke zerspringen und eines von ihnen würde sie durchbohren.

Es hatte endlich zu regnen begonnen: dunkle, schwere Tropfen, die das welke Gras tränkten.

Sie fragte: »Weshalb wolltest du mich sprechen, Guy?« Aber er sah auf seine Uhr und schüttelte den Kopf.

»Ein andermal vielleicht. Ich muß ins Krankenhaus. Ich bin schon zu spät.«

Er entfernte sich von ihr. Faith rief den Hund. Unbehagen, Angst beinahe, quälten sie. Sie fühlte sich an die Augenblicke zwischen dem Heulen der ersten Sirene und dem Abwurf der ersten Bomben erinnert. Es ist das Wetter, dachte sie, während sie in den Regen starrte, der auf die staubige Erde hinunterprasselte. Das Geräusch übertönte den Klang von Rufus' Schritten; als er sie ansprach, fuhr sie zusammen.

»Ich glaube, er war gar nicht begeistert von dieser netten Gesellschaft.«

Wie Rufus blickte sie Guy nach, der schnell in Richtung Parktor davonging.

»Wie steht's denn zwischen euch?«

»Alles bestens«, versicherte sie lächelnd und leinte den Hund an.

»Du hast ihn geliebt.«

Es klang wie eine Anklage.

»Das ist vorbei«, erwiderte sie mit Bestimmtheit. »Wir sind jetzt nur gute Freunde.«

Zuerst sagte er nichts, aber dann fragte er: »Glaubst du das im Ernst?«

»Ja. Warum nicht?«

»Weil aus so einer Liebe keine Freundschaft werden kann.«

»So ein Quatsch!« Die anderen waren losgelaufen, um sich irgendwo unterzustellen. Faith hob den Picknickkorb auf und legte die Decke zusammen.

»Wirklich?«

»Aber natürlich. Und was meinst du überhaupt mit ›so eine Liebe‹?«

»Leidenschaftliche Liebe. Du hast selbst zugegeben, daß du Guy Neville neun Jahre lang geliebt hast, Faith.«

Ohne auf den Regen zu achten, der über ihr Gesicht strömte und ihr dünnes Baumwollkleid durchnäßte, begann sie zum Parktor zu laufen. »Ich war ein *Kind*«, rief sie über ihre Schulter zurück. »Mit Leidenschaft hatte das nichts zu tun. Nie!« Aber gleichzeitig fiel ihr der Traum von dem Schlangenbiß ein, und sie war froh um den kalten Regen, der ihr heißes Gesicht kühlte.

Am Tor holte Rufus sie ein. »Und natürlich ist er auch ganz verrückt nach dir«, sagte er im Vorbeilaufen bitter und ließ sie allein auf der Straße stehen.

Zwei sehr große Gin mit Tonic beruhigten Eleanor ein wenig. Als sie zum Schlafzimmerfenster hinausschaute, sah sie, daß sich graue Wolken vor die Sonne geschoben hatten und erste Regentropfen an den Fensterscheiben herabliefen. Sie zog ihre zerknitterten Kleider aus, wusch sich das Gesicht und bürstete ihr Haar. Sie nahm ein Kleid aus rotem Crêpe de Chine aus ihrem Kleiderschrank und schminkte sich vor dem Spiegel ihres Toilettentischs mit Sorgfalt. Dann sah sie auf ihre Uhr. Sieben. Zeit zum Abendessen. Sie wußte nicht, ob Guy an diesem Abend Dienst hatte oder nicht, aber selbst wenn, kam er normalerweise zum Abendessen nach Hause.

In der Küche sah sie nach der Pastete und stellte befriedigt fest, daß sie schön aufgegangen und die Kruste goldbraun gebacken war. Das Gemüse hatte gerade noch den richtigen Biß. Sie deckte den Tisch und zündete Kerzen an. Der Regen trommelte auf die Pflastersteine im Hof und sickerte die Kellertreppe hinunter. Eleanor wußte, daß Guy nicht nachtragend war. Seine Zornausbrüche waren meist die Produkte von zuviel Arbeit und zuwenig Schlaf. Und sie war überzeugt, daß er mit etwas Zeit zum Überlegen einsehen würde, daß sie recht hatte, und Oliver in Derbyshire lassen würde. Letztendlich hatte Guy sich stets ihrer Meinung angeschlossen. Das war immer so gewesen. Er konnte störrisch sein, aber er ging Konflikten gern aus dem Weg. Es kam nur darauf an, beredsam und bestimmt genug zu sein.

Um Viertel nach sieben stellte Eleanor die Pastete wieder ins Rohr, um sie warm zu halten. Um halb acht blies sie die Kerzen aus. Um acht Uhr goß sie sich noch einen Drink ein und setzte sich in den Salon. Als es um zwanzig nach acht draußen läutete, vermutete sie, Guy habe seinen Schlüssel vergessen, und beschloß auf dem Weg vom Salon zur Haustür, daß sie ihm vergeben würde, wenn er genug Reue zeigte.

Sie zog die Tür auf. Draußen stand Jake Mulgrave. Vom Alkohol leicht benebelt, starrte Eleanor ihn verdutzt an.

»Ist Guy zu Hause?« fragte Jake.

Eleanor schüttelte stumm den Kopf.

»Faith vielleicht? Ich dachte, sie wäre vielleicht bei Ihnen zum Abendessen. Ich war schon in der Mahonia Road, wissen Sie, aber da war kein Mensch zu Hause.«

Plötzlich packte Eleanor ein schrecklicher Verdacht. Wo wohl würde Guy nach einem Streit mit ihr Trost suchen? Doch bestimmt bei dieser Person! Obwohl der Abend immer noch schwül war, fröstelte sie.

»Guy wird jeden Moment nach Hause kommen.« Es kostete sie große Konzentration, ihre Worte klar zu artikulieren. Der Gin und ein heftig brodelndes Gefühl – Wut, vermutete sie – drohten sie um ihre Haltung zu bringen.

Sie zwang sich zu einem Lächeln. »Ihre Schwester habe ich in letzter Zeit gar nicht gesehen. Möchten Sie nicht eintreten, Jake?«

Er folgte ihr ins Haus. Sie stellte sich Faith und Guy zusammen vor. Guy, wie er sein Herz ausschüttete; Faith, wie sie ihm Trost bot und sich seine Aufgewühltheit zunutze machte.

»Darf ich Ihnen etwas zu trinken anbieten, Jake?« Im Salon goß sie ihm einen Whisky ein und sich selbst noch einen Gin. Sie meinte, sich gut im Griff zu haben; sie war zufrieden mit sich, so gelassen und normal, wie sie wirkte. Aber als sie den Korken wieder in die Flasche drückte, zitterte ihre Hand.

»Ich war gerade ein paar Tage in Norfolk bei meinen Eltern«, erklärte Jake. »Ich wollte Guy wegen meiner Mutter um Rat fragen. Ich mache mir Sorgen um sie, darum bin ich früher als geplant nach London gekommen. Ich habe den Eindruck, daß es ihr nicht gutgeht. Aber sie will nicht zum Arzt gehen. Ich dachte, mit Guy würde sie vielleicht sprechen.«

»Ihre Mutter ist wahrscheinlich nur müde und erschöpft wie wir alle«, meinte Eleanor. Sie hörte Jake nur mit halbem Ohr zu; das Bild von Guy und Faith in inniger Zweisamkeit ging ihr nicht aus dem Kopf. »Es ist sicher nichts

Ernstes, weshalb Sie sich Sorgen machen müßten.« Sie blickte zum Fenster hinaus und sagte: »Es regnet immer noch in Strömen.« Dann sah sie Jake an und betrachtete ihn eine Weile schweigend. Sein helles Haar, kurz geschnitten, seit er beim Militär war, hatte sich in der Feuchtigkeit des Regens leicht gelockt, und seine Augen wirkten sehr blau in dem sonnengebräunten Gesicht. Männer in Uniform hatten ihr immer gefallen. Sie dachte oft, wie schade es war, daß Guy keine Uniform trug.

»Möchten Sie nicht zum Abendessen bleiben, Jake?«

»Tja, ich...«

»Aber natürlich. Ich hoffe, es stört Sie nicht, in der Küche zu essen. Es ist viel gemütlicher.«

Er begann Einwände zu erheben, aber sie achtete gar nicht auf ihn, sondern ging ihm voraus die Treppe hinunter ins Souterrain. In der Küche war es sehr warm und stickig. Der Regen trommelte unaufhörlich an die Fenster. Eleanor machte sich ein Vergnügen daraus, Guys Abendessen Jake Mulgrave zu servieren. Sie selbst aß nichts, trank nur. Sie hätte nichts essen können; jeder Bissen wäre ihr im Hals steckengeblieben. Sie vertrieb sich die Zeit damit, Jake zu mustern. Er hatte ein Gesicht, dachte sie und war selbst überrascht über die für sie so untypische Vorstellungskraft, das man sich mit ein paar zusätzlichen Pinselstrichen als das Antlitz eines Engels auf einem Gemälde der Frührenaissance hätte vorstellen können.

»Das Leben beim Militär scheint Ihnen gutzutun, Jake«, bemerkte sie. »Sie sehen blendend aus.«

Er blickte auf und lächelte. »Das Militär ist verdammt langweilig, Eleanor, aber Sie haben recht, es geht mir blendend.«

Sie machte keine Bemerkung über seine derbe Ausdrucksweise, wie sie das bei Guy getan hätte. Im Gegenteil, daß er in ihrer Gegenwart eine solche Sprache gebrauchte, hatte beinahe etwas Aufregendes. Es gab ihr das

Gefühl, daß er sie in seine Welt einschloß. Als brächen sie und Jake, durch das Gewitter vom Rest der Stadt abgeschnitten, gemeinsam irgendwelche Regeln. Sie konnte nicht aufhören, ihn anzusehen. Er hatte kleine Schweißperlen auf der Stirn, und seine Hemdsärmel waren aufgerollt. So unsympathisch sie die ganze Familie Mulgrave fand, Jake mochte sie irgendwie.

»Sie nehmen doch noch etwas?« sagte sie und klatschte ihm den Rest der Pastete auf den Teller. Sie sah auf ihre Uhr. »Guy ist anscheinend im Krankenhaus aufgehalten worden. Da sind wir beide nun ganz allein. Aber mich stört das nicht im geringsten. Sie?«

Jake schüttelte den Kopf, lächelte und sah auf seinen Teller hinunter. »Sie verwöhnen mich, Eleanor. Ich werde dick und rund werden, und der arme Guy muß hungern.«

Sie berührte seine Hand. »Ich habe leider manchmal das Gefühl, daß ich für Guy selbstverständlich geworden bin. So was passiert bei alten Ehepaaren leicht.« Ihr Lachen klang, selbst in ihren eigenen Ohren, reichlich seltsam. Ihre Hand lag immer noch auf der seinen. Seine Haut war kühl; sie ahnte die Muskeln und Sehnen darunter. Sie wünschte sich plötzlich, Jake würde mit dem Daumen die Innenseite ihrer Hand liebkosen, seinen Mund in diese Mulde drücken. Es geschah selten, daß es sie nach körperlichem Kontakt verlangte, und die unerwartete Heftigkeit ihres Verlangens erschreckte sie beinahe.

»Was meinen Sie, Jake?« Immer noch diese sonderbare Rauheit in ihrer Stimme. »Wollen wir beide uns einen netten Abend gönnen? Die Stadt unsicher machen? Nur wir beide, ganz allein?«

»Tut mir leid, Eleanor«, sagte er, »ich muß wieder los«, und als sie ihm ins Gesicht blickte, begriff sie, daß sie einen schweren Fehler begangen hatte. Er konnte seine Verblüffung und seine Abwehr nicht schnell genug verbergen. Jake Mulgrave, der nach allem, was man über ihn gehört hatte, gewiß nicht wählerisch war, hatte nicht das geringste Interesse an ihr. Ihr Gefühl, von ihm akzeptiert und in seine Welt aufgenommen zu sein, war Illusion gewesen. Seine Hand glitt unter der ihren weg, und sie blieb allein zurück, abgewiesen, ausrangiert. Sie hatte das gleiche Gefühl wie damals, vor Jahren, als sie Hilary Taylor wiedergetroffen hatte. Sie kam sich plump vor, unförmig und spießig. Wie eine alte Matrone.

Sie nahm seinen leeren Teller und trug ihn zum Spülbecken. Dann drehte sie den Wasserhahn auf. Klappernd fiel der Teller ins Wasser.

»Die Pastete war ein Gedicht, Eleanor«, hörte sie ihn sagen. »Sie kochen wirklich phantastisch«, und sie wußte, daß er versuchte sie zu beschwichtigen, weil er gemerkt hatte, daß er sie gekränkt hatte. Als Frau interessierte sie ihn nicht, aber er bildete sich ein, er könnte sie mit seinen halbherzigen Schmeicheleien über ihre häuslichen Talente trösten. Am liebsten hätte sie laut geschrien, ihm mitten ins Gesicht gespien. Aber sie tat keines von beiden. Sie verfügte über eine schärfere Waffe.

»Ich habe vor ein paar Tagen zufällig Ihren Vater gesehen, Jake«, sagte sie. »In Begleitung einer Freundin. Einer sehr guten Freundin, so wie es aussah. Sie kamen gerade aus einem Haus am Queen Square. Eine ganz reizende junge Frau. Groß, elegant, mit platinblondem Haar – Natur, würde ich sagen, nicht gefärbt.« Sie wischte sich die Hände an einem Geschirrtuch ab, drehte sich um und sah Jake lächelnd an. »Kennen Sie sie?«

Er antwortete nicht. Aber sie sah, wie blaß er unter der Sonnenbräune geworden war. Mit sadistischer Befriedigung stieß sie das Messer tiefer.

»Ralph schien ganz hingerissen von ihr. Es ist doch schön für Ihren Vater, meinen Sie nicht auch, Jake, daß er in London so vertraute Freunde hat.«

Sobald Jake den Holland Square hinter sich gelassen hatte, setzte er sich ins nächste Pub, an dem er vorüberkam. Er war bei seinem zweiten doppelten Scotch, als sein Verstand, der eine Zeitlang von Schock, Wut und Furcht außer Funktion gesetzt worden war, wieder zu arbeiten begann.

Es ist doch schön für Ihren Vater, Jake, daß er in London so vertraute Freunde hat.

Eleanor hatte ihm zu verstehen geben wollen, sein Vater habe ein Verhältnis mit Linda Forrester. Jake zwang sich, nüchtern zu überlegen, ob an ihren Unterstellungen etwas Wahres sein könnte. Er dachte daran, wie er seine Mutter in den Tagen in Norfolk erlebt hatte: blaß, müde, apathisch. Er hatte geglaubt, sie wäre krank; nur deshalb hatte er mit Guy sprechen wollen. War es möglich, daß er seelischen Kummer mit körperlicher Krankheit verwechselt hatte?

Jakes Gedanken sprangen zu Linda Forrester, schön, eiskalt, unmoralisch. Er hatte sie, wenn er in den vergangenen sechs Monaten in London auf Urlaub gewesen war, einige Male in ihrer Wohnung am Queen Square besucht. Von Anfang an war er sich der Aufforderung in den blaßblauen Augen bewußt gewesen, aber er hatte sie nie wahrgenommen. Dieser eiskalte blonde Engel war ihm irgendwie unheimlich. Was Ralph anging... Jake, der in einer Kaserne in Northumberland eingeschlossen war, hatte seinen Vater seit der Ankunft der Familie in England nur selten gesehen. War es möglich, daß Ralph in seinem Groll darüber, in einem Land leben zu müssen, das er haßte, zur Entschädigung Linda Forresters Gesellschaft gesucht und ein Verhältnis mit ihr angefangen hatte?

Unwillkürlich ballte Jake die Faust und schlug krachend auf den Tresen. Gläser klirrten, und der Wirt warf ihm einen warnenden Blick zu. Jake kippte den Rest seines Scotchs hinunter, bezahlte und machte sich auf den Weg zum Queen Square.

Durch die schwere Tür konnte er das schrille, beharrliche Läuten der Glocke hören. Eine Kette schepperte, ein Schloß knirschte, und sie sah durch den schmalen Spalt zwischen Tür und Pfosten zu ihm hinaus.

»Kann ich reinkommen?«

»Jake.« Linda hatte ein zartblaues Satinnégligé an. »Es ist spät.«

»Ich bin nur für eine Nacht in London. Ich hatte gehofft, du würdest zu Hause sein.« Er stieß die Tür weiter auf und trat ein. Als sie protestierte, legte er ihr einen Finger auf die Lippen. »Pscht. Denk an die Nachbarn.«

Er stieg die Treppe hinauf. Der Satin ihres Négligés raschelte, als sie sich an ihm vorbeidrängte. Die Tür zu ihrer Wohnung stand offen. Er ging hinein.

»Möchtest du etwas trinken, Jake?« fragte sie und ging schon zum Barschrank, um ihm einen Scotch einzuschenken. Als sie ihm das Glas reichte, sah sie ihn stirnrunzelnd an und sagte: »Was ist los?«

Seine ganze Selbstsicherheit, aus Zorn und Wut geboren, schien sich in Luft aufzulösen. Er brachte die Worte nicht über die Lippen. Hast du ein Verhältnis mit meinem Vater? Es auszusprechen würde es möglich erscheinen lassen. Er stammelte: »Jemand hat mir erzählt ...«

»Was, Jake?«

Er ging zum Fenster. Die Verdunkelung schloß so dicht ab, daß die Hitze des Tages im Zimmer eingesperrt war. Draußen donnerte es.

Ihr den Rücken zuwendend, sagte er: »Jemand hat mir erzählt, er hätte dich mit meinem Vater gesehen.« Danach drehte er sich um, weil er ihr Gesicht sehen wollte, aber ihre glatten Züge verrieten nichts.

»Mit deinem Vater?« wiederholte sie.

»Ja.«

Sie sagte nichts. Das gedämpfte Licht im Zimmer ließ ihr Gesicht im Schatten. Jake hatte Kopfschmerzen und verspürte einen Anflug von Übelkeit. Das Wetter, vermutete er, oder die gigantische Mahlzeit, die Eleanor ihm aufgetischt hatte.

»Ralph ist ein Freund von mir«, begann sie und brach unvermittelt ab. »Du glaubst doch nicht –«, begann sie von neuem. Ihre Augen waren sehr groß und eisblau im Lampenlicht. »Willst du mir etwa sagen, jemand hätte behauptet, daß Ralph und ich – daß dein Vater und ich eine Affäre haben?«

Er antwortete nicht, sah sie nur schweigend an. Sie lachte in einem merkwürdigen Ton und kam durch das Zimmer auf ihn zu. »Jake, du kannst doch nicht im Ernst glauben, daß ich ein Verhältnis mit deinem Vater habe?« Sie starrte ihn an. »Doch, du glaubst es. Du glaubst es tatsächlich. Du lieber Gott!« Ihre Miene veränderte sich. »Ich denke, du gehst jetzt besser, Jake.« Sie eilte zur Tür und öffnete sie. »Bitte!«

Er blieb am Fenster stehen und rührte sich nicht. »Noch nicht. Nein, Linda, ich gehe noch nicht. Erst muß ich die Wahrheit wissen.«

»Deine Meinung steht doch offensichtlich bereits fest.« Lindas Stimme war kalt. Aber als er keine Anstalten machte zu gehen, ließ sie die Tür zufallen und setzte sich aufs Sofa.

»Wer hat dir diesen Unsinn erzählt?«

»Du kennst die Person nicht.«

»Ein Freund, Jake. Oder eine Freundin?«

Er erinnerte sich des Hasses in Eleanors Blick, als sie sich umgedreht und ihn angesehen hatte. Er schauderte. »Nein«, sagte er. »Nein, eine Freundin ist sie sicher nicht.«

Linda zuckte die Schultern. »Na also.«

Jake schloß die Augen und rieb sich die schmerzende Stirn. »Warum hätte sie mich belügen sollen?«

»Woher soll ich das wissen? Vielleicht war sie wütend – oder eifersüchtig.«

»Eifersüchtig?«

Sie lehnte sich auf dem Sofa zurück und musterte ihn. »Du bist ein sehr attraktiver Mann, Jake. Obwohl ich sagen muß, daß du im Moment ziemlich furchterregend aussiehst.« Ihre Stimme war eine Spur wärmer geworden.

»Ich hab' Kopfschmerzen«, murmelte er.

»Ach, du Armer.« Sie klopfte auf die Polster neben sich. »Komm her. Komm zu mir, Jake. Und hör auf, so ein grimmiges Gesicht zu machen – kein Wunder, daß du Kopfschmerzen hast.«

Unwillig setzte er sich neben sie.

»Mach die Augen zu, Darling«, befahl sie und begann, mit den Fingerspitzen seine Schläfen zu massieren. Während die Kopfschmerzen langsam nachließen, versuchte er, sich der genauen Folge der Ereignisse dieses Abends zu erinnern. Eleanor hatte ihm Guys Abendessen aufgedrängt. Dann hatte sie ihre Hand auf die seine gelegt (das an sich war schon ein Schock gewesen: bisher hatte sich körperliche Berührung auf einen kurzen Händedruck beim Abschied beschränkt), und danach hatte sie ihm ein Angebot gemacht. In der Rückschau schien es unglaublich, aber es war wahr: Eleanor Neville hatte ihm ein Angebot gemacht.

»Besser, Darling?«

»Ja. Danke.« Ihre Berührung hatte eine unerwartet angenehme Lethargie hervorgerufen. Er dachte, Eleanor hat sich diese schmutzige Geschichte nur ausgedacht, weil sie wütend auf mich war und mich verletzen wollte. Er war zutiefst erleichtert. »Ich gehe jetzt besser«, sagte er und wollte aufstehen.

»Das ist doch Unsinn! Es gießt in Strömen, Jake. Da jagt man keinen Hund vor die Tür.« Mit der flachen Hand stieß sie ihn aufs Sofa zurück.

»Dann stimmt es also nicht –«

»Jake!« Sie brachte ihn zum Schweigen, indem sie ihren

Mund auf den seinen drückte. Er spürte, wie sie mit ihren schlanken Fingern sein Hemd aufknöpfte. Dann setzte sie sich rittlings auf seine Knie und umschloß sein Gesicht mit beiden Händen. Er ließ der Begierde freien Lauf, ließ sie die quälenden Gedanken fortspülen.

Es war fünf Uhr morgens, als Faith nach Hause kam. Sie warf ihre Tasche im Flur ab und ging in die Küche. Als sie gerade Wasser in den Kessel laufen ließ, nahm sie hinter sich eine Bewegung wahr. Erschrocken fuhr sie herum.
»Rufus?« sagte sie und dann, als sie den Mann, der am Tisch saß, erkannte: »Jake!«
In der Dunkelheit konnte sie nur den blassen Glanz seines Haars ausmachen. »Ist der Strom schon wieder ausgefallen?«
»Ich weiß nicht. Ich hab' gar nicht versucht, Licht zu machen.«
Sie tastete nach dem Schalter; Licht durchflutete den Raum. Jake saß am Tisch, das Kinn auf die geballten Fäuste gestützt. Vor sich hatte er Flasche und Glas.
»Trinkst du auch einen, Faith?« fragte er.
Sie schüttelte den Kopf. »Nein, danke. Ich habe dich erst in ein paar Tagen erwartet, Jake.« Sie legte ihre Gasmaske und den Trenchcoat auf dem Tisch ab. »Was tust du hier?«
»Ich denke nach.« Er sah sie an. »Das ist mal was ganz Neues, hm?«
Das Gefühl des Unbehagens, das sich am vergangenen Tag in der drückenden Hitze des Parks zusammengezogen hatte, wurde stärker, als sie ihn betrachtete. »Du bist betrunken, Jake. Leg dich ins Bett und schlaf erst mal deinen Rausch aus.«
Er beachtete sie nicht. »Ich versuche, Klarheit zu bekommen.« Sie bemerkte, daß seine Hand zitterte, als er das Glas zum Mund führte. »Ich bemühe mich um eine wohl-

überlegte Bewertung der Fakten.« Er lächelte, aber das Lächeln erreichte seine blauen Augen nicht. »Macht mir ziemliche Schwierigkeiten, ehrlich gesagt – ich bin mehr der Typ, der erst handelt und dann denkt.«

»Was für Fakten?« fragte sie. »Worüber versuchst du Klarheit zu bekommen?«

Er sagte nichts, stand nur leicht schwankend auf, ging zur Hintertür und öffnete sie. Regen trommelte auf die Stufe und rann in die Küche.

»Ich bin schon gestern gekommen, Faith. Ich wollte zu dir. Und zu Guy. Du warst nicht da, also bin ich zum Holland Square gefahren. Aber Guy war auch nicht zu Hause.«

»Er war mit mir zusammen. Rufus, Guy und ich – wir waren im Park. Mach doch die Tür zu, Jake. Das Licht –«

Er trat vor die Tür und hob sein Gesicht in den Regen. Wasser strömte ihm über Augen, Nase und Mund. »Aber Eleanor war da«, fuhr er fort. »Da hab' ich mich eben mit ihr unterhalten. Oder, genauer gesagt, sie hat sich mit mir unterhalten.«

»Jake! Was ist los?«

Er drehte sich nach ihr um. Sein Hemd war an Schultern und Brust dunkel von der Nässe. »Eleanor hat mir einen Drink gemacht und mich zum Abendessen eingeladen.«

»Jake!« Sie hatte plötzlich Angst. »Was ist geschehen?«

»Nichts.« Seinem Blick fehlte alles Gefühl, als er sie ansah. Es war beinahe so, als kenne er sie nicht. »Nichts ist geschehen«, wiederholte er. »Eleanor hat mir ein köstliches Abendessen aufgetischt, und wir haben ein bißchen miteinander geplaudert. Und dann –«

Sie unterbrach ihn. »Was hat Eleanor zu dir gesagt, Jake? Ist Guy –«

»Guy geht es bestens, denke ich. Ich habe ihn nicht gesehen. Ich mußte nur sein Abendessen verputzen.« Jake fröstelte. »Aber es war komisch – beim Essen mußte ich die ganze Zeit an Hänsel und Gretel und die böse Hexe denken. Es war so, als wollte sie mich mästen, um mich dann in den Ofen schieben zu können. Aber von Guy hat sie kaum gesprochen. Nein – sie wollte mir was über Papa erzählen.«

»Über Papa?« Faith war verwirrt.

»Ja. Eleanor sagte, Papa hätte eine Affäre mit Linda Forrester.«

Sie begriff nicht. Sie starrte Jake an, und er lachte.

»Eleanor ist ein gemeines Miststück, Faith. Das weiß ich jetzt. Ich möchte nur wissen, warum Guy sie geheiratet hat. Kurz und gut, ich bin daraufhin bei Linda gewesen. Sie hat es bestritten, und ich dachte, na also, alles in Ordnung, *ganz klar*, daß Papa so etwas nie tun würde. Ich meine – es würde ihm doch nicht im Traum einfallen, oder?« Er runzelte die Stirn. »Aber seit ich bei Linda weg bin, geht mir unentwegt derselbe Gedanke durch den Kopf – was hätte sie sonst sagen sollen?« In spöttischem Falsett fügte er hinzu: »›Aber ja, Jake, dein Vater und ich treiben es seit sechs Monaten miteinander.‹«

»Das ist doch nur Klatsch, Jake«, sagte Faith beschwörend. »Gemeines Gerede.« Aber sie erinnerte sich mit plötzlicher Beklemmung an das Gespräch im Park.

Er merkte, daß etwas sie beschäftigte. »Was ist?« fragte er und ging zu ihr. »Was ist los, Faith?«

Sie schüttelte den Kopf. »Nichts.«

Er packte sie beim Oberarm und schüttelte sie. »Sag's mir!«

Tränen sprangen ihr in die Augen. »Jemand hat mir erzählt, Linda hätte eine Affäre, das ist alles. Keiner wußte, mit wem.« Der Druck seiner Finger schmerzte. »Du tust mir weh, Jake.«

Er ließ sie los. Sein Gesicht war grau. Er streifte seine Hemdsärmel herunter und knöpfte die Manschetten.

»Aber das ist doch nur Unsinn, Jake«, rief sie. »Es stimmt nicht. Niemals würde Papa Mama so etwas antun. Er *liebt* sie.« Die Tränen liefen ihr über das Gesicht.

Jake nahm Schlüssel und Kleingeld vom Tisch, schob sie in die Tasche und griff nach seinem Jackett. Als er aus dem Zimmer stürmte, rief Faith ihm nach: »Wohin willst du, Jake?«, aber statt einer Antwort hörte sie nur das Krachen der Haustür, die hinter ihm zufiel.

Er wartete in einer Türnische gegenüber von Linda Forresters Wohnung. Wenn nötig, würde er bis in alle Ewigkeit warten.

Er erinnerte sich an Lindas scheinbare Verwirrung, ihre Gekränktheit über seine Unterstellung und die plötzliche gefühlvolle Anteilnahme, die sie zur Schau getragen hatte. Die sanfte Berührung ihrer Fingerspitzen an seiner Stirn hatte ihn abgelenkt; die Begierde nach ihrem geschmeidigen Körper, der sich an ihn drängte, hatte alle Gedanken ausgelöscht. Zu einfach, dachte er grimmig. Viel zu einfach.

Immer noch war aus der Ferne dumpfes Donnergrollen zu vernehmen, und hin und wieder erhellte ein Blitz die frühmorgendlichen Straßen. Regen prasselte auf Fahrbahnen und Bürgersteige und strömte glucksend die Gosse hinunter. Die Gewitterstimmung schien Jake wie eine angemessene, wenn auch banale Kulisse für die Ereignisse der letzten vierundzwanzig Stunden. Im Schutz der Türnische rauchte er eine Zigarette nach der anderen und wartete, während der Luftschutzwart nach Hause eilte, der Milchwagen durch die Straße ratterte, der Zeitungsjunge auf seinem Fahrrad vorübersauste.

Dann gewahrte er eine hochgewachsene Gestalt in schwingendem schwarzen Mantel und Schlapphut, hörte einen vertrauten Schritt. Er warf den Zigarettenstummel weg und trat ihn aus, bevor er sich in den Schatten zurückzog. Im gespenstischen Gewitterlicht sah er seinen Vater vor dem Haus stehenbleiben, in dem Linda Forrester wohnte. Er sah ihn läuten und warten. Nach einer Weile zeigte sich im dunklen Spalt der halbgeöffneten Tür ein Schimmer hellen Haars. In der letzten Nacht hatte er dieses seidenweiche Haar durch seine Finger rinnen lassen; hatte es an seinen Mund gedrückt. Ihn schauderte bei der Erinnerung.

Er sah, wie sie die Straße hinauf- und hinunterblickte. Um sicherzugehen, daß er nicht in der Nähe war, vermutete er; er hatte sie nervös gemacht. Ralph zog einen Blumenstrauß aus den Falten seines weiten Mantels. Die beiden küßten sich. Jake stieg die Galle hoch. Dann ging sein Vater davon. »Heute nicht, mein Schatz« – sie hielt ihn am Gängelband.

Er hörte das Einschnappen des Schlosses, als die Haustür hinter ihr zufiel, und wartete, bis Ralph die nächste Straßenecke erreichte und abbog. Erst dann überquerte er die Straße, drückte den Daumen auf die Klingel zu ihrer Wohnung und läutete Sturm.

Diesmal nahm sie die Sicherheitskette nicht ab, bevor sie öffnete. Er sah das Erschrecken in ihrem Gesicht, als sie ihn erkannte, und schob Fuß und Schulter in den Spalt, bevor sie ihm die Tür vor der Nase zuschlagen konnte.

»Jake –«

Er sagte: »Ich möchte wissen, warum du dir meinen Vater als Liebhaber ausgesucht hast. Hast du es getan, um mir eins auszuwischen?«

Er sah, wie sie sich mühte, ihre Fassung wiederzugewinnen. Sie lachte kurz. »Jake ... Ich weiß überhaupt nicht, was du da redest.«

»Die Frage ist doch ganz einfach. Hast du die Affäre mit meinem Vater angefangen, um mich dafür zu bestrafen, daß ich dich abgewiesen habe? Es fällt mir schwer zu glauben, daß seine Reize für dich unwiderstehlich waren. Oder hast du ein Faible für alte Männer? Der arme Harold ist ja wohl auch so um die Fünfzig. Ich hatte allerdings immer den Eindruck, du hättest ihn seines Geldes wegen geheiratet.«

Hinter ihr öffnete sich die Tür einer der Erdgeschoßwohnungen. Ein Kopf erschien in der Öffnung. »Oh, entschuldigen Sie die Störung, Mr. Lockwood«, flötete Linda. »Wir sind hier gleich fertig.« Dann zischte sie: »Mach endlich, daß du wegkommst, Jake.«

Er rührte sich nicht von der Stelle. »Ich gehe erst, wenn du mir die Wahrheit gesagt hast.«

Sie sah ihn mit Unschuldsblick an und lächelte. »Ralph und ich – ich glaube, du hast da etwas falsch verstanden, Jake. Du hast uns eben zusammen gesehen, aber deswegen darfst du doch nicht gleich glauben ...«

»Hör auf! Verdammt noch mal, Linda – ich bin vielleicht ein bißchen blöd, aber so blöd bin ich dann doch nicht.«

Ihre Miene wurde kalt: »Soll ich dir mal was sagen, Jake? Die Sache geht dich überhaupt nichts an. Ralph und ich sind erwachsene Menschen. Was wir tun und lassen, ist einzig unsere Angelegenheit.«

»Ach, und meine Mutter geht es wohl auch nichts an?«

Sie zuckte die Achseln. »Ralph ist kein Kind von Traurigkeit. Ich bin bestimmt nicht die erste.«

Er hatte Mühe zu sprechen; der Zorn erstickte ihn beinahe. »Es hat dich wütend gemacht, daß ich dich abgewiesen habe, stimmt's? Und als dann mein Vater auf der Bildfläche erschien, so offensichtlich triefend vor Selbstmitleid, hast du eine wunderbare Gelegenheit gesehen, dich zu rächen. Für dich hatte es vermutlich kaum Bedeutung. Nicht mehr als eine weitere Eroberung.«

Jetzt wurde auch sie zornig, ihre sonst so glatten Züge gerieten in Bewegung. »Aber für dich hatte die letzte Nacht offenbar große Bedeutung, hm, Jake?« Sie richtete ihre hellen, kristallharten Augen auf ihn. »Du willst die Wahrheit wissen? Na schön, ich sag sie dir. Die Wahrheit ist, daß ich die Geschichte mit deinem Vater angefangen habe, weil mich dieses ganze elende Leben zu Tode langweilt – dieser langweilige Krieg, das langweilige Essen, die langweiligen Kleider, die Unmöglichkeit, aus diesem gräßlichen, tristen Land herauszukommen. Ralph ist erfrischend, verstehst du? Er ist amüsant.« Sie sah ihn an. »Es war, ehrlich gesagt, nicht ohne Reiz, mit euch beiden zu schlafen, Jake. Wirklich eine willkommene Zerstreuung, die mich von vielem Unerfreulichem abgelenkt hat. Vater und Sohn – ich glaube, das hatte ich vorher noch nie geschafft.« Sie lachte beim Anblick seines Gesichts. »Na hör mal, Darling, du wirst mir doch jetzt nicht zum bigotten kleinen Spießbürger werden, bloß weil du hören mußt, daß du in Papas Fußstapfen getreten bist!«

Er hatte plötzlich ein lebhaftes Bild ihres nackten Körpers vor sich, begierig und erregt. »Wenn du dich noch ein einziges Mal mit meinem Vater triffst«, flüsterte er, »bring ich dich um. Merk dir das.« Dann ging er, unfähig, ihre Nähe auch nur einen Augenblick länger zu ertragen.

Im wäßrigen Licht des frühen Morgens streifte er ziellos durch die vom Gewitter blankgewaschenen Straßen. Er wußte, daß er nicht sie haßte. Er haßte zwei Menschen – seinen Vater und sich selbst.

Manchmal war Faith ganz sicher, daß sie recht hatte und Vater unmöglich Linda Forresters Liebhaber sein konnte. Niemals würde er Poppy auf so gemeine Weise verraten. Er mochte streiten und schmollen und trotzen, er mochte es noch so dringend nötig haben, sich in den Blicken bewundernder Freunde gespiegelt zu sehen – niemals würde er Verrat begehen. Dennoch blieben Zweifel. Die ganze Nacht lang liefen in ihrem Kopf immer wieder dieselben Erinnerungsbilder ab – Ralph, wie er umgeben von Brunos speichelleckerischen Freunden an Lindas Tisch saß; Ralph in Heronsmead, unzufrieden, isoliert und voller Groll. Poppys Blick, als sie gesagt hatte: Ich dachte, er wohnt bei dir, Faith.

Um acht stand sie auf, machte eilig Toilette und begab sich auf den Weg zum Queen Square. Auf den Straßen glänzten Pfützen vom Regen der vergangenen Nacht. Ein Sperrballon, den ein Blitz befreit hatte, trieb in flatternden silbernen Fetzen am Himmel. Bei Linda Forrester angekommen, läutete Faith und wartete, aber es blieb alles still. Nach einer Weile ging sie wieder.

Als sie an einer Telefonzelle vorbeikam, trat sie ein. Den Blick auf den Hörer gerichtet, überlegte sie: Wenn sie jetzt Bruno Gage und seine Freunde anrief, um ihren Vater ausfindig zu machen, was würde sie dann zu ihm sagen, wenn sie ihn gefunden hatte? Papa, ich bin's, Faith. Ist es wahr, daß du mit Linda Forrester ein Verhältnis hast? Sie drehte dem Hörer den Rücken und trat wieder auf die Straße hinaus.

Die Sonne kam hinter der dünnen Wolkendecke hervor. Faiths Stimmung hellte sich auf. Jake mußte Eleanor mißverstanden haben; oder Eleanor hatte das, was sie beobachtet hatte, falsch aufgefaßt. Die gute Eleanor, so steif und konventionell, hatte wahrscheinlich einen rein freundschaftlichen Kuß beobachtet und irrtümlich mehr dahinter gesehen. Faith beschloß, zum Holland Square zu gehen.

Eleanor machte ihr eine Tasse Tee und schüttelte die Sofakissen auf, bevor sie sie aufforderte, sich zu setzen. Faith suchte noch nach der geeigneten Einleitung, als Eleanor, die mit dem Rücken zu ihr am Klavier stand und die Noten ordnete, sagte: »Ich bin froh, daß Sie vorbeigekommen sind, Faith. Ich wollte sowieso mit Ihnen sprechen.«

Faith zog den Löffel so heftig aus ihrer Tasse, daß Tee in

die Untertasse schwappte. »Wegen gestern abend?« fragte sie.

Eleanor legte die Noten in einem ordentlichen Stapel aufs Klavier. »Pardon?«

»Sie möchten mit mir über das sprechen, was Sie Jake erzählt haben?«

Eleanor drehte sich um. Sie machte ein verwundertes Gesicht. »Ich möchte mit Ihnen über *Guy* sprechen.« Ihre Stimme wurde leise, ihr Ton vertraulich. »Es wäre wirklich nett von Ihnen, wenn Sie ihn etwas weniger in Anspruch nehmen würden, Faith. Wissen Sie, er ist so überlastet und immer so müde. Er würde sich lieber die Zunge abbeißen als Ihnen das zu sagen, darum muß ich es für ihn tun. Sie nehmen mir das doch nicht übel, Faith, nicht wahr?«

Ihr Herz klopfte wie wild. »Ich soll Guy weniger in Anspruch nehmen?« wiederholte sie verständnislos.

»Ja. Guy weiß, wie sehr Sie sich auf ihn verlassen, und er fühlt sich verpflichtet, Ihnen entgegenzukommen.«

Er fühlt sich verpflichtet, Ihnen entgegenzukommen. Sie saß stocksteif und sagte kein Wort. Ihr Gesicht brannte. Sie dachte daran, wie Guy sie getröstet hatte, als sie gefürchtet hatte, verrückt zu werden; wie er ihr Gepäck zum Bahnhof getragen und wie er sich um den verletzten Hund gekümmert hatte.

»Er fühlt sich Ihnen und Ihrer Familie verpflichtet«, erläuterte Eleanor. »Er weiß, wie schwer es Ihnen allen gefallen ist, sich an England zu gewöhnen und sich hier einzuleben. Ich habe manchmal das Gefühl« – ein kleines Lachen – »daß sein Pflichtbewußtsein – eine ungeheure Last für ihn ist.«

Nur einige wenige Worte, und die Vergangenheit erschien in einem völlig anderen Licht. Zum erstenmal sah Faith sich als Bettlerin, als jemand, der Mitleid verdiente. Sie sagte leise: »Guy hat mir gegenüber keinerlei Verpflichtung.«

»Noch etwas Tee, Faith? Nein? Nun, ich nehme noch ein Täßchen.« Eleanor goß ein und gab Milch aus einem silbernen Kännchen dazu. »Guy neigt zum Überschwang, zu impulsivem Handeln, aber das wissen Sie wahrscheinlich. Er ist leicht zu manipulieren.«

Faith zwang sich, in diese undurchdringlichen dunklen Augen zu blicken. »Wie meinen Sie das, Eleanor?«

»Nun ja...« Wieder dieses kleine Lachen. »Es fällt mir nicht leicht, darüber zu sprechen. Ich meine, welche Frau gibt schon gern zu, daß ihr Mann in mancher Hinsicht recht – schwach ist?«

Die Luft in dem hohen geräumigen Salon schien plötzlich zu dünn zum Atmen. Faith hatte nur noch den Wunsch zu gehen.

»Mir ist klar«, fügte Eleanor hinzu, »daß Ihre Maßstäbe – die Maßstäbe Ihrer Familie – sich von den meinen unterscheiden, Faith. Sie halten mich vermutlich für eine altmodische und übertrieben betuliche Person.« Und nochmals dieses kleine Lachen.

»Nein. Nein, überhaupt nicht.« Faith schluckte krampfhaft. »Im Gegenteil, ich habe Sie immer bewundert, Eleanor. Aber ich verstehe nicht, was Sie mit den ›Maßstäben meiner Familie‹ meinen.«

»Ach nein? Wirklich nicht?«

Faith erkannte, daß sie in eine Falle gegangen war. »Sie sprechen von meinem Vater.«

Eleanor trank von ihrem Tee und schwieg.

Faith sagte heftig: »Sie müssen sich geirrt haben, Eleanor. Was Sie Jake gestern abend erzählt haben, das kann einfach nicht wahr sein.«

»Aber es ist wahr!« Eleanors Stimme war scharf. »O ja, es ist wahr. Ich bin vielleicht nicht so – so *erfahren* wie Sie, Miss Mulgrave, aber Sie können mir glauben, daß ich genau weiß, was ich gesehen habe. Ich hielt es für angebracht, Jake zu warnen. Scheidung ist ja etwas so Beschämendes, nicht wahr? Aber in gewisser Weise habe ich mich vielleicht doch getäuscht. Vielleicht sehen die Mulgraves die Dinge mit anderen Augen als ich. Die Franzosen haben ja, soviel ich weiß, nichts gegen außereheliche Affären. Und Sie und Ihre Familie sind weiß Gott in der Welt herumgekommen, nicht wahr?«

Faith stand auf, obwohl sie sich kaum auf den Beinen halten konnte. Aber Eleanor legte ihr die Hand auf den Arm und drückte sie wieder in den Sessel.

»Ich glaube an Beständigkeit, Miss Mulgrave. Und an innere Festigkeit.« Ihr Gesicht war eine Warnung, während sie mit harter, ruhiger Stimme zu sprechen fortfuhr. »Und auch Guy glaubt an diese Dinge. Im Unterschied zu mir allerdings ist er verführbar. Dennoch wäre es ihm unmöglich, ein Leben zu führen, wie Ihre Familie es führt. Er würde daran zerbrechen. Er braucht die Sicherheit und die Ordnung, die ich für ihn geschaffen habe. Mag sein, daß er glaubt, ohne sie auskommen zu können, aber er braucht sie. Er liebt seine Arbeit, und er liebt seinen Sohn. Er meint, er würde vielleicht einen anderen Lebensstil bevorzugen, aber ich bin überzeugt, es würde ihn vernichten, all das aufgeben zu müssen, was ich ihm gegeben habe. Sie sehen« – zum erstenmal gewahrte Faith die eisige Abneigung in Eleanors Augen – »Sie sehen, ich *kenne* ihn.«

»Aber lieben Sie ihn auch?« Faiths Stimme war ein Flüstern.

Eleanor zog die Augenbrauen hoch. »Ich habe mich eben bemüht, Ihnen klarzumachen, Miss Mulgrave, daß das nicht Ihre Sorge zu sein hat.«

Sie mußte ihren ganzen Mut zusammennehmen. »Meine vielleicht nicht, Eleanor, aber Ihre sollte es sein.«

Eleanor verlor einen Moment die Fassung. »Wie können Sie es wagen! Wie kommen ausgerechnet Sie dazu, mir zu sagen, was ich zu tun und zu lassen habe!« Eleanor stand auf. »Ich finde, Sie sollten jetzt gehen, Miss Mulgrave. Und ich möchte weder Sie noch einen Ihrer Familienangehörigen je wieder in meinem Haus sehen!«

Nachdem Thierry sie nach Compton Deverall zurückgebracht hatte, bemühte sich Nicole, eine gute Ehefrau und künftige Mutter zu sein. Sie ruhte, wie der Arzt ihr empfohlen hatte, jeden Nachmittag im Salon und vertrieb sich die Zeit, indem sie mit dem Kätzchen spielte, das Thierry ihr geschenkt hatte, oder Romane las. Sie versuchte sogar, für das Baby zu stricken – sie wußte, daß das von werdenden Müttern erwartet wurde –, aber es war ein hoffnungsloses Beginnen, und am Ende der Woche, als sie mit Mühe ein schmutziggraues Jackenbündchen voller Löcher produziert hatte, nahm Laura Kemp taktvoll ihren Handarbeitskorb wieder an sich und strickte das Jäckchen selbst.
Nicole langweilte sich grenzenlos, obwohl sie sich die größte Mühe gab, Zerstreuung zu finden. Das Mädchenpensionat, das man in Compton Deverall einquartiert hatte, machte Sommerferien, sie war mit der Haushälterin und Laura allein in dem riesigen Haus mit den hallenden Gängen. Die Haushälterin war fast taub, und Laura mußte die meiste Zeit im Garten arbeiten, weil sie sonst nichts zu essen gehabt hätten. Hin und wieder kam Thierry zu Besuch, der am Flughafen Boscombe Down stationiert war, spielte mit ihr Karten und nahm sie auf kleine Spritztouren im Wagen mit, sonst jedoch ereignete sich nichts. Von David hatte sie seit Mai nichts mehr gehört.
Ihr Leib hatte einen solchen Umfang bekommen, daß sie kaum noch in ein Kleid paßte, und sie litt beinahe unaufhörlich an Rückenschmerzen. Aber sie ertrug die Beschwerden mit zusammengebissenen Zähnen, ohne zu klagen. An Faith schrieb sie lange Briefe: »Ich sehe aus wie ein Pottwal... Ich kann mich nicht mehr in die Badewanne setzen – man brauchte einen Kran, um mich wieder rauszuholen...«, und sie bekämpfte die zermürbende Lange-

weile, indem sie viel Klavier spielte oder durch Haus und Park streifte. Aber immer blickten Davids Vorfahren aus den dunklen, krakelierten Ölgemälden mißbilligend zu ihr herab, und die lange Geschichte des Hauses, die sie anfangs so romantisch gefunden hatte, wirkte nun bedrückend auf sie. Es gab keinen Ort, an den sie hätte fliehen können, ohne daran erinnert zu werden, wie fest die Kemps in diesem Haus verwurzelt waren. Ihr Wappen – drei Sterne und ein ziemlich unwirsch dreinblickender Greif – war ins Familiensilber eingraviert, in den Kaminsims gemeißelt und konnte in verblaßten Farben an der Decke des Großen Saals ausgemacht werden. Umgeben von diesen uralten Mauern, fühlte sie sich gelähmt, geschrumpft, gefangen.

Sie begann wieder, die Fenster im Haus zu zählen. Einmal am Tag trottete sie schwerfällig um das ganze Haus herum. Wenn die Zahl der Fenster gerade wäre, sagte sie sich, dann würde es ein Junge werden, sie würde David die Frau werden, die er sich wünschte, und alles würde gut. Aber sie mochte zählen, sooft sie wollte, das Ergebnis fiel jedes Mal anders aus.

In der Klinik, bei der Laura sie angemeldet hatte, hatte man ihr ein Faltblatt mit dem Titel »Ihr Kind« gegeben. Nicole klappte es auf, erblickte irgendein fürchterliches Diagramm und klappte es sofort wieder zu. Die Frauen in den Dörfern am Mittelmeer brachten ihre Kinder zur Welt, ohne vorher wissenschaftliche Abhandlungen darüber zu lesen; Nicole war entschlossen, es ihnen nachzutun. Als Laura versuchte, mit ihr über die Entbindung zu sprechen, tat sie so, als hörte sie zu, aber in Wirklichkeit dachte sie an andere – angenehme – Dinge, Pferde zum Beispiel und Musik. Sie hätte eigentlich ihren Koffer für die Klinik packen müssen, aber sie tat es nicht. Dann wäre alles viel zu real geworden, und außerdem waren es noch drei Wochen bis zum angenommenen Termin.

Laura mußte nach Salisbury zum Einkaufen; Nicole hatte vorgehabt, sie zu begleiten, aber der Tag war sengend heiß, und schon bei dem Gedanken an den mit schwitzenden Menschen überfüllten Bus wurde ihr übel. Laura musterte sie mit scharfem Blick und fragte, ob alles in Ordnung sei – der Einkauf könne auch bis morgen warten. Aber Nicole beschwichtigte lächelnd ihre Sorge. Sie verriet Laura nicht, daß sie sich irgendwie sonderbar fühlte – nicht krank, nur sonderbar – und daß die Rückenschmerzen sie stärker plagten als sonst. Die Schmerzen waren von anderer Art als gewohnt – ziehend; zeitweilig nachlassend, um gleich darauf um so heftiger wieder einzusetzen.

Sie winkte Laura nach, als diese über die Auffahrt davonging, und kehrte dann ins Haus zurück, wo sie eine Zeitlang ziellos umherstreifte, ehe sie schließlich ins Kinderzimmer trat, in dem schon das kleine Gitterbettchen, die Wickelkommode und der Schaukelstuhl warteten. Irgendwie, fand sie, sah es etwas freudlos aus, und sie erinnerte sich des kleinen Gemäldes, das sie in London gekauft hatte. Nachdem sie es aus der Kommode in ihrem Zimmer geholt hatte, schlug sie einen Nagel in die Wand und hängte das Bild auf. Die prachtvollen Farben, die leuchtenden Rosé-, Gold- und Orangetöne, machten das Zimmer gleich heller und freundlicher. In einer alten Truhe auf dem Flur entdeckte sie Stoffe – Seide, Satin und herrlichen alten Brokat –, suchte die schönsten heraus und drapierte sie rund um das Kinderbett und über der Vorhangstange. Danach ging sie in den Park und pflückte einen ganzen Arm voll Rosen, die sie in mehreren Vasen im Zimmer verteilte.

Als sie fertig war, hatten sich die Rückenschmerzen weiter verstärkt. Beim Hinuntergehen mußte sie mehrmals stehenbleiben und sich am Treppengeländer festhalten, wenn sich der Schmerz zu einem krampfartigen Ziehen steigerte. Ihr fiel auf, daß sich ihr aufgeschwollener Leib bei jeder Schmerzattacke verhärtete, und sie begann, unruhig zu werden; vielleicht war da etwas nicht in Ordnung. Ein Blick auf die Uhr, es war Mittag. Laura hatte gesagt, sie werde gegen drei zurück sein. Sie fühlte sich auf einmal sehr allein und machte sich auf die Suche nach der Haushälterin. Schwerfällig schleppte sie sich von Zimmer zu Zimmer und fand sie nirgends. Im Speisezimmer entdeckte sie den für eine Person gedeckten Tisch: eine zugedeckte Platte mit kalter Kalbspastete und Salat. Am Teller lehnte ein Zettel: »Der Pudding steht in der Speisekammer.« Sie hatte vergessen, daß die Haushälterin ihren freien Tag hatte.

Sie brachte keinen Bissen von der Pastete hinunter; sie hatte Schmerzen und schreckliche Angst, diese könnten mit dem Kind zu tun haben. Sie wünschte, ihre Mutter wäre hier, oder Faith. Schlimmer noch als der Schmerz schienen ihr das Alleinsein und das Wissen, daß niemand sie hören würde, wenn sie schrie. Sie hielt es nicht länger aus in dem großen leeren Haus. Sie würde hinausgehen und sich Ablenkung verschaffen, indem sie wieder die Fenster zählte. In der Mittagssonne ging sie, von Minette begleitet, die ausgelassen um sie herumsprang, um das Haus herum. Sie zählte mit großer Konzentration. Diesmal mußte sie das richtige Ergebnis bekommen. Am Ende des Rundgangs angekommen, hatte sie einhundertsiebenundfünfzig Fenster gezählt, eine ungerade Zahl. Das, sagte sie sich, mußte falsch sein. Sie hatte wahrscheinlich eines der Erkerfenster vergessen oder das komische kleine Bullauge oben in der Mansarde. Die zusammengekniffenen Augen mit der Hand gegen die Sonne abschirmend, begann sie von neuem. Die Schmerzen waren scheußlich, schlimmer als damals, als sie vom Pferd gefallen war und sich den Arm gebrochen hatte; schlimmer als bei dem Zahnabszeß, den sie in Neapel gehabt hatte. Am liebsten hätte sie geweint, aber sie zwang sich, weiterzuzählen. Wenn das Kind nun schon bald zur Welt kommen würde, mußte sie wissen, wie viele Fenster es waren.

Einhundertfünfundfünfzig, einhundertsechsundfünfzig, einhundertsiebenundfünfzig. Die Hände um ihren Bauch geschlossen, blieb Nicole stehen und starrte nach oben. Dann hörte sie das Auto in der Auffahrt. Der Kies knirschte, als es vor dem Haus anhielt. Sie sah den Fahrer aussteigen und schrie laut. »David!«

Er rannte ihr über den Hof entgegen. »Nicole, wieso bist du bei dieser Hitze draußen?«

»Ich hab' die Fenster gezählt.« Sie fühlte sich schwach und benommen.

»Komm, du mußt rein.«

»Ich kann nicht.« Sie hielt sich an dem dichten alten Efeu fest, der die Hausmauer überzog. »David, ich glaube, es ist was passiert. Ich hab' solche Schmerzen.«

Er sagte sehr sanft und zärtlich: »Nicole, das sind die Wehen. Das Kind kommt.« Er legte seinen Arm um sie und drückte sie an sich. Dann sagte er: »Wo ist dein Koffer?«

»Ich habe ihn noch gar nicht gepackt.«

»Macht nichts. Ich denke, es ist besser, ich fahre dich jetzt gleich in die Klinik. Kannst du gehen?«

»Ich glaube nicht«, sagte sie, und er hob sie vorsichtig in seine Arme und trug sie zum Auto. Dann fuhr er sehr schnell nach Salisbury.

In der Klinik setzte man sie in einen Rollstuhl und schob sie durch lange, weißgekachelte Korridore. Sie wollte David bei sich haben, aber das erlaubte man nicht. Die Schwester schüttelte den Kopf, als sie erklärte, daß sie kein eigenes Nachtzeug dabeihatte. Sie wurde gebadet und in ein grauenvolles Krankenhausnachthemd gesteckt. Danach kam ein Arzt, um sie zu untersuchen, und als er fertig war, verkündete er vergnügt: »Tja, ein paar Stunden müssen Sie noch durchhalten, Mrs. Kemp. Aber das Kind wird spätestens morgen früh dasein.«

Sie sah auf die Uhr. Es war halb sechs Uhr abends. Sie

konnte nicht glauben, daß diese Tortur noch stundenlang weitergehen sollte. Sie hatte schon jetzt das Gefühl, ihr Körper werde entzweigerissen. Während sie allein auf dem kalten, hohen Bett lag, beobachtete sie beinahe unablässig die Uhrzeiger, die mit quälender Langsamkeit vorankrochen. Lange Zeit kümmerte sich niemand um sie, aber als sie schließlich zu rufen und zu schimpfen begann, kam eilig eine Schwester herbei und sagte scharf: »Ihr Mann ist draußen im Korridor, Mrs. Kemp. Sie wollen doch nicht, daß er mitbekommt, wie Sie sich aufführen?«

Danach war sie still. Denk an die Mulgrave-Regeln, sagte sie sich: Laß die anderen nie merken, daß es dir weh tut. Die Schmerzen waren zermürbend, viel grausamer, als sie sich je hätte vorstellen können, aber sie gab keinen Laut mehr von sich. Sie fragte nicht mehr nach David; sie sah nicht mehr zur Uhr; nach einiger Zeit nahm sie nicht einmal mehr die Schmerzen wahr. Ärzte und Schwestern beschäftigten sich mit ihr, aber sie achtete nicht auf sie, und als man ihr eine Sauerstoffmaske aufs Gesicht drückte, versank sie in dunkle, stille Tiefen in sich selbst, wo ihr Bewußtsein in Wellenbewegungen ab- und anschwoll. Manchmal war sie in diesem alptraumhaften Krankenzimmer, und manchmal war sie in La Rouilly und glitt mit Faith, Jake und Guy in einem Boot über den runden grünen See.

Der Nachthimmel begann sich zu lichten, als ihr Kind zur Welt kam. Sie holten es mit der Zange. Nicole hörte ein Klatschen und einen Schrei, dann schloß sie die Augen und floh.

Guy wartete vor der Rettungszentrale auf sie. Faith sah ihn erst, als er aus dem Schatten trat. »Faith!« rief er. »Endlich! Ich habe dich den ganzen Nachmittag gesucht. Wo bist du denn nur gewesen?«

»Ach, ich weiß selbst nicht. Hier und dort.« Sie konnte

sich wirklich nicht erinnern. Aber sie erinnerte sich an jedes Wort ihres morgendlichen Gesprächs mit Eleanor.

Sie wollte ins Haus gehen, ihn einfach stehenlassen, aber er hielt sie am Arm fest.

»Ich muß mit dir reden.«

»Laß mich los, Guy.« Mit dem Rücken zu ihm blieb sie stehen.

»Aber ich muß unbedingt mit dir reden.« Eine der Frauen, die mit Faith zusammenarbeiteten, betrat gerade das Haus und starrte die beiden neugierig an.

»Ich muß zur Arbeit. Es ist sechs Uhr.«

Einen Moment lang wirkte Guy niedergeschlagen und hoffnungslos. Seine Hand fiel herab. Er lehnte sich mit einer Schulter an die stuckverzierte Mauer der Eingangshalle und sagte: »Faith! Bitte! Warum willst du nicht mit mir reden?«

Sie hörte wieder Eleanors Stimme. *Guy weiß, wie sehr Sie sich auf ihn verlassen, und er fühlt sich verpflichtet, Ihnen entgegenzukommen.* Sie zuckte mit den Schultern.

»Worüber willst du mit mir reden, Guy?«

»Nicht hier.« Leute liefen an ihnen vorüber, eilig die Rettungszentrale verlassend oder betretend.

»Du brauchst dich wirklich nicht um mich zu kümmern.« Sie zwang sich zu lächeln, obwohl ihr nicht danach zumute war und sie sich nach vierundzwanzig Stunden ohne Schlaf halb betäubt fühlte. »Du sollst nicht das Gefühl haben, daß du für mich dasein mußt. Du schuldest uns nichts, Guy.« Ihre Stimme hatte einen unnatürlich munteren Ton. »Wir kommen alle sehr gut zurecht.«

Er starrte sie verständnislos an. Dann sagte er: »Ich hab' keine Ahnung, wovon zum Teufel du redest, aber wenn du nicht bereit bist, mir fünf Minuten unter vier Augen zu opfern, steck' ich das Haus hier in Brand.«

Er zog sein Feuerzeug aus der Tasche und knipste es an.

»Du lieber Gott«, sagte sie und überlegte rasch. Hinter

dem Haus war ein kleiner Hof, wo die Mülltonnen standen und Sandsäcke und Wassereimer bereitgehalten wurden. Dorthin führte sie ihn und hockte sich auf einen Stapel Sandsäcke. Es hatte wieder zu regnen begonnen.

»Ich wollte dich etwas fragen«, erklärte er. Er hatte den Kragen seines Jacketts hochgeschlagen; Regenwasser tropfte von seiner Nase. »Ich wollte schon gestern mit dir sprechen, aber da ging es nicht, wegen der anderen.«

Zum erstenmal an diesem Abend sah sie ihn wirklich an. Er war unrasiert, und dunkle Schatten lagen um seine Augen.

»Was wolltest du mich fragen, Guy?«

»Ich muß wissen, was du für mich empfindest«, sagte er beinahe schroff.

Faith stützte den Kopf in die Hände. Sie dachte an Jake, sie dachte an ihren Vater und ihre Mutter, und sie dachte an das schreckliche Gespräch mit Eleanor. Sie fühlte sich erschöpft.

»Klarer kann ich es nicht ausdrücken«, sagte er, und als sie in sein dunkles, zorniges Gesicht blickte, wußte sie, daß Eleanor die Wahrheit gesprochen und sie für Guy eine unbequeme und beschwerliche Last geworden war.

»Ich möchte wissen«, fuhr er fort, »ob wir noch immer nichts weiter als gute Freunde sind – so eine Art Bruder und Schwester ...«

Sie zog die Schultern hoch und ließ sie wieder sinken. Sie war kaum fähig zu sprechen. Tränen traten ihr in die Augen, und der Regen rann ihr in den Kragen und den Rücken hinunter. »Es war nie meine Absicht, irgend etwas von dir zu verlangen, Guy.« Ihre Stimme zitterte. »Ich weiß, als der Hund ... und als ich krank war ... und in La Rouilly, als ich von der Schlange gebissen wurde ... aber wenn du jetzt glaubst, es wäre deine Pflicht, ständig für mich dazusein, dann halte ich es wirklich für besser –«

Er warf die Arme hoch und rief: »Was zum Teufel erzählst du da für Geschichten? Ich versuche nur, dir zu sagen, daß ich dich liebe!«

Faith starrte ihn entgeistert an, und nach einer kleinen Weile sagte sie mit erstickter Stimme: »Wie bitte?«

Jemand schrie aus einem Fenster hinter ihr: »He, Mulgrave! Brauchst du eine Einladung? Es ist zehn nach!«

»Sag das noch mal, Guy«, bat sie ihn leise, in ungläubigem Ton. »Bitte, sag das noch mal.«

»Ich liebe dich, Faith.« Aller Zorn schien zu schmelzen, und er wirkte weich und wehrlos. »Es ist unglaublich, wie lange ich gebraucht habe, um es zu erkennen ... Ich war so was von vernagelt ... Aber ich liebe dich.«

Das erste, was sie empfand, war ungeheure Erleichterung. Eleanor hatte sich geirrt. Guy hatte ihre Nähe nicht aus Pflichtgefühl gesucht, sondern weil er sie liebte. Ihr Herz schlug höher.

Er rieb sich mit beiden Händen das Gesicht und sagte: »Aber ich habe keine Ahnung, wie du über mich denkst.« Seine Stimme verriet ängstlichen Zweifel. »Ich glaube, daß ich dir etwas bedeute, aber ich weiß nicht, wieviel!«

Sie dachte: Mein Gott, ich liebe dich, seit ich elf war, Guy. Ich liebe dich seit dem Tag, an dem ich in die Küche von La Rouilly kam und dich das erste Mal sah, mit staubigen Stiefeln und lachendem Gesicht. Ich glaube, ich habe dich immer geliebt.

Hinter ihr klopfte jemand von innen so hart an das Fenster, daß der Riegel klapperte.

Er sagte: »Ich habe den ganzen Tag über diese Frage nachgedacht. Ich war nicht fähig, an etwas anderes zu denken.« Er versuchte zu lächeln. »Heute morgen hätte ich so einem armen Kerl beinahe den falschen Arm eingegipst.« Sein Gesicht war müde und angestrengt. Die dunklen Augen wirkten wie entzündet. »Liebst du mich, Faith? Kannst du mich wenigsten, ein kleines bißchen lieben?«

Sie ging zu ihm und drückte ihren Kopf an seine Brust.

»Natürlich liebe ich dich, du Dummkopf«, sagte sie leise. »Ich kann doch gar nicht anders.«

Mit einem unterdrückten Stöhnen nahm er sie fest in die Arme und küßte ihr Haar. Und obwohl man im allgemeinen Augenblicke vollkommenen Glücks erst erkennt, wenn sie vorüber sind, wußte sie mit absoluter Sicherheit, daß dieser Augenblick vollkommen war. Nichts hätte sie ändern wollen: nicht das Geräusch des Regens, der aus der Dachrinne tropfte und zu ihren Füßen eine Pfütze bildete; nicht die Rauheit seiner Wange an der ihren, als er sie küßte. Nur als sie an Eleanor dachte, verdunkelte sich der Moment ein wenig. Aber da schloß sie rasch die Augen und konzentrierte sich auf die Wärme seiner Umarmung und die Glückseligkeit des Augenblicks.

Wieder klapperte der Fensterriegel. Ein Fensterflügel wurde aufgerissen, und jemand rief heraus: »Materialkontrolle, Mulgrave! Aber dalli!« Die Kollegin musterte erst Guy, dann Faith mit neugierigem Blick. »Los, Mulgrave, und zwar jetzt! Sonst macht die Deakin dich fertig!«

Miss Deakin hatte die Aufsicht.

»Ich muß gehen, Guy«, sagte Faith und löste sich von ihm.

Als sie nach vorn, zur Haupttür lief, rief er ihr nach: »Faith, ich kann so nicht weitermachen. Ich kann keine Lüge leben.« Er rannte ihr nach, und als er sie eingeholt hatte, umfaßte er ihre Schultern und zog sie erneut an sich.

Ihre Brust schmerzte so heftig, als hätte sie einen langen schnellen Lauf hinter sich. »Morgen im Park«, sagte sie. »Unter der Linde, Guy. Um halb neun. Unter der Linde.«

Sie war froh, daß Miss Deakin gerade diesen Abend dazu ausersehen hatte, das gesamte in der Zentrale vorhandene Material zu überprüfen. Beim Zählen der Bleistifte und bei der Kontrolle des Verbandszeugs blieb ihr kaum Zeit zum Nachdenken. Während sie auf der Suche nach einem fehlenden Ölkanister im Rettungswagen herumkroch und sich dabei die Knie aufschürfte, trat die Erinnerung an Guys Umarmung zeitweilig in den Hintergrund, und Miss Deakins Standpauke ließ sie vorübergehend den glühenden Haß in Eleanors Blick vergessen.

Um sechs Uhr, als ihre Schicht zu Ende war, ging sie nach Hause. Das Haus in der Mahonia Street war dunkel und kalt. »Rufus?« rief sie. »Jake?« Aber niemand antwortete ihr. Während sie durch das Haus ging, Türen öffnete, hinter denen leere Zimmer gähnten, schwankte sie zwischen Euphorie und düsterer Verzweiflung. Erinnerungen, halbe Sätze, Gedankenfetzen gingen ihr durch den Kopf. Sie wußte, sie sollte sich hinlegen und schlafen, aber das konnte sie nicht, und so streifte sie weiter durch das leere Haus, unfähig, Ruhe zu finden. Sie versuchte, sich zu erinnern, wann sie zuletzt geschlafen hatte, aber sie verzählte sich immer wieder, als sie die Stunden addieren wollte. Es muß Tage her sein, dachte sie und sah auf ihre Uhr. Es war halb acht.

In ihrem Schlafzimmer zog sie eine Schublade auf und musterte sinnend den Inhalt. Ihre Kleider, ihre Schals und ihre Mützen lagen ordentlich sortiert und gefaltet – farbenfrohe Erinnerungen, an die Vergangenheit. Mit einem Finger berührte sie das Douillet-Kleid und strich dann mit dem Handrücken zart über die weiche Seide. Würde sie in diesem Kleid eines Tages vielleicht wieder mit Guy an einem Strand spazierengehen? Würde sie in ihrem nilgrünen Schiaparelli bei Kerzenlicht und leiser Musik mit ihm in einem Restaurant zu Abend essen? Vorsichtig hob sie das Bläulingskleid aus der Schublade. Würde er irgendwann einmal diese Dutzende kleiner Perlknöpfchen öffnen und ihr das Kleid von den bloßen Schultern streifen, um es in einem zartlilafarbenen Häufchen aus Crêpe de Chine zu Boden gleiten zu lassen?

Das Kleid in den Armen, setzte sie sich auf die Bettkante. Kalt und hart sagte sie sich, daß sie nicht besser wäre als Linda Forrester, wenn sie mit Guy eine Affäre begänne. Sie würde dann der Familie Neville das gleiche antun, was Linda den Mulgraves angetan hatte. Bei der Erinnerung an den Haß, den sie am vergangenen Morgen in Eleanors Augen wahrgenommen hatte, schauderte sie. Wenn sie Guys Geliebte wurde, verdiente sie diesen Haß. Sie dachte an ihren Vater und Linda Forrester und zog die Knie bis zum Kinn hoch, umschlang sie mit beiden Armen, um das Frösteln, das sie schüttelte, einzudämmen. Wäre sie fähig, Eleanor genauso zu demütigen, wie Linda Forrester Poppy gedemütigt hatte? Mit geschlossenen Augen atmete sie die lavendelblaue Kühle des Bläulingskleids ein und gestand sich ein, daß sie dazu fähig war. Einen Moment lang haßte sie sich. Sie machte die Augen auf und sah wieder auf ihre Uhr. Zehn nach acht. Wenn sie um halb neun im Park sein wollte, mußte sie jetzt gehen.

Beinahe wäre sie aufgestanden und aus dem Zimmer gegangen. Aber da erinnerte sie sich plötzlich, wie sie im Kinderzimmer des Hauses in der Malt Street neben Guy gestanden und auf das schlafende Kind in seinem Bettchen hinuntergeblickt hatte. Sie hatte das kleine, wohlgeformte Gesicht des Kindes gesehen und die Liebe in Guys Augen. Oliver. Was sollte aus ihm werden? Eleanor und ihre Meinung über sie mochten ihr gleichgültig sein, aber durfte sie diesem Kind den Vater nehmen? Durfte sie ein unschuldiges Kind so schwer verletzen?

Das Hochgefühl des vergangenen Abends verflog. Sie sah nur noch, welch schweres Unrecht sie begehen würde, wenn sie Guys Geliebte würde. Sie rief sich noch einmal alles ins Gedächtnis, was Eleanor zu ihr gesagt hatte. *Er braucht Sicherheit und Ordnung... ich bin überzeugt, es würde ihn vernichten, all das aufgeben zu müssen, was ich ihm gegeben habe...* Sie erinnerte sich an Guy, wie sie ihn in La Rouilly gekannt hatte: So ordentlich hatte er die Kleider in seinem Rucksack gefaltet; mit soviel Sorgfalt und Präzision hatte er das Huhn zerlegt. Gleich an jenem fernen ersten Tag hatte sie erkannt, daß er anders war, kein Mulgrave, sondern einer, der nach anderen Regeln lebte. Ebendas war ein Teil der Faszination gewesen.

Sie kaute auf den Fingernägeln und dachte, Eleanor hat recht, Eleanor hat die Wahrheit gesagt. Möglich, daß sie Guy nicht liebte, aber sie kannte und verstand ihn, und sie hatte ihm etwas zu bieten: das maßvolle, geordnete Leben, das es ihm gestatten würde, die Arbeit fortzuführen, die er liebte.

Keiner von uns, dachte sie mit Bitterkeit, kennt Maß oder Ordnung. Wir stolpern blindlings durch das Leben, ohne Rücksicht darauf, was wir anderen antun. Das Bläulingskleid glitt unbemerkt zu Boden, und Faith drückte ihren schmerzenden Kopf auf ihre Knie. Sie dachte an Nicole, die ihr, in Erwartung ihres ersten Kindes, gestanden hatte, daß sie nicht mehr sicher sei, ob sie David wirklich liebte. Und mit einer heftigen Anwandlung von Beklemmung dachte sie an Jake. Seine beharrliche Abwesenheit beunruhigte sie tief. Bei der Erinnerung an die mühsam beherrschte Gewalt in seiner Stimme, als er gesagt hatte: »Ich versuche, Klarheit zu bekommen. Ich bemühe mich um eine wohlüberlegte Bewertung der Fakten«, erfaßte sie eine namenlose Angst.

Wir verlieren allen Halt, dachte sie. Richtige Wurzeln haben wir nie gehabt, und die zarten, die wir geschlagen hatten, sind abgeschnitten worden. Der Zerfall, der im vergangenen Jahr in Frankreich begonnen hatte, hatte sich beschleunigt und drohte außer Kontrolle zu geraten. Gewißheiten, die Faith einmal für selbstverständlich genommen hatte, schienen jetzt in Gefahr, sich aufzulösen. Die Ehe ihrer Eltern. Nicoles Beziehung zu David. Jakes Liebe zu seinem Vater. Die Nachwirkungen ihrer Vertreibung aus

Frankreich erschütterten das Gefüge ihres Lebens – spalteten, trennten, zerstörten. Früher hatte sie Angst vor den Bomben gehabt, aber der Zusammenbruch der gewohnten Grenzen ihrer Existenz machte ihr weit größere Angst.

Für sie gab es nur einen Ort der Geborgenheit. Sie dachte an den Lindenbaum, die taumelnden Blüten in der Sommerhitze. »Und was ist mit *mir*?« sagte sie laut. Für ihre Familie konnte sie nichts tun, aber sie konnte ein wenig Glück für sich selbst retten. Ein Gefühl der Dringlichkeit ergriff von ihr Besitz, und wieder sah sie zu ihrer Armbanduhr hinunter. Die Zeiger schienen sich mit unnatürlicher Geschwindigkeit vorwärts bewegt zu haben. Es war fünf nach halb neun. Sie mußte sich beeilen.

Sie rannte die Treppe hinunter, riß eine Jacke vom Haken, schob ihre Füße in das erste Paar Schuhe, das ihr in den Weg kam. Sie suchte ihren Hausschlüssel und fand ihn nicht. Vielleicht brauche ich ihn gar nicht mehr, dachte sie. Vielleicht komme ich nicht mehr zurück. Sie riß die Tür auf.

Und sah vorn an der Straße eine vertraute Gestalt um die Ecke biegen. Nicht Guy. Auch nicht Jake. Es war Poppy.

Als sie ihre Mutter sah, wußte sie, daß sie zu lange gewartet, es zu lange aufgeschoben hatte. Im ersten Moment dachte sie: Sie weiß es, Mama weiß von Papas Affäre. Das Licht der frühen Morgensonne blendete sie. Die ungewohnte Rastlosigkeit, die sie eben noch getrieben hatte, löste sich auf, und sie fühlte sich wie ausgehöhlt vor Müdigkeit, als sie sich an den Türpfosten lehnte und wartete.

Poppy hob den Kopf. »Ach, Faith!« rief sie. Sie war schnell gegangen und ein wenig außer Atem. »Faith, es ist schrecklich!«

Sie flüsterte: »Papa ...?« Aber Poppy sah sie nur stumm an, wie betäubt, die Augen starr und dunkel in dem kreideweißen Gesicht, und schüttelte den Kopf.

»Ich habe ein Telegramm von David bekommen.« Poppys Stimme zitterte. »Nicole hat ein kleines Mädchen zur Welt gebracht.«

Faith konnte nicht sprechen. Die Angst ballte sich zu einer harten Faust in ihrer Magengrube zusammen.

»Das Kind ist sehr klein und schwach«, fuhr Poppy fort, »und Nicole geht es sehr schlecht. Ach, Faith, sie fürchten um ihr Leben.«

Er wartete bis Mittag. Das Laub der Linde zitterte in der Hitze; Blüten fielen kreiselnd zur Erde hinunter. Als er sicher war, daß sie nicht kommen würde, ging er zu Fuß nach Islington zu ihrem Haus. Rufus Foxwell öffnete ihm die Tür. »Sie ist weggegangen«, sagte er. »Sie hat nicht gesagt, wohin sie wollte.«

Guy ging nach Hause. Während er im Park gewartet hatte, hatte sich Erwartungsfreude in Unsicherheit und Verwirrung verwandelt. Jetzt aber packte ihn Hoffnungslosigkeit. Der Heimweg war voller Hindernisse – Trümmerhaufen, die die Straße versperrten, eingezäunte Sperrgebiete im Schatten von ausgebombten Häusern. Unter den zerklüfteten Ruinen aus Ziegel und Mörtel blieb er stehen und blickte in die Höhe. Nichts, dachte er, ist so unbeständig wie die Liebe.

9

POPPY BLIEB ZWEI Wochen in Compton Deverall. Als sie wieder nach Hause fuhr, war Nicole endlich außer Gefahr, und sie selbst war so weit, daß sie sich eingestehen konnte, daß sie sich in diesem Haus keinen Moment richtig wohl gefühlt hatte, obwohl Laura und David Kemp sie mit offenen Armen aufgenommen, ja, sich die größte Mühe gegeben hatten, ihr den Aufenthalt so angenehm wie möglich zu machen. Die Kemps und ihr herrlicher Besitz, dachte Poppy, repräsentierten einen Lebensstil, den sie selbst einst für sich hätte wählen können. Doch mit dem impulsiven Schritt, den sie damals am Strand von Deauville unternommen und der über die Zeit zur völligen Entfremdung zwischen ihr und ihrer Familie geführt hatte, hatte sie sich von einem solchen Leben ausgeschlossen. Vor langer Zeit hatte sie, eine geborene Vanburgh, mit den Kemps auf gleicher Stufe gestanden; jetzt war sie eine Außenseiterin, eine wurzellose Vagabundin. Sie paßte nicht in diese Gesellschaft; selbst in diesen Zeiten der Knappheit und der Not sah man schon ihrer äußeren Aufmachung an, daß sie nicht dazugehörte. Manchmal hatte sie den Eindruck, daß selbst ihre Ausdrucksweise sie verriet. Ralph wäre es nicht aufgefallen; aber sie, die einmal diesen Kreisen angehört hatte, bemerkte es.

Als Nicole so weit genesen war, daß sie aus der Klinik entlassen werden konnte, beschloß Poppy, nach Hause zurückzukehren. Faith und Laura würden sich um Nicole und das Kind kümmern; es bestand keine Notwendigkeit für sie zu bleiben. Elizabeth war ein entzückendes dunkelhaariges kleines Mädchen, dennoch öffnete Poppy ihrer Enkelin ihr Herz nicht. Verlustangst, gestand sie sich ein, hinderte sie daran zu lieben. Vor fünf Jahren war ihr viertes Kind gestorben; im Sommer 1940 hatte sie Frankreich beinahe ohne ihren noch lebenden Sohn verlassen müssen. Nach dem Eintreffen des Telegramms, das sie von Elizabeths Geburt und Nicoles lebensbedrohlichem Zustand unterrichtete, hatte sie sich in den Zug nach London gesetzt, um Faith abzuholen. Die ganze Fahrt hatte sie blind zum Fenster hinausgestarrt, unfähig, die Angst abzuschütteln, daß sie ihr Enkelkind und ihre Tochter verlieren würde.

Poppy blieb am Straßenrand stehen, stellte ihren Koffer ab und holte mehrmals tief Atem. Das flache Marschland dehnte sich zu beiden Seiten der Straße ins Weite. In der Ferne schimmerte das Meer, ein schmales glitzerndes Band. Obwohl es gerade erst Anfang September war, hatte Poppy den Eindruck, daß der Herbst das Land schon berührt hatte. Man sah es an den zitternden Rispen des Schilfs und spürte es am kalten Hauch des Windes. In dieser konturlosen, schimmernden Welt fühlte sie sich wie das letzte Überbleibsel von Leben.

Sie versuchte, sich zu erinnern, wann sie Ralph zuletzt gesehen hatte. Es war länger als einen Monat her. Er war mehrere Wochen vor Elizabeths Geburt nach London abgereist, und während der gesamten zwei Wochen, in denen Nicole in Lebensgefahr geschwebt hatte, war es niemandem gelungen, ihn ausfindig zu machen. Von allem, was er ihr und den Kindern zugemutet hatte, konnte sie ihm dies am wenigsten vergeben. Nicole war sein liebstes Kind, er hatte sie verwöhnt und gehätschelt, als sie klein gewesen war, aber als sie ihn am meisten gebraucht hatte, war er nicht für sie dagewesen.

Sie nahm ihren Koffer wieder auf und ging weiter. In der Ferne konnte sie das Dorf erkennen, den Kirchturm, ihr kleines Haus an der Grenze zwischen Dorf und Marsch. Eine heftige Sehnsucht packte sie plötzlich, zu Hause zu sein, geborgen im Innern dieser vertrauten alten Steinmauern. Sie wollte ein Feuer im Wohnzimmer anmachen, die Tür schließen und die Welt einfach draußen lassen. Ich bin ein ungeselliger Mensch geworden, dachte sie. Jahrelang ständig von Menschen umgeben, sehnte sie sich jetzt danach, mit ihrem Kummer und ihrem Zorn in Ruhe gelassen zu werden, um in Zurückgezogenheit allein mit ihnen fertig werden zu können.

Arm und Hand taten ihr weh vom Gewicht des Koffers, als sie in den Trampelpfad einbog, der von der Straße zum Haus führte. Sie lächelte müde, als sie die Pforte öffnete. Die gesprenkelten Mauern des Hauses, die wogenden Schilffelder dahinter, der klagende Schrei des Brachvogels – alles war so vertraut und willkommenheißend. Im Haus stellte sie aufatmend den Koffer ab und warf Hut und Handschuhe auf einen Stuhl.

Sie ließ gerade Wasser in den Kessel laufen, als sie hinter sich Schritte hörte. Sie drehte sich herum. Ralph stand an der Tür. Er sah noch verlotterter aus als gewöhnlich: Eine der Manteltaschen war abgerissen, die Sohle eines Schuhs hatte sich gelöst und klaffte vorn wie ein Fischmaul.

»Wie geht es ihr?« sagte er hastig. »Es geht ihr doch gut?«

Sie sah ihn mit kaltem Blick an. »Ich nehme an, du sprichst von Nicole?«

»Um Gottes willen, Poppy ... ich bin halb wahnsinnig vor Sorge.« Etwas Irres flackerte in seinen Augen.

Sie nahm die Teedose aus dem Schrank. »Aber die Sorge war nicht groß genug, um sie zu besuchen«, versetzte sie.

»Ich habe es erst heute morgen gehört. Ich bin gestern

abend gekommen. Du warst nicht da ... du hattest keinen Bescheid hinterlassen ... und heute morgen hat diese widerliche Wichtigtuerin aus dem Pfarrhaus angerufen und mir erzählt, was los ist ... Es war ihr der größte Genuß, mir mitzuteilen, daß meine Tochter im Sterben liegt. Ich habe versucht anzurufen, aber die verdammten Telefonverbindungen sind wieder mal gestört.« Er faßte sie beim Arm. »Lieber Gott, Poppy ... sag es mir – sag mir, daß sie nicht – daß sie nicht ...«

Sie sah die Tränen in seinen Augen. »Nicole erholt sich gut«, sagte sie. »Sie durfte nach Hause, obwohl sie immer noch sehr geschwächt ist.«

Als sie sich seinem klammernden Zugriff entzog, flüsterte er: »Gott sei Dank. Gott sei Dank.«

Sie goß kochendes Wasser in die Teekanne. »Und wo warst du, Ralph? Warum bist du nicht gekommen? Es gibt schließlich Züge.«

»Ich hatte kein Geld«, murmelte er betreten.

Ja, er sieht aus wie ein Bettler, dachte sie und sagte kalt: »Wieviel Geld hast du denn, Ralph?«

»Einen Shilling und drei Pence«, bekannte er. »Ich mußte per Anhalter fahren. Ich bin die ganze Woche getrampt.« Sein Blick wirkte verloren, ohne Hoffnung.

»Wo bist du gewesen?« zischte sie.

»Ach Gott, mal hier, mal dort«, brummte er.

Sie dachte: Du warst bei ihr. Ihr schwindelte vor Haß.

»Ich wollte nach Hause.« Er berührte zaghaft ihre Schulter. »Ich sitz ein bißchen in der Patsche, Pops.«

Ich sitz ein bißchen in der Patsche, Pops. Und damit meinte er, wäre alles vergeben und vergessen. Er erwartete, daß sie ihn in die Arme nehmen und mit ihm ins Bett gehen würde. Wie früher.

»Ich habe Kopfschmerzen«, sagte sie und trat weiter von ihm weg, weil sie seine Nähe nicht ertragen konnte. »Ich nehme meinen Tee mit ins Bett. Du wirst eben ein bißchen suchen müssen, Ralph. Aber du wirst schon was zu essen finden.«

Später dachte Faith oft, daß Nicole, wenn sie in den ersten Wochen nicht so schwer krank gewesen wäre, ihre Tochter hätte kennen und vielleicht lieben lernen können. So aber lag sie mit aschgrauem Gesicht still und teilnahmslos in der Klinik, und als sie dann nach Hause kam, saß sie fast immer, von einem Kissenberg gestützt, mit Minette neben sich in ihrem Bett und starrte zum Fenster hinaus. Faith und Laura fütterten das Kind, badeten es, wiegten es in den Schlaf.

Elizabeth hatte feines dunkles Haar, veilchenblaue Augen und eine helle, durchscheinende Haut. Sie schrie selten, wachte brav alle vier Stunden auf, um sich füttern zu lassen, und ertrug die anfängliche Ungeschicktheit ihrer Tante mit Langmut. Sie hatte ein sonniges Naturell, lächelte das erste Mal mit sechs Wochen, lachte mit acht. Faith liebte sie abgöttisch. Elizabeth füllte einen Teil der Leere, die nach der Trennung von Guy zurückgeblieben war.

David kam nach Compton Deverall zurück, als seine Tochter zwei Monate alt war. Faith packte Elizabeth in den Kinderwagen und machte einen Spaziergang mit ihr, um David und Nicole allein zu lassen. Sie war auf dem Rückweg durch den Wald, als sie ihn auf dem Fußweg stehen sah. Sie winkte.

Er lief ihr entgegen. »Komm, laß mich.« Er drängte sie zur Seite und übernahm das Kommando über den majestätischen Kinderwagen. »Ganz schön tapfer von dir, Faith, mit diesem Schiff hier durch die Kaninchenlöcher zu lavieren.«

»Ach, ich hab' Übung. Die Fahrten mit dem Krankenwagen waren schwieriger«, sagte sie.

Er sah sie fragend an. »Machst du das weiter?«

Sie schüttelte den Kopf. »Ich habe gekündigt. Schon vor ein paar Wochen.«

Ein Windstoß riß die ersten papiertrockenen gelben Blätter von den Buchen.

David sagte: »Diese Jahreszeit liebe ich am meisten.«

»Ja, die Bäume sehen aber auch prachtvoll aus.«

»Der Herbst steht dem Haus gut. Das Sommerlicht ist zu grell für so eine alternde Schönheit.«

Sie lachte. Eine Weile gingen sie schweigend weiter, dann sagte er: »Sie sieht schon viel besser aus, nicht wahr?«

»Nicole?« Sie gewahrte die ängstliche Besorgnis in seinen Augen und sagte mit Entschiedenheit: »Nicole ist beinahe wieder gesund. Sie hat mir gestern erklärt, daß sie sich langweilt.«

»In der Nacht, als Elizabeth geboren wurde – so eine Nacht möchte ich nie wieder erleben.«

Sie warf ihm einen kurzen Blick zu und sagte spottend: »David, du bist ja fast grau geworden.«

»Ich weiß.« Er fuhr sich mit der Hand durchs Haar.

Sie traten aus dem Schatten der Bäume.

»Ich denke, ich werde Ende der Woche abreisen«, sagte Faith.

»So bald schon? Faith, du kannst bleiben, so lange du möchtest – denk bitte nicht, nur weil ich jetzt wieder da bin ...«

Sie schüttelte den Kopf. »Nein, nein, das ist es nicht. Aber Nicole geht es jetzt viel besser, und ich kann mir denken, daß sie Lizzie für sich haben möchte.«

Sie log. Sie würde abreisen, weil Nicole gar nichts anderes übrigbleiben würde, als sich mit ihrer kleinen Tochter vertraut zu machen, wenn sie – Faith – weg war. Solange sie blieb, konnte Nicole so tun, als wäre Elizabeth nicht ihr Kind; als existierte sie nicht.

»Du wirst uns fehlen«, sagte David, »aber du hast natürlich dein eigenes Leben.«

»Hm.« Sie dachte daran, wie sie in der Mahonia Road mit dem Bläulingskleid in den Armen auf ihrem Bett gesessen und versucht hatte, sich zu entscheiden – für Guy oder gegen ihn. Poppys Ankunft und Nicoles Krankheit hatten ihr die Entscheidung abgenommen. Tag und Nacht versuchte sie, sich einzureden, daß es die richtige gewesen war. Seit jenem Tag hatte sie Guy weder geschrieben noch mit ihm telefoniert.

»Gehst du nach London zurück?«

Faith schüttelte den Kopf. »Ich habe, ehrlich gesagt, nicht die blasseste Ahnung, was ich weiter tun werde. Seit Wochen zermartere ich mir das Gehirn. Vielleicht geh' ich zum Militär. Kannst du dir das vorstellen, David? Ich in Uniform beim Reparieren von Panzern?«

Er lachte. »Nicht unbedingt. Obwohl ich sicher bin, daß du alles kannst, wofür du dich entscheidest.«

»Ja, nur ist die Entscheidung so schwer.« Sie seufzte. »Ich weiß eigentlich nur, was ich *nicht* tun will. Wie hast du es gemacht, David? Du hast doch offenbar alles richtig hingekriegt.«

»Ach, für mich war es einfach. Ich bin nach Marlborough gegangen, weil mein Vater dort war, ich hab' in Oxford studiert, weil das erwartet wurde. Und so ging es weiter.« Er sah sie an. »Gibt es denn etwas, das du ausgesprochen gern tust?«

Sie hatte David sehr liebgewonnen; er war so wunderbar vernünftig und intelligent, und man konnte sich immer auf ihn verlassen. Sie überlegte einen Moment.

»Ich bin einfach gern beschäftigt. Ich hasse es, wenn ich nichts zu tun habe. Ich – na ja, ich treffe gern meine eigenen Entscheidungen«

Sie hatten den Park erreicht. Faith setzte sich auf einer Steinbank nieder. David schaukelte den Kinderwagen mit der schlafenden Elizabeth.

»Weißt du«, erklärte sie, »ich bin nie zur Schule gegangen. Ich fürchte, kein Mensch wird mich haben wollen, wenn ich gestehen muß, daß ich nie in meinem Leben eine Prüfung abgelegt habe. Jake ist es so ergangen.«

»Jake?«

Sie nickte. »Er weiß nicht, was er anfangen soll, und steckt dauernd in Schwierigkeiten. In London ist etwas – etwas ziemlich Schlimmes passiert, kurz vor Elizabeths Geburt, und ich habe Angst –« Sie brach ab.

»Erzähl es mir.« Sein Ton war sanft und freundlich.

Sie schüttelte den Kopf. »Ich will nicht darüber sprechen. Das, was da geschehen ist, wirft kein gutes Licht auf meine Familie.« Sie sah ihn lächelnd an. »Du verstehst es, das Vertrauen anderer zu gewinnen, David. Du würdest einen hervorragenden Folterer abgeben.«

Er lachte. »Ich nehme das als Kompliment. Aber was ist nun mit Jake?«

»Er ist bei der Armee, wie du weißt, aber er scheint da völlig unterfordert zu sein. Also spielt er den Clown und bringt sich ständig in Schwierigkeiten. Ich bin sicher, er wird es noch so weit treiben, daß er vor ein Kriegsgericht gestellt und bei Morgengrauen erschossen wird.«

»Ich fürchte, dieser Tage wird man eher zu Latrinendienst oder zum Kartoffelschälen verurteilt.«

»Weißt du, er ist im Grunde völlig in Ordnung, David. Jake muß nur gebraucht werden.«

David sah sie fragend an. »Dein Bruder spricht doch fließend Französisch, nicht wahr?«

»Ja, und Italienisch und Spanisch. Diese Sprachen sprechen wir alle.«

David machte ein ärgerliches Gesicht. »Ich verstehe nicht, wieso Leute, die so viel zu bieten haben, nicht eingespannt werden. Hör zu, Faith, mach dir keine Sorgen. Ich werde sehen, was ich für Jake tun kann.«

Elizabeth hatte zu quengeln begonnen.

»Es wird kühl«, sagte David. Die Sonne stand wie eine

glanzlose kupferfarbene Scheibe am bleiernen Himmel. Er schob den Kinderwagen über den Rasen. »Es ist besser, ich bringe sie hinein.« Er drehte sich nach Faith um. »Und du solltest mal über Landarbeit im Rahmen der Kriegshilfsdienste nachdenken. Das wäre vielleicht das richtige für dich.«

Faith teilte Nicole mit, daß sie Ende der Woche abreisen würde. Nicole war bestürzt.

»Aber was soll ich denn dann tun?«

Sie waren im Frühstückszimmer, dessen Fenster zum Park und den umgebenden Wäldern hinaussahen.

Faith sagte bestimmt: »Du tust genau das, was du immer tust. Du reitest aus ... du liest deine Bücher und –«

»Ich habe sämtliche lesbaren Bücher in der Bibliothek durch. Jetzt sind nur noch so fürchterliche Schinken wie Coopers *Die Geschichte Wiltshires* übrig. Außerdem meinte ich, was soll ich mit dem *Kind* tun?«

»Elizabeth«, sagte Faith. »Das Kind hat einen Namen, Nicole. Es heißt Elizabeth.«

»Ich weiß.« Nicole seufzte. »Ich habe ihn nicht ausgesucht. So was Langweiliges.«

»Ich finde den Namen sehr schön. Elizabeth Anne Kemp. Das ist so wunderbar altmodisch. Und solide.«

Nicole stand vom Sofa auf und ging zum Fenster. »Ich wollte es Edward nennen. Nach Davids Vater. Und mit zweitem Namen Fitzwilliam, nach Mr. Darcy. Das wäre schön gewesen.« Sie zeichnete Muster auf die Fensterscheibe. »Sie hätte ein Junge werden sollen.«

Faith sagte vorsichtig: »Das nächste Mal wird es vielleicht –«

»Nein! Niemals! Ich will kein Kind mehr. Du kannst dir ja nicht vorstellen, wie gräßlich das alles war. Und deshalb hätte es ein Junge werden müssen, verstehst du! David braucht einen Sohn.«

»David ist hingerissen von Elizabeth.«

»Mädchen geben den Familiennamen nicht weiter. Ich habe ihn enttäuscht. Seit dem sechzehnten Jahrhundert hat es in Compton Deverall immer Kemps gegeben. Ich bin schuld, daß das jetzt aufhört.«

»Du mußt Elizabeth erst mal kennenlernen, Nicole! Wenn du dir für sie Zeit nähmst, würdest du sie lieben und alles andere würde unwichtig werden.«

Nicole setzte sich auf die Fensterbank. »Aber sie ist so langweilig, Faith.« Sie seufzte wieder. »Ich geb' mir alle Mühe, wirklich. Ich füttere sie, und sie schläft ein. Ich singe ihr was vor, und sie schläft ein. Ich habe ihr das Bild gezeigt, das ich ihr gekauft habe, und es hat sie überhaupt nicht interessiert.«

»Für so was ist sie doch noch viel zu jung.«

»Dann soll sich jemand anders um sie kümmern, bis sie älter geworden ist«, erklärte Nicole mit Entschiedenheit. »Später, wenn sie ein bißchen interessanter geworden ist, werde ich sie sicher mögen, das weiß ich. Aber jetzt ist sie einfach so unglaublich fade. Da ist ja mit Hunden mehr anzufangen, das mußt du zugeben. Mit denen kann man wenigstens spielen.«

Faith erkannte, daß ihr Bemühen aussichtslos war. Dennoch machte sie einen letzten Versuch. »Wenn du lernen könntest, sie zu versorgen –«

»Aber Faith, du weißt genau, daß das ein Fiasko geben würde.« Nicole lächelte. »Ich würde sie einfach vergessen und im Bus liegenlassen oder so was. Du weißt, wie ich bin.«

»Aber –«

»Laura kann sich um sie kümmern. Laura hat sie gern. Und ich – ich werde ihr massenweise Geschenke schicken, und wenn sie alt genug ist, gehe ich mit ihr ins Theater und in die Oper. Und du suchst ihr hübsche Kleider aus, und Jake bringt ihr das Rudern und das Schießen bei.«

Faith betrachtete Nicole schweigend und stellte fest, daß sie sich in den letzten zwei Monaten sehr verändert hatte. Sie war dünner geworden, größer sogar, und die Haut ihres Gesichts war so durchsichtig, daß man meinte, man müßte die Struktur der Knochen darunter erkennen.

»Was hast du vor, Nicole?«

»Ich werde eine Weile fortgehen. Du weißt ja – allzu lange am selben Ort, das halte ich nicht aus. Ich dachte, es würde mir gefallen, in so einem Haus zu leben – auf so einem alten Besitz mit einer langen Geschichte –, aber ich kann mich hier nicht eingewöhnen. Es drückt mich nieder.«

Ihr Ton war ruhig und sachlich. Die Veränderungen, die Nicole durchgemacht hatte, waren nicht nur äußerlicher Natur, dachte Faith. Die Erfahrung von Geburt und Todesnähe hatte ihre Spuren hinterlassen; hatte sie reifer gemacht.

»Und wohin willst du gehen?«

»Zuerst nach London, denke ich. In London sind Menschen.«

In London sind Menschen. Das hätte Papa sagen können, dachte Faith. »Und David?«

»Ich werde David immer lieben. Ich möchte nur das Beste für ihn.«

Nicole glitt von der Fensterbank. »Ich komme bestimmt eines Tages zurück, Faith, du wirst schon sehen. Mach dir bloß keine Sorgen.«

Nicole verließ Compton Deverall im folgenden Monat. Faith hatte sich zu der Zeit bereits zur freiwilligen Landarbeit gemeldet, und David war zu seiner geheimnisvollen Tätigkeit zurückgekehrt. Nicole erklärte ihrer Schwiegermutter, sie wolle nach London, um Kinderwäsche und eine neue Garderobe für sich selbst einzukaufen. Sie war dünner als vor ihrer Schwangerschaft, und die Sachen in ihrem

Schrank paßten nicht mehr. Laura gab ihr alle ihre Kleidermarken und empfahl eine Frau in der Edgware Road, die aus den armseligsten Stoffresten die schicksten Kleider zaubern konnte. Nicole umarmte sie zum Abschied, gab ihrer kleinen Tochter einen Kuß und nahm den Bus zum Bahnhof.

Im Zug fühlte sie sich frei, wie stets wenn sie auf Reisen war. Eine Last schien ihr von den Schultern zu fallen; beinahe war es Erleichterung, was sie empfand. Man hatte ihr erzählt, an die Schmerzen der Entbindung erinnere man sich später nicht mehr, aber ihre Erfahrung war eine andere. Die Erinnerung an Schmerz und Einsamkeit ließen sie nicht los; schlimmer noch, sie wurde fortwährend von dem Gefühl begleitet, daß einem offenbar nicht einmal der eigene Körper gehörte. Sie stellte sich vor, die schlimmsten Erinnerungen würden nun vom Zugwind davongetragen und für immer in weiter Ferne verschwinden.

In London zog sie zunächst in das Haus am Devonshire Place. Gleich am Tag nach ihrer Ankunft rief sie einen Freund bei der BBC an, der versprach, ihr bei der Arbeitssuche behilflich zu sein. Am Abend kam Thierry und führte sie in ein Restaurant in Soho. Obwohl die Küche nichts Besonderes zu bieten hatte, war der kleine Raum mit den abgedunkelten Fenstern und den von Sprüngen durchzogenen Wänden bis auf den letzten Platz besetzt. Ein Klavierspieler unterhielt die Gäste mit populären Schlagern, und bei den Refrains sangen alle lauthals mit. Wer nicht gerade aß, tanzte.

Die tiefe Niedergeschlagenheit, die Nicole seit Elizabeths Geburt mit sich herumgeschleppt hatte, fiel von ihr ab. Sie fühlte sich leicht und beschwingt. Sie war, sagte sie sich, während Thierry sie auf der winzigen Tanzfläche herumschob, schließlich erst achtzehn Jahre alt.

In den frühen Morgenstunden begleitete Thierry sie

zum Devonshire Place zurück. Im Schatten der Türnische küßte er sie. Dann sagte er: »Willst du mich nicht hineinbitten, Nicole?«

Sie schüttelte den Kopf. »Nein.«

»Warum nicht?«

»Weil du dir alles mögliche einbilden würdest.«

Er sah sie ärgerlich an. »Wie meinst du das?«

»Du weißt genau, wie ich das meine, Thierry. Du würdest dir einbilden, ich wollte mit dir schlafen.«

»Aber das willst du doch auch, oder nicht?« Er schien eingeschnappt.

Es war schon wahr, daß ihr Körper, der seit der Entbindung wie betäubt gewesen war, unter der Wirkung seiner Küsse wieder lebendig geworden war. Sie versuchte eine Erklärung. »Ich glaube, daß man nur mit einem Menschen schlafen sollte, den man wirklich liebt, Thierry.«

Sie sah die Kränkung in seinem Blick. Er wirkte meist so unverletzlich; in diesem Moment war es anders. »Warum bist du dann hier«, fragte er, »und nicht zu Hause in eurem Landhaus, um auf deinen Mann zu warten?«

»Es gibt verschiedene Arten von Liebe, meinst du nicht auch? Ich glaubte, David würde mir alles sein, aber so war es nicht.« Zum erstenmal sah sie der Erkenntnis, vor der sie in den letzten Monaten immer wieder zurückgeschreckt war, mutig ins Gesicht.

»Und darum verläßt du den armen Kerl.« Thierry zog sein Zigarettenetui heraus.

»Es ist doch fairer, reinen Tisch zu machen. Dann kann er sich jemand anderen suchen. Ich kann nicht bei David bleiben – selbst wenn ich mir weiterhin vormachen könnte, daß er der Richtige ist, ändert das nichts daran, daß ich ihn enttäuscht habe.«

Thierry riß ein Streichholz an und musterte sie im Licht der Flamme mit zusammengekniffenen Augen. »Wieso hast du ihn enttäuscht?«

»Ich habe ein Mädchen geboren und keinen Jungen. David braucht aber einen Sohn. Deshalb ist es besser, ich gehe jetzt. Dann kann er sich immer noch eine Frau suchen, die ihm einen Sohn zur Welt bringt.«

Thierry rauchte eine Zeitlang schweigend, dann sagte er: »Das ist doch nur ein Vorwand, Nicole.«

Sie zuckte mit den Schultern. »Glaub das ruhig, wenn du willst. Aber es ist ein Teil meiner Entscheidung, ein wichtiger Teil. Ich weiß, daß ich David nicht die Frau sein kann, die er braucht. Und ich kann nicht die Mutter sein, die Elizabeth braucht. Ich täte ihnen beiden nicht gut. Ich hab's versucht, und es hat nicht geklappt. Deshalb ist es besser, ich gehe jetzt gleich. Je länger ich es aufschiebe, desto mehr Schmerz werde ich ihnen bereiten.«

»Aber du willst nicht mit mir schlafen?« fragte er.

Sie lächelte. »Heute abend nicht, Darling. Ein andermal vielleicht, aber jetzt muß ich erst einmal eine Weile allein sein.« Die Erkenntnis kam ihr selbst überraschend.

Als jemand ihr zwei Tage später, als sie im *Bag o'Nails* beim Tanzen war, sagte, daß Thierry tot war, glaubte sie es zuerst nicht. »Über Holland abgeschossen«, hieß es. »Tot.« Sie war überzeugt, es läge eine Verwechslung vor, und er würde jeden Moment hereinkommen und sie mit seinen dunklen Augen ansehen, mit diesem allzu scharfen Blick. Gewiß, andere waren gefallen – Johnny, der mit ihr auf dem seidigen grünen Wasser des Avon Boot gefahren war; der Kanadier, der ihr den Jitterbug beigebracht hatte; der junge Holländer, der sie auf seinem Fahrrad mitgenommen hatte. Und viele andere. Aber nie hatte sie im Traum daran gedacht, daß Thierry sterben könnte. Wie konnte das Schicksal einen so hohen Preis von einem Menschen verlangen, der schon so teuer bezahlt hatte?

Anfang November begann Faith auf dem Bauernhof der Familie Rudges zu arbeiten. Der Hof war auf Milchwirtschaft spezialisiert und lag inmitten der sanftgewellten Hügel von Somerset, nicht weit entfernt von Taunton.

Als sie einer der anderen freiwilligen Landarbeiterinnen erzählte, daß sie bei Mrs. Fitzgerald zur Untermiete wohnte, starrte die junge Frau sie einen Moment mit offenem Mund an und sagte dann: »Im Ernst? Du weißt hoffentlich, daß sie eine Hexe ist.« Faith lachte ungläubig, und die andere fügte hinzu: »Betty Lismore hat bei ihr gewohnt. Sie konnte es nicht aushalten. Sie sagt, die Frau wäre eine hochnäsige und verrückte alte Kuh. Betty ist nach einer Woche wieder ausgezogen und hat sich bei der Postbeamtin einquartiert.«

Mrs. Fitzgeralds Haus stand, von Wäldern umgeben, am Ende eines gewundenen, ewig matschigen Fußpfads. Abends schrien die Schleiereulen, und das asymmetrische Dach des Hauses glänzte wie Zinn im Mondlicht. Dem eigentlichen Haus, einem ebenerdigen Backsteinbau, war ein Wirrwarr von kleinen Zimmern und Kammern angefügt worden, aus Kisten und Metallbehältern konstruiert, die man so lange mit dem Hammer bearbeitet hatte, bis sie glatt und flach waren. Auf den Metallwänden waren noch Reste der Werbeslogans für die Produkte erhalten, die sie einmal enthalten hatten. Abends im Bett las Faith die Wände ihrer Schlafkammer. »Immer frische Haut mit Knights Olivenölseife«. »Ovomaltine, das nervenstärkende Getränk zu jeder Tageszeit«.

Mrs. Fitzgerald, dachte Faith oft, paßte zu ihrem Haus. Sie war sehr groß, Ende Vierzig, und trug das lange, von Grau durchzogene rote Haar lose auf dem Kopf zusammengedreht. Sie kleidete sich unkonventionell in meist gewagte Farben. Einen Mantel schien sie nicht zu besitzen, sondern pflegte sich für ihre Streifzüge durch den Wald einen langen schwarzen Umhang umzuwerfen – vermutlich Auslöser des Gerüchts, daß sie eine Hexe sei, sagte sich Faith. Die Wände des Hauses waren mit großen

Webdecken behangen, auf den Böden lagen gestreifte Teppiche.

Der Tag begann für Faith morgens um vier. Nach einem hastig verschlungenen Frühstück, das im allgemeinen aus einem Marmeladenbrot und einer Tasse Tee bestand, fuhr sie mit dem Fahrrad zum Hof der Familie Rudges. In einem bitterkalten Kuhstall säuberte sie die Kühe, wusch ihnen die Euter und melkte die Tiere dann. Die Milch wurde in Flaschen abgefüllt, eine Tortur, bei der mit Schläuchen, Eimern und eiskalter Flüssigkeit hantiert werden mußte. Wenn sie damit fertig war, waren ihre Hände meist blau, und sie schlotterte vor Kälte. Danach bekam sie vom Bauern ein zweites Frühstück, anschließend mußte sie den Stall ausmisten und desinfizieren. Nach dem Mittagessen schlief Faith unweigerlich ein und gönnte sich ein kurzes Nickerchen. Manchmal rollte sie sich irgendwo im Stall bei den Kühen zusammen, wo es warm war. Am Nachmittag mußte die ganze Prozedur wiederholt werden, und gegen halb sieben radelte sie schließlich zurück in ihr Quartier. Dort aß sie, was Mrs. Fitzgerald ihr hingestellt hatte, und kroch ins Bett.

Nach Ende der ersten vierzehn Tage ihres Aufenthalts in Somerset hatte Faith nach ihrer Schätzung nicht mehr als ein halbes Dutzend Sätze mit Mrs. Fitzgerald gesprochen – einerseits weil Mrs. Fitzgerald nicht sehr gesprächig war, andererseits weil die beiden Frauen sich selten zur gleichen Zeit im Haus befanden. Und so wäre es vermutlich monatelang weitergegangen, dachte Faith, wenn sie nicht eines Tages das Bläulingskleid angezogen hätte. Sie holte es eines Abends aus den Tiefen ihres Rucksacks, Erinnerung an bessere Zeiten, und hätte beinahe geweint, als sie es ausschüttelte. Aber sie drängte die Tränen zurück, und nach einem Bad in dem Blechzuber vor dem offenen Feuer zog sie statt Rock und Bluse, wie es vernünftig gewesen wäre, das Bläulingskleid an.

Mrs. Fitzgerald, die in die Küche kam, als Faith beim

Abendessen saß, blieb stehen wie angewurzelt und starrte sie an. »Du meine Güte!« sagte sie. »Paquin.«

»Leider ziemlich von Motten zerfressen.« Sie hatte rund um den Saum mehrere kleine Löcher entdeckt.

»Immer noch besser als diese scheußlichen langen Hosen.«

Faith lachte. »Aber nicht so warm.«

Mrs. Fitzgerald stellte mehrere Gläser mit undefinierbarem Inhalt auf die Abtropfplatte. »In meiner Jugend hatte ich einen Paquin-Mantel. Ich habe ihn heiß geliebt. Und getragen, bis er mir vom Leib fiel.«

»Das Kleid ist von einer Freundin unserer Familie in Frankreich.«

Mrs. Fitzgerald sah sie groß an. »Eine sehr großzügige Freundin, wie mir scheint.«

»Sie hat mir das Kleid für meine Sammlung geschenkt«, erklärte Faith. »Ich nenne es das Bläulingskleid. Sie wissen schon, nach dem Schmetterling.«

»Sie sammeln Kleider?«

»Ich hab' eine Vorliebe für alte Kleider«, sagte Faith. »Ich hatte einen ganzen Schrank voll. Als wir aus Frankreich wegmußten, konnte ich nur wenige mitnehmen. Ich habe noch zwei Fortuny-Kleider, die ich auf einem Markt in Marseille ergattert habe, ein sehr schönes Douillet-Abendkleid und verschiedene andere Sachen.«

»Sie sind ja eine erstaunliche kleine Person«, stellte Mrs. Fitzgerald fest. »Ich dachte, Sie wären so eine Gans wie die anderen. Das letzte Mädchen, das bei mir gewohnt hat, ist jedesmal, wenn sie mich gesehen hat, aus dem Zimmer gehuscht wie eine furchtsame Maus.«

»Sie sind als Hexe verrufen, wissen Sie das nicht?«

Mrs. Fitzgerald lachte schallend und sagte, nachdem sie sich beruhigt hatte: »Ich vermute, sie haben mich nachts meine Pflanzen sammeln sehen.« Sie nahm eines der Gläser von der Abtropfplatte, öffnete es und hielt es Faith hin.

Faith sah hinein. »Flechte.«
»Richtig.«
»Muß die denn bei Mondenschein gepflückt werden?«
»Nein, natürlich nicht. Aber bei Tag sitze ich am Webstuhl, um das Licht auszunützen. Da passiert es manchmal, daß ich noch um Mitternacht im Wald herumkrieche und meine Pflanzen suche.« Ungeduldig fügte sie hinzu: »Um Farben herzustellen. Rotholz für Rot, Färberwaid für Blau, Färberwau für Gelb – und aus den Flechten lassen sich die herrlichsten Ocker- und Brauntöne gewinnen.«

Faiths Blick wanderte zu den Teppichen und der Webdecke, die über das alte Sofa geworfen war. »Die haben Sie alle selber gemacht?«
»Ja. Gefallen sie Ihnen?«
»Sie sind toll.«
»Nicht so toll wie ein Paquin-Kleid. Diese Farbe, einfach wunderbar! Wenn ich die nachmachen könnte!« Sie kniff die Augen zusammen, als sie über die duftige Seide strich. »Aber Sie sollten einen Pullover überziehen, bevor Sie sich eine Erkältung holen. Möchten Sie einen Schluck trinken?«

Tee war es nicht, was sie anbot. »Oh, Wein«, sagte Faith. »Köstlich.«
»Darüber werden Sie vielleicht anders denken, wenn Sie probiert haben. Das ist Pastinake. Selbst gebraut. Vom letzten Jahr.« Mrs. Fitzgerald goß zwei Gläser ein und reichte eines Faith. Dann machte sie es sich auf dem Sofa bequem und schloß halb die Augen. »Beinahe könnte ich mich in goldene Zeiten zurückversetzt fühlen ... Sie in diesem Kleid ... ich mit einem Glas Wein in der Hand ...«
»Hatten Sie auch ein Paquin-Kleid?«
»Ich hatte mehrere. Irgendwann habe ich sie alle verhökert. Für einen Bruchteil dessen, was sie wert waren, natürlich.« Sie sah Faith mit grimmiger Miene an. »Lassen Sie

sich das eine Lehre sein. Die goldenen Zeiten sind niemals von Dauer.«

»Das habe ich auch nie erwartet«, erwiderte Faith höflich.

»Sehr gescheit.« Mrs. Fitzgerald hob ihr Glas. »Dann trinken wir auf die Unerschütterlichkeit.«

»Auf die Unerschütterlichkeit«, sagte Faith.

»Ich vermute, es bedarf einiger Unerschütterlichkeit, die Äcker umzupflügen oder Rüben zu hacken oder was Sie sonst für diesen Schlawiner Rudges tun.«

»Ich melke die Kühe«, erklärte Faith. »Und es macht mir ehrlich gesagt Spaß.«

»Ach was? Weil Sie dabei das Gefühl haben, mit der Natur eins zu sein oder solcher Quatsch?« Mrs. Fitzgeralds Ton war geringschätzig.

Faith überlegte. »Weil ich dabei nicht denken muß. Weil ich am Ende des Tages so ausgepumpt bin, daß ich nur noch ins Bett falle und nicht einmal mehr träume.«

»Denken Sie denn nicht gern?«

»Im Augenblick nicht«, antwortete sie und trank den letzten Schluck ihres Pastinakenweins. Er schmeckte scharf und war sehr stark. Seine Wirkung machte sich in einer angenehmen Benommenheit bemerkbar.

Mrs. Fitzgerald sagte brüsk: »Ich will nicht neugierig sein. Ich kann neugierige Leute nicht ausstehen. Sind Sie einem zweiten Glas gewachsen?«

Faith nickte. Sie sah sich im Zimmer um. »Haben Sie immer hier gelebt?«

Mrs. Fitzgerald prustete verächtlich. »Damals, als ich drei Paquin-Kleider mein eigen nannte, gewiß nicht. Aber ich bin dummerweise mit einem Taugenichts durchgebrannt – Johnnie Fitzgerald war geschieden, Sie können sich also vorstellen, was für ein Skandal das war – und habe alles verloren.«

»Haben Sie ihn geliebt?«

»Wahnsinnig.«

»Und was ist geschehen?«

»Johnnie bildete sich ein, er wäre ein großer Autorennfahrer. Er hat jeden Penny, den ich besaß – er selbst hatte nichts als Schulden – in irgend so einen wahnwitzigen Wagen gesteckt. Den hat er dann in Le Mans zu Schrott gefahren und ist dabei selbst auf der Strecke geblieben.«

»O Gott, wie schrecklich.« Die Worte schienen ihr hoffnungslos unangemessen.

Mrs. Fitzgerald zuckte die Achseln. »Meine eigene Schuld. Alle haben mich damals vor ihm gewarnt. Aber ich wollte ja nicht hören.«

»Und bedauern Sie es heute?« Faith war plötzlich sehr kalt.

Mrs. Fitzgerald runzelte die Stirn. »Nein. Nein, das kann ich nicht behaupten. Obwohl ich danach völlig abgebrannt war. Deshalb habe ich das Haus hier gekauft und vermiete Zimmer ... Aber nein, ich bedaure es nicht.«

Faith spülte ihr zweites Glas Wein hinunter und mußte ihren ganzen Mut zusammennehmen, ehe sie sagte: »Dann sind Sie wohl der Meinung, man sollte der Stimme seines Herzens folgen?«

Mrs. Fitzgerald musterte sie forschend. Einen Moment blieb sie stumm, dann sagte sie: »Ich habe das Gefühl, es steckt eine Menge Kummer hinter dieser Frage. Aber ich habe wirklich keine Ahnung, mein Kind. Ich habe gehandelt, wie ich es für richtig hielt, und es hat keiner außer mir darunter gelitten. Meine Eltern waren damals schon tot, und ich hatte einen Vormund, der sich im Grunde überhaupt nicht für mich interessiert hat. Ich fürchte deshalb, ich kann Ihnen Ihre Frage nicht beantworten.«

Faith blieb noch einen Moment sitzen und sah zu den Sternen hinaus. Dann stand sie auf. »Ich muß jetzt zu Bett gehen. Gute Nacht, Mrs. Fitzgerald, und vielen Dank für den Wein.«

»Constance«, sagte Mrs. Fitzgerald. »Ich heiße Constance. Meine Freunde nennen mich Con.«

Guy hatte es sich zur Gewohnheit gemacht, abends nach der Sprechstunde noch in ein Pub zu gehen und ein Glas zu trinken, bevor er nach Hause fuhr. Nur so war er überhaupt fähig, die tägliche Heimkehr und das Zusammensein mit Eleanor zu ertragen.

In den Monaten, die der fehlgeschlagenen Verabredung mit Faith gefolgt waren, hatte sich das Bewußtsein seines eigenen Versagens in ihm gefestigt. Er hatte erkannt, daß er nicht der sensible Mensch war, für den er sich gehalten hatte, daß er andere und vor allen anderen sich selbst nicht verstanden hatte. So empfänglich er stets für die Bedürfnisse, Ängste und Schmerzen seiner Patienten gewesen war – seine eigenen Gefühle und Wünsche hatte er nie wahrgenommen. Er hatte Eleanor in der Überzeugung geheiratet, ihre Selbstsicherheit und ihre Zielstrebigkeit zu brauchen, und hatte bald feststellen müssen, daß aus Selbstsicherheit leicht Starrsinnigkeit werden konnte und Zielstrebigkeit leicht Blindheit für die Bedürfnisse der anderen mit sich brachte. Er wußte – wußte es nun schon seit langem –, daß er Eleanor nicht liebte. Olivers wegen wäre er bei ihr geblieben, aber ohne Oliver konnte nichts die Leere seiner Ehe überspielen.

Er hatte sich deshalb in seine Arbeit gestürzt, wie immer schon, wenn er unglücklich war. Er übernahm zusätzliche Schichten im Krankenhaus, und neben seinen eigenen Patienten betreute er jetzt auch die eines Kollegen in der Nachbarschaft, der infolge der ständigen Bombenangriffe einen Nervenzusammenbruch erlitten hatte. Am Holland Square hielt er sich so wenig wie möglich auf. Eleanor schob seine Gereiztheit und ständige Erschöpfung auf Überarbeitung. Aber Guy spürte hinter ihrer Nachsicht einen Triumph. Sie glaubte, gesiegt zu haben.

Seit jenen heißen Tagen Anfang August hatte kein Mitglied der Familie Mulgrave sich mehr in dem Haus am Holland Square blicken lassen. Weder Ralph noch Jake, und Faith natürlich auch nicht. Von einer Mischung aus wütender Empörung und Verzweiflung getrieben, hatte Guy noch einmal das Haus in der Mahonia Road aufgesucht. Das war im Herbst gewesen. Er hatte ziemlich viel getrunken und trommelte so lange voller Wut an die Tür, bis aus dem Nachbarhaus eine Frau im Morgenrock herausgeschossen kam und ihm aufgebracht mitteilte, daß Nr. 17 schon seit Monaten unbewohnt sei.

Er hatte keine Ahnung, wohin Faith gegangen war. Aber was ihr Verschwinden bedeutete, war ihm nur allzu klar. Sie hatte erklärt, ihn zu lieben, aber sie liebte ihn nicht genug. Der Gedanke, sie vielleicht nie wiederzusehen, bedrängte ihn, und er wußte nicht, ob er darüber erleichtert sein oder weinen sollte. Mittlerweile hatte sein Zorn ein wenig nachgelassen; jetzt empfand er nur noch Bedauern. Wenn er damals, vor Jahren, bei jenem letzten kurzen Besuch in La Rouilly, begriffen hätte, daß er sie liebte, hätte er sie vielleicht einfach in die Arme geschlossen und mit sich nach England genommen, um dort in Glück und Freuden mit ihr zu leben. Aber er hatte es nicht begriffen und seine Chance vertan.

Und nun also setzte er sich Abend für Abend in irgendeine Kneipe im Zentrum Londons, wo er sicher sein konnte, daß niemand ihn kannte und der Barkeeper nicht auf Gespräche erpicht war. Das East End mied er. Seine Patienten brauchten nicht zu wissen, daß ihr Arzt sich jeden Abend erst Mut antrinken mußte, ehe er zu seiner Frau nach Hause ging.

An diesem Abend saß er am Fenster einer Bar in einer schmalen Seitengasse beim Piccadilly. Es war abscheuliches Wetter. Der Graupelregen, der in Strömen aus dem tiefhängenden Himmel herabfiel, sammelte sich in den

Kratern und Löchern, die die Bomben des vergangenen Winters hinterlassen hatten. Jetzt, Ende November 1941, war London vom Krieg ausgelaugt. Diese große, stolze Stadt litt schwer unter den Nachwirkungen der Angriffe, denen sie so gnadenlos ausgesetzt gewesen war, und schien in einen Zustand tiefer Erschöpfung gefallen zu sein. Aus dem Radio in einer Ecke des Barraums erklang die Stimme eines Nachrichtensprechers, der von einer weiteren Serie von Katastrophen berichtete: Deutschlands Vormarsch auf Moskau; Rommels Gegenangriff in Nordafrika; die Verluste der Alliierten im Atlantik.

Guy brach die selbstauferlegte Regel und bestellte sich einen dritten Drink. Das Glas mit beiden Händen umfaßt haltend, sah er zum Fenster hinaus in die graue, triste Stadtlandschaft und verspürte plötzlich heftige Sehnsucht nach Frankreich, wie es vor dem Krieg gewesen war, nach dem Sommer, nach der Vergangenheit, nach einer Zeit, als Freude und Optimismus leicht gewesen waren. Trotz der Kälte, trotz der Feuchtigkeit konnte er, wenn er die Augen schloß, die warmen Augusttage in La Rouilly beinahe riechen, den aufdringlichen Knoblauchgeruch des Waldes, wo er mit Faith spazierengegangen war...

Als er die Augen öffnete und zum Fenster hinausblickte, sah er sie. Als hätte seine Phantasie sie aus der Luft gegriffen. Das helle Haar im Nacken zusammengenommen, eine schlanke, anmutige Gestalt, die sich durch das Gedränge auf dem Bürgersteig schlängelte. Sie hatte einen marineblauen Regenmantel an und trug einen Schirm. Guy knallte sein Glas auf den Tisch und rannte hinaus.

Draußen sah er sich mit gehetzten Blicken nach ihr um. Viel zu viele Menschen. Er fluchte. Dann fand er sie wieder. Sie bog gerade am Piccadilly um die Ecke. Auf den Bürgersteigen herrschte wildes Getümmel. Er fragte sich, was zum Teufel die vielen Menschen hier zu suchen hatten – in den verdammten Geschäften gab es doch sowieso nichts zu kaufen, und das Wetter war fürchterlich. Mit eingezogenem Kopf rannte er zwischen Bussen und Taxis hindurch über die Straße. Er hatte sie wieder aus den Augen verloren und fluchte gotteslästerlich. Eine ältere Frau schüttelte indigniert den Kopf. Durch eiskalte Pfützen stolperte er die Straße hinunter und erhaschte endlich wieder einen kurzen Blick auf den dunkelblauen Regenmantel. Sie ging die Berkeley Street hinunter. Als er mit voller Wucht mit einem Mann in Marineuniform zusammenprallte, gewahrte er, wie der Seemann die Fäuste ballte, und entschuldigte sich hastig. In der Berkeley Street war es nicht so voll wie am Piccadilly, aber sie ging ein ziemlich flottes Tempo, und dann sah er mit Schrecken, daß sie einem Taxi winkte. Der Wagen brauste an ihr vorüber. Guy rannte keuchend weiter. Wieder kam ein Taxi die Straße herunter. »Halt bloß nicht an, verdammt noch mal«, brummte er, und als der Wagen am Bordstein abbremste, brüllte er aus Leibeskräften: »Faith!«

Sie reagierte nicht gleich. Aber als er ein zweites Mal rief, ließ sie den Türgriff des Taxis los und sah sich nach ihm um.

Sobald sie sich umdrehte, erkannte er seinen Irrtum.

»Nicole«, sagte er.

Sie lachte ihm strahlend entgegen. »Guy! Guy Neville. Ich glaub's nicht. Wie schön!«

Er versuchte erst einmal, wieder zu Atem zu kommen. Er fühlte sich benommen und kam sich etwas töricht vor. Sie hatte solche Ähnlichkeit mit Faith und war doch so ganz anders als ihre Schwester. Ihr Haar war heller, das Blau ihrer Augen dunkler, ihr Körper – er ertappte sich dabei, daß er die Rundungen musterte, die sich durch den Regenmantel abzeichneten.

Der Taxifahrer rief: »Soll ich die Dame jetzt fahren oder nicht, Mann?« Und er schüttelte den Kopf. »Nein! Tut mir leid«, rief er zurück und wartete, während sie die Straße überquerte. Nicole Mulgrave, dachte er und versuchte, sich zu erinnern, wie alt sie gewesen war, als er sie zuletzt gesehen hatte. Dreizehn... vierzehn... ein Kind. Aber jetzt war sie kein Kind mehr.

»Guy!« Sie nahm seine beiden Hände und küßte ihn. Die Unterschiede zu Faith wurden immer deutlicher. Er konnte jetzt nicht mehr verstehen, wie er sie hatte verwechseln können. Nicoles Kleider waren tadellos geschnitten, sie trug eine elegante Frisur, und ihre Haltung drückte große Selbstsicherheit aus.

»Guy, das ist ja wirklich zu schön, um wahr zu sein. Du hast dich überhaupt nicht verändert.« Sie hielt noch immer seine Hände umschlossen. Erstaunlich fest. »Hast du es eilig? Du bist ganz außer Atem.«

»Weil ich dich unbedingt einholen wollte. Ich dachte, du wärst Faith«, erklärte er.

Sie lächelte. »Das war leider ein Irrtum. Bist du bereit, mit mir vorliebzunehmen?«

»Ja«, platzte er heraus. »Ja, natürlich.« Er benahm sich, das merkte er selbst, wie ein Siebzehnjähriger.

»Hast du Zeit für einen Drink, Nicole? Oder wollen wir vielleicht zusammen essen?« fragte er, bemüht, sich seinem Alter entsprechend zu verhalten.

»O ja, gehen wir zusammen essen. Ich hatte den ganzen Tag Proben und bin ganz ausgehungert.« Sie warf ihm einen fragenden Blick zu. »Aber wartet deine Frau nicht auf dich?«

Er hatte Eleanor völlig vergessen. »Ich könnte Eleanor anrufen«, sagte er. »Ihr sagen, daß ich im Krankenhaus aufgehalten worden bin...«

»Wäre das möglich? Da vorn an der Ecke ist eine Telefonzelle.«

Sie gingen hin, er trat hinein, wählte seine Nummer und sprach seinen Text. Erst als er wieder auf die Straße trat, fragte er sich, warum er gemeint hatte, lügen zu müssen.

»Wir sollten uns vielleicht überlegen, wo wir essen wollen«, sagte er.

Nicole schlug ein Restaurant in Soho vor, und sie beschlossen, zu Fuß zu gehen. Der Graupelregen wurde zu Schnee, der die Zerstörungen der Londoner Straßen gnädig bedeckte. Im Restaurant sah er ihr beim Essen zu. Er selbst hatte aus irgendeinem Grund keinen Appetit, aber er fühlte sich ungeheuer lebendig, wach und klar, als hätten sich alle Verwirrungen und Enttäuschungen der letzten Monate endlich gelichtet.

Anfangs unterhielten sie sich wie Bekannte, die einander längere Zeit nicht gesehen haben. Sie sprachen über das Wetter, den Krieg, die neuesten Filme und ihre Arbeit. Sie war schlagfertig, unterhaltsam und witzig; brachte ihn mehrmals zum Lachen. Er wurde sich bewußt, daß er Spaß hatte. Er hatte beinahe vergessen, wie das war.

Nicole berührte seine Hand. »Du starrst mich an, Guy.«

»Entschuldige.« Unvermittelt sagte er: »Ist dein Mann auch in London?«

»Ich glaube nicht. Alles, was er tut, ist streng geheim, da weiß ich nie, wo er sich gerade aufhält.«

»Du hast doch ein Kind erwartet ...«

»Ich habe eine Tochter, Elizabeth.«

»Meinen Glückwunsch.«

»Danke. Elizabeth ist in Wiltshire bei ihrer Großmutter. Faith hat mir erzählt, daß du einen kleinen Sohn hast.«

»Ja. Oliver lebt bei Eleanors Großmutter.«

Sie waren mit der Nachspeise fertig. »Kaffee?« fragte Guy.

»Der ist bestimmt aus Löwenzahnblättern oder so was ähnlich Gräßlichem. Ich glaube, es wäre viel gescheiter, wir würden zu mir nach Hause fahren. Was hältst du davon?«

»Wenn du meinst«, sagte er, und nachdem sie bezahlt hatten, gingen sie.

Draußen hakte sie sich bei ihm ein, und sie gingen eine Weile schweigend durch das Schneetreiben. Dort, wo der Schnee liegenblieb, glitzerte er im trüben Licht der Autoscheinwerfer. Die schwer angeschlagene Stadt, dachte Guy, bekam ein neues Kleid, eine zweite Chance.

Das Haus am Devonshire Place war kalt und leer. »Mit der Verdunkelung haben wir es nicht so genau genommen, weil hier eigentlich keiner wohnt. Ich hab' versucht, Tischtücher vor die Fenster zu hängen, aber sie sind immer wieder runtergefallen. Darum sitze ich abends meistens bei Kerzenlicht«, erklärte Nicole.

Sie nahm ihm seinen Mantel ab. Guy zündete mit seinem Feuerzeug die Kerzen in den beiden Leuchtern auf dem Kaminsims an. Im flackernden Licht der Flammen sah er das Sofa und die Sessel, die Bücherreihen, die dunklen Rechtecke der Gemälde an den Wänden.

Sie knöpfte ihren Regenmantel auf. »Möchtest du etwas trinken, Guy?«

Er wußte, daß er jetzt sagen sollte: »Nur einen kleinen Schluck bitte«, dann das Glas schnell leeren und zu Eleanor heimkehren sollte. Es war zehn Uhr. In letzter Zeit verlangte Eleanor immer Entschuldigungen und Erklärungen. Je länger er bei Nicole blieb, desto mehr würde er lügen müssen. Er bemerkte, wie gleichgültig ihm das war. Eleanor, das Haus am Holland Square, die Farce, die seine Ehe war – das alles erschien ihm seltsam irreal.

Er beobachtete Nicole, als sie durch das Zimmer zum Barschrank ging. Ihre Bewegungen waren anmutig und fließend. Er versuchte, sich ins Gedächtnis zu rufen, ob sie immer so gewesen war, und stellte fest, daß er sich kaum an sie erinnern konnte. Sie war die Jüngste von dreien gewesen, stets im Schlepptau eines ihrer älteren Geschwister.

»Ich versuche, mich an dich zu erinnern«, bemerkte er, »wie du in La Rouilly warst.«

»Du warst natürlich Faiths Freund. Ich wurde immer nur geduldet von euch beiden.«

Er wollte protestieren, aber sie ließ ihn gar nicht zu Wort kommen, sondern sagte: »Doch, es ist wahr. Du weißt genau, daß es so war.«

Er trank seinen Whisky. Endlich blitzte eine Erinnerung auf: Nicole, die schreiend hinter ihnen herlief und versuchte, ihn und Faith bei einem Waldspaziergang einzuholen. Wirres blondes Haar, stämmige kurze Beinchen und das Gesicht feuerrot und zornig.

»Hat es dir denn etwas ausgemacht?«

»Nein, eigentlich nicht.« Sie lachte. »Ich hatte meine Ponys, und Faith hatte dich.« Sie stellte ihr Glas nieder und betrachtete ihn aufmerksam. »Aber jetzt würde es mir etwas ausmachen.«

Er hatte plötzlich heftiges Herzklopfen. »Wie meinst du das?«

»Wenn ich von dir nur geduldet wäre.«

Es war, dachte er, während er sie anstarrte, als hätte ein Gott, in Unzufriedenheit mit seinen früheren Anstrengungen, die Mulgrave-Züge zu etwas Reinem geläutert, das eine ungeheure magnetische Kraft besaß. Von dem er den Blick nicht wenden konnte.

»Es würde mir etwas ausmachen«, sagte sie, um keinen Zweifel zu lassen, »wenn ich immer noch zweite Wahl wäre.«

Eleanor hatte er belogen; Nicole schien er nicht belügen zu können. Er schüttelte den Kopf. Eine kleine Geste nur, aber Guy hatte den Eindruck, er hätte eine Kluft übersprungen.

»Aber es würde mir natürlich nicht einfallen, dich Faith auszuspannen. Schwestern sind wichtiger als Liebhaber.«

Erst jetzt konnte er sprechen. »Nicole, ich habe eine Frau –«

»Aber du liebst sie nicht, richtig? Wenn du sie liebtest,

hättest du mich nach Hause eingeladen, mit ihr bekannt gemacht und mich gefragt, ob ich zum Abendessen bleiben möchte. Und du wärst nicht hierhergekommen.« Sie lächelte. »Mach nicht so ein entsetztes Gesicht, Guy. Ich sage nur, was auf der Hand liegt. Ich habe es immer gehaßt, um den heißen Brei herumzureden. Es ist viel besser, man sagt offen, was man denkt.« Sie fröstelte und zog ihren Mantel um sich. »Würdest du Feuer machen, Guy? Es ist so kalt hier drinnen.«

Als er sich zum offenen Kamin hinunterbeugte, hörte er sie sagen: »Und meiner Meinung nach ist alles gut, wenn Liebe im Spiel ist. Ein Eheversprechen ohne Liebe ist nichts als leere Worte.«

Das Holz war feucht, und er fand nur ein Blatt Zeitungspapier. Er knüllte es zusammen und sagte gereizt: »Meinst du nicht, das ist nur eine Rationalisierung – oder vielleicht Romantisierung – eines wenig ehrenhaften Impulses?«

»Ich habe schon sehr lange das Gefühl, daß mein Leben nicht stimmt. Und ich vermute, dir geht es nicht anders. Wenig ehrenhaft fände ich es, weiterhin zu lügen.«

Sie sprach nur aus, was er seit Monaten aus seinen Gedanken verdrängt hatte.

»Wenn man jemanden liebt«, fuhr sie fort, »dann sind Dokumente und goldene Ringe unwichtig. Wenn man jemanden liebt, ist man bereit, für ihn auch die Regeln zu brechen.«

Er sagte bitter: »Aber die Liebe muß erwidert werden, meinst du nicht?«

»Sprichst du von deiner Frau, Guy, oder von Faith?«

Er wandte sich von ihr ab.

»Du hattest Streit mit Faith, nicht wahr?« sagte Nicole. »Sie hat in der ganzen Zeit, und es waren immerhin fast drei Monate, nicht ein einziges Mal von dir gesprochen. Daher weiß ich, daß ihr Streit hattet.«

Er hielt sein Feuerzeug an das Papier und blies in die Flammen, um sie anzufachen. »Nein, wir hatten keinen Streit«, entgegnete er, Nicole den Rücken zugewandt. »Ich machte den Fehler, Faith zu sagen, daß ich sie liebe.«

»Und ...?«

Er zuckte die Schultern. »Und nichts. Überhaupt nichts. Sie ist einfach gegangen. Weg. Es war ein Fehler, wie ich schon sagte.«

Nicole antwortete nicht. Guy nahm eine Ausgabe von Lord Chesterfields Briefen vom Bücherregal und wedelte damit vor den schwachen Flammen auf und ab.

»Faith war also nicht bereit, die Regeln zu brechen?«

Er erinnerte sich wieder, wie er unter der Linde auf sie gewartet hatte. Die Sonne sickerte durch das Laub; langsam, qualvoll wandelten sich Erwartungsfreude und Hoffnung erst in Verständnislosigkeit und dann in Verzweiflung.

»Nein«, sagte er langsam. »Nein, dazu war sie nicht bereit.«

Sie schwiegen beide. Nicole kniete neben ihm nieder. Sie nahm ihm das Buch aus der Hand und riß mehrere Seiten heraus, um sie ins Feuer zu werfen. Die Flammen loderten hoch auf.

»Na also«, sagte sie und lächelte ihn an. Sie strich ihm eine Haarsträhne aus der Stirn. »Und du, Guy? Liebst du Faith?«

»Ich glaube – ich glaube, ich hasse sie.«

Sie legte ihm einen Finger auf die Lippen. »Nein, sag so etwas nicht. Sprich nicht von Haß. Niemand sollte Faith hassen.«

Der Duft ihrer Haut war berauschend. Er stand hastig auf und trat an den Kaminsims. Die Hände auf die Konsole gestützt, blieb er stehen und sagte, ohne sich nach ihr umzudrehen, mit heiserer Stimme: »Ich sollte jetzt besser gehen.«

Sie antwortete nicht gleich. Dann sagte sie: »Du brauchst nur zur Tür hinauszugehen, Guy.«

Er nahm seinen Mantel und seinen Hut. Draußen knirschte die dünne Schneedecke unter seinen Füßen, und die Spuren, die er hinterließ, färbten sich bräunlich. Die U-Bahnfahrt, der Weg vom Bahnhof Russell Square zum Haus waren ihm eine Last. Sie führten ihn in eine Richtung, die er nicht einschlagen wollte.

In dieser Nacht schlief er kaum. In den frühen Morgenstunden stand er leise auf. Bevor er zur Tür hinausging, warf er einen Blick zurück auf Eleanor, die schlafend unter der Steppdecke lag – ein Haarnetz über den Lockenwicklern, das Nachthemd aus angerauhter Baumwolle an Manschetten und Kragen ordentlich zugeknöpft. Zum erstenmal seit Monaten empfand er Mitleid und nicht Abneigung.

In der Küche machte er sich eine Tasse Tee, trank, rauchte und wartete, bis es hell wurde. Dann kleidete er sich an und nahm den Bus zur Malt Street.

Nachdem er an diesem Abend um sechs seine Praxis zugemacht hatte, fuhr er ins Stadtzentrum. Aus dem dunklen Schacht des U-Bahnhofs ins Freie tretend, wurde er einen Moment überwältigt von der Schönheit des Anblicks, der sich ihm bot. Das Licht des Vollmonds warf einen bläulichen Glanz über das Weiß, das jedes Haus und jeden Baum überzog. Auf schneeglatten Bürgersteigen ging er zum Devonshire Place. Als er die Hand hob, um zu klingeln, war ihm klar, daß er im Begriff war, eine Grenze zu überschreiten, sich auf gefährlichen Boden zu begeben, auf dem er jederzeit straucheln konnte.

Nicole öffnete ihm und zog ihn ins Haus. Er küßte ihre Fingerspitzen. Als er die kleinen Perlenknöpfe an ihrer Bluse öffnete, sagte sie dicht an seinem Ohr leise: »Wie wunderbar, daß du es bist, Guy. Daß du der Richtige bist.«

Faith erhielt den Brief am Ende der ersten Dezemberwochen. Er war von Poppy, die ihr in wenigen knappen und zornigen Sätzen mitteilte, daß Nicole ihren Mann und ihr Kind verlassen hatte und nun mit Guy Neville zusammenlebte. Der Brief war kurz, dennoch mußte sie ihn dreimal lesen, um seinen Sinn zu erfassen. Im eiskalten kleinen Badezimmer übergab sie sich heftig.

Danach machte sie weiter wie zuvor, melkte die Kühe, fuhr täglich mit dem Fahrrad von Constance Fitzgeralds Haus zum Rudges-Hof und wieder zurück. Sie machte weiter, dachte sie, weil man zu funktionieren hatte. Ralph oder Jake hätten wahrscheinlich getobt oder einfach alles hingeworfen, aber ihr lag das nicht. Dramatische Auftritte waren nicht ihre Art, sagte sie sich stumpf und gleichgültig. Jener Charakterzug, der Poppy getrieben hatte, mit Ralph durchzubrennen, oder Jake, sich freiwillig zum Kampf im Spanischen Bürgerkrieg zu melden, schien ihr nicht gegeben. Du warst immer das langweiligste meiner Kinder, hatte ihr Vater behauptet, und sie konnte nicht umhin, ihm zuzustimmen.

Sie war froh, daß Winter war. Winterliche Kälte und Dunkelheit entsprachen ihrer Stimmung, die Stille und Rückzug verlangte. Das Bild der eintönigen Landschaft, in der das nackte schwarze Geäst der Bäume rund um das Haus sich von einem tiefhängenden grauen Himmel abhob, tat ihr wohl. Den Sommer hätte sie jetzt nicht ertragen können.

Im Haus trug sie stets drei Pullover übereinander und lange Strümpfe unter den verhaßten Arbeitshosen. Nachts häufte sie alles, was sie an Kleidungsstücken besaß, auf ihrem Bett auf, um sich warm zu halten. Wenn sie vor der Morgentoilette die Eisschicht im Waschkrug zerschlug, dann war sie mehr mit den materiellen Unbequemlichkeiten ihres Alltags beschäftigt als mit ihrem inneren Schmerz. Wenn sie auf gefährlich vereister Straße mit ihrem Fahrrad zum Rudges-Hof fuhr, mußte sie sich auf anderes konzentrieren als auf Bilder von Guy und Nicole.

Ihre Freundschaft mit Con Fitzgerald war ein Trost. Offensichtlich hatte Con gemerkt, daß etwas geschehen war, das sie sehr unglücklich machte, aber sie stellte keine Fragen. Sie schien zu spüren, wann Faith allein sein wollte, und ließ sie dann in Ruhe, war aber immer für sie da, wenn sie menschliche Gesellschaft brauchte. Sie zeigte ihr den großen Webstuhl, der in einem ungeheizten Schuppen stand, und die Wolle, die sie bei einem einheimischen Bauern kaufte. »Es ist fast unmöglich, anständige Wolle zu bekommen«, erklärte sie. »Das macht dieser verdammte Krieg.«

Abends half Faith beim Auftrennen alter Pullover und ausgefranster Decken, deren Wolle Con wiederverwenden wollte. Die Monotonie der Arbeit wirkte beruhigend auf sie.

Eines Abends nach dem Essen setzte Con sie an den Webstuhl und erklärte ihr Kette und Schuß, Lade und Weberkamm. Faiths Bemühungen am Webstuhl gingen schwerfällig und langsam voran, aber in dem Stück gewobenen Materials mischten sich herrliche Farben: Graubraun- und Ockertöne, Salbeigrün und Schokoladenbraun. Eines Abends sagte Con: »Du hast einen hervorragenden Farbensinn«, und sie fühlte sich ungeheuer geschmeichelt.

An einem stürmischen Winterabend, nachdem sie in den Nachrichten von der Bombardierung Pearl Harbours durch die Japaner gehört hatten, sagte Con: »Jetzt werden die Amerikaner in den Krieg eintreten. Für uns ist das natürlich letztendlich eine Hilfe. Aber trotzdem hat man das Gefühl, daß sich eine riesige schwarze Wolke über der ganzen Erde ausbreitet. Und wenn sie sich verzogen hat, wird alles anders geworden sein.« Sie reichte Faith einen Becher Kakao.

»Ich glaube, ich lebe ohnehin immer in der Erwartung, daß nichts bleibt, wie es ist.«

»Wirklich? Wie kommt das? Bei den meisten Leuten ist es genau umgekehrt.«

»Weil wir – unsere Familie, meine ich – Nomaden sind. Zigeuner. Wir hatten im Grund nie ein Zuhause. Wir haben uns jeden Sommer eines von Genya ausgeliehen, das ist die Frau, die mir das Bläulingskleid geschenkt hat, aber es war nie *unser* Zuhause. Genaugenommen habe ich nicht soviel verloren wie viele andere.«

Und dennoch, dachte sie, war den Mulgraves etwas abhanden gekommen. Die Orientierung vielleicht. Sie wollte nicht an ihren Vater und Linda Forrester denken oder an Nicole und Guy.

»Aber es ist etwas passiert, nicht wahr, Faith?«

Sie starrte stumm in die Flammen, und Con fügte hastig hinzu: »Entschuldige. Neugier ist was Fürchterliches, ich weiß.«

»Es macht mir jetzt nichts mehr aus, darüber zu sprechen. Ich habe mich daran gewöhnt.«

»Wirklich?« In Cons Stimme schwang Ungläubigkeit. »Auf mich machst du eher den Eindruck, als befändest du dich im Auge eines Wirbelsturms und würdest nur auf die Katastrophe warten. Dieser Brief neulich – das waren wohl schlechte Nachrichten?«

»Ja«, bestätigte Faith. »Aber es war kein Tod auf dem Schlachtfeld, nichts Heldenhaftes oder Edles. Nur ein – Verrat.«

»Männer«, sagte Con mit Verachtung.

»Nein, es war meine Schuld.«

Tag für Tag hatte sie, wenn sie die Kühe melkte, die Flaschen spülte, den Stall ausmistete, reichlich Zeit gehabt, darüber nachzudenken. Sie hatte die Wahl gehabt. Aber sie hatte zu lange gezögert an jenem heißen Augustmorgen, und damit war *sie* zur Verräterin geworden. Er allerdings hatte durch seine schnelle Bereitschaft, sich neu zu binden, bewiesen, daß er sie niemals wahrhaft geliebt hatte.

Die beiden Frauen schwiegen. Faith sah dem Spiel der Flammen zu, die lodernd in den Kamin hinaufzüngelten.

»Weißt du«, sagte sie nach einer Weile, »ich dachte, ich täte das Richtige. Aber jetzt frage ich mich, ob ich nur einfach nicht mutig genug war.«

Oft dachte sie darüber nach, ob ihr Zögern in Wirklichkeit nicht der Sorge um Eleanor und Oliver entsprungen war, sondern ihrer Kleinmütigkeit. Sie hatte nicht den Mut gehabt, den Folgen eines offenen Bekenntnisses zu Guy in die Augen zu sehen. Sie hatte, sagte sie sich voll Bitterkeit, die Meinung, die ihr Vater von ihr hatte, bestätigt. Sie hatte sich wie die langweilige kleine Mulgrave benommen, die Vorsichtige, die Zaghafte, und darum hatte sie Guy an Nicole verloren.

Sie versuchte eine Erklärung: »Weißt du, in meiner Familie – wir haben doch mal von der Stimme des Herzens gesprochen, erinnerst du dich? –, in meiner Familie glauben wir, daß man immer der Stimme des Herzens folgen sollte. Aber was ist, wenn man dabei anderen Leid zufügt?«

Ihre Stimme zitterte. Sie drückte die Handballen auf ihre Augen, um die Tränen zurückzuhalten. Bei allem Schmerz, bei aller Reue und Verwirrung verspürte sie auch eine tiefe Scham. Sie dachte an Elizabeth, die keine Mutter mehr hatte, und an David, der keine Frau mehr hatte. Sie wußte, daß weder Nicole noch ihr Vater sich des Unheils, das sie so unbesonnen anzurichten pflegten, je voll bewußt waren. Die Mulgraves lächelten mit gewohnt unwiderstehlichem Charme, während sie anderen Menschen das Herz brachen.

Aus einem der Küchenschränke kramte Con eine alte, völlig verstaubte Flasche heraus und goß in die beiden Kakaobecher je einen großzügigen Schuß Kognak. »Den hebe ich für Notfälle auf«, erklärte sie. »Vielleicht kann er gebrochene Herzen heilen. Außerdem fand ich immer schon, daß Kakao absolut widerlich schmeckt.«

Der Kognak erwärmte Faith von innen und dämpfte ein wenig den Schmerz.

»Ich bin immer schon der Meinung gewesen«, bemerkte Con, »daß Frauen viel zuviel Zeit und Mühe auf die Liebe verschwenden. Ich hab's natürlich genauso gemacht. ›Die Männer müssen arbeiten und die Frauen müssen weinen …‹ So ein Quatsch! Die Frauen müssen sich die Tränen abwischen und das Leben anpacken – wie sie das natürlich immer schon getan haben, in diesem Krieg ebenso wie im letzten. Es gibt noch vieles andere im Leben außer der Liebe.« Sie sah Faith forschend an. »Oder gibt es für dich nichts anderes als Ehe und Familie?«

Faith erinnerte sich ihrer Gefühle, als sie zum erstenmal Elizabeth im Arm gehalten und den warmen kleinen Körper an ihrem eigenen gespürt hatte. Nichts sonst war ihr in diesem Moment wichtig erschienen.

»Ich liebe kleine Kinder. Ich habe mich eine Zeitlang um meine kleine Nichte gekümmert.«

»Aber wenn du diesen elenden Kerl nicht haben kannst –«

»Guy. Er heißt Guy.«

»Ich kannte mal einen Guy. Er war ein gewissenloser Schuft. Aber er hat fabelhaft ausgesehen.« Cons Gesicht wurde einen Moment weich. »Wenn du also diesen Guy nicht haben kannst, käme dann überhaupt ein anderer in Frage?«

Sie sagte aufrichtig: »Ich weiß es nicht, Con. Ich weiß es wirklich nicht.«

»Schön, wenn das so ist, mußt du dir überlegen, wie du die Lücke füllen willst. Du kannst nicht dein Leben damit vertun, daß du einem Kerl nachtrauerst, der wahrscheinlich nicht mal eine einzige schlaflose Nacht wert ist.«

»Ich habe nicht die Absicht, ihm nachzutrauern«, entgegnete Faith kühl. »Ich glaube, ich habe noch nie jemandem nachgetrauert.«

»Du brauchst nicht gleich so pikiert zu sein«, sagte Con besänftigend. »Ich wollte doch nur sagen – hast du schon mal darüber nachgedacht, was du tun willst, wenn der Krieg zu Ende ist?«

»Nein, so richtig nicht«, bekannte sie. Sie dachte schon lange nicht mehr voraus. Die alltäglichen Sorgen und Beschwernisse verlangten ihren ganzen Einsatz.

Con schenkte noch einmal Kognak ein. »Du wirst dich aus eigener Kraft über Wasser halten müssen«, sagte sie nüchtern. »Oder wartet vielleicht irgendwo ein hübsches kleines Erbe auf dich?«

Faith lächelte. »Nein, leider nicht.«

»Tja, also. Wenn die Männer zurückkommen, werden *sie* die Kühe melken, und du bist deinen Job los, mein Kind.«

Sie wußte, daß Con recht hatte. Die Arbeit auf dem Bauernhof war nur ein Zwischenstadium, eine Gelegenheit zu verschnaufen und zu entscheiden.

»Weißt du«, begann sie, »der Haken ist, daß ich eigentlich nichts richtig kann –«, aber Con unterbrach sie.

»Wenn du hier solchen blühenden Blödsinn verzapfst, tut's mir leid, daß ich meinen Kognak an dich verschwendet habe.«

»Entschuldigung!«

»Akzeptiert.«

Faith machte Bestandsaufnahme ihrer Fähigkeiten. Sie war vom Kognak angenehm benebelt. »Ich kann Erste Hilfe –«

»Das ist nicht viel wert, es sei denn, du willst dich als Krankenschwester ausbilden lassen. Gräßliche Arbeit, wenn du mich fragst. Nur für Heilige geeignet.«

»Ich kann Kühe melken, aber ich hab' eigentlich keine Lust, das den Rest meines Lebens zu tun.«

»Ich hab' dir doch gesagt, daß du einen guten Sinn für Farben hast. Den meisten Leuten fehlt der.«

Faith dachte an Frankreich und den Flohmarkt in Marseille. »Ich habe einen Riecher für Schnäppchen.«

Con lachte. »Ja, du schleppst Paquin-Kleider im Rucksack davon.«

Draußen pfiff der Wind, und die kahlen Äste der Bäume rund ums Haus schlugen gegen die Kamine. Faith war warm geworden, und sie fühlte sich angenehm schläfrig.

»Und was hast *du* nach dem Krieg vor, Con?«

»Ach, ich denke, ich werde hierbleiben. Obwohl ich eigentlich ...«

»Was?«

»Ich hätte eigentlich gern einen kleinen Laden aufgemacht. Das wollte ich schon immer. Ein Modegeschäft.« Con verzog leicht geringschätzig den Mund. »Nicht so ein fürchterliches vornehmtuerisches Etablissement, wie man es in den Seitenstraßen jedes Provinzstädtchens findet – du weißt schon, *Couture Fleur* oder was ähnlich Albernes. Es soll was Besonderes sein, etwas *anderes*.«

»Gute Stoffe ... und aufregende Farben ...«

»Ich wollte immer einmal Seide weben«, gestand Con mit träumerischem Blick. »Das ist natürlich irrsinnig schwierig und wahnsinnig teuer. Aber man könnte so wunderbare Sachen machen.«

»Wie mein Bläulingskleid.«

»Genau. Wir könnten den Laden *Der blaue Schmetterling nennen.*«

»*Wir?*«

»Klar. Warum nicht?«

Faith starrte Con an. Und dann begann sie zu lachen. Sie wußte nicht, ob sie lachte, weil sie zuviel Kognak getrunken hatte oder weil ihr plötzlich klargeworden war, daß sie doch eine Zukunft hatte. Aber sie lachte.

»Glaubst du denn«, fragte sie skeptisch, »daß nach diesen schrecklichen Zeiten Frauen sich überhaupt noch für solche Äußerlichkeiten wie schöne Kleider interessieren werden?«

»Es wird natürlich nichts wieder so werden, wie es einmal war. Wer wird sich Vionnet oder Fortuny leisten können oder was eben nach ihnen kommt? Aber ganz bestimmt haben Frauen gerade jetzt Sehnsucht nach schönen Dingen, die zeigen, daß das Leben nicht nur dunkle Seiten hat.«

Con teilte die letzten Tropfen Kognak zwischen ihnen und hob ihren Becher. »Komm, laß uns darauf trinken! Auf unseren *Blauen Schmetterling*.«

Poppy stand am Fenster und beobachtete Ralph, der den schmalen Fußweg zum Haus heraufkam. Die gekrümmten Schultern und der gesenkte Kopf verrieten ihr, daß er keinen Erfolg gehabt hatte.

Sie ging ihm zur Pforte entgegen. »Hast du sie gefunden?«

»Ja.« Er sah alt aus, alt und abgekämpft. Sein Gesicht war blau vor Kälte, und er hatte die Hände tief in die Taschen seines alten Mantels geschoben.

»Und?«

»Und sie weigert sich, zu ihrem Mann zurückzukehren.«

Sie folgte ihm schweigend ins Haus. Er zog eine halbe Flasche Scotch aus seiner Manteltasche, schraubte sie auf und nahm einen tiefen Zug.

»Aber das Kind!« sagte sie.

Ralph sah sie mit blutunterlaufenen Augen an. »Sie sagt, dem Kind geht es besser ohne sie.«

Poppy mußte sich setzen, so schwach fühlte sie sich plötzlich. Ralph war an dem Tag nach London gefahren, an dem sie den Brief von Eleanor Neville erhalten und aus ihm erfahren hatten, daß Guy und Nicole zusammenlebten. Das Schreiben war ein einziger Ausdruck von Haß und Wut gewesen.

»Sie leben in einer Zweizimmerwohnung in Bermonsey«, sagte Ralph. »Ein armseliges kleines Loch. Sie sind offensichtlich knapp bei Kasse – kein Wunder, schließlich muß Guy ja auch noch Frau und Kind versorgen.«

»Hast du mit Mrs. Neville gesprochen?« fragte sie.

Er setzte sich und strich sich mit der Hand über die Augen. »Mit der war gar nicht zu reden. Sie war völlig außer sich und hat mich nur mit Beschimpfungen überhäuft.«

Eine Weile blieb es still. Dann rief Poppy: »Aber wie konnte Nicole nur so etwas tun, Ralph? Wie konnte sie ihr Kind verlassen?«

Er antwortete nicht. Sie sah zu, wie er den Deckel wieder auf die Whiskyflasche schraubte. Seine Hand zitterte. Seine tiefe Niedergeschlagenheit und die Scham über die Demütigung, die er hatte hinnehmen müssen, machten sie nur um so zorniger.

»Ich habe zufällig einen alten Freund getroffen, als ich in London war«, bemerkte er nach einer Weile. »Jerry MacNeil – du erinnerst dich doch an ihn, Poppy? Wir haben ihn bei den Lovatts kennengelernt.«

Die Freunde und Bekannten der ersten zwanzig Jahre ihrer Ehe waren zu einer Masse unkenntlicher Gesichter verschmolzen. Sie hörte Ralph nur mit halbem Ohr zu. In Gedanken war sie immer noch bei Nicole und ihrem Kind. Sie hatte in den letzten Jahren eine Menge durchmachen müssen, aber das schlimmste war die Erkenntnis, daß sie ihre Tochter nie wirklich gekannt hatte. Der Schmerz darüber war so bitter und herzzerreißend wie jener, den sie beim Tod ihres frühgeborenen vierten Kindes empfunden hatte.

Abgerissene Sätze aus Ralphs Mund drangen in ihre unglückliche Versunkenheit ein.

»... wir ins Reden gekommen ... anständiger Kerl, weißt du ... besitzt ein Landhaus in Schottland, wie du weißt ... und ein *cottage* ... er würde es uns zur Verfügung stellen ... praktisch umsonst ... würde uns doch aus der Patsche helfen ... wir können noch heute abend unsere Sachen packen ...«

»Nein«, sagte sie.

Er sah sie verblüfft an. »Wie bitte?«

Sie konnte vor zorniger Erregung kaum sprechen. »Wenn ich recht verstanden habe, schlägst du vor, daß wir aus Heronsmead weggehen und uns in irgendeiner eiskalten Hütte in Schottland niederlassen. Meine Antwort ist *nein*.«

»Von einer Hütte kann keine Rede sein. Jerry sagt, das Häuschen ist etwas reparaturbedürftig, aber –«

Sie sagte: »Nicole schlägt ganz nach dir, Ralph. Wenn es schwierig wird, läuft sie einfach davon.«

Er wurde blaß. »Was willst du damit sagen?«

»Das weißt du ganz genau, Ralph. Deine – deine Geliebte hat dir den Laufpaß gegeben, und jetzt fällt dir nichts Besseres ein, als Hals über Kopf das Weite zu suchen. Und du erwartest von mir, daß ich das mitmache. Aber du täuschst dich, das werde ich nicht tun.«

Er schien wie erstarrt in Schweigen und Reglosigkeit, und als er nicht reagierte, lachte sie. »Hast du geglaubt, ich wüßte nicht von ihr? Ach, Ralph, ist dir eigentlich klar, wie leicht durchschaubar du bist? Jeden Tag der Gang zum Briefkasten – die endlosen Gespräche von der Telefonzelle im Dorf aus – hast du im Ernst geglaubt, ich würde nichts merken?«

»Es war nichts«, murmelte er. »Nichts weiter als ein harmloser Flirt.«

»Lüg mich nicht an, Ralph!« schrie sie ihn an. »Du liebst sie, nicht wahr?«

Er schlug die Hände vor sein Gesicht.

Als sie wieder ruhiger geworden war, sagte sie: »Schlimmer als alles andere ist das, was du den Kindern angetan hast. Du hast Nicole vorgelebt, wie man in einer Krise reagiert, und sie hat dein Verhalten übernommen. Nie hat sie bei dir Beständigkeit erlebt – du bist schuld, daß sie ihren Mann und ihr Kind verlassen hat. Und Jake hast du auch auf dem Gewissen – was ist mit ihm geschehen? Warum schreibt er nicht mehr? Warum besucht er uns nicht? Und Faith –«

»Faith geht's gut«, brummte Ralph. »Ich hab' letzte Woche einen Brief von ihr bekommen und –«

»Faith hat Guy Neville geliebt!« Poppy schlug mit der Faust auf den Tisch. »Immer schon. Oder bist du so blind, daß du das nicht gesehen hast?«

Unfähig, seinen Anblick weiter zu ertragen, ging sie zum Fenster und kehrte ihm den Rücken. »Du hast dich selbst gedemütigt«, sagte sie langsam, »und du hast mich gedemütigt. War sie es wert? Was ist sie für eine Frau?« Als er stumm blieb, sagte sie: »Ich verdiene eine Antwort, Ralph.«

Erst nach längerem Schweigen sagte er leise: »Sie ist schön. Jung. Sehr beherrscht. Ja, ich glaube, das war es, was mich so stark angezogen hat. Ihre Beherrschung. Ich war nie ein beherrschter Mensch.«

Sie schloß die Augen. Schön. Jung. Am liebsten hätte sie ihn angeschrien, um ihn zum Schweigen zu bringen. Aber sie ließ ihn weitersprechen, obwohl jedes Wort sie wie ein Messerstich traf.

»Ich habe sie bei einem Abendessen kennengelernt. Anfangs konnte ich nicht glauben, daß sie sich für mich interessierte. Ich fühlte mich – na ja, alt wahrscheinlich. Ich bin sechsundfünfzig, Poppy. Kein junger Mann mehr.«

Sie starrte ihr Spiegelbild in der Fensterscheibe an. Ihr Gesicht hatte Falten, und ihr Haar war farblos und stumpf. Sie drückte ihre Arme an ihre Brust, als wiege sie ein Kind. Ihre Brüste waren flach und leer.

Er sagte: »Plötzlich im August war es zu Ende. Ungefähr zu der Zeit, als Elizabeth zur Welt kam. Sie wollte mich nicht mehr sehen. Sie machte mir die Tür nicht mehr auf, sie beantwortete meine Briefe nicht, und wenn ich anrief, legte sie auf, sobald ich meinen Namen sagte. Bald danach verreiste sie. Ich bin wochenlang kreuz und quer durch ganz England gefahren und habe sie gesucht, aber gefunden habe ich sie nicht. Vor einem Monat dann hat mir ein Bekannter erzählt, daß sie einen anderen hat.«

Während er sprach, war Poppy, als würde ihr alle Lebenskraft entzogen. Sie stand unbewegt und starrte zum Fenster hinaus. Es war ein schöner, glitzernder Wintertag. Der Himmel hatte einen lavendelblauen Schimmer. In der Ferne glänzte das Meer wie fließende Seide. Und ein leichter Wind strich über das Schilf des Marschlands und versetzte es in sanftwogende Bewegung.

»Es tut mir so leid«, sagte er. »Ich liebe dich, Poppy. Ich habe dich immer geliebt. Es hat nie eine andere gegeben. Ich war so ein Schwachkopf. Aber wir können doch einen neuen Anfang machen.«

Sie drehte sich nach ihm um. »Geh du ruhig nach Schottland, Ralph«, sagte sie kalt. »Aber ohne mich.« Dann eilte sie hinaus, nahm sich nur die Zeit, im Flur ihren Mantel vom Haken zu reißen, ehe sie aus dem Haus stürmte.

Sie schlug den Fußweg ein, der durch die Marsch zum Meer führte. Der Wind bauschte ihr Haar, und am Himmel flog eine Schar Wildgänse in Keilformation landwärts. Morastige kleine Bäche schlängelten sich durch das Schilf, dessen Rispen von der Kälte starr gefroren waren. Aus den vertrockneten Gräsern unter ihren Füßen stieg ein sommerlicher Duft auf und mischte sich mit der salzigen Würze der Meeresluft.

Langsam ließ ihr Zorn nach. Gewiß, Ralph hatte sie schwer gekränkt, aber sie selbst war nicht ganz schuldlos.

Sie hatte sich in den letzten Jahren, seit dem Tod ihres vierten Kindes, abgekapselt und in sich selbst zurückgezogen. Aus Furcht, daß ihre körperlichen und seelischen Beschwerden Symptome einer schweren Krankheit seien, hatte sie es unterlassen, einen Arzt aufzusuchen. Sie hatte Heronsmead als Zuflucht benutzt, als einen sicheren Ort, an dem sie sich verkriechen konnte. In diesem Sommer hätte sie länger in Compton Deverall bleiben und Nicole lehren können, ihr Kind zu lieben, aber aus der plötzlichen erschreckenden Erkenntnis heraus, wie weit sie gesellschaftlich abgestiegen war, hatte sie die Flucht ergriffen und sich zu Hause eingeigelt. Sie war selbst erst einundzwanzig gewesen, als sie ihr erstes Kind zur Welt gebracht hatte; sie erinnerte sich, wie verwirrt und erschöpft sie gewesen war, völlig überwältigt von der neuen Verantwortung der Mutterschaft. Keine Mutter konnte die Bedürfnisse eines Neugeborenen voraussehen; aber meistens machte die Liebe alle Mängel wett. Nicole hatte der Liebe keine Zeit gegeben. Nicole, die selbst beinahe noch ein Kind war, hatte nicht gewußt, wie sie ein so hilfloses, bedürftiges kleines Wesen lieben sollte.

Sie konnte den Strand erkennen. Einen Streifen Marsch und einen Stacheldrahtzaun entfernt waren der Sand und das Meer, eine glatte silbergraue Fläche, die sich ins Endlose dehnte. Sie fragte sich, was sie damals eigentlich erwartet hatte; damals, als sie dem Fremden zugesehen hatte, der am Strand von Deauville eine Sandburg baute. Sie erinnerte sich, wie ziellos sie gewesen war, wie sehr sie sich nach Abenteuer und Inhalt gesehnt hatte. Ralph hatte ihr die menschliche Gemeinschaft und die aufregende Spannung versprochen, die sie sich so heftig wünschte. Er hatte versprochen, sie an die schönsten Orte der Erde zu führen; er hatte versprochen, dafür zu sorgen, daß sie sich niemals langweilen und daß sie niemals einsam sein würde. Und den größten Teil der Zeit hatte er sein Versprechen gehalten. Er hatte sie tief verwundet, gewiß, aber hätte er die Macht gehabt, sie zu verwunden, wenn sie ihn nicht liebte? Und wenn sie ihn immer noch liebte, sollte es ihr dann nicht möglich sein, ihm zu verzeihen?

In der Einsamkeit des weiten Landes blieb Poppy stehen und weinte, die Hände vor das Gesicht geschlagen. Als der Schmerz nachließ, spürte sie, wie kalt ihr war, wie müde sie war. Sie wollte nach Hause. Zu meinem Zuhause gehört Ralph, dachte sie. Ohne ihn schien das Haus leer. Sie war nicht sicher, ob sie fähig wäre, sich an solche Leere zu gewöhnen.

Das Brummen eines Flugzeugs riß sie aus ihren Gedanken. Als sie sich hastig umdrehte, sah sie am Himmel die Silhouette der Maschine, ein unheimlicher schwarzer Vogel vor zartblauem Hintergrund. Das Land hinter ihr und zu ihren beiden Seiten war eben wie ein Brett und kahl – keine Bäume, keine Hecken, nirgends ein Haus. Das Flugzeug kam rasch näher, verdunkelte mit seinem Schatten das helle Land. Angst lähmte sie. »Die können mich nicht sehen von da oben«, sagte sie laut. »Die können mich nicht sehen.« Aus dieser Höhe war sie doch gewiß nicht mehr als ein Kaninchen oder eine Maus. Ihr Mund war trocken, und ihr Magen krampfte sich zusammen. Das Heulen der Motoren wurde lauter. Ihr war übel. Sie wollte zu Ralph.

Als die Maschine vom Himmel herabstieß und sie die erste Feuergarbe sah, die sich grell leuchtend von der Nase des Flugzeugs nach ihr streckte, begann sie zu laufen. Ein zweites Mal blitzte Feuer auf, heller als die Sonne, und brennender Schmerz durchschoß sie, als die Kugeln sie trafen. Dann brach sie auf dem Sandboden zusammen.

Der schwarze Schatten deckte sie einen Moment lang zu und glitt dann über sie hinweg, als die Maschine ihren Rückflug nach Deutschland fortsetzte. Ginster und hartes Riedgras schnitten Poppy ins Gesicht. Die Ärmel ihres Mantels waren blutdurchtränkt. Als es ihr gelang, ein klein wenig den Kopf zu heben, sah sie, jenseits des Stacheldrahts, den Strand. Der Sand war glatt und unberührt. Sie roch die salzige Ausdünstung des Meeres. Sie versuchte aufzustehen, um ans Wasser zu laufen, aber sie konnte nicht. Immer noch schien vom Himmel die Sonne, aber in ihr breitete sich eine eisige Kälte aus, die von ihrem Herzen auszustrahlen schien. Poppy schloß die Augen.

Als sie sie wieder öffnete, sah sie, daß sie den Strand erreicht hatte. Ihre Füße hinterließen keine Spuren in dem weißen Sand. Am Wasserrand war ein Mann dabei, eine Sandburg zu bauen, ein prächtiges und ungewöhnliches Gebilde, das mit Muscheln und Seetang geschmückt war. Als sie winkte, drehte er sich lächelnd um und wartete mit ausgebreiteten Armen auf sie.

Teil III

IN DEN SAND GESCHRIEBEN

1951 – 1953

10

DAS SKYLON SCHIEN in der Luft zu hängen, eine gewaltige, senkrecht stehende silberne Nadel. Oliver Neville stellte sich vor, wie es wäre, in der Spitze dieser Nadel zu sitzen, hoch über den Menschenmengen, die sich über dem Gelände des »Festival of Britain« drängten. Man könnte ganz London sehen – vielleicht sogar ganz England. Es wäre so, als säße man im Cockpit von Flash Gordons Rakete.

Bei dem Gedanken an Flash Gordon lachte Oliver leise vor sich hin und schob die Hände in die Taschen seiner Schuluniformhose. Dann drängte er sich zum nächsten Pavillon durch. Aber drinnen war es zum Gähnen langweilig – »Fünfundzwanzigtausend Fotografien, die uns die ganze Bandbreite britischen Handwerks vor Augen führen«. Schlimmer als der Geographieunterricht. Ohne auf die gestrichelte rote Linie zu achten, der alle anderen Besucher folgten, rannte er, die Leute, die ihm im Weg waren, zur Seite stoßend, zum Ausgang. Der blaue Himmel und die frische Luft waren eine Erlösung nach dem muffigen, düsteren Pavillon. Er hockte sich ins Gras und kramte in seinen Taschen nach einem Brauseröhrchen, dem letzten von sechs, die er sich am Paddington-Bahnhof gekauft hatte, bevor er hierhergekommen war. Mit Vorliebe sog er das Brausepulver ganz schnell durch das Lakritzröhrchen nach oben, weil es dann in seinem Mund wie eine Ladung aus Zucker und Zitrone explodierte.

Als nichts mehr von dem Brausepulver da war, kaute er

die Lakritze, die Knie bis zum Kinn hochgezogen, und überlegte, wie es wäre, wenn er ganz allein hier auf dem Festival wäre. Keine blöden kleinen Kacker aus irgendwelchen städtischen Schulen mit zerrissenen Pullovern und abgestoßenen Schuhen; keine schlurfenden alten Tattergreise, die einem dauernd den Weg versperrten, so daß man überhaupt nicht vorwärts kam. Er stellte sich Raumschiffe vom Mars vor, die, aus ihren Magnetron-Kanonen grüne Feuergarben speiend, auf das Gelände am South Bank herabstießen. Alle anderen würden laut schreiend davonlaufen, er allein würde übrigbleiben. Er würde durch die siebenundzwanzig Pavillons gehen und sich nur die interessanten Sachen anschauen. Er würde die Stahlleiter zum »Dome of Discovery« hinaufklettern und einmal um das silberne Dach, das wie eine fliegende Untertasse aussah, herumlaufen. Er würde nach Battersea fahren, in den Vergnügungspark, und ganz allein mit der Miniatureisenbahn fahren und mit einem Boot auf dem See herumschippern. Er würde, sooft er wollte, mit jedem Karussell fahren.

Aber es zeigten sich keine Marsmenschen am freundlichen blauen Himmel, und er hatte auf einmal irgendwie genug von dem ganzen Rummel. Er fühlte sich allein und wünschte, seine Urgroßmutter wäre da. Und ein bißchen übel war ihm auch. Er hatte noch nie sechs Brauseröhrchen auf einen Schlag verdrückt.

»Sehr schöner Tweed«, log Faith und blickte enttäuscht auf das Häufchen stumpfer Grün- und Brauntöne auf dem Bett. »Aber Tweed nehmen wir leider nicht. Haben Sie nicht etwas aus leichterem Material?«

»Marigold Lyle sagte aber doch, Sie nähmen Kleidung guter Qualität«, entgegnete die sehr ehrenwerte Frances Brent-Broughton entschieden verschnupft.

»Unsere Spezialität sind Tages- und Abendkleider, sowohl aus zweiter Hand als auch neu«, erklärte Faith. »Und es macht, ehrlich gesagt, gar nichts, wenn die Sachen abgetragen sind, Hauptsache die Stoffe sind gut.«

»Sehr sonderbar«, stellte die ehrenwerte Frances pikiert fest, verschwand aber dann doch noch einmal in den Tiefen ihres begehbaren Kleiderschranks.

Faith sah verstohlen auf ihre Uhr. Fast drei. Die Party sollte um sechs beginnen.

Beinahe hätte sie Frances Brent-Broughton abgewimmelt, als diese am Morgen angerufen und sie zu sich nach Hause gebeten hatte. Sie stöberte zwar leidenschaftlich gern auf Flohmärkten und in Trödelläden nach verborgenen Schätzen herum, aber die verstaubte Pracht der ehemals Reichen zu plündern war ihr zutiefst zuwider. Sie fühlte sich dabei wie ein Aasgeier. Doch Rufus hatte ihr seinen Lieferwagen angeboten, und sie hatte sich ermahnt, ans Geschäft zu denken und nicht in Sentimentalität zu verfallen. Es bestand ja immerhin die Möglichkeit, daß sie ein ganz besonders exquisites Stück auftrieb.

Aber an den soliden Tweedröcken und den strengen Jacketts mit den Lederflicken an den Ellbogen war nichts Exquisites. Faith blickte zum Fenster hinaus in den Park hinter dem Haus der Brent-Broughtons, das bereits zum Verkauf stand, weil die Familie die hohen Steuern, die der Staat verlangte, nicht mehr aufbringen konnte. Einen solchen Besitz sein eigen zu nennen und ihn dann zu verlieren – das war sicher hart, dachte Faith.

»Das ist das einzige, was ich noch gefunden habe«, sagte Frances Brent-Broughton mit Zweifel in der Stimme, als sie von ihrer Suchaktion zurückkehrte. »Die Kleider haben meiner Mutter gehört.«

Faith nahm die mitgebrachten Sachen entgegen, zarter Chiffon in blassen Aquarelltönen.

»Verrückte alte Klamotten«, fügte die ehrenwerte Frances hinzu. »Die Frauen müssen damals merkwürdige Figuren gehabt haben – keine Taille und keinen Busen.«

Faith trat vor den Ankleidespiegel und hielt sich eines der Kleider an den Körper, unverkennbar eine Schöpfung der zwanziger Jahre mit tief angesetzter Taille und üppiger Perlenstickerei.

»Also«, sagte Frances Brent-Broughton, »wollen Sie sie haben? Ich erwarte nicht viel; es waren ja schon die Motten dran.«

Faith lächelte. »Ich nehme sie.«

Auf der Rückfahrt nach Soho sang sie laut. Vor dem Laden angekommen, stellte sie den Lieferwagen ab und lief ins Haus. Constance stand in Overall und Kopftuch auf einer Leiter.

»Drei tolle Patou-Abendkleider«, rief Faith. »Ist das nicht ein gutes Omen? Das eine besteht zwar fast nur noch aus Mottenlöchern, aber ich kann die Reste für meine Patchwork-Sachen verwenden.«

»Braves Mädchen.«

»Wo ist Lizzie?«

»Oben. Sie streicht Brote.«

Faith hängte die Kleider an einer Stange in ihrem Zimmer auf. Nur einen Moment lang drückte sie ihr Gesicht in die Falten aus Samt, Seide und Spitze und atmete den etwas verstaubten, mit dem Geruch von Mottenpulver durchwirkten Duft, der allen alten Kleidungsstücken anzuhaften schien. Dann machte sie sich auf die Suche nach ihrer Nichte.

Mit dem Fest wollten sie den Abschluß des Pachtvertrags für den Laden feiern. Gleichzeitig sollte mit Hilfe der vereinten Kräfte der Geladenen die Wand zwischen den zwei kleinen Räumen im Erdgeschoß herausgebrochen werden. Faith und Con hatten sich eine Spitzhacke ausgeliehen und ihre Gäste gebeten, Hämmer mitzubringen. Sie hatten Berge von Sandwiches gestrichen, Würstchen gebraten, kastenweise Bier und Limonade eingekauft. Abwechselnd wurde die Spitzhacke geschwungen, bis der erste Backstein fiel und Licht von einem Zimmer ins andere drang. Alle schrien bravo und stießen auf den Laden an.

Grammophonmusik begleitete die Schläge der Spitzhacke. Es waren so viele Leute gekommen, daß kaum genug Platz war. »Wenn die alle Kleider bei uns kaufen«, sagte Faith zu Con, »schwimmen wir bald im Geld.«

»Sie werden aber nicht alle Kleider kaufen. Einige werden einen Schal kaufen, höchstens ein oder zwei vielleicht ein Kleid.« Con sah sich stirnrunzelnd um. »Wer sind eigentlich all diese Leute? Ich kenn' nicht mal die Hälfte.«

»Ach, Freunde«, antwortete Faith vage. »Dann die Nachbarn, der Maurer, der Schreiner...«

»Also wirklich, Faith –«

»Und der Fahrer –«

Con schüttelte den Kopf. »Also, diese Leute werden bestimmt nichts bei uns kaufen.«

Faith lachte. »Nein, aber ich kann mir unsere besseren Kundinnen nicht mit einer Spitzhacke in der Hand vorstellen.«

»Wir haben gar keine *besseren* Kundinnen, Faith. Unsere Kundschaft beschränkt sich auf eine Handvoll Exzentrikerinnen, die hin und wieder mal ein Kleid kaufen, wenn sie es sich leisten können.«

»Aber *loyale* Exzentrikerinnen«, warf Faith ein. »Clio Bettancourt ist hier.«

»Ach, wirklich? Das ist nett von ihr. Ich werd' mal nach ihr sehen. Wenn ich in diesen Staubwolken überhaupt den Weg finde.«

Con verschwand in einem der Zimmer. Neuerliches Triumphgeschrei schallte durch das Haus, als mehrere Steine gleichzeitig krachend aus der Mauer brachen. Jemand zupfte Faith am Ärmel.

»Tante Faith, darf ich auch mal mit der Hacke an die Mauer hauen?«

Faith sah ihre Nichte an. Elizabeth, dachte sie, hatte nichts von Nicole mitbekommen. Sie war eine weibliche Miniaturausgabe von David Kemp: schwarzes Haar, ernsthafter Blick, ein Kind, das mit zehn Jahren absolut zuverlässig und vernünftig war. Ganz selten einmal erinnerten das strahlende Lächeln und der unerschütterliche Optimismus Faith unvermittelt und schmerzhaft an Nicole.

Sie lächelte. »Aber natürlich darfst du, Lizzie.«

Viel später, als sie in dem kleinen Gärtchen hinter dem Haus zwischen Backsteinhaufen saß, gesellte sich Rufus zu ihr.

»Ich habe dir was zu trinken mitgebracht.« Faith dankte ihm mit einem Lächeln. Er wies auf die Ziegelsteine. »Und wie fühlst du dich jetzt, wo es geschafft ist?«

»Verstaubt.« Sie lachte. »Und restlos glücklich. Und erleichtert.«

»Erleichtert?«

»Ja, es hat soviel länger gedauert, als ich dachte. Ich hab' schon geglaubt, es würde nie soweit kommen, das Ganze wäre eine – na, wie nennt man das gleich, du weißt schon, so ein Hirngespinst...«

»Eine Chimäre«, sagte Rufus.

»Danke.«

»Keine Ursache. Das sind die Vorteile einer humanistischen Bildung.«

»Zehn Jahre, Rufus. Wir haben beinahe zehn Jahre gebraucht.«

Er pfiff kurz. »So lange, wirklich?«

»Ja. Das erste Mal haben Con und ich im Dezember 1941 von dem Laden gesprochen. Am Tag vor dem Tod meiner Mutter.«

Sie sah zu dem weichen dunklen Himmel hinauf und dachte, daß die beiden Geschehnisse für sie unentwirrbar miteinander verbunden waren. Es war, als hätte jemand einen Strich mitten durch ihr Leben gezogen, und den Teil ihres Daseins, der mit dem plötzlichen Tod ihrer Mutter geendet hatte, von jenem getrennt, der begonnen hatte, als Con gesagt hatte: »Ich wollte immer gern ein kleines Modegeschäft aufmachen.« Umgeben von Lärm und Gelächter des Fests, wurde sie sich einer schrecklichen Einsamkeit bewußt.

»Wenn ich daran denke, was für Jobs ich angenommen habe, um den Plan verwirklichen zu können, Rufus«, sagte sie leise. »Die entsetzlichen Läden und Restaurants, in denen ich gearbeitet habe ... die dummen Gänse, denen ich Französisch beizubringen versucht habe ...«

»Du solltest mich heiraten, Faith. Dann brauchtest du dich um all das nicht mehr zu kümmern.«

Sie lachte. »Und wovon würden wir leben, Rufus? Und *wo* würden wir leben – in dem Kabuff über dem Laden?«

»Wir würden von Luft und Liebe leben«, antwortete er unerschüttert. »Ich lasse nicht locker, Faith. Ich werde dich mürbe machen wie der berühmte Tropfen, der den Stein höhlt.« Dann beugte er sich über sie, küßte sie und ging wieder zurück ins Haus.

Faith blieb noch eine Zeitlang sitzen, in Gedanken verloren. Wie, überlegte sie, wäre es, mit Rufus verheiratet zu sein? Angenommen, sie heiratete ihn, angenommen, sie hätten Kinder, würde dann dieses grauenvolle klaffende Loch, das sich von Zeit zu Zeit in ihrem Inneren auftat, würde das dann verschwinden? Sie hatte den Laden, sie hatte ein Dach über dem Kopf, sie hatte viele Freunde, aber immer war da diese eine schreckliche leere Stelle in ihrer Seele.

Sie kleideten sich gerade für die Party an, als das Telefon läutete. In der vagen Hoffnung, es könnte ein Notfall sein, der ihm erlauben würde, einem langweiligen Abend zu entrinnen, nahm Guy den Anruf entgegen und wurde zunehmend unruhiger und besorgter, während er den Ausführungen des Anrufers zuhörte. Immer wieder unterbrach er die Weitschweifigkeiten des anderen mit kurzen, scharfen Fragen. Sobald das Gespräch beendet war, tätigte er seinerseits einen kurzen Anruf und ging dann zu Eleanor.

Sie war im Schlafzimmer, saß dort an ihrem Toilettentisch.

»Das war das Internat«, sagte Guy. »Oliver ist anscheinend weggelaufen.«

Er sah im Spiegel, wie ihre Augen sich weiteten.

»Er ist seit heute morgen nicht mehr gesehen worden«, erklärte er. »Freitag ist Halbtagsunterricht, darum ist seine Abwesenheit erst am Nachmittag, zur Teezeit, aufgefallen. Sie haben zwei Stunden damit vertan, ihn zu suchen. Dann erst ist ihnen eingefallen, hier anzurufen und zu fragen, ob er zu Hause ist.«

»Guy! Vielleicht ist er *entführt* worden!«

»Das glaube ich nun wirklich nicht. Dazu sind wir wohl kaum reich genug.«

»Wie kannst du in so einer Situation Scherze machen ...«

»Sie haben festgestellt, daß seine Schulmütze, sein Blazer und seine Straßenschuhe fehlen. In dem Kästchen in seinem Spind war kein Taschengeld, und er hat einen anderen Jungen beschwatzt, beim Sportlehrer für ihn zu lügen. Der Lehrer, der den Waldlauf organisierte, glaubte, Oliver wäre beim Kricket, und umgekehrt. Ich habe gleich nach dem Gespräch mit dem Tutor, diesem Langweiler, den Bahnhof angerufen, der von Whitelands aus am schnellsten zu erreichen ist, und der Beamte dort erinnerte sich, daß gegen Mittag ein Junge in der Whitelands-Uniform dort eine Fahrkarte zweiter Klasse nach London gelöst hat.«

Guy zündete sich eine Zigarette an. »Oliver steckte offenbar in irgendwelchen Schwierigkeiten. Er war für morgen vormittag zum Direktor beordert – ich vermute, er ist ausgebüxt, weil er Angst hatte.« Er legte Eleanor eine Hand auf die Schulter. Ihre Haut fühlte sich klamm an. Bemüht, sie zu beruhigen, sagte er: »Er wird früher oder später hier aufkreuzen. Du brauchst dir keine Sorgen zu machen. Oliver kann gut auf sich selbst aufpassen.«

»Aber – wenn er wirklich nach London gefahren ist«, sagte sie leise. »Ganz allein. Er ist erst *elf*.«

»Wenn er bis – warte – spätestens acht Uhr nicht hier ist, rufe ich die Polizei an. Die Schule hätte es gern, daß ich damit bis morgen warte – sie wollen natürlich einen Skandal vermeiden –, aber das werde ich nicht tun.«

Mit banger Miene sah sie ihn an. »Glaubst du denn, daß es soweit kommen wird, Guy?«

»Nein.« Er zwang sich, in zuversichtlichem Ton zu sprechen. »Der Junge kommt nach Hause, sobald er müde wird und Hunger bekommt, du wirst schon sehen. Aber was tun wir jetzt – möchtest du den ganzen Trubel lieber abblasen?«

Er sprach von der Cocktail-Party, zu der sie an diesem Abend eingeladen hatten. Eleanor hatte wochenlang alles geplant und vorbereitet.

Sie griff zu ihrem Lippenstift und zog ihren Mund nach. »Nein. Du hast schon recht, Guy – Oliver wird früher oder später hier auftauchen.«

Um sieben stahl sich Guy in sein Arbeitszimmer. Er glaubte nicht, daß man ihn vermissen würde. Die wichtigsten Gäste waren eingetroffen – er hatte in Eleanors Terminkalender die Liste gesehen, auf der die Geladenen nach Bedeutung geordnet waren. Er hatte, ein Glas Sherry in der einen Hand, ein Vol-au-vent in der anderen, die winzigen Aspiktörtchen bewundert, in denen Gemüse gläsern schillerte, und war, wie es sich für einen aufmerksamen Gastgeber gehört, von Grüppchen zu Grüppchen gewandert und hatte mit jedem Gast ein paar belanglose Worte gewechselt.

Als er jetzt seine Zimmertür schloß, verstummten die wohltemperierten Partygeräusche. Er trat an seinen Schreibtisch und holte die Zeitschrift aus der Schublade, die er in der Küche gefunden hatte. Eine Filmzeitschrift, nicht die Art von Lektüre, mit der er sich gewöhnlich beschäftigte, eines der Mädchen, die Eleanor für die Party als Aushilfen engagiert hatte, hatte sie wohl liegengelassen. Er hatte sie gerade in den Papierkorb werfen wollen, als ihm eine kurze Filmbesprechung am Fuß der Seite ins Auge gefallen war.

»*Sailor Sally*«, hieß es da, »ein Musical. Sally Fairlie (Stella Delmar), die nach einer Enttäuschung in der Liebe auf einer Mittelmeerkreuzfahrt Trost sucht, begegnet auf dem Schiff der wahren Liebe.«

Unbekannte Schauspieler und eine abgedroschene Story. Normalerweise hätte Guy keinen zweiten Blick an den Artikel verschwendet. Aber am Ende des Berichts stand kursiv gedruckt: »*Mit Gray Banks, Diana Taylor und Nicole Mulgrave.*«

Nicole Mulgrave. Dieser Name durfte natürlich am Holland Square nicht erwähnt werden.

Mit der Fingerspitze berührte er flüchtig die beiden Wörter. Es war ihm beinahe ein Schock gewesen zu entdecken, daß sie – daß einer aus der Familie – noch existierte. Er hatte seit beinahe zehn Jahren keinen von ihnen weder gesehen noch gehört.

Er zündete sich eine Zigarette an und ging zum Fenster. Draußen war es noch hell, und die Abendsonne erleuchtete den blauen Himmel. Für ihn war Nicole mit dem Winter verbunden. Als sie sich ineinander verliebt hatten, war der erste Schnee gefallen; bei ihrer Trennung drei Monate später hatten sich die ersten blaßgrünen Frühlingstriebe gezeigt. Sie hatten einige Wochen euphorischen Glücks erlebt. Dann hatte Nicole vom Tod ihrer Mutter erfahren, und von dem Moment an war der Zerfall ihrer Beziehung unaufhaltsam gewesen.

Sie hatte ihn eines Morgens im März verlassen. Sie hatte ihre Kleider in eine Einkaufstüte gestopft und ihr herrliches blondes Haar auf dem Kopf zusammengebunden, während sie sprach: »Ich habe jemanden kennengelernt. Ich glaube, er ist nun wirklich der Richtige. Das hier war ein Irrtum, nicht wahr? Du verzeihst mir doch, Guy?«

Er hatte ihr verziehen, weil er schon erkannt hatte, daß sie ohne die körperliche Leidenschaft, die sie in den ersten Wochen verzehrt hatte, zwei grundverschiedene Menschen waren, die nichts gemeinsam hatten als einen Teil ihrer Kindheitserinnerungen und den Verrat, den sie an den Menschen begangen hatten, die ihnen am nächsten waren.

Er war noch einen Monat länger in der Wohnung in Bermondsey geblieben. Dann hatte Eleanor ihn mit einem Besuch überrascht. Sie hatte ihn unrasiert und nachlässig in eine ausgebeulte Cordhose und ein schmuddeliges Hemd gekleidet vorgefunden. Klar und kalt hatte sie ihre Bedingungen gestellt. Er würde seinen Sohn nur wiedersehen, wenn er nach Kriegsende in das Haus ihres Vaters zurückkehre, seine Praxis in der Malt Street aufgebe und statt dessen mit ihrem Vater zusammenarbeite. Bis dahin solle er sich freiwillig zur Sanitätstruppe melden. Bis zu seiner Heimkehr wäre dann der Skandal längst vergessen. Ach, und noch eine letzte Bedingung: Er würde jeden Verkehr mit der Familie Mulgrave abbrechen. Für immer.

Er hatte Eleanors Bedingungen angenommen, obwohl er gewußt hatte, daß sie ihn lediglich wieder aufnahm, um ihren Stolz zu retten und weil sie es nicht ertragen konnte, ihn an eine Mulgrave zu verlieren. Es war großmütig von ihr, ihn überhaupt wieder aufzunehmen. So groß, wie ihr Groll gegen ihn war, so groß war sein Selbstekel. Er hatte seinen Sohn im Stich gelassen – konnte ein Vater ein schwereres Verbrechen begehen? Er hatte sein Gelöbnis, alles in seiner Macht Stehende zu tun, um sein Kind zu beschützen, gebrochen – und wofür? Für eine Frau, die er nicht einmal wahrhaft geliebt hatte.

Als er 1946 aus der Armee entlassen wurde, kehrte er in das Haus seines Schwiegervaters zurück. Oliver lebte zu dieser Zeit bereits seit einem Jahr bei Eleanor und Selwyn. Guy erfuhr bald, daß alle Zuneigung, derer Eleanor überhaupt fähig war, sich auf Oliver konzentrierte. Er war jetzt kein unablässig fordernder Säugling mehr, sondern ein außergewöhnlich schöner kleiner Junge mit goldblondem Haar und blauen Augen; ein aufgeweckter Junge, jedoch von einer inneren Zurückhaltung, die, fand Guy, seinem Alter nicht gemäß war.

Guys Liebe zu seinem Sohn war stets verbunden mit nagenden Schuldgefühlen. Als Eleanor darauf bestand, Oliver auf die beste Schule zu schicken, ihm die schönsten Spielsachen und die beste Kleidung zu kaufen, die in dem vom Krieg erschöpften London zu haben waren, feilschte Guy nicht, obwohl er doppelt hart arbeiten mußte, um das Schulgeld für Oliver bezahlen zu können. Auch er wollte nur das Beste für seinen Sohn.

Als 1948 der staatliche Gesundheitsdienst eingeführt wurde, beschloß Selwyn mit Eleanors Unterstützung, seine Privatpraxis zu behalten. Das bedeutete, daß Guy, der stets von einer gerechten ärztlichen Versorgung für alle geträumt hatte, sich an der Verwirklichung dieses Traums nicht aktiv beteiligen konnte. Er versuchte, sich einzureden, es mache ihm nichts aus, da ja alles, was er tat, nur zu Olivers Wohl sei.

Seit sich bei seinem Schwiegervater erste Symptome einer Herzkrankheit gezeigt hatten, übernahm er immer mehr Verantwortung in der Praxis. Er war ein erfolgreicher Arzt; manchmal redete er sich ein, er wäre glücklich.

Jetzt aber kostete es ihn Anstrengung, seine Angst um Oliver zu bezwingen. Er sah ihn hilflos und allein in London umherirren. Wieder schaute er auf die Uhr. Zwanzig nach sieben. Bis acht würde er auf keinen Fall warten. Noch zehn Minuten, dann würde er die Polizei anrufen.

Plötzlich wurde die Tür geöffnet. »Guy«, sagte Eleanor. »Was tust du denn hier? Unsere Gäste –«

Er warf die Filmzeitschrift in den Papierkorb und sah sie an. Sie wirkte nicht ärgerlich. »Oliver?« fragte er, und sie lächelte.

»Ja, er ist hier. Es geht ihm gut.«

Oliver war bei den Gästen im Salon und unterhielt sich mit einem der Ärzte vom St. Anne's Hospital. Liebe und Erleichterung überschwemmten Guy beim Anblick seines Sohnes. Aber er zwang sich zur Strenge.

»Oliver? Was hat das alles zu bedeuten?«

»Daddy!« Oliver sah seinen Vater mit großen blauen Augen an.

»Wir müssen miteinander reden, mein Junge.«

»Guy«, zischte Eleanor, »er ist müde und hungrig. Das hat doch wohl bis morgen Zeit.«

»Nein, ich denke nicht, Eleanor. Ich muß noch heute abend die Schule anrufen und irgendeine Erklärung geben.«

»Unsere Gäste ... Ich muß mich um sie kümmern ...«

Guy nahm Oliver bei der Hand und führte ihn ins Nebenzimmer. Er schloß die Tür. »Erklär mir, warum du aus der Schule weggelaufen bist, Oliver.«

Die blauen Augen füllten sich mit Tränen. »Einer von den anderen Jungs«, sagte Oliver schluchzend, »Hayward ... er hat mit mir getauscht ... sein Flash-Gordon-Jahrbuch gegen ein paar von meinen Murmeln ... aber Mr. Ganderton hat er dann erzählt, ich hätte das Buch gestohlen, und Mr. Ganderton hat's Dr. Vokes gesagt.«

Dr. Vokes war der Direktor des Internats, Mr. Ganderton der für Olivers Wohnheim zuständige Lehrer. Guy hielt ihn für einen hirnlosen Trottel. Er runzelte die Stirn. Oliver hatte dringend ein Flash-Gordon-Jahrbuch zum Geburtstag haben wollen, aber Eleanor hatte ihm den Wunsch nicht erfüllt. Comics waren in ihren Augen minderwertiger Schund.

»Bist du ganz sicher, der andere Junge – Hayward – hat verstanden, daß es ein Tausch sein sollte, Oliver? Vielleicht hast du da etwas mißverstanden ... vielleicht wollte er dir das Buch nur leihen.«

Oliver schniefte. »Nein, Daddy, wir haben getauscht. Er hat ja auch meine Murmeln genommen. Er hat sie in sein Pult gelegt. Ich hab's genau gesehen.«

»Das klingt nach einem ziemlichen Kuddelmuddel.«

»Bist du böse auf mich, Daddy?«

»Nein, wegen dieses dummen Buchs ganz sicher nicht. Aber warum bist du weggelaufen, Oliver? Warum bist du nicht geblieben und hast Dr. Vokes alles erklärt?«

Oliver biß sich auf die Lippe. »Ich wollte Hayward nicht verpetzen.«

»Ach, Oliver!« Guy, der sich seiner eigenen Internatszeit erinnerte, breitete die Arme aus und drückte seinen Sohn an sich.

Oliver reagierte mit einer Art steifer Abwehr, die Guy bei jeder Form körperlichen Kontakts mit ihm auffiel. Es war, als hielt er immer etwas von sich zurück. Guy hatte längst erkannt, daß Oliver ein verschlossenes, in sich gekehrtes Kind war, ein Einzelgänger mit wenigen engen Freunden. Er machte zum Teil die lange Trennung des Kindes von seinen Eltern während des Krieges dafür verantwortlich; vor allem aber gab er sich selbst die Schuld daran. Er war zutiefst davon überzeugt, daß seine Treulosigkeit Oliver gegenüber eine Narbe bei dem Jungen hinterlassen hatte.

Als die Tür geöffnet wurde und Eleanor hereinkam, ließ Guy den Jungen aus den Armen.

»Ich denke, wir haben die Sache bereinigt«, sagte er. »Ich werde Dr. Vokes anrufen. Am besten kehrt Oliver gleich morgen in die Schule zurück.«

»Daddy!« flüsterte Oliver.

Eleanor musterte ihren Sohn mit scharfem Blick. »Du siehst blaß aus, Schatz. Findest du nicht auch, daß er blaß aussieht, Guy?«

Guy mußte zugeben, daß der Junge etwas käsig war. »Was ist denn?« fragte er behutsam. »Bauchweh?«

Oliver nickte. »Ich hab' den ganzen Tag überhaupt nichts essen können.«

»Vielleicht ist es der Blinddarm«, meinte Eleanor.

»Ich weiß nicht, ob ich zur Schule gehen kann, Daddy.«

»Armer kleine Schatz! Das ist wirklich nicht nett von Daddy, daß er dich in die Schule schicken will, obwohl dir nicht gut ist.«

»Daddy!« sagte Oliver flehend.

Guy zauste seinem Sohn das Haar. »Na ja, bis zu den Sommerferien ist es ja ohnehin nur noch eine Woche.«

»Ich packe ihn sofort ins Bett«, verkündete Eleanor. »Und du rufst in der Schule an, Guy, und sagst ihnen, daß wir Oliver erst im September wiederbringen.«

Die letzten Gäste gingen um Mitternacht. Rufus machte sich auf den Weg nach Islington; Con kehrte in ihr Häuschen in Somerset zurück. Elizabeth hatte sich längst in dem kleinen Zimmer über dem Laden schlafen gelegt. Faith begann leere Gläser und schmutzige Teller einzusammeln und ließ um eins das ganze Chaos Chaos sein. Sie ging in ihre Wohnung hinauf und legte sich zum Schlafen aufs Sofa.

Sie träumte, was seit Jahren nicht mehr geschehen war, von La Rouilly. Das Schloß war unverändert, so, wie es vor dem Krieg gewesen war, Dächer und Giebel auf wunderbare Weise unversehrt. Sie ging von Zimmer zu Zimmer, öffnete Schubladen und Schränke und entnahm ihnen die schönsten Kleider. Silber und Gold, Blau- und Smaragdtöne leuchteten im rosigen Licht, das durch das Mansardenfenster strömte. Das Mieder eines der Kleider war aus irisierenden Vogelfedern gefertigt; der Rock eines anderen bestand ganz aus Schmetterlingsflügeln, die volantartig übereinandergelagert waren. Die Kleider lagen schwer auf ihrem Arm. Gerade als sie sie aus der Mansarde hinaustragen wollte, hörte sie die ersten Schüsse. Die Kugeln schlugen gegen die Fensterscheiben. Sie schaute hinaus und sah, daß das ganze Haus von Soldaten umstellt war, die im Park umhereilten wie khakifarbene Ameisen. Die leuchtenden Farben der Kleider wurden zu stumpfem Olivgrün und Feldgrau....

Faith öffnete die Augen. Ihr Herz ratterte wie die Maschinengewehre im Traum. Erst allmählich wurde sie ruhiger und konnte das Trommeln an der Haustür von den Traumgeräuschen trennen. Hastig schlüpfte sie in ihren Morgenrock, lief nach unten und öffnete die Tür.

»Jake!«

Sein helles Haar leuchtete im Mondlicht. Er stürmte ins Haus und rief: »Verdammt noch mal, Faith, ich hab' dich überall in London gesucht. Ich mußte Rufus aus dem Schlaf reißen. Warum hast du mir nicht geschrieben, daß du umgezogen bist?«

Weil ich nicht wußte, wo du warst, dachte sie. Weil du seit sechs Monaten weder angerufen noch geschrieben hast.

»Beinah wär' ich sogar nach Somerset gefahren«, fuhr Jake fort.

»Pscht«, machte Faith. »Elizabeth schläft. Sie ist oben.«

Jake drückte mit übertriebener Geste einen Finger auf seine Lippen und wisperte theatralisch: »Ich bin so leise wie ein Mäuschen.«

Ein ziemlich trampeliges, verwahrlostes Mäuschen, dachte sie, als sie ihn betrachtete. Er hatte sich seit Tagen nicht rasiert, und das ungepflegte blonde Haar reichte ihm bis zum zerschlissenen Kragen seines Hemds.

»Komm mit rauf, Jake«, sagte sie.

»Erst gibst du deinem Lieblingsbruder einen dicken Kuß.« Er umschlang sie mit beiden Armen und drückte sie an sich. Seine Kleider stanken nach Zigarettenrauch und Alkohol.

»Du hast unser Fest verpaßt«, sagte sie.

»Ach, wie schade.« Er ließ sie los und sah zu ihr hinunter. »Kannst du mir verzeihen?«

Sie lächelte. »Ich verzeihe dir, wenn du mir morgen beim Aufräumen hilfst.«

Jake übernachtete auf dem Sofa. Faith quetschte sich zu Lizzie ins Bett. Sie stand früh auf, machte Tee und brachte Jake eine Tasse. Im hellen Morgenlicht konnte sie deutlich erkennen, wie blaß er war.

»Du bist ja entsetzlich dünn, Jake«, sagte sie vorwurfsvoll. »Wo um alles in der Welt hast du dich rumgetrieben?«

»Ach ... hier und dort.«

»Hast du Arbeit?«

»Im Augenblick nicht.«

»Aber dein Freund ... Ihr wolltet doch eine Kneipe kaufen ...«

»Ich hab's eine Weile versucht, aber es war unheimlich öde. Dauernd mußte man nur das Kleingeld zählen und die Böden schrubben.«

Sie hatte keine Ahnung, mit wie vielen Jobs Jake es seit Kriegsende versucht hatte, ein halbes Dutzend waren es bestimmt gewesen. Vielleicht mehr.

Er gähnte, stand auf, ging im Zimmer umher, musterte flüchtig und ohne Interesse ihre Bücher, ihre Bilder, ihre Fotografien.

»Wie geht's denn so, Faith? Was machen die anderen – David ... Rufus ...«

»Rufus war gestern abend hier. Er hat uns geholfen, die Mauer herauszubrechen ... Und David ist zur Zeit geschäftlich unterwegs. Deshalb ist Elizabeth bei mir.« Sie wies mit dem Kopf zum Nebenzimmer. »Sie schläft noch – sie durfte gestern abend aufbleiben.«

»Und wie ist sie so?«

Sie dachte: Sie ist meine ganze Wonne, und lächelte. »Sie ist begeistert von ihrer neuen Schule. David ist es natürlich furchtbar schwergefallen, sich von ihr zu trennen. Laura Kemp ist nämlich im Frühjahr gestorben, weißt du, und da mußte David natürlich in den sauren Apfel beißen und Lizzie in ein Internat geben.«

»Ich habe ihr was mitgebracht.« Jake ging in die Hocke, kramte in seinem Rucksack und zog eine Papierschlange an einer Schnur heraus. »Die hab' ich in Marseille entdeckt.« Als er an der Schnur zog, bewegte sich die Schlange in Wellenbewegungen über den Linoleumfußboden. Er lachte. »Raffiniert, nicht?«

»Sie wird hingerissen sein.« Faith sah Jake direkt in die Augen. »Papa geht es nicht besonders gut. Er hatte im letzten Winter eine schlimme Bronchitis. Du solltest ihn mal besuchen, Jake.«

Er ließ die Schnur los und stand auf. Die Hände in den Hosentaschen, trat er zum Fenster. »Nein!« sagte er laut und deutlich.

»Jake –«

»Niemals!« Er stand mit dem Rücken zu ihr. »Er hat sie umgebracht.«

»Papa ist alt und hinfällig, Jake. Du solltest es nicht zu lange hinausschieben.«

»Was denn?« Aufgebracht drehte er sich um. »Hoffst du immer noch auf die herzanrührende Heimkehr des verlorenen Sohns? Hoffst du immer noch, ich werde ihm die

Hand reichen, vielleicht ein paar Tränen vergießen und sagen: ›Es ist ja alles gut, Papa, ich weiß, du hast es nicht so gemeint‹?« fragte er mit bitterem Sarkasmus.

Sie sagte nur: »Er liebt dich, Jake. Du fehlst ihm.«

Jakes blaue Augen waren ohne Ausdruck. »Und ich – ich *verachte* ihn. Merk dir das, Faith.«

Danach schwiegen sie beide. Sie hob die Papierschlange vom Boden auf und legte sie auf den Tisch. Dann begann sie, schmutzige Teller und Tassen zusammenzuräumen, die Reste, die noch vom hastigen Abendessen am Vortag herumstanden. Sie fühlte sich sehr müde, erschöpft von der kurzen Nacht.

In verändertem, merklich ruhigeren Ton sagte Jake nach einer Weile: »Ich bin hergekommen, weil ich dich um einen Rat bitten wollte, Faith.«

Sie warf ihm einen Blick zu. »Du hast nie in deinem Leben einen Rat von mir beherzigt, Jake. Oder den irgendeines anderen Menschen.«

»Ich habe mich geändert und gebessert.« Er lächelte plötzlich und ließ sich geschmeidig der Länge nach auf das Sofa sinken. »Weißt du«, fuhr er fort, »ich komme nie richtig dahinter, was ich eigentlich falsch mache. Ich meine – ich bin jetzt neunundzwanzig Jahre alt, richtig? Sollte ich da nicht – na ja, sollte ich mich da nicht irgendwie eingerichtet haben?«

Sie hockte sich auf die Armlehne des Sofas neben seinem Kopf. »Wie meinst du das, Jake?«

Er machte eine unbestimmte Handbewegung. »Sollte ich nicht ein Dach über dem Kopf haben ... Arbeit – Urlaub – Kinder – Töpfe und Pfannen ...« Achselzuckend sah er sie an, Verwirrung in den Augen. »Du weißt schon, was ich meine. Man baut sich was auf. Sogar du hast dir was aufgebaut.«

Sie lachte. »Ich könnte meine gesamte Habe in einem Koffer unterbringen. Diese Wohnung hier – die gehört mehr Con als mir. Sie hat mehr Geld in den Laden gesteckt als ich. Und Kinder habe ich bis jetzt noch keine zustande gebracht. Ich leih' mir nur die anderer Leute.« Bitterkeit hatte sich gegen ihren Willen in ihre Stimme eingeschlichen. Sie holte tief Atem und blickte zu Jake hinunter, der faul ausgestreckt neben ihr lag.

»Aber wenn das wirklich das ist, was du dir wünscht, Jake, dann mußt du an *einem* Menschen festhalten und darfst nicht von einem zum anderen flattern, wie du das tust. Diese ewige Jagd muß doch wahnsinnig zeitraubend und anstrengend sein.«

Er runzelte die Stirn. »Meinst du?«

»Natürlich. Und wenn du dran denken könntest, ab und zu mal was zu essen und nachts zu schlafen – und nicht mit diesem unbändigen Zorn auf die ganze Menschheit herumzulaufen ... Vor allem mußt du dir Arbeit suchen. Menschen, die sich was aufbauen, haben im allgemeinen Arbeit. Es spielt überhaupt keine Rolle, was du tust, Hauptsache, du tust was.«

»Ich versuch's ja«, behauptete er. »Aber irgendwie geht immer was schief. Entweder ich verschlafe, oder ich vergesse, was ich tun soll, weil es so unglaublich öde und sinnlos ist, oder die Leute, für die ich arbeite, sind so knickerig und blöde, daß ich es nicht aushalten kann –«

Sie sprang von der Sofalehne und rief gereizt: »Aber du mußt es aushalten, Jake. Das ist doch der ganze Witz – du mußt es aushalten.«

Ungestüm stapelte sie das schmutzige Geschirr im Spülbecken und dachte daran, wo sie in den vergangenen Jahren überall gearbeitet hatte – in schmuddeligen kleinen Cafés, in sterilen Büros, in spießigen Geschäften. Ihr war plötzlich zum Heulen zumute.

Sie spürte den Druck seiner Hand an ihrer Schulter. »Nicht weinen, Faith«, sagte er. »Denk an die Mulgrave-Regeln.«

Sie schniefte. Jake bot ihr seinen Arm, und sie wischte sich das Gesicht an der schmuddeligen Manschette seines Hemdes ab.

»Und mach dir um mich keine Sorgen. Ich brauch' nur zwei, drei Pfund, damit ich diese Woche über die Runden komme, und alles wird gut. Ich hab' dir doch gesagt, ich hab' mich gebessert.«

Im August fuhr Faith zum Geburtstag ihres Vaters nach Heronsmead. Iris, die Schwester ihrer Mutter, hatte ihm gestattet, auch nach Poppys Tod in dem Haus zu bleiben. Die Tantiemenausschüttungen für seinen Roman waren seit langem versiegt, und Poppys Einkommen aus der Hinterlassenschaft ihres Vaters gab es nicht mehr. Ralph kümmerte sich zwar mit Hingabe um Poppys Gemüsegarten, um sich selbst ernähren zu können, aber es gab dennoch immer irgendwelche Rechnungen zu zahlen. Faith hatte in den vergangenen Jahren nicht allein für den Laden gearbeitet.

Bei einem Spaziergang auf dem Streifen weißen Sands zwischen den sonnenglitzernden Flächen von Marsch und Meer musterte sie ihren Vater und fand, daß er verwahrlost aussah. Ganz gleich, wie oft sie Kragen und Manschetten seiner Jacketts ausbesserte, sie verschlissen immer weiter. Der Stoff war so abgetragen, daß er glänzte wie poliert. Ihr Vater war jetzt sechsundsechzig, und man sah ihm, fand Faith, jedes einzelne Jahr an. So wie der Kummer ihn hatte altern lassen, fesselten ihn Schmerz und Reue an diesen Ort. Es war beinahe so, als hoffte er, die Jahre zurückholen und die Vergangenheit ändern zu können, indem er sich an ein Land band, das er einst zu hassen behauptet hatte.

Sie sprachen von Faiths Laden und von seinem Garten, von Elizabeth und David und von Nicole. Poppys Geist schien stets gegenwärtig an diesem schönen, einsamen

Stück Erde zwischen Land und See. Keiner von ihnen sprach ihren Namen aus, aber Ralph hakte seine Tochter unter, und ihre Schritte vereinigten sich auf dem harten feuchten Sand.

Am folgenden Tag holte Faith das alte Fahrrad ihres Vater aus dem Schuppen und unternahm einen Ausflug. Sie radelte in nördliche Richtung, ohne ein bestimmtes Ziel im Auge zu haben. Sie wollte nur ihren Gedanken entfliehen, sich erschöpfen. Auf schmalen Straßen, die einem Auto nur knapp Raum boten, fuhr sie, so schnell ihre Kräfte es erlaubten, durch eine graugrüne Landschaft, der sie kaum Beachtung schenkte. Um die Mittagszeit kaufte sie sich in einem Dorfladen eine Tüte Kekse und eine Flasche Limonade, setzte sich auf eine Bank und machte Rast. Sie fühlte sich angenehm müde. Einige ihrer Ängste – um die Zukunft des Ladens, um ihren Vater und um Jake – waren in den Hintergrund gerückt. Als sie fertig gegessen hatte, stieg sie wieder auf ihr Fahrrad und machte sich auf die Heimfahrt.

Irgendwo unterwegs, in einem Gewirr unbekannter Felder und Hecken, verlor sie die Orientierung. Während sie landeinwärts fuhr, stieg das Gelände an, und sie gelangte auf schmale, von hohen Hecken gesäumte Landstraßen. Etwas später begann es zu regnen, und ein spätsommerlicher Duft nach Buchenlaub und nassem Farn stieg in die Luft. An den Straßenrändern sammelten sich Pfützen. Sie hatte weder Regenmantel noch Mütze mitgenommen. Als sie eine Abzweigung entdeckte, eine ungeteerte schmale Straße, zu beiden Seiten von hochgewachsenen Buchen beschattet, bog sie ab und radelte auf der Suche nach einem Unterstand die Allee hinauf. Die dichtbelaubten Zweige der Bäume bildeten ein schattiges Dach, das der Regen kaum durchdrang. Die Straße selbst war von tiefen Schlaglöchern durchsetzt, und so stieg sie nach einer Weile vom Fahrrad und ging zu Fuß weiter, gespannt, wohin der Weg sie führen würde. Sie war vielleicht einen knappen Kilometer marschiert, als sie das Haus vor sich sah.

Es stand, ein symmetrischer Bau aus rotem Backstein, auf einer Lichtung am Ende der Allee. Als sie es erreichte, war der Regenschauer schon vorüber und die Sonne hinter den Wolken hervorgekommen. Beim Anblick des Hauses regte sich eine Erinnerung in ihr, und während sie langsam weiterging, versuchte sie, die flüchtige Spur aufzunehmen. Sie bemerkte, daß die Fenster alle Schlagläden hatten – ungewöhnlich für England – und jeder einzelne Schlagladen mit seinem verblaßten, abblätternden Anstrich geschlossen war. Der Park war verwildert. Kein gewissenhafter Gärtner schritt mit der Gartenschere in der Hand auf den gewundenen Wegen dahin, um hier eine verwelkte Rose, dort einen gebrochenen Zweig abzuknipsen. Mit dem Gedanken, sich nach dem Weg zu erkundigen, ging sie zur Haustür, wußte aber gleich, als sie den dumpf hallenden Klang ihres Klopfens hörte, daß das Haus unbewohnt war.

Auf dem Rückweg durch den Park streifte sie mit der Schulter die regenschweren Zweige des Gebüschs. Eine Handvoll blauer Schmetterlinge – gewiß die letzten des Sommers – flatterte in die warme Luft hinauf. Aus weiter Ferne hörte sie Genyas Stimme: »Sobald dieser ganze Horror vorüber ist, kommt ihr zurück, Ralph, lieber Junge, und alles wird wie immer.« Sie hätte am liebsten geweint.

Oliver erkannte seine Urgroßmutter kaum wieder. Sie schien geschrumpft, kleiner geworden und dünner, blaß und durchsichtig wie eine Schmetterlingspuppe. Bei jedem Atemzug röchelte sie laut.

Er hörte seinen Vater leise sagen: »Hab keine Angst, Oliver. Nimm einfach ihre Hand und sag ihr, daß du hier bist.«

Er trat ans Bett, aber er berührte die Hand seiner Urgroßmutter nicht. Er wußte, wenn er das täte, würde sie zu Staub zerfallen wie ein verwelktes Blatt.

»Hallo, Nana«, sagte er.

Langsam öffnete sie die Augen. »Oliver. Mein liebster Junge.«

Er sagte: »Ich muß heute wieder in die Schule. Ich bin jetzt in der 3a, und wahrscheinlich werde ich Klassensprecher.« In Wirklichkeit glaubte er das nicht – Lessing würde Klassensprecher werden, Lessing war immer Klassensprecher –, aber sein Vater hatte ihm erklärt, daß seine Urgroßmutter im Sterben lag, und er meinte, die Lüge würde sie vielleicht aufmuntern.

»Du bist ein kluger Junge, Oliver«, flüsterte sie. Und dann kam der Moment, vor dem er sich die ganze Zeit schon fürchtete. »Gib mir einen Kuß.«

Sie drehte ihren Kopf zur Seite. Er beugte sich über sie und roch die vertrauten Düfte von Puder und Lavendelwasser. Aber als er mit seinen Lippen ihre Wange berührte, nahm er einen anderen, fremden Geruch wahr, der eher ekelhaft war. Ich kann den Tod riechen, dachte er und sprang zurück. Seine Urgroßmutter war schon wieder eingenickt; nur seine Eltern sahen ihn aus dem Zimmer stürzen.

Sie liefen ihm nach. Er hörte ihre Schritte, und er hörte die Stimme seiner Mutter: »Ich habe dir doch gesagt, daß ihn das überfordern wird –«

Und sein Vater entgegnete: »Besser das als der unerwartete Anruf in der Schule.«

»Nur weil du –«

Oliver drehte sich nach ihnen um. Er haßte es, wenn sie stritten. »Es war zu heiß.«

»Ja, es war ziemlich stickig da drinnen.« Seine Mutter strich ihm über das Haar. »Es geht Urgroßmutter nicht gut, Oliver, darum brennt den ganzen Tag ein Feuer.«

»Nanas Herz arbeitet nicht mehr richtig, weißt du«, fügte sein Vater hinzu.

Oliver wappnete sich für die unvermeidliche wissenschaftliche Erklärung und bemühte sich, ein aufmerksames Gesicht zu machen – er hatte sich das in der Schule angewöhnt, da erwies es sich in langweiligen Stunden als äußerst praktisch. Während sein Vater von Herzklappen und Blutkreislauf sprach, stellte sich Oliver vor, er flöge in einem Raumschiff hoch über das Tal der Dove hinweg und blickte auf die Hügel und den gewundenen Fluß hinunter.

Als sein Vater fertig war, sagte er höflich: »Darf ich jetzt rausgehen und spielen?«

»Aber natürlich. Deine Mutter und ich setzen uns zu deiner Urgroßmutter.«

»Aber spiel nicht am Fluß, Schatz. Und sieh zu, daß du deine Uniform nicht schmutzig machst.«

Als sie weg waren, ging er nicht ins Freie hinaus, sondern streifte durch das Haus und stöberte in Schubladen und Schränken. Er hatte bis zu seinem fünften Lebensjahr in dem Haus in Derbyshire gelebt, und er empfand eine seltsame Mischung aus Fremdheit und Vertrautheit. Die Zimmer, obwohl unverändert in der Einrichtung, erschienen ihm kleiner. Der Garten, den er einmal als ungeheuer groß empfunden hatte, schien geschrumpft. Selbst der Thorpe Cloud war nicht mehr der mächtige Bergriese seiner Erinnerung.

Es fiel ihm schwer zu glauben, daß die röchelnde, faltige alte Frau, die er soeben gesehen hatte, wirklich seine Urgroßmutter war. Flüchtig schoß ihm der Gedanke durch den Kopf, daß Nana fortgebracht und in einem anderen Haus versteckt worden war – vielleicht weil irgend jemand ihr Geld stehlen wollte – und man diese hohle Schmetterlingspuppe an ihrer Stelle in ihr Bett gelegt hatte. Aber diese Phantasievorstellung fiel sogleich in sich zusammen; er war zu alt, um noch an solche Dinge zu glauben.

Oliver ging ins Damenzimmer, ein großer, heller Raum mit Blick auf den Garten. Als kleiner Junge hatte er mit Vorliebe am Schreibsekretär seiner Urgroßmutter gespielt. Wohlgeordnet befanden sich auch jetzt noch all die Dinge darauf, die ihm so vertraut waren – ihr Füllfederhalter, die Schreibunterlage mit dem großen Löschblatt, das Briefpapier. Und der Briefbeschwerer aus blauem Glas. Oliver berührte die blaue Halbkugel und fragte sich, wie sie so kühl bleiben konnte, wo es doch im ganzen Haus so heiß war. Dann zog er die Schubladen des Sekretärs auf.

Die Fotoalben waren langweilig. Sie enthielten größtenteils Bilder von kleinen Mädchen mit großen Schleifen im Haar, und als er auf Schnappschüsse stieß, die ihn selbst zeigten, einen gräßlichen dicken kleinen Jungen im Spielhöschen, schlug er das Album knallend zu.

Danach sah er sich die Briefe an. In säuberlich gebündelten Stapeln lagen sie in den Schubladen. Oliver erkannte die Handschrift seiner Mutter. Sie schrieb ihm zweimal die Woche in die Schule – lange Briefe, aber Nanas waren immer viel lustiger. Er dachte daran, daß er vielleicht bald keine Briefe mehr von Nana bekommen würde, und hinter seinen Augen begann der dumpfe Schmerz, den er so gut kannte. Er drückte die Fäuste auf die Augen, um die Tränen zurückzuhalten. Nur Schwächlinge heulten. Patterson aus seiner Klasse war ein Schwächling. Um sich abzulenken, begann er, die Briefe zu lesen. Langweiliges Geschwafel über langweiliges Zeug wie Tapeten und Teppiche und öde Erwachsenenpartys.

Er zog ein zweites Bündel Briefe heraus. Die Tinte war so stark verblaßt, daß die Schrift auf dem obersten Blatt beinahe unlesbar geworden war. Doch der Inhalt dieser Briefe war interessanter – tolle Geschichten von Bomben und Luftangriffen. Gerade wollte er die Briefe wieder in die Schublade legen, da sprang ihm ein Satz ins Auge: »Ich habe beschlossen, Guy wieder aufzunehmen.« Ein sehr merkwürdiger Satz, fand Oliver. Als wäre Guy (sein Vater natürlich) ein Hündchen oder so was, das seine Mutter vorübergehend an die Luft gesetzt hatte, weil ihr irgendwas an ihm nicht paßte. Er las weiter. »Die ganze erbärmliche Affäre dauerte nur ein paar Wochen. Eine« – es folgten einige Worte, die nach Französisch aussahen – »die man, da wirst Du mir sicher zustimmen, am besten schnell vergißt.« Oliver schloß aus den wenigen Worten, daß es sich um eine Angelegenheit handeln mußte, die mit der Heimkehr seines Vaters nach Kriegsende zu tun hatte.

Er selbst war damals sechs Jahre alt gewesen. Eines Tages war er von der Schule nach Hause gekommen, und im Salon hatte ein fremder Mann gesessen. Seine Mutter hatte gesagt: »Daddy ist wieder zu Hause, Oliver«, und der Mann hatte ihn umarmt und mit ihm gesprochen, während er nur in sein Zimmer hinaufwollte, um mit seiner Eisenbahn zu spielen.

Oliver hörte Schritte. Er schob die Briefe hastig in die Schublade und stieß diese zu. Dann nahm er den Briefbeschwerer aus blauem Glas vom Schreibtisch, schob ihn in seine Hosentasche und lief aus dem Zimmer.

Seine Eltern sprachen miteinander. »Eine Woche, länger keinesfalls, denke ich ... eine Erlösung für die arme Seele ...« Oliver atmete erleichtert auf. Sie stritten nicht. Pattersons Eltern hatten sich scheiden lassen, und einer der anderen Jungen hatte den Zeitungsartikel darüber erwischt, und alle hatte Patterson damit aufgezogen, und Patterson hatte geflennt, der Schwächling.

Nach dem Tee fuhren sie weiter zu Olivers Schule. Dort gab er seiner Mutter zum Abschied einen Kuß, aber der Umarmung seines Vaters entzog er sich. Er bot ihm statt dessen die Hand. Er erinnerte sich des Todesgeruchs und wollte seinen Vater dafür bestrafen, daß der ihn gezwungen hatte, so etwas über sich ergehen zu lassen.

Am folgenden Morgen wurde Guy zu einer Mrs. Myers in der Curzon Street gerufen. Von einem livrierten Diener (Guy wunderte sich, daß es solche Leute heutzutage noch gab, wo Eleanor schon Schwierigkeiten hatte, eine zuverlässige Zugehfrau zu finden) wurde er in ein Zimmer in der oberen Etage geführt und Mrs. Myers und ihrer Tochter Susan präsentiert. Susan Myers sah ihn nicht an und sprach nicht ein Wort mit ihm. Sie beschränkte sich darauf, mit verdrossener Miene ihre Fingernägel zu inspizieren. Mrs. Myers musterte ihn, als wäre er eine Küchenschabe, und sagte unwirsch: »Wo ist Dr. Stephens? Unser Arzt ist Dr. Stephens.«

»Dr. Stephens fühlt sich leider nicht wohl, Mrs. Myers.« Guy hatte seinen Schwiegervater endlich überreden können, einen Herzspezialisten aufzusuchen. »Wären Sie bereit, mit mir vorliebzunehmen?« Er zwang sich zu lächeln.

»Es wird uns wohl nichts anderes übrigbleiben«, sagte Mrs. Myers frostig.

»Gut. Was kann ich dann für Sie tun?«

»Meiner Tochter geht es nicht gut.« Susan scharrte mit den Füßen und starrte zu ihren Schuhspitzen hinunter.

Guy untersuchte sie in einem anderen Zimmer und hatte schnell festgestellt, was Susan Myers fehlte. Sie war im dritten Monat schwanger – siebzehn Jahre alt und nicht verheiratet. Als er ihr behutsam erklärte, wie es um sie bestellt war, sagte sie ungeduldig: »Ich weiß schon. Es ist wahnsinnig lästig.«

»Soll ich mit Ihrer Mutter sprechen?«

Sie starrte ihn verblüfft an. »Meine Mutter weiß natürlich Bescheid. Deshalb hat sie Sie ja kommen lassen.«

»Sie meinen, ich soll Ihre Betreuung bis zur Entbindung übernehmen?«

Ihr Blick füllte sich mit Verachtung. »Machen Sie sich nicht lächerlich. Meine Mutter möchte, daß Sie es wegmachen.«

Guy hatte Mühe, seinen Schock zu verbergen. Während er, mit dem Rücken zu ihr stehend, seine Instrumente einpackte, sagte er: »Dann werde ich Ihrer Mutter erklären, daß ich so etwas nicht tue.«

»Doch nicht Sie selbst!« Ihre Geringschätzung war deutlich zu vernehmen. »Ich meine – Sie können doch eine Klinik empfehlen, oder nicht? Lorna Cummings hat uns gesagt, daß Dr. Stephens für sie alles arrangiert hat.«

Er entgegnete kalt: »Wie ich schon sagte, so etwas tue ich nicht.« Er drehte sich um und sah sie an. »Können Sie den Vater nicht heiraten?«

Auf dem Nachttisch stand eine Schachtel Pralinen. Sie begann Süßigkeiten in sich hineinzustopfen. »Machen Sie sich nicht lächerlich«, sagte sie wieder. »Er ist Gärtner in meinem Internat.«

Guy nahm seine Tasche und ging. Wieder im Salon, sagte er zu Susans Mutter: »Ihre Tochter ist im dritten Monat schwanger, Mrs. Myers. Sie braucht jetzt viel Ruhe und gesunde Ernährung, dann wird sie völlig gesund bleiben. Wenn ich Ihnen einen guten Geburtshelfer empfehlen soll, tue ich das gern.« Er verließ das Zimmer, bevor sie etwas erwidern konnte.

Die nachfolgenden Besuche erledigte er wie ein Roboter, seine Gedanken kreisten um andere Dinge. Zum Glück waren es nur Routinefälle, die er zu behandeln hatte – eine Halsentzündung, ein eingewachsener Zehennagel, ein verstauchter Fuß.

Als er fertig war, kehrte er nicht gleich in seine Praxis zurück. Die Depression, die ihn am vergangenen Nachmittag überfallen hatte, als er sich von Oliver getrennt hatte, hatte sich tiefer eingenistet. Er setzte sich in ein Pub und bestellte sich einen Whisky. Nach dem ersten Glas war er immerhin fähig, einzusehen, daß es keinen Sinn hatte, jetzt schnurstracks Selwyn in der Klinik aufzusuchen, in der er zur Beobachtung lag, und eine Erklärung von ihm zu verlangen. Nach dem zweiten Scotch war ihm sonnenklar, was Selwyn antworten würde, wenn er ihn tatsächlich zur Rede stellte. »Wenn ich ihr nicht eine zuverlässige Adresse genannt hätte, wäre sie vielleicht irgendeinem Quacksalber in die Hände gefallen, der schon lange nicht mehr praktizieren darf.« Er wußte nicht, ob er Selwyn recht geben sollte oder nicht. Allzu oft hatte er in seiner Praxis in der Malt Street die Folgen eines verpfuschten Schwangerschaftsabbruchs erlebt, um sich über Selwyn moralisch erhaben zu fühlen. Er wußte nur, daß er sich von der selbstverständlichen Annahme der Myers', er würde sich zu dergleichem hergeben, beschmutzt fühlte.

Der Alkohol vermochte seine Stimmung nicht aufzuhellen. Auf dem Rückweg zu seiner Praxis in der Cheviot Street erinnerte er sich des Abschieds von Oliver am vergangenen Tag. Oliver hatte ihm die Umarmung verweigert und ihm statt dessen zum erstenmal die Hand geboten. Er hatte sie genommen und gesagt: »Halt die Ohren steif, mein Junge.« Karikatur eines englischen Mittelklassevaters. Der Schmerz, den er jetzt bei den Gedanken an seinen Sohn empfand, schien ihm schlimmer als alle Schmerzen, die er je hatte ertragen müssen. Er wußte, daß die Schuld allein bei ihm lag. Seine Abwesenheit als Vater – anfangs von Eleanor erzwungen, gewiß, danach aber beträchtlich verlängert durch seine törichte Affäre mit Nicole Mulgrave – war die Wurzel der ambivalenten Einstellung Olivers ihm gegenüber. Als er 1946, nach dem Krieg, in das Haus seines Schwiegervaters am Holland Square zurückgekehrt war, hatte er sich wie ein Eindringling gefühlt.

In der Cheviot Street ging Guy nach oben in den Empfangsraum, um sich noch etwas liegengebliebene Arbeit einzupacken, bevor er nach Hause fuhr. Aber als er eintrat, rief Sylvia, seine Sprechstundenhilfe, mit gesenkter Stimme: »Im Wartezimmer sitzt ein Patient, der zu Ihnen will,

Dr. Neville. Er heißt Mulgrave, aber der Name ist nicht in unserer Kartei. Der Mann schaut ziemlich heruntergekommen aus. Ich hab' ihm erklärt, daß abends keine Sprechstunde ist, aber – soll ich die Polizei anrufen?«

Er heißt Mulgrave... Das Herz schlug Guy plötzlich bis zum Hals. Er wurde sich bewußt, daß Sylvia ihn verwundert anstarrte und auf eine Antwort von ihm wartete.

Sie wiederholte: »Soll ich die Polizei anrufen, Dr. Neville?«

Er schüttelte den Kopf und sagte so ruhig, daß es ihn selbst erstaunte: »Nein, Sylvia, es ist schon gut. Ich mache das.« Dann ging er ins Wartezimmer.

Als er den Blick auf die Gestalt richtete, die dunkel umrissen vor dem Fenster stand, beruhigte sich sein Herzschlag ein wenig.

»Hallo, Jake«, sagte er.

»Ich hatte einen kleinen Unfall«, erklärte Jake.

Sie waren in Guys Sprechzimmer. Jake saß auf einem Stuhl und hielt ein schmutziges Tuch an seinen Kopf gedrückt, während Guy Verbandzeug und Desinfektionsmittel aus dem Schrank nahm. Das Tuch war mit Blut getränkt.

»Erst war ich im Krankenhaus, aber da saßen ungefähr hundert andere arme Teufel in der Notaufnahme – irgend jemand sagte, es hätte ein Busunglück gegeben. Ich hätte wahrscheinlich ewig warten müssen. Ich bin dann zu einer Bekannten gefahren, die ausgebildete Krankenschwester ist. Ich dachte, sie könnte mich genausogut verarzten, aber sie war nicht da. Ich hab' geblutet wie ein angestochenes Schwein, sag' ich dir, und da bist du mir plötzlich eingefallen. Menschenskind, hab' ich gedacht, ich geh' einfach zu Guy.« Jake lächelte selbstzufrieden. »Wir haben uns zwar ewig nicht gesehen –«

»Ja, es ist lang her.«

»Genau. Ich hab' dich im Telefonbuch gefunden.« Er sah sich im Zimmer um. »Hut ab, Guy, das ist echt Klasse. Ein Chippendale-Schreibtisch und – warte mal – Stubbs-Stiche an den Wänden.«

»Reproduktionen«, sagte Guy kurz.

Er hatte sich nie ganz an die Pracht der neuen Praxis gewöhnt. Er und Selwyn hatten die Räume in der Cheviot Street vor drei Jahren auf Eleanors Betreiben gemietet. Das sei angemessener, hatte sie behauptet. Sie sei des ewigen Kommens und Gehens der Patienten am Holland Square müde.

»Wirklich?« Jake wollte aufstehen.

Guy drückte ihn wieder auf den Stuhl hinunter. »Ja, wirklich. Bleib sitzen, Jake, und halt still.«

»Toller Aufstieg, Guy. Ich hingegen – ich hab' mich ausschließlich auf den Abstieg konzentriert.«

Guy nahm vorsichtig das blutgetränkte Tuch von einer tiefen Platzwunde an der Stirn. »Und hast du ihn geschafft?«

»So ziemlich.« Jake überlegte einen Moment. »Ja, so ziemlich.«

»Ich glaube, die Wunde hier müssen wir nähen. Ich kann dir etwas gegen die Schmerzen geben, wenn du willst.« Er sah Jake an. »Du hast ganz schön was intus, nicht?«

»Stimmt.«

»Erzähl mal, was eigentlich passiert ist, Jake.«

»Ach, so ein Mistkerl im Pub – er hat mir zwanzig Pfund geschuldet. Vom Kartenspielen. Er wollte nicht bezahlen, verstehst du. Er hat behauptet, ich hätte geschummelt.« Mit gekränkter Miene sah Jake Guy an. »Ich und schummeln! Das würde mir doch nie einfallen. Das gehört nun wirklich nicht zu meinen schlechten Seiten.«

»Nein, natürlich nicht«, bestätigte Guy beschwichtigend.

»Kurz und gut, wir haben uns geprügelt, aber ich hatte

anscheinend mehr getrunken, als ich dachte, und hab' den kürzeren gezogen.« Wieder sah er Guy an. »Ich bin nämlich in Trauer, weißt du.«

Guy, der gerade das Nahtmaterial auswählte, hielt inne. »Du bist in Trauer? Weswegen denn?«

»Ich trauere um meine verlorene Freiheit.« Jake zuckte zusammen, als Guy die Naht zu legen begann. »Ich habe beschlossen, mir Arbeit zu suchen.«

Guy bemerkte, daß Jake sehr blaß geworden war. »Melde dich, bevor du mir ohnmächtig wirst – dann hör' ich sofort auf.«

»Ich – ich werd' schon nicht – ohnmächtig.« Jake kniff fest die Augen zu und holte tief Atem. »Faith hat mir dazu geraten.«

Guys Hand blieb absolut ruhig. »Wozu hat Faith dir geraten?«

»Mir Arbeit zu suchen. Richtige Arbeit, meine ich. Ich habe sie nämlich gefragt, was ich tun soll. Und da hat sie gesagt, such dir Arbeit. Und eine Menge anderes Zeug hat sie auch noch gesagt, aber daran kann ich mich nicht mehr erinnern. Ich hab' eine Weile in Frankreich gelebt, weißt du, aber das war doch nicht das Richtige.«

»Faith lebt in Frankreich?« Guys Ton war scharf.

»Aber nein, natürlich nicht. Sie lebt in London.«

Guy, der begonnen hatte, die Wunde an Jakes Stirn zu verbinden, hielt erneut in seiner Arbeit inne.

»In Soho«, sagte Jake ungeduldig.

Soho. Er versuchte, die Entfernung zwischen der Cheviot Street und Soho abzuschätzen. Mehr als zwei, drei Kilometer waren es sicher nicht.

»Und dort lebt sie schon lange?« fragte er.

»Erst seit ein paar Monaten. Seit Juni.«

Er bildete sich ein, daß er das hätte spüren müssen. Aber wenn er überhaupt einmal an Faith gedacht hatte – es war ihm recht gut gelungen, fand er, sich alle Gedanken an sie aus dem Kopf zu schlagen –, dann hatte er sich immer vorgestellt, sie wäre irgendwo sehr weit weg. In warmen, sonnigen Gegenden mit weißen Stränden und schattigen Pinienwäldern. In der Landschaft der Vergangenheit.

»Sie hat einen Laden«, bemerkte Jake. »Er heißt *Der blaue Schmetterling*.«

Der Name erinnerte ihn an irgend etwas, aber er wußte nicht, an was. »Was für einen Laden?«

»Ein Modegeschäft. Sie macht ziemlich verrückte Klamotten aus Stoffresten. Arbeitet mit so einem resoluten Weib namens Constance Fitzgerald zusammen.« Jakes Gesicht hatte wieder etwas Farbe bekommen. »Du weißt wohl, daß das eine Wahnsinnsüberraschung war, daß du mit Nicole losgezogen bist und nicht mit Faith.«

»Das ist lange her«, versetzte Guy kurz. »Es war ein schwerer Fehler.«

»Das kann man sagen.« Jake lachte. »Nicole war seitdem zweimal verheiratet. Einmal mit einem Dichter – so hat er selbst sich jedenfalls bezeichnet –, der bei einem Flugzeugabsturz umgekommen ist, und einmal mit einem Amerikaner. Die beiden sind inzwischen geschieden. Ich glaube, im Moment ist sie gerade mal solo.«

»Und Ralph?« fragte Guy. In den vergangenen zehn Jahren war ihm manchmal, meist wenn er es am wenigsten erwartet hatte, bewußt geworden, daß Ralph ihm fehlte. »Wie geht es Ralph?«

Jake zuckte die Achseln. »Keine Ahnung.«

Guy war verwirrt. »Er ist wieder auf Reisen ... ?«

»Ich sag' dir doch, ich hab' keine Ahnung.«

Und es könnte dich nicht weniger interessieren, dachte Guy. Jakes starre Haltung und sein kalter Ton sprachen von einem unversöhnlichen Groll. Guy unterdrückte seine Neugier und stellte dafür die Frage, die ihn am meisten beschäftigte.

»Und Faith? Ist sie verheiratet?«

»Faith?« Wieder lachte Jake. »Nein, natürlich nicht.«

Danach war es lange still. Guy musterte Jakes zerschundenes Gesicht. »Ich fürchte, du wirst morgen ein prächtiges Veilchen haben.«

»Soll man da nicht rohes Steak auflegen?« Jake schnitt eine Grimasse. »Ich könnte mir allerdings höchstens Hundefutter leisten.«

»Hast du eine Unterkunft, Jake?« fragte Guy teilnahmsvoll. »Zu mir kann ich dich leider nicht mitnehmen.« Absolutes Embargo auf alle Mitglieder der Familie Mulgrave, ob mit oder ohne Gehirnerschütterung.

Jake erwiderte Guys Blick mit einem wissenden, leicht spöttischen Lächeln. »Dieser ganze Aufwand hier« – mit einer ausholenden Handbewegung umfaßte er den antiken Schreibtisch, die dicken Teppiche, die edlen Möbel – »ich hätte nie gedacht, daß du auf so was Wert legst. Ist vermutlich teuer bezahlt, was?«

»Hm«, murmelte Guy nur und begann, Ordnung zu machen.

»Ich kann bei Faith übernachten«, sagte Jake. »Auf dem Boden, wenn's sein muß. Auf die gute alte Faith ist immer Verlaß.« Er stützte den Kopf in die Hände. »Mann, hab' ich einen Durst!«

Guy füllte ein Glas mit Wasser und reichte es Jake.

»Mistkerl«, sagte der grinsend. »Ich wette, du hast hier irgendwo eine schöne Flasche Scotch versteckt.«

»Stimmt. Aber du siehst nicht so aus, als könntest du noch etwas vertragen.« Guy blieb an seinen Schreibtisch gelehnt stehen. »An was für eine Arbeit denkst du denn, Jake?«

Jake tat verzweifelt. »Das weiß ich doch selbst nicht. Ich hab' so ziemlich alles versucht – Bürger, Bauer, Bettelmann, mir ist nichts fremd.«

»Und Lehrer?« meinte Guy.

Jake lachte schallend. »Also, hör mal, ich bin ja nun

wirklich kein Vorbild für Heranwachsende – höchstens dafür, wie man sich *nicht* entwickeln sollte.«

Guy fand ihn sehr verändert. Unter dem scheinbar unbekümmerten Charme schimmerten eine Bitterkeit und ein Zynismus durch, die früher nicht dagewesen waren.

»Ich dachte nur«, sagte er, »da du fließend Französisch sprichst ... Schlechter als die Französischlehrer, die ich in der Schule hatte, kannst du gar nicht sein.«

»Danke für das Kompliment.«

»Du müßtest dir nur einen halbwegs anständigen Anzug und einen ordentlichen Haarschnitt zulegen. Viel mehr brauchtest du nicht.«

»Ich werd's mir überlegen.« Jake stand auf und ging zur Tür. »Es ist zwar eine absolut gruselige Vorstellung, aber ich werde darüber nachdenken.« An der Tür blieb er noch einmal stehen. »Gehst du Faith mal besuchen?«

Guy schüttelte den Kopf. »Das glaube ich nicht.«

Aber er ging natürlich doch. Er hatte einen Patienten in Knightsbridge besucht und war auf dem Heimweg. Er wollte frische Luft schnappen und machte deshalb einen Umweg. Er wolle ja nur erklären, wie es damals gewesen war, sagte er sich, die Dinge klarstellen.

Er fand den Laden in einer schmalen Straße, die noch von den Spuren des Krieges entstellt war. Auf der einen Seite befand sich eine zwielichtige Spelunke, auf der anderen ein Trümmergrundstück, die Mauerreste der Häuser, die einmal dort gestanden hatten, waren von Unkraut überwuchert. Es regnete. Das Wasser strömte in stahlgrauen Schnüren herab, die dunkle Löcher in die brachliegende Erde bohrten. Aber aus dem Grau sprang in satten Farben leuchtend der Name des Ladens: *Der blaue Schmetterling* in Kobalt und Gold. Und wieder regten sich angesichts dieser Worte Erinnerungen, die sein Herz bewegten.

Er überquerte die Straße und sah sich die Kleider im Schaufenster des Ladens an. Schlicht und ohne Kinkerlitzchen, aus leichten, duftigen Stoffen in klaren Pastellfarben – Pink, Zitronengelb, Minzgrün. Bonbonfarben, etwas ganz anderes als die gedeckten Töne – Marineblau und Burgunderrot –, die Eleanor bevorzugte.

Guy setzte sich ins Pub gegenüber, bestellte sich ein Bier und beobachtete den Laden. Mehrere Leute gingen hinein. Ein oder zwei kamen mit großen, flachen Kleiderkartons heraus. Faith sah er nicht.

Er kramte eine Münze aus der Hosentasche. Kopf – er würde nach Hause gehen und nie wieder hierherkommen. Adler – er würde in den Laden gehen. Er warf die Münze. Kopf. Er ging trotzdem in den Laden.

Ein heller Raum, die Wände cremefarben und lichtblau gestrichen, an das Innere einer blankgespülten Muschel erinnernd. Alles ohne Kinkerlitzchen wie die Kleider im Fenster. Ein Raum so klar und wohltuend wie eine Brise frischer Luft. Er meinte, wenn er die Augen schlösse und tief einatmete, müßte er in der Ferne das Meer riechen können.

Es war voll im Laden. Frauen inspizierten zielbewußt und konzentriert die Kleider auf den Stangen. Aus einer Umkleidekabine schallte eine körperlose Stimme: »Das mit den hinreißenden Puffärmeln, Darling. Ich habe es an meinem ersten Abend getragen.«

Aber noch immer war Faith nirgends zu sehen. Er hatte eigentlich erwartet, Erleichterung zu verspüren, wenn sie nicht da wäre; statt dessen empfand er nur tiefe Enttäuschung. Als eine Tür aufsprang, begann sein Herz in doppeltem Tempo zu schlagen. Aber nur kurz. Eine ältere Frau in einem cremefarbenen Kleid, deren graues Haar im Nacken zu einem Knoten gesteckt war, groß und kräftig, kam auf ihn zu.

»Kann ich Ihnen behilflich sein, Sir?«

Er griff nach dem nächstbesten Gegenstand: ein Schal, ein raffiniertes Mosaik aus Teilen unterschiedlicher Materialen in sanft schimmernden Farben.

»Ich hätte gern diesen Schal.« Er sah ihr zu, wie sie ihn verpackte und eine Karte mit dem Namen des Geschäfts in das Seidenpapier mit einschlug.

»Das macht zwei Pfund und sieben Shilling, Sir.«

Er bezahlte hastig und eilte hinaus. Der Regen war inzwischen stärker geworden. In einem gelben Sturzbach strömte das Wasser die Gosse hinunter. »Du Narr«, sagte er laut zu sich selbst. Ein Vorübergehender drehte sich verwundert nach ihm um. »Du hoffnungsloser Narr!« Und er warf das Päckchen mit dem Schal in den nächsten Abfalleimer.

Ein Ruf hielt ihn auf, als er die Straßenecke erreichte. »Guy!« Er drehte sich um. Und da sah er sie.

Sie war, erklärte sie, mit einer Kundin in der Umkleidekabine gewesen, als sie seine Stimme gehört hatte. Sie sagte ihm nicht, wie heftig ihr die Knie gezittert hatten, wie schmerzhaft ihr Herz geklopft hatte.

»Ich habe deine Stimme sofort erkannt«, sagte sie. »Stimmen verändern sich offenbar nicht.«

Er starrte sie an. »Aber ich habe doch kaum ein Wort gesprochen.«

Einst hatte sie den Klang seiner Schritte erkannt. Stumm stand sie neben ihm im Regen, ungewiß, ob er nicht plötzlich verschwinden, sich in Luft auflösen, ins Reich der Erinnerung und der Träume entgleiten würde.

»Komm, du wirst ja ganz naß.« Er spannte seinen Schirm auf.

»Ich muß wieder in den Laden.« Sie hatte plötzlich das Bedürfnis, sich in die Sicherheit zu flüchten, die sie sich selbst geschaffen hatte. »Eine unserer besten Kundinnen wartet auf mit. Ich habe sie einfach im Unterrock stehenlassen und ihr auch noch mein Maßband in die Hand gedrückt.«

»Wann macht ihr zu?«

Sie sah auf ihre Uhr. »In zwanzig Minuten.«

»Ich warte gegenüber im Pub.«

Sie lief in den Laden zurück. Sie war ein wenig benommen. Con, die an der Kasse stand, flüsterte: »Schlafzimmerblick und ein Anzug aus der Saville Row – sei vorsichtig, Faith.«

Sie eilte in die Kabine. Mit einem strengen Blick auf ihr Spiegelbild sagte sie sich: Du benimmst dich wie ein Backfisch. Du bist dreißig Jahre alt. Du hättest ihn gehen lassen sollen.

Nach Ladenschluß ging sie hinüber ins Pub. Guy saß an einem Ecktisch. Vor ihm standen zwei gefüllte Gläser, beide unberührt.

»War es Zufall?« fragte sie.

»Ich habe vor zwei Wochen Jake getroffen. Er hat mir erzählt, daß du hier arbeitest.«

Sie setzte sich ihm gegenüber und hob ihr Glas. »Auf unsere glänzenden Karrieren! Deine ist ja offenbar wirklich glänzend, Guy – wer kann sich schon so einen Anzug leisten!«

Sie stießen miteinander an. »Ich habe eine Privatpraxis«, sagte er. »Da ist der Anzug obligatorisch.« Er sah sie an. »Ich bin alt und reich und habe mich verändert. Aber du – du siehst wunderbar aus, Faith. So elegant.« Er schien geblendet.

»Findest du?« Keine Gefahr, sagte sie sich. Alles in bester Ordnung. Nach einer Trennung von zehn Jahren war er nur noch ein Relikt aus einem anderen Leben, ein alter Freund, den sie mit distanzierter Zuneigung und ganz ohne Erwartung betrachten konnte. »Ich bemühe mich um gediegene Eleganz. Oder findest du nicht, daß jemand, der ein Modegeschäft führt, elegant und gediegen wirken sollte?«

»Erzähl mir von deinem Laden. Jake sagte mir, daß er erst seit ein paar Monaten existiert.«

»Wir machen immer noch Verluste, und das ist natürlich ein bißchen beunruhigend. Privat schneidern wir schon seit Jahren – Con hat früher bei *Lucille* gearbeitet, und ich habe Abendkurse besucht. Ich mache jetzt die ganze Buchhaltung und bin für den Einkauf zuständig. Wir haben schon mehrere Stammkundinnen. Größtenteils Künstlerinnen, Tänzerinnen und solche Leute. Viele Frauen finden unsere Sachen verschroben oder seltsam, aber es gibt einige, die ganz begeistert sind. Ich hoffe, es werden noch mehr werden.«

Sie sah die kleinen Fältchen in seinen Augenwinkeln und das Grau an den Schläfen. Er hat die Wahrheit gesagt, dachte sie, er ist nicht mehr derselbe. Und sie war erleichtert.

»Nach dem Krieg«, erklärte sie, »haben wir alte Kleider umgeändert und aufgemöbelt. Es gab keine Stoffe, und du weißt ja, daß es mir immer Spaß gemacht hat, auf Flohmärkten und in Trödelläden herumzustöbern. Kleider, die überhaupt nicht mehr zu richten waren, habe ich einfach zerschnitten und dann die Flicken zusammengesetzt und aus diesen Patchwork-Stoffen Blusen und Schals gemacht.« Sie sah ihn an. »Wie den Schal, den du in den Abfalleimer geworfen hast.«

»Den hast du gemacht?«

Sie nickte.

»Dann hole ich ihn da sofort wieder raus.«

Die Schwingtür des Lokals fiel hinter ihm zu, als er in den Regen hinauseilte. Sie lehnte sich auf ihrem Stuhl zurück und beobachtete ihn durch das Fenster. Der Regen, der an der Scheibe herabfloß, verwischte sein Bild und verzerrte seine dunkle Gestalt.

Mit einem zerdrückten Päckchen in der Hand kehrte er zurück. »Hier!«

»Guy.« Das Haar klebte ihm durchnäßt am Kopf, und die Schultern seines grauen Mantels waren dunkel vom Regen. »Du bist ja ganz naß geworden ... dein schöner Mantel ...«

»Haben Jake und Ralph sich zerstritten?« fragte er. »Jake machte so eine Bemerkung ...«

»Jake hat seit zehn Jahren kein Wort mehr mit unserem Vater gesprochen, Guy. Er hat immer Vater die Schuld am Tod unserer Mutter gegeben.« Sie fügte wehmütig hinzu: »Vater hatte eine Affäre, und Mutter kam dahinter. Es gab einen Streit, und sie ist gegangen. Sie wollte einen Spaziergang machen, um sich zu beruhigen, und wurde von einem deutschen Flugzeug erschossen. Jake gibt Vater die Schuld. Und Vater gibt sich natürlich auch die Schuld.«

»Ach Gott, das wußte ich nicht.«

»Nein.« Sie sah ihn an. »Verständlicherweise. Du warst ja anderweitig beschäftigt.«

Er wurde rot. Sie schob ihr leeres Glas weg. »Entschuldige. Ich glaube, ich gehe jetzt besser.«

»Nein, bitte geh nicht, Faith. Ich möchte das klären.«

»Du hast dich in Nicole verliebt, Guy.« Die Wunde war immer noch da. Das allein machte sie zornig. Sie zwang sich, ruhig zu sprechen. »Es ist passiert. Es ist lange her. Es spielt jetzt keine Rolle mehr.« Sie wandte sich ab, um nach ihrer Handtasche zu greifen, aber er hielt sie fest.

»Ja, ich war in Nicole verliebt. Aber ich habe sie nie geliebt. Ich bildete es mir ein, aber es war nicht so.«

»Liebe – Verliebtheit – was ist da der große Unterschied?«

»Das eine ist von Dauer, dachte ich.«

Sie konnte sich nicht von der Stelle bewegen, solange er sie berührte, ein Gefühl, das mit tiefer Angst verwandt war, lähmte sie.

»Ich war besessen von Nicole«, sagte er, und allzu laut fiel sie ihm ins Wort: »Nein. Nein, Guy – ich will es nicht wissen ...«

»Bitte. Ich verlange zuviel, ich weiß, aber – bitte, Faith!«

Sie riß sich von ihm los, aber sie brachte nicht die Kraft auf, aufzustehen und zu gehen. Sie blieb sitzen, wo sie war, und starrte zum Fenster hinaus in den Regen, während er sprach.

»Als du aus London verschwunden warst, war ich anfangs unglaublich zornig und gekränkt. Es kam mir alles so ...« Er seufzte. »Erst sagst du mir, daß du mich liebst, und dann gehst du Hals über Kopf auf und davon. Ohne ein Wort der Erklärung. Ich dachte – ich dachte, du hättest es dir anders überlegt. Oder du hättest mir vielleicht nur in dem Moment nicht weh tun wollen, daß aber meine Liebeserklärung dir in Wirklichkeit unangenehm – vielleicht sogar peinlich gewesen wäre.«

Er trank den letzten Schluck seines Whiskys. »Ich fühlte mich so leer, nachdem du fort warst«, sagte er. »Alles erschien mir so sinnlos. Und dann traf ich rein zufällig eines Tages Nicole. Ich hatte sie seit Jahren nicht mehr gesehen. Ich kann nicht erklären, was geschah, weil ich es selbst nie richtig begriffen habe.«

Guy runzelte die Stirn und holte tief Luft. »Als ich noch in der Ausbildung war, habe ich einmal versehentlich eine Prise Äther erwischt. Alles sah plötzlich ganz anders aus. Es war, als hätte die ganze Welt ein anderes Gesicht bekommen. So war das auch, als ich Nicole begegnete.« Seine Stimme wurde fester und bestimmter. »Ich will mich nicht entschuldigen. Ich stehe zu dem, was ich damals getan und wie ich empfunden habe. Aber Leidenschaft reicht nicht. Die hatte mir in meiner Ehe mit Eleanor gefehlt, aber allein ist sie nicht ausreichend. Wir – Nicole und ich – wir wußten gar nicht, wie wir miteinander leben sollten. Wenn wir nicht miteinander im Bett waren, waren wir einander fremd, zwei Menschen, die zufällig in derselben Wohnung lebten. Wir konnten nichts miteinander anfangen, wußten nicht, wie wir die Stunden herumbringen sollten. Unsere Beziehung – wenn es eine war – hätte nicht der geringsten Schwierigkeit standgehalten. Das wußte ich schon nach den ersten Wochen. Dann geschah etwas Schreckliches.«

»Mutter«, sagte sie leise.

»Ja, der Tod eurer Mutter.« Er schwieg einen Moment. »Wenn wir einander wirklich geliebt hätten, dann hätte uns ein solches Unglück vielleicht zusammengeschmiedet. Aber es bewirkte genau das Gegenteil. Es riß uns auseinander. Wir hätten uns ohnehin getrennt, der Tod deiner Mutter hat das Ende nur beschleunigt, aber – ich hatte das Paradies erlebt, und dann lernte ich die Hölle kennen. Ich konnte Nicole kein Trost sein.«

Er lachte in einem merkwürdigen Ton. »Eigentlich seltsam, nicht? Ihren Mann und ihr Kind konnte sie ohne einen Blick zurücklassen, aber der Tod ihrer Mutter hätte sie beinahe vernichtet. Ich hatte manchmal Angst, sie würde den Verstand verlieren. So unglücklich war sie.«

Faith selbst konnte sich der Monate nach dem Tod ihrer Mutter kaum erinnern. Sie waren in eine monotone Trostlosigkeit getaucht und zeichneten sich durch die Abwesenheit all dessen aus, was die Vergangenheit erinnerungswürdig macht – Ereignisse und Gefühle.

»Aber dann«, fuhr Guy fort, »schlug Nicoles Stimmung wieder um. Sie zog jeden Abend los, in Kneipen und Theater und zu den wenigen Freunden, bei denen wir noch willkommen waren. Aber immer ohne mich. Und eines Tages eröffnete sie mir, es sei vorbei. Ich hatte es schon erwartet. Ich war froh. Ich hatte nämlich angefangen, ihr übelzunehmen, daß sie eine so ausgeprägte Fähigkeit besaß, sich wieder hochzurappeln und weiterzuleben. Mir war zu dem Zeitpunkt bereits klar, daß mein eigenes Leben in Trümmern lag. Ich hatte meine Familie verloren, mein Zuhause und meine berufliche Karriere. Und ich hatte dich verloren. Sie hingegen – sie hatte schrecklich gelitten, aber am Ende war es, als fiele alles Leid einfach von ihr ab, als hätte es sie nie berührt. Wenn sie geblieben wäre, hätte ich angefangen, sie zu hassen.«

Faith zwang sich, ihn anzusehen. »Und da bist du zu Eleanor zurückgekehrt?«

»Ich bin zu *Oliver* zurückgekehrt.«

Sie dachte an Elizabeth und die tiefe schmerzliche Liebe, die sie für ihre kleine Nichte empfand.

»Wie geht es Oliver?«

Guy lächelte. »Er entwickelt sich wunderbar. In der Schule ist er so gut, daß sie beschlossen haben, ihn ein Jahr überspringen zu lassen.«

»Wie schön.« Sie blickte auf ihre Hände nieder. »Und Eleanor? Sie hat alles, was sie sich immer gewünscht hat, da wird sie sicher glücklich sein.«

»Nein.« Er zündete sich eine Zigarette an und schüttelte den Kopf. »Nein, ich glaube nicht, daß Eleanor glücklich ist. Während des Krieges war sie glücklich, als sie für die Freiwilligen Dienste gearbeitet hat. Da war sie in ihrem Element. Einen Ersatz dafür hat sie nie gefunden. Sie hat sich nach dem Krieg bei verschiedenen Stellen beworben, aber entweder war sie zu alt, oder man wollte keine Frau einstellen, oder die Arbeit entpuppte sich als zu eintönig.«

Faith sah Eleanor Neville stets so, wie sie sie zuletzt erlebt hatte – mit einem Blitzen des Triumphs in den Augen. Es war schwer vorstellbar, daß auch Eleanor gelitten hatte.

»Eleanor konzentriert ihre beträchtlichen Energien jetzt auf die Familie«, bemerkte Guy trocken. »Auf mich, weil sie über meine Position ein gewisses gesellschaftliches Prestige erwerben kann, und auf Oliver, weil sie ihn liebt.« Er zog an seiner Zigarette. »Ich habe mit Eleanor einen Vertrag geschlossen, verstehst du, Faith. Sie hat mich unter der Bedingung wieder aufgenommen und mir erlaubt, mit meinem Sohn zusammenzusein, daß ich mit ihrem Vater eine Gemeinschaftspraxis eröffnete. Ich hatte ohnehin die meisten meiner eigenen Patienten verloren. Wenn der Hausarzt seine Familie wegen einer losen Person verläßt – und so hat man Nicole gesehen –, dann möchten seine Patienten lieber nichts mehr von ihm wissen. So etwas gehört sich einfach nicht. Ich war nicht das Vorbild an aufrechter Moral, für das man mich gehalten hatte. Ohne Selwyns Hilfe hätte ich wahrscheinlich nie wieder eine Praxis aufbauen können. Es hat sich also eigentlich alles zum Besten gewendet.« Er lächelte schief. »Und trotzdem habe ich manchmal, in letzter Zeit, das Gefühl, einen zu hohen Preis bezahlt zu haben. Als ich Jake vor mir sah – und er war angetrunken, Faith, und hatte sich von irgendeinem Rowdy in einer Kneipe zusammenschlagen lassen –, als ich ihn vor mir sah, fühlte ich mich *armselig* im Vergleich zu ihm.«

»Belüg mich nicht, Guy. Täusch nicht Gefühle vor, die du nicht empfindest.«

»Aber es ist wahr. Wirklich.«

»Jake hat *nichts*, Guy.« Ihre Stimme klang schmerzlich. »Nichts von Dauer. Er hat weder ein Zuhause noch Arbeit. Ich weiß nicht, wie viele Jobs er gehabt hat, wie viele Frauen ... Ich habe ihm immer wieder Geld geliehen, das er nie zurückgezahlt hat. Ich habe ihn aus Gefängniszellen herausgeholt, wenn er zuviel getrunken hatte. Ich ordne das Chaos, das er überall hinterläßt. Er ist fest entschlossen, sich selbst zu zerstören, und ich habe eigentlich die meiste Zeit das Gefühl, daß ich ihn nicht davon abhalten kann. Warum also solltest gerade *du* Jake beneiden?«

»Weil er wenigstens ehrlich ist. Ich hingegen – ich habe mich daran gewöhnt, ein Leben der Verlogenheit zu führen. Ich hab's inzwischen ganz gut raus, vor mir selbst zu rechtfertigen, was ich tue. Ich sage mir, daß die Reichen gute medizinische Behandlung ebenso dringend brauchen wie die Armen und daß Geld immer auch seine eigenen

Probleme mit sich bringt. Nichts als lügnerische Sophismen, mit denen man sich selbst etwas vormacht. Manchmal«, fügte er in bitterem Ton hinzu, »denke ich, daß ich meine Seele verkauft habe. Und damit unser aller Leben vergiftet habe – meines, Eleanors und sogar Olivers.«

Faith sah wieder zum Fenster hinaus. Der Regen hatte nachgelassen. Nur noch vereinzelte Tropfen fielen und setzten die glatten, glänzenden Oberflächen der Pfützen auf der Straße in Bewegung.

»Wir haben außergewöhnliche Zeiten durchgemacht, Guy«, sagte sie. »Ständig wurden die Regeln verändert. Und wir haben uns irgendwie durchgewurstelt.«

Er zitierte: »›Zusammenhalten um jeden Preis. Die anderen niemals sehen lassen, daß es weh tut.‹« Sie lächelte. »Die Mulgrave-Regeln. Daß du dich daran erinnerst!«

»Ich erinnere mich an alles.« Sein Ton war heftig. »Ich erinnere mich an La Rouilly, an die Bootsfahrten auf dem See hinter dem Haus, an den Wald und an die Schlange...«

Aber sie hatte vergessen, was sie in dem Moment gefühlt hatte, als die winzigen Zähne ihre Haut durchbohrt hatten.

»Warst du einmal wieder dort?« fragte er.

Sie schüttelte den Kopf. »Jake war dort. Während des Krieges. 1943. Er hat damals in Frankreich für die Résistance gearbeitet. David Kemp hatte ihn da untergebracht, weil Jake so gut Französisch spricht.« Sie brach ab. Sie wollte nicht von La Rouilly sprechen, sie wollte nicht daran denken.

Er sah sie stirnrunzelnd an. »Ist La Rouilly zerstört worden? Es war so nahe bei Royan – Ist es bei der Landung 1944 bombardiert worden?«

»Nein.« Ihr war klar, daß sie ihn damit nicht abspeisen konnte. Sie holte einmal tief Atem und sagte ausdruckslos: »Im August 1940 beschlossen die Deutschen, La Rouilly zu beschlagnahmen. Genya versuchte, sie daran zu hindern. Sie hatte immer gesagt, daß sie so etwas nicht zulassen würde. Sie legte Feuer im Haus, während sie selbst und Sarah drinnen waren. Aber es ist nicht so einfach, wie man meint, ein Haus niederzubrennen. Nur das Dach und der Speicher wurden zerstört. Und Genya und Sarah überlebten das Feuer.«

Faith hielt inne. Am liebsten hätte sie nicht weitergesprochen, aber sie zwang sich dazu. »Sie kamen in ein Konzentrationslager. Genya war ja Polin, wie du weißt, und Sarah war Jüdin. Jake hat nach dem Krieg Nachforschungen angestellt. Sie sind beide in Auschwitz umgekommen.«

»Mein Gott!« flüsterte er.

Nach einer Weile sagte sie: »Vor ein paar Monaten bin ich durch Norfolk geradelt, nicht weit entfernt von Heronsmead, wo mein Vater lebt, und da habe ich ein Haus entdeckt, das mich an La Rouilly erinnert hat. Es ist natürlich viel, viel kleiner, und es steht in England, nicht in Frankreich, aber es hat etwas in mir angerührt. Fenster hinter geschlossenen Läden, Wald und ein verwilderter Park. Es steht leer – es ist zu verkaufen –, seit ein paar Monaten schon.«

Niemandem sonst hatte sie von dem Haus im Wald erzählt. Nicht einmal Con. Sie fragte sich, warum sie Guy davon erzählte. Ein Friedensangebot vielleicht. Eine Geste der Verzeihung.

»Hast du vor, das Haus zu kaufen?«

Sie lachte. »Ach, Guy! Es hat kein fließendes Wasser, keinen Strom, keine richtige Kanalisation und kostet außerdem weit mehr, als ich mir leisten kann. Aber ich habe angefangen zu sparen, ich geb's zu. Ich habe ein Marmeladenglas, in dem ich alle Sixepencestücke sammle. Es ist einfach ein Traum von mir.«

Er griff lächelnd in seine Hosentasche und brachte eine Sixepencemünze zum Vorschein. »Dann laß mich meinen

Beitrag leisten. Laß dir deine Träume nicht nehmen. Ich habe meine vor langer Zeit aufgegeben.«

Er sah auf seine Uhr. »Ich muß gehen. Zeit zum Abendessen.« Er stand auf. »Ruf mich an, wenn du möchtest. Meine Praxis ist in der Cheviot Street. Die Nummer steht im Telefonbuch.«

Als er sich zum Gehen wandte, sagte er: »Ich habe Nicole um der Ähnlichkeit willen mit dir geliebt, Faith. Die Unterschiede haben immer geschmerzt.«

11

FAITH SPERRTE DEN Laden zu und ging zu Fuß zum Leicester Square, wo sie mit Rufus verabredet war. Nebelstreifen hingen um Straßenlampen und vor erleuchteten Schaufenstern. Nach dem Essen im Restaurant überreichte Rufus ihr ein Päckchen.

»Alles Gute zum Geburtstag, Faith.«

Sie schlug das Papier auseinander. Darunter kam ein kleines Aquarell zum Vorschein, das zwei Bläulinge zeigte. »Ach, Rufus!« Sie gab ihm einen Kuß.

»Gefällt es dir?«

»Eigentlich sollte ich jetzt wohl sagen: ›Aber du sollst doch nicht!‹ Richtig? Aber das tue ich nicht. Ich freue mich nämlich wahnsinnig, daß du das für mich gemalt hast. Es ist so schön.« Sie lehnte das kleine Bild an ihr Glas.

Rufus erbot sich, sie nach Hause zu begleiten. Der Nebel hatte sich verdichtet, hing schwer und gelb in den Straßen. Auf Rufus' kupferrotem Haar sammelten sich glitzernde Wassertröpfchen.

»Ich wollte was mit dir besprechen, Faith«, sagte er. »Du weißt ja, daß mein Vater mir seit Jahren damit in den Ohren liegt, daß ich die Firma übernehmen soll. Ich habe immer abgelehnt, aber vielleicht werde ich es mir jetzt doch überlegen.«

Rufus' Vater war Holzimporteur.

»Aber die Malerei, Rufus! Du hast doch gesagt –«

»Ich weiß. Ich habe immer erklärt, ich würde meine

Künstlerseele nicht mit schmutzigem Kommerz besudeln und lieber für meine Kunst hungern, als mich zu verkaufen.« Das Ende seiner Zigarette glühte rot in der Dunkelheit. »Aber ich kann nicht mehr malen. Es ist einfach aus.«

»Du hast das schöne Aquarell für mich gemalt.«

Sie hatten die Shaftesbury Avenue erreicht. Autos krochen im Schneckentempo durch den Nebel, in dem die Lichter ihrer Scheinwerfer wie bleiche wandernde Monde aussahen.

»Da hatte ich gerade mal einen guten Tag«, sagte Rufus. »Und außerdem habe ich für dich gemalt. Das war eine Hilfe. Natürlich bringe ich hin und wieder noch was zustande – gefällige Kleinigkeiten. Aber nichts von Gewicht, Faith. Ich wollte einmal ein großer Maler werden, weißt du noch? Einer, der wirklich etwas zu sagen hat. Tja, da hat mir der Krieg einen dicken Strich durch die Rechnung gemacht. Die Bilder, die ich vor mir sehe, würde sich kein Mensch an die Wand hängen wollen.«

Sie hakte sich bei ihm unter, als sie die Straße überquerten.

»Aber Büroarbeit –«

Der Nebel dämpfte Rufus' Stimme und raubte ihr das Timbre. »Ja, ich dachte auch immer, das wäre unmöglich, aber in letzter Zeit sehe ich das ein bißchen anders. Ich meine, so schlimm wäre es sicher gar nicht, hm? Man fängt jeden Tag zur selben Zeit an, man beantwortet Briefe, man telefoniert, nimmt an Sitzungen teil und geht abends wieder nach Hause. Früher fand ich diese Eintönigkeit des ewig Gleichen fürchterlich, jetzt nicht mehr. Im Gegenteil, irgendwie gefällt mir diese Berechenbarkeit. Ich wüßte immer genau, was ich zu tun habe. Ein Künstler muß seinen Tag selbst strukturieren – und sein Leben. Dazu bin ich offenbar nicht mehr fähig. Und auch wenn die Arbeit selbst mir niemals wirklich wichtig wäre, würde sie mir doch Dinge ermöglichen, die mir wichtig sind. Sie würde mir erlauben, ein Haus zu kaufen – ich könnte endlich aus dieser Bruchbude in Islington ausziehen. Das würde heißen, daß ich etwas zu bieten habe.«

Obwohl der Nebel eiskalt auf ihrem Gesicht lag, brannte ihre Haut plötzlich. Rufus sagte, was sie schon im voraus gewußt hatte: »Heirate mich, Faith. Ich weiß, du hast bisher immer nein gesagt, wenn ich dir einen Antrag gemacht habe. Aber diesmal solltest du überlegen. Bitte.«

Sie gingen durch das Gewirr kleiner Gassen und Sträßchen, das so typisch war für Soho. Aus einer Tür schallten die quäkenden Klänge eines Saxophons, vor einer anderen standen in erregtem Streit ein Mann und eine Frau; ihre zornigen Worte wurden vom Nebel halb verschluckt.

»Ich könnte dir etwas Besseres bieten als das hier.« Rufus' Ton war ein einziges Drängen. »Ich könnte dir ein anständiges Zuhause bieten, ein hübsches Haus mit einem Garten. Ich weiß, ich habe mich früher über diese bürgerlichen Ideale lustig gemacht, aber das tue ich jetzt nicht mehr. Und wenn du da wärst – mehr könnte ich mir nicht wünschen.«

Sie hörte die Liebe in seiner Stimme und sagte schwach: »Aber der Laden, Rufus ...«

»Ich würde niemals verlangen, daß du ihn aufgibst. Ich weiß doch, was er dir bedeutet. Wir könnten irgendwo außerhalb von London leben, und du könntest mit dem Zug reinfahren.«

Es war halb elf: Verschwommene Gestalten drängten sich schwankend aus einem Pub und rempelten sie an, als sie an ihnen vorübergingen. Als Faith Rufus anblickte, sah sie, daß er lächelte.

»Eine Doppelhaushälfte in Suburbia, Faith, wie wär's? Ich könnte einen Ford Prefect kaufen, und du könntest Kuchen backen und regelmäßig zum Bridge gehen. Wenn das nach deinem Geschmack wäre. Wir könnten Kinder haben – so viele du willst. Ich weiß, wie sehr du Kinder liebst. Ich sehe, wie du mit Lizzie umgehst.«

Sie hatten den Laden erreicht. Ein zusammengeknülltes Blatt Zeitungspapier, an dem noch ein paar übriggebliebene Fritten klebten, lag vor der Tür. »Das hier kann doch nicht dein Wunschtraum sein«, sagte er, und Faith sah, daß die Goldschrift über dem Laden in der Dunkelheit farblos und billig wirkte.

»Ich liebe dich, Faith.« Er umfaßte ihre Hände. »Ich liebe dich seit Jahren, ach, seit einer Ewigkeit. Ich weiß, daß du meine Gefühle nicht erwiderst, aber du *magst* mich doch wenigstens. Und meinst du nicht, daß daraus etwas wachsen könnte, wenn du es zuließest? Ich kann dir Liebe, Geborgenheit und ein Leben ohne materielle Sorgen bieten. So wenig ist das doch auch wieder nicht, oder?«

»Es ist sehr viel, Rufus«, erwiderte sie, aber sie entzog ihm ihre Hände und trat von ihm weg.

In dem Schweigen, das folgte, starrte sie in das Schaufenster des Ladens, an dessen Scheibe das kalte Wasser hinunterrann.

»Aber für dich ist es nicht genug.«

Als sie nicht antwortete, sagte er: »Ich verstehe. Nur eines möchte ich wissen: Wartest du immer noch auf diesen Halbgott im weißen Kittel?«

Sie haßte sich selbst. »Guy ist seit fünfzehn Jahren verheiratet, Rufus.«

»Das hat ihn nicht daran gehindert, mit deiner Schwester ein Verhältnis anzufangen.«

Verzweifelt sagte sie: »Wenn ich nur einen Funken Vernunft besäße, würde ich ja sagen. Du wirst einmal eine Frau sehr glücklich machen.«

»Du solltest dir nicht einbilden, du wärst die einzige, die treu sein kann.«

Sie zuckte zusammen. »Es tut mir leid. Verzeih mir, Rufus.«

Sie lauschte dem schwindenden Klang seiner Schritte nach, als er davonging. Dann kramte sie ihren Schlüssel heraus und sperrte die Haustür auf. *Wartest du immer noch auf diesen Halbgott im weißen Kittel?* Rufus' Worte gingen ihr im Kopf herum, Begleitmusik zu dem inneren Widerstreit, der sie quälte, seit Guy sie besucht hatte. Neun Wochen, dachte sie. Neun Wochen waren vergangen, seit sie Guy gesehen hatte.

Sie ging in ihre Wohnung hinauf und kippte den Inhalt ihrer Geldbörse auf den Tisch, um ein Sixpencestück herauszusuchen. Es war zu kalt, um den Mantel auszuziehen. Sie öffnete die Post, die am Nachmittag gekommen war. Briefe von Ralph und Elizabeth, Glückwunschkarten von Freunden. Nichts von Jake und Nicole. Sie verstand nicht, wieso sie das kränkte. Jake und Nicole vergaßen immer alle Geburtstage, nicht nur die anderer, sondern auch ihre eigenen.

»Herzlichen Glückwunsch, Faith«, sagte sie laut in die Stille und konzentrierte ihre Aufmerksamkeit auf das Bild, das Lizzie ihr gemalt, und den Füller, den David ihr geschickt hatte. Ihr Blick glitt zu dem Marmeladenglas, das beinahe schon bis zum Rand mit Münzen gefüllt war. Sie drückte die Fäuste auf die Augen. Sie war gerade einunddreißig Jahre alt geworden und an ihrem Geburtstag mutterseelenallein, beschenkt von zwei Menschen, von denen der eine der Mann einer anderen war, der andere das Kind einer anderen. Heute abend hatte sie zurückgewiesen, wonach sie sich sehnte, was für so viele Frauen eine Selbstverständlichkeit war – ein Zuhause und eine Familie. Ihr Traum – das Haus im Wald – war unerreichbar, so überspannt wie Ralphs wirklichkeitsfremde Phantastereien von früher.

Sie blickte zum Fenster hinaus. »Hör auf, dich in Selbstmitleid zu wälzen«, sagte sie in strengem Ton laut zu sich selbst. »Du selbst hast dich dafür entschieden, den heutigen Abend allein zu verbringen; du hast dich dafür entschieden, Rufus nicht zu heiraten.« Aber die Schelte half nicht. Die Wohnung erschien ihr eng und bedrückend. Nebel drückte gegen die Fenster. Faith ging in den Laden hinunter. Sie strich mit der Hand über weichen Samt und kühle, glatte Seide; sie machte Ordnung in einer Schublade, fegte ein Stäubchen vom Verkaufstisch. Das Telefon stand auf der Ecke der Ladentheke, aber es schien den ganzen Raum einzunehmen, so daß Faith schließlich nur noch darauf blickte.

Du hast das alles hier, sagte sie sich. Du hast eine Arbeit, die dir Freude macht, und du hast ein Dach über dem Kopf. Das ist mehr, als die meisten Menschen haben. Du hast Freunde, und du hast deine Familie. Du bist in der Welt herumgekommen, hast so viel von ihr gesehen, wie andere ihr Leben lang nicht. Das sollte doch genug sein.

Ihre Fingerspitzen fuhren über den Telefonhörer und spielten mit der Wahlscheibe.

Rufus, dachte sie, hatte schon recht gehabt – es war nicht genug. Es fehlte etwas in ihrem Leben. Es fehlte die reife, zuverlässige Liebe. Sie hatte Affären gehabt – vier oder fünf seit dem Krieg –, aber keine hatte länger als ein paar Monate gedauert. Sie hatte sich mit all ihrer Kraft dem Laden hingegeben, nicht den Männern. Jetzt konnte sie sich kaum noch erinnern, wie sie ausgesehen hatten. Ihr Herz schien enger und kälter geworden zu sein. »Du warst immer das langweiligste meiner Kinder«, hatte Ralph vor langer Zeit gesagt, und alles, was sie tat, schien ihn zu bestätigen. Sie fragte sich, ob Älterwerden ebendas bedeutete – daß das Spektrum der Möglichkeiten schrumpfte, daß Türen sich zu schließen begannen.

Aber dann fiel ihr ein, wie sie mit dem Maßband in der Hand in der Umkleidekabine gestanden und ihr beim Klang von Guys Stimme das Blut plötzlich heiß durch den Körper geschossen war. »Er ist ein verheirateter Mann«, sagte sie laut. »Was kann er dir schon bieten außer Bruchstücken seines Lebens?«

Sie trat vom Verkaufstisch weg und ging durch den Raum. Sie hatte drei von ihren Schals über die Rückenlehne eines Stuhls drapiert. Aus Stoffresten gemacht, aber sie besaßen einen wunderbaren Glanz, sie waren schön.

Sie kehrte zum Verkaufstisch zurück und hob den Telefonhörer ab. Sie brauchte die Nummer nicht nachzuschlagen; sie hatte sie auswendig gelernt. Er würde nicht in der Praxis sein. Es war spät; er war sicher schon nach Hause gegangen.

Aber dann meldete er sich doch. »Praxis Dr. Neville. Was kann ich für Sie tun?«

Sie schluckte. »Guy, ich bin's, Faith.«

»Faith! Wo bist du?«

»Zu Hause. In meiner Wohnung.«

»Soll ich kommen?«

Sie ließ keine Pause. »Ja. Ja, Guy, komm.«

Sie öffnete die Tür. Die Feuchtigkeit des Nebels lag glitzernd auf den Schultern seines Mantels. Er sagte: »Scheußliches Wetter – man sieht ja kaum die Hand vor den Augen...«, aber sie zog ihn nur wortlos an sich, und er schloß die Arme um sie, als wollte er sie nie wieder fortlassen.

Erst nach einer Weile löste er sich ein wenig von ihr, um sie zu küssen – ihre Augen, ihre Stirn, ihren Mund. Dann glitten seine Lippen ihren Hals hinunter, verweilten liebkosend in der weichen Mulde ihres Halsansatzes, folgten der leicht erhobenen Linie des Knochens unter der Haut. Er öffnete die Knöpfe ihrer Bluse; sie schob die Finger in sein dunkles Haar. Wieder zog sie ihn an sich. Erst jetzt, unter seiner Berührung, spürte sie die ganze Tiefe ihres Verlangens.

Keuchend fielen sie zu Boden. Seine Hände zerrten an

ihrem Rock. Sie hörte eine Naht reißen, als das letzte ihrer Kleidungsstücke davonflog. Danach nahm sie nichts mehr wahr außer ihn, seinen Körper von ihrem umfangen, und das berauschende Crescendo der Lust. Sie spürte, wie er erbebte, und hörte den Schrei, der sich ihr auf dem Gipfel der Leidenschaft entrang.

Nach einer Weile sagte er: »Faith, Liebste, sag doch was.« Er berührte ihr Gesicht. »Du bist ja ganz kalt. Ich kaufe dir einen Teppich für diesen schrecklichen Linoleumboden.«

Er hielt sie fest umfangen, bis sie aufhörte zu zittern. Eine Ewigkeit, dachte sie, habe ich auf diesen Moment gewartet. So mit ihm zu sitzen, Haut an Haut, Knochen an Knochen.

Er drückte ihre Hände und sagte: »Dir ist immer noch kalt. Ich mache dir eine Tasse Tee. Nicht sehr romantisch, ich weiß – es sollte Champagner sein oder etwas von der Sorte –, aber hier ist es ja so kalt wie in einem Eisschrank.«

Er schlüpfte in seine Hose und ging in die Küche. Sie zog sich sein Hemd über und kuschelte sich hinein.

»Weißt du«, rief sie in die Küche hinaus, wo er gerade nach dem Tee suchte, »daß ich immer geglaubt habe, ich gehöre auf ewig dir, weil du mir das Leben gerettet hast – ich meine, damals nach dem Schlangenbiß.«

»Aber so ist es ja auch.« Er kam mit dem Teesieb in der Hand aus der Küche. »Du gehörst mir. Auf immer und ewig. Und umgekehrt gilt natürlich das gleiche.«

Die Arme um die hochgezogenen Knie geschlungen, saß sie da und lauschte dem Klappern des Teegeschirrs. Als er mit dem Tablett ins Zimmer trat, sagte er: »Du glaubst es doch immer noch, nicht? Mein Gott, Faith – ich war noch nie zuvor hier, aber ich habe das Gefühl, nach Hause gekommen zu sein.«

Er schenkte den Tee ein und drückte ihr eine Tasse in die Hand, legte ihre kalten Finger um das warme Porzellan.

Danach kniete er vor dem offenen Kamin nieder und machte sich an dem künstlichen Feuer zu schaffen, um irgendwie den knauserigen Glühdrähten mehr Wärme zu entlocken.

»Aber du hast es nicht immer so empfunden, nicht wahr?« sagte er mit dem Rücken zu ihr. »Damals im Krieg, als du einfach verschwunden bist... Ich habe versucht, mir dein Verhalten zu erklären. Du sagtest, Jake hätte entdeckt, daß euer Vater ein Verhältnis hatte. Ich vermute, er hat es dir erzählt. Ist das der Grund, warum du damals nicht zu unserer Verabredung im Park gekommen bist? War das der Grund für dein Verschwinden? Weil gerade zu der Zeit außereheliche Affären etwas besonders Schmutziges waren?«

»Zum Teil.« Obwohl seither zehn Jahre vergangen waren, erinnerte sie sich noch klar an den heißen, drückend schwülen Augusttag. »Ich hatte zu lang gewartet, verstehst du, Guy? Ich konnte mich nicht entschließen. Ich wußte, was ich *wollte* – aber ich wußte auch, was ich *sollte*. Eleanor hatte mir das klar und deutlich auseinandergesetzt.«

»Eleanor?« fragte er scharf.

»Ich hatte am Tag zuvor morgens mit ihr gesprochen. Hat sie dir das nicht erzählt? Nein, natürlich nicht. Nun, wie dem auch sei, sie ließ keinen Zweifel daran, was sie von mir – von uns Mulgraves im allgemeinen – hielt. Sie erklärte uns für treulose, unzuverlässige Gesellen, denen nicht zu trauen ist.« Sie lachte. »Und die Ereignisse danach haben ihr zumindest zum Teil recht gegeben.«

»Eleanor hat dich also in die Mangel genommen?« Guy schlug mit der flachen Hand heftig gegen den Gasofen; blaue Flammen züngelten.

Faith nickte. »Danach war ich völlig unsicher und konnte mich nicht entscheiden. Dann kam meine Mutter mit der Nachricht, daß Nicole schwer krank sei – sie ist nach der Geburt von Elizabeth beinahe gestorben, weißt du –, und auf einmal war es zu spät. Ich bin mit meiner Mutter nach Compton Deverall gefahren, um mich um Nicole zu kümmern. Du hast schon recht – es schien mir besser, mich von dir zu distanzieren und aus deinem Leben zu verschwinden ...«

»Und dann habe ich mich mit Nicole zusammengetan ...« Er schüttelte den Kopf. »Eigentlich müßtest du mich dafür hassen.«

Faith stellte ihre Teetasse nieder und kniete sich neben ihn vor den Kamin. »Glaubst du, daß wir ein bißchen was von unserem Leben auf die Seite legen können, Guy?« Lächelnd strich sie ihm die Haare aus dem Gesicht. »So, wie ich meine Münzen in dem Marmeladenglas auf die Seite lege?«

Er begann, sie zu küssen. Seine Nähe war in diesem Moment überwältigend. So lange und so oft hatte sie sich diese Augenblicke vorgestellt, daß das Glück der Realität kaum zu ertragen war. Plötzlich verlangte sie nach Zeit, nach Stille und Alleinsein, um diese Wendung des Schicksals begreifen zu können.

Sie sah auf ihre Uhr. Es war fast elf.

»Es ist besser, du gehst jetzt, Guy«, sagte sie leise. »Eleanor wartet doch sicher auf dich.«

»Ich will nicht gehen.« Er zog sie an sich und preßte sein Gesicht in ihre Halsbeuge.

»Du mußt.« Sie küßte ihn und drückte ihren Mund auf sein weiches dunkles Haar.

Nachdem er gegangen war, überschwemmte sie eine Flut von Worten, Bildern und erinnerten Empfindungen. In eine Decke gewickelt, kuschelte sie sich auf das Sofa, starrte in die Glut des künstlichen Feuers und atmete den Duft seines Körpers, der noch an ihrer Haut haftete.

Sie stellten Regeln auf. Gestohlene Zusammentreffen in einem Museum oder Park – zehn Minuten, die einen ganzen Tag verwandelten. Gelegentlich eine Stunde oder zwei der Leidenschaft und Zärtlichkeit in einem Hotelzimmer. Wenn sie sich nicht sehen konnten, blieben die Telefongespräche, die schmerzlichen, wunderbaren Telefongespräche, die zu beenden jedesmal so schwerfiel. Keine Briefe, die sie hätten verraten können. Wenn niemand etwas wußte, sagten sie sich, würde auch niemand verletzt werden.

Er wollte ihr Geschenke machen, aber sie wollte nichts davon wissen – sagte, sein Geld gehöre Eleanor. Einmal, als Eleanor mit ihrem Vater verreist war, verbrachten sie eine ganze Nacht zusammen. Sie schliefen erst ein, als der kalte Morgen die Londoner Dächer mit silbrigem Grau überzog.

Ein Winter aus Münzen in einem Marmeladenglas. Sie war nie so glücklich gewesen.

Jake trat seinen Posten als Lehrer am Heatherwood-Court-Internat für Knaben in der Mitte des Frühjahrstrimesters 1952 an. Er hatte sich so lange wie möglich gegen die Idee gewehrt, die ihm Guy Neville im Jahr zuvor nahegebracht hatte, aber als er eingesehen hatte, daß er ohne Arbeit ein Mensch wie sein Vater werden würde – ein zielloser Schmarotzer und Taugenichts –, hatte er sich auf eine Anzeige in der Zeitung beworben. Zu seiner Überraschung hatte ihm der Direktor, ein Captain Munday, umgehend geantwortet und ihn prompt eingestellt.

Heatherwood Court stand an der wilden grauen Küste Nordcornwalls, ein imposantes edwardianisches Haus mit mausgrauen Linoleumböden und erbsengrünen Wänden. Als Jake an seinem ersten Arbeitstag die kleinen Jungen beobachtete, die sich nach den kurzen Zwischenferien voll Bangnis von ihren Eltern verabschiedeten, sagte er entsetzt: »Aber die sehen ja aus wie Flüchtlinge!« Der Geschichtslehrer, ein älterer Mann namens Strickland, sah ihn an und versetzte: »Die Jungen können von Glück sagen, daß sie hier lernen dürfen, Mulgrave. Vergessen Sie das nie.« In Stricklands Stimme schwang ein spöttischer Unterton mit.

Jake fand die Vorschriften, die das Internatsleben bestimmten, heillos verwirrend. Schüler und Lehrer hatten unterschiedliche Treppen zu benützen, und in vielen Bereichen des Hauses, allem Anschein nach gänzlich willkürlich festgelegt, war den Schülern das Sprechen verboten. Jeden Mittwochnachmittag ging es zu Sport und Spielen hinaus auf windgepeitschte Grünflächen, wo Mannschaftskämpfe ausgetragen wurden, deren Regeln Jake selbst nach einem Monat in Heatherwood schleierhaft blieben. Er war höchst erleichtert, als er dank einer Erkältung von der Aufsicht beim Rugby-Training entbunden wurde. Die Hausmutter, eine unwirsche Polin, die einen Sohn in Jakes Klasse hatte, drückte ihm eine Tube Salbe in die Hand und riet ihm, an die frische Luft zu gehen. Die Salbe warf er weg, aber er machte einen langen Spaziergang über die Klippen.

Tief unten umtosten graphitgraue Wellen messerscharfe, zackige Felsen. Jake, der auf dem schmalen Weg vorsichtig einen Fuß vor den anderen setzte, beschloß, noch zwei Wochen in der Schule durchzuhalten und am Ende des Trimesters auszusteigen, wenn die Sache nicht etwas erträglicher würde. Er würde ins Ausland gehen – nach Italien vielleicht. Er war schon seit Jahren nicht mehr in Italien gewesen. Ja, er würde nach Italien gehen und sich zu Tode trinken. Dann würde er wenigstens glücklich sterben und Faith keine Last mehr sein.

»Mulgrave«, sagte plötzlich jemand hinter ihm. »Was zum Teufel tun Sie hier?«

Jake fuhr zusammen. »Ich erwäge, ein Ende zu machen, Strickland.«

»Na, das wäre aber ein ziemlich kaltes Ende. Und außerdem würden Sie die Tölpel stören.« Strickland hielt ein Fernglas in der Hand.

»Ich wußte nicht, daß Sie Vogelbeobachter sind.«
»Das ist mein Alibi. Um ehrlich zu sein, ich würde verrückt werden, wenn ich nicht einmal in der Woche rauskäme. Mein Bein – oder, genauer gesagt, sein Nichtvorhandensein – erspart es mir, auf den Sportplätzen herumtoben zu müssen.« Strickland war fünfunddreißig Jahre zuvor in der Schlacht an der Somme verwundet worden. Er sah Jake fragend an. »Und wieso sind Sie nicht beim Sport?«
»Eine Erkältung.«
»Und – haben Sie sich von der unerquicklichen Ungarin verarzten lassen?«
»Mrs. Zielinski ist Polin. Und sie ist auch nicht unerquicklich – sie ist eine ausgesprochen schöne Frau.« Bei seinem Besuch in der Krankenstube hatte Jake festgestellt, daß die Hausmutter glänzendes schwarzes Haar, eine zarte weiße Haut und glutvolle dunkle Augen hatte.
»Bei der haben es alle versucht«, sagte Strickland mit spöttischer Geringschätzung. »Denman, Lawless, ich natürlich nicht, über solche Mätzchen bin ich hinaus. Haben Sie was erreicht?«
»Mrs. Zielinski hat mir eine Salbe in die Hand gedrückt und mir geraten, nicht zu rauchen.« Jake bot Strickland seine Players an und zündete sich selbst eine an.
Strickland zog einen Flachmann aus der Hüfttasche seiner Hose. »Mögen Sie einen Schluck?«
Der Whisky machte ihn warm. Strickland, der ihn aufmerksam beobachtete, sagte: »Ich hab' mich schon gefragt, ob das vielleicht Ihr Laster ist.«
Sie gingen langsam den Fußweg entlang. »Wir sind alle irgendwie kaputte Typen, verstehen Sie«, erklärte Strickland. »Das ist das Kriterium, nach dem Munday seine Lehrer auswählt. Mir fehlt ein Bein, Lawless ist ein Spieler, Denman wurde in Cambridge gefeuert, und Linfield – Linfield ist ein Sadist.«
Jake lachte. »Ich hab' mich schon gefragt, wie ich zu

dem Job gekommen bin. Ich kann nicht die kleinste Qualifikation vorweisen.«

»Tja, angeschlagene Ware ist billiger. Der gute Munday verlangt ein dickes Schulgeld und zahlt niedrige Gehälter, damit er sich um so früher in seinen Bungalow auf der Insel Canvey oder sonstwo zur Ruhe setzen kann.« Strickland warf Jake einen Blick zu. »Mit Ihnen hatte er ein Riesenglück, obwohl ihm das wahrscheinlich gar nicht klar ist.«

Sie erreichten die Landzunge und blieben auf dem weichen Grasboden inmitten der Blütenpracht rosaroter Strandnelken stehen, die hier in dichten Büscheln wuchsen.

»Wieso sagen Sie das?« fragte Jake.

»Weil Sie Ihre Sache wirklich gut machen.«

Jake lachte schallend. »Ich muß Lateinunterricht geben – was überhaupt nicht vorgesehen war, ich wurde als Lehrer für Französisch und Deutsch eingestellt. Aber der Mann für den Lateinunterricht kam nicht. Ich lerne immer erst am Abend die Lektion für den folgenden Tag.«

»Sie mögen die kleinen Rotznasen«, sagte Strickland ruhig.

»Die Jungs?«

»Ja. Ich kann sie nicht ausstehen, verstehen Sie? Sie hingegen mögen sie.«

Eine Windbö fuhr Jake ins Gesicht. Er zwinkerte. »Ja. Stimmt. Da haben Sie wahrscheinlich recht.«

»Alles übrige ist unwichtig. Sie mögen die Jungen und geben ihnen Ihr Bestes – auch den Jammerlappen und Schwachköpfen und Muttersöhnchen –, und das macht Sie zu einem guten Lehrer.«

Jake schleuderte seinen Zigarettenstummel in die Tiefe, wo die Wellen brandeten. In der Ferne bimmelte eine Glocke.

»Zurück in die Tretmühle«, sagte Strickland mißmutig.

Jake wurde nach einiger Zeit klar, daß ihm die Aufteilung seines Tages in einzelne kleine Abschnitte ganz recht war: Unterricht, Sport, Hausaufgaben, Mittag- und Abendessen, Freizeit. Es war ihm ganz recht, daß er nichts selbst entscheiden mußte, sich nicht bemühen mußte, einem Leben, in dem seiner Erfahrung nach alles Zufall war, einen Sinn abzugewinnen. Seine Abneigung gegen die trostlose graue Landschaft Cornwalls ließ etwas nach, er fand die zerklüftete Steilküste und das weite, öde Hochmoor nicht mehr ganz so bedrückend. Sein kleines, schlechtbeheiztes Arbeits- und Schlafzimmer mit dem braunen Linoleumfußboden wurde ihm allmählich zum Zuhause. Abwechslung gab es kaum – vielleicht ein- oder zweimal die Woche ein Glas Whisky mit Strickland und Denman, dem Englischlehrer, in Stricklands Zimmer; ein Techtelmechtel mit der Kellnerin aus dem Dorfpub draußen im frostigen Hochmoor. Frauen waren Mangelware in Heatherwood. Es gab nur Mrs. Munday, die furchterregende Ehefrau des Direktors; die alte Köchin, eine Frau wie eine Dampfwalze, sowie zwei verhuschte Zimmermädchen, mit denen Jake halbherzig flirtete. Und die Hausmutter, Mrs. Zielinski, deren Zunge so spitz war wie die Nadel, mit der sie Geschwüre aufzustechen pflegte.

Der Schulalltag blieb verwirrend. Es wollte Jake nicht in den Kopf, daß man hier immer noch auf körperliche Züchtigung setzte. Selbst in der Armee, dachte Jake, wurden die Rekruten nicht mit Lederriemen geprügelt. Der Riemen hing in einem Schrank in der Eingangshalle des Hauses; aufsässige Jungen mußten ihn holen und auf diese Weise gewissermaßen selbst für ihre schmerzhafte Bestrafung sorgen. Jake griff nie zum Riemen – allein bei seinem Anblick wurde ihm übel; aber die meisten der anderen Lehrer benutzten ihn gelegentlich. Mr. Linfield, der Mathematiklehrer, vertrimmte kleine Übeltäter häufig mit dem Riemen. Jake spürte ganz deutlich, daß er es genoß.

Eines Abends, als er nach der Hausaufgabenaufsicht in sein Zimmer zurückkehrte, stieß er auf Mr. Linfield, der mit einem Schüler sprach. Es war düster im Flur (Captain Munday sparte Strom), und Jake mußte angestrengt hinsehen, um den Jungen erkennen zu können. Kirkpatrick war in Jakes Klasse, ein kurzsichtiger, pickeliger Junge, der nichts Gewinnendes an sich hatte, unordentlich und im Sport ein Versager, bei allen unbeliebt. Seine Eltern lebten in Afrika; während der kürzeren Schulferien wurde Kirkpatrick gewöhnlich zu einem unverheirateten Onkel verfrachtet. Ein traurigeres Leben als das des kleinen Kirkpatrick konnte Jake sich kaum vorstellen.

Linfield hielt Kirkpatrick eine Standpauke. Der arme Junge hatte wahrscheinlich in der Stunde das große Einmaleins nicht so schnell hersagen können wie gewünscht. Gleich würde Linfield ihm befehlen, in die Halle zu gehen und den Lederriemen zu holen. Aber noch während Jake das dachte, sah er, wie Linfield dem Jungen die Brille abnahm und ihm mit der flachen Hand mitten ins Gesicht schlug. Das Klatschen des Schlags hallte im Korridor wider.

Er konnte sich später nicht erinnern, was unmittelbar nach dem schluchzenden Aufschrei des Jungen geschehen war. Eine Sekunde lang war da nur Leere. Aber dann hörte er den dumpfen Aufprall, mit dem Linfields Kopf gegen die Wand schlug. Jake hielt den Hals des Mathematiklehrers mit beiden Händen umklammert und drückte die Daumen auf die knochige Luftröhre. Der kleine Kirkpatrick war schon davongelaufen – eilende Schritte, ein tränennasses Gesicht.

Linfield wehrte sich wütend und stieß um Atem ringend hervor: »Verdammt noch mal, Mulgrave, lassen Sie mich los.« Dann begann er zu husten. Sein Gesicht wurde erst rot, dann weiß, dann blau. Die Farben des Union Jack, dachte Jake und drückte noch fester zu. Aber plötzlich packte jemand ihn am Arm und riß ihn weg.

»Um Gottes willen, Mulgrave«, zischte Strickland. »Sie bringen ihn ja um.«

Da erst ließ er Linfield los. Der glitt hustend an der Wand abwärts und landete auf dem Boden.

Jake ging davon; durch das Portal hinaus; über den Sportplatz zu den Klippen. Der Fußweg war schmal und glitschig. Schäumende Wellen krachten gegen die zackigen Felsen in der Tiefe. Gischtspritzer, die der Wind heraufschleuderte, klatschten ihm ins Gesicht. Er stand am Rand der Felsen und dachte, wie einfach es wäre, in den Abgrund zu stürzen, sich hinunterfallen zu lassen und aufblickend zu sehen, wie einem die Wellen über dem Kopf zusammenschlugen. Er verachtete sich dafür, daß er es nicht fertigbrachte, den entscheidenden Schritt zu tun.

Nach einer Weile hörte er jemanden seinen Namen rufen und drehte sich um. Mrs. Zielinski, die Hausmutter, kam auf ihn zugerannt.

»Mr. Strickland und ich haben Sie überall gesucht, Mr. Mulgrave.« Sie war außer Atem, ihr blasses Gesicht war gerötet.

Jake warf seine Zigarette in die Wellen hinunter.

»Sie rauchen zuviel«, schalt sie. »Da werden Sie den Husten nie loswerden.«

Er sagte: »Na schön, dann lass' ich es bleiben«, und warf die ganze Packung Zigaretten ins Meer hinunter. Dann setzte er sich ins Gras. »So. Jetzt ist alles wieder gut.« Er zog die Knie bis zu seinem Gesicht hoch und umschlang sie mit beiden Armen.

Sie sah zu ihm hinunter. »Ich wollte Ihnen nur sagen, daß Mr. Linfield nichts passiert ist«, erklärte sie. »Ich habe ihn mir angesehen, er hat nur ein paar oberflächliche blaue Flecke.«

»Und ich hatte gehofft, er wäre tot«, sagte Jake.

»Dann sind Sie sehr unbesonnen. Man würde Sie nämlich hängen, und dann wären Sie auch tot.«

Er rieb sich die Nase mit dem Handrücken, starrte zum Meer hinaus und sagte nichts.

»Als ich Sie da draußen stehen sah«, sagte sie, »habe ich Angst bekommen. Ich dachte, Sie würden vielleicht eine Dummheit machen.«

Er hob überrascht den Kopf und lachte. »Dazu fehlt mir der Mut.«

»Mut? Wie kommen Sie darauf?« sagte sie heftig. »Mut braucht man, um weiterzumachen. Das andere ist der einfachere Weg.«

»Du lieber Gott, Sie reden ganz so, als hätten Sie zu viele Frauenzeitschriften gelesen. Ich hatte Sie eigentlich anders eingeschätzt, Mrs. Zielinski. Ich dachte, Sie wären mit sich und der Welt zerfallen, wie ich.«

»Linfield ist natürlich ein furchtbarer Mensch. Ich kann Ihre Reaktion verstehen. Was Sie getan haben, war dumm, aber ich mache Ihnen keinen Vorwurf.« Sie sah ihn aufmerksam an. »Kommen Sie wieder mit zur Schule, Mr. Mulgrave?«

Sie glaubt, ich hätte die Absicht, mich zu ertränken, dachte Jake und lächelte. Er schüttelte den Kopf. Er fühlte sich innerlich leer.

»Es ist kalt.« Sie zog fröstelnd die Schultern zusammen und kroch tiefer in ihre Strickjacke. »Sie werden sich eine Lungenentzündung holen, wenn Sie hier sitzen bleiben, im nassen Gras.«

»Dann gehe ich eben ein Stück«, sagte er und stand auf.

Sie folgte ihm. Er hörte ihre Schritte hinter sich auf dem matschigen Weg. Ärgerlich drehte er sich nach ihr um und sagte ungeduldig: »Gehen Sie nach Hause, Mrs. Zielinski. Herrgott noch mal, so gehen Sie doch nach Hause.«

»Es ist fast dunkel. Sie könnten ausrutschen und stürzen.«

»Na und? Das wäre kein großer Verlust.«

»Sie versündigen sich, Mr. Mulgrave.«

Ihre hartnäckige Einmischung reizte ihn. »Gehen Sie endlich nach Hause, Mrs. Zielinski. Ich bin es nicht wert, gerettet zu werden. Ich bin nicht besser als Linfield.«

»Wie können Sie so etwas sagen? Sie sind ganz anders als er.«

»Nein«, entgegnete er ruhiger als zuvor. »Linfield genießt es, kleine Jungen zu quälen. Ich habe es genossen, Linfield zu quälen.«

Es sah die Verwirrung in ihrem Blick und war befriedigt.

»Ich meine es ernst«, fügte er hinzu. »Es hat mir Spaß gemacht.« Er warf die Worte beinahe achtlos über die Schulter und versuchte dabei, sich zu erinnern, wann er zum erstenmal diese kalte, belebende Wut verspürt hatte. Damals in Spanien vielleicht, während des Bürgerkriegs. Oder auf dieser alptraumhaften Fahrt durch Frankreich, als er beim Erwachen diesen Kerl ertappt hatte, der ihm das Fahrrad klauen wollte, das er selbst geklaut hatte.

»Ich wollte ihn umbringen«, rief er ihr zu. »Wenn Strickland nicht gekommen wäre, hätte ich es wahrscheinlich auch getan.«

»Das ist trotzdem etwas ganz anderes.« Sie lief ihm nach, und als sie ihn eingeholt hatte, ging sie auf dem schmalen erhöhten Grasstreifen direkt am Felsenrand weiter. »Kirkpatrick ist ein kleiner Junge.«

»Und Linfield ist ein kranker Mann, ein Asthmatiker, der die Wut über seine eigene Schwäche an denen ausläßt, die noch schwächer sind als er.« Er konnte nicht mit ansehen, wie sie da am Rand des Abgrunds balancierte, zwischen den zwei Welten von Land und Meer. »Kommen Sie weg da!« sagte er. »Sonst stürzen Sie noch ab.«

»Was kümmert Sie das? Ihnen ist doch sowieso alles egal.«

Er packte sie bei der Hand und zog sie auf sichereren Boden. »Aber Ihnen sollte es nicht egal sein. Ihr Sohn –«

»George geht Sie nichts an. Kümmern Sie sich um Ihre eigenen Angelegenheiten.«

Sie trat einen Schritt zurück, wieder zum Felsrand hin. Im ersten Moment fürchtete er, er würde gewalttätig werden und ihr weh tun, wie er Linfield weh getan hatte, aber statt dessen riß er sie mit heftiger Bewegung an sich.

»Nicht!« sagte er leise.

Sie zitterte vor Kälte, vor Furcht, er wußte es nicht. Es war ein schnelles, gleichmäßiges Beben unter seinen Händen. Er zog sein Jackett aus und legte es ihr um.

»Danke, Mr. Mulgrave«, sagte sie.

»Jake. Ich heiße Jake, Herrgott noch mal.«

Sie waren nicht mehr weit von der Stelle, wo die Felsen zu einem kleinen steinigen Strand abfielen. Er wußte, daß sie jetzt an einem anderen Abgrund standen als wenige Augenblicke zuvor. Mit einem leicht ironischen Lächeln sah er sie an.

»Wenn sich jemand mit Vornamen vorstellt, tut der andere im allgemeinen das gleiche, Mrs. Zielinski.«

Das blasse Gesicht rötete sich ein wenig. »Ich heiße Mary.«

»Oh. Ich hatte etwas Ungewöhnliches erwartet. Etwas Polnisches.«

»Ich bin jetzt Engländerin, Mr. Mulgrave – ich meine, Jake. Ich bin Engländerin, und George, mein Sohn, ist Engländer.« Stolz lag in ihrem Ton. »Also, kommen Sie jetzt mit zurück zur Schule?«

Sie standen windgeschützt in der kleinen Bucht. Dennoch hatten ihre Lippen immer noch einen bläulichen Schimmer. Mit einer kleinen Geste der Ungeduld und der Verwirrung wies sie in Richtung Schulgebäude.

»Aber da bin ich doch erledigt«, sagte er. »Die werden mich bestimmt nicht mit offenen Armen wieder aufnehmen, nachdem ich beinahe ein Mitglied des Lehrkörpers erdrosselt hätte.«

Zum erstenmal lächelte sie. »Sie sind hier noch nicht so lange beschäftigt wie ich, Jake. Captain Munday wird überhaupt nichts unternehmen. Glauben Sie mir. Ihm geht es vor allem darum, jeden Skandal zu vermeiden, und außerdem ist er faul. Er hat bestimmt keine Lust, sich nach einem anderen Sprachlehrer umzusehen.«

Jake fröstelte in der windstillen Kälte. Er wußte, daß es wieder geschehen würde. Wenigstens soweit, dachte er mit bitterem Humor, kenne ich mich selbst. Das war das einzige, was er sich zugute halten konnte: eine gewisse Selbsterkenntnis. Schon jetzt war ihm klar, daß er früher oder später auch dieses provisorische Zuhause zerstören würde, das Heatherwood für ihn geworden war.

»Hat Strickland Ihnen mal seine Theorie verraten?« fragte er. »Daß wir alle etwas zu verbergen haben? Ich sagte Ihnen doch, Mary, daß ich eine gewalttätige Seite habe. Sie war bislang hin und wieder ganz nützlich, aber ich habe das Gefühl, daß sie mir hier eher im Weg sein wird.«

»Sie sprechen vom Krieg, nehme ich an. Sie waren an der Front?«

»Zuerst war ich bei der Armee und habe Däumchen gedreht. Später war ich eine Zeitlang in Frankreich.« Er versuchte, es ihr zu erklären. »Das macht einen zum Einzelgänger, Mary. Ich habe Dinge gesehen – ich habe Dinge getan –, die mich von anderen Menschen abgeschnitten haben. Ich bin untauglich für das Leben, und gleichzeitig verachte ich es. Was die Menschen wichtig nehmen, das sind solche Kleinigkeiten – was sie morgen essen werden, was Soundso gesagt hat –, und es scheint alles so lächerlich und völlig unwesentlich.«

Sie versuchte nicht, ihn mit billigem Trost abzuspeisen. Sie sagte nicht: Sprechen Sie sich aus, gemeinsam trägt es sich leichter. Nein, sie sagte: »So habe ich mich auch einmal gefühlt. Als ich erfuhr, daß ich schwanger war – da habe ich mich genauso gefühlt.«

Er war überrascht. »Aber George – er ist doch Ihr ein und alles ...«

»Ja, natürlich.« Sie schwieg lange, offenbar überlegte sie. Schließlich sagte sie: »Ich war nicht verheiratet, müssen Sie wissen.« Sie schob die Hände tief in die Taschen seines Jacketts. »Ich war nie verheiratet. Zielinski ist mein Mädchenname. Ich sage Ihnen das nur – und niemand sonst weiß davon –, um Ihnen klarzumachen, warum Sie zurückgehen müssen. Ich war auch nahe daran, aufzugeben. Aber ich habe es nicht getan, und heute bin ich froh darüber. Ich habe diese Stellung hier angenommen, weil sie George und mir ein Dach über dem Kopf bietet. Und George eine anständige Schulbildung.«

Er lachte geringschätzig. »Na, ich weiß nicht.«

»Eine englische Schulbildung!« Ihre Stimme nahm einen weicheren Ton an. »Schlagen Sie sich die Vergangenheit aus dem Kopf, Jake. Denken Sie an andere Dinge.« Beinahe streng fügte sie hinzu: »Sie müssen es so machen wie ich, Jake. Das hilft.«

Ihr Augen waren tiefdunkel. Einen Moment lang sahen sie einander unverwandt an, dann blickte er weg. Sie hatte den Kragen seines Jacketts hochgeklappt. Sie sah klein und wehrlos aus vor den gewaltigen Felsen und der endlosen Weite des Meeres. In diesem Augenblick verspürte er einen ersten Anflug nicht nur von Begierde, sondern von Zuneigung, und wurde sich mit Erschrecken all des Schmerzes und all der Verantwortung bewußt, die mit der Zuneigung zu einem anderen Menschen einhergehen.

Besser dergleichen im Keim ersticken. »Es hat keinen Sinn, Mary. Ich passe nicht hierher. Ich dachte, es würde irgendwie gehen, aber das war ein Irrtum.«

»Wir sind doch alle Außenseiter, Jake. George kauft sich im Süßwarenladen immer diese Bonbons – mir fällt im Moment ihr Name nicht ein. Sie haben alle Farben – gelb, rot, schwarz, weiß ...«

»Buntes Allerlei«, sagte er.
»Richtig. Buntes Allerlei. Wie wir. Alles durcheinander.«
Er lächelte und griff in seine Hosentasche. »Meine Zigaretten —«
»Die haben Sie vorhin ins Meer geworfen.«
»Ach, verflixt.« Er sah sie an. »Zum Teufel mit Ihnen, Mary. Sie lassen so leicht nicht locker, hm? In dieser Beziehung erinnern Sie mich an meine Schwester.« Er umfaßte ihre kräftige weiße Hand. »Ihnen ist ja immer noch kalt«, sagte er und zog ihre Hand unter seinem angewinkelten Arm hindurch, um sie in seine Ellbogenbeuge zu drücken. Dann ging er mit ihr zur Schule zurück.

Er wurde nicht entlassen. Captain Munday, bei dem Linfield sich natürlich beschwert hatte, ließ es bei einer Ermahnung bewenden.
»Er fürchtet den Klatsch«, stellte Strickland fest, während er bedächtig seine Pfeife ausklopfte. »Was macht denn das in der Öffentlichkeit für einen Eindruck, wenn ein Mitglied des Lehrkörpers versucht, das andere abzumurksen.«
Für ihre freien Nachmittage plante Mary Zielinski abwechslungsreiche Ausflüge: Bootsfahrten im Hafen von Padstow; den Besuch einer Künstlerkolonie in St. Ives. Jake lieh sich Stricklands klapprigen alten A 35 aus, und sie brausten nach Tintagel. In den Ruinen blühten Orchideen und Seenelken. Sie fuhren landeinwärts zum düsteren Ödland des Bodmin-Moores, wo ein uralter Steinkreis lange Schatten warf. Im Schutz der hohen Felsbrocken stehend, beobachtete er sie. Das schwarze Haar hing ihr lose auf die Schultern hinunter, und der dünne Nieselregen näßte ihr weißes Gesicht. Er sah, wie ein Lachen ihre grauen Augen zum Leuchten brachte, als sie mit George zwischen den geheimnisvollen alten Steinen Fangen spielte.

Faith wollte eben zu Bett gehen, als es draußen läutete. Guy, dachte sie und rannte die Treppe hinunter zur Haustür.

Draußen stand Nicole.

»Faith! Wie herrlich, dich zu sehen!« Eine stürmische Umarmung. »Sag schnell, wo ist bei dir die Toilette? Ich muß dringend mal pinkeln.«

»Oben«, antwortete sie, »oben rechts«, und blickte Nicole, die schon die Treppe hinauflief, erstaunt nach. Es war ihrer Schätzung nach mindestens zwei Jahre her, seit sie Nicole zuletzt gesehen hatte.

Im Flur lagen überall Koffer und Päckchen herum. Faith sammelte sie ein. Nicole, die aus dem Badezimmer kam, erklärte: »Im Flugzeug gab es nur so eine gräßliche chemische Toilette, und am Flughafen in London standen ellenlange Schlangen vor den Klos.« Sie warf ihren Mantel aus heller beigefarbener Wolle ab, beinahe im Ton ihres Haars, und drehte sich einmal im Kreis. »Wie gefalle ich dir? Wie Liz Taylor, findest du nicht auch?« Der enganliegende Pulli und der Glockenrock betonten ihre zierliche, wohlgeformte Figur. »Du siehst einfach fabelhaft aus, Faith. Das ist ein tolles Kleid. Und deine Haare! Ich wette, du bist verliebt.«

Sie faßte nach Faiths Hand. »Wäre es dir lieber gewesen, ich wäre nicht gekommen? Oder ist es in Ordnung? Ich wollte eigentlich direkt nach Compton Deverall, aber da nirgends eine Toilette aufzutreiben war...«

Es hatte eine Zeit gegeben, da hatte sie Nicole nicht sehen wollen; da hatte sie nur daran denken müssen, daß Nicole all das hatte, was sie selbst sich immer ersehnt und dann weggeworfen hatte. Aber Nicole kannte keine Gewissensnöte, und angesichts solch kindlicher Unbeschwertheit hatte sich dauerhafter Groll als unmöglich erwiesen. Es war immer einfacher gewesen, Nicole gern zu haben. Nur ein wenig Mißtrauen war geblieben, eine feine

Distanz, die es in der Kindheit zwischen ihnen nicht gegeben hatte.

»Es ist völlig in Ordnung. Möchtest du etwas trinken?«

»Ach, ja, Schatz, bitte. Das wäre jetzt genau das richtige.«

»Ich dachte, du wolltest einen Film drehen – als du im Januar geschrieben hast...«

»Das hat sich zerschlagen. Die Songs waren unter aller Kanone. Du kannst es dir nicht vorstellen, Faith! Ich mußte dauernd dran denken, was Felix dazu sagen würde...« Nicole schürzte die Lippen und sang: »›Meine Liebe ist wie der Junimond, ein goldenes Licht blablabla...‹« Sie lachte. »Also, wirklich!«

Faith reichte Nicole einen Gin mit Tonic. »Aber standest du denn nicht unter Vertrag?«

»Doch. Aber *Sailor Sally* ist nicht so gut gelaufen, wie sie gehofft hatten. Da haben sie sich zwar erst ein bißchen geziert, aber allzu schwer haben sie mir den Abschied nicht gemacht. Ich suche mir was anderes. Was Besseres...« Nicole hob ihr Glas und stieß mit Faith an. »Ich habe einen phantastischen Mann kennengelernt, Faith. Er ist Texaner und heißt Michael. Diesmal bin ich absolut sicher, daß es der Richtige ist. Zur Zeit ist er geschäftlich auf Reisen, und da es mir beinahe das Herz zerrissen hat vor Sehnsucht nach ihm, habe ich mir gedacht, ich fliege zur Ablenkung einfach hier herüber und besuche euch alle.« Sie sah Faith an und kniff die Augen zusammen. »Und du? Als ich eben kam, hast du jemand anderen erwartet, stimmt's?«

»Erwartet nicht«, entgegnete sie und brach ab, ärgerlich, schon zuviel verraten zu haben.

Nicole kniete neben den Koffern nieder und begann auszupacken, indem sie wahllos Kleider und Schuhe herauszog und irgendwohin warf. »Ich habe dir was mitgebracht. Schau – das hier und das hier.« Sie stapelte Kartons und Pakete auf Faiths Schoß. »Ich werde keine Fragen mehr stellen, ich versprech's. Aber du siehst so glücklich aus wie schon seit Jahren nicht mehr, und wenn das der Grund dafür ist, dann freu' ich mich ganz wahnsinnig für dich. Ich weiß, du hast immer nur Guy geliebt, und wenn er der Grund dafür ist, daß du so strahlst, freue ich mich um so mehr. Eleanor und ich – wir hatten uns Guy nur ausgeliehen, er hat immer dir gehört, Faith.«

Wie wunderbar, dachte Nicole bei ihr Ankunft in Compton Deverall, wieder diesen überraschenden verzaubernden Eindruck des Hauses genießen zu können, wie damals, als sie als Davids Verlobte das erste Mal hierhergekommen war. Die Giebel und Fenster glänzten im Sonnenschein.

Sie fand sie auf der Terrasse hinter dem Haus. David zupfte Unkräuter aus den Ritzen zwischen den Steinplatten; Elizabeth saß an einem alten Gartentisch und malte. Einige Augenblicke blieb Nicole im Schatten des Hauses stehen und beobachtete sie still.

Dann sah David auf. »Nicole!«

Sie eilte ihm lächelnd entgegen. »Frag jetzt nicht, warum ich nicht vorher angerufen habe. Du weißt, daß ich das nie tue.« Sie sah ihn an. »Ich hab's gern, wenn ich den Leuten an den Gesichtern ansehen kann, ob sie sich freuen, mich zu sehen.«

Als er sie umarmte und an sich zog, schloß sie die Augen und gab sich wie immer der Wärme seiner Berührung, dem Gefühl der Geborgenheit in seinen Armen hin. Eine ganze Weile hielt er sie so, dann ließ er sie los, und sie trat mit ausgebreiteten Armen zu ihrer Tochter.

»Elizabeth, mein Schatz, wie erwachsen du schon bist!« Sie starrte ihre Tochter verwirrt an. Von ihrem letzten Besuch zwei Jahre zuvor, im Sommer 1950, hatte sie ein festes Bild von Elizabeth im Gedächtnis: ein kleines Mädchen in einem rosaroten Festtagskleidchen. Aber diese

Elizabeth, mittlerweile elf Jahre alt, trug eine wenig kleidsame Kombination aus Faltenrock und Wollpulli und war nicht einmal mehr einen halben Kopf kleiner als ihre Mutter. Sie war kräftig und stabil gebaut. Ein strammes Mädchen, dachte Nicole ziemlich entsetzt. Sie hätte sich nie träumen lassen, daß sie einmal eine stramme Tochter haben würde.

»Ich hab' euch beiden einen Haufen Geschenke mitgebracht«, sagte sie, »aber ich weiß gar nicht, ob die Kleidungsstücke, die ich dir gekauft habe, passen werden, Lizzie.«

David holte Nicoles Koffer, den sie vorn im Haus stehenlassen hatte. Nicole kniete nieder und öffnete ihn.

»Für dich, David.« Sie reichte ihm ein Päckchen. »Es ist ein Buch, eine Erstausgabe von *Moby Dick*. Ich habe es zufällig in Boston entdeckt. Ich habe versucht, es zu lesen, aber ich hab's nicht geschafft. Es war zu gräßlich – der arme Wal! Und hier, diese Hemden – sind sie nicht schön? –, beste Baumwolle. Und dann noch diese hinreißenden gestreiften Socken.«

»Die ganze Stadt wird sich nach mir umdrehen«, sagte er.

»Und diesem kleinen Gag konnte ich einfach nicht widerstehen.« Sie wartete, während er das Miniaturmodell eines Studebaker auspackte. »Vorn in den Scheinwerfern ist ein Feuerzeug, siehst du? Und den Kofferraum kann man aufmachen, darin kannst du deinen Tabak für die Pfeife aufbewahren. Ach, und das hier hätte ich beinahe vergessen.« Sie nahm ein flaches Päckchen aus dem Koffer und schnitt ein Gesicht. »Ich habe eine Grammophonplatte aufgenommen – der Song ist unmöglich. Aus meinem Film. Du kannst sie ja zur Not als Untersetzer für die Teekanne benutzen.«

Sie kniete wieder nieder, um weitere Geschenke aus dem Koffer zu holen. »Lizzie, was sagst du zu der Puppe, hm?

Sind die kleinen Knopfstiefelchen nicht entzückend? Und schau, sie kann die Augen zumachen. Hier sind ein paar Kleider und ein Rock, aber da werden wir wohl den Saum herauslassen müssen. Oh, die hier habe ich in Florida entdeckt.«

Nicole klappte ein kleines Lederkästchen auf und zeigte Elizabeth die zarte Kette aus Süßwasserperlen. »Gefällt sie dir, Darling?«

»Sie ist wunderschön, Mami«, sagte Elizabeth pflichtschuldig.

»Ich denke«, bemerkte David, »wir sollten sie beiseite legen, bis du ein paar Jahre älter bist, Lizzie.«

»Ja, Daddy.«

»Wie langweilig, David!« Nicole stand auf. »Ich habe schon mit sechs die Perlen meiner Mutter getragen. Ich weiß noch, als wir in Neapel waren – da habe ich eines von Mamas alten Seidenhemdchen als Kleid getragen und dazu ihre Perlen, und Faith ist mit einem Hut herumgegangen, und ich habe gesungen und getanzt. Wir haben eine Menge Geld bekommen –«

»Trotzdem«, sagte David, »legen wir die Perlen erst einmal weg, denke ich.«

Elizabeth reichte ihrem Vater das Etui.

Nicole sagte: »Du hast wahrscheinlich recht. Diese Ketten reißen so leicht, und es ist mühsam, die Perlen alle wieder aufzufädeln. Aber ich kaufe dir zum Ausgleich etwas anderes, mein Schatz. Du mußt nächste Woche mit mir nach London kommen, Lizzie. Dann gehen wir ins Ballett und ins Theater und machen einen richtigen schönen Einkaufsbummel –«

»Lizzie muß nächste Woche wieder zur Schule«, bemerkte David behutsam.

»Ach, es macht doch bestimmt nichts aus, wenn sie mal eine oder zwei Wochen fehlt.«

»Ich habe ein Tennisturnier, Mami.« Elizabeth schob ihre Hand in die ihrer Mutter. »Ich würde schrecklich gern mit dir nach London fahren, das wäre bestimmt schön, aber ich kann das Turnier nicht ausfallen lassen. Und außerdem muß ich meine Decke fertig stricken.«

»Deine Decke?«

»Ja, für die armen Kinder in Indien. Wir müssen ganz viele kleine Quadrate stricken und sie dann zusammennähen. Ich hab' eine Ewigkeit gebraucht.«

»Das würde mir bestimmt genauso gehen, Darling«, sagte Nicole. Sie sah zu ihrer Tochter hinunter. Während sie ihr über das dunkle weiche Haar strich, dachte sie, was für ein seltsames Kind Elizabeth doch war. Schon des öfteren war ihr die Frage durch den Kopf geschossen, ob man nicht in dieser fürchterlichen Klinik aus reiner Schlamperei ihr Kind mit einem fremden vertauscht hatte.

Aber gleich darauf verwarf sie den Gedanken. Elizabeth war unverkennbar Davids Kind. Die dunklen Augen, das Haar, diese ruhige, gelassene Art, das alles hatte sie von ihm. Mit dem Handrücken strich sie Elizabeth leicht über die Wange und hörte David sagen: »Ist es nicht Zeit, Pansy zu füttern, Lizzie? Lauf schon. Deine Mutter sieht aus, als könnte sie jetzt erst einmal einen Drink gebrauchen.«

Elizabeth sprang vergnügt davon, und Nicole ließ sich aufseufzend in einen Liegestuhl sinken. »Einen hypersupergroßen Gin Tonic bitte, David. Kann ich Eis dazu haben? Ich nehme doch an, es gibt mittlerweile selbst in Compton Deverall einen Kühlschrank.«

Er lächelte. »Nein, tut mir leid. Aber das Tonicwasser steht immer im Keller. Es müßte eigentlich kühl genug sein.«

Als er fünf Minuten später mit zwei gefüllten Gläsern zurückkehrte, sagte sie: »Du hütest Elizabeth wie deinen Augapfel, nicht wahr, David?«

»Ich möchte, daß sie glücklich ist. Ich möchte ihr

Schmerz und Verletzungen ersparen.« Er setzte sich neben sie.
»Ich meinte, du behütest sie vor *mir*.«
»Es tut mir leid, wenn es diesen Anschein hat.«
»Es macht nichts. Ich verstehe es. Du möchtest nicht, daß sie so wird wie ich.«
Er sah sie an. »Ich wünsche mir, daß sie deine Schönheit mitbekommen hat – dein Temperament – deinen Mut ...«
»Ich möchte wirklich wissen«, sagte sie, »warum ich dich verlassen habe, David. Ich liebe und bewundere dich, und das wird gewiß immer so bleiben.«
»Du hast mich verlassen«, erwiderte er leichthin, »weil es noch so vieles zu erleben gab.«
In freundschaftlichem Schweigen saßen sie nebeneinander, während die bläulich schimmernden Schatten auf dem Rasen länger wurden.
»Erzähl mir von dir, Nicole«, sagte er. »Bist du auf dem Weg, eine berühmte Filmschauspielerin zu werden? Sehen wir deinen Namen bald in Leuchtbuchstaben am Piccadilly?«
Sie lachte. »Ich fürchte, nein. Das ist einfach tödlich, weißt du, dieses ewige Herumstehen. Du wartest stundenlang, und dann wird gerade mal ein paar Minuten gedreht.«
»Was hast du dann vor?«
»Ach«, antwortete sie unbekümmert, »ich werde eben singen. Das ist mir ohnehin lieber. Ich möchte mein Publikum gern *sehen*.«
»Das klingt aber – etwas unsicher.«
»Du kennst mich doch, David. Sicherheit war nie mein Fall.«
Er sah ihr in die Augen und schüttelte den Kopf. »Nein. Finanziell kommst du zurecht?«
»Bestens.« Sie betrachtete ihn. »Und was machst du, David? Arbeitest du immer noch in London?«
»Ja, ich bin nach wir vor beim Außenministerium. Ich

würde das alles gern an den Nagel hängen und mich statt dessen hier auf den Gutsbetrieb konzentrieren. Dann brauchte Lizzie nicht aufs Internat. Aber leider ist das nicht praktikabel.«

Sie berührte flüchtig seine Hand. »Du siehst müde aus.«

»Ich bin vierundvierzig.« Er warf ihr einen lächelnden Blick zu. »Ich bin alt und grau.«

»Wie ich.«

»Keine Spur«, widersprach er. »Keine Spur.«

»Ich gehe jetzt mal zu Lizzie. Ich muß ja morgen früh wieder los.«

»So bald schon?«

»Ja. Und darum muß ich jetzt mit meiner Tochter ein ausgiebiges Schwätzchen halten.«

Sie fand Lizzie im Stall beim Striegeln ihres Ponys. Eine Weile blieb sie stehen, ohne sich bemerkbar zu machen, und beobachtete ihre Tochter, die dem Pferd den Schweif bürstete und es dabei mit sanftem Gemurmel beruhigte. Sie sah, daß Elizabeth das Pony liebte; geradeso wie sie als kleines Mädchen ihre Ponys, Esel, Hunde und Katzen geliebt hatte. Einen Moment lang war ihr unsagbar traurig zumute, so als hätte sie, ohne es wahrzunehmen, etwas Kostbares verloren, das niemals zu ersetzen war.

Aber als sie Compton Deverall am folgenden Morgen verließ und zu dem stattlichen alten Haus mit den vielen blitzenden Fenstern, die sie einmal zu zählen versucht hatte, zurückblickte, wußte sie, daß sie nicht anders hätte handeln können. Denn das, was sie lockte, war das Unterwegssein.

12

IM SOMMER 1952, beinahe ein Jahr nach Eröffnung des Ladens, machten sie zum erstenmal innerhalb einer einzigen Woche einen Gewinn von hundertfünfzig Pfund. Faith und Con feierten das Ereignis gebührend mit Bier aus dem Pub gegenüber und mit Austern, die sie in der Lebensmittelabteilung von Harrods einkauften.

»Eigentlich müßte es ja Champagner sein«, bemerkte Con, »aber ich hab' immer schon lieber Bier getrunken. Das ist handfester.«

Es war halb acht. Der Laden war geschlossen. Sie hatten die Kassenabrechnung gemacht, den Boden gefegt und waren dann in die Küche von Faiths Wohnung hinaufgegangen.

»Glaubst du, daß wir jetzt reich werden?« fragte Faith.

»Unermeßlich reich«, sagte Con trocken.

»Es wäre doch schön, wenn wir uns eine Ladenhilfe leisten könnten.«

»Oder eine Putzfrau.«

Faith schob sich eine Auster in den Mund. »Oder ab und zu einen freien Tag.«

Con warf ihr einen Blick zu. »Den willst du dann wohl mit deinem Liebsten verbringen?«

Con war die einzige, die von Guy wußte. Sie bezeichnete ihn stets als »dein Liebster«, wenn Faith mit ihr über ihn sprach. Faith gefiel das, es hatte so etwas Bestimmtes, als gehörte Guy wirklich ihr und sei nicht nur in den wenigen freien Stunden für sie da, wenn weder seine Arbeit noch seine Familie ihn beanspruchten.

Missmutig sagte sie: »Ach, selbst wenn *ich* einen ganzen Tag frei hätte, wäre es *ihm* höchstwahrscheinlich unmöglich, sich die Zeit zu nehmen.«

»Tja, das ist der Preis der Sünde.« Con öffnete eine Bierflasche und schenkte Faith nach. »Aber du kannst dir ruhig ein paar Tage freinehmen, wenn du willst. Du könntest mal wieder deinen Vater besuchen.«

Faith dachte an Heronsmead und stellte sich vor, wie wohltuend es wäre, in der Wärme des Spätsommers lange Strandspaziergänge zu machen.

»Ach, Con, das wäre toll! Aber wie willst du hier ganz allein zurechtkommen?«

»Ich frage einfach das Mädchen, das unsere Stickarbeiten macht, ob sie sich etwas dazuverdienen will. Sie ist sehr zuverlässig.« Con schlürfte die letzte Auster.

Nachdem Con gegangen war, räumte Faith auf und setzte sich dann über die Geschäftsbücher. Während sie arbeitete, wurde sie des vertrauten ziehenden Schmerzes im Unterleib gewahr, der sie seit ihrem vierzehnten Geburtstag jeden Monat heimzusuchen pflegte. Ein Stich der Enttäuschung durchzuckte sie; sie war fünf Tage zu spät dran gewesen und hatte gehofft...

Was denn? fragte sie sich, plötzlich zornig auf sich selbst. Hatte sie gehofft, sie wäre schwanger? Würde ein Kind von Guy bekommen? Hatte sie gehofft, daß der stets so vorsichtige Guy ein einziges Mal leichtsinnig gewesen war?

Sie kochte Tee, nahm zwei Aspirin und legte sich mit der Wärmflasche auf dem Bauch aufs Sofa. Jeden Monat dieselben Phantasien, dachte sie wütend und voller Haß auf sich selbst. Die absolut hirnverbrannte Wunschvorstellung, daß sie von Guy ein Kind bekommen würde. Und die noch weitaus idiotischere und schändlichere Vorstellung, daß Guy Frau und Kind verlassen würde, um mit ihr in dem Haus in Norfolk zu leben; dem Haus mit dem verwilderten Park und den verschlossenen Läden.

Ich träume davon, dachte sie bitter, mit einem Mann zusammenzuleben, den ich nicht heiraten kann; in einem Haus, das ich mir nicht leisten kann.

Nach einer Weile stand sie auf, holte die Auftragsbücher aus der Küche und zwang sich, sie durchzusehen und jede Rechnung, jede Zahlung pedantisch zu prüfen, ohne irgendwelche anderen Gedanken zuzulassen.

Der Sommer verweilte noch. Der weite, tiefblaue Himmel war beinahe wolkenlos. In Heronsmead fand Faith ihren Vater im Garten beim Brombeerpflücken.

»Die verdammten Dinger sind voller Mehltau. Das ist wirklich eine vollkommen nutzlose Pflanze – den ganzen Sommer über hab' ich mich an ihren Dornen gerissen, und jetzt ist sie von Mehltau befallen.«

Er schob sich aus dem Gestrüpp und nahm Faith überschwenglich in die Arme.

»Ich habe dir einen Kuchen gebacken«, sagte sie und öffnete den Karton.

»Hm, rosaroter Guß! Den esse ich am liebsten.« Ralph sah sich zerstreut um. »Wir könnten vielleicht im Garten Tee trinken. In der Küche steht noch allerhand herum.«

Faith ging ins Haus. Die Küche war eine Katastrophe; verfaulte Kartoffelschalen im Spülbecken, sauer gewordene, verklumpte Milch in dem Glaskrug auf dem Fensterbrett. Poppys Abwesenheit wurde ihr wie immer mit einem Schmerz bewußt, der kaum zu ertragen war. Sie konnte sich einfach nicht daran gewöhnen, daß ihre Mutter nicht mehr da war.

Sie kochte Tee und trug ihn in den Garten hinaus. Ralph schleppte zwei klapprige Liegestühle aus dem Geräteschuppen herbei. Nachdem sie den Tee eingegossen hatte, sagte er: »Ich habe einen Brief von Nicole bekommen«, und zog ein Blatt Papier aus der Tasche, das er ihr reichte. Dem Brief, zerknittert und abgegriffen, war anzusehen, wie oft er ihn gelesen hatte.

»Und hast du mal von Jake gehört?« fragte er, nachdem sie Nicoles Brief gelesen hatte. »Hat er dich mal besucht?«

»Ende Juli, ja. Es geht ihm gut, Papa. Er unterrichtet jetzt seit fünf Monaten an dem Internat. Er hat sehr viel zu tun.«

Sie schnitt den Kuchen auf, um das Schweigen zu überspielen, und dachte, wie sie sich wohl fühlen würde, wenn Lizzie den Kontakt zu ihr einfach abbräche.

»Ein Lehrer«, sagte Ralph stolz. »Jake ist Lehrer. Das hätte ich nie für möglich gehalten.«

Am folgenden Nachmittag ging sie zur Telefonzelle. Genau wie Papa damals, dachte sie, wenn er sich heimlich hierhergeschlichen hat, um Linda Forrester anzurufen. Einen Moment lang schämte und verachtete sie sich. Dann schob sie den beschämenden Gedanken an Heimlichkeit und Verstohlenheit kurzerhand beiseite, wie sie das stets zu tun pflegte, wenn er sie zu quälen begann. Wenn niemand davon weiß, wird auch niemand verletzt, sagte sie sich und bemühte sich, ihren Worten Glauben zu schenken.

Guy erkundigte sich nach Ralph.

»Es geht ihm gut. Er ist ein bißchen wackelig auf den Beinen, aber sonst ganz gesund.«

»Ich würde ihn so gern sehen. Wenn ich nur –« Er brach ab. »Erzähl mir von Heronsmead, Faith. Beschreibe es mir. Ich muß deine Stimme hören.«

Sie beschrieb ihm das kleine Haus, den Garten, den Strand.

»Wenn ich nach Heronsmead käme, wo könnten wir uns dann treffen?«

Ihr Herz schien einen Schlag auszusetzen. Sie überlegte rasch.

»Da, wo die kleine Landstraße zum Dorf von der Küstenstraße abzweigt, ist eine dreieckige Grünanlage –«

»Gut, ich treffe dich dort morgen vormittag um – warte, laß mich rechnen – um zehn. Eleanor und ihr Vater besuchen über das Wochenende einen Kollegen ihres Vaters in Oxford. Wir haben einen ganzen Tag für uns, Faith. An einem Ort, wo kein Mensch uns kennt. Wir können gehen, wohin wir wollen, und tun, was uns beliebt.« Sie hörte das Glück in seiner Stimme. »Würde es dir etwas ausmachen, deinen Vater einen Tag allein zu lassen? Meinst du, es wäre schlimm für ihn?«

»Ich hatte sowieso vor, eine Fahrradtour zu machen. Ach, Guy!« sagte sie. »Ein *ganzer* Tag für uns!«

Er wartete in seinem Wagen bei der Grünanlage, als sie am folgenden Morgen auf ihrem Fahrrad im Leerlauf den Hang hinunter zur Kreuzung sauste. Sie bremste ab, sprang vom Sattel, ließ das Rad zu Boden fallen und warf sich ihm in die Arme.

»Ich habe ein Picknick mitgebracht«, sagte er. »Krabben, Käse, Brot und Äpfel.«

Sie fuhren in nördlicher Richtung nach Blakeney. Das Meer glitzerte. Sie ließen den Wagen stehen und machten einen Spaziergang zum Blakeney Point hinaus, der Landzunge zwischen Salzsümpfen und Meer. Ausgetrocknete Quallen, von der Flut aufs Trockene geschleudert, lagen glasig glänzend auf dem Kiesstrand. Die letzten roten Blüten wilden Klatschmohns zitterten im Wind. Faith sammelte Steine und Glasscherben, die von den Wellen so glatt geschliffenen waren wie Edelsteine, und er schrieb ihre Namen in einen Flecken Sand. Nach dem Picknick lagen sie umschlungen im wäßrigen Spätsommerlicht.

Sie wollte ihm das Haus zeigen.

»Sparst du immer noch die Sixpencestücke?« fragte er, als sie die schmale Allee hinauffuhren.

»Ich habe ein Konto bei der Post eröffnet. Ich hoffe, du bist angemessen beeindruckt.«

»O ja, sehr.«

»Ich mußte die Münzen natürlich zählen. Es waren über dreißig Pfund. Aber das Haus kostet sechshundertfünfzig.«

»Ich wollte, du würdest mir erlauben, dir zu helfen.«

»Du weißt, daß das für mich nicht in Frage kommt.« Das Auto rüttelte und schaukelte auf dem holprigen Weg. »Das ist etwas, was ich allein schaffen muß. Für mein Seelenheil.« Sie blickte auf. »Da ist es. Ist es nicht wunderschön?«

Er fuhr langsamer und blickte aufmerksam durch die Windschutzscheibe. »Ja. Es wirkt wie verzaubert.«

Sie öffnete das Tor. Efeu überwucherte Mauern und Fensterläden. Unter einem Flickenteppich aus Flechten lag grün-gold gesprenkelt das Dach. Im Garten rankte sich Waldrebe um Büsche und Sträucher, die seit langem nicht mehr gestutzt worden waren, und dorniges Gestrüpp hatte den ehemaligen Gemüsegarten erobert. An der Kletterrose, die sich an der hinteren Hausmauer emporzog, dufteten die letzten blaßrosa Blüten; auf dem Rasen hatte sich Löwenzahn ausgebreitet. Faith ließ einen Stein in den Brunnen fallen und lauschte, aber sie hörte nur das Klopfen einer Drossel, die ein Schneckenhaus gegen einen Stein schlug, und den Wind, der durch die Bäume strich.

Läden und Riegel schepperten, als sie eines der Fenster öffnete. Sie versuchte, sich auf den Sims hochzuziehen. »Ich möchte doch sehen, wie es innen ist«, sagte sie lächelnd. »Wenn ich hier einmal leben soll ... Komm, hilf mir rauf, Guy.«

Er schob die Hände ineinander, und sie stellte einen Fuß hinein und schwang sich zum Sims hinauf und ins Zimmer.

Sie befand sich in einer altmodischen Spülküche: Krüge und große Töpfe aus Steingut standen, von Spinnweben umhüllt, unter einem großen Spülbecken, von Grünspan überzogene Kupfertöpfe und -pfannen hingen an Nägeln an der Wand. Ein dünnes Bündel Strohhalme und ein paar zerrupfte Feder verrieten, daß in der halbverrosteten Dose auf dem Abtropfbrett einmal ein Vogel genistet hatte.

Sie ging weiter in den nächsten Raum. Als sie die brüchigen Vorhänge aufzog und dabei eine Staubwolke aufwirbelte, hörte sie hinter sich Guy husten.

»Die Küche.« Sie rüttelte an der Ofentür des alten Herds und öffnete die Tür zur dunklen Speisekammer.

»Ein Haus mit allem Komfort ...« Guy zog seine Fingerspitze durch den Staub auf einem der Borde.

»Was kritzelst du da?«

»Was wohl?«

Sie las, was er geschrieben hatte. »Guy liebt Faith.«

Er zog sie an sich.

»Nicht hier«, flüsterte sie und fügte zwischen Küssen hinzu: »Hier gibt es wahrscheinlich Gespenster.«

»Ich tippe eher auf Ratten.« Aber er schob sie, seinen Arm um ihre Taille, durch eine offene Tür in einen anderen Raum.

Sie stiegen die Treppe hinauf. In einem Zimmer, das zum vorderen Garten hinausblickte (Lichtstreifen drangen durch die Ritzen der Läden, an denen die Farbe abblätterte; ein halbblinder Spiegel hing über dem offenen Kamin), liebten sie sich. Nackt stand sie vor ihm und sah im Spiegel, wie er einen Moment die Augen schloß, als könnte er ihre Nähe nicht ertragen. Als er vor ihr niederkniete und ihre Zehen küßte, die Sohlen ihrer Füße, ihre Fesseln und ihre Waden, schauderte sie, einen Moment lang ungewiß, ob sie Lust oder Schmerz empfand.

Als sie sich schließlich voneinander abwandten und gesättigt beieinanderlagen und zusahen, wie eine Spinne langsam über die rissige Zimmerdecke spazierte, hing die Nachmittagssonne schon tief. Ihre Körper hatten Abdrücke im Staub auf dem Boden hinterlassen. Sie sah ihn aufstehen und nackt aus dem Zimmer gehen. Wenige Minuten später kam er mit einem Eimer Wasser zurück.

»Das ist alles, was ich dem Brunnen abringen konnte. Du bist scheckig, Liebste.«

»Und liebst du mich auch scheckig?«

»Ich liebe dich, ob du schwarz, weiß, rot oder grün bist.« Er tauchte sein Taschentuch in den Eimer. »Oder gestreift oder gefleckt.« Er wusch ihr die Füße, die Beine, die Arme, die Brüste.

Als sie, angekleidet, wieder nach unten gingen, bemerkte sie das Gestöber welken Laubs, das durch das offene Fenster hereingeweht worden war. Draußen im Garten zupfte der Wind die Blätter von den letzten Rosen und ließ sie wie pinkfarbene Tropfen auf den Rasen herabfallen.

Auf der Rückfahrt durch die Allee und zwischen den hohen Hecken gewundener kleiner Landstraßen hindurch sprachen sie kaum ein Wort. Als sie die Küstenstraße erreichten, sah sie, daß die Flut eingelaufen war. Sie würde die Spuren ihres morgendlichen Besuchs fortgespült haben – die Reste des Picknicks, die Mulden, in denen ihre Köpfe geruht hatten, und ihre Namen, die sie in den Sand geschrieben hatten.

In den Sommerferien vollzog sich in Heatherwood Court eine wohltuende Wandlung. Mit der Abreise Captain Mundays und seiner Frau zum gemeinsamen Jahresurlaub (»Eine Autorundfahrt durch Buckinghamshire, mein Junge. Es gibt da ganz vorzügliche Rasthäuser.«) schien alle Spannung aus den nun leeren Korridoren und Klassenzimmern zu weichen.

Eine Handvoll Jungen blieb, Unglücksraben, deren Eltern irgendwo im fernen Ausland weilten, zu weit, um ihre Sprößlinge den Sommer über zu sich zu holen. Auch die Lehrer gingen unterschiedlicher Wege: Strickland auf ornithologische Abenteuer in Spanien, Denman und Lawless auf erotische Abenteuer in Blackpool. Selbst Linfield trottete eines Morgens mit einem Pappkoffer unter dem Arm und im sportlichen Sakko statt in der staubigen schwarzen Lehrerrobe die Auffahrt hinunter.

Jake hatte zwar mit Strickland auf das Ende des Schuljahrs getrunken und so getan, als könnte er es wie alle anderen kaum erwarten, den grauen Mauern von Heatherwood Court zu entkommen, tatsächlich aber fühlte er sich unbegreiflicherweise völlig verloren. Er, der die Welt bereist hatte, wußte nicht, was mit sich anfangen; wußte nicht, wohin. Heatherwood Court in seiner hartnäckigen Unveränderlichkeit und Weigerung, sich den Realitäten der Nachkriegszeit anzupassen, hatte ihm in den vergangenen sechs Monaten einen gewissen Halt gegeben. Er hatte Angst, diesen unsicheren Halt zu gefährden und sich von neuem im Chaos der Außenwelt zu verlieren. Aber als eines Morgens auch Mary und George mit Rucksäcken bepackt zur Bushaltestelle aufbrachen, stopfte Jake doch ein paar Sachen in eine Reisetasche und machte sich auf den Weg zum Bahnhof.

Vierzehn Tage lang reiste er umher und besuchte alte Freunde, dann kehrte er mit einem Gefühl, das Erleichterung sehr ähnlich war, nach Heatherwood Court zurück. Als Mary ihn mit Tee und Gebäck und Erzählungen von ihrer Ferienwoche in Lulworth Cove, wo sie mit George gezeltet hatte, empfing, war ihm, als wäre er heimgekehrt.

An diesem Abend fuhr er mit ihr zu einem Kinobesuch nach Boscastle. Der Film war langweilig und wenig überzeugend. In der Dunkelheit zog er Mary an sich. Ihr Haar roch nach Blumen, und ihre Haut unter seinen Lippen war kühl und weich. Als er sie küßte, erkannte er plötzlich, daß es Mary war, die ihn zurückzog, die ihm Heatherwood als Zuhause erscheinen ließ.

Aber dann stieß sie ihn weg, zog ihre Kleider zurecht, strich das zerzauste Haar zurück. »Nicht hier. Es könnte uns leicht jemand sehen, Jake.«

So war es immer. *Nicht hier. Es könnte uns leicht jemand sehen.* Sie verbrachten ganze Tage miteinander, machten kilometerlange Wanderungen, auf denen sie nur kurze Rasten einlegten, um irgendwo Tee zu trinken oder trüben Apfelwein in einem Dorfgasthaus. Einmal mieteten sie ein Fischerboot, und Jake zeigte George, wie man eine Angel auswerfen mußte, um Makrelen aus dem jadegrünen, vom Regen aufgewühlten Meer zu ziehen. Auf Ausflügen an die Küste suchten sie nach Fossilien und beobachteten Seeanemonen, die ihre braunroten Fangarme durch das Wasser zogen. Georges Anwesenheit und Marys Angst, gesehen zu werden, verhinderten körperliche Intimität.

Abend kochte Mary für alle in der kleinen Küche, die zu ihrer Wohnung gehörte. Danach spielten sie Karten oder hörten Radio. Jake hatte keine Ahnung, ob sie mehr in ihm sah als einen Freund. Er durfte ihre Hand halten; er durfte ihr einen Gutenachtkuß geben. Ein- oder zweimal dauerte der Kuß an, aber ehe er inniger werden konnte, entzog sie sich ihm. Er hatte Mühe, seinen Ärger zu beherrschen, der dem Verdacht entsprang, sie suche seine Gesellschaft einzig zum Zeitvertreib.

Im September färbte sich das Laub der Buchen, die das Schulgelände umgaben, bronzen, und das sommerliche Blau des Meeres wich einem stumpfen Bleigrau. Der Gedanke, daß die Sommerferien nun bald zu Ende gehen würden, bedrückte Jake. In Heatherwood würde von neuem der verstaubte Alltag Einzug halten, der einem kaum Luft zum Atmen ließ. Er fürchtete die Rückkehr seiner Rastlosigkeit; wenn er längeres Nachdenken zuließ, wußte er, daß Heatherwood eine Zwischenstation war, mehr nicht.

Am vorletzten Ferientag unternahmen sie eine lange Wanderung die Küste entlang. Es war kälter geworden; weiße Schaumkronen glitzerten auf den blaugrünen Wellen, und Wolken jagten über den Himmel und verdunkelten immer wieder die Sonne. Jedes Gespräch zwischen ihnen, so lebhaft es zunächst sein mochte, erstarb in fruchtlosen Kompliziertheiten, die bei ihnen beiden Gereiztheit und Verdrießlichkeit hervorriefen. Es gelang ihm nicht zu sagen, was er sagen wollte; er wußte nicht, was er sagen wollte.

Zurück in Heatherwood, machte Mary George sein Abendessen und schickte den Jungen dann zu Bett. Jake, der in sein Zimmer gegangen war, goß sich einen großen Scotch ein und zündete sich eine Zigarette an. Rauchend und trinkend stand er an seinen Schreibtisch gelehnt und starrte zum offenen Fenster hinaus in den wolkenverhangenen Himmel, an dem nur wenige glanzlose Sterne zu sehen waren.

Er hörte Marys Schritte im Korridor. Als er ihr die Tür öffnete, sagte sie: »George ist sofort eingeschlafen. Die Wanderung scheint ihn richtig müde gemacht zu haben.«

Sie lehnte ihren Kopf an Jakes Schulter und umschlang mit einem Arm seine Taille. Er wandte sich ihr zu und küßte sie. Diesmal wehrte sie ihn nicht ab, sondern drängte sich an ihn, und ihre Lippen öffneten sich unter seinem Kuß. Als er ihre Bluse aufknöpfte und ihre nackte Haut streichelte, protestierte sie nicht. Nichts als ein kleines Aufseufzen der Lust oder der Überraschung. Seine Lippen umschlossen ihre Brustwarze; das weiche Fleisch ihrer Brüste drückte sich an sein Gesicht. Doch als er sich an ihren Shorts zu schaffen machen wollte, fuhr sie zurück. »Jake«, sagte sie scharf und begann hastig, Knöpfe und Haken zu schließen und lose Kleiderzipfel wieder einzustecken. Sie rieb sich das Gesicht mit dem Handrücken. Als hätte er ihr weh getan und sie versuchte, den Schmerz wegzureiben.

Jake fluchte. Mary hob den Kopf und sah ihn an. »Was ist denn?«

Er sagte: »Jedes Mal, verdammt noch mal –«, aber er sprach den Satz nicht zu Ende.

Sie starrte ihn mit zusammengekniffenen Augen an. »Ach, ich habe wohl deine Erwartungen enttäuscht, hm? Ist es so, Jake?«

Er drückte seine Zigarette aus, die bereits ein kreisrundes schwarzes Loch in seinen Schreibtisch gebrannt hatte. »Was soll das heißen?«

»Ich bin nicht so leicht zu haben, wie du geglaubt hast.«

»Was zum Teufel redest du da?«

»Ich rede von dir, Jake. Und von mir.« Ihre Augen waren hart wie Granit. »Du hast geglaubt, weil ich ein uneheliches Kind habe, würde ich ohne viel Federlesens mit dir ins Bett gehen.« Sie trat einen Schritt von ihm weg. »Warum siehst du mich so wütend an? Ich habe recht, oder etwa nicht?«

Er konnte kaum sprechen. »So ein Quatsch!«

»Ich stand auf deiner Liste, und du hättest mich gern abgehakt. Wie die Dicke aus dem *Rose and Crown*, mit der du es in den Ginsterbüschen getrieben hast – oder das dumme kleine Zimmermädchen.«

Unwillkürlich ballte er die Hände zu Fäusten. Beinahe hätte er zugeschlagen. Er hatte viel Schlimmes getan, aber nie hatte er eine Frau geschlagen. Nicht einmal Linda Forrester. Er ging zum Fenster und drückte die geballten Fäuste so fest auf das Fensterbrett, daß es schmerzte. Als er ruhiger geworden war, sagte er: »Wenn das dein Eindruck ist, wieso verschwendest du dann deine Zeit mit mir?«

Sie zog die Schultern hoch, ohne etwas zu sagen.

»Weil du gern in der Öffentlichkeit mit mir gesehen wirst? Die Auswahl ist ja weiß Gott nicht sehr groß. Strickland ist zu alt, Denman hat eine Glatze, und Linfield ist völlig unmöglich. Ich bin wenigstens halbwegs vorzeigbar, nicht?«

Sie sprach noch immer nicht. Aber sie setzte sich. Sie setzte sich in seinen zerschlissenen alten Sessel, zog die Beine an und umschloß sie mit beiden Armen, als wollte sie sich schützen. Erst nach längerem Schweigen sagte sie gereizt: »Warum warst du heute den ganzen Tag so ärgerlich mit mir? Es war doch ein schöner Ausflug – jedenfalls habe ich es so empfunden –, aber du bist immer ärgerlicher geworden. Der Grund ist doch, daß ich nicht bereit bin, mit dir zu schlafen. Ist es nicht so, Jake?«

»Nein! Herrgott noch mal, Mary –«

»Du willst nicht mit mir schlafen?«

Er betrachtete sie schweigend, die Rundung ihres Busens unter der Bluse, die schmalen Handgelenke, die wohlgeformten Beine mit den zierlichen Fesseln, und sein Ärger verflog.

»Doch, natürlich möchte ich mit dir schlafen«, sagte er. »Aber nur, wenn du es auch willst. Und du hast ja keinen Zweifel daran gelassen, daß du es nicht willst. Darum frage ich mich, ob du mich überhaupt liebst.«

»Liebe!« sagte sie langsam. »Dieses Wort höre ich von dir zum ersten Mal, Jake.«

Es war kein Wort, das ihm leicht von der Zunge ging. Zu selten hatte er es gebraucht. Plötzlich fühlte er sich sehr müde. »Ich weiß nicht, wie du über mich denkst«, sagte er. »Ich weiß nicht, was du für mich empfindest, wenn überhaupt etwas. Aber es ist wahr, ich möchte gern mit dir schlafen. Weil ich dich begehre und du eine schöne Frau bist, aber auch, weil es mir etwas beweisen würde.«

»Daß du unwiderstehlich bist?« fragte sie schnippisch. Als er stumm blieb, sagte sie nach einer Weile leise: »Entschuldige, Jake, es tut mir leid. Das hast du nicht verdient.«

Wieder trat Schweigen ein. Aber dann begann sie zu

sprechen. »Ich habe nur ein einziges Mal mit ihm geschlafen.« Ihre Stimme zitterte. »Er behauptete, mich zu lieben. Wir waren seit Monaten beinahe ständig zusammen. Als ich es ihm dann erlaubte – es war in einem Park, und es waren Leute in der Nähe –, ich habe mich entsetzlich geschämt.« Sie holte tief Atem und hob die Hände zu einer Geste, die Endgültigkeit ausdrückte. »Und das war's dann. Abgehakt. Fertig.« Sie zog die Knie bis zum Kinn hinauf und schloß ihre Arme noch fester um die angezogenen Beine.

»Georges Vater?« fragte Jake.

Sie nickte. »Jemand hat mir erzählt, daß er sich im Pub damit gebrüstet hat.« Ihre Stimme war brüchig. »Du kannst dir vorstellen, wie das für mich war!«

Im dämmrigen Licht des Zimmers schienen ihre Augen zu glänzen. Jake schenkte einen zweiten Scotch ein und drückte ihr das Glas in die Hand. Als sie trinken wollte, schlugen ihre Zähne klappernd gegen den Rand.

»Wußte er, daß du schwanger warst?«

»Er sagte: ›Woher soll ich wissen, daß es von mir ist?‹ Ich habe ihm eine runtergehauen. Mit aller Kraft.« Sie schluckte den Whisky. »Wenig später ist er einberufen worden.«

»Und was hast du getan?«

Sie warf den Kopf zurück, das lange Haar flog nach hinten. »Zuerst dachte ich an eine Abtreibung. Ich hatte von jemandem eine Adresse. Aber ich konnte es nicht tun, ich weiß nicht, warum. Ich hatte keinen Menschen, an den ich mich hätte wenden können – meine ganze Familie war in Polen, und wegen des Krieges konnte ich nicht nach Hause. Ein paar Tage lang bin ich herumgezogen wie eine Landstreicherin und habe im Freien geschlafen. Ich fühlte mich so gedemütigt und war so verbittert. Ich dachte sogar daran, mich umzubringen. Oft habe ich mit dem Gedanken gespielt. Beinahe hätte ich es getan.« Sie lachte kurz auf. »Ich hauste in einem entsetzlichen kleinen Loch von einem Zimmer, und es war so kalt ... Ich steckte den Kopf ins Rohr und drehte das Gas auf. Aber – jetzt kommt der Witz, Jake – ich hatte meine Rechnung nicht bezahlt, und das Gas war abgestellt worden.«

Er hielt sie in den Armen, bis sie aufgehört hatte zu weinen.

Nach einer Weile sagte sie: »Ich erkannte, daß ich dazu bestimmt war, am Leben zu bleiben. Ich wußte nicht, wozu – für das Kind vermutete ich. Daraufhin habe ich mir Arbeit gesucht, auf Bauernhöfen und Obstplantagen, und habe gespart, soviel ich konnte. Ich trug weite Kleider und habe mich eingeschnürt so gut es ging, weil ich nicht wollte, daß irgend jemand etwas von meiner Schwangerschaft merkt. Ich überlegte mir, daß ich das Kind nach der Geburt zur Adoption freigeben würde. Aber das habe ich dann auch nicht geschafft. Statt dessen habe ich gelogen – ich habe mir eine Vergangenheit erfunden, einen Ehemann, der bei der Royal Air Force war und abgestürzt ist.« Sie sah Jake an. Ihre Wimpern waren noch feucht. »Wenn ich die Wahrheit gesagt hätte, hätte ich die Stellung nicht bekommen. Keine Schule stellt eine Frau mit einem unehelichen Kind ein.«

Es war kalt geworden im Zimmer. Der Herbst hatte den Sommer verdrängt. Er kniete vor dem offenen Kamin nieder und machte Feuer.

»Du kannst nicht wegen eines einzigen miesen Kerls dein Leben lang vor der Liebe davonlaufen.«

»Ich laufe nicht vor der Liebe davon. Ich liebe George mehr, als ich je einen Menschen geliebt habe.«

»Ich meinte Männer«, sagte er und riß ein Streichholz an.

Das zusammengeknüllte Zeitungspapier flammte lodernd auf. Mary rutschte vom Sessel und setzte sich auf den Teppich.

»Was ist mit dir, Jake?« fragte sie. »Wo sind deine Frau, deine Kinder, dein Häuschen im Grünen?«

Er lächelte schief. »Ich habe kein Talent dafür, Dinge von Dauer zu schaffen. Ich kämpfe auf der falschen Seite – ich verliebe mich in die falschen Frauen. Wenn ich Kinder in die Welt gesetzt habe, dann haben ihre Mütter es mir nicht verraten.«

»Willst du das alles denn überhaupt? Viele Männer sind gar nicht erpicht darauf.«

»Familie, meinst du?« Er überlegte. »Früher einmal glaubte ich, meine Familie wäre das einzige, worauf ich zählen kann. Dann geschah etwas, und ich erkannte, daß ich mich geirrt hatte. Es gibt nichts auf der Welt, worauf man sich verlassen kann.«

»Du hast doch eine Schwester?«

Er erzählte ihr von Faith und ihrem Laden; er hatte Mary zum Geburtstag einen von Faiths außergewöhnlichen Patchwork-Schals geschenkt. »Ich habe zwei Schwestern«, sagte er, während er Kohle ins Feuer warf. »Die jüngere lebt im Ausland. Und ich habe eine Nichte.«

»Keine Eltern?«

Er schüttelte den Kopf, aber zum erstenmal bedrückte ihn die Lüge. »Und du?«

»Meine Eltern sind beim Warschauer Aufstand umgekommen. Meine Brüder sind gefallen, als die Deutschen in Polen einrückten.«

»Ach, Mary, wie traurig.«

Sie lächelte. »Ja, aber ich habe George. Ich habe meine Wohnung und meine Arbeit und« – Sie warf ihm einen Blick zu – »und manchmal glaube ich, daß ich dich habe, Jake.«

Er griff nach ihrer Hand. »Natürlich hast du mich. Wenn du mich haben willst.«

Mit einem Finger strich sie ihm das Haar aus der Stirn. »O ja, ich will dich haben, Jake«, sagte sie leise. »Auch wenn ich spüre, daß du hier nur auf der Durchreise bist, Jake. Daß du nicht bleiben wirst.«

Mit der Fingerspitze zeichnete sie die Linien seiner Stirn und seiner Nase nach und die Furchen, die sich zu beiden Seiten seines Mundes zu formen begonnen hatten.

Als sie zu seinen Lippen gelangte, senkte er den Kopf und küßte ihr die letzten Tränenspuren von den Augen.

»Kannst du dir vorstellen«, flüsterte sie, »daß du in zehn Jahren noch hiersein wirst – oder in fünf – oder selbst in einem Jahr?«

Er antwortete nicht, liebkoste statt dessen mit dem Mund die blasse Innenfläche ihres Handgelenks, dann die Beuge ihres Ellbogens, dann die weichgerundete Stelle, wo Hals und Schulter zusammentrafen.

Diesmal stieß sie ihn nicht zurück, als er sie auskleidete. Im flackernden Licht des Feuers lag sie nackt auf dem Teppich, während er sich mit dem Mund den Weg von der Schulter zur Brust, von der Brust zum Nabel und von Nabel zu der dunkel verschleierten Scham suchte. Sie wölbte ihm ihren Körper entgegen, als er in sie eindrang, und kam sich aufbäumend zum Höhepunkt.

Hinterher sagte sie: »George – er wacht manchmal auf und ruft mich ...« Hastig begann sie sich anzukleiden.

Er sah ihr nach, als sie aus dem Zimmer ging. Nach einer Weile stand er ebenfalls auf und kleidete sich an. Er ging in den Korridor hinaus und stieg langsam die Treppe hinunter. Im mondhellen Garten pflückte er einen riesigen Strauß Lavendel und Herbstastern, und während er den Blumenduft einatmete, sah er wieder zum blassen, vollkommen gerundeten Vollmond hinauf.

Sie hatte nicht genug Marmeladengläser für die Blumen. Jake machte das Frühstück für alle und überredete sie hinterher, mit dem Bus an die Küste zu fahren.

»Aber morgen kommen doch schon die Jungen

zurück«, protestierte Mary, als er sie und George kurzerhand aus dem Schulgebäude hinausbugsierte.

In einem putzigen Lädchen voller Souvenirs, das direkt an der Strandpromenade lag, kaufte er ihr einen kleinen Schmuckkasten aus Muschelschalen. Sie aßen Eier, Fritten und Butterbrote in einem Strandcafé, in dem große Plakate an den Wänden dazu aufforderten, mehr Milch zu trinken. Die Sonne schien blendend hell, das Meer leuchtete. George, der sich einen Milchshake bestellt hatte, sog geräuschvoll an seinem Strohhalm.

Jake mußte die Augen mit der Hand beschatten, als sie aus dem Café wieder ins Freie traten. Gesichter hoben sich verschwommen aus den Schatten. Er sah genauer hin und fluchte.

»Was ist denn?«

Hastig zog er seinen Arm zurück, der um Marys Taille lag. Aber er wußte, daß es zu spät war.

»Linfield«, sagte er. »Drüben auf der anderen Straßenseite.«

»Hat er uns gesehen?«

Er hatte das Aufblitzen in Linfields Augen wahrgenommen. »Ja, verdammt noch mal.« Plötzlich wütend, fügte er hinzu: »Er wird das natürlich ausnutzen. Um es mir heimzuzahlen. Für die Geschichte von damals.«

»Das ist doch schon so lange her. Sicher hat er das längst vergessen.«

»Ich kannte Männer wie ihn in der Armee. Sie vergessen nicht. Sie sind nachtragend und rachsüchtig.«

Mary sah ihn erschrocken an. »Glaubst du, er wird mit Captain Munday über uns sprechen?«

»Wahrscheinlich.« Jake ballte die Fäuste. »Ja, wahrscheinlich.«

Mit dem Verlauf der Monate verstärkte sich bei Faith zunehmend der Eindruck, daß das kalte Wetter ihr und Guy alle Bewegungsfreiheit raubte und sie gewissermaßen in einen kleinen, engen Kasten sperrte. Anfangs trafen sie sich im Britischen Museum oder in der Nationalgalerie, wo der eine unter irgendeinem gewaltigen steinernen Pharao oder vor den schimmernden Nebeln eines Gemäldes von Turner auf den anderen wartete. Sie flohen aus Museum und Gemäldegalerie, als Guy nur mit knapper Not einem Zusammentreffen mit einem Kollegen entkam. Faith, die geduckt hinter dem Stein von Rosette stand, hatte Mühe, ihr Gelächter zu unterdrücken; später, allein zu Haus, war sie schwach vor Angst und Schrecken.

Das Verbotene ihrer Beziehung verwehrte ihnen Licht und Luft, die andere frei genießen konnten. Ihre Liebe war etwas Verborgenes, das unter Verschluß gehalten werden mußte und das Tageslicht nicht litt. Faith fragte sich, ob so ein Geschöpf auf Dauer leben konnte oder, des Sauerstoffs beraubt, welken und sterben würde.

Es machte ihr keine Freude, ohne Guy ins Kino gehen, allein in Antiquariaten herumstöbern zu müssen, nur für eine Person zu kochen und nicht für zwei. Es machte ihr keine Freude, Abende, die sie in Kneipen oder Jazzklubs verbrachte, nicht mit dem Menschen zu teilen, den sie am meisten liebte. Es machte ihr keine Freude, Einladungen auszuschlagen, um allein zu Hause auf Anrufe zu warten, die niemals kamen.

Der Winter lehrte sie, daß sie und Guy auf der einen Seite der Mauer existierten, die anderen Menschen auf der anderen. In den kältesten Monaten des Jahres trafen sie sich, bewußt Orte wählend, die keiner ihrer Bekannten aufsuchen würde, in häßlichen kleinen Hinterhofcafés und verqualmten Pubs.

Ralph litt den ganzen Winter an einer hartnäckigen Bronchitis. Faith pendelte zwischen London und Heronsmead hin und her. An den Wochenenden versorgte sie ihren Vater, machte das Haus sauber und kaufte ein; während der Woche arbeitete sie im Laden, nähte und kümmerte sich um die Buchhaltung. Als Ende Januar eine Flut an der Ostküste die Deiche überschwemmte, mußte Ralph aus seinem kleinen Haus, das teilweise unter Wasser stand, evakuiert werden. Beinahe zwei Wochen lang wohnte er bei Faith in der kleinen Wohnung über dem Laden, eine verlorene Seele, die nicht wußte, wohin sie gehörte, und sich nach Hause sehnte. Als das Wasser zurückgegangen war, reiste Faith mit ihm zurück nach Heronsmead und brachte eine Woche damit zu, schlammige Böden zu putzen, Teppiche und Vorhänge, die das Meerwasser beschädigt oder ruiniert hatte, auszubessern oder zu ersetzen. Das Haus roch feucht und muffig.

Der blaue Schmetterling hatte mittwochs nachmittags geschlossen. An den Mittwochnachmittagen, an denen auch Guy frei war, pflegten sie sich in einem kleinen Hotel in Battersea zu treffen. Manchmal ertappte sich Faith bei dem Gedanken, daß ohne diese wenigen kostbaren Stunden die ganze »Geschichte« einfach im Sande verlaufen wäre – kein Ende mit hochdramatischem letzten Auftritt, nur ein sanfter lautloser Tod infolge von Vernachlässigung.

Das Hotel hatte einen grünen Linoleumfußboden, roch nach Kohl und Kernseife, und die Wirtin zählte zu den Menschen, die Neugier nicht kannten. Einmal, als sie auf dem Bett lagen, während draußen an der Fensterscheibe der Regen herabströmte, sagte Guy: »Wir könnten uns etwas Schöneres suchen. Einige von den eleganten Hotels sind sehr diskret.«

»Ich liebe dieses Zimmer. Es würde mir fehlen.« Faith lag warm in seinen Arm geschmiegt.

Er drehte eine Strähne ihres Haars um seinen Finger. »Faith! Es ist schauderhaft.«

»Ich liebe diese gräßlichen alten Laken, die in der Mitte schon beinahe durchsichtig sind – und die Steppdecke –«

Guy blickte zur Steppdecke hinunter. »Was, würdest du sagen, ist das für eine Farbe?«

»Ocker. Nein – Senf. Es gefällt mir. Es ist schön. Genau wie der ulkige kleine Garten, in dem anscheinend nur Meerrettich angepflanzt wird –«

»– und die Katzen, die ständig draußen vor der Küche miauen, die findest du wohl auch schön, wie?«

»Aber ja, natürlich.« Sie küßte ihn auf die Brust. »Alles ist schön. Weil es unser Zimmer ist.«

Er sah auf die Uhr. »Ich muß gehen.«

»Schon?«

»Ich habe Sylvia gesagt, ich besuche eine Patientin in Hampstead. Aber auch Patientenbesuche in Hampstead haben ihre Grenzen.«

»Wenn sie sehr schwer krank wäre –«

»Sie könnte sämtliche Krankheiten aus dem medizinischen Lexikon haben – ich müßte trotzdem zur Abendsprechstunde zurück sein.« Er stand seufzend auf und schlüpfte in sein Hemd.

Als er fertig angekleidet war, sagte er: »Es regnet immer noch. Komm, laß mich dich wenigstens bis zum Leicester Square mitnehmen.«

»Nein, das ist viel zu riskant, Guy, das weißt du doch. Ich nehme den Bus, wie immer.«

Seine Lippen verweilten auf ihrer Haut. »Dann rufe ich dich von der Praxis aus an.«

Das, dachte Guy, während er zur Stadtmitte zurückfuhr, war das schlimmste. Nicht in der Lage zu sein, für Faith zu sorgen, ihr das Leben ein wenig zu erleichtern. Er wußte, daß sie hart arbeitete und an den Wochenenden oft Stunden in klapprigen Bummelzügen zubrachte, wenn sie nach Norfolk fuhr, um sich um ihren Vater zu kümmern. Er verstand, warum sie nicht bereit war, Geld von ihm zu nehmen, aber das machte es nicht leichter. Er wußte auch, daß es nur vernünftig von ihr war, sein Angebot, sie mitzunehmen, auszuschlagen, aber das änderte nichts daran, daß er sich schäbig und egoistisch vorkam bei dem Gedanken, daß sie nun frierend an irgendeiner zugigen Bushaltestelle stehen mußte.

Er stellte seinen Wagen hinter dem Haus ab und ging nach oben.

Sylvia, seine Sprechstundenhilfe, blickte auf, als er hereinkam. »Ich habe versucht, Sie bei Mrs. Danbury zu erreichen, Dr. Neville«, sagte sie in vorwurfsvollem Ton. Mrs. Danbury war die Patientin mit der imaginären Krankheit. »Aber Sie waren gar nicht dort. Mrs. Danbury sagte, sie hätte Sie gar nicht bestellt.«

Guys Herz begann zu rasen. Äußerlich ruhig, entgegnete er: »Jetzt bin ich ja hier. Weswegen wollten Sie mich denn sprechen, Sylvia?«

»Ihre Frau hat angerufen. Sie möchten sie umgehend zurückrufen.« Wieder läutete das Telefon. »Das wird sie sein, nehme ich an.«

In seinem Sprechzimmer hob Guy ab und meldete sich. Lügen und Ausflüchte wirbelten ihm durch den Kopf, als Eleanor zu sprechen begann. Das muß ein Mißverständnis sein – wollte nur einmal bei der alten Mrs. Danbury vorbeischauen – Sylvia muß da etwas falsch verstanden haben...

»Guy? Hallo, Guy? Wo warst du nur so lange? Ich habe den ganzen Nachmittag versucht, dich zu erreichen.«

Guy räusperte sich. Aber Eleanor wartete gar nicht auf eine Antwort.

»Guy, es ist etwas Schreckliches passiert«, fuhr sie mit zitternder Stimme fort. »Oliver ist aus der Schule ausgeschlossen worden.«

Guy fuhr sofort nach Hause. Die Schande seines Sohnes enthob ihn weiterer Lügen; Eleanor fragte nicht nach seinem Verbleib an diesem Nachmittag. Sie saß mit einem Glas in der Hand im Salon, als Guy kam. Ihr Gesicht war bleich und verkrampft.

»Wo ist Oliver?«

»Sie setzen ihn morgen früh in den Zug. Er soll heute die Nacht in der Krankenstube verbringen ...« Eleanor schlug die Hände vors Gesicht.

Guy legte ihr den Arm um die Schultern. Die ungewohnte Berührung mutete ihn seltsam an. Seit seiner Affäre mit Nicole Mulgrave schliefen sie getrennt. Seit zwölf Jahren vermieden sie jegliche körperliche Berührung. Sie hätte ja etwas auslösen und die brüchige Fassade ihrer Ehe zum Einsturz bringen können.

Eleanor schluchzte zitternd. Er reichte ihr sein Taschentuch. Noch einen Moment weinte sie weiter, dann schneuzte sie sich, richtete sich auf und schüttelte seinen Arm ab.

»Jetzt sag mir doch erst einmal, was eigentlich geschehen ist, Eleanor.«

Sie drückte ihre Fäuste gegeneinander. »Um die Mittagszeit hat Dr. Vokes hier angerufen.« Sie schluckte. »Er sagte, Oliver hätte einen anderen Jungen bestohlen.«

»Bestohlen?« wiederholte Guy ungläubig.

»Ja, er soll irgendein Spielzeug genommen haben.« Wieder begannen die Tränen zu fließen.

Guy war verwirrt. Er hörte sie sagen: »Anscheinend war es nicht das erste Mal«, und erinnerte sich an Olivers Eskapade zwei Jahre zuvor. Da war der Junge wegen irgendeiner dummen Geschichte mit einem Flash-Gordon-Jahrbuch, für die er eine völlig plausible Erklärung gehabt hatte, aus der Schule ausgerissen.

Er brauchte jetzt auch einen Drink. Vor dem Barschrank stehend, schenkte er sich einen großen Scotch ein. Nach dem ersten kräftigen Schluck sagte er: »Ich rufe Vokes gleich einmal an und lasse mir die ganze Geschichte von ihm erzählen.«

Er telefonierte in seinem Arbeitszimmer. Scham und Entsetzen ergriffen ihn, als er den Bericht des Schulleiters hörte, und die Erkenntnis, daß er als Vater versagt hatte, rief eine Selbstverachtung hervor, die beinahe vernichtend war. Er kehrte zu Eleanor in den Salon zurück und sah die Hoffnung in ihrem Blick. Mit einem raschen Wort machte er sie zunichte.

»Die Sache ist eindeutig. Es gibt keinen Zweifel. Der einzige Trost ist, daß die Schule sich bereit erklärt hat, nichts nach Missingdean zu melden.« Oliver sollte im September in Selwyns ehemaliger Privatschule anfangen.

Eleanor flüsterte: »Aber wir haben ihm doch alles gegeben«, und Guy dachte: Nein, alles eben doch nicht. Er hatte von ihnen nicht die Beständigkeit bekommen, nicht die zuverlässige Liebe ohne Anspruch, die ein Kind braucht. Olivers Kindheit war vom Krieg geprägt gewesen: von den schweren Bombardierungen, die es notwendig gemacht hatten, ihn aus London fortzubringen, und von dem unterschwelligen, kalten Konflikt, der nach seiner Heimkehr zwischen seinen Eltern geschwelt hatte. In diesem Moment haßte Guy sich dafür, daß er gerade bei Ausbruch dieser akuten Krise mit Faith Mulgrave zusammengewesen war; unerreichbar für Eleanor und Oliver, als sie ihn am dringendsten gebraucht hatten.

»Guy«, sagte sie flehend, »das wird sich doch alles wieder einrenken, nicht wahr?«

Er drehte sich nach ihr um. Sie schien gealtert von Angst und Sorge.

»Wir werden schon eine Lösung finden. Ich werde der Sache auf den Grund gehen, Eleanor, das verspreche ich dir. Mach dir keine Sorgen.«

Oliver kam am folgenden Vormittag nach Hause. Nach dem Mittagessen sprach Guy in seinem Arbeitszimmer mit ihm.

»Dr. Vokes hat mir berichtet, was passiert ist. Du wolltest irgend etwas mit diesem Jungen tauschen – mir ist sein Name entfallen –«

»Canterbury«, sagte Oliver. Sein Gesicht war kreideweiß.

»Du wolltest also irgendeine von deinen Spielsachen gegen Canterburys Raumschiff tauschen, und er lehnte ab. Da hast du das Raumschiff gestohlen.«

»Ich hab's mir nur geliehen, Daddy.«

»Ohne Canterburys Einverständnis? Warum? Ich verstehe das nicht, Oliver. Du hast so viele Spielsachen und reichlich Taschengeld.«

Oliver trat von einem Fuß auf den anderen. Störrisch sagte er noch einmal: »Ich hab's nur geliehen.«

»Das Buch, das du im letzten Jahr angeblich geschenkt bekommen hattest – war das auch geliehen?«

Oliver senkte die Lider. Guy spürte die Furcht hinter seiner Störrigkeit. Er sagte in strengem Ton: »Komm schon, Oliver, du hast mir auf meine Frage keine Antwort gegeben. Warum hast du das Raumschiff genommen?«

»Weil ich es haben wollte«, stieß Oliver hervor.

»Wir können uns nicht einfach nehmen, was wir haben wollen, Oliver. Und wenn du es so dringend haben wolltest, warum hast du es dir dann nicht von deiner Mutter zu Weihnachten gewünscht?«

»Ich wollte es doch *jetzt*! Ich wollte es Farthing zum Geburtstag schenken!«

Guy ging zum Fenster. Die Hände auf den Sims gestützt, beugte er sich vor, um hinauszublicken. Von seinem Arbeitszimmer aus, das sich in der obersten Etage des Hauses am Holland Square befand, konnte er die Häuser sehen, die funkelnagelneu und modern aus den Trümmern des Krieges erstanden waren. Er fühlte sich ausgelaugt, der Situation nicht gewachsen. In diesem Jahr wurde er vierzig. Nie zuvor hatte er sich so alt und verbraucht gefühlt – ein Mann mit Werten, die einer anderen Zeit angehörten.

»Farthing?« fragte er, ohne sich umzudrehen. »Wer ist Farthing?«

»Er ist Sprecher vom Drake House. Und ein super Kricketspieler. Im Spiel gegen Holywell hat er vierundfünfzig Läufe gemacht.« Oliver trat zu seinem Vater und zupfte ihn am Ärmel. »Daddy?«

Guy blickte zu seinem Sohn hinunter und gewahrte mit Staunen Olivers Schönheit, als sähe er sie zum ersten Mal: das helle Haar, die wohlgeformten, klaren Gesichtszüge, die tiefblauen Augen. Weil der Junge so schön war, weil er ein Einzelkind bleiben würde und weil sein Vater von Schuldgefühlen gequält wurde, hatte er stets alles von ihnen bekommen, was er wollte.

»Daddy? Wann kann ich zurück ins Internat? Ich habe meinen Vorbereitungskurs in Latein noch nicht abgeschlossen, und ich soll in die Kricketmannschaft aufgenommen werden ...«

Er legte Oliver den Arm um die Schultern und sagte behutsam: »Du kannst nicht nach Whitelands zurück. Sie nehmen dich nicht mehr auf, Oliver, so leid es mir tut. Das hat mir Dr. Vokes klipp und klar gesagt.«

Oliver starrte ihn fassungslos an. »Aber was soll ich denn jetzt tun, Daddy?«

»Das weiß ich auch nicht.« Er hörte selbst die Müdigkeit in seiner Stimme. »Das weiß ich auch nicht, Oliver.« Als der Junge zu weinen begann, zog er ihn an sich und strich ihm immer wieder über das weiche blonde Haar.

Erst als sie schweigend und in gespannter Stimmung beim Abendessen saßen, fiel Guy plötzlich ein, daß er Faith am Abend zuvor nicht wie versprochen angerufen hatte. Unter dem Vorwand, einen Verdauungsspaziergang machen zu wollen, suchte er die nächste Telefonzelle.

Beim Wählen von Faiths Nummer gingen ihm unaufhörlich Olivers Worte durch den Kopf: *Weil ich es haben wollte* ... Wie der Vater, so der Sohn, dachte er grimmig. Man nimmt sich einfach, was einem gefällt, auch wenn es verboten ist.

Als sie sich endlich meldete, hörte er sofort die ängstliche Besorgnis in ihrem Ton.

»Faith – ich bin's.«

»Guy!« Ein Aufatmen. »Ich dachte schon, es wäre etwas passiert. Als du nicht angerufen hast ... Ich hatte Angst –«

»Nein, nein«, unterbrach er. »Es ist alles in Ordnung, niemand weiß etwas von uns. Es ist zwar tatsächlich etwas passiert, aber es hat mit uns nichts zu tun.« Doch als er ihr die Geschichte mit Oliver berichtete, konnte er nicht umhin zu erwähnen, daß sie – bedachte man Eleanors vergebliche Anrufe in der Praxis und die Bemühungen seiner Sprechstundenhilfe, ihn ausfindig zu machen – nur mit Glück einer Katastrophe entgangen waren.

Sie hörte ihm schweigend zu. Als er zum Ende gekommen war, sagte sie: »Ach, Guy, du Armer. Was für ein Kummer für euch alle. Wie geht es Oliver jetzt?«

»Er ist ziemlich kleinlaut und zerknirscht.« Er wurde allerdings, wie so oft, nicht recht klug aus Oliver. Er wußte nicht, ob der Junge bedauerte, was er getan hatte, oder ob sein Bedauern der Tatsache galt, daß er nicht bekommen hatte, was er wollte.

»Was willst du tun?«

»Das weiß ich noch nicht.« Er schrieb »Guy liebt Faith« auf die beschlagene Glasscheibe der Telefonzelle und löschte die Worte dann mit der flachen Hand. »Er soll ja ab September auf die Privatschule gehen, die wir für ihn ausgesucht haben, da lohnt es sich kaum, jetzt noch eine andere vorbereitende Schule zu suchen. Außerdem würde man dort sicher Fragen stellen, und für Oliver ist es das beste, wenn diese Sache nicht publik wird. Eleanor möchte einen Hauslehrer engagieren, aber ich weiß nicht recht ... ich denke ... «

»Was denn, Guy?«

»Ich denke, in mancher Hinsicht wäre es die schlechteste Lösung, einen Hauslehrer zu nehmen. Das würde Oliver von seinen Altersgenossen isolieren und ihn in seiner Überzeugung, etwas Besonderes zu sein, womöglich noch bestärken.« Er seufzte. »Ich wollte, ich könnte einfach mit ihm verreisen. Zum Zelten auf den Kontinent vielleicht, um ihm all die Orte zu zeigen, die ich liebe. Er könnte einmal eine Zeitlang ein Vagabundenleben führen. So etwas täte ihm jetzt gut. Aber ich kann im Moment einfach nicht weg. Selwyn ist immer noch nicht wieder auf dem Damm, auch wenn er es nicht zugibt, und wenn ich mir jetzt freinähme, würde er es sich nicht nehmen lassen, mich zu vertreten. Ich glaube aber nicht, daß er dem in seinem jetzigen Zustand gewachsen wäre.«

Guy wurde sich plötzlich der Welt bewußt, die ihn umgab: der Autos und Busse, die an der Telefonzelle vorbeibrausten; der Menschen, die vor der Zelle Schlange standen. Er schloß einen Moment die Augen, um diese Fremden auszublenden, und rief sich Faiths Gesicht ins Gedächtnis, ihre vertrauten, geliebten Züge. Dann sagte er mit großer Mühe: »Ich weiß nicht, wann wir uns wiedersehen können, Faith. Diese Sache muß geklärt werden, und das wird einige Zeit in Anspruch nehmen.«

Schweigen. Er konnte ihr Atmen hören. Dann sagte sie endlich: »Versuchst du mir beizubringen, daß du mich nicht wiedersehen willst, Guy?«

»Nein! Um Gottes willen, nein!« Draußen drückte einer der Wartenden das Gesicht ans Glas und bedeutete Guy mit ungeduldigen Gesten, endlich Schluß zu machen. »Das wirst du niemals von mir hören, Faith. Versteh doch – du allein machst das alles erträglich. Du machst alles gut.«

»Aber es ist doch gar nicht gut. Was wir tun, ist unrecht.«
»Wie kann es unrecht sein, wenn wir einander lieben? Wie kann Liebe etwas anderes als gut sein?«
»Wenn einem etwas guttut, heißt das noch lange nicht, daß es auch recht ist.« Ihre Stimme klang rauh. »Ich muß jetzt aufhören, Guy. Con wartet auf mich. Ruf mich an, wenn du kannst.« Dann legte sie den Hörer auf.

Beim Frühstück, das sie allein einnahmen, teilte er Eleanor seinen Entschluß mit.
»Oliver kann während des Sommertrimesters die örtliche Schule hier besuchen, die King-Edward-Schule.«
Eleanor sah von ihrem gekochten Ei auf. »Aber Guy, das ist doch Unsinn! Die King-Edward-Schule ist eine städtische Schule.«
»Es ist eine höhere Schule.«
»Du kannst Oliver nicht auf eine städtische Schule schicken.«
»Aber natürlich. Es ist ja nur für ein Trimester, und da er seine Aufnahmeprüfung bereits bestanden hat, spielt es keine Rolle, wenn der Stoff, den sie dort unterrichten, für ihn vielleicht zum Teil Wiederholung ist. Es ist auf jeden Fall ideal – er kann mit dem Bus fahren, und er kann zu Hause leben. Ich werde gleich heute morgen dort anrufen und fragen, ob sie ihn aufnehmen können.«
»Guy, das kommt nicht in Frage.« Eleanor schenkte sich heißen Kaffee nach. »Ich lasse nicht zu, daß Oliver eine solche Anstalt besucht.«
Er strich Butter auf eine Scheibe Toast. »Nach allem, was man hört, ist es eine sehr ordentliche Schule. Letztes Jahr haben mehrere Jungen von dort den Sprung nach Oxford und Cambridge geschafft.«
»Darum geht es doch gar nicht.«
Er schnitt den Toast durch, aber er aß ihn nicht. »Worum geht es dann, Eleanor?«

»Ich möchte nicht, daß Oliver mit solchen jungen Leuten in Berührung kommt.«

Er sah sie mit hochgezogenen Brauen an. »Und was sind das für junge Leute?«

»Unerzogenes Volk. Da schnappt er höchstens schlechte Gewohnheiten auf.«

»Ich würde meinen«, entgegnete Guy kühl, »wir sollten eher darum besorgt sein, daß diese jungen Leute schlechte Gewohnheiten von *ihm* aufschnappen könnten.« Er schob seinen Teller von sich. Er konnte jetzt nicht essen; allein der Anblick von Toast und Ei bereitete ihm Übelkeit. »Oliver ist ein Dieb, Eleanor. Dieser Tatsache müssen wir ins Augen sehen. Gewiß, bisher stiehlt er nur Kleinigkeiten, aber wer weiß, was ihm vielleicht in einigen Jahren erstrebenswert erscheinen wird.«

Sie verzog verächtlich den Mund. »Ach, du meinst, er wird sich zum Bankräuber entwickeln – oder zum Einbrecher.«

»Nein, das meine ich nicht.« Er bemühte sich, ihr begreiflich zu machen, worum es ihm ging; es war sein letzter Versuch, noch etwas aus den Trümmern ihrer Ehe zu retten. »Vielleicht hat Oliver es in mancher Hinsicht immer zu leicht gehabt. Wir haben ihn ja so erzogen, daß er glauben muß, er könne alles haben, was er will, sobald er nur den Wunsch danach verspürt. Ein paar Monate unter jungen Leuten, denen es nicht so leichtgemacht wurde, werden ihm sicher nicht schaden. Vielleicht werden sie ihn zu schätzen lehren, was er hat.«

»Kommt nicht in Frage, Guy. Ich denke nicht daran, Oliver auf eine städtische Schule zu schicken.«

Er wußte, daß sie ihm überhaupt nicht zugehört hatte. Er war wütend und hatte plötzlich nur noch den Wunsch, es ihr heimzuzahlen. Schließlich verdiente er das Geld. »Aber für einen Hauslehrer werde ich nicht bezahlen, Eleanor«, sagte er und fand es beinahe befriedigend, die

Bestürzung in ihrem Gesicht zu sehen. »Whitelands ist nicht bereit, die Gebühren für das kommende Trimester zurückzuerstatten. Und du weißt, wie teuer Missingdean ist. Wir können uns einen Privatlehrer nicht leisten.«

Sie stellte ihre Tasse so heftig ab, daß das Porzellan klirrte. »Du brauchst doch nur ein paar Patienten mehr zu nehmen –«

»Aber das werde ich nicht tun.« Er lechzte nach einem Scotch; um halb neun Uhr morgens lechzte er nach einem Scotch. Statt dessen griff er zu seinen Zigaretten. »Es fällt mir nicht ein.«

Eleanor stand auf. »Dann werde ich eben mit Vater sprechen. Er hat Ersparnisse.« An der Tür blieb sie noch einmal stehen. »Soviel halsstarrige Unvernunft hätte ich nicht einmal dir zugetraut.«

Doch Selwyn stellte sich zu Eleanors zorniger Überraschung auf Guys Seite, und Guy rief noch am selben Tag in der King-Edward-Schule an, um einen Vorstellungstermin für Oliver zu vereinbaren.

Olivers Reaktion auf die neue Entwicklung war erschreckend. Er wurde leichenblaß, und Guy glaubte einen Moment lang, er würde ohnmächtig werden. Er legte dem Jungen den Arm um die Schultern und erklärte ihm ruhig und freundlich, daß der Besuch der King-Edward-Schule lediglich eine vorübergehende Notlösung sei, um die Zeit bis zu seinem Wechsel nach Missingdean zu überbrücken. Spätestens Anfang September, sagte er, könnten sie die ganze Geschichte vergessen. Aber Oliver flüsterte nur: »Ich hasse dich. Nana hätte mich nie auf so eine Schule gehen lassen. Ich hasse dich.« Dann lief er hinaus.

Nachdem die ersten Wochen des Trimesters ohne Zwischenfall verstrichen waren, fragte sich Jake, ob sein Eindruck, Linfield habe ihn und Mary an jenem Morgen an der Küste gesehen, nicht doch falsch gewesen war. Und vielleicht, sagte er sich, täuschte er sich ja auch in seiner Vermutung, Linfield sei ein nachtragender und rachsüchtiger Mensch. Erleichtert überließ er sich dem nun schon vertrauten Schulalltag von Unterricht, Hausaufgabenüberwachung und Korrekturarbeit.

Aber eines Sonntags kam Mary auffallend blaß und still zu ihrem Stelldichein am Fuß des Küstenweges. Und als er versuchte, sie in ein Gespräch zu ziehen, gab sie nur einsilbige Antworten. Kormorane und Sturmtaucher stürzten sich von den schroffen Klippen ins Meer hinunter, und in der Tiefe schlugen die Wellen tosend gegen die Felsen. Der Weg war so schmal, daß sie nicht nebeneinander gehen konnten; Mary ging voraus, eine zierliche Gestalt mit hochgezogenen Schultern und gesenktem Kopf, der der Kampf mit dem stürmischen Wind gerade recht zu kommen schien.

Jake holte sie ein und zwang sie, anzuhalten. »Was ist los?«

»Nichts.« Sie stieß die Hände tiefer in ihre Manteltaschen.

»Mary –«

»Ich sag' dir doch, Jake, es ist nichts.« Ihr Ton war scharf. »Gehen wir also weiter, wenn's dir recht ist, sonst friere ich hier noch an.«

Sie hatten die Stelle erreicht, wo die Felsen sich sanft abwärts neigten und einen Weg zu der kleinen abgeschiedenen Bucht mit dem Sandstrand freigaben. Im warmen Septemberwetter hatten sie sich hier geliebt. Aber mit dem Herbst war beißende Kälte eingezogen, die Felsen waren glitschig, in den Spalten schwappte eine Brühe aus zermalmten Muschelschalen und Meerwasser, und überall auf den Steinen lag feuchter Tang.

Jake sah Mary nach, die verbissen weitermarschierte und die mit Wasser gefüllten Felsmulden umrundete.

»Wenn du genug von mir hast«, rief er ihr nach, »dann sag es einfach, um Himmels willen.«

Sie drehte sich nach ihm um. »Gott, wie egozentrisch, Jake. Glaubst du nicht, ich hab' andre Sorgen als dich?« Sie lehnte sich mit gekrümmten Schultern an einen Felsen und blickte zum Meer hinaus.

Ein paar Schritte entfernt schwappten die Wellen an den Strand und sogen den Sand unter ihren Füßen weg. Nach einiger Zeit schien ihre Abwehr nachzulassen, und sie murmelte: »Es geht um George.«

»Ist er krank?«

»Linfield hat ihn geschlagen, mit dem Lederriemen. Er behauptete, George hätte beim Gottesdienst geschwatzt. Ich habe George danach gefragt, und er sagte, er hätte nur ganz kurz mal geflüstert, ein, zwei Worte vielleicht. Es ging um eine Spinne, die auf dem Kirchenstuhl herumkrabbelte, oder einen ähnlichen Unsinn. Die anderen Jungen hätten viel mehr geschwatzt als er, sagt er. Aber die hat Linfield nicht angerührt. Ich hasse diesen Menschen«, fügte sie leise und heftig hinzu. »Wenn ich mir vorstelle, daß er meinem Kind etwas antut!«

Stolpernd lief sie über die Felsen, die ins Wasser hinausragten, davon. Die Wellen schlugen zu beiden Seiten der kleinen Landzunge krachend gegen die Ufer, und der von beiden Seiten aufspritzende Gischt vermischte sich in der Luft. Immer wieder rutschte sie auf den von Entenmuscheln überzogenen Steinen aus und fiel. Ihre Knie und Handballen waren aufgeschrammt und bluteten. Erst ganz draußen, auf dem letzten von Wasser umspülten Felsen, machte sie halt. Ihr Regenmantel war durchnäßt, ihr schwarzes Haar verschlungen wie Seetang. Er spürte, daß sie ihm die Schuld an der Entwicklung der Dinge gab, und folgte ihr deshalb nicht. Aber er ging auch nicht. Er wartete am Strand, bis sie umkehrte und langsam zum Küstenweg zurückkam.

Zehn Tage später schlug Linfield den kleinen George ein zweites Mal. Dann erneut drei Wochen später. Jake erkannte die Methode des routinierten Folterers. Man legt nach jeder Mißhandlung eine Pause ein und läßt das Opfer Hoffnung schöpfen. Das schlimmste ist die Zerstörung der Hoffnung, sie ist am schwersten zu ertragen.

Als Mary mit Linfield sprach und ihn der Voreingenommenheit beschuldigte, stieß sie nur auf hochmütige Zurückweisung ihrer Vorwürfe. Georges sonst so fröhliches kleines Gesicht bekam einen Ausdruck ständiger Furcht.

Jake sah den blitzenden Triumph in Linfields Augen, obwohl dieser es tunlichst vermied, ihm allein zu begegnen. Er wußte, daß all diese Übergriffe eigentlich ihm – Jake – galten; Mary und der arme George waren nur Mittel zum Zweck. Er hatte Linfield gedemütigt, und jetzt demütigte Linfield ihn. Er konnte das Kind seiner Geliebten nicht schützen.

Sehr bald wurde klar, daß es nur eine Lösung gab. In der Wäschekammer, umgeben von Stapeln von Kissenbezügen und Handtüchern, bat Jake Mary, ihn zu heiraten. Der Sprung in die Verbindlichkeit, vor dem er einmal zurückgescheut wäre, konnte ihn nicht mehr abschrecken.

Sie fuhr fort, Wäschestücke zu zeichnen, während er ihr seinen Antrag machte. Als er schließlich schwieg, sagte sie: »Es würde nichts ändern, Jake«, leckte die Spitze ihres Stifts und schrieb in sauberen Druckbuchstaben »Heatherwood Court« auf den Saum eines Lakens. »Das würde diesen Menschen auch nicht davon abhalten, meinen Sohn zu quälen.«

»Munday hätte vielleicht was gegen eine heimliche Affäre, aber wenn zwei Mitglieder seines Lehrkörpers ordnungsgemäß verheiratet wären, könnte er kaum was auszusetzen haben.«

Mary legte die Laken ins Regal zurück. »Wenn wir heirateten«, sagte sie ruhig, »würde Linfield George wahrscheinlich noch häufiger schlagen. Vielleicht ist er eifersüchtig. Vielleicht will er etwas von mir.«

Die Vorstellung, daß Linfield Mary mit lüsterner Begierde verfolgte, ekelte ihn an und beschmutzte irgendwie seine eigenen Gefühle für sie. Er sah sie an und wußte, daß sie schon dabei war, sich vor ihm zurückzuziehen, wieder in den schützenden Panzer zu steigen, den sie bei seiner Ankunft in Heatherwood getragen hatte.

Die Kammer war klein und die Luft stickig. Er schob die Hände in die Hosentaschen und bemühte sich, klar zu denken. »Dann müssen wir George auf eine andere Schule geben.«

»Ja, natürlich, das ist die einzige Lösung. George und ich gehen weg von hier.«

Jake wurde innerlich eiskalt. »Und ich?«

Sie verspottete ihn nicht, wie er halb erwartet hatte, wegen seiner selbstsüchtigen Frage. Vielmehr sagte sie: »Es ist ja wohl kaum wahrscheinlich, daß wir eine Schule auftreiben werden, die einen Sprachlehrer und eine Hausmutter braucht und dazu noch einen Platz für einen zehnjährigen Jungen freihat.«

»Du spielst Linfield direkt in die Hände«, entgegnete er hitzig. »Du reagierst genau so, wie er es sich erhofft.«

Sie legte den Kissenbezug, den sie gerade hatte falten wollen, wieder aus der Hand. »Das kann schon sein. Aber ich muß George schützen. Das verstehst du doch, Jake.«

Einige Tage später suchte er Captain Munday auf. Der Schulleiter saß am Schreibtisch in seinem Zimmer, vor sich mehrere aufgeschlagene Geschäftsbücher. Von einer Pfeife, die in einem Aschenbecher lag, stieg durchdringender blauer Qualm auf.

»Ich muß mich leider über Mr. Linfield beschweren«, eröffnete Jake das Gespräch. »Er ist einem der Jungen gegenüber sehr ungerecht. Er hackt ständig auf ihm herum und nutzt jede Gelegenheit, um ihn zu züchtigen.«

Munday verzog den schmalen Mund unter dem gepflegten Oberlippenbärtchen. Jake brauchte einen Moment, um zu erkennen, daß die Grimasse ein Lächeln sein sollte. »Vielleicht verdient der Junge Züchtigung, Mr. Mulgrave.«

»Der Meinung bin ich nicht. George Zielinski ist ein gewissenhafter kleiner Junge mit einem sanftmütigen Naturell.«

Munday begann, sich die Fingernägel mit einem Zahnstocher zu reinigen. »Haben Sie die Möglichkeit in Betracht gezogen, Mr. Mulgrave, daß Zielinski in Mathematik weniger fleißig ist als in Französisch?«

Du eingebildeter kleiner Pedant, dachte Jake, aber er schluckte seinen Ärger hinunter. Munday zog eine Schreibtischschublade auf.

»Wollen wir einen Blick in das Strafregister werfen?« Er blätterte in einem Buch. Jeder Lehrer mußte Anlaß und Maß jeder Züchtigung, die er erteilte, genau im Strafregister verzeichnen.

»Schwätzen in der Garderobe – schmutzige Hände beim Mittagessen – mangelnde Vorbereitung auf den Unterricht...« Captain Munday schob das Buch über den Schreibtisch. »Mir scheint das alles völlig in Ordnung zu sein, Mr. Mulgrave.«

Jake überflog die Liste kleiner Vergehen. Georges Name war mit erschreckender Regelmäßigkeit aufgeführt. Er hob den Kopf und sagte zornig: »*Das* billigen Sie?«

»Ohne strenge Disziplin würde die Schule nicht funktionieren.«

»Und darum erlauben Sie einem sadistischen Schinder wie Linfield, daß er seinen Haß auf die Menschheit an einem kleinen Jungen ausläßt?«

»Seien Sie vorsichtig, Mr. Mulgrave.« Keine Spur mehr von freundlicher Jovialität. »Mr. Linfield ist ein geschätztes Mitglied des Lehrkörpers. Er unterrichtet seit achtzehn Jahren in Heatherwood. Wohingegen Sie noch nicht einmal ein Jahr hier sind.« Captain Munday griff nach seiner Pfeife und begann sie zu stopfen. Er maß Jake mit einem berechnenden Blick. »Wie ich mich erinnere, kommen Sie aus einigermaßen unkonventionellen Verhältnissen. Sie haben, wenn ich nicht irre, viel im Ausland gelebt?«

Er schaffte es, den Eindruck zu erwecken, als wäre ein Leben im Ausland schlimmer als eine ansteckende Krankheit.

»Ich bin mir nicht sicher, ob Sie das englische Schulsystem in seinem ganzen Umfang zu würdigen wissen. Die ganze Welt beneidet uns darum. Und den Jungs ist eine Tracht Prügel allemal lieber.« Munday nickte selbstgefällig. »Sie sagen, dann hat man die Strafe schneller hinter sich.«

In Frankreich hatte Jake einen Mann gejagt. Es war in der Nacht vor dem D-Day gewesen, dem Tag der Landung der Alliierten in der Normandie. Der Mann war ein Bahnbeamter, ein Nazisympathisant, und Jake jagte ihn wie ein Tier. Er folgte seiner Witterung, bis er ihn allein und außer Reichweite seiner Freunde gestellt hatte. Dort hatte er ihm die Kehle durchgeschnitten.

Er lauerte Linfield nach der Kirche auf und stellte ihn, als er mit dem Gebetbuch in der Hand aus dem Gottesdienst kam. Bis zum Ende des Frühjahrstrimesters waren es noch zwei Wochen, und die Schule hatte für den Sieg des Heatherwood-Court-Teams im letzten Rugbyspiel der Saison gebetet.

Jake trat neben Linfield, als dieser durch das Wäldchen zwischen Kirche und Schule ging.

»Ich würde Sie gern einen Moment sprechen.«

Linfield trippelte auf seinen kleinen Füßen eilig durch Gras und Schöllkraut. »Ich habe keine Zeit für eine Unterhaltung, Mulgrave.«

»Das Gespräch wird nicht lange dauern. Ich möchte mit Ihnen über George Zielinski sprechen.«

»Zielinskis Leistungen in Algebra sind befriedigend, aber in der Geometrie hapert es noch –«

»Lassen Sie den Jungen in Frieden, Linfield. Rühren Sie ihn nicht noch einmal an! Wenn Sie andere quälen wollen, dann suchen Sie sich gefälligst jemand Ihres eigenen Kalibers.«

»Und wenn ich das nicht tue?« Linfield hatte asthmatisch zu pfeifen begonnen. Jedes Wort war ein Kampf um Atem. »Was wollen Sie dann tun, Mulgrave?«

Jake zuckte die Achseln. Im Wäldchen roch es nach Bucheckern und Furcht.

»Wollen Sie mich vielleicht umbringen?«

»Möglich«, antwortete er, aber es war eine Lüge. In diesem Moment jedenfalls hätte er Linfield nicht anrühren können. Der kleine glatte, beinahe haarlose Schädel und die von blauen Adern durchzogenen, durchsichtig weißen Hände stießen ihn ab.

»Lassen Sie George in Ruhe. Ich bin's doch, dem Sie eins auswischen möchten! Dann halten Sie sich auch an mich. Und nicht an den Jungen.« Die Atmosphäre unter den Bäumen war drückend. Jake wandte sich zum Gehen.

»Ach, und jetzt suchen Sie wohl Trost bei Ihrem Flittchen! Bei Ihrem Flittchen und ihrem Bastard.«

Jake fuhr herum. Sein Herz hämmerte. Noch ehe er der Unterstellung widersprechen konnte, rief Linfield triumphierend: »Aha! Es ist also wahr! Der Junge ist ein Bastard. Ich hab's mir doch gedacht.« Linfield lächelte höhnisch. »Nun, das würde Captain Munday aber ganz sicher interessieren.«

Das röchelnde Keuchen entfernte sich, als Linfield aus den Bäumen in den Sonnenschein hinaustrat. Jake blieb im Schatten zurück, die Hände in ohnmächtiger Wut zu Fäusten geballt.

Er erzählte es ihr. Er hätte es ihr nicht verschweigen können. Sie hörte ihm schweigend zu. Ihr Gesicht war starr wie Stein, und als er geendet hatte, sagte sie: »Es ist nicht deine Schuld, Jake.«

Aber er war anderer Meinung. Der ganze üble Schlamassel war allein seine Schuld. Wenn er nicht im vergangenen Jahr Linfield dafür gestraft hätte, daß der den kleinen Kirkpatrick mißhandelt hatte, wenn er sich abgewendet und einfach seines Weges gegangen wäre, wie alle anderen das taten, dann wäre dies alles nicht geschehen.

Zwei Tage später berichtete ihm Mary, daß man ihr einen Posten an einem Internat in Wales angeboten hatte. Einen Moment lang schien es, als bekäme die Mauer, hinter der sie sich verschanzt hatte, Risse; sie berührte seinen Arm und sagte zaghaft: »Du schreibst mir doch, nicht wahr, Jake? Du läßt die Verbindung nicht abreißen?«

Er antwortete nicht. Er wußte, daß das Unvermeidliche begonnen hatte. Er würde sie verlieren, wie er alles verloren hatte, was ihm im Leben etwas bedeutet hatte. Nichts war von Dauer, das war ihm vor langer Zeit klargeworden, als er in jenem heißen Unglückssommer des Jahres 1940 mit dem Fahrrad durch Frankreich geflohen war.

Er sah, daß sie auf eine Antwort von ihm wartete, doch er trat von ihr weg und ging ans Fenster. Nach einer Weile hörte er die Tür zufallen.

13

AN EINEM MITTWOCHNACHMITTAG im April trafen sie sich in ihrem Hotel in Battersea. Der Kohlgeruch im Korridor, die glatte senfbraune Steppdecke – alles schien genau wie immer. Aber Faith spürte eine schleichende Veränderung, ein verzweifeltes Bemühen, einander zu beweisen, daß sie immer noch miteinander glücklich waren. Sie liebten sich, dachte sie, um zu zeigen, daß noch Leidenschaft da war, weil Leidenschaft alles rechtfertigte.

Danach hüllte sie sich in die Bettdecke und ging zum Fenster. Im Frühlingssonnenschein wirkte der enge kleine Garten, der sie im Winter erheitert hatte, häßlich, wie eine Verkörperung der Hoffnungslosigkeit.

Guy sagte: »Woran denkst du?«

»Ich überlege, ob wir uns weiterhin sehen sollen.« Die Worte waren heraus, ehe sie sie bedenken konnte.

»Faith –« Er setzte sich auf.

»Seit fünf Wochen – fünf Wochen, Guy, ich habe gezählt – haben wir uns nicht ein einziges Mal länger als eine halbe Stunde gesehen.«

»Ich weiß, Darling, und es tut mir so leid.« Er kam zu ihr und legte ihr die Hand auf die Schulter. Aber sie wandte sich ihm nicht zu, und nach einer kleinen Weile sagte er verzweifelt: »Du weißt doch, daß ich vorsichtig sein muß. Damals, als Oliver –«

»Ja, ich weiß. Natürlich weiß ich das.« Sie erinnerte sich der schrecklichen Beklemmung, die sie an jenem Abend überfallen hatte, als Guy sie nach Olivers Schulausschluß angerufen hatte. *Eleanor hat mich den ganzen Nachmittag gesucht ... zum Glück war sie zu erregt über die Sache mit Oliver, um mir Fragen zu stellen.*

»Aber ich bin es müde, ständig vorsichtig sein zu müssen.« Doch sie sprach so leise, daß er es nicht hören konnte.

Er begann sich anzukleiden. »Eleanor fährt im August für zwei Wochen mit Oliver weg – da haben wir endlich alle Zeit der Welt für uns.« Seine Stimme schmeichelte und lockte.

»Das ist es nicht, Guy.«

»Was dann?« Er wartete. »Haben sich deine Gefühle für mich geändert?«

»Nein, nein. Ich liebe dich immer noch, Guy. Ich werde dich immer lieben.« Aber Glück und Freude sind geflohen, dachte sie. Nur Einsamkeit, Schuld und Angst waren geblieben.

Er faßte sie um die Taille. »Wenn es keinem weh tut, kann es nicht unrecht ein, Faith.« Das vertraute alte Mantra. Aber es hatte seine Überzeugungskraft verloren.

»Aber sicher sind wir doch nie!« rief sie. »Wir müssen immer Angst haben, entdeckt zu werden. Damals haben wir nur Glück gehabt. Es hätte so leicht alles herauskommen können –«

»Ist es aber nicht. Ist es nicht.« Er zog sie an sich und begann, sie zu küssen. Sie spürte die Verzweiflung und die Hoffnungslosigkeit in seinen Zärtlichkeiten. »Sprich nicht von Trennung, Faith, bitte! Ich brauche dich so sehr.«

Lange Zeit hielt er sie nur fest in den Armen, sein Gesicht an das ihre gedrückt. »Wir gehören zusammen«, flüsterte er. »Auf immer und ewig. Das darfst du nie vergessen. Versprichst du mir das?«

Anfangs fand Oliver seine neue Schule gräßlich, ein unscheinbarer roter Backsteinbau in einer lauten Londoner Straße, wo man vornehm tat und die Bräuche teurer Privatschulen pflegte – es gab Schulfarben, eine Schulhymne und Vertrauensschüler –, obwohl sowohl das Geld als auch die entsprechende Klientel fehlten, um solchen Ansprüchen gerecht zu werden. Übermäßig viel verlangt wurde im Unterricht nicht – Oliver war in den humanistischen Fächern voraus und in den Naturwissenschaften hinterher –, und die anderen Jungen waren eher fad und uninteressant als unerquicklich. Er langweilte sich viel, aber das war in Whitelands nicht anders gewesen. Wenn dieses Trimester an der King-Edward-Knabenschule ihm nicht als Strafe von seinem Vater verordnet worden wäre, hätte er vielleicht gar nichts daran auszusetzen gehabt.

So aber grollte er, und seine Mutter bestärkte ihn noch in der Überzeugung, er sei auf das grausamste gedemütigt worden. »Es ist wirklich unfair von Daddy, dich auf diese schreckliche Schule zu schicken. Aber ich fürchte, uns bleibt nichts anderes übrig, als gute Miene zum bösen Spiel zu machen, Oliver, mein Schatz. Nun, wenigstens können wir auf diese Weise den Sommer über zusammensein.« Seine Mutter schien den Grund seiner Heimkehr ganz vergessen zu haben; ihr Zorn und ihre Erbitterung richteten sich einzig gegen seinen Vater.

Abends, wenn er in seinem Bett lag und die streitenden Stimmen seiner Eltern durch das Haus schallten, pflegte er die Hände auf die Ohren zu drücken, um die beängstigenden Töne auszublenden. Tagsüber lag stets eine unerträgliche Spannung in der Luft, als schwelte eine mühsam unterdrückte Feindschaft zwischen seinen Eltern.

Einmal in der Woche ging er mit seiner Mutter zusammen zum Nachmittagstee ins Lyons' Corner House in Marble Arch. Er aß dann ein Schokoladenéclair oder ein Sahnebaiser mit Früchten, während seine Mutter den Tee aus einer silberner Kanne kredenzte. Manchmal redete sie vom

Krieg, was meistens ziemlich langweilig war, weil sie nur selten einmal was über Bomben oder Flugzeuge sagte oder irgendwelche spannenden Geschichten erzählte, die im Krieg passiert waren; manchmal erzählte sie von dem Krankenhaus, in dem sie einmal gearbeitet hatte, und das war dann noch langweiliger. Oft, vor allem nach besonders erbitterten Auseinandersetzungen am Abend zuvor, sprach sie von seinem Vater. Sie versicherte Oliver, sie könne verstehen, wie sehr er unter der Lieblosigkeit seines Vaters leide, denn auch zu ihr sei er manchmal lieblos. Sie erklärte ihm, daß sein Vater in ärmlichen Verhältnissen aufgewachsen war und deshalb heute noch mit dem Geld knauserte. Ohne ihre Hilfe, sagte sie, wäre er auch jetzt noch arm wie eine Kirchenmaus. Daß er darauf bestanden hatte, ihn in eine städtische Schule zu schicken, sagte sie, zeige deutlich, daß er Oliver nicht im gleichen Maße liebe, wie sie das tue.

Oliver hätte sie gern getröstet und wünschte sich, er wüßte das Richtige zu sagen, um sie aufzuheitern. Manchmal genoß er es, daß seine Mutter ihn wie ihren Vertrauten behandelte, weil er sich dann wie ein Erwachsener fühlte und sich ungeheuer wichtig vorkam. Es gab aber auch Zeiten, da gingen ihm der geschmackvolle Dekor des Restaurants und das dezente Gemurmel kultivierter Unterhaltung so sehr auf die Nerven, daß er am liebsten auf und davon gelaufen wäre und im Laufen reihenweise Tische und Stühle umgestoßen hätte.

Schon einige Wochen nach Beginn des Trimesters lernte er einen Mitschüler namens Wilcox kennen. Wilcox war ein Jahr älter als Oliver und hielt sich mit Mühe in der untersten Leistungsgruppe seiner Klasse, gehörte also einer Kategorie von Jungen an, mit denen Oliver normalerweise nichts hätte zu tun haben wollen.

Die beiden Jungen trafen sich auf dem Korridor vor dem Direktorat, wo sich mittags die Tunichtgute einzufinden pflegten, um sich die Strafen für ihre jeweiligen Schandtaten während des Unterrichts abzuholen. Wilcox stand neben Oliver.

Lässig an die Wand gelehnt, sagte er in geringschätzigem Ton: »He, bist du hier nicht in der falschen Reihe, Neville? Du gehörst doch wohl eher zu den Strebern, die vor Phillips Zimmer anstehen, um ihr Sternchen zu kassieren?«

Oliver zuckte mit den Schultern.

»Was hast du denn angestellt?« fragte Wilcox. »Hast du deine Hausaufgaben mit fünf Minuten Verspätung abgegeben? Oder hast du vielleicht vergessen, deine Schuhe zu putzen?« Er warf einen Blick auf Oliver. »Nee, bestimmt nicht. Dir putzt das Dienstmädchen die Schuhe, stimmt's?«

Wilcox' Schuhe sahen aus, als hätten sie noch nie mit Schuhcreme Bekanntschaft gemacht. Das Leder war rissig und begann sich von der Sohle zu lösen. Seine Schulkrawatte war zu einem kleinen festen Knoten zusammengezurrt, der ihm schief am Hals hing, und die Litze an seinem Blazer war zerrissen.

»Wir haben gar kein Dienstmädchen«, sagte Oliver.

»Wir haben gar kein Dienstmädchen«, äffte Wilcox ihn mit hoher Piepsstimme nach.

»Und ich bin hier«, fügte Oliver hinzu, »weil ich auf dem Klo geraucht habe.« Das Rauchen hatte er in Whitelands gelernt; jetzt stibitzte er ab und zu ein paar Zigaretten aus dem Etui seines Vaters: als Rache, dachte er dabei immer, für die Erniedrigung, die er hier aushalten mußte. Er warf Wilcox einen fragenden Blick zu. »Und warum bist du hier?«

»Ich hab' Brownlie 'ne freche Antwort gegeben«, erklärte Wilcox gleichmütig. Mr. Brownlie war der Sportlehrer, ein ehemaliger Infanterist mit gewaltigen Fäusten.

»In der Schule, wo ich vorher war, hab' ich mal Jodstickstoff ins Lehrerklo getan, und als der Direktor sich draufgesetzt hat, ist es explodiert.« Das war geflunkert. Ein anderer Junge hatte den Streich vorgeschlagen, aber keiner hatte den Mut gehabt, ihn auszuführen. Doch das brauchte Wilcox ja nicht zu wissen.

Wilcox lachte wiehernd. »Direkt unter seinem Arsch!«

An diesem Abend ging Oliver in das Arbeitszimmer seines Vaters und nahm vier Players aus dem Etui in der Schreibtischschublade, um sie am folgenden Tag mit zur Schule zu nehmen. In der Pause gesellte er sich zu Wilcox und bot ihm eine Zigarette an.

»Doch nicht hier, du Knallkopf – da sieht uns Brownlie ja.« Doch Wilcox nahm die Zigarette und schob sie in seine Tasche.

Nach dem Unterricht wartete er vor dem Tor auf Oliver. An einem staubigen, begrünten kleinen Platz hinter der Great Portland Street rauchten sie gemeinsam. Oliver lag auf dem Rücken im Gras und sah dem blauen Qualm nach, der zum Himmel hinaufstieg.

Wilcox hustete nach seiner ersten Zigarette und verschluckte sich an der zweiten. Als er sich erholt hatte, sagte er: »Du wohnst doch garantiert in so einem Haus, oder?« Er wies auf die hohen, schmalbrüstigen Häuser, die den Platz umgaben.

»Stimmt.«

»Dein Vater ist wohl reich?«

»Er ist Arzt. Und mein Großvater auch. Ich soll auch mal Arzt werden.«

»Mann, hast du ein Glück.«

»Wieso?« fragte er. »Ich kann kranke Menschen nicht ausstehen.«

»Da wird man doch noch dafür bezahlt, daß man den Mädchen an die Titten langt.« Mit zusammengekniffenen Augen musterte Wilcox Oliver. »Oder hast du für Mädchen nichts übrig?«

»Ach, sie sind ganz in Ordnung. Ich kenne eigentlich nicht viele. Ich habe keine Schwestern oder Cousinen oder so.«

»Du bist doch kein Schwuler?« fragte Wilcox. »Ich hab' nämlich wirklich keine Lust, mit einem Schwulen hier auf der Wiese rumzuliegen.«

Oliver machte ein verständnisloses Gesicht.

Wilcox sagte ungeduldig: »Weißt du eigentlich gar nichts?« und stürzte sich in eine eingehende Erklärung.

Oliver ekelte sich ein wenig, nachdem Wilcox zum Ende gekommen war. Er schüttelte den Kopf und sagte: »Nein, so was gefällt mir überhaupt nicht. Wirklich nicht.« Seine Stimme rutschte bald höher, bald tiefer, wie sie das dieser Tage gern tat.

Wilcox kramte in seiner Jackentasche und zog mehrere Postkarten heraus. »Schau dir die mal an. Super, oder?«

Es waren lauter Fotografien von nackten Frauen. Während Oliver sie durchsah, hörte er Wilcox neben sich sagen: »Ich könnte dir auch welche besorgen, wenn du die nötige Pinke hast. Ganz billig ist das nämlich nicht.«

Wilcox zeigte Oliver Teile von London, die dieser nie gesehen hatte. Besonders aufregend war der Hafen mit den gewaltigen Kränen, Schiffen und Booten aller Art, bärenstarken Schauerleuten, deren derbe Rufe weithin zu hören waren. Staunend las Oliver die Namen der Mutterhäfen am Bug der Schiffe: Buenos Aires – Kalkutta – Canberra... Allein schon die Namen kitzelten Olivers Abenteuerlust, weckten Phantasien von Sonne und Palmen, fremden Sprachen und Freiheit.

Soho hatte Aufregendes anderer Art zu bieten. Was Oliver anging, so hätte Soho Lichtjahre vom Holland Square entfernt sein können. Er kannte Derbyshire, fast zweihundert Kilometer nördlich von London, weit besser als Soho, das sich praktisch vor seiner Haustür befand. Die seltsame Musik, die hinter schäbigen Türen hervordrang, der Schmutz und die Farben und die Frauen in ihren grellen Aufmachungen stießen ihn anfangs ab, dann aber begannen sie ihn zu faszinieren. Wilcox erzählte ihm von den Jazzkellern, die die ganze Nacht geöffnet waren, und von den Kneipen, wo die Frauen sich für Geld nackt auszogen. Sie versuchten, in eines dieser Lokale hineinzukommen, aber der Türsteher jagte sie davon. Wilcox gab Oliver, dessen Stimme immer noch peinlich zwischen Sopran und Baß auf und nieder hüpfte, die Schuld daran.

Abends sah Oliver sich die Postkarten an, die er Wilcox abgekauft hatte. Am schönsten fand er ein Mädchen, das aussah wie eine Zigeunerin. Sie hatte schwarzes Haar und riesige dunkle Augen, und ihre vollen Brüste hingen schwer herab. Wenn er sie betrachtete, war er hingerissen und hatte gleichzeitig ein ganz schlechtes Gewissen.

Wilcox erzählte Oliver von einem Laden in Soho, wo Zeitschriften mit lauter Bildern von nackten Frauen verkauft wurden. Er würde ihm eine besorgen, versprach er selbstbewußt, wenn Oliver das nötige Geld beschaffte. Oliver fragte sich, wo er so ein Heft verstecken sollte – seine Mutter machte jeden Tag sein Zimmer sauber –, aber am Abend stahl er sich trotzdem ins Arbeitszimmer seines Vaters und nahm sich eine Pfundnote aus der Brieftasche.

Dabei fiel eine eselsohrige alte Karte zu Boden. Oliver hob sie auf und betrachtete sie. »*Der blaue Schmetterling*«, stand darauf. »*Exklusive Damenmoden – 3 Tate Street, W.1.*«

Denk an die Mulgrave-Regeln, Jake: Zeig keinem, daß es weh tut. Eigentlich halte ich mich ganz gut, dachte Jake bei sich, wenn er in der Pause im Lehrerzimmer mit den Kollegen Banalitäten austauschte oder freitags nachmittags die Jungen zum Kricket begleitete. Er blieb ruhig, fiel nicht aus der Rolle, und wenn er trank, so trank er allein.

Aber es tat natürlich trotzdem weh. Es tat weh, daß Mary fort war. Es tat weh, an ihrer Stelle nun Tag für Tag eine magere, geschäftige Frau mittleren Alters zu sehen. Es tat weh, allein auf dem Küstenweg zu wandern. Einmal ging er zur Bucht hinunter. Er streifte zwischen den Felsen umher und warf Kieselsteine ins Meer. Und wie stets war er sich des tiefen, brodelnden Zorns bewußt, den er mit sich herumtrug.

Mary hatte ihm seit ihrer Abreise mehrmals geschrieben. Er hatte nie geantwortet. Er war nicht bereit, dem Schmerz, der ihn quälte, Ausdruck zu geben; denn sich öffnen hieß sich verletzlich machen.

Er wußte, daß er nicht in Heatherwood Court bleiben würde. Sie hatte recht gehabt, er würde weiterziehen. Aber er ließ sich Zeit, er wartete ab. Alles, was er hier von Anfang an verabscheut und gehaßt hatte – die Heuchelei, der Snobismus, die unterschwellige Gewaltbereitschaft –, war ihm mit Marys Fortgehen unerträglich geworden. Linfield war, das erkannte er jetzt, lediglich das Symptom einer Krankheit. Heatherwood Court und Schulen seiner Art existierten, um gefügige Untertanen heranzuziehen; Leute wie Linfield gediehen in seinem solchen Klima. Die Engstirnigkeit, die in der Schule herrschte, die graue Trostlosigkeit des Gebäudes und der umliegenden Landschaft trieben ihn fort.

Zum erstenmal machte sich Jake bewußt, daß er selbst an einer solchen Schule erzogen worden wäre, wäre sein Vater in England geblieben. Ralph war der Sohn konventioneller Mittelstandsbürger gewesen; er hatte eine Schule wie diese besucht und ähnliche Werte mitbekommen, wie sie in Heatherwood vermittelt wurden. Hätte Ralph sich nicht dafür entschieden, einen anderen Weg zu gehen, so wäre er – Jake – ohne Zweifel dem Vorbild seines Vaters gefolgt. Jake war klar, daß es großen Mut gekostet haben mußte, sich aus all diesen Traditionen und Konventionen zu befreien. Zum erstenmal seit mehr als zehn Jahren dachte er mit einer gewissen Achtung an seinen Vater und nicht ausschließlich mit Geringschätzung. Er fragte sich, was

Ralph in seiner Lage getan hätte, und wußte, daß er ganz gewiß nicht kleinlaut den Kopf eingezogen und die Gegebenheiten akzeptiert hätte.

Jake teilte Captain Munday mit, daß er am Gründungstag der Schule Ende April gern einen Preis aussetzen würde. Es gab Preise für gute Leistungen in allen möglichen Fächern, Latein, Geschichte, Geographie und so fort, aber nichts für Französisch. Nachdem Captain Munday sich zunächst vergewissert hatte, daß Jake die vollen Kosten für den Preis übernehmen würde, signalisierte er Zustimmung.

Als der große Tag gekommen war, frühstückte Jake Whisky pur. Später, im Lehrerzimmer, nahm Strickland ihn beiseite.

»Hören Sie mal, mein Junge, es ist nicht Sitte, daß die Lehrer bei einem solchen Anlaß in volltrunkenem Zustand erscheinen. Im allgemeinen warten wir mit dem Besäufnis, bis die ganze Chose vorbei ist.«

»Ich wollte mir nur Mut antrinken.«

»Mut, wozu?« Strickland musterte ihn argwöhnisch. »Sie brauchen doch nur einen langweiligen Nachmittag zu ertragen.«

»Ich muß eine Rede halten. Und ich bin mir noch nicht ganz im klaren über den Text.«

Strickland legte ihm die Hand auf die Schulter. »Sie werden doch keine Dummheiten machen, Mulgrave?«

Seine Besorgnis war echt, das sah Jake ihm an. Er schüttelte nachdrücklich den Kopf. »Nein, nein, ich bin nur kein guter öffentlicher Redner.« Strickland würde er vermissen, dachte er.

Von Eltern, Lehrern und Schülern umgeben, aß Jake zum Mittagessen faseriges Roastbeef und verkochte grüne Bohnen und spülte das köstliche Mahl mit ein paar heimlichen Zügen aus seinem Flachmann hinunter. Am Nachmittag fiel er bei einem Kricketspiel in sanften Schlummer, und danach saß er mit den anderen Lehrern oben auf dem Podium und ließ gähnend diverse Reden über sich ergehen.

Dann folgte die Preisverleihung. Trophäen für Kricket- und Rugbyhelden. Urkunden für Vertrauensschüler, Klassensprecher und alle möglichen anderen kleinen Wichtigtuer. Belobigungen für Fleiß und Strebsamkeit. Preise für gute Leistungen in Mathematik, Englisch und lateinischer Übersetzung.

Captain Munday winkte Jake. Auf etwas unsicheren Füßen marschierte dieser zum Pult. Er ließ seinen Blick über das versammelte Publikum schweifen.

»Zunächst muß ich Ihnen mitteilen, daß es eine kleine Änderung gegeben hat. Ich sagte Captain Munday, ich wolle einen Preis für moderne Sprachen aussetzen. Den Mulgrave-Preis für Französisch oder etwas ähnlich Blödsinniges. Ich habe noch mal nachgedacht. Und mir ist etwas Besseres eingefallen. Etwas, das dieser Schule weit angemessener ist.« Jake lächelte. »Der Mulgrave-Preis für Heuchelei.«

Das gelangweilte Hüsteln und Füßescharren, das Wispern und Tuscheln der Jungen hörte auf.

»Da ist die Zahl der Bewerber natürlich groß, und an erster Stelle steht unser guter Captain Munday selbst.«

»Mulgrave!« zischte Captain Munday erbost. »Hören Sie sofort auf!« Die Atmosphäre in der Aula knisterte plötzlich. Wer bis jetzt noch ein stilles Verdauungsschläfchen gehalten hatte, erwachte mit einem Schlag aus der Apathie.

»Sehen Sie, Captain Munday zahlt den gesellschaftlichen Parias und geistigen Wracks, die Ihre Söhne unterrichten, einen Hungerlohn, aber von Ihnen kassiert er den Höchstpreis. Die Differenz steckt er ein. Raffiniert, finden Sie nicht auch?« Jake rieb sich die Stirn und tat so, als blickte er in seine Aufzeichnungen. »Wen könnten wir noch für diese Auszeichnung vorschlagen? Nun, da hätten wir natürlich Mr. Linfield –«

Stimmengewirr hatte sich jetzt erhoben. Jemand rief laut: »Der Kerl ist ja völlig betrunken!«, und Jake blickte mit großen Augen in den Saal und sagte: »Das ist richtig. Nur so halte ich es hier überhaupt aus. Aber kommen wir wieder zu Linfield. Linfield hat ein Faible für kleine Jungs. Wenn ich sage, er hat ein Faible für sie, dann meine ich damit nicht, daß er sie besonders mag oder daß sie ihm etwa am Herzen liegen. Nein, damit will ich sagen, daß es ihm Vergnügen bereitet, sie zu quälen. Das erregt ihn. Da geht bei ihm die Post ab! *Le vice anglais*, wie man auf dem Kontinent sagt.«

Jemand zupfte ihn am Ärmel. Jake hatte Mühe, Strickland den Blick zuzuwenden.

»Kommen Sie, Mulgrave, mein Junge, bevor Sie sich noch tiefer reinreiten.« Stricklands Stimme war leise und beschwörend.

Jake schüttelte den Kopf. »Ich amüsiere mich glänzend«, erklärte er laut. Aber etwas von seiner wilden Heiterkeit war bereits im Begriff zu erlöschen. Dennoch sprach er weiter.

»Außerdem muß ich noch meinen Preis verleihen. Es gibt ja noch andere Kandidaten.«

Einige der Eltern verließen den Saal. Jake rief laut: »Sie würden sich natürlich alle hervorragend als Preisträger eignen. Ich meine Sie, meine Damen und Herren!«

Manche blieben in den Gängen stehen.

»Ganz recht«, rief Jake, »Sie, die Eltern dieser armen unschuldigen Kinder.« Seine Stimme ging beinahe unter im Tumult. »Denn *Sie* verbannen Ihre Söhne doch an diesen Ort. Sie wissen, daß die Kinder jeden Abend nach Ihnen weinen. Sie wissen, daß sie geschlagen werden. Sie sehen, wie sehr sie sich verändert haben, wenn sie nach Abschluß des ersten Schuljahrs nach Hause kommen. Da haben sie schon gelernt, ihre Gefühle zu verbergen. Sie haben gelernt, sich zu verstellen. Sie, meine Damen und Herren, haben ihnen beigebracht zu heucheln wie Sie!«

»Jake!« sagte Strickland, hinter dem der Turnlehrer stand.

»Schon gut«, versetzte Jake. »Ich hab's gleich.« Er fühlte sich erschöpft. Das Vergnügen an der Rebellion war plötzlich verpufft. Am liebsten hätte er sich irgendwo zusammengerollt und geweint. Er stützte die Arme auf das Pult und holte tief Atem, um sich zu beruhigen.

»Gehen Sie noch nicht, meine Damen und Herren. Ich werde gleich den Gewinner bekanntgeben. Interessiert es Sie nicht zu erfahren, wem ich den Preis zuerteile? Mir selbst natürlich.« Er mußte schreien, um den Lärm zu übertönen. »Ich überreiche damit den Mulgrave-Preis an Jake Mulgrave. Wem sonst? Und wofür? Dafür, daß ich mir vorgemacht habe, ich könnte mich anpassen; daß ich das alles hier mitgemacht habe; daß ich nicht besser bin als alle anderen hier, daß ich –«

Sie packten ihn und zerrten ihn weg vom Pult, herunter vom Podium. Der Saal war in Aufruhr. Durch das Getöse hörte Jake Captain Mundays Stimme: »Bitte bleiben Sie an Ihren Plätzen, meine Damen und Herren. Mr. Mulgrave hat offenbar einen Zusammenbruch erlitten. Es tut mir leid.« Aber die Scharen korrekt gekleideter Männer und Frauen drängten weiter zu den Ausgängen.

Jake wurde zu einer der Seitentüren geschleppt. Dort riß er sich los und lief allein nach oben. Während er packte, sah er sich ein letztes Mal in dem ordentlich aufgeräumten kleinen Zimmer um, das ein Jahr lang sein Zuhause gewesen war. An dem Tisch vor dem Fenster hatten er und Strickland Schach gespielt; auf dem Teppich vor dem offenen Kamin hatte er Mary geliebt. Er stopfte seine Kleider in einen Rucksack und hörte, wie die Tür geöffnet wurde.

»Ich glaube, ich habe nie jemanden erlebt, der sich mit

solchem Genuß selbst das Genick gebrochen hat«, sagte Strickland.

»Ach, ich bin geübt im Kampf für die aussichtslose Sache, Strickland«, gab Jake leichthin zurück. »Ich war bei den Internationalen Brigaden – hab' ich Ihnen das mal erzählt? Und ich war überzeugt, daß die Deutschen es nie im Leben schaffen würden, Paris einzunehmen. Tja, und diesmal wollte ich sehen, ob ich nicht das englische Schulsystem reformieren kann.«

»Das ist unreformierbar. Wußten Sie das nicht? Es erfüllt einen Zweck.«

Jake sagte nichts. Er betrachtete die Bücher im Regal. »Nehmen Sie sich, was Sie davon haben möchten, Strickland. Ich glaube nicht, daß ich Sie noch brauchen werde, und ich habe keine Lust, sie mit mir herumzuschleppen.«

Strickland trat neben ihn. »Was haben Sie jetzt vor?«

»Keine Ahnung. Ich kann mir nicht vorstellen, daß ich an einer anderen Schule unterkommen werde.«

»Nein, das glaube ich auch nicht. Es sei denn, es findet sich eine Schule, die was für unangepaßte Lehrer übrig hat.«

Jake schloß seinen Rucksack. Strickland sagte: »Wie steht's mit den Finanzen? Brauchen Sie was?«

Er hätte gut etwas gebrauchen können, aber er sagte: »Nein, nein, ich hab' ein bißchen was auf die Seite gelegt.« Er bot Strickland die Hand. »Ich mache mich jetzt wohl besser auf die Socken.«

Als er zur Tür ging, hörte er Strickland sagen: »Sie werden mir fehlen, Jake, aber vielleicht hat der Auftritt auch sein Gutes gehabt. Ich habe jedenfalls in meinem Leben kaum etwas Befriedigenderes erlebt als den Anblick von Mundays Gesicht.«

Nach der Schule stromerte Oliver in Soho herum. Aber die wimmernden Klänge der Saxophone, die aus den Kellerlokalen zur Straße hinaufschallten, die grellen Ladenschilder und Reklametafeln vermochten nicht, ihn abzulenken. Er zog die Schultern hoch und zündete sich eine Zigarette an, ehe er in eine schmale Straße einbog, eine Straße, dachte er, wo in düsteren Tornischen vielleicht Gangster mit scharfen Messern lauerten. Er streckte sich, um sich größer zu machen, und plusterte sich auf, um Selbstsicherheit vorzutäuschen. Beinahe wünschte er, es würde so ein Kerl aus dem Schatten springen und ihn angreifen: Er würde ihn niedermachen, und dann wären alle stolz auf ihn, und alles würde gut. Aber nur zwei Mädchen mit raschelnden Pettycoats stakten auf Stöckelschuhen mit Pfennigabsätzen kichernd an ihm vorbei, und er machte sich nicht einmal die Mühe, einen Blick auf ihren Busen zu werfen, wie Wilcox ihn gelehrt hatte. Er zog an seiner Zigarette und trottete weiter, ohne die Füße zu heben.

Bald erreichte er einen verwahrlosten kleinen Platz. Die verfallenen Grundmauern der Häuser, die früher hier gestanden hatten, schimmerten wie ein Knochengerüst durch den Überzug von Gestrüpp und Brennesseln. Trümmergrundstücke faszinierten ihn. Er konnte förmlich sehen, wie die Bomben vom Himmel fielen und Backsteinmauern und Schindeldächer durchschlugen. Es bereitete ihm ein grausames Vergnügen, sich vorzustellen, die Russen würden eine Atombombe über London abwerfen: Ein wimmerndes Heulen, ein gewaltiges Rauschen und eine riesige Pilzwolke, und dies alles hier – die schäbigen Lokale Sohos und die piekfeinen Häuser am Holland Square – wäre hinüber. Und was würde sich Neues aus der Verwüstung erheben? Mächtige, blitzende Säulen vielleicht, wie auf den Bildern von Marsstädten, die in seiner Ausgabe von *Der Krieg zwischen den Welten* abgebildet waren.

Neben dem Trümmergrundstück war ein Laden. Stinklangweilig, nichts als Klamotten. Oliver wollte schon weitergehen, als er das Schild über der Tür bemerkte. *Der blaue Schmetterling*, in Hellblau und Gold. Der Name kam ihm bekannt vor, und er überlegte einen Moment. Dann erinnerte er sich an die Karte, die aus der Brieftasche seines Vaters gefallen war. Er blieb eine Zeitlang vor dem Fenster stehen und spähte hinein. Dann öffnete er die Tür und trat in den Laden.

Lichte Farben, Blau- und Gelbtöne, an den Wänden; Webteppiche in gedämpften Meeresfarben, Türkis bis Seegrün, auf dem Boden; die Sessel, Lampen und Tischchen schlicht und klar in den Formen. Das alles war so ganz anders als die burgunderrote, fransenbehangene Pracht zu Hause. Oliver fand, dieser Raum hätte aus einer anderen Welt stammen können, von einem anderen Stern vielleicht.

An den Wänden standen die Stangen mit Kleidern, Röcken und Blusen. Über der Lehne eines Sessels gleich neben ihm hingen mehrere Schals aus einem feinen, schimmernden Stoff. Oliver warf einen Blick auf ein Preisschild – drei Guineen. Für einen *Schal*.

»Was darf es denn sein, junger Mann?« sagte plötzlich jemand, und er fuhr zusammen.

Eine großgewachsene, grauhaarige Frau stand neben ihm.

»Ich sehe mich nur um«, antwortete er im hochmütigen Ton seiner Mutter.

Die Frau ging wieder an die Kasse, wo eine Kundin wartete.

Oliver sah sich aufmerksam um. Es waren nur zwei Verkäuferinnen im Laden: die große Frau mit dem grauen Haar, und eine jüngere Frau in einem grünen Kleid. Es war viel los im Geschäft: Frauen verschwanden in den Umkleidekabinen, andere kamen heraus, wieder andere inspizierten die Kleidungsstücke an den Stangen. Die grauhaarige Verkäuferin war damit beschäftigt, etwas einzupacken. Als das Telefon läutete, ging die Frau im grünen Kleid an den Apparat. Mit einer schnellen Bewegung schob Oliver den Schal, der ihm am nächsten hing, in die Tasche seines Blazers. Dann verließ er den Laden.

Er rannte nicht. Er zwang sich zu gleichmäßigem ruhigen Schritt. Rennen hätte verdächtig gewirkt. Sein Mund war trocken. Er hatte beinahe das Ende der Straße erreicht und wollte gerade erleichtert aufatmen, als er sie vor sich stehen sah. Helles Haar und Augen wie der Onyx in der Brosche seiner Mutter: die Frau im grünen Kleid, die Frau aus dem Laden.

»Den Schal, bitte«, sagte Faith und streckte dem Jungen die Hand hin.
Er sah so erschrocken und verwirrt aus, daß er ihr beinahe leid tat.
»Es gibt einen Hinterausgang«, fügte sie erklärend hinzu. »Eine Abkürzung über den Hof.«
»Ach so«, flüsterte er und zog den Schal aus seiner Tasche. »Gehen Sie zur Polizei?« fragte er, als er ihn ihr reichte.
»Das muß ich mir noch überlegen.« Auch sie war verwirrt. Ladendiebe waren im allgemeinen nicht so jung und schüchtern, nicht so gut gekleidet.
»Ach bitte, tun Sie's nicht«, sagte er leise und zwinkerte heftig, offensichtlich den Tränen nahe.
Sie betrachtete ihn und dachte ungeduldig: Und was um alles in der Welt soll ich mit dir anfangen? Soll ich die Polizei anrufen, deine Eltern informieren oder dich in den Arm nehmen und trösten?
»Wie heißt du?« fragte sie ruhig.
»Oliver.«
»Das ist ein hübscher Name. Also, Oliver, du möchtest nicht, daß ich die Polizei rufe. Aber was sonst sollte ich denn deiner Meinung nach tun?«
Er schüttelte den Kopf. »Ich weiß nicht.« Seine Augen, ein wunderschönes tiefes Blau, waren voll Angst auf sie gerichtet.
Sie überlegte. Er war vielleicht dreizehn oder vierzehn

Jahre alt, ein unglaublich hübscher Junge und offensichtlich aus gutem Haus.

»Weißt du«, sagte sie langsam, »ich verstehe nicht, warum du den Schal mitgenommen hast. Es kommen fast nie Jungen in deinem Alter in den Laden. Höchstens zu Weihnachten einmal, wenn sie ein Geschenk suchen. Was wolltest du bei uns im Geschäft?« Sie kniff die Augen zusammen. »Wozu wolltest du den Schal haben? Wolltest du jemandem ein Geschenk machen?«

Er nickte stumm.

»Deiner Freundin?«

»Ich hab' gar keine.«

»Wem dann?«

Er kämpfte immer noch mit den Tränen. Auf der anderen Straßenseite war ein kleines Café. Dorthin führte sie ihn.

»Komm, wir reden bei einer Limo und einem Mohrenkopf darüber«, sagte sie. »Du magst doch Mohrenköpfe, oder? Ich esse sie jedenfalls leidenschaftlich gern.«

Sie bestellte bei der Kellnerin und ließ dem Jungen Zeit, sich zu fassen. Sie mußte an Madrid denken. Acht war sie damals gewesen und hatte sich verlaufen. Sie hatte entsetzliche Angst gehabt, aber schlimmer als die Angst war die Vorstellung gewesen, vor Fremden zu weinen.

Nach einer Weile lösten sich seine Züge und er beugte sich über den Strohhalm, um von der Limonade zu trinken.

»Wem wolltest du den Schal schenken, Oliver?« fragte sie.

»Meiner Mutter. Ich wollte ihr eine Freude machen.«

»Geht es ihr denn nicht gut?«

Er schüttelte den Kopf. Das Haar ist ja richtig goldblond, dachte sie bei sich, und hat einen Glanz wie Rohseide.

»Mami ist«, begann er. »Und Dad ...« Wieder kämpfte

er mit den Tränen und senkte den Blick zum Tisch hinunter. »Sie streiten andauernd.« Die Worte waren beinahe unhörbar.

»Es kommt immer mal vor, daß Erwachsene sich streiten«, sagte Faith behutsam. »Aber das heißt nicht, daß sie sich nicht mehr liebhaben.«

»Aber sie streiten *dauernd*!« sagte er heftig. »Ich hasse es. Da muß ich –« Er brach ab. »Ich hasse es einfach. Das ist alles.«

Er stocherte mit der Kuchengabel an seinem Mohrenkopf herum. Faith erinnerte sich, wie ihr zumute gewesen war, wenn Ralph und Poppy miteinander gestritten hatten. Diese alles verschlingende Panik; diese vernichtende Angst, daß gleich ihre ganze Welt, deren tragende Säulen natürlich die Eltern waren, einstürzen würde.

»Gestern abend hatten sie einen Riesenkrach.« Oliver bemühte sich jetzt, einen unbekümmerten Ton anzuschlagen, während er von einem Finger die Sahne leckte, die auf den Teller getropft war. »Großpapa und ich, wir haben das Radio ganz laut gestellt, aber wir haben sie trotzdem noch gehört.«

»Armer Oliver.« Faith versuchte, die Pausen im Gespräch zu überbrücken. »Und heute morgen hat deine Mutter ganz traurig ausgesehen –«

»Verweint.«

»– und da wolltest du ihr etwas schenken, um sie aufzuheitern?«

»Ja.« Er blickte wieder zu seinem Teller hinunter und flüsterte: »Weil ich nämlich an allem schuld bin.«

Sie vergaß den Schal, so leid tat er ihr in diesem Moment. »Aber nein, Oliver, es ist nicht deine Schuld«, widersprach sie. »Kinder glauben oft, sie wären schuld, wenn ihre Eltern sich streiten, aber das stimmt nicht. Streit kommt immer mal vor.«

»Aber Sie wissen doch gar nicht, wie's war.« Er hob den

Kopf und sah sie trotzig an. »Ich hab' was ganz Schlimmes getan.«

Mit fester Stimme sagte sie: »Ganz gleich, was du getan hast, Oliver, ich bin sicher, so schlimm kann es nicht gewesen sein. Du bist nur –«

»Ich bin aus der Schule geflogen«, sagte er.

Die Worte trafen Faith wie ein Schlag in den Magen. *Ich bin aus der Schule geflogen.* Bedächtig stellte sie ihr Glas ab und schob die Hände, die zu flattern begonnen hatten, fest ineinander. Oliver, dachte sie. Dreizehn Jahre alt. Von der Schule geflogen. Und er hat einen Schal aus dem Laden gestohlen...

»Sehen Sie!« Er sah sie beinahe triumphierend an. »Ich hab' Ihnen ja gesagt, daß es was ganz Schlimmes ist.«

»Bist du geflogen, weil du gestohlen hast?« fragte sie, und sein Trotz wurde zur Beschämung.

»Nur darum bin ich diesen Sommer zu Hause. Sonst wäre ich im Internat. Mein Vater hat mich hier auf die städtische Schule geschickt, aber meine Mutter wollte das nicht. Es ist alles meine Schuld.«

»Oliver«, sagte sie langsam, »wie heißt du mit Nachnamen?«

Sie wußte die Antwort, noch bevor er sie gab.

»Neville«, sagte er.

Sie konnte jetzt nicht in den Laden zurückkehren. Con würde ihr den Schock vom Gesicht ablesen. Und die Schuldgefühle. Sie setzte sich auf das öde Stück Land neben dem Laden und beobachtete die Schmetterlinge, die sich im üppig wuchernden Unkraut tummelten. Überall auf dem Schutt hatten sich die hohen Stauden des Feuerkrauts breitgemacht, dessen rote Blüten sich noch nicht geöffnet hatten. Sie zog die Knie bis zum Kinn hoch und sagte sich immer wieder: Es ist vorbei, es ist vorbei...

Sie wußte schon seit Monaten, daß es zu Ende ging, das

erkannte sie jetzt. Sie hatte nur nicht den Mut aufgebracht, den Todesstoß zu führen, den schwachen Atem zu ersticken. Es war ein langsames Sterben gewesen, nicht verursacht von Liebesmangel, sondern von Luftmangel. Sie hatte einsehen müssen, daß die Liebe in solcher Abgeschiedenheit nicht gedeihen konnte; sie brauchte den lebendigen Austausch mit der sie umgebenden Welt, um sich zu nähren. Die Lügen, die von Anfang an ihre heimliche Beziehung bestimmt hatten, waren immer mehr geworden statt weniger. Aber Liebe konnte nicht von Lüge und Täuschung leben, weil Lüge und Täuschung alles vergifteten, was mit ihnen in Berührung kam.

Sie fragte sich, ob ihre Liebe zu Guy nicht immer schon zum Tode verurteilt gewesen war; ob nicht schon die unbeirrbare Leidenschaft, die sie ihm seit ihrer Kindheit entgegengebracht hatte, hoch verführerisch und gefährlich gewesen war. Hatte sie vielleicht eine pubertäre Schwärmerei für Guy unnatürlich lange am Leben erhalten, weil er Teil einer glücklicheren Vergangenheit war? Hatte es ihr vielleicht einfach an Mut gefehlt, neu anzufangen, sich der neuen Welt zu stellen, die der Krieg und die Geschichte ihrer Familie geschaffen hatten?

Nach einiger Zeit wurde sie ruhiger. Die Spätnachmittagssonne schien ihr warm auf Kopf und Schultern. Die Monate der Ungewißheit und des Zweifels waren vorbei. Nur eines mußte sie noch tun, das Schwerste, und wenn das getan war, würde sie sich ein ganz neues Leben aufbauen. Sie wußte nicht, wie sie ohne ihn leben sollte, aber sie wußte, daß sie keine Wahl hatte.

Er rief am folgenden Abend an.

»Guy«, sagte sie, sobald er sich gemeldet hatte, »wir müssen uns treffen.« Natürlich, dachte sie, würde er an ihrem Ton sofort erraten, daß etwas nicht in Ordnung war.

»Wo?«

»Nicht hier. In unserem Café. Morgen mittag.« Sie legte auf.

Er war schon da, als sie kam. Außer ihm saßen nur drei Gäste im Café: ein alter Mann mit Schirmmütze, der über einer Tasse Tee saß, und zwei zigarettenrauchende junge Burschen mit brillantineglänzenden Haaren und Lederjacken.

Guy stand auf, als sie hereinkam. »Du bist gekommen, um mir zu sagen, daß es aus ist.«

Sie hatte sich hundertmal überlegt, was sie zu ihm sagen würde, aber jetzt, da sie ihn vor sich sah, brachte sie die Worte nicht über die Lippen.

Verzweifelt sagte er: »Ich weiß, du haßt die Heimlichkeiten, und es geht mir ja nicht anders, aber –«

»Guy«, unterbrach sie ihn. »Guy, Oliver war bei uns im Laden.«

Er wurde blaß. Die Kellnerin trat an ihren Tisch; Faith griff nach der Speisekarte und bestellte irgend etwas. Als sie wieder allein waren, sagte er leise: »Oliver? Mein Sohn Oliver?«

Sie nickte. Als sie ihn jetzt betrachtete, konnte sie die Ähnlichkeit zwischen Vater und Sohn erkennen. Unterschiedliche Haarfarbe und unterschiedlicher Teint, aber die gleichen feingeschnittenen Gesichtszüge; die gleiche Intensität, die hinter einer konventionellen Fassade um ihr Leben kämpfte.

»Wieso? Ich verstehe nicht...« Er sah plötzlich ängstlich aus. »Weiß er von uns?«

»Er hat mir erzählt, daß er gern in Soho ist und oft nach der Schule in diese Gegend kommt.« Faith schüttelte den Kopf. »Von uns weiß er nichts. Aber er hat anscheinend eine Karte des Ladens in deiner Brieftasche entdeckt.«

»Ach, du lieber Gott! Die habe ich damals aufgehoben... Als ich den Schal kaufte... Ich brachte es nicht über mich, sie wegzuwerfen.«

Die Kellnerin stellte zwei Teller auf den Tisch. Überbackener Käsetoast mit Spiegelei garniert.

»Aber wieso in meiner Brieftasche?«

»Er wollte sich – so hat er es ausgedrückt – etwas Geld von dir leihen.« Faith lächelte nicht. »Gestern im Laden wollte er einen Schal stehlen. Ich habe ihn dabei beobachtet und bin ihm nachgelaufen. Danach haben wir uns miteinander unterhalten.«

Guy war fassungslos. »Er hat gestohlen? Mein Gott! Und ich habe mir eingebildet, ich hätte dem ein Ende bereitet.«

»Er war sehr durcheinander, Guy. Ich habe mich mit ihm in ein Café gesetzt und versucht, mit ihm zu reden.« Schonungslos fügte sie hinzu: »Und ich habe ihm erklärt, daß ein wohlerzogener junger Mann um Erlaubnis fragt, bevor er im Beisein einer Dame raucht.«

Er starrte sie entgeistert an. »Oliver raucht?«

»Ja, Guy.« Sie zog ihr Messer mitten durch das Eigelb auf dem Toast. »Er hatte eine Packung Woodbines bei sich. Wußtest du denn nicht, daß dein Sohn raucht?«

Er schüttelte wortlos den Kopf. »Ich habe wirklich alles verpfuscht. Was bin ich nur für ein Vater.« Er holte seine Zigaretten heraus und hielt Faith die Packung hin.

Sie schüttelte den Kopf.

Nach einer langen Pause sagte er: »Ich werde wohl noch einmal mit ihm sprechen müssen.«

»Aber nicht über den Schal, Guy. Nicht über die Geschäftskarte vom Laden. Damit würdest du uns verraten.«

»Ja, ja, natürlich.« Sein Ton war niedergeschlagen. »Daran hatte ich nicht gedacht.«

»Außerdem hat er mir nur unter dem Siegel der Verschwiegenheit von der Karte erzählt.«

Oliver hatte ihr noch andere Dinge unter dem Siegel der Verschwiegenheit erzählt; Dinge, über die sie niemals mit Guy würde sprechen können.

»Du hast dich anscheinend mit ihm angefreundet.«
»Ich mag ihn sehr.«
»Tatsächlich? In Anbetracht der Umstände ...«
Beinahe hätte sie gelächelt. »Die Umstände waren nicht gerade die günstigsten, das ist wahr, aber ich mag ihn trotzdem.« Sie sah Guy aufmerksam an. »Er machte mir allerdings den Eindruck eines reichlich unglücklichen kleinen Jungen.«

»Unglücklich?« Er sah, fand sie, gequält aus.

»Irgendwie hat er mich an Jake erinnert. So ein aufgeweckter und hübscher Junge, der so verzweifelt um Anerkennung buhlt.«

Guy entgegnete bitter: »Meine Anerkennung interessiert Oliver überhaupt nicht.«

»Das ist doch Unsinn, Guy, das weißt du genau.« Ihre Stimme war kühl. »Weißt du eigentlich, daß Oliver fest davon überzeugt ist, daß er an deinen Auseinandersetzungen mit Eleanor schuld ist?«

Er zuckte zusammen. »Der arme Junge«, murmelte er. »Der arme kleine Kerl.« Asche fiel von seiner Zigarette herab und rieselte auf den unberührten Teller.

»Oliver glaubt, daß ihr beide – du und Eleanor – miteinander streitet, weil er aus der Schule ausgeschlossen wurde. Aber wir beide wissen, daß der Grund ein anderer ist, nicht wahr?«

Guy drückte seine Zigarette auf dem Tellerrand aus. »Ich streite nicht mit Eleanor, weil ich dich liebe, Faith, falls du das meinen solltest. Eleanor und ich streiten, weil wir einander nicht mögen.«

»Und wie war es, bevor das zwischen uns anfing?« fragte sie. »Habt ihr da auch soviel gestritten?« Ihr Ton war hart und duldete keine Ausflüchte.

Er schloß einen Moment die Augen. »Nein«, bekannte er. »Nein, ich glaube nicht.«

Sie schwiegen beide. Erst nach einiger Zeit sagte sie

langsam: »Ich glaube, ich habe Oliver nie als einen Menschen aus Fleisch und Blut betrachtet. Wenn der Mensch, dem man unrecht tut, nur ein Name ist, eine Figur in einem Drama, das sich einzig um einen selbst dreht, dann nimmt man ihn gar nicht richtig wahr. Man macht sich einfach keine Gedanken über ihn.«

Stöhnend drückte er das Gesicht in die Hände. »Ich habe versucht, mir einzureden, daß es ihn niemals berühren würde ... daß es ihm niemals Schmerz bereiten würde. Und nun hält er sich für schuldig – ich kann das nicht ertragen, Faith. Ich ertrage es nicht.«

Der alte Mann mit der Schirmmütze schlurfte aus dem Lokal. Faith sah ihm nach, wie er davonging, den Mantel trotz der Hitze bis zum Hals zugeknöpft. Sie sagte: »Du hast immer noch die Möglichkeit, mit Oliver alles wieder in Ordnung zu bringen. Er liebt dich, Guy. Das war ihm deutlich anzumerken. Aber wir beide, Guy, wir dürfen uns nicht wiedersehen. Niemals. Wenn wir uns zufällig auf der Straße begegnen sollten, müssen wir einander fremd sein.«

Voller Qual rief er: »Aber was soll aus mir werden, Faith? Was soll ohne dich aus mir werden?«

»Ein besserer Vater«, sagte sie. »Ein besserer Ehemann.«

Sie betrachtete ihn ein letztes Mal. Dann nahm sie ihre Handtasche und ging.

Nach seinem dramatischen Abgang aus Heatherwood Court hatte Jake zunächst die Absicht, auf den Kontinent zu reisen. Er brauchte dringend eine Sonne, die heiß und hoch am Himmel stand, er brauchte staubbedeckte Weinberge und Menschen, die wußten, was Leidenschaft und Spontaneität waren. Er kam bis Southampton mit seinen geschäftigen Docks und den Straßenzügen, die noch immer Spuren von Bombenangriffen zeigten. Dort lief ihm in einem Pub in Bargate ein alter Kamerad aus Armeezeiten über den Weg. Am nächsten Morgen erwachte er mit ausgedörrtem Mund, mörderischen Kopfschmerzen und krummem Rücken von der Nacht auf einer Parkbank. Wie er Weg vom Pub zum Park gekommen war, wußte er nicht mehr. Sein alter Kumpel war so spurlos verschwunden wie seine Brieftasche.

Die letzten Reste gerechten Zorns und heißer Empörung, die ihm geholfen hatten, die letzten Wochen in Heatherwood durchzustehen, verließen ihn jetzt. Er begann, seine Handlungen in einem nüchterneren Licht zu sehen, und erkannte, daß er niemandem geholfen hatte – weder George noch Mary noch sich selbst. Er hätte manches tun können – Unauffälligeres, weniger Spektakuläres –, was am Ende vielleicht etwas bewirkt hätte. Aber nein, es muß ja immer die große Geste sein, Jake, alter Junge, sagte er laut zu sich selbst, während er durch die Straßen von Southampton streunte. Stets die große Geste, die nichts bewirkte. Stets der unbeherrschte Impuls, mit dem Gefühl zu reagieren statt mit dem Verstand. Die Welt hatte sich weitergedreht, und Heldentum wie Leidenschaft erschienen ihm nun in einem kälteren, zynischeren Licht.

Er rief bei einer Privatschule in Northumberland an, wo man einen Lehrer für moderne Sprachen suchte. Als man ihn nach Referenzen fragte, legte er auf. Jede Nacht träumte er. Seine Träume waren bunt und verwickelt und wurden stets von einem rasend schnell geleierten Kommentar begleitet, der in seinem Schädel widerhallte. Manchmal saß er irgendwo an einem Strand – in Frankreich, vermutete er. Es war Ralphs Geburtstag, aber Sommer war es nicht, das sah man daran, daß der Himmel einen kalten violettblauen Ton hatte und das stumpfgraue Meer stürmisch aufgewühlt war. Gäste kamen zur Feier. Er sah die Tätowierungen auf Genyas und Sarahs Armen. Er winkte der Comtesse de Chevillard, konnte aber nicht sagen, ob sie ihn überhaupt sah, weil ihre Augen hinter einer dunklen Brille verborgen waren. Rufus bot ihm zu trinken an; Nicole warf für Minette einen Ball. Der Bahnbeamte, den er in Frankreich ermordet hatte, lächelte ihm zu. Er sah die dünne rote Linie, die sich quer über seinen Hals zog.

Er wußte, was Faith sagen würde, wenn er ihr von den Gespenstern erzählte, die seine Träume heimsuchten. Such dir Arbeit, Jake, dann bist du zu müde, um zu träumen. Er fand einen Job in einem Pub. Er erinnerte sich, daß Faith ihn ermahnt hatte, regelmäßig zu essen und zu schlafen. Aber er konnte nicht essen, und die Gespenster quälten ihn weiter. Also trank er statt dessen. Als aus dem gelegentlichen Schluck Whisky eine halbe Flasche wurde, die er aus dem Keller der Kneipe stahl, flog er.

Er beschloß, nach Wales zu fahren, zu Mary. Solange er mit ihr zusammengewesen war, dachte er, war er mit seinem Leben einigermaßen zurechtgekommen. Da er nur noch ein paar Pfund in der Tasche hatte, fuhr er per Anhalter von Southampton nach Swansea und marschierte dann die knapp zwanzig Kilometer landeinwärts zur Schule.

Es war Mai, und das Land leuchtete in frischem Grün. Jake schöpfte neue Hoffnung. Er würde mit Mary sprechen, ihr alles erklären, ihr sagen, daß er sie liebte. Er würde wieder auf die Beine kommen und sich eine ordentliche Arbeit suchen, und wenn er sich das gottverdammte Zeugnis mit eigener Hand würde schreiben müssen!

Die Privatschule, an der Mary beschäftigt war, war von einem weitläufigen Park umgeben. Jake kletterte über den Zaun und schritt unter frühlingsgrünen alten Bäumen hindurch über sanftgewellte Rasenflächen. Das Schulgebäude, ein klassizistischer Bau, früher vermutlich der Landsitz reicher Großgrundbesitzer, stand in einer Senke. Jake hatte eine gekieste Auffahrt erreicht, die zwischen ehemaligen Gesindehäusern und Remisen hindurchführte, als jemand ihn anrief. Ein Mann in Arbeitskleidung, ein Wächter, vermutete Jake, trat aus einem der kleinen Häuser und sagte irgend etwas im walisischen Dialekt. Als er Jakes verständnislose Miene sah, spie er aus und befahl ihm, auf englisch diesmal, augenblicklich das Grundstück zu verlassen. Jake erklärte, daß er eine Bekannte besuchen wolle. Der Wächter wies ihn darauf hin, daß Ferien waren und die Schule praktisch leer stand. Außerdem, fügte er hinzu, seien Leute seines Schlags in Redstones nicht willkommen.

Jake packte die Wut, aber im selben Moment erblickte er in einem der Fenster des Hauses sein Spiegelbild. Er sah seine schmutzige, abgerissene Kleidung, sein unrasiertes Gesicht. Er konnte sich nicht erinnern, wann er das letzte Mal ein Bad genommen oder seine Sachen in eine Wäscherei gegeben hatte. Die Vorstellung, Mary könnte ihn in diesem Zustand sehen, war nicht zu ertragen. Ohne ein weiteres Wort machte er kehrt und ging die Auffahrt hinunter zur Straße.

Weil ihm nichts Besseres einfiel, fuhr er zurück nach Southampton. In einem Pub im Hafen bestellte er sich einen doppelten Scotch vom billigsten. Er bemerkte die Blicke einiger Hafenarbeiter, die sich über ihn mokierten – über sein übermäßig langes Haar, seine gepflegte Ausdrucksweise, die in Widerspruch zu seinem Äußeren stand, die kleinen Sonderheiten seines Verhaltens, die auch der lange Aufenthalt in England nicht zu tilgen vermocht hatte –, und er wußte, daß sie, wie er, auf einen Kampf brannten. Lächelnd ballte er die Hände zu Fäusten.

Faith krempelte ihr Leben um. Guy gehörte der Vergangenheit an, und sie hätte, das wurde ihr jetzt klar, die Vergangenheit schon längst hinter sich lassen sollen. Sie hörte auf, die Sixpencestücke zu sparen. Sie würde das Haus auf dem Land vergessen, das Haus, das sie an La Rouilly erinnerte, und lieber auf eine kleine Wohnung in Camden Town oder ein Reihenhaus in West London sparen. Sie stöberte ihre Wohnung durch und trug einen Stapel von Fotografien, Postkarten und Souvenirs zusammen, die sie dann zur Mülltonne hinunterschleppte. Sie knüllte jeden von Guys Liebesbriefen einzeln zusammen und baute mit ihnen im offenen Kamin eine Pyramide. Dann steckte sie das Bauwerk in Brand und sah zu, wie die Aschefetzchen durch die Esse davonschwebten.

Eines späten Abends holte sie das Bläulingskleid aus ihrem Schrank. Der Stoff war verschossen und brüchig. Sie vollendete das Werk, das die Zeit begonnen hatte, indem sie die Nähte aufriß, Ärmel vom Mieder und Kragen vom Ausschnitt trennte, bis von dem Kleid nur noch ein Häufchen blaßblauer Stoffetzen übrig war.

Sie frischte Freundschaften auf, die sie während der Dauer ihrer Verbindung mit Guy vernachlässigt hatte, ging wieder häufiger ins Kino oder ins Theater, nahm Einladungen zu Festen an. In einem eleganten, stuckverzierten Haus in Richmond trank sie Cocktails und tanzte mit einem Fremden. Er küßte ihr Haar und streichelte mit unvertrauten Händen ihren Rücken. Um Mitternacht verließen sie gemeinsam das Fest. In einem Zimmer voller Bücher und Manuskripte schliefen sie miteinander. Es war nicht so wie damals, vor langer Zeit, mit Rufus; sie wußte jetzt solche Begegnungen zu genießen. Guy, dachte sie, war ein guter Lehrmeister gewesen, und sie sah zur Zimmerdecke hinauf und lächelte.

Am nächsten Morgen stand ihr Liebhaber in aller Frühe auf und brachte ihr Kaffee. »Tut mir leid, ich habe weder Milch noch Zucker da. Ich hoffe, es macht dir nicht allzuviel aus. Ich habe vergessen einzukaufen.«

Er setzte sich nackt auf den Stuhl vor dem Schreibtisch und betrachtete sie. Im grauen Licht des Morgens sah sie, wie jammervoll dünn er war. Mit einem Blick auf die Bücherstapel auf dem Fußboden sagte sie: »Bist du Schriftsteller?«

»Ich schreibe gerade meine Biographie«, antwortete er. »Ich hab' mir gedacht, ich gebe ihr den Titel *Weltenzerstö-*

rer. Du erinnerst dich? Das waren Oppenheimers Worte, als er den ersten Atomversuch sah. ›Ich bin zum Tod geworden, zum Weltenzerstörer‹.« Er zündete sich eine Zigarette an. »Ich war in Kriegsgefangenschaft, als sie die Atombombe über Hiroshima abgeworfen haben. Ich habe den weißen Blitz gesehen. Oft, wenn ich die Augen schließe, sehe ich ihn wieder. Er ist wie eine zweite Sonne.«

Sie trank ihren Kaffee und kleidete sich an. Als er sie um ihre Adresse und Telefonnummer bat, wich sie aus. Er wirkte so bedürftig, und sie wollte nicht gebraucht werden. Sie wollte nicht planen, und sie wollte keine Bindungen eingehen.

Als sie am Wochenende nach Heronsmead kam, kostete es sie größte Beherrschung, ihrem Ärger über das Chaos, das sie erwartete, nicht freien Lauf zu lassen. Vier Wochen war sie nicht dagewesen. Im Schlafzimmer lagen Berge schmutziger Wäsche, unter dem Spülbecken in der Küche war ein Dichtungsring locker, und Waschpulver, Seife und Spülmittel hatten sich zu einer dicken grauen Brühe angesammelt. Grollend wusch sie Ralphs Hemden und rief einen Installateur an. Als sie zwei Tage später mit der Bahn wieder abfuhr, drehte sie nicht ein einziges Mal nach Ralph um, der winkend auf dem Bahnsteig stand.

An einem Freitagnachmittag, als sie im Laden arbeitete, läutete das Telefon. Sie hob ab und meldete sich mit ihrer Nummer.

»Faith? Bist du das?« Es war Jake.

Jake saß in einer Zelle der Polizeidienststelle in Southampton; er wurde der Trunkenheit und der Erregung öffentlichen Ärgernisses beschuldigt. Er hatte nicht genug Geld, um die verhängte Strafe bezahlen zu können.

»Faith?« Die Stimme am anderen Ende der Leitung klang kleinlaut. »Faith, es tut mir so leid. Ich sitze ein bißchen in der Patsche.«

Sie fuhr mit dem Wagen nach Southampton. Rote, weiße und blaue Fähnchen zur Feier der bevorstehenden Krönung flatterten schlaff im Wind. Bilder der neuen Königin, aus Journalen und Zeitungen ausgeschnitten, schmückten die Schaufenster der Geschäfte. Es kam ihr vor wie blanker Hohn. Sie wünschte, es wäre Winter und die Landschaft so starr und kalt wie ihr Herz.

Sie bezahlte die Strafe. Jake wurde auf freien Fuß gesetzt. Er hatte mehrere große Blutergüsse am Kinn, und ein Auge schillerte gelblichviolett.

So reich hat die Natur ihn ausgestattet, dachte Faith, hat ihm Schönheit, Intelligenz und Charme beschert, und er hat alles vertan. »Was hast du nur aus dir gemacht?« flüsterte sie mit zitternder Stimme und lief hinaus zum Lieferwagen.

Zurück nach London fuhr sie schnell und überholte mit riskanten Manövern alles, was ihr in den Weg kam. Als sie beinahe ein Moped gerammt hätte, mußte sie abbremsen und am Straßenrand anhalten, um ihre Wut in den Griff zu bekommen. Jake schlief. Sie hielt den Blick auf die Straße gerichtet; sie konnte seinen Anblick kaum ertragen.

Als sie den Lieferwagen auf dem Trümmergrundstück neben dem Laden abstellte, hörte sie ihn sagen: »Es tut mir wirklich leid, Faith. Mach dir keine Sorgen. Du bekommst dein Geld zurück.«

Aber sie kehrte ihm wortlos den Rücken, knallte die Wagentür zu und ließ ihn allein in die Wohnung hinaufgehen.

Im Laden warteten die lästigsten Arbeiten auf sie: Regale abstauben, verspätete Lieferungen fertig machen, Säume hochstecken. Nachdem sie die Kassenabrechnung gemacht hatte, rief Ralph an. Er berichtete ihr weitschweifig vom Wetter, vom Garten, von dem Vogelnest oben im Dachgesims, aber sie hörte ihm kaum zu, und nach einer

Weile machte sie einfach Schluß und legte auf. Als sie in ihre Wohnung hinaufkam, war Jake in der Küche.

»Viel zu essen ist nicht gerade da.«

»Ich habe nicht eingekauft.« Es kostete sie Mühe, mit ihm zu sprechen.

Sein Gesicht war bleich und eingefallen. Er hatte sich ein Geschirrtuch um eine Hand gewickelt.

»Da hab' ich eben das hier gemacht.« Er wies auf eine Schüssel Salat, Brot und Dosenwurst.

»Was hast du an der Hand?«

Er warf nur einen kurzen Blick auf die eingebundene Hand. »Ich hab' mich geschnitten, als ich die Dosenwurst aufgemacht habe. Die Ränder sind verdammt scharf.«

Sie nahm das Geschirrtuch ab. Der Schnitt verlief quer über seine ganze Handfläche.

»Ein bißchen tiefer«, sagte er mit einem Lächeln, »und du hättest mich jetzt nicht mehr auf dem Hals.«

»Red nicht solchen Quatsch, Jake.« Ihr Ton war kalt. Sie ging ins Badezimmer, um Pflaster und Watte zu holen.

»Es tut mir leid«, rief er ihr nach, »daß ich dir so zur Last falle«, und ihre Hand, die nach der Flasche mit dem Desinfektionsmittel griff, begann zu zittern.

Zur Last fallen ... Die Forderungen ihrer Familie waren ein Käfig, der sie niederhielt und sich immer enger um sie schloß.

Jake kam zur Badtür. Flüchtig gewahrte sie in seinen Augen die Verzweiflung, die er hinter seinem unbekümmerten Charme zu verbergen pflegte. Dann roch sie den Alkohol.

»Du hast getrunken.«

»Nur zwei Bier im Pub.«

Sie zischte: »Ich habe bei Gericht fünfzig Pfund für dich bezahlt, Jake. Fünfzig Pfund. Und die Anwaltsrechnung steht noch aus. Ich nehme an, du erwartest, daß ich die auch bezahlen werde.«

»Ich such' mir Arbeit.«
»Du hattest Arbeit!«
Er senkte den Blick. Als er wieder ins andere Zimmer ging, folgte sie ihm. Er kramte seine Zigaretten aus der Hosentasche und hockte sich auf die Fensterbank. Seine Kleider waren schmutzig und ungepflegt, sein Gesicht unrasiert.

»Was ist eigentlich passiert, Jake?«
»Ich habe vor zwei Wochen an der Schule aufgehört.«
Sie lachte. »Das war ja ein echter Rekord, nicht wahr! Du hast tatsächlich ein ganzes Jahr lang durchgehalten. Und was war dann, Jake?« Sie erinnerte sich an Ralphs Rechtfertigungen während der Odyssee ihrer Kindheit. »Ist dir langweilig geworden?« fragte sie in spöttischem Ton. »War es irgendwie doch nicht ganz das Richtige?«
»So etwa«, murmelte er.
»Wenn du von dieser Schule genug hattest, warum bist du dann nicht einfach an eine andere gegangen?«
»Ich hatte kein Zeugnis.«
»Und warum nicht?«
Er wich ihrem Blick aus. »Na ja, ich bin – nicht in Freundschaft geschieden.«
Pause. »Hast du getrunken?«
»Das war es nicht.«
»Was war es dann? Sag mir die Wahrheit, Jake.«
Er spielte an einem losen Knopf am Ärmel seiner Jacke. »Es war eine Frage des Prinzips.«
»Eine Frage des *Prinzips*?« Sie war beinahe außer sich vor Zorn. »Meine Ersparnisse – meine Zukunft – mußten also für deine kostbaren *Prinzipien* dran glauben?«
»Ich sag's dir doch.« Der Knopf sprang ab und rollte über den Boden. »Du bekommst dein Geld zurück.«
»Weißt du eigentlich, wie oft Papa den gleichen Satz zu mir gesagt hat? Als der Kamin ausbrannte, als er seine ganzen Einkäufe im Bus liegengelassen hatte, immer wenn

irgendeine Rechnung bezahlt werden mußte...« Sie starrte Jake an, der in lässig anmutiger Haltung auf der Fensterbank saß, und sagte voll Bitterkeit: »Es ist wirklich ein Witz, daß du und Papa nicht miteinander auskommt. Wo ihr euch so ähnlich seid.«

Jakes Blick verfinsterte sich. »Sei still, Faith, Herrgott noch mal!«

»Weißt du eigentlich, *wie* ähnlich du ihm bist?« Jetzt, da sie einmal zu sprechen begonnen hatte, konnte sie nicht mehr aufhören. Sie war sich der Befriedigung bewußt, die es ihr verschaffte, endlich Dinge aussprechen zu können, die sie jahrelang stumm mit sich herumgetragen hatte. »Beide seid ihr verwöhnt, habt kein Durchhaltevermögen, wohnt in fremder Leute Häuser, lebt von anderer Leute Geld... Ihr seid aus einem Holz geschnitzt.«

»Aber klar«, sagte Jake, »wir haben uns ja sogar eine Frau geteilt«, und das brachte sie zum Schweigen, die Worte gefroren ihr auf der Zunge.

»Hast du das nicht gewußt?« Er lächelte. »Hast du nicht gewußt, daß ich mit Linda Forrester geschlafen habe?«

Sie ließ sich schwer auf die Armlehne des Sofas sinken. Ihr war übel.

»Ich dachte, du wolltest die Wahrheit hören.« Jake sah sie mit weitaufgerissenen, tiefblauen Augen unschuldig an. »Mach nicht so ein entsetztes Gesicht, Faith. Ich muß allerdings zugeben, daß mir selbst zum Kotzen war, als mir klar wurde, daß ich – sagen wir mal – in seine Fußstapfen getreten war.« Eine Weile rauchte er, ohne etwas zu sagen. Dann meinte er: »Du hast natürlich recht. Ich bin wie er. Das habe ich vor langer Zeit erkannt.«

»Und darum haßt du ihn.«

»Ziemlich banal, diese Analyse.« Er überlegte kurz. »Nein, ich hasse ihn nicht mehr. Ich habe ihn einmal gehaßt, aber das ist vorbei. Jetzt tut er mir nur leid.«

»Aber nicht so leid, daß du es über dich brächtest, ihn zu besuchen.«

Jake schwieg. Faith krampfte die Hände ineinander. Er sah sie an, und seine spöttische Abwehr schien dahinzuschmelzen. »Faith«, sagte er, »was ist geschehen? Du bist doch sonst nicht so?«

Ihr Zorn kehrte zurück, kalt und unversöhnlich. – *Du bist doch sonst nicht so!* – Sie war eben einmal nicht die gute alte Faith, die Zuverlässige unter den Mulgraves, die Vernünftige, die *langweilige* Mulgrave.

»Ihr saugt mich aus – ihr alle! Ihr nehmt mir meine Freiheit –« Sie brach ab und starrte ihn an. »Papa ist ein alter Mann, Jake. Er hat graues Haar, und manchmal fühlt er sich nicht wohl, und ohne Mama ist er ohnehin nie gut zurechtgekommen. Hat einer von euch beiden – du oder Nicole – sich je Gedanken darüber gemacht, wer ihn unterhält? Hast du dir mal Gedanken darüber gemacht, wer dafür sorgt, daß er zu essen im Haus hat und Kohle, um Feuer zu machen? Ist einer von euch beiden je auf den Gedanken gekommen, daß er die Last vielleicht mittragen könnte?« Faith spürte den hämmernden Schlag ihres Herzens, als sie sich mit der Fingerspitze auf die Brust tippte. »*Ich* kümmere mich seit Jahren um unseren Vater, Jake – ich ganz allein, seit dem Tod unserer Mutter.«

»Ja«, sagte er langsam, »wir haben uns wohl sehr auf dich verlassen.«

»Auf mich verlassen?« wiederholte sie spöttisch. »Ihr habt mich ausgesaugt. Alle miteinander. ›Zusammenhalten um jeden Preis!‹ Der Preis war zu hoch! Ihr alle habt zuviel von mir verlangt, Jake. Ich wollte eine eigene Familie, ich wollte Kinder – und was habe ich statt dessen? Eine Schwester, die mir den Mann weggenommen hat, den ich liebe; einen Bruder, der sich mit meinem Vater die Geliebte geteilt hat; einen Vater, der mitschuldig ist am Tod meiner Mutter ...« Ihr Lachen war brüchig. »Mein Gott. Das klingt wie eine griechische Tragödie!«

»Faith!« Er trat auf sie zu, wollte sie berühren, aber sie wehrte ihn mit geballter Faust ab.

»Ich habe genug, Jake. Ich habe mich nämlich verändert, verstehst du? In Zukunft werde ich ein Leben führen wie ihr. Ich werde meinen eigenen Wünschen folgen, und zum Teufel mit den anderen. Ich werde von anderer Leute Geld leben, aber bestimmt nicht von meinem eigenen. Ich werde versuchen, meine eigenen Träume zu verwirklichen, mich an meine eigenen Prinzipien zu halten und mich nicht mehr darum zu kümmern, ob und wie das anderen schadet.« Sie sah ihn an. »Wirst du mich das tun lassen, Jake? Oder kommst du in einem halben Jahr wieder zu mir und erwartest, daß ich dir aus irgendeiner deiner Patschen helfe? Du und Papa ...« Ihre Stimme schwoll an. »Wie soll ich denn jemals Pläne machen?«

Sein Gesicht war grau vor Erschöpfung. »Was soll ich sagen, Faith? Was erwartest du?«

Sie flüsterte: »Du sollst mich in Ruhe lassen. Ihr alle sollt mich einfach in Ruhe lassen. Laßt mich mein Leben führen, wie ich es mir vorstelle, und basta.«

Einen Moment lang stand er reglos da, den Blick unverwandt auf sie gerichtet. Dann neigte er den Kopf. »Ich verspreche dir, daß ich dich nie wieder belästigen werde.« Damit griff er zu seinem Rucksack, wandte sich um und ging hinaus.

Sie hörte seine Schritte auf der Treppe, hörte, wie die Haustür hinter ihm zufiel. Sie sah das Abendessen, das unberührt auf dem Tisch stand. Als sie zum Fenster hinausblickte, sah sie ihn die Fahrbahn überqueren und schnellen Schritts die Straße hinuntergehen. Plötzlich stürzte sie zum Fenster und versuchte, es aufzureißen, aber der Riegel klemmte, und obwohl sie ihn laut rief, hörte er sie nicht. Dann verschmolz seine Gestalt mit den Schatten, und zum erstenmal seit der Trennung von Guy weinte sie. Um Jake, um Guy, um ihre Mutter, um alles, was sie verloren hatte.

Er grollte ihr nicht. Er wußte, daß er all der Dinge schuldig war, die sie ihm vorgeworfen hatte.
   Er marschierte nach Westen, um die Straße nach Bath zu erreichen. In einer Pfandleihe in Ealing verhökerte er seine Uhr und einen Füllfederhalter, das einzige von Wert, das er besaß. Den größten Teil des Geldes verwendete er für eine Postanweisung, den Rest gab er für einen Schreibblock und billige Briefumschläge aus. Dann stellte er sich an die Straße und hielt ein Auto an, das ihn nach Bristol mitnahm.
   Von Bristol nach Cornwall brauchte er per Anhalter zwei Tage. Die Städte wichen Dörfern, und die Dörfer wichen Einödhöfen. Die Hecken der einsamen grauen Straßen waren vom ewigen Wind gebeugt. Die letzte Etappe der Reise führte ihn an der Küste Nordcornwalls entlang. Es war ein schöner Tag, nur wenige faserige Wolken trieben ab und zu über das strahlende Rund der Sonne. Wieder erinnerte sich Jake jener anderen, lang vergangenen Reise, als er im Sommer 1940 von Paris aus mit dem Fahrrad nach Süden geflohen war. Er war froh, daß der englischen Sonne die Gnadenlosigkeit fehlte, die er mit der sengenden Hitze jener alptraumhaften Tage verband; daß er sich nicht wie damals zu Tode gehetzt fühlte und von quälender Angst getrieben.
   Er erreichte sein Reiseziel um die Mittagszeit. Wäre er von der Küste aus durch die Bäume landeinwärts gewandert, so hätte er Heatherwood Court sehen können. Aber das tat er nicht. Er blieb hoch oben auf den Klippen stehen und rief sich den Tag ins Gedächtnis, an dem er ins Meer hinuntergeblickt und begriffen hatte, daß nur der erste Schritt Mut brauchte. Nachdem er eine Weile so gestanden

hatte, folgte er dem Fußweg zu der Stelle, wo die Felsen rund und bucklig zu der kleinen Bucht mit dem Sandstrand abfielen. Es war windstill, und das Wasser war so türkisgrün wie das Wasser des Mittelmeers.

Jake setzte sich auf einem Felsbrocken nieder. Die Wellen sogen an dem Sand unter seinen Füßen. Die Sonne wärmte ihn, und es war eine Wohltat, den Rucksack und die Jacke abzulegen. Eine Zeitlang saß er da und hing Erinnerungen nach, dann kramte er den Schreibblock und die Briefumschläge aus dem Rucksack.

Zuerst schob er die Postanweisung in ein Kuvert, das er an Faith adressierte. Dann beschriftete er einen zweiten Umschlag und starrte lange Zeit auf das leere Blatt hinunter, das auf seinen Knien lag. Er wußte nicht, was er schreiben sollte. Was sagte man dem Vater, mit dem man seit zwölf Jahren kein Wort mehr gewechselt hatte? Er hatte immer noch keine innere Klarheit, fühlte sich belastet von den Ereignissen von Wochen, Monaten, Jahren. Schließlich faltete er das Blatt, schob es in den Umschlag und verstaute diesen zusammen mit dem Block wieder in seinem Rucksack. Die Sonne stach durch die Wolken, und in der Mulde an seinem Halsansatz hatte sich Schweiß gesammelt, der in einem Rinnsal über seine Brust lief. Er schnürte seine Stiefel auf, zog sie aus und streifte die Socken ab. Seine Füße waren wund und voller Blasen. Er rutschte ein Stück den Felsen hinunter und tauchte einen Fuß ins Wasser. Es war wunderbar kühl und mild. Er glitt weiter abwärts, bis er auf dem weichen Sand stand und das Wasser ihm um Füße und Fesseln plätscherte.

Jake schloß die Augen und kostete die Empfindungen seines Körpers aus. Das weiche Wasser umspielte lindernd seine wunden Füße. Die Hitze der Sonne wärmte seinen Rücken. Nichts weiter wollte er in diesem Moment.

Als er die Augen öffnete, sah er vor sich das Meer, eine grenzenlose Landschaft, kühl und blau und einladend.

Dieses Meer war verbunden mit allen anderen Meeren; unter diesem Meer waren unerforschte Kontinente verborgen. Jake knöpfte sein Hemd auf, stieg aus seiner Hose und legte beides auf den Felsen neben seinen Rucksack. Dann watete er ins Wasser, und während die kleine Bucht immer weiter zurückblieb, umspülten die Wellen seine Waden, seine Knie, seine Schenkel, bis er schließlich mit kräftigen, gleichmäßigem Tempo zu schwimmen begann. Als er ins Meer eintauchte, war ihm, als wüsche er die Vergangenheit von sich ab und begänne ganz neu.

Am Abend vor den Krönungsfeierlichkeiten klopfte es draußen an die Ladentür. Als Faith den Polizeibeamten sah, wußte sie sofort, daß etwas Schreckliches geschehen war. In ihrem kleinen Wohnzimmer oben in der Wohnung teilte der Beamte ihr mit, daß man Jakes Sachen – seine Kleider, seinen Rucksack – verlassen an einem Strand in Cornwall aufgefunden hatte.

»Sie suchen die Buchten und Strände an der ganzen Küste ab«, erklärte der Constable behutsam, und sie begriff, daß er damit sagen wollte, daß sie nach einem Leichnam suchten, der irgendwo aufgedunsen von den Wellen an Land geworfen worden war.

Als sie am folgenden Tag mit Briefen an David und Nicole zum Briefkasten ging, erschienen ihr die geschmückten Straßen, der Jubel der Massen, den sie aus der Ferne hörte, die Bilder des königlichen Zugs, die im Fernsehen gezeigt wurden, wie Spott und Hohn. Der Regen trommelte auf die Straßen und strömte in Bächen über ihr Gesicht.

Sie konnte nicht schlafen und nicht essen. Die letzten Worte, die sie zu Jake gesagt hatte, dröhnten ihr unaufhörlich in den Ohren. »Du sollst mich in Ruhe lassen. Ihr sollt mich mein Leben führen lassen, wie ich es mir vorstelle.«

Sie fuhr nach Heronsmead. Ralph holte sie am Bahnhof

ab. Sie warf sich an ihn, drückte ihr Gesicht in den altvertrauten staubigen Mantel und weinte. Er klopfte ihr den Rücken und hielt ihr ein nicht ganz sauberes Taschentuch hin.

»Ich verstehe gar nicht, warum du dich so aufregst«, sagte er. »Ich habe es dir doch schon am Telefon gesagt – Jake wird wieder auftauchen.«

Sie gingen durch die Stadt. »Was bist du nur so eigensinnig?« fuhr Ralph fort, während er neben ihr auf dem Bürgersteig ging. »Warum willst du unbedingt glauben, daß er tot ist? Aber du warst ja immer schon ein Dickschädel, Faith. Jake ist am Leben. Glaub mir.«

Faith schüttelte den Kopf. »Nein, Papa.« Sie hatte so viel geweint, daß ihre Stimme völlig emotionslos war. »Jake ist ertrunken. Die Polizei ist überzeugt davon. Sie wissen nur nicht, ob es ein Unfall war oder Selbstmord.«

»Selbstmord? Jake soll Selbstmord begangen haben? Was für ein Unsinn! Weshalb sollte Jake sich das Leben nehmen wollen?«

Weil ihm nichts mehr geblieben war, dachte sie. Weil für Jake nichts von Wert je von Dauer war.

»Auf keinen Fall hat er sich das Leben genommen.« Ralphs Stimme klang angriffslustig. »Das weiß ich genau.«

»Aber woher willst du das mit solcher Sicherheit wissen, Papa?« rief sie.

Sie überquerten eine Straße. Ralph zog sie hinter sich her zwischen fahrenden Autos hindurch, ohne auf das Quietschen von Reifen und Bremsen zu achten. Auf der anderen Straßenseite angekommen, blieb sie einen Moment außer Atem stehen. Ihre Schuhe waren durchweicht vom Wasser der Pfützen.

Ralph sagte selbstgefällig: »Jake wollte mir schreiben.«

Bemüht, eine Erklärung zu finden, hatte die Polizei ihr Jakes Brief gezeigt. Den Umschlag mit Ralphs Adresse darauf und das leere Blatt Papier im Inneren. Nichts hatte sie, als sie auf der Suche nach der Wahrheit Jakes jämmerliche Hinterlassenschaft durchgesehen hatte, so schmerzlich berührt wie der Anblick dieses Briefes ohne Worte.

Faith schob die Hände tiefer in die Taschen und ging weiter. Die Wolkendecke war aufgerissen, schmale Sonnenstrahlen zeichneten ein zartes Muster auf den Asphalt. Wenn Ralph Trost aus dem Gedanken schöpfte, Jake wäre noch am Leben, und glaubte, sein Sohn hätte ihm vielleicht verziehen, wie kam sie dann dazu, ihm diesen Trost zu verweigern?

Ralph predigte weiter. »Und wie soll der Junge überhaupt ertrunken sein? Er war ein ausgezeichneter Schwimmer – ich selbst habe ihm das Schwimmen beigebracht.«

»Ja, Papa.«

»Komm, nicht so langsam, Faith. Wir verpassen noch den Bus, wenn du nicht ein bißchen Tempo machst.«

»Ja, Papa«, sagte sie wieder. Sie mußte laufen, um mit ihm Schritt halten zu können, und wünschte, sie hätte keine hohen Absätze an.

Ralph trieb sie hinauf auf in den Speicher und ließ sie nach irgendwelchen Noten suchen, die Felix ihm vor zwanzig Jahren geschenkt hatte; Ralph bestand darauf, daß sie per Bus mit ihm kreuz und quer durch Norfolk fuhr, um eine Gärtnerei aufzutreiben, die Weinreben züchtete, weil er in Zukunft seinen eigenen Wein herstellen wollte; Ralph verdonnerte sie dazu, neben ihm am Fenster im obersten Treppenflur zu stehen, während er sein Vorkriegsgewehr lud und zum Fenster hinaus auf die Ratten ballerte, die das Hühnerfutter stahlen.

Am Ende der Woche sehnte sich Faith, beinahe taumelnd vor Erschöpfung wie immer bei längeren Aufenthalten in Heronsmead, nur noch nach Stille und Alleinsein. Sie schwang sich auf das alte Fahrrad und radelte die Küste entlang.

In Cley Eye ließ sie das Rad stehen und kletterte zur Spitze der Landzunge hinauf, eines langen Kiesbuckels, der hoch und steil ins Meer hinausragte. Es war Hochsommer, aber der Wind blies heftig. Sie beschloß, zum Blakeney Point hinauszuwandern. Sie war noch nie bis zum Ende der Landzunge gegangen. Mit ihrem Vater war sie einmal vom Dorf Blakeney aus zum Kap gesegelt, aber zu Fuß war sie jedesmal auf halbem Weg umgekehrt. Es war zu weit; der von der Nordsee kommende stürmische Wind schreckte sie ab, und auf dem Kies war das Gehen beschwerlich und ermüdend.

Sie zog ihre Mütze tiefer in die Stirn, schob die Hände in die Jackentaschen und marschierte los. Robben hoben ihre großen grauen Köpfe aus den Wellen und streiften sie mit flüchtigen, gleichmütigen Blicken. Am bleigrauen Himmel kreisten Möwen. An der Stelle, wo sie und Guy gelagert hatten, machte sie halt und ertappte sich dabei, daß sie nach Spuren suchte, einem Flaschendeckel, dem Kernhaus eines Apfels, irgendeinem Hinweis, daß es sie beide einmal gegeben hatte. Aber es war natürlich nichts da außer den Resten eines zerrissenen Fischernetzes und einem Büschel Strandnelken.

Nach etwa einer Stunde mühseligen Stapfens durch die losen Kieselsteine, die bei jedem Schritt unter ihren Füßen wegrutschten, begannen ihre Beine zu schmerzen. Die von grauen Dunstschwaden umhüllte Spitze der Landzunge schien nicht näher zu kommen. Und obwohl sie weiterhin beharrlich einen Fuß vor den anderen setzte, blieb das Ziel so fern wie zuvor.

Es hatte zu regnen begonnen. Der feine Sprühregen stach ihr kalt ins Gesicht. Im Schutz der Sanddünen machte sie ein paar Minuten Rast und blickte zum Meer hinaus. Wäre sie fähig zu tun, was Jake getan hatte? Ihre Kleider abzulegen und nackt in die grauen Wellen hinauszuwaten? Nein, sie wußte, daß sie das niemals fertigbrächte. Irgend etwas in ihr hielt sie am Leben, allen Schmerzen und Niederschlägen zum Trotz. Dickschädel, hatte ihr Vater gesagt.

Ein Fischer, der auf dem langen Kiesbuckel zum Festland zurückging, grüßte sie mit einem Nicken; ein Maler, der mit gesenktem Kopf über seinem Skizzenblock saß, an dem beständig der Wind riß, blickte nicht einmal auf, als sie vorüberging. Danach war sie allein mit Möwen und Robben und dem letzten Stück Land, das sich wie eine geballte Faust vor ihr aus dem Wasser erhob, endlich klar definiert, deutlich zu unterscheiden von den es umgebenden Wassermassen.

Gegen Mitte des Nachmittags erreichte sie die auf drei Seiten von Wasser und Schlamm umschlossene Spitze der Landzunge. Es hatte endlich aufgehört zu regnen, und das Schilf der Schlammzone glänzte im dünnen Sonnenlicht. Faith setzte sich auf dem Kies nieder und zog ihre Schuhe aus. Sie hatte Blasen an den Füßen, und ihre Kleider waren vom Regen durchnäßt. Ihr Magen knurrte vor Hunger. Verrückt, dachte sie, bei solchem Wetter in diesen Schuhen, in diesen dünnen Kleidern hier draußen herumzulaufen.

Als sie sich müde auf den Steinen ausstreckte und zum Himmel hinaufsah, mußte sie plötzlich an die katholischen Kirchen in der Bretagne denken, an die Farben, das Gold, die Gipsheiligen. Das ist Buße, dachte sie. Ich tue Buße, wie diese schwarzvermummten Frauen Buße tun, die vor dem Altar knien und Rosenkränze beten. Wie Vater jetzt Buße tut an der kalten, unwirtlichen Küste eines Landes, das er einst verabscheut hat.

Sie dachte: Ich habe Guy geliebt. Ich habe Guy geliebt, und ich wollte mit ihm zusammenleben und mit ihm Kinder haben. Sie legte ihre verschränkten Finger über ihre Lider, um ihre Augen von der Sonne abzuschirmen. Sie hatte versucht sich einzureden, ihre Gefühle für Guy seien nichts als verspätete Backfischschwärmerei, aber sie wußte genau, daß das nicht stimmte. Sie hatte sich etwas vorgemacht. Sie wußte auch, daß sie Guy verloren hatte und, weil sie mit diesem Verlust nicht fertig geworden war, auch Jake verloren hatte. Sie war so wütend und so von Schmerz überwältigt gewesen, daß sie nicht fähig gewesen war, Jake zu verzeihen. Jetzt stand ihr etwas weitaus Schwereres bevor: Sie mußte versuchen, sich selbst zu verzeihen.

Langsam strömte wieder Wasser in die Priele und Gräben in Sumpf und Schilf. Faith zwängte ihre schmerzenden Füße in ihre Schuhe und stand auf. Sie wollte nach Hause.

Teil IV

GÜNSTIGE WINDE

1959 – 1960

14

ES WAR SPÄTER Nachmittag, und der Laden war leer bis auf ein dunkelhaariges junges Mädchen, das an der Kasse saß und in einer Zeitschrift las. Oliver drängte sich zwischen Vitrinen und Kleiderstangen durch.

»Hallo!« Er sah zu dem Mädchen hinunter. Sie war groß, kräftig gebaut, das frische Gesicht ungeschminkt. Er konnte sich lebhaft vorstellen, wie sie mit einem Hockeyschläger bewaffnet enthusiastisch über ein grünes Spielfeld jagte. Rein aus Gewohnheit, nicht weil er irgendwelche Absichten hatte, setzte er sein gewinnendstes Lächeln auf.

»Ich wollte zu Miss Mulgrave.«

»Sie ist im Moment nicht da.« Ohne den Kopf zu heben, fuhr das Mädchen fort, in der Zeitschrift zu blättern.

Oliver, der ihr neugierig über die Schulter spähte, sah, daß es nicht, wie er erwartet hatte, eine Frauenzeitschrift war, sondern irgendein langweiliges politisches Magazin.

»Ich bin mit Faith befreundet. Ist sie oben in der Wohnung?«

Endlich sah das Mädchen auf und richtete ihren Blick auf ihn. »Oh, entschuldige, ich dachte, du wärst so ein gräßlicher Vertreter. Tante Faith ist heute morgen weggegangen, und ich hab' ehrlich gesagt keine Ahnung, wann sie zurückkommt.«

Oliver war enttäuscht. Er hatte sich nicht angemeldet; der Gedanke, Faith Mulgrave zu besuchen, war ihm erst gekommen, als der Zug in London eingelaufen war.

»Kann ich dir vielleicht weiterhelfen?« Sie errötete ein wenig.

»Ach, es war ganz spontan. Es ist nicht so wichtig.« Doch der Rest des Tages lag lang und leer vor ihm. Draußen hatte es heftig zu regnen begonnen, und die Wasserströme klatschten aufspritzend auf Straße und Bürgersteige.

»Soll ich Tante Faith etwas von dir ausrichten?«

Oliver musterte sie. »Du bist bestimmt Elizabeth«, sagte er.

»Ja. Woher weißt du das?«

»Ach, Faith hat mir eine Menge von dir erzählt.« Das war eine Lüge. Faith hatte ihre Nichte ein einziges Mal kurz erwähnt und dann sofort das Thema gewechselt. Aber er langweilte sich, es goß in Strömen, und er hatte keine Lust, nach Hause zu gehen. Warum also nicht zum Zeitvertreib ein bißchen mit dieser absolut harmlosen kleinen Maus flirten?

»Wirklich?« Die Röte in ihrem Gesicht vertiefte sich.

»Aber deinen Nachnamen hab' ich vergessen.«

»Kemp. Ich heiße Elizabeth Kemp.« Sie bot ihm die Hand. »Und du –«

»Oliver Neville.«

Sie trug eine dunkle Cordhose und dazu einen voluminösen schwarzen Pulli, die überhaupt nicht in diese Umgebung lichter weiblicher Farben paßten. Das volle, dunkle Haar – das Attraktivste an ihr, dachte Oliver, der sich als Kenner betrachtete – war nachlässig auf Schulterlänge gestutzt.

Plötzlich fragte sie: »Möchtest du vielleicht eine Tasse Tee?«

»Wenn es nicht zuviel Mühe macht – ich möchte dich nicht von der Arbeit abhalten.«

Sie prustete geringschätzig. »Also, *Arbeit* würde ich das nicht nennen.« Damit verschwand sie in einem Hinterzimmer.

Oliver blätterte die Zeitschrift durch, in der sie gelesen hatte. Sie hieß *Der linke Hochschulkritiker* und enthielt Unmengen langweiliger Artikel über die Atombombe.

»Gefällt es dir hier?« rief er ins andere Zimmer hinüber.

Mit zwei Bechern Tee kam sie in den Verkaufsraum zurück. »Ich helfe nur in den Schulferien manchmal aus. Nimmst du Zucker?« Sie reichte ihm die Dose. »Woher kennst du eigentlich Tante Faith?«

Na ja, sie hätte mich beinahe mal wegen Ladendiebstahls festnehmen lassen ...

»Ich habe hier mal was gekauft«, antwortete er lässig, »es ist Jahre her, und da sind wir irgendwie ins Reden gekommen.« Er zuckte mit den Schultern. »Seitdem besuche ich sie ab und zu.«

Er konnte sich selbst kaum erklären, warum er an diesen Besuchen bei Faith über die Jahre festgehalten hatte. Vermutlich, hatte er sich schließlich gesagt, weil er sein Leben gern in kleine, getrennte Nischen aufteilte. Auf die Weise gab es, wenn in der einen Ecke etwas schiefging, immer noch eine Rückzugsmöglichkeit. Er hatte eine Nische für Nana und Derbyshire (jetzt abgeschlossen), eine andere für jene Zeit seines Lebens, als er gestohlen hatte, um andere zu beeindrucken (seither hatte er gelernt, daß sein Aussehen und seine Intelligenz völlig ausreichten, um Aufmerksamkeit zu gewinnen), wieder eine andere Nische für das Medizinstudium und eine weitere für die Mädchen, mit denen er geschlafen hatte. Faith Mulgrave sprach jenen Teil seiner Persönlichkeit an, der das Unkonventionelle liebte, die freie Art zu denken, das nichtbürgerliche Leben. Oliver selbst fand es merkwürdig, daß er solche Impulse besaß; sie schienen ihm gar nicht zu seinem Charakter zu passen.

»Mir ist schleierhaft, warum ein Mensch hier was kauft.« Elizabeth ließ ihren Blick durch den Laden schweifen. »Das ist doch alles so scheußlich. Und sowieso versteh' ich nicht, wie man überhaupt noch dran denken kann, sich Klamotten zu kaufen, wo wir doch schon morgen alle tot sein können.«

Oliver sah sie verblüfft an. »Ist das nicht ein bißchen pessimistisch?«

»Ist dir die Bombe egal?«

Er sah das Aufblitzen der Leidenschaft in ihren braunen Augen und sagte hastig: »Nein, natürlich nicht. Ich finde sie ganz grauenvoll.« Obwohl er in Wirklichkeit fasziniert war von der ungeheuren Macht der Atomkraft, die mit einem Schlag ganze Städte auslöschen konnte.

»Marschierst du dann auch mit?«

»Was meinst du?«

»Den Aldermaston-Marsch natürlich.«

Oliver erinnerte sich düster an Fernsehbilder von ernsthaft dreinschauenden jungen Leuten in Dufflecoats, die durch den strömenden Regen marschierten. Er murmelte etwas Unverbindliches.

Hinten im Laden knirschte ein Schlüssel im Schloß. Elizabeth sagte hastig: »Wenn du mehr über den Marsch erfahren willst, brauchst du nur am Freitag abend zu der Versammlung im *Black Cat Café* zu kommen. Es ist in der Nähe der Chelsea-Brücke. Kennst du es? Ein paar Freunde von mir –« Sie war knallrot geworden.

»Lizzie?« rief eine Frau. »Ich bin wieder da«, und Elizabeth griff schnell nach ihrer Zeitschrift.

Faith Mulgrave trat im tropfenden Regenmantel durch die Hintertür in den Laden. »Oliver!« sagte sie, als sie den jungen Mann erblickte, und ihre Stimme klang ein wenig unsicher.

Er fand, daß sie müde aussah. »Ich komme gerade aus Edinburgh und wollte auf einen Sprung vorbeischauen, ehe ich nach Hause gehe«, erklärte er. »Wenn ich störe, verschwinde ich gleich wieder.«

»Aber nein, gar nicht.« Sie lächelte. »Ich freue mich,

dich zu sehen, Oliver. Komm mit rauf, dann trinken wir ein Glas zusammen.« Faith wandte sich Elizabeth zu. »Lizzie, würdest du noch ein paar Besorgungen für mich erledigen? Das Wetter ist schandbar, aber wenn du dich gut einpackst ...«

»Ach, das bißchen Regen macht mir doch nichts aus.« Elizabeth schlüpfte in ihren Mantel und band sich ein Kopftuch um. »Sag mir nur, was zu tun ist, Tante Faith.«

Oben in der Wohnung flüchtete Faith unter dem Vorwand, sich die Haare trocknen zu müssen, ins Badezimmer. Sie mußte dringend einen Moment allein sein, um wieder ruhig zu werden. Oliver und Elizabeth zusammen zu sehen hatte sie heftig erschreckt. Oliver, Guys Sohn; Elizabeth, die Tochter von Guys einstiger Geliebter.

Während sie sich das Haar frottierte, zwang sie sich, tief und regelmäßig zu atmen und diesen Moment des Erschreckens in den Hintergrund zu drängen.

Ärgerlich sagte sie sich, daß sie diese törichten Begegnungen schon vor Jahren hätte unterbinden sollen. Es war inkonsequent und egoistisch von ihr gewesen, Oliver diese Besuche zu gestatten. Aber den lang vergangenen Morgen vor fünfeinhalb Jahren, als Oliver nach so langer Zeit wieder in den Laden gekommen war, hatte sie nicht vergessen. Es war im Frühherbst 1953 gewesen, zu einer Zeit, als sie unter der Trennung von Guy und Jakes Tod unendlich gelitten und sich völlig abgekapselt hatte. Olivers Besuch, dachte sie, hat mir damals den Anstoß gegeben, ins Leben zurückzukehren. Es hatte sie zutiefst berührt, daß er zu einem Zeitpunkt gekommen war, da sie völlig ausgebrannt und unfähig gewesen war, irgend etwas anderes zu fühlen als Reue und Bedauern. Es mußte ihn eine Menge Mut gekostet haben. Mit rotem Kopf und einem Blumenstrauß in der Hand hatte der Junge an der Tür gestanden und ihr seine sorgfältig auswendig gelernte Entschuldigung vorgetragen. Sie hatte ihre Gefühle nicht unterdrücken können, die Blumen nicht zurückweisen und ihn einfach wegschicken können. Nur wenige Monate zuvor hatte sie Jake fortgeschickt, und Jake war ins Wasser gegangen. Und sie hatte gemeint, verzeihen zu können sei Teil der Verantwortung, die Menschsein heißt.

Seit jenem ersten Besuch war Oliver jedes Jahr ein oder zweimal wiedergekommen. Mit aller Behutsamkeit hatte sie versucht, ihn zu entmutigen, indem sie ihn unter Vorwänden – sie habe viel zu tun, sie habe einen dringenden Termin – wieder fortgeschickt hatte. Und jedesmal, wenn er gegangen war, hatte sie halb erwartet, halb gehofft, ihn nicht wiederzusehen. Ich bin eine alte Jungfer, sagte sie sich; irgendwann wird es ihm zu langweilig werden, diese unpassende Freundschaft aufrechtzuerhalten. Aber Oliver kam immer wieder. Nie sprach sie mit ihm über die Vergangenheit, selten über ihre Familie. Ihre Gespräche bewegten sich in wilden, willkürlichen Sprüngen von einem Thema zum anderen, und hinterher fühlte sie sich meist todmüde, aber prickelnd lebendig. Trotz seiner unschönen Seiten erkannte sie, daß er bei aller scheinbaren weltläufigen Gewandtheit den Dünkel und die Gewohnheit, andere zu manipulieren, gebrauchte, um mit einer Welt zurechtzukommen, die er häufig unverständlich und verwirrend fand. Sie glaubte nicht, daß sie Oliver nur deshalb gern um sich hatte, weil er eine letzte indirekte Verbindung zu Guy war.

Wieder im Wohnzimmer, goß sie zwei Gin mit Tonic ein. Oliver räkelte sich, die langen Beine vor sich ausgestreckt, in lässig eleganter Haltung auf der Couch. Immer wieder fiel ihm eine lockige blonde Strähne in die Stirn, immer wieder strich er sie mit achtloser Geste zurück.

In Edinburgh laufen sie ihm bestimmt in Scharen nach, dachte Faith halb amüsiert und war doppelt froh, daß sie Lizzie weggeschickt hatte. Oliver mit seinem skrupellosen

Charme könnte ein unschuldiges junges Mädchen, das so behütet aufgewachsen war, vermutlich mühelos um den Finger wickeln.

Sie schnitt gerade eine Zitrone, als er sie aus ihren Gedanken riß.

»Sie ist überhaupt nicht wie Sie«, sagte er.

»Lizzie?« Sie war jetzt ruhig. »Sie schlägt ihrem Vater nach.«

»Wie alt ist sie?«

»Siebzehn.«

»Ich hätte sie jünger geschätzt – ich meine, wie sie sich anzieht...«

»Ihre Mutter hofft, daß ein bißchen was von unserem modischen Stil hier auf sie abfärben wird.« Faith gab eine Zitronenscheibe in jedes Glas.

Abschätzig sagte er: »Ich verstehe nicht, warum sich manche Mädchen wie Kerle anziehen. Und gerade Mädchen, die –«

Er brach ab. Faith reichte ihm ein Glas. »Du redest wie ein Fünfzigjähriger, Oliver. Vielleicht ziehen Mädchen sich wie Männer an, weil sie als Gleichberechtigte behandelt werden wollen. Und was heißt ›gerade Mädchen, die...‹? Erklär mir das doch bitte mal.«

Er war rot geworden. »Ich meinte nur... ich finde... ach, es spielt keine Rolle.«

Sie wußte, was er hatte sagen wollen: Gerade Mädchen, die nicht besonders hübsch sind. Sie nahm es ihm nicht übel. Sie konnte nur erleichtert sein, daß Oliver noch nicht reif genug war, um Elizabeths ernste, altmodische Schönheit zu würdigen.

Es gefiel ihr, ihn eine Weile schmoren zu lassen, dann setzte sie sich zu ihm und wechselte das Thema. »Wie ist Edinburgh?«

»Eiskalt und sterbenslangweilig.« Oliver schnitt eine Grimasse. »Es hat die ganze vergangene Woche geschneit.

Meine Wirtin stellt mir jeden Morgen eine Riesenportion Porridge hin, weil sie der Meinung ist, ich müßte dringend zulegen.«

Faith lachte. Das mochte sie besonders an Oliver – daß er sie immer zum Lachen bringen konnte. »Und das Medizinstudium?«

»Ach, gut.« Sein Ton war kühl und distanziert. »Letzte Woche mußten wir einen Augapfel sezieren. Zwei sind dabei umgekippt.«

Eine halbe Stunde später verabschiedete er sich. Als er weg war, packte Faith die Muster aus, die sie bei einem ihrer Lieferanten im Süden ausgesucht hatte. Sie hielt die Stoffe ans Licht, um ihre Farben zu prüfen.

Unten fiel eine Tür zu.

»Lizzie? Ich bin hier oben«, rief sie laut und hörte ihre Nichte schon die Treppe heraufpoltern.

»Alles erledigt, Tante Faith. Paddy war nicht zu Hause. Ich habe ihm den ganzen Kram in den Briefkasten gesteckt.« Paddy Calder war der Buchhalter und Steuerberater des Geschäfts.

»Mach dir einen Drink, wenn du willst. Zur Belohnung. Ich weiß nicht, was ich ohne dich anfangen würde.«

Elizabeth blickte zum Fußboden hinunter. »Du hättest auf jeden Fall keine Pfützen im Wohnzimmer. Tut mir leid, ich hätte die Gummistiefel unten ausziehen sollen.«

Sie lief hinaus und kam mit einem Mop zurück, mit dem sie die Wasserflecken aufwischte. »So, das war's.« Sie drückte den Mop aus. »Ich würde eine gute Putzfrau abgeben, findest du nicht? Was meinst du, wäre Daddy einverstanden?«

»Ich glaube nicht, daß das unbedingt den Vorstellungen deines Vaters entspräche, Lizzie.«

»Immer noch besser Putzfrau als aufgedonnerte Debütantin.« Mißmutig trug Elizabeth Eimer und Mop zurück in die Küche.

Sie würde im Sommer die Schule abschließen. Im September wollte David sie für ein Jahr auf ein Mädchenpensionat in Paris schicken, um ihr den letzten gesellschaftlichen Schliff geben zu lassen. Danach sollte sie in die Londoner Gesellschaft eingeführt werden. Elizabeth war von diesen Plänen nicht begeistert, hatte ihrem Vater aber bisher keine brauchbare Alternative unterbreitet. David hatte Faith seine Sorgen anvertraut. »Ich möchte nicht, daß sie einfach in den Tag hineinlebt, verstehst du, Faith?« Faith wußte, was er eigentlich hatte sagen wollen. »Ich möchte nicht, daß Elizabeth ein Leben führt wie Nicole.«

»Hast du dir die Sache mit der Sekretärinnenschule noch einmal überlegt?«

»Ja, das wäre wahrscheinlich ganz in Ordnung.« Elizabeth hockte auf dem Fensterbrett und kaute auf einer Haarsträhne.

Faith faltete die Stoffmuster wieder zusammen. »Du weißt, daß für dich überhaupt keine Notwendigkeit besteht, einer Arbeit nachzugehen, Lizzie«, sagte sie ruhig. »Du kannst zu Hause bleiben und dich um deine Pferde kümmern. Du könntest zum Beispiel Reitunterricht geben.«

Elizabeth runzelte unwillig die Stirn. »Aber das ist doch so unnütz! Genau das, was man von einem Mädchen wie mir erwartet – daß es reichen kleinen Gören Reitunterricht gibt!« Sie ballte die Hände zu Fäusten. »Ich möchte etwas *tun*, Tante Faith. Ich möchte mich einsetzen, möchte etwas verbessern!« Zaghaft sah sie Faith an. »Ich habe neulich einen Film über Indien gesehen – du kannst dir das Elend nicht vorstellen, diese bettelarmen Kinder, die auf der Straße schlafen müssen... Es ist gräßlich! Ich dachte mir, ich könnte vielleicht dort arbeiten. Als Krankenschwester zum Beispiel.«

Faith sagte geduldig: »Indien ist sehr weit weg, mein Schatz. Du würdest deinem Vater furchtbar fehlen. Und du wärst auf jeden Fall eine weit größere Hilfe, wenn du eine Ausbildung zu bieten hättest. Warum sprichst du nicht einmal mit deinem Vater über die Möglichkeit, Krankenschwester zu werden?«

Manchmal fühlte sie sich aufgerieben zwischen Elizabeths leidenschaftlichem Idealismus und Davids übertriebener Fürsorglichkeit. Gern hätte sie zu Lizzie gesagt: Warte ab, du hast noch so viel Zeit! Und gern hätte sie David geraten, seine Tochter loszulassen und ihr die Chance zu geben, erwachsen zu werden. Aber sie wußte, daß keiner von beiden auf sie hören würde.

Elizabeth sagte seufzend: »Aber drei Jahre! Die Ausbildung dauert drei Jahre, Tante Faith. Bis ich fertig bin, bin ich fast einundzwanzig! Uralt!«

Wenn Oliver sich in Edinburgh aufhielt, verfluchte er die graue puritanische Spießigkeit des Lebens dort und sehnte sich nach London; aber sobald er in London war, schienen sich Apathie und Gereiztheit unweigerlich wie ein erstickendes Laken über ihn zu legen. Im letzten Jahr hatte er genug Geld zusammengekratzt, um Ostern in Frankreich verbringen zu können; diesmal war er pleite, wegen Marie.

Nachdem er seinen Koffer im Vestibül des Hauses seiner Eltern am Holland Square abgestellt hatte, ging er langsam von Zimmer zu Zimmer. Zunächst meinte er, es wäre alles wie immer, dann aber begannen ihm kleine Veränderungen aufzufallen: der Stapel alter Zeitungen auf dem Couchtisch; die schmutzigen Tassen im Spülbecken in der Küche. Oliver, der Unordnung und Schmutz haßte, fühlte sich aus dem Konzept gebracht und ein wenig angewidert.

Er ging nach oben. Die Tür zum Arbeitszimmer seines Vaters stand halb offen. Er warf einen Blick durch den Spalt ins Innere des Raums. Sein Vater saß an seinem

Schreibtisch. Er schien zu arbeiten. Ein Bündel Papier lag vor ihm.

Oliver stieß die Tür ganz auf. »Hallo, Dad!«

Guy sah auf. »Oh, Oliver! Wie schön! Warum hast du uns nicht Bescheid gegeben, daß du kommst? Ich hätte dich vom Bahnhof abgeholt. Komm rein!« Er umarmte seinen Sohn kurz und ungeschickt. »Du bist ja ganz naß.«

»Das Wetter ist zum Heulen.« Oliver entzog sich seinem Vater und legte seinen Mantel ab.

»Es regnet seit einer Woche.«

»Und in Schottland schneit's.«

»Wirklich? Spät im Jahr für Edinburgh, nicht wahr?«

Wie banal dieses Gespräch ist, dachte Oliver zähneknirschend. Die entsetzliche englische Banalität! Da reiste man Hunderte von Kilometern, um seine nächsten Familienangehörigen zu sehen, und redete vom Wetter.

Guy schürte das Feuer. »Komm, stell dich vor den Kamin und werd erst einmal trocken, mein Junge.« Er stand auf. »Du siehst gut aus, Oliver.«

»Du auch, Dad.« Eine Lüge. Sein Vater sah alt aus. Alt und müde und ungepflegt wie das Haus. Blutunterlaufene Augen und eingefallene Wangen. »Hast du viel zu tun, Dad?«

»Sehr viel.« Guy wies auf die Papiere auf seinem Schreibtisch.

»Wo ist Mutter?«

»Aus«, antwortete Guy vage. »Sie arbeitet in irgendeinem wohltätigen Verein mit – hat was mit Musik zu tun, glaube ich ...«

»Das Haus schaut fürchterlich aus«, sagte Oliver.

»Tatsächlich? Das ist mir gar nicht aufgefallen. Mrs. – äh, du weißt schon – ist gegangen, soviel ich weiß. Das Arsenal unserer kurzlebigen Putzfrauen muß mittlerweile zweistellige Zahlen erreicht haben.«

Es war ein abgedroschener, alter Witz zwischen ihnen

über die Unfähigkeit seiner Mutter, Haushaltshilfen länger als ein halbes Jahr zu halten. Oliver zwang sich zu einem Lächeln.

»Möchtest du was trinken? Oder eine Zigarette?«

Oliver schüttelte den Kopf. Die zwei Gin, die er bei Faith getrunken hatte, waren stark gewesen; er fühlte sich leicht benebelt, und das mochte er gar nicht. Das Rauchen hatte er mit sechzehn aufgegeben.

»Du hast nichts dagegen, wenn ich mich bediene?«

»Aber nein, Dad.« Oliver sah schweigend zu, wie sein Vater einen kleinen Whisky eingoß und sich die nächste Zigarette anzündete. Obwohl es nicht besonders warm im Zimmer war, war die Luft muffig.

»Was macht das Studium?«

»Läuft bestens«, antwortete Oliver. Die Lügen häuften sich auf deprimierende Weise. Er versuchte, sich zu erinnern, was um alles in der Welt er in diesem Semester gelernt hatte – seltsam, wenn auch befreiend, wie fern das alles war. »Ich habe für meine Arbeit über das Gefäßsystem ein A minus bekommen.«

»Das ist ja großartig, Oliver. Ausgezeichnet.« Guy schien entzückt.

Oliver schluckte und holte einmal tief Atem. »Dad – ich – also, ich –«

»Heraus damit!«

»Ja, also ich – ich bin ein bißchen knapp bei Kasse, Dad.«

Guy ging zu seinem Schreibtisch und nahm eine Zehnpfundnote aus seiner Brieftasche. »Hilft dir das weiter? Sieh es als verspätetes Lob für deine gute Arbeit an.«

Oliver hatte ein Gefühl, als stünde er an der äußersten Kante eines Zehn-Meter-Sprungbretts. »Vielen Dank, Dad, aber ehrlich gesagt, das reicht nicht.« Noch ehe er zu Ende gesprochen hatte, war ihm klar, daß er genau die Worte gewählt hatte, die seinen Vater am schnellsten in Rage bringen würden.

»Es reicht nicht? Was soll das heißen, Oliver? Was willst du damit sagen?«

»Damit komm' ich nicht bis zum nächsten Semester über die Runden«, erklärte Oliver stockend. »Ich hatte so viele Ausgaben...« Flüchtig überlegte er, wofür zum Teufel er seinen wirklich großzügig bemessenen Wechsel verbraucht hatte. Für Marie, wahrscheinlich, die ihm das letzte halbe Jahr in Edinburgh erträglich gemacht hatte, der er dafür aber teure Geschenke machen mußte. Er hatte geglaubt, Marie zu lieben. Aber im Moment fiel es ihm schwer, sich ihrer überhaupt zu erinnern. Schwarzes Haar; diese hellen, scharfblickenden Augen; kleine spitze Zähne. Er sah die Details, aber er konnte sie nicht zu einem Bild zusammenfügen.

»Oliver?«

»Ich mußte mir ein paar warme Pullis kaufen... und Bücher...«

»Dein Großvater hat dir eine ordentliche Summe hinterlassen. Du kannst doch nicht jetzt schon den Unterhalt für das ganze Semester ausgegeben haben, Oliver. Die meisten Studenten müssen mit weit weniger auskommen. Als ich noch studiert habe –«

Oliver blendete sich aus. Er kannte die Geschichten. Er hatte sie oft genug gehört: die grausamen Entbehrungen, die das Medizinstudium zu »meiner Zeit« gekostet hatte. Man konnte sich im Winter keine Kohle leisten. Man mußte seinen Wintermantel verhökern, um sich Grays Anatomiebuch kaufen zu können. Oliver war zappelig vor Wut und Ungeduld. Am liebsten wäre er schnurstracks aus dem Zimmer gerannt und hätte die Tür hinter sich zugeknallt wie ein beleidigter kleiner Junge. Aber er zwang sich zu bleiben.

Verständnisvoll sagte Guy: »Ich kann mir vorstellen, daß es nicht einfach ist für dich, Männer deines Alters zu sehen, die bereits fest arbeiten, die jeden Abend ausgehen und sich ein eigenes Auto leisten können, aber am Ende wird es sich gelohnt haben, Oliver. Glaubst du nicht?«

Oliver zuckte die Achseln. Als er aufblickte, stellte er fest, daß sein Vater ihn forschend ansah.

»Du bist doch immer noch sicher, daß die Medizin das richtige für dich ist, mein Junge?«

Oliver wich dem Blick seines Vaters aus. »Aber natürlich, Dad. Was sollte ich sonst tun?«

Einen Moment blieb es still, dann sagte Guy: »Das freut mich. Deine Mutter und ich sind sehr stolz auf dich.«

Ich gehe mit ihm auf einen Drink, dachte Oliver, und mache ihn mit ein paar Bier und ein bißchen kindlicher Zuwendung mürbe.

Aber ehe er etwas sagen konnte, läutete das Telefon.

Guy ging hin. »Sylvia – ja? Ja ...« Er seufzte und sah auf seine Uhr. »Gut, dann in ungefähr einer halben Stunde. Es scheint zwar nicht dringend zu sein, aber ich werde sicherheitshalber nachsehen.« Guy legte auf und lächelte bedauernd. »Ich muß leider weg, mein Junge. Wir unterhalten uns später. Aber glaub mir, so schlimm ist es gar nicht, für die eigenen Ideale ein paar Opfer zu bringen.«

Du Heuchler, dachte Oliver und blickte von dem Kristallglas mit dem alten Whisky zu der Dose mit den teuren Zigaretten auf dem Schreibtisch. Du elender Heuchler, dachte er. Aber er sagte nur in einem Ton müder Resignation, der Schuldgefühle hervorrufen sollte: »Ach, laß nur, Dad. Wenn du mir nicht aushelfen kannst, dann kannst du eben nicht. Irgendwie komme ich schon durch.« Dann ging er aus dem Zimmer und schloß die Tür mit übertriebener Behutsamkeit hinter sich.

Seine Mutter hatte mehr Mitgefühl und gab ihm zwanzig Pfund. (»Wie engherzig von deinem Vater, dir nicht zu helfen.«) Stolz und Verdrossenheit hielten ihn davon ab, sie um mehr zu bitten. Er bedauerte es schon, nach Hause gekommen zu sein. Alle seine Londoner Freunde schienen anderweitig beschäftigt; die einen vertrieben sich die Zeit mit irgendwelchen beneidenswerten Unternehmungen wie Skilaufen in Österreich, die anderen arbeiteten über die Osterferien brav in irgendeiner Bar oder Fabrik. Die Vorstellung, in einer Gießerei Metallbrocken herumzuschleppen, fand Oliver noch abschreckender als die bedrückende Spannung im Haus seiner Eltern.

Am Freitag abend begleitete er seine Mutter in die Oper. Er konnte Opern nicht ausstehen, er verstand nicht, wie jemand dieses Gekreische schön finden konnte, aber bei seiner Mutter schien es so zu sein, also behielt er seine Ansichten für sich. Die Langeweile versetzte ihn bald in einen Zustand schläfriger Teilnahmslosigkeit. Hoch oben in einer Loge sitzend, fühlte er sich merkwürdig abgetrennt vom Geschehen. Die kleinen quäkenden Gestalten auf der Bühne; die aufgedonnerten Leute um ihn herum, selbst Eleanor, die neben ihm saß, schienen einer anderen Welt anzugehören.

In der Pause stellte seine Mutter ihn Scharen ihrer Bekannten vor.

»Penny, Larry, ihr kennt meinen Sohn Oliver?« oder: »Simon, June – das ist Oliver, mein Sohn. Er studiert Medizin.«

Worauf diese Leute im allgemeinen antworteten: »Medizin? Wie aufregend!« und ihn anstarrten, als wäre er einem Kuriositätenkabinett entsprungen. Oder sie sagten: »Ah, er schlägt offenbar seinem Vater nach«, und dann entgegnete Eleanor spitz: »Seinem Großvater, denke ich. Mein Vater ist vor zwei Jahren gestorben, aber ich weiß, wie sehr er sich über Olivers Entwicklung freuen würde.«

Nach der Oper fuhr er mit seiner Mutter im Wagen nach Hause.

»Möchtest du noch eine heiße Schokolade, Schatz?« fragte sie, als sie den Schlüssel ins Schloß schob.

Oliver betrachtete das dunkle Haus, die schwarzen quadratischen Fenster, die wie blinde Augen aussahen, und plötzlich erfaßte ihn Panik. Der Druck der Angst war so stark, daß er ihm alle Luft aus der Lunge preßte. Hastig sagte Oliver: »Ich glaube, ich gehe noch eine Runde, Mutter, wenn es dir nichts ausmacht. Ich muß mir die Beine vertreten. Das lange Stillsitzen hat mich ganz kribbelig gemacht.«

Ohne sich von ihrer gekränkten Miene abhalten zu lassen, ging er die Straße hinunter. Er ging schnell, ohne ein bestimmtes Ziel, getrieben von dem Bedürfnis, die düstere Stimmung abzuschütteln, die ihn so plötzlich überfallen hatte. Je weiter er sich vom Holland Square entfernte, desto leichter, schien ihm, konnte er atmen. Er brauchte jetzt ein bißchen Gesellschaft, vielleicht auch einen Schluck zu trinken, um sich abzulenken und von der Niedergeschlagenheit zu befreien, die die erdrückende Liebe und Erwartung seiner Eltern hervorrief. Aber wer kam da in Frage? Nicht ein einziger Freund fiel ihm ein, der in diesem Moment erreichbar gewesen wäre. Er dachte daran, nach Soho in irgendein Nachtlokal zu gehen, aber er wußte, daß er dafür nicht genug Geld bei sich hatte. Dann fiel ihm die spontane Einladung von Faiths biederer kleiner Nichte ein.

»Die ist doch überhaupt nicht dein Typ, Oliver, alter Kumpel«, murmelte er vor sich hin, aber er schlug trotzdem den Weg zum Fluß ein.

Das *Black Cat Café* war ein kleines Studentenlokal mit nackten Backsteinwänden, an denen Plakate obskurer französischer Filme klebten. In dem kleinen Raum, den man direkt von der Straße aus betrat, standen Tische mit gemusterten Leinendecken. Olivers Blicke schweiften suchend über das Gedränge, aber er konnte Elizabeth nirgends entdecken. Dann bemerkte er eine Treppe, die in den Keller führte.

Unten angekommen, blieb er stehen und sah sich um. Es war so finster wie in einer Höhle. Auf den Tischen standen flackernde Kerzen. Ein einziger abgeblendeter Scheinwerfer erleuchtete ein junges Mädchen, das auf einem hohen Hocker saß und Gitarre spielte. Als sie ihren Song beendet hatte, erhob sich flüchtig dünner Applaus. Oliver hörte, wie jemand seinen Namen rief.

Er entdeckte Elizabeth, drängte sich zu ihrem Tisch durch. Ihre Augen glänzten im Kerzenlicht. Sie klopfte auf den freien Stuhl neben sich, und Oliver setzte sich.

»Toll, daß du da bist! Ich hätte nicht gedacht, daß du kommst.« Sie verhaspelte sich vor lauter Freude über sein Erscheinen.

Soweit Oliver erkennen konnte, hatte sie dieselbe Kluft an wie neulich im *Blauen Schmetterling*: den riesigen schwarzen Pulli und die dunkle Cordhose. Die anderen am Tisch waren ähnlich gekleidet. Oliver kam sich im Abendanzug etwas albern vor.

»Entschuldige die feinen Klamotten. Ich komme gerade aus der Oper.«

Sie schnitt ein Gesicht. »Ach Gott, du Ärmster. Meine Mutter schleppt mich auch manchmal mit, und ich sterbe jedesmal vor Langeweile. Komm, ich mach' dich mit den anderen bekannt.«

Sie leierte eine Litanei von Namen herunter, die er augenblicklich vergaß. Er sah sich die Leute an, die mit ihnen am Tisch saßen, und war voller Geringschätzung: die ausgeleierten Pullover, die Universitätsschals, die »Bomben? Nein, danke«-Abzeichen. So bierernst. So strohtrocken.

Elizabeth sagte: »Oliver kommt mit auf den Marsch.«

Ein bärtiger junger Mann warf ihm einen Blick zu. »Super! Je mehr, desto besser.«

Jemand anders sagte: »Janetta kommt aus Frankreich rüber. Sie nimmt die Nachtfähre wie letztes Jahr.«

»He, erinnert ihr euch an den Knaben, der den ganzen

Weg von Cornwall rauf mit dem Fahrrad gefahren ist und am Ende auf dem Falcon Field total ausgepowert zusammengeklappt ist? Die Sanitäter mußten ihn wieder auf die Beine bringen.«

»Ich bin damals mit Jimmy Partridge zusammen in seinem Auto raufgefahren. In Andover hat die verdammte Batterie den Geist aufgegeben, und wir haben uns danach bis Aldermaston nicht mehr anzuhalten getraut.«

»Dieses Ostern werden angeblich so viele Teilnehmer erwartet wie noch nie. Das können die Politiker doch nicht mehr ignorieren.«

Oliver hörte nicht weiter zu. Er konnte sich nicht vorstellen, daß irgend etwas ihn zu solchem Enthusiasmus treiben könnte. Höchstens vielleicht ein Mädchen – vorübergehend. Oder ein neues Auto. Aber bestimmt nicht irgendwelche nebulösen Ideale, die sowieso nichts brachten.

Das Mädchen mit der Gitarre begann wieder zu singen. Es wurde still. Der Mann, der neben Oliver saß, schlug mit dem Finger leise den Rhythmus der Musik. Eine Welle betäubender Langeweile, schlimmer noch als in der Oper, überschwemmte Oliver.

»Oliver?« Elizabeth berührte leicht seinen Ellbogen. »Oliver, hast du was? Du siehst ein bißchen verdrossen aus.«

Er zwinkerte. »Na ja, ich hätte ganz gern was zu trinken.«

»Kaffee? Oder einen Milch-Shake?«

»Ich meinte eigentlich was Richtiges«, sagte er. »Bier oder so was.«

»Ach so.« Sie sah verlegen aus. »Die haben hier keine Lizenz, tut mir leid. Man kann seinen eigenen Wein mitbringen, wenn man was zu essen bestellt, aber –«

»Macht ja nichts«, sagte er.

»Wir könnten woandershin gehen, wenn du magst.«

Er sah sie an. »Und deine Freunde – habt ihr nicht alles mögliche zu besprechen?«

»Alles schon erledigt. Ich mach' die Transparente, Brian und Geoff erkundigen sich nach Zügen und so. Ich wollte jetzt eigentlich nach Hause fahren, aber ich muß ja nicht gleich los.«

»Macht Faith sich nicht Sorgen um dich?« Es war beinahe Mitternacht.

»Ich meine nicht zu Tante Faith, ich meine zu mir nach Hause. Tante Faith ist übers Wochenende weggefahren, sie besucht meinen Großvater. Ich wohne in Wiltshire, weißt du. Das ganze Zeug für die Transparente liegt bei mir zu Hause.« Unvermittelt fragte sie: »Hast du Lust, mir zu helfen?«

»Wobei?«

»Bei den Transparenten.«

Er war verwirrt. »Ich dachte, du fährst nach Wiltshire.«

»Ja, aber du könntest doch mitkommen.« Sie wartete schweigend, den Kopf gesenkt. Ihr Haar war nach vorn gefallen und verbarg ihre Augen. »Nein«, sagte sie dann. »Das geht natürlich nicht. Blöd von mir. Du hast bestimmt massenhaft zu tun.«

Oliver konnte zwar ihr Gesicht nicht sehen, aber er ahnte, daß sie rot geworden war.

»Du meinst, ich soll mit dir nach Wiltshire fahren?« sagte er.

»Entschuldige. Du mußt mich für schwachsinnig halten. Bestimmt wirst du zu Hause erwartet.«

»Da könnte ich anrufen.« Er hörte ihren unterdrückten Ausruf der freudigen Überraschung und stellte sich vor, wie es wäre, aus London zu fliehen und unter einem sternklaren Himmel im Auto durch die Nacht zu brausen. Eine ungeheure Sehnsucht erfaßte ihn. »Haben denn deine Eltern nichts dagegen, wenn du einfach jemanden anschleppst, den sie gar nicht kennen?«

»Sie sind beide im Ausland.« Sie begann, ihn hastig über ihre Familienverhältnisse aufzuklären, aber er hörte gar nicht zu. Er liebte Reisen, besonders unerwartete. Er würde natürlich ein paar Transparente malen und Begeisterung für die Bewegung vortäuschen müssen, aber das war für dieses herrliche Gefühl der Flucht in die Freiheit leicht in Kauf zu nehmen.

Die Party fand im Haus von Clio Bettancourt südlich der Themse statt. An den Wänden hingen Ormuluspiegel und zahlreiche Porträts von Clio, die Schauspielerin war. Faith sah ihr eigenes Bild in den Spiegeln vervielfältigt: olivgrünes Kleid, hochgestecktes blondes Haar, Jetthalskette und -ohrringe, die einmal ihrer Mutter gehört hatten.

Jemand berührte sie am Ellbogen und sagte dicht an ihrem Ohr: »Hallo, mein Schatz. Clio scheint ja Gigantisches vorzuhaben. Alle Großen und Einflußreichen der Stadt sind heute abend hier versammelt.«

Sie drehte sich um und lachte Paddy Calder an, den Buchhalter und Steuerberater ihrer kleinen Firma. Er war ein großer, stämmiger Mann mit ungepflegtem hellem Haar und rotem Gesicht. Es war leichter, dachte Faith, sich Paddy auf einer Baustelle oder unten bei den Docks vorzustellen als hinter einem Schreibtisch.

»Paddy! Wie schön, dich zu sehen.« Sie gab ihm einen Kuß auf die Wange.

»Ich habe endlich das perfekte Haus für dich gefunden, Faith.« Paddy versuchte seit Monaten, sie zu überreden, ihre Ersparnisse gewinnbringend anzulegen. »Drei Stockwerke«, erklärte er, »und Keller. Die Originaltüren und die alten offenen Kamine sind unversehrt erhalten. Und es liegt in einem Viertel, das gerade groß in Mode kommt.«

»Das ist lieb von dir, Paddy«, sagte sie, »aber ich bin mit meiner Wohnung völlig zufrieden.«

Er kippte seinen Sherry hinunter. »Faith, du kannst dein

Geld nicht einfach auf der Bank liegenlassen. Das ist doch dumm.«

»Meinst du?« fragte sie neckend. »Wo soll ich meine riesigen Gelder denn dann aufheben? Unter der Matratze vielleicht? Oder unter einer Bodendiele?«

»Du bist doch unverbesserlich«, sagte er gutmütig und nahm sich ein zweites Glas Sherry. »Du bist keine arme Frau, Faith – du brauchst nicht zu leben wie eine Zigeunerin. Und ich wollte natürlich sagen, du solltest dein Geld in eine Immobilie stecken, wie ich dir das jetzt schon seit Ewigkeiten rate.«

»Aber ich mag meine Wohnung, Paddy«, entgegnete sie. »Sie ist mir vertraut, ich lebe gern dort. Morgens stolpere ich die Treppe runter in den Laden, und ich –«

»Du brauchst ja in dem Haus, das du kaufst, nicht zu wohnen.«

»Wozu es dann überhaupt kaufen?«

»Als Geldanlage, Faith«, erklärte Paddy geduldig. »Um dein Kapital zu vermehren.« Er zog Notizbuch und Stift heraus und begann zu kritzeln. »Das ist die Rate, in der deine Ersparnisse anwachsen, wenn du sie auf der Bank liegenläßt, und das ist die Rate, in der sie sich vermehren, wenn du sie in Immobilien anlegst.«

Graphische Darstellungen fand sie immer verwirrend. Seit Eröffnung ihres Ladens hatte sie hart daran gearbeitet, ihre gewaltigen Wissenslücken zu füllen; sie konnte jetzt mühelos addieren, subtrahieren, multiplizieren und dividieren. Sie konnte Gewinn- und Verlustrechnungen erstellen und verstand den Unterschied zwischen Umsatz und Gewinn. Sie hatte sich gezwungen, all diese Dinge zu lernen, um ihr kleines Geschäft ordentlich führen zu können. Aber graphische Darstellungen und Kurven waren ihr immer noch ein Buch mit sieben Siegeln.

»Aber versteh doch, Paddy, ich muß meine Wohnung einfach behalten. Bequemer kann ich es doch gar nicht haben. Du weißt, daß ich die meisten Wochenenden bei meinem Vater in Norfolk bin, und es käme mir, sagen wir, reichlich verschwenderisch vor, plötzlich zwischen drei Wohnsitzen hin- und herzupendeln.« Sie sah seinen Gesichtsausdruck und fügte hastig hinzu: »Aber ich schau' mir das Haus natürlich an, wenn du meinst, Paddy. Ich versprech' es dir.«

»Nach der Party hier?«

Sie sah ihn erstaunt an. »Wenn du es unbedingt willst.«

Er nahm sich vom Tablett einer vorüberkommenden Kellnerin einen Teller, blickte darauf hinunter und sagte enttäuscht: »Ach, du lieber Gott, Vol-au-vents, so ziemlich das Schlimmste, was es gibt. Pastete, die im Mund wie Asche zerfällt, und die Füllung aus irgendeinem undefinierbaren labbrigen Zeug.«

Er schob drei der Pasteten in den Mund und hielt Faith den Teller hin. Die schüttelte den Kopf.

Den Mund voller Krümel, fragte er: »Und der geheimnisvolle Interessent für deinen Laden? Hast du von dem wieder gehört?«

Sie zog ein Gesicht. Seit Anfang des Jahres hatte sie eine Anzahl von Briefen erhalten, alle anonym, deren Verfasser ihr unbedingt den *Blauen Schmetterling* abkaufen wollte. Der Text der Briefe klang teilweise sogar drohend.

»Anfang der Woche ist wieder ein Brief gekommen«, sagte sie.

»Warst du bei der Polizei?«

Sie zog die Schultern hoch und ließ sie wieder fallen. »Ja, aber die haben mir nur erklärt, daß sie im Moment nichts tun können. Es gibt keinerlei Hinweise. Keine Unterschrift, nur einen Londoner Poststempel. Und der Schreiber tut mir ja nichts an.«

»Bis jetzt nicht«, sagte Paddy.

»Paddy!«

»Ich will dich wirklich nicht beunruhigen, Faith. Aber

das Grundstück ist einen Haufen Geld wert. Es liegt mitten in der Stadt. Zusammen mit dem leeren Nachbargrundstück –«

»Ich verkaufe das Pachtrecht nicht, Paddy«, unterbrach sie in festem Ton. »Und ich lasse mich auch nicht vertreiben.«

»Nein, das glaube ich dir ja.« Sie sah die Besorgnis in seinen Augen. »Aber es gibt genug gewissenlose Leute. Es beunruhigt mich, dich ganz allein dort im Haus zu wissen.«

»Ich bin es gewöhnt, allein zu sein. Und wenn dieser Mensch mit seinen Vorstößen nicht weiterkommt, wird er bestimmt bald aufgeben.« Sie sah ihn an. »Und damit beenden wir die Diskussion, okay?«

Paddy seufzte. »Wie geht's Con?« fragte er dann, das Thema wechselnd.

Faith lächelte. »Sie genießt ihren Ruhestand. Die meiste Zeit sitzt sie am Webstuhl. Die Stoffe, die sie macht, sind bildschön. Schwierigkeiten bereiten ihr nur die Augen. Die Arbeit mit den feinen Garnen, die sie verwendet, strengt sie wahnsinnig an, weil sie mit dem Alter immer weitsichtiger wird. Du kannst dir wohl vorstellen, daß sie manchmal eine Höllenlaune hat.«

»Und was macht dein Vater?«

»Ach, dem geht es gut. Wir fahren bald zusammen in Urlaub. Ein verspätetes Geburtstagsgeschenk von mir.«

Paddy klopfte ein paar Krümel von seiner Smokingjacke. »Wohin fahrt ihr?«

»Nach Frankreich. Mein Vater war seit Ewigkeiten nicht mehr dort. Ich möchte, daß er diesen Urlaub richtig genießt, und habe die besten Hotels gebucht. Du kannst dir nicht vorstellen, was mich das an Planungsarbeit kostet, Paddy.« Sie dachte an die Stapel von Katalogen, Prospekten und Fahrplänen in ihrer Wohnung. »Ich brauche Stunden, aber es soll eben alles wirklich perfekt sein. Ich möchte nicht, daß er sich um irgend etwas kümmern muß, wenn wir –«

»Faith, Darling!« kreischte jemand exaltiert. »Das ist ja ein hinreißendes Kleid! So eines müssen Sie mir auch machen!«

»Clio!« Sie küßte Clio Bettancourt rechts und links auf die Wangen.

»Aber Lindgrün, nicht Oliv, Schatz. Lindgrün ist meine Farbe.«

Faith wurde ins Getümmel hineingezogen. Paddy Calder sah sie erst drei Stunden später wieder, als sie aus dem überheizten Haus in die kühle Frühlingsnacht hinaustrat. Er half ihr in den Mantel und winkte einem Taxi.

Eine Zeitlang saßen sie schweigend nebeneinander, dann bemerkte er mit einem kurzen Blick zu ihr: »Du siehst schrecklich verfroren aus. Komm, gib mir deine Hände.«

Er drückte ihre kalten Finger zwischen seinen großen Pranken.

Etwas später hielten sie in einer Straße an, die ihr fremd war. Paddy bezahlte den Fahrer und zog einen Schlüssel aus seiner Manteltasche.

»Es ist noch gar nicht auf dem Markt. Mein Bruder hat mir den Tip gegeben.«

Paddys Bruder war Immobilienmakler. Im Verlauf des vergangenen Jahres hatte Paddy sie zur Besichtigung zahlloser Häuser in alle Teile Londons geschleppt.

Er sperrte die Tür auf und machte Licht. Langsam gingen sie durch die Räume.

»Toll, der Stuck ... und sieh dir die Böden an ... massive Buche ... Schiebefenster ... nach Süden ... sieben Zimmer.«

Im oberen Stockwerk machten sie halt. Der Mond, der durch das Mansardenfenster schien, überzog die kalten Bodendielen mit schimmerndem Licht.

»Es ist ein bißchen verwahrlost, ich weiß, aber was hältst du davon, Faith?«

»Es ist ein sehr schönes Haus, Paddy.« Sie bemühte sich, etwas Enthusiasmus in ihren Ton zu legen.

»Eine hervorragende Geldanlage.«

»Aber es ist viel zu groß – sieben Zimmer! Was soll ich denn mit sieben Zimmern?«

Achselzuckend ging er zum Fenster. Bevor er sich abwandte, sah sie flüchtig den Ausdruck in seinen Augen.

»Ich dachte, du möchtest einmal eine Familie haben. Das wollen doch die meisten Frauen.«

»Ich habe meinen Vater und Elizabeth und Nicole und David«, versetzte sie leichthin. »Und dazu Con und dich, Paddy. Findest du nicht, daß das Familie genug ist?«

»Aber Kinder – willst du keine Kinder?«

Sie sah ihn an. »Ich bin achtunddreißig, Paddy. Da ist es ein bißchen spät.«

»Meine Mutter war zweiundvierzig, als ich kam. Faith, ich versuche, dich zu fragen...« Er stieß einen raschen Seufzer der Verzweiflung aus und schüttelte den Kopf. »Ich hab' für so was kein Talent.«

Sie hakte sich bei ihm unter und sagte sehr zart und behutsam: »Schau mal, ich habe meinen Vater, um den ich mich kümmern muß, und ich habe den Laden. Für viel mehr ist in meinem Leben kein Platz, Paddy. Es tut mir leid.«

Aber später, als sie zu Hause war, fragte sie sich, ob sie die Wahrheit gesagt hatte. Hatte sie dieses Haus – und Paddy – zurückgewiesen, weil sie immer noch Zweifel hatte, immer noch der Verdacht da war, daß weder dieses Haus noch Paddy das war, was sie wirklich wollte? Sie lag lange wach, ehe sie endlich in einen unruhigen Schlaf fiel. Im Traum vermengte sich die glanzvolle Eleganz der Villa, die Paddy ihr gezeigt hatte, mit der Einfachheit des Hauses in Norfolk, in dem sie und Guy Neville sich vor langer Zeit einmal geliebt hatten. Im Traum versuchte sie, die Häuser zu zählen, in denen sie im Lauf ihres Lebens gelebt hatte. Von den Jahren ihrer Kindheit, als Ralph und Poppy mit Kindern und Hausgästen im Schlepptau durch die Welt gezogen waren, bis zur Gegenwart in der kleinen Wohnung über ihrem Laden. Zahlen und Bilder flogen vorüber, und eine Kirchenglocke mit unnatürlich lautem Schlag läutete die verstreichenden Jahre.

Sie erwachte. Das Telefon klingelte. Faith warf einen Blick auf ihren Wecker und sah, daß es drei Uhr morgens war. Papa, dachte sie erschrocken. Papa ist etwas passiert. Sie sprang so hastig aus dem Bett, daß sie beinahe gefallen wäre, und rannte an den Apparat.

»Hallo?«

»Miss Mulgrave?«

Die Stimme war ihr fremd. Eine Männerstimme, etwas heiser. Papas Arzt oder die Polizei oder –

»Haben Sie noch einmal über den Verkauf des Pachtrechts für Ihren Laden nachgedacht, Miss Mulgrave?«

Ihr Angst wich Zorn. Jetzt versuchte er es also statt mit Briefen mit Anrufen. »Wer sind Sie?« Ihre Stimme zitterte vor Empörung. »Was fällt Ihnen ein, mich mitten in der Nacht anzurufen?«

»Ich habe Ihnen ein Geschenk geschickt, Miss Mulgrave. Schauen Sie vor Ihrer Haustür nach. Und dann überlegen Sie es sich noch einmal.« Damit wurde die Verbindung unterbrochen.

Der Hörer fiel ihr aus der Hand. Ihr Blick flog zum Fenster. Ob er da draußen war und sie beobachtete, darauf wartete, daß sie nach unten ging? Er würde sich irgendwo im Schatten verstecken und dann –

Trotzdem hielt es sie nicht länger in ihrer Wohnung. Sie konnte nicht einfach abwarten. Sie mußte Gewißheit haben. Sie zog ihren Mantel über ihr Nachthemd und holte das Nudelholz aus der Küchenschublade. Auf Zehenspitzen schlich sie die Treppe hinunter und öffnete die Tür zum Laden. Wenn sie jetzt Licht machte, würde er sehen, daß sie hier unten war. Der gelbliche Schein der Straßenlampen fiel durch die Ritzen der Jalousien vor dem Fenster. Schwarze Schatten huschten über Wände und Boden. Auf der Matte unter dem Briefkasten lag etwas. Ihr entfuhr ein kurzer, furchtsamer Schluchzer. Mit zusammengekniffenen Augen versuchte sie zu erkennen, was da lag. Es war klein, dunkel, länglich. Eine Bombe, schoß es ihr durch den Kopf; wenn sie näher träte, würde sie irgendeinen Zünder auslösen, und dann brauchte der Mann mit der kratzigen Stimme, der sie vorhin angerufen hatte, sich nicht einmal mehr die Mühe zu machen, den Laden abreißen zu lassen, nachdem er den Pachtvertrag gekauft hatte...

Blödsinn, sagte sie sich ungeduldig. Der Schatten auf der Matte schien größer zu werden, je näher sie kam. Und als sie so nahe war, daß sie erkennen konnte, was für ein Geschenk der Unbekannte ihr gemacht hatte, gaben ihre Knie nach, und sie fiel haltlos lachend zu Boden.

Eine Ratte! Er hatte gehofft, sie mit einer toten Ratte fertigzumachen, sie so sehr in Angst zu versetzen, daß sie widerstandslos ihren Laden verkaufen würde. Wenn er von den Ratten in der Scheune von La Rouilly gewußt hätte, dachte sie keuchend vor Lachen, das einer Art hysterischer Erheiterung und Erleichterung entsprang. Oder von den Ratten während der Bombenangriffe im Krieg; wie die Flammen sie da aus ihren Schlupflöchern getrieben hatten, wie sie ihr über die Füße gehuscht waren, wenn sie die Tragen in die Sanitätswagen geschoben hatte. Vor Ratten hatte sie überhaupt keine Angst. Ihr Blick fiel auf das Nudelholz, das sie immer noch umklammert hielt, und sie lachte noch mehr. Schließlich rieb sie sich mit dem Ärmel die Tränen aus dem Gesicht, hob die tote Ratte vorsichtig am Schwanz in die Höhe und warf sie im Hof in die Mülltonne.

Der Himmel war klar, und als sie die Stadt hinter sich gelassen hatten, konnte Oliver die Sternbilder erkennen – den großen und den kleinen Wagen, den Orion. Elizabeth fuhr ihren erbsengrünen Morris Minor schnell und mit einer routinierten Gewandtheit, die ihn erstaunte. Sie passierten kleine Städte und Dörfer, die Landschaft wurde hügelig, Bäume hoben sich vom Mondlicht erhellt aus der Dunkelheit. Je weiter die Stadt zurückblieb, desto leichter wurde Oliver ums Herz. Eine Mischung aus Abenteuerlust und Unbeschwertheit verdrängte die frühere düstere Stimmung.

Manchmal nickte er ein und wußte, wenn er plötzlich aus dem Schlaf hochschreckte, nicht, wo sie waren und wieviel Zeit vergangen war. Er glaubte, Elizabeth müßte müde sein, und erbot sich zu fahren, aber sie schüttelte den Kopf und sagte: »Das ist nett von dir, Oliver, aber ich fahr' unheimlich gern Auto. Tante Faith hat es mir beigebracht. Sie war im Krieg bei den Sanitätern Fahrerin, wußtest du das?«

Er schlief wieder ein, und als er erwachte, sah er im Licht der Autoscheinwerfer, daß sie durch eine weite, leere Ebene fuhren.

»Wo sind wir?«

»An meinem zweitliebsten Ort.« Sie trat auf die Bremse. »Schau.«

Der Kreis gewaltiger steinerner Säulen stand von Sternenschein übergossen kraftvoll und über die Zeit erhaben in der stillen Nacht.

»Stonehenge?«

»Ist es nicht wunderbar?«

Oliver, der sich plötzlich erschreckend klein und unbedeutend fühlte, fröstelte. Als sie den alten Steinkreis hinter sich ließen, bemerkte er, daß der Himmel sich am Horizont zu lichten begann.

»Nur noch ein paar Kilometer«, sagte Elizabeth.

Bäume begannen die bis dahin kahle Landschaft zu beleben, als sie durch das Tal abwärts fuhren. Oliver gähnte und versuchte, sein zerzaustes Haar mit den Fingern glattzustreichen. Elizabeth bog von der Hauptstraße ab und folgte einer breiten Buchenallee. Oliver, der sich ziemlich zerknautscht fühlte, begann, seine Kleider zu richten.

»Da ist es«, sagte Elizabeth. »Das ist Compton Deverall.«

Er blickte auf und ließ die Hände sinken, vergaß, den Kragen zu knöpfen, den Schlips zu knoten. Er sah das Haus mit seinen vielen Fenstern, seinen Türmchen und Höfen und war wie gebannt.

Die Größe dieses Hauses! Welch eine Geschichte es haben mußte! *Wir sind zu Hause, Oliver!* Auf so einem Besitz zu leben! Teil solcher Größe und Tradition zu sein! Diese Freiheit! Diese Macht!

Elizabeth sagte: »Ich bin völlig ausgehungert. Du auch? Ich könnte dir was zu essen machen. Oder möchtest du lieber erst mal eine Runde schlafen?«

»Ich bin nicht müde.« Sie standen im Großen Saal von Compton Deverall, und Oliver mußte unwillkürlich an den Salon zu Hause denken, so adrett mit dem pfirsichfarbenen Teppich, auf dem man jeden Schmutzfleck sah, mit Tischchen und Blumenvasen und Fotografien von ihm und seinem Großvater auf dem Kaminsims.

Der Große Saal von Compton Deverall war atemberaubend. Die Decke war mit Wappenzeichen in verblaßten Farben bemalt. Mächtige dunkle Möbel warfen schwarze Schatten. Kein Barschrank und keine Musiktruhe, nichts Vulgäres dieser Art. Einzig geschnitzte Truhen und Kredenzen, Kommoden und Chiffonnieren, und ein riesiger offener Kamin aus Stein, der bis zur Decke hinaufreichte.

Er wurde sich bewußt, daß er mit offenem Mund dastand und gaffte, und sagte, um Nonchalance bemüht, in lässigem Ton: »Frühstück wäre nicht schlecht.«

Er folgte Elizabeth in die Küche. Während sie Eier aufschlug und Schinkenspeck aufschnitt, musterte er sie und sah sie nun mit anderen Augen. Das Loch im Ellbogen ihres häßlichen Pullovers war immer noch da, und ihre Fingernägel waren immer noch abgekaut, aber sie war nicht mehr nur ein unscheinbares kleines Schulmädchen. Geld und Vermögen machten sie interessant.

»Bist du ein Einzelkind?« fragte er.

Sie nickte. »Du auch?«

»Ja.«

Sie stellte eine Kaffeekanne vor ihn auf den Tisch. »Ich hätte gern Geschwister gehabt, du nicht auch?«

Oliver goß zwei Tassen Kaffee ein. »Doch. Da wäre wahrscheinlich einiges einfacher gewesen. Man hätte nicht so verdammt perfekt sein müssen.«

»Ich hab' nicht mal Vettern oder Cousinen.«

»Ich auch nicht. Und auch keine Tanten und Onkel. Weihnachten hab' ich mich immer ziemlich benachteiligt gefühlt.«

»Ich habe natürlich Tante Faith.« Sie wendete die Schinkenspeckscheiben in der Pfanne. »Und früher hatte ich auch noch einen Onkel, aber der ist ertrunken.«

Oliver murmelte etwas Bedauerndes, dann sagte er, unfähig, sich die Frage länger zu verkneifen: »Und das alles hier erbst du eines Tages?«

Sie strich Butter auf eine Scheibe Toast. »Ja. Gräßlich, nicht? Ich würde es gern an jemanden weitergeben, der es wirklich braucht, aber es sind so viele Stiftungen und so'n Zeug damit verbunden, daß das sehr kompliziert wäre. Außerdem liebe ich es natürlich trotz allem. Viele von meinen Freunden sind entsetzt über die Toiletten und wie kalt es hier ist, aber ich liebe das Haus.«

Sie stellte ihm einen Teller mit Schinkenspeck und Ei

hin. »Ich zeig's dir nachher, wenn du Lust hast«, fuhr sie fort. »Ich zeig' dir die Orte, die ich am liebsten habe.« Während sie mit ihm sprach, sah sie ihn auf eine Weise an, daß ihm ein Schauder – ungeahnter Möglichkeiten? – den Rücken hinunterrann.

Oliver aß. Er hatte Herzklopfen. Nach dem Frühstück führte sie ihn durch das Haus. Sonnenlicht strömte durch die Fenster mit den bleigefaßten Scheiben und warf Rautenschatten auf die alten Eichenböden. An den Wänden einiger abgelegener, unbewohnter Räume hatte sich Schimmel angesetzt, und als er mit der Hand über die Holzleisten strich, spürte er die Feuchtigkeit. Groteske Fratzen – von Dämonen und Teufeln – waren in die Holzbalken eingeschnitzt und sahen mit furchterregenden Blicken zu ihm hinunter. Als er in Nachahmung ihrer Mimik die Zunge herausstreckte und mit den Augen rollte, blieb Elizabeth stehen und lachte.

In einer langen Galerie zeigte sie ihm die Porträts ihrer Vorfahren. Generationen dunkeläugiger, ernst dreinblickender Kemps faßten ihn kalt ins Auge. Er fühlte sich fehl am Platz, fremd, minderwertig. Elizabeth hatte das Haar mit einem Band zurückgenommen, so daß ihr klares Profil mit der hohen Stirn, der langen, geraden Nase und den Augen mit den schweren Lidern unter den feinen, geschwungenen Brauen unbeeinträchtigt zutage trat. Sie war nicht unscheinbar, wie er vorschnell geurteilt hatte; vielmehr gehörten ihre Gesichtszüge einer anderen Zeit an, jener Epoche zarthäutiger Renaissancefürstinnen mit dem aus der Stirn gezogenen, perlendurchflochtenen Haar und den steifen, tiefausgeschnittenen Gewändern. Er hatte plötzlich den Wunsch, diese klare, makellose Haut zu streicheln, die Last des seidigen dunklen Haars auf seinen Händen zu spüren, und ein Anflug von Verlegenheit trieb ihn, rasch weiterzugehen, hinaus aus der Galerie und die Treppe hinunter. Er mochte erfahrene Frauen, mit naiven

Schulmädchen konnte er nichts anfangen; die Nacht ohne Schlaf hatte ihn wirr gemacht. Und dennoch fühlte er sich hellwach.

Am Fuß der Treppe angekommen, sagte sie: »Es ist so ein schöner Tag, wir könnten die Transparente doch im Hof machen. Da hätten wir Platz genug, sie auszubreiten, und es würde auch nichts ausmachen, wenn wir mit der Farbe klecksen.« Sie sah ihn an. »Willst du einen Pulli von meinem Vater anziehen?«

Oliver hatte immer noch seine Smokingjacke an. »Gern, wenn das geht.«

Er wartete an den Treppenpfosten gelehnt, während sie noch einmal nach oben lief. Einen Moment lang versuchte er, sich vorzustellen, er lebte auf einem solchen Besitz, gehörte hierher, würde beim Nachhausekommen seinen Schirm in den Ständer fallen lassen, seinen Mantel lässig über einen Garderobenhaken werfen. Er schloß die Augen und öffnete sie wieder, als er Elizabeth auf der Treppe hörte.

Sie reichte ihm einen Pullover. »Er hat leider einen Haufen Löcher. Mein Vater kauft sich nie was Neues. Er bekommt immer nur was, wenn meine Mutter uns besucht, aber sie war schon seit Ewigkeiten nicht mehr hier.«

Oliver zog sich den abgetragenen alten Kaschmirpulli über den Kopf. »Deine Mutter lebt nicht hier?«

»O nein. Sie lebt zeitweise in Amerika und zeitweise auf dem Kontinent. Meine Eltern sind geschieden, weißt du.«

»Das tut mir leid. Das muß –«

»Ach, mir macht es nichts aus.« Sie sah ihn mit ihren klaren dunkelbraunen Augen offen an. »Wirklich nicht. In der Schule dachten immer alle, ich müßte traurig sein oder so was, aber das bin ich nicht. Sie hat meinen Vater verlassen, als ich noch ganz klein war, ein Baby, ich kann mir also ein anderes Leben gar nicht vorstellen. Ich kann mich nicht an einen Verlust erinnern.«

Sie schleppten alte Laken, Farbtöpfe und Pinsel in den

Hof. Auf den abgeschliffenen Kopfsteinen blühten Flechten, in den Ritzen wucherte Moos. Elizabeth breitete die Laken auf der Terrasse aus.

»Ich glaube, ich nähe sie am besten zusammen. Sie müssen so breit wie die Straße sein, damit sie den Blick auf sich ziehen.«

Oliver brachte ihre Nähmaschine heraus und trieb in einem Geräteschuppen Holzleisten auf, zwischen denen das Transparent aufgespannt werden konnte. Er sah erstaunt, wie tatkräftig und praktisch Elizabeth war; in Anbetracht von soviel weltfremdem Idealismus hatte er Unschlüssigkeit und zwei linke Hände erwartet. Er wußte, daß ihr Bemühen sinnlose Zeitverschwendung war, aber es machte ihm überraschenderweise trotzdem Spaß, ihr zu helfen und mit ihr zusammen Parolen und Symbole auf die großen weißen Tücher zu malen. Seine eigenen drückenden Gedanken rückten darüber in den Hintergrund.

Die Sonne schien, und um die Mittagszeit legte Oliver den Pinsel aus der Hand und ging ins Haus. In der Küche legte er ein Stück Käse, einen Laib Brot, eine Tüte Äpfel und eine Flasche Wein in einen Korb. Als er sich beim Hinausgehen im Haus umsah, bemerkte er, daß die Bezüge der Sofas an manchen Stellen durchgescheuert waren und das Roßhaar aus den Löchern quoll; daß die Sonne die Brokatvorhänge ausgeblichen hatte, so daß ihre ursprüngliche Farbe nur noch zu ahnen war. Im ersten Moment war er schockiert: Seine Mutter pflegte bei den ersten Anzeichen von Verschleiß neue Möbel zu kaufen, und es verstand sich von selbst, daß alle fünf Jahre im ganzen Haus die Vorhänge und Teppiche erneuert wurden. Oliver hatte immer das Moderne, Glatte, Stromlinienförmige besser gefallen als die gutbürgerliche Überladenheit zu Hause am Holland Square. Jetzt aber, während er durch das alte Herrenhaus streifte, empfand er seinen eigenen Geschmack als zweitklassig.

Nachdem er aus dem Schrank im Speisezimmer zwei Weingläser genommen und in dem Korb mit dem Proviant verstaut hatte, ging er wieder in den Hof hinaus.

»Oliver! Das ist eine gute Idee! Ich liebe Picknicks!« Elizabeth warf ihren Pinsel beiseite.

Sie trugen den Korb auf die Wiese jenseits der Rasenflächen und kühlten den Wein im Bach, der, wie Elizabeth erklärte, hier die Grenze des Besitzes bildete. Ihr Vater, sagte sie, spreche gelegentlich davon, ein paar Morgen Land zu verkaufen, um die längst fälligen Reparaturen am Haus finanzieren zu können, aber bis jetzt sei es nicht dazu gekommen.

Oliver dachte an London, wo Bürobauten auf kleinsten Raum gequetscht und jeden Tag ganze Züge alter Reihenhäuser abgerissen wurden, um Hochhäusern mit überteuerten Wohnungen Platz zu machen. Mit diesem Grund hier könnte man ein Vermögen machen! Als Elizabeth auf ein Feld neben dem Wald zeigte – ein Feld, auf dem nicht einmal Schafe weideten; das, soweit er sehen konnte, überhaupt nicht genutzt wurde –, stellte sich Oliver die Häuserblocks vor, die diese Lücken füllen könnten.

Er döste an einen Baustamm gelehnt vor sich hin und war fast eingenickt, als Elizabeth plötzlich rief: »Ach, schau doch – das ist ja toll! – da sind Geoff und Phil und die anderen.«

Oliver machte die Augen auf und sah die kleinen dunklen Gestalten auf der Terrasse.

»Sie hatten schon gesagt, daß sie vielleicht herkommen und helfen würden.« Elizabeth warf das Kernhaus ihres Apfels in den Bach und sprang rufend und winkend auf und nieder. Nachdem sie die Picknicksachen eingesammelt hatte, rannte sie über den Rasen ihren Freunden entgegen.

Oliver folgte in gemächlicherem Tempo, die Hände in den Hosentaschen. Die ungewöhnliche Klarheit des Tages hielt an, aber sie hatte begonnen, ihm auf die Nerven zu gehen, und beim Klang der lauten, munteren Stimmen und des herzhaften Gelächters der Gäste verspürte er nichts als Gereiztheit. Er blieb etwas abseits stehen und beobachtete, wie Elizabeth ihren Freunden stolz die Transparente und Plakate vorführte.

»Mensch, die sind wirklich gut geworden!«

»Tolle Farben.«

»Am Trafalgar Square werden nach dem Marsch hunderttausend Leute erwartet, da können wir die Dinger gut gebrauchen.«

»Ich hab' noch ein paar Laken«, sagte Elizabeth. »Oliver, kannst du mir mal helfen?«

Er folgte ihr ins Haus. In ihrem Zimmer waren Boden und Möbel begraben unter Bettüchern und Stapeln von Literatur über die Atombombe. Sie wies auf ein Bündel Laken auf einer Kommode.

»Kannst du die bitte runtertragen?«

Als er das Bündel zusammenraffte, fiel etwas zu Boden. Er bückte sich und hob es auf.

»Was ist denn das?« Er musterte seinen Fund. Es war ein sehr kleines Ölgemälde, nicht größer als 15 x 15 Zentimeter. Die breiten Farbblöcke – rot, gold und bernsteingelb – schienen aus der Nähe betrachtet nichts darzustellen, aber als er das Gemälde auf Armeslänge entfernt hielt, verwandelten sie sich in eine Landschaft aus Feldern, Bäumen und Bächen.

»Oh.« Sie war dabei, eine Schnur aufzuwickeln. »Der Haken ist aus der Wand gefallen. Es ist anscheinend mitten in den Laken gelandet.«

»Es ist ein Corot.« Oliver sah das Loch in der Wand, wo das Bild gehangen hatte. »Du kannst doch einen Corot nicht einfach in diesem Durcheinander rumliegen lassen.« Er war auf einmal todmüde, und sein Ton war ungeduldiger, als er beabsichtigt hatte.

»Es ist doch nur ein Bild.« Elizabeth schien gekränkt.

»Es ist unwichtig.« Sie legte das Bild wieder auf die Kommode.

»Es ist *nicht* unwichtig. Gemälde sind von Dauer!«

Sie lief aus dem Zimmer. Als sie gemeinsam die Treppe hinuntergingen, sagte sie: »Nichts von dem ganzen Zeug hier würde eine Atombombenexplosion überstehen. Das weißt du so gut wie ich, Oliver. Alles hier – das Haus, mein Bild, du, ich –, alles wäre ausgelöscht. Darum ist das, was wir tun, so wichtig. Es ist viel wichtiger als das Bild.«

Sie traten in den Hof hinaus, und er sagte mit absichtlich lauter Stimme: »Was ihr tut, ändert doch überhaupt nichts.« Elizabeths Freunde, dachte er, sahen ihn an, als wäre er irgendein ekliger weißer Wurm, der unter einem Stein hervorgekrochen war.

»Aber natürlich ändert es was.«

»Nie im Leben.« Er umfaßte sie alle mit verächtlichem Blick. »Es kann gar nichts ändern. Klar, im Fernsehen werden Bilder und Berichte gebracht und so, aber ändern wird sich gar nichts.«

»Oliver.« Der bärtige Mann sprach mit so viel nachsichtiger Geduld, daß sich Oliver die Haare sträubten. »Jeder von uns kann etwas ändern. Ich weiß, daß es manchmal nicht so scheint, aber man darf die Hoffnung nie aufgeben.«

Phil sagte: »Wir setzen die Labour-Partei so unter Druck, daß ihr nichts anderes übrigbleibt, als auf ihrem Parteitag eine unilaterale Resolution zu fassen.«

Oliver, der an die Wand gelehnt stand, entgegnete: »Die Labour-Partei wird die nächsten Wahlen höchstwahrscheinlich sowieso nicht gewinnen. Was spielt es da für eine Rolle, was für eine gottverdammte Resolution sie faßt?«

»Du bist wohl ein Konservativer.«

Er zuckte die Achseln. Seine Lider waren schwer vor Müdigkeit. »Kann schon sein. Mangels besserer Alternativen.«

»Aber das hat doch mit Politik überhaupt nichts zu tun!« rief Elizabeth. »Atomwaffen sind unmenschlich. Das ist das einzige, was zählt. Denk an Hiroshima – an Nagasaki ...«

»Denk an die japanischen Kriegsgefangenenlager«, gab er aufgebracht zurück. »Denk an Hitlers Konzentrationslager. Die waren doch auch unmenschlich, oder nicht? Vielleicht wird die nukleare Bedrohung gerade verhindern, daß so etwas wieder passiert. Und überhaupt ist das gar nicht das, worauf ich hinauswill. Ich will darauf hinaus, daß nichts, was ihr tut, irgend etwas ändern wird. Ihr werdet es vielleicht schaffen, die Gewerkschaften auf eure Seite zu bringen, und die werden vielleicht die Sozialisten überzeugen, und wer weiß, vielleicht kommen ja die Sozialisten tatsächlich an die Regierung. Aber auch dann wird sich nichts ändern, weil Großbritannien heute überhaupt keine politische Rolle mehr spielt. Wir zählen ganz einfach nichts«, schloß er lächelnd.

»Wir haben eine Menge Einfluß auf Amerika.«

»Blödsinn.«

»Die Amerikaner werden sich vielleicht die Briten zum Vorbild nehmen –«

»Selbst wenn es eine Bombe weniger gibt –«

»Wir können nicht einfach *nichts* tun.«

Er drehte sich zu ihr um. Jetzt war er nicht mehr fähig, spöttische Distanz zu bewahren. Die alte tödliche Langeweile hatte von ihm Besitz ergriffen, und dazu gesellte sich heiße Wut. »Aber genau das ist es doch – ihr tut *nichts*. Diesen ganzen Zauber hier« – er umfaßte mit einer kurzen Geste die Transparente und Plakate – »veranstaltet ihr doch nur, um euer Gewissen zu beruhigen. Es ist – *nichts*!«

Elizabeth sah aus, als wollte sie zu weinen anfangen. Ihre Augen wirkten sehr dunkel in ihrem bleichen Gesicht. Aber sie weinte nicht, sondern sagte sehr ruhig: »Wir versuchen es wenigstens.« Dann kniete sie wieder auf dem Pflaster nieder und griff zu Pinsel und Farbtopf.

Oliver ging. Er ging durch das Haus und vorn zur Tür hinaus. Es war später Nachmittag, und der blaue Himmel war blaß geworden. Oliver ging schnell. Er wollte dieses Haus und das Mädchen, das er zu mögen begonnen hatte, weit zurücklassen. Als er nach einer Weile hinter sich das Geräusch eines Automotors hörte, sah er sich nicht um, sondern ging einfach weiter. Erst als sie ihn fast am Ende der Buchenallee einholte, drehte er den Kopf.

Sie fuhr ihren erbsengrünen Morris Minor. Nachdem sie abgebremst hatte, blieb sie im Schneckentempo fahrend an seiner Seite und sagte: »Dein Jackett, Oliver.«

Er sah, daß er noch den Pullover ihres Vaters anhatte. Er zog ihn aus und reichte ihn ihr durch das Wagenfenster. Dann schlüpfte er in sein Jackett.

»Wohin gehst du jetzt?«

»Zum Bahnhof. Meine Eltern werden sich schon fragen, was aus mir geworden ist.«

»Ich fahr' dich hin.«

»Ich möchte lieber zu Fuß gehen.«

»Es sind fast zehn Kilometer, Oliver.«

»Trotzdem.« Er marschierte weiter. Der Kies knirschte unter seinen Füßen.

»Dann kommst du wohl nicht zum Marsch?« rief sie.

Nur einen Moment blieb er stehen und schüttelte den Kopf. »Nein, ich denke nicht. Danke für das Frühstück und so, aber ich denke nicht.« Und dann ging er weiter die Allee hinunter.

Guy sagte: »Sie können sich jetzt wieder ankleiden, Sir Anthony«, und nahm das Stethoskop ab.

»Und wie lautet das Urteil, Neville?«

Guy entdeckte Furcht hinter der gewohnt jovialen Fassade seines Patienten.

»Ihr Blutdruck ist ein wenig erhöht.«

»Ist das schlimm?« Sir Anthony Chants Stimme klang gedämpft hinter dem Paravent hervor.

»Es belastet das Herz.« Guy wusch sich die Hände und schneuzte sich. Da war offenbar eine Erkältung im Anzug. Er hatte Kopfschmerzen, und es kribbelte in der Nase.

»Also noch ein paar Tabletten und Wässerchen?«

»Besser wäre es, Sie würden etwas abnehmen.«

Sir Anthony Chant trat hinter dem Paravent hervor. »Abnehmen?« Er klopfte sich auf seinen umfangreichen Bauch. »Wozu denn das? Und wie?«

»Man ißt einfach weniger«, antwortete Guy trocken und rief sich dann selbst zur Ordnung. »Es ist nur ein Vorschlag, Sir Anthony. Ihrem Herz täte es gut.«

»Und inwiefern?«

Guy begann, die Verbindung zwischen Herzleiden und Übergewicht zu erklären, aber Sir Anthony ließ ihn gar nicht ausreden.

»Ach, geben Sie mir einfach wieder diese Dinger, die Sie mir letztes Mal verschrieben haben. Die wirken erstklassig.«

Guy wollte Einwand erheben, aber als er Sir Anthonys selbstgefälliges, leicht gelangweiltes Gesicht sah, ließ er es. Doch er hatte Mühe, seinen Ärger hinunterzuschlucken, als er das Rezept ausschrieb.

Nachdem Sir Anthony gegangen war, stand Guy aus seinem Schreibtischsessel auf und trat ans Fenster. Sein Sprechzimmer mit dem edlen Spannteppich, den geschmackvollen Stichen an den Wänden und den eleganten Stilmöbeln beengte ihn. Aber der Blick aus dem Fenster bot keine Erholung; nirgends ein Fleckchen Grün, nichts als triste Grau- und Brauntöne, so weit das Auge reichte. Guy versuchte, die Kopfschmerzen und das Kribbeln in der Nase zu ignorieren, indem er Erinnerungen an die Wanderungen seiner Jugend quer durch das Europa der

Vorkriegszeit heraufbeschwor. Er sehnte sich nach Farben, nach leuchtendrotem Hibiskus und bunten Schmetterlingen. Nach einer Weile trat er vom Fenster weg zu seinem Schreibtisch und stopfte einen Packen Papiere in seine Aktentasche. Dann sperrte er die Praxis ab und ging zu Fuß das kurze Stück nach Hause.

Er sah die Briefe auf dem Tischchen im Vestibül durch und nahm Rechnungen und Bankauszüge an sich, ehe er nach oben ging. Eleanor rief ihn aus dem Wohnzimmer, um ihn daran zu erinnern, daß sie an diesem Abend eingeladen waren. Er hatte es vergessen gehabt. In seinem Ankleidezimmer zog er sich um und schluckte zur Stärkung zwei Aspirin.

Die Cocktail-Party – das Übliche, man jonglierte mit Glas und Teller, während man sich bemühte, höflich Konversation zu machen – fand im Haus eines Kollegen, Wilfred Clarke, in Richmond statt. Unter den Gästen waren naturgemäß viele Ärzte, außerdem diverse aufgedonnerte junge Frauen mit dümmlichen Gesichtern, die vermutlich vor allem aus dekorativen Gründen eingeladen worden waren.

Guy aß wenig, wodurch er des Tellerproblems enthoben war, und vergaß sogleich wieder die Gespräche, die er führte, während er von Gast zu Gast wanderte.

»Dr. Neville?«

Er hatte sich in eine Ecke neben einer großen Topfpflanze zurückgezogen und drehte sich um, als er angesprochen wurde. Vor ihm stand ein rothaariger junger Mann in einem schlechtsitzenden Anzug.

»Mein Name ist James Ritchie. Ich arbeite zur Zeit als Assistenzarzt in der Bart-Klinik.«

Sie tauschten einen Händedruck.

»Dr. Clarke hat mir erzählt, daß Sie wie ich in Edinburgh studiert haben«, fuhr Ritchie fort, und jetzt hörte Guy den schottischen Akzent. »Was ist denn Ihr Fachgebiet?«

»Ich bin Allgemeinarzt.« Guy hielt dem jungen Mann sein Zigarettenetui hin. Der schüttelte den Kopf.

»Ich werde mich wahrscheinlich auf Pädiatrie spezialisieren. Ich habe nämlich vor, nach Afrika zu gehen. Belgisch-Kongo. Ein Vetter von mir ist dort Arzt.«

Guy unterdrückte ein Husten. »Das klingt interessant.« Er bot Ritchie einen Schluck aus der Flasche an, die er mitgenommen und hinter dem Farnkraut versteckt hatte.

»Ich trinke nicht, danke.«

»Überhaupt nicht?«

»Ich bin so erzogen worden.« Eine beinahe entschuldigende Geste. »Aber lassen Sie sich von mir nicht abhalten, Dr. Neville.«

Guy schüttelte den Kopf. »Mir brummt ohnehin schon der Schädel. Ich scheine mir eine Erkältung geholt zu haben. Ich möchte nicht auch noch einen Kater dazu.« Er lächelte. »Zerstreuen Sie mich, Dr. Ritchie. Lenken Sie mich von diesen lästigen Wehwehchen ab. Erzählen Sie mir etwas über Afrika. Was hoffen Sie dort zu erreichen? Ich stelle mir Afrika immer nur unangenehm heiß und ungemütlich vor.«

»Sicher. Aber die Not dort, Dr. Neville. Die Not ist so ungeheuer groß!« Ritchies Augen glänzten. »Denken Sie nur an die vielen Kinder, die an leicht heilbaren Krankheiten sterben – Masern, Magenverstimmungen und so weiter...«

Die Sehnsucht, die er am Nachmittag verspürt hatte, als er in seiner Praxis aus dem Fenster gesehen und an Frankreich gedacht hatte, kehrte zurück, während er Ritchie zuhörte. Es war eine diffuse Sehnsucht, die mit Gefühlen von Frustration und innerer Unruhe vermischt war. Er lauschte Ritchie, der von Buschkrankenhäusern, von Schlafkrankheit und Malaria sprach, und fühlte sich einen Moment lang aus dem überheizten, elegant ausgestatteten Salon in eine andere Welt entführt.

Dann sagte Ritchie: »Aber Not gibt es natürlich auch bei uns, wenn sich da auch durch das staatliche Gesundheitssystem sehr viel geändert hat, meinen Sie nicht auch?«

»Ich habe eine Privatpraxis.«

Er sah die Veränderung im Gesicht des Jüngeren und dachte erbittert: Du hast kein Recht, mich zu verurteilen, verdammt noch mal!

Bald danach entschuldigte sich Ritchie und verschwand irgendwo in der Menge. Guy, der sich zunehmend schlechter fühlte, ging wenig später, ohne seine Frau. Eleanor hatte beschlossen, noch zu bleiben, nachdem ein Bekannter sich erboten hatte, sie später in seinem Wagen nach Hause zu fahren.

Es regnete. Die nassen Straßen glänzten wie schwarzes Öl in der Dunkelheit. Unablässig verfolgte Guy auf der Fahrt das Gespräch mit dem jungen Arzt.

»Aber die Not, Dr. Neville. Die Not ist so ungeheuer groß ...«

In Gedanken vertieft, bemerkte Guy nur flüchtig den Radfahrer, der ohne Licht plötzlich aus einer Seitenstraße hervorschoß. Der Lieferwagen vor Guy fuhr zu schnell, um noch anhalten zu können. Bremsen kreischten, Metall krachte, Glas klirrte, als der Lieferwagen in dem fruchtlosen Bemühen, dem Radfahrer auszuweichen, schlingernd über die Fahrbahn rutschte. Guy riß das Lenkrad seines Wagens herum und trat hart auf die Bremse. Die Vorderräder des Rover sprangen den Bordstein hinauf, und Guy schlug mit dem Kopf auf das Lenkrad.

Als er nach einigen Augenblicken wieder denken konnte, riß er sofort seine Tür auf und rannte zur Unfallstelle. Der Radfahrer war eine junge Frau. Sie lag reglos auf dem Pflaster. Im gelben Licht der Straßenlampe konnte Guy den Fahrer des Lieferwagens erkennen, der, offenbar bewußtlos, über dem Lenkrad seines Fahrzeugs hing, den Kopf an der Windschutzscheibe.

Mittlerweile waren ein paar Leute zusammengelaufen. Guy warf dem jungen Mann, der neben ihm stand, seinen Autoschlüssel zu und sagte: »Der Rover da ist mein Wagen. Im Kofferraum liegt eine schwarze Tasche. Würden Sie mir die bitte holen?« Bevor er niederkniete, um die verunglückte Radfahrerin zu untersuchen, schickte er eine Frau in einem geblümten Morgenrock mit dem Auftrag, den Rettungsdienst anzurufen, in ihr Haus zurück.

Obwohl er, wie ihm schien, seit Jahren nichts Ernsteres als einen murrenden Blinddarm behandelt hatte, war ihm, als er da im strömenden Regen niederkniete und sich über die junge Frau beugte, sofort alles präsent, was er in den zwanzig Jahren seiner Tätigkeit als Arzt gelernt hatte. Dafür sorgen, daß der Patient frei atmen kann ... Blutungen stillen ... Kopf und Hals möglichst nicht bewegen für den Fall, daß Frakturen der Wirbelsäule vorliegen. Er vergaß den Regen, seine Kopfschmerzen, die unbestimmte Sehnsucht und arbeitete ruhig und umsichtig, während er versuchte, sich ein Bild vom Zustand der Verunglückten zu machen. Sie hatte eine tiefe Schnittwunde im Oberarm, und er vermutete, daß eine gebrochene Rippe einen Lungenflügel durchbohrt hatte. Während er damit beschäftigt war, einen Druckverband anzulegen und die Körperlage der jungen Frau so zu verändern, daß sie ungehindert atmen konnte, bat er einen der Umstehenden, nach dem Fahrer des Lieferwagens zu sehen. Als er begann, Fragen über die Straße zu rufen, fühlte er sich an die gefährlichen und aufregenden Einsätze in der Zeit der Bombenangriffe erinnert: Er war zwar damals ewig erschöpft und todmüde gewesen, aber er hatte das Gefühl gehabt, etwas zu *tun*. Er hatte sich lebendig gefühlt.

Dann traf mit Sirenengeheul und blinkenden Lichtern der Rettungswagen ein, und die junge Frau und der Autofahrer wurden auf Tragen gehoben. Einer der Sanitäter fragte Guy, ob er die Platzwunde an seiner Stirn versorgen solle, und er hob die Hand und fühlte das Blut, das aus der Wunde floß. Er hatte bis zu diesem Moment überhaupt nicht gemerkt, daß er verletzt war.

»Ich mach' das schon selbst«, sagte er und ging zu seinem Auto zurück.

Der Rettungswagen fuhr ab, die Straße leerte sich, aber Guy blieb noch lange in seinem Wagen sitzen, ohne sich zu rühren. Jetzt, nach dem Schock, fühlte er sich erschöpft und zittrig vor plötzlicher Schwäche, und die Kopfschmerzen kehrten unvermindert zurück. Aber die Erinnerung daran, wie er sich gefühlt hatte, als er neben der Verunglückten im Regen gekniet hatte, verließ ihn nicht. Er hatte vergessen gehabt, daß man geistig vollkommen konzentriert und beschäftigt sein konnte; er hatte vergessen gehabt, was für ein berauschendes Gefühl es war, alle seine Fähigkeiten einzusetzen und sich ganz der Ausübung seiner Fertigkeiten hinzugeben. Noch eine Weile kostete er dieses prickelnde Lebensgefühl, dann startete er den Motor und fuhr nach Hause.

Die schleichende Verwahrlosung, die Oliver gleich am ersten Tag seiner Osterferien zu Hause aufgefallen war, hielt an. Das Haus war nicht direkt verlottert, aber es war doch etwas ungepflegt. Staubflusen sammelten sich in Ecken und auf Treppenstufen, und oft war nicht zur Hand, was man gerade brauchte – wichtige Dinge wie Zahnpasta, Klopapier oder Tee zum Beispiel. Es konnte vorkommen, daß ein Hemd, das man in den Wäschekorb warf, eine ganze Woche lang nicht wieder zum Vorschein kam. Oliver fand das alles leicht beunruhigend. Die Atmosphäre zu Hause mochte erstickend sein, aber zumindest war er bisher an Beständigkeit gewöhnt gewesen.

Die Tage verschmolzen miteinander, gingen formlos ineinander über. Oliver stand spät auf, vergaß zu essen, schlief schlecht. Niemand schien es zu bemerken. Sein Vater war praktisch Tag und Nacht in der Praxis; seine Mutter schien völlig in ihrer Wohltätigkeitsarbeit aufzugehen. Er betrachtete im Spiegel sein unrasiertes Gesicht und die umschatteten Augen und beschloß, sich einen Ruck zu geben. Er versuchte, für das Studium zu arbeiten, aber er nickte über den Büchern ein und erwachte mit dumpfem Schädel, das Gesicht mitten in einer Abbildung der Milz. Er bot seiner Mutter an, ihr bei ihren Unternehmungen zu helfen, aber sie schlug zu seiner Überraschung das Angebot aus, so daß ihm nichts anderes übrigblieb, als seinen Vater hin und wieder in die Praxis zu begleiten, um dort bei der Erledigung des täglich anfallenden Bürokrams zu helfen. Sein Vater freute sich darüber. Oliver war eher verzweifelt, aber selbst die langweilige Tätigkeit in der Praxis war besser als dieses Sich-hängen-Lassen, das zum Dauerzustand zu werden drohte.

Am Ostermontag ackerten sie sich durch ein ausgiebiges Mittagessen – Suppe, Brathuhn, Pudding, Käse. Danach ging Guy in seinen Klub und Eleanor erklärte, sie müsse zu einer Versammlung. Oliver, der sich unangenehm voll fühlte, drehte eine ziellose Runde durch das Viertel und kehrte dann nach Hause zurück. Als er die Hintertür zum Souterrain öffnete, hörte er von oben die Stimme seiner Mutter.

»... kommt mir vor wie eine Ewigkeit. Ich frage mich, wie lange wir noch Theater spielen müssen.«

Beinahe hätte er nach ihr gerufen, aber irgend etwas hielt ihn zurück. Statt dessen schloß er leise die Tür und blieb auf halbem Weg die Treppe hinauf stehen, um zu lauschen.

»... richtig tollkühn von dir, Darling. Du weißt, daß das ausgeschlossen ist.«

Der Ton ihrer Stimme passte nicht zu den Worten. Er war kokett, als flirtete sie. So sprach sie manchmal mit Oliver, wenn sie abends ohne seinen Vater miteinander ausgingen.

»Darling, du Schlimmer! So etwas darfst du nicht sagen.« Ein trällerndes Lachen.

Oliver setzte sich auf die Treppe. Sein Herz schlug viel zu schnell. Er drückte die Hand auf die Brust und versuchte, sich zu erinnern, ob man mit neunzehn an einem Herzinfarkt sterben konnte. Er hörte das gedämpfte Geräusch, als seine Mutter den Hörer auflegte, und sprang auf, stürzte die Treppe hinunter ins Freie hinaus.

Wie gejagt lief er durch die Straßen, vorbei am Britischen Museum, über die Oxford Street, die Shaftesbury Avenue hinunter zur Charing Cross Road. Und die ganze Zeit dachte er immer nur, *Darling*, sie hat ihn *Darling* genannt. Er hatte keinen Zweifel daran, daß seine Mutter mit einem Mann gesprochen hatte.

Sie hat einen Liebhaber, dachte er, als er beim Einbiegen in die St. Martin's Lane in die Menschenmassen geriet, die sich zum Trafalgar Square wälzten. Meine Mutter hat einen Liebhaber. Die Vorstellung wurde auch dadurch, daß er sie in Worte faßte, nicht bekömmlicher. Er wußte, daß sie nicht mit seinem Vater gesprochen hatte. Den nannte sie niemals *Darling*.

Anfangs hatte er keine Ahnung, warum am Trafalgar Square so ein Gedränge war – ein Menschenmeer umwogte die steinernen Löwen vor der Nationalgalerie –, aber dann fiel ihm der Aldermaston-Marsch ein. Er sah die Transparente und die Plakate mit dem vertrauten Kreissymbol, und er dachte daran, wie er im Hof von Compton Deverall auf dem Kopfsteinpflaster gekniet und mit Faiths Nichte ebendieses Symbol auf die Leintücher gemalt hatte.

Er ließ sich von der Menge aufsaugen. Umschlossen von der Masse, brauchte er nicht mehr zu denken, brauchte sich keine eigene Meinung zu bilden oder irgend etwas vorzutäuschen. Er ließ sich einfach treiben, wurde bald in diese, bald in jene Richtung geschoben. Der donnernde

Applaus, der den Reden folgte, füllte seinen Kopf und verdrängte vorübergehend alle anderen Gedanken. Er begann, nach Elizabeth Ausschau zu halten. Er wußte, daß es absurd und sinnlos war, in dieser riesigen Menschenmenge nach ihr zu suchen, aber so hatte er wenigstens etwas zu tun. Es beschäftigte ihn und hinderte ihn daran, über das andere, Schreckliche nachzudenken. Er suchte systematisch, indem er im Geist den großen Platz in Planquadrate aufteilte. Ein Quadrat nach dem anderen durchkämmte er mit Blicken. Jedes dunkelhaarige Mädchen in einem Dufflecoat nahm er sich vor. Es waren ziemlich viele dunkelhaarige Mädchen in Dufflecoats da, also konzentrierte Oliver sich auf solche, die ein Transparent trugen. Er war ganz sicher, daß sie ein Transparent tragen würde. Bei ihrer Hartnäckigkeit und ihrer Zielstrebigkeit – zwei Eigenschaften, dachte er flüchtig amüsiert, die ihm leider gänzlich fehlten – hatte sie das verdammte Ding garantiert den ganzen Weg von Aldermaston bis London geschleppt, siebzig mörderische Kilometer weit.

Nach ungefähr einer halben Stunde hatte er den ganzen Platz zum zweitenmal abgesucht und sah ein, daß es aussichtslos war. Er beschloß, sich lieber einen Drink zu genehmigen – die gleiche Lösung, die sein Vater stets parat hatte, wenn etwas nicht nach Wunsch ging. Die Pubs würden noch nicht geöffnet sein, aber ein Spirituosengeschäft ließ sich vielleicht finden.

Als er sich ohne besondere Rücksicht darauf, wem er seinen Ellbogen in die Rippen stieß, durch das Gewühl an den Rand des Platzes durchdrängte, sah er sie plötzlich. Sie hockte ganz allein auf dem Bürgersteig. Sie trug kein Transparent. Neben ihr lag ein Rucksack. Sie machte sich an einem ihrer Schuhe zu schaffen.

Er lief zu ihr hin und rief ihren Namen.

Sie blickte auf. »Oliver!« Sie lächelte nicht. »Du hast doch gesagt, du würdest nicht kommen.«

Flüchtig dachte er daran zu lügen, aber er ließ es. Es lohnte sich nicht.

»Ich hatte den Marsch, ehrlich gesagt, ganz vergessen. Ich bin rein zufällig hier. Ich habe dich gesucht.« Er musterte sie. »Du schaust ein bißchen –«

»Ich schaue unmöglich aus.« Ihr Ton war scharf. Sie raufte sich die Haare. »Ich weiß, daß ich unmöglich aussehe.«

»Ich wollte eigentlich sagen, daß du müde aussiehst.«

»Ich habe die letzten zwei Nächte in einem Gemeindesaal geschlafen. Und ich hatte Magenschmerzen und habe seit Ewigkeiten nichts mehr gegessen.«

Es scheint ihr nicht besser zu gehen als mir, dachte er.

»He, ich schulde dir mindestens eine Einladung zum Essen«, sagte er. »Komm, suchen wir uns irgendwas, wo wir uns hinsetzen können.«

Als sie zögerte, fügte er hinzu: »Hör mal, das, was ich neulich alles gesagt habe –«

Sie hielt den Blick gesenkt. »Es macht nichts.«

»Doch, es war blöd. Wir hatten so einen schönen Tag, und ich habe ihn verpfuscht. Laß mich wenigstens Wiedergutmachung leisten.« Er brauchte menschliche Gesellschaft. Er brauchte jemanden – irgend jemanden –, der ihn von dem Telefongespräch ablenkte, das er belauscht hatte. Er streckte ihr die Hand entgegen. »Nun komm schon.«

In ihren dunkelbraunen Augen lag Mißtrauen, als sie ihn ansah, aber sie ließ sich von ihm aufhelfen. »Na gut – eine Tasse Tee wäre jetzt schön.«

Sie gingen die St. Martin's Lane hinunter. Aber schon nach den ersten Schritten blieb sie zurück. Er hielt an.

»Ist was? Geht's dir nicht gut?«

Ihr Gesicht war blaß und verkrampft. Sie versuchte zu lächeln. »Ich habe Blasen, Oliver. Ich habe beide Füße voller Blasen. Meine Schuhe haben den ganzen Weg gescheuert.«

»Warte! Stütz dich auf mich!«

Auf seinen Arm gestützt, ließ sie sich von ihm weiterführen. Es tat ihm gut, ihr Gewicht zu spüren, er fühlte sich dadurch stabiler, realer. Während sie an seiner Seite die Straße hinunterhinkte, überlegte er und erinnerte sich, daß er den Schlüssel zur Praxis seines Vaters noch in der Tasche hatte. Er winkte einem Taxi.

Es war ein staatlicher Feiertag, und die Praxis war geschlossen und leer. Der Geruch nach Desinfektionsmitteln und Bohnerwachs verursachte ihm leichte Übelkeit wie immer, wenn er herkam. Die Fenster waren geschlossen, die Luft war muffig. Oliver zog die Jalousien hoch, Staubkörnchen tanzten im Sonnenlicht.

»Was zuerst? Tee oder Füße?«

Elizabeth ließ sich erleichtert auf einen Stuhl fallen. »Entscheide du.«

Er sperrte den Schreibtisch seines Vaters auf und holte den Brandy aus der untersten Schublade. »Das ist besser als Tee.« Er kippte ein großzügiges Maß in zwei Tassen und reichte ihr eine. Dann kniete er vor ihr nieder und schnürte ihre Schuhe auf – solide, braune Schulmädchenschuhe.

Er hörte sie unterdrückt stöhnen, als er ihr die Socken abstreifte, und sah zu ihr hinauf. »Entschuldige, tut mir leid.«

»Ist ja nicht deine Schuld.« Ihr Gesicht war weiß. »Es tut einfach scheußlich weh.«

Ihre Füße waren blutig, die Haut bis aufs Fleisch aufgescheuert. Anders als sonst, wenn er sich menschlicher Gebrechlichkeit gegenübersah, verspürte er keinen Widerwillen, sondern eher so etwas wie unvoreingenommenes Mitgefühl.

»Trink deinen Brandy, Lizzie!« sagte er. »Ich werd mir Mühe geben, dir nicht weh zu tun.«

»Du tust mir nicht weh.« Jedes Wort wurde unter Stöhnen hervorgestoßen. »Du machst das wirklich gut. Du hast wohl beim Studium Erste Hilfe gelernt.«

Er lachte, während er Wattebäusche abriß. »Von wegen! An der Uni bringen sie uns gar nichts Nützliches bei.«

Schweigen. An manchen Stellen klebten ihre Socken an den offenen Blasen.

»Es macht dir überhaupt keinen Spaß, stimmt's?« sagte sie.

Überrascht hob er den Kopf und sah sie an. »Was macht mir keinen Spaß?«

»Das Medizinstudium.«

»Stimmt.« Es war das erste Mal, daß er es vor einem anderen Menschen zugab. »Es macht mir überhaupt keinen Spaß.« Er ging mit der Wasserschüssel zum Waschbecken, leerte sie und füllte sie mit frischem Wasser.

»Warum hörst du dann nicht einfach auf?«

Er kniete wieder vor ihr nieder. »Alle Männer in unserer Familie sind Ärzte«, antwortete er. »Mein Vater – meine beiden Großväter waren Ärzte …«

»Aber das zwingt dich doch nicht, auch Arzt zu werden. Hast du deinen Eltern mal gesagt, wie es dir geht?«

»Nein, natürlich nicht.« Er wünschte, sie würde aufhören, darüber zu sprechen.

»Warum nicht?«

»Weil sie –« Er hörte plötzlich im Geist die Stimme seiner Mutter, *Darling, du Schlimmer!*, und gewahrte überrascht ein tiefes Mitgefühl mit seinem Vater. »Weil sie von mir enttäuscht wären«, sagte er kurz und stand auf.

»Ich bin sicher, sie würden es verstehen. Sie wollen doch bestimmt nichts mehr, als daß es dir gutgeht.«

Ihre Hartnäckigkeit, ihre Naivität machten ihn wütend. Er schloß die Augen und ballte die Hände zu Fäusten.

»Oliver?« Ihre Stimme klang zaghaft und beunruhigt.

»Du glaubst, sie möchten, daß es mir gutgeht?« Seine Stimme zitterte. »Weißt du was? Ich glaube, ich mache mit dem Medizinstudium nur weiter, weil ich möchte, daß es *ihnen* gutgeht.«

Er wandte sich ab, um sie sein Gesicht nicht sehen zu lassen. Dann warf er die blutige Gaze in den Mülleimer. »Du lebst mit deinem Vater allein«, sagte er, »darum hast du keine Ahnung, wie es ist, mit zwei Menschen zusammenleben zu müssen, die sich gegenseitig hassen wie die Pest. Das Naheliegende wäre natürlich, sich einfach rauszuhalten. Sollen die sich doch gegenseitig die Köpfe einschlagen, wenn sie das unbedingt wollen. Aber so einfach ist das nicht. Man gewöhnt sich an einen gewissen Lebensstandard, an eine bestimmte Lebensweise, und meistens meint man, es wäre der Mühe wert zu versuchen, irgendwie den Frieden zu bewahren. Und da deine Mutter und dein Vater auf zwei verschiedenen *Kontinenten* leben, hast du auch keine Ahnung, daß einen diese ewige Streiterei völlig fertigmacht. Wirklich, Lizzie, du bist die reinste Glücksmarie, deine Eltern sind fast nie da, du kannst dich in ein feudales Haus verkriechen, wenn du vom einfachen Leben genug hast, du schwimmst in Geld und brauchst nicht –«

Er brach ab, als er die seltsamen keuchenden Geräusche hörte, die sie von sich gab, und drehte sich um. Sie weinte.

»Ach, Mensch«, sagte er verdrossen. Sie versuchte, in ihre Socken zu schlüpfen. »Nicht, warte! Ich muß deine Füße doch erst noch verbinden.«

Er ging zu ihr und faßte sie bei der Hand. Ihr Gesicht war rot und fleckig. Ihre Nase tropfte.

»Es tut mir leid«, murmelte er. »Ehrlich, Lizzie – Mensch. Ich wollte doch nicht – es ist einfach ein Scheißtag...«

Sie schluchzt, dachte er, wie ein kleines Kind – hemmungslos, ohne einen Gedanken daran, was für einen Eindruck sie macht. Er konnte dieses trostlose Kinderschluchzen nicht aushalten und auch nicht den Anblick ihres tränennassen Gesichts, während sie sich abmühte, ihre blutigen Zehen in eine durchlöcherte Socke zu schieben. Darum zog er sie an sich, tätschelte ihr den Rücken, strich ihr über das Haar, murmelte tröstende Worte.

»Es tut mir so leid. Ich bin ein Ekel. Ich hab' das nicht so gemeint. Du bist so ein nettes Mädchen, Lizzie, wirklich, und ich wollte dich bestimmt nicht zum Weinen bringen.« Er drückte seine Lippen auf ihren Scheitel. »Komm. Hör auf zu weinen. Beachte mich einfach gar nicht – ich hab' höllisch schlechte Laune –, mit dir hat das nichts zu tun.«

Das Schluchzen ließ ein wenig nach, und nach einer Weile hob sie den Kopf und sah ihn an. »Du findest mich dumm«, sagte sie stockend. »Du findest alles, was ich tue, dumm ...«

»Das ist nicht wahr«, widersprach er beschwichtigend. »Wirklich nicht.« Er zog sein Taschentuch heraus und drückte es ihr an die tropfende Nase. »Komm, schneuz dich erst mal.«

Sie schneuzte gehorsam, ließ dann jedoch das Taschentuch sinken und rief aufgebracht: »Für dich bin ich doch bloß ein dummes kleines Gör!«

Er zog sie wieder an sich und streichelte ihren Rücken. Ihr Busen drückte gegen seine Brust. Nein, kein kleines Gör, dachte er und wurde sich plötzlich erwachender Begierde bewußt. Einen schrecklichen Moment lang sah er das Bild seiner Mutter, die nackt mit einem gesichtslosen alten Ehebrecher im Bett lag, und die Bewegungen seiner Hand auf Elizabeths Rücken bekamen kaum merklich eine andere Qualität, waren nicht mehr Trost des Freundes, sondern Liebkosung des Verführers. Er begehrte sie. Er bewahrte sich genug inneren Abstand, um zu erkennen, daß er in diesem Moment vielleicht jede Frau begehrt hätte; daß Sex ihm immer besser gedient hatte als Alkohol; daß er nur in dieser heißen, intensiven Lust alle Gedanken auszubrennen hoffen konnte, denen er nicht ins Auge sehen wollte.

»Elizabeth«, flüsterte er.

Sie sah ihn an. »Ich liebe dich, Oliver. Das ist es – ich liebe dich«, sagte sie, und er wußte, daß er sich ihr jetzt behutsam hätte entziehen, daß er diesen Raum hätte verlassen müssen und nicht hätte tun dürfen, was zu tun er im Begriff war.

Er begann, sie zu küssen. Der Gedanke schoß ihm durch den Kopf, daß unwichtig war, was geschah, was er und Elizabeth Kemp miteinander taten, weil zu Elizabeth Kemp dieses Haus gehörte, dieser Besitz, diese Zukunft.

15

IN IHREM GEMEINSAMEN Urlaub ging gleich vom ersten Tag an alles schief. Um ihrem Vater die Strapazen einer Reise mit Bahn und Fähre zu ersparen, hatte Faith Plätze in einem Flugzeug nach Paris gebucht. Ihr Vater schimpfte ununterbrochen.

»Entsetzliche Kisten, diese Flugzeuge. Man ist ja eingequetscht wie eine Ölsardine. Und der Flug ist so schnell vorüber, daß einem kaum Zeit bleibt, richtig anzukommen.«

In Paris hatte sie Zimmer im Hotel Crillon reserviert – ein sündhaft teures Vergnügen, dem ihr Vater absolut nichts abgewinnen konnte. Nachdem er sich zwei Tage ohne Ende über das Personal (»Ist ja widerlich, dieses kriecherische Getue!«) und das Essen (»Das schmeckt alles nur künstlich. Ich hasse diese sogenannte raffinierte Küche!«) beschwert hatte, war Faith froh, als es Zeit war, wieder abzureisen.

Doch es gab eine Verzögerung. Ihr Vater suchte händeringend im ganzen Hotelzimmer nach einem verlorenen Handschuh.

»Ich kauf dir ein neues Paar, Papa«, sagte sie und sah wieder auf ihre Uhr. »Wir werden noch den Zug verpassen.«

»Die Handschuhe sind praktisch neu. Ich kann doch nicht ein fast neues Paar Handschuhe wegwerfen. Stell dich nicht an, Faith. Wenn wir diesen Zug verpassen, nehmen wir eben den nächsten.«

»Aber ich habe doch Platzkarten!« rief sie. »Erster Klasse.«

»Erster Klasse? Was soll denn das? In der zweiten Klasse reist es sich viel angenehmer, da gibt es weit interessantere Gespräche, das habe ich dir doch schon so oft gesagt.« Er funkelte sie ungehalten an. »Wohin fahren wir überhaupt?«

»Das weißt du doch, Papa, nach Bordeaux. Und am Dienstag reisen wir weiter nach Nizza. Dort bleiben wir drei Tage, und danach geht es nach Marseille. Dann bleiben wir vier Tage bei Nicole und –«

»Ich will überhaupt nicht nach Bordeaux. Ich habe Bordeaux immer gehaßt. Deine Mutter und ich hatten dort mal eine Bar, erinnerst du dich, Faith? Das war in den Zwanzigern, ein elendes Leben, sag' ich dir. Ich möchte in die Bretagne.« Ralph schob seine Hand tief in die Ritze unter der Rückenlehne eines Sessels und brachte triumphierend den vermißten Handschuh zum Vorschein. »Ich habe nie die Steinalleen von Carnac gesehen. Da wollte ich schon immer mal hin.«

»Papa«, protestierte Faith mit schwacher Stimme. Alles in ihrem Inneren verkrampfte sich wie so oft bei Gesprächen mit ihrem Vater. »Papa, wir können nicht in die Bretagne fahren. Ich habe unsere ganze Reise geplant, die Hotels gebucht und –«

»Herrgott noch mal, man kann doch nicht alles planen!« unterbrach er sie mit Donnerstimme. »Da macht ja das Leben überhaupt keinen Spaß mehr, wenn alles geplant ist!«

»Papa –«

»Das Schönste im Leben sind immer die Überraschungen. Weißt du das immer noch nicht, Faith?«

Sie fuhren in die Bretagne, eingezwängt in einem überfüllten Abteil zweiter Klasse zwischen einem Dorfpfarrer, einer Nonne, Landarbeitern und Schulkindern. Ralph stritt sich mit dem Geistlichen und der Nonne über Religion und erklärte den Landarbeitern das Bewässerungssystem, das er in seinem Gemüsegarten angelegt hatte. Irgendwann unterwegs zog er ein Foto aus seiner Tasche und reichte es herum. »Das ist mein Sohn Jake. Der Junge ist zur Zeit auf Reisen – vielleicht ist einer von Ihnen ihm zufällig begegnet?« Brillen wurden gezückt, das Foto wurde eingehend studiert, Köpfe wurden geschüttelt.

Faith hielt den Mund und starrte zum Fenster hinaus.

In Huelgoat gingen sie am See spazieren und aßen in einer Patisserie im Ort Pflaumenkuchen. In Roscoff standen sie am Ufersaum und beobachteten die Fischerboote, die auf grauer, stürmischer See hin und her geworfen wurden. In Carnac schritt Ralph durch die Alleen uralter Menhire und machte hin und wieder staunend wie ein Kind halt, um seine Hand auf diesen oder jenen Stein zu legen.

Sie übernachteten in kleinen Pensionen und reisten mit Bahn und Bus. Einmal, als das Wetter besonders schön war, mußte Ralph unbedingt Fahrräder mieten. Faith, der angst und bange war, mußte strampeln, was ihre Beine hergaben, um an der Seite ihres Vaters zu bleiben, der sich furchtlos ins Verkehrsgetümmel stürzte.

Immer seltener sah sie auf die Uhr. Sie vergaß die Wochentage. In Quimper kaufte sie alte Spitze und Keramik, die in herrlich glühenden Farben bemalt war; in einem Trödelladen entdeckte sie alte Brokatstoffe, vergilbte Seidenstrümpfe und Kaffeehausplakate aus der Vorkriegszeit, die, verstaubt und an den Rändern fransig, die Konterfeis berühmter Gesangs- und Tanzkünstlerinnen jener Tage zeigten.

Jemand erzählte ihr von den mittelalterlichen Markthallen in Vannes, und sie fuhren mit dem Bus gemächlich die Küste hinunter, um dann durch die engen Gassen des Städtchens zu streifen. Über den Schätzen, die die Markthallen boten, vergaß Faith ihren Vater, vergaß den *Blauen Schmetterling*, vergaß sogar den mysteriösen Anrufer. Sie wühlte in Pullovern voller Mottenlöcher und zerschlissenen alten Korsetts, grub ein pflaumenfarbenes Abendkleid mit dünnen Trägern und ein Spitzenunterkleid aus viktorianischer Zeit aus. Und als sie dann noch tiefer in den Berg alter Kleider eintauchte, förderte sie mit heftigem Herzklopfen ein absolutes Prachtstück zutage. Nachdem ein aufgeregter Blick auf das Etikett ihre Vermutung bestätigt hatte, bezahlte sie den Händler und lief in den Sonnenschein hinaus zu ihrem Vater, der an einem Tisch des Straßencafés vor dem Markt saß.

»Wahnsinn! Was ich gefunden habe, Papa!« Autobremsen quietschten, als sie ohne nach rechts oder links zu blicken über die Straße rannte. »Ein Paul Poiret – inspiriert von Léon Bakst – für das Ballett...« Sie konnte kaum sprechen vor Aufregung.

Ralph kniff die Augen zusammen. »Ich habe 1910 – oder war es 11? – in Paris *Scheherazade* gesehen...«

Sie setzte sich. Vorsichtig und mit Ehrfurcht entfaltete sie das Kleid. »Sieh dir die Farben an, Papa. Sind sie nicht wunderbar? Jetzt sehen sie natürlich nach nichts aus, ich weiß, aber das kommt nur von dem vielen Schmutz und Staub. Wenn ich es erst gereinigt habe –«

Ihr Vater meinte höchst zufrieden: »Habe ich dir nicht gleich gesagt, daß es uns in der Bretagne gefallen wird, Faith? Und der *patron* hat mir eben erzählt, daß er möglicherweise Jake gesehen hat – es ist schon ein paar Jahre her, und die Haare waren vielleicht eine Spur länger – und er hat älter ausgesehen – er war eventuell nicht ganz so groß –, aber das hier ist ja auch kein gutes Foto. Es ist völlig überholt. Ich kann mir gut vorstellen, daß Jake hier durchgekommen ist, du nicht auch? Ach, das sind herrliche Neuigkeiten«, sagte ihr Vater lächelnd, während er drei gehäufte Löffel Zucker in sein Täßchen Kaffee gab.

»Herrliche Neuigkeiten, ja.«

Oliver nahm sich vor, bis zum Ende des Sommersemesters durchzuhalten und seinen Eltern dann zu eröffnen, daß er das Studium an den Nagel hängen würde. Er hatte sich noch nicht entschieden, ob er ein so schlechtes Examen abliefern sollte, daß man ihn mit Pauken und Trompeten durchfallen ließ und vom weiteren Studium ausschloß, oder ob er, um sich die Demütigung zu ersparen, daß seine Eltern ihn für nicht gut genug hielten, lieber sein Bestes geben und ihnen dann sagen sollte, daß er ohnehin aufhören würde.

Vor seiner Rückkehr nach Edinburgh hatte Elizabeth ihm geraten, seinen Eltern doch einfach die Wahrheit zu sagen. Leichter gesagt als getan, dachte Oliver, als er später im Zug saß und das Häusermeer Londons allmählich seinen Blicken entschwand. Er hatte seinen Eltern noch nie die Wahrheit gesagt; er hatte ihnen immer nur das gesagt, was er meinte, daß sie hören wollten. Was immer er auch für sich beschließen würde, im Angesicht der Gekränktheit seiner Mutter und der Verständnislosigkeit seines Vaters würde es sich, so fürchtete er, in nichts auflösen. Seine Einstellung seinen Eltern gegenüber – die Neigung, eher mit seiner Mutter als mit seinem Vater zu sympathisieren – hatte sich geändert, seit er den Verdacht hegte, daß seine Mutter seinen Vater betrog. Aber die Gewißheit, mit der er das an jenem schrecklichen Tag in London geglaubt hatte, war verflogen. Mittlerweile stellte er sich immer wieder die Frage, ob er nicht ein völlig harmloses Gespräch falsch aufgefaßt hatte.

Von Argwohn und Zweifeln geplagt – *Darling, du Schlimmer!* –, war er unter dem Vorwand, arbeiten zu müssen, früher als notwendig nach Edinburgh zurückgekehrt. Aber dort verloren seine Probleme keineswegs an Brisanz. Was um alles in der Welt, fragte er sich verzweifelt, sollte er anfangen, wenn er das Studium aufgab? Die Vorstellung, womöglich zu Hause, bei seinen Eltern zu leben, entsetzte ihn, aber jede anständige berufliche Laufbahn setzte entweder Eigenkapital oder jahrelanges Studium oder gar beides voraus. Und das Geld aus dem Vermächtnis seines Großvaters bekam er nur unter der Bedingung, daß er Arzt werden würde. Sonst hatte er kein eigenes Geld. Seine Entschlußlosigkeit machte ihn wütend. Herrgott noch mal, du bist neunzehn Jahre alt, Oliver, sagte er zu sich selbst, und machst dir immer noch Gedanken darüber, was Mama und Papa von dir halten. Beinahe wünschte er, es würde irgend etwas Dramatisches geschehen und ihm die Entscheidung abnehmen. Auf dem Weg von der Anatomie in die Pension und von der Pension in die Anatomie stellte er sich ein Erdbeben vor, das die spießigen Häuser Edinburghs zum Einsturz bringen, einen Wirbelwind, der durch das schmucke Haus am Holland Square toben würde.

Das dramatische Ereignis war, als es tatsächlich eintrat, von ganz anderer Art. Er lag in seinem Zimmer auf dem Bett, las *Unterwegs* und wünschte, er lebte in Amerika (oder Kanada oder Australien, überall, bloß nicht im öden Edinburgh), als seine Wirtin klopfte, um ihm mitzuteilen, daß er am Telefon verlangt werde.

Oliver versteckte das Buch unter seinem Kopfkissen und lief nach unten. Das Telefon stand im Flur, im ungastlichsten Teil des Hauses, wo die Gummistiefel und die nassen Dufflecoats ihren Platz hatten und man ständig gestört wurde.

Er griff nach dem Hörer. »Hallo?«
»Oliver? Hier spricht Elizabeth.«
Sie hatte ihm mehrmals geschrieben, seit er nach Edinburgh zurückgekehrt war, lange leidenschaftliche Briefe in einer runden Schulmädchenschrift. Seine Antworten waren zurückhaltender gewesen; er stellte sich stets vor, ein kritisches Auge blickte ihm beim Schreiben über die Schulter. Vielleicht war ihm das aus Internatszeiten geblieben.

»Lizzie!« sagte er überrascht. »Ich wußte gar nicht, daß du meine Nummer hast.«

»Ich habe sie mir von der Auskunft geben lassen.« Sie schwieg einen Moment. »Ich rufe an, weil – also, ich wollte dir sagen –«

Er fand ihr Stammeln und ihren Tonfall beunruhigend.

»Was ist los, Lizzie? Geht es dir gut?« Er senkte die Stimme und kehrte der Wirtin, die im Flur herumhuschte, den Rücken. »Wo bist du?«

»Ich bin zu Hause. Vater wollte einen Spaziergang mit mir machen, aber ich habe gesagt, ich hätte Kopfschmerzen. Da ist er allein gegangen.«

Wieder schwieg sie. Die Haustür wurde aufgestoßen, zwei Studenten platzten schwatzend und lachend herein. Oliver warf ihnen einen ärgerlichen Blick zu.

»Oliver? Bist du noch da?« Es klang, als wäre sie sehr weit weg. »Äh«, setzte sie von neuem an, »weißt du, das Problem ist nämlich ...«

Mrs. Phelps-Browne war die letzte Patientin. Nachdem Guy sie hinausgebracht und die Tür hinter ihr geschlossen hatte, warf er einen Blick in seinen Terminkalender. Ein freier Abend, welch ein Glück. Er würde es sich mit einem Happen zu essen am Kamin gemütlich machen (Eleanor, die mit ihrer Wohltätigkeitsarbeit so stark beschäftigt war, aß nur noch selten mit ihm zusammen zu Abend), eine Weile lesen und früh zu Bett gehen. Du lieber Gott, wie gesetzt!, dachte er, als er die Praxistür abschloß und auf die Cheviot Street hinaustrat.

Aber als er zu Hause ankam, war klar, daß aus dem ruhigen, gemütlichen Abend nichts werden würde. Eleanor und Oliver erwarteten ihn im Salon.

»Oliver!« rief Guy erstaunt, und Oliver stand auf, kam ein, zwei Schritte auf ihn zu, trat dann jedoch wieder zurück.

»Oliver, wie schön, dich zu sehen! Aber es ist Juni – du müßtest doch in Edinburgh sein ... deine Prüfungen ...«

»Sag es ihm!« Eleanors scharfe Stimme schnitt durch seine Verwirrung. Er sah sie an. Sie saß kerzengerade in ihrem Sessel. Ihr Gesicht war bleich, ihr Mund schmal und verkniffen. »Sag es ihm, Oliver«, wiederholte sie.

»Was soll er mir sagen?«

»Ich gehe nicht zu den Prüfungen, Dad.«

Guy zwinkerte verwirrt. »Wie soll ich das verstehen? In deinem letzten Brief hast du doch geschrieben ...« Aber er konnte sich nicht erinnern, was Oliver in seinem letzten Brief geschrieben hatte. Es war Wochen, vielleicht Monate her, daß Oliver das letzte Mal nach Hause geschrieben hatte.

»Ich gehe nicht nach Edinburgh zurück.«

Guy, der das starre, grimmig entschlossene Gesicht seines Sohnes sah, begann zu begreifen, was dieser ihm sagen wollte. Er mußte sich hinsetzen. Sein Herz schlug unangenehm heftig.

»So ein Unsinn!« sagte Eleanor zornig. »Sag es ihm, Guy! Sag ihm, daß das absoluter Unsinn ist.«

Oliver vermied es, seine Mutter anzusehen. »Es ist kein Unsinn. Ich höre mit dem Medizinstudium auf. Ich habe mich an der Uni schon abgemeldet.«

Guy hörte die Worte, aber er brauchte einen Moment, um ihren Sinn zu erfassen. Es war beinahe so, als berichtete man ihm von einem plötzlichen Todesfall. Vom Tod seiner Hoffnungen. Er hatte stets angenommen, Oliver würde in seine Fußstapfen treten. Es war eine abgemachte Sache gewesen, daß Oliver Arzt werden würde – wie seine beiden Großväter, wie sein Vater. Das war das einzige, worüber Guy und Eleanor sich stets einig gewesen waren. Guy, der seinen Sohn immer noch anstarrte, hatte das Gefühl, daß ein einziges falsches Wort in diesem Moment die ganze Zukunft auf den Kopf stellen würde.

»Setz dich bitte, Oliver. Laß uns das in Ruhe besprechen.«

Oliver setzte sich mit abweisender Miene. »Was gibt's da zu besprechen? Ich hab' das Studium aufgegeben, das ist alles. Ich mag nicht mehr. Ich hab' nie was dafür übrig gehabt.« Der nachlässige, wegwerfende Ton sollte wohl provozierend klingen, vermutete Guy.

»Da hast du's«, rief Eleanor erregt. »Wie kannst du so tatenlos herumsitzen, Guy? Sag was, tu was. Mach ihm klar, wie lächerlich sein Verhalten ist!« Sie sah Oliver an. »Du darfst so etwas nicht sagen, Oliver. Du wolltest doch immer schon Arzt werden!«

Oliver starrte irgendwo in die Ferne. Seine blauen Augen waren weit geöffnet. »*Ihr* wolltet immer, daß ich Arzt werde. Ich sage doch, ich mag nicht mehr. Es ekelt mich an – was man da täglich zu sehen bekommt – die Gerüche – das ganze *Elend*.«

Guy glaubte zu verstehen. Er erinnerte sich, ebenso empfunden zu haben. Er ging durch das Zimmer und setzte sich auf die Armlehne des Sofas neben seinen Sohn. »Jedem Medizinstudenten kommen irgendwann einmal Zweifel, Oliver«, sagte er teilnehmend. »Ich hatte sogar sehr starke Zweifel.«

»Du redest, als handelte es sich um irgendeine Religion, Dad. Um eine Glaubenskrise.« Olivers Stimme war voller Sarkasmus.

»Ich erinnere mich an meine erste Mandeloperation – ich wäre beinahe umgekippt.« Vorsichtig legte Guy seinem Sohn die Hand auf die angespannte Schulter. »Und das menschliche Leiden und das Elend – das ist natürlich das schlimmste. Aber darum geht es ja gerade. Das ist der Lohn, der auf dich wartet, wenn du durchhältst. Die Möglichkeit, deine Ideale zu verwirklichen – menschliches Leiden zu lindern, anderen zu helfen...«

»Wie du, meinst du?« Oliver sah seinen Vater mit einem

spöttischen Lächeln an. Guys Hand glitt von seiner Schulter.

»›Anderen helfen, menschliches Leiden zu lindern‹ – das ist doch nichts als sentimentales Gewäsch. Und ausgerechnet du redest von Idealen – mein Gott, Dad, da kann einem ja schlecht werden.« Das spöttische Lächeln blieb. »Sieh dich doch bloß mal an! Wo sind deine Ideale geblieben? Was ist dir denn die Ausübung der Medizin anderes als eine Möglichkeit, Geld zu scheffeln?«

Guy hatte seinen Sohn als Kind nie geschlagen, aber jetzt hätte er ihm am liebsten eine Ohrfeige gegeben. Mühsam seine Beherrschung bewahrend, entgegnete er: »Sprich nicht so mit mir, Oliver. Dazu hast du kein Recht.« Aber selbst in seinen Ohren klang sein Ton schwülstig und verlogen.

Er ging zum Fenster und starrte hinaus. Der Himmel war noch licht; am Horizont hingen ein paar dunkle Wolken. *Was ist dir denn die Ausübung der Medizin anderes als eine Möglichkeit, Geld zu scheffeln?* Unwillkürlich ballte Guy die Hände zu Fäusten.

Mit dem Rücken zu Oliver sagte er: »Und wie willst du finanziell zurechtkommen? Deine Wechsel bekommst du nur unter der Bedingung, daß du das Medizinstudium fortsetzt. Oder erwartest du von mir, daß ich dich unterhalte?«

»Das wird nicht nötig sein, Dad. Ich kann auf eigenen Füßen stehen.«

Ein Unterton in Olivers Stimme veranlaßte Guy, sich umzudrehen und seinen Sohn scharf anzusehen.

»Ich werde nämlich heiraten«, sagte Oliver und lächelte.

Guy hörte Eleanor fassungslos nach Luft schnappen. Er selbst konnte nur wie betäubt wiederholen: »Heiraten?«

»Ja, Dad.«

»Du bist ja – das kommt überhaupt nicht in Frage – *heiraten* –« protestierte Eleanor stammelnd.

Guys Zorn stieg wieder an die Oberfläche. »Darum geht es also? Du bildest dir ein, irgendein junges Mädchen zu lieben und wirfst dafür eine vielversprechende Karriere weg? Lieber Gott, Oliver, ich hätte dir ein bißchen mehr Vernunft zugetraut. Überleg doch, Junge! Denk doch mal praktisch! Es wird vielleicht Jahre dauern, bevor du finanziell auf eigenen Füßen stehen kannst.«

»Lizzie ist reich, ich brauche mir um die Finanzen keine Sorgen zu machen. Ist das nicht gut, Dad?« Olivers Augen blitzten. »Ich werde deine Hilfe in Zukunft nicht mehr in Anspruch nehmen müssen, Dad. Ich werde nicht mehr wegen jedes neuen Anzugs oder eines kleinen Urlaubs, wenn ich mal einen Tapetenwechsel brauche, vor dir kriechen müssen. Ich bin jetzt frei!« Er ging zum Sideboard und nahm eine Flasche Sherry heraus. Er füllte drei Gläser und stellte eines vor Eleanor hin.

»Freust du dich nicht? Willst du mir nicht gratulieren?«

»Gratulieren?« Eleanor schob ihr Glas auf die Seite. »Du willst wegen irgendeinem billigen Flittchen dein Leben wegwerfen und –«

Guy sah den flammenden Zorn in Olivers Augen und sagte hastig: »Heißt das, du möchtest dich verloben, Oliver?« Er nahm das Glas, das Oliver ihm hinhielt, weil alles andere kindisch und theatralisch gewesen wäre. »Das ist natürlich etwas ganz anderes – wir haben überhaupt nichts gegen eine Verlobung, nicht wahr, Eleanor?« Eine frühe Verlobung – und die Verantwortung, die mit einer solchen Verpflichtung einherging – würde Oliver vielleicht zur Räson bringen, ihn vielleicht reifer werden lassen.

»Ich spreche von Heirat, Dad«, versetzte Oliver kalt. »Ich werde heiraten.«

Guy erkannte in Olivers Gesicht die eiserne Entschlossenheit und die Unbeugsamkeit, die Eleanor ihm so oft entgegengesetzt hatte.

»Wie lange kennst du dieses Mädchen? Wie heißt sie überhaupt?«

»Lizzie«, antwortete Oliver. »Lizzie Kemp.«

Oliver sprach noch (»Eigentlich Elizabeth, Elizabeth Anne Kemp, klingt ziemlich nach altem Adel, findest du nicht, Dad?«), aber Guy hörte seine Worte kaum. Ein rhythmisches schnelles Klopfen erfüllte das Zimmer, und Guy brauchte einen Moment, um zu erkennen, daß er selbst das Geräusch mit dem Glas in seiner Hand erzeugte, das zitternd auf das Fensterbrett schlug. Er sah Eleanor an. Alle Farbe war aus ihrem Gesicht gewichen. Ihr Mund stand halb offen, als hätte Olivers Erklärung sie buchstäblich der Sprache beraubt. Nicht ein einziges Mal in den langen Jahren ihrer Ehe, dachte Guy beinahe beeindruckt, war es ihm selbst gelungen, sie so wirksam zum Schweigen zu bringen.

Oliver stockte mitten in seinem Redefluß und sah verwirrt zuerst seinen Vater und dann seine Mutter an. »Was ist denn? Was hab' ich gesagt?«

»Sag uns noch einmal den Namen deiner Verlobten, Oliver. Wie heißt sie?«

»Lizzie. Warum?« Olivers Gesicht verriet sein Unverständnis.

Eleanor fixierte Guy, als wollte sie ihn stumm beschwören, ihr zu beweisen, daß das, was sie vermutete, der schlimmste Alptraum, den sie sich vorstellen konnte, nicht zutraf.

»Und weiter? Lizzie –?«

»Lizzie Kemp«, sagte Oliver ärgerlich. »Was zum Teufel seht ihr mich so an?«

»Und ihr Vater ...?«

»Macht irgendwas in der City. Absolut ehrenwert.« Oliver versuchte, seine spöttische Überlegenheit wiederzugewinnen. »Ein phantastisches Landhaus, Dad. Ein Riesenbesitz. Und sie ist das einzige Kind.«

»*David* Kemp?«

Oliver nickte. Eleanor begann so laut zu jammern, daß Olivers Antwort beinahe unterging.

»Kennst du ihn, Dad? Ist er vielleicht bei dir im Golfklub oder so was? Ich hab' bis jetzt nicht das Vergnügen gehabt. Ich glaube, er ist vor ein oder zwei Jahren geadelt worden, also ist er jetzt *Sir* David Kemp, aber –«

Eleanor hob mit einer schnellen Bewegung ihr Glas zum Mund und kippte den ganzen Sherry auf einmal hinunter. Anfangs war ihre Stimme leise, beinahe unhörbar. »Er will Nicole Mulgraves Tochter heiraten.« Dann wurde die Stimme laut und so hoch, daß sie beinahe überschnappte. »Du kannst diese Frau nicht heiraten. Niemals!«

Oliver rief wütend: »Ich heirate, wen ich will, damit du's weißt.«

Eleanor schien sich ein wenig gefaßt zu haben. Etwas unsicher ging sie durch das Zimmer zu ihrem Sohn. »Du bist erst neunzehn, Oliver. Und dieses Mädchen – dieses Mädchen ist –«

»Siebzehn.«

Triumph blitzte in Eleanors Augen auf. »Solange du unter einundzwanzig bist, Oliver, brauchst du zu einer Heirat die Erlaubnis deiner Eltern. Und die werden wir dir nicht geben.«

Olivers Gesicht wurde hart. »O doch, Mutter, die werdet ihr mir geben. Du wirst dich wundern. Ihr werdet mir sogar euren Segen geben. Genau wie Lizzies Vater.«

Guy, der die Szene beobachtete, spürte die angestaute Wut seines Sohnes und dessen Bereitschaft zu kränken und zu verletzen.

»Niemals«, flüsterte Eleanor.

»Du täuschst dich Mutter. Ihr werdet mir die Erlaubnis geben, weil ich heiraten *muß*.« Oliver lächelte. »Lizzie ist nämlich schwanger.«

Danach war es still. Eleanor wandte sich Guy zu. »Du

findest das wohl komisch, nehme ich an?« Ihre Stimme zitterte.

»Nicht im geringsten«, erwiderte er verblüfft und wollte hinzufügen: Ich bin so entsetzt wie du, aber da bemerkte er, daß sie ihm gar nicht zuhörte.

»Du bist vermutlich der Meinung, ich hätte das verdient. Wegen der Geschichte mit Freddie ...«

Er hatte keine Ahnung, wovon sie sprach. Er konnte sich nicht erinnern, überhaupt jemanden namens Freddie zu kennen. Er sagte: »Setz dich hin, Eleanor, bitte. Ich hole dir ein Glas Wasser. Ich weiß, das war ein entsetzlicher Schock –«, aber sie packte ihn am Ärmel und hielt ihn zurück.

»Das kann doch alles nur ein Mißverständnis sein. Sag mir, daß es ein Mißverständnis ist, Guy.«

Er konnte nicht sprechen; er schüttelte nur den Kopf. Eleanor krallte die Finger in seinen Jackenärmel.

»Nein!« sagte sie laut und herrisch. »Nein, ich werde es nicht erlauben. Ich werde nicht zulassen, daß mein Sohn die Tochter dieses Frauenzimmers heiratet.«

Er sagte müde: »Eleanor, Elizabeth erwartet ein Kind von Oliver. Es ist zu spät. Wir können nichts mehr ändern.«

Der Haß in ihrem Blick erschreckte ihn.

»Nun haben sie also doch gesiegt, nicht wahr?« sagte sie leise und bitter. »Die Mulgraves!« fügte sie hinzu, ihm die Worte beinahe ins Gesicht speiend. »Sie haben gesiegt.«

»Eleanor –«

»Nach allem, was ich für dich getan habe – was ich für Oliver getan habe – die Verbindungen – dieses Haus – deine Karriere – das hast du alles mir zu verdanken. Ich habe immer meine Pflicht getan – ich habe mich immer bemüht, das Rechte zu tun ...« Ihre Stimme war schrill geworden. »Und trotzdem müssen wir jetzt in einer Welt leben, die von Leuten ihres Schlags geprägt ist. Liederlichkeit und

Unerzogenheit – Ich mußte heute in der U-Bahn stehen, niemand im ganzen Wagen hat mir seinen Platz angeboten! Und die Handwerker – die Dienstboten...« Eleanor keuchte in heftigen Stößen. »Unordentlich und nachlässig – ohne ein Bitte oder ein Danke – nicht als Obszönitäten...«

Ihre Worte überschlugen sich, aber aus dem wirbelnden Gewirr hörte er ihren wütenden Aufschrei: »*Mein* Sohn und *ihre* Tochter! Das Luder – dieses hinterhältige, verschlagene Luder! Genau wie ihre Mutter. Wie dieses Luder, diese Faith. Huren sind sie alle miteinander – legen sich für jeden Mann hin, der ihnen ins Auge sticht – lieber Gott! Wären wir ihnen doch nie begegnet!« Mit der flachen Hand schlug er ihr hart ins Gesicht.

Er hörte, wie die Tür aufgerissen wurde, und gleich darauf Olivers eilende Schritte auf der Treppe. Eleanor starrte ihn an wie eine Rasende. Dann fiel sie auf dem Sofa nieder und begann zu schluchzen. Guy stürzte aus dem Haus, um seinen Sohn zu suchen.

Oliver saß auf einer Bank in der Grünanlage dem Haus gegenüber. Er hielt den Kopf gesenkt, die Hände an die Stirn gedrückt. Als Guy seinen Namen sagte, blickte er auf. Sein Gesicht war sehr bleich.

»Deine Mutter erholt sich schon wieder, Oliver«, sagte Guy mit geheuchelter Zuversicht. »Das war nur der Schock.«

Oliver schob die Hände tief in seine Hosentaschen und senkte den Kopf wieder, ohne etwas zu sagen.

Guy setzte sich neben ihn auf die Bank. »Wir müssen miteinander reden, mein Junge.«

»Findest du nicht, es ist genug geredet? Mutter will nicht, daß ich Lizzie heirate, aber ich werde sie trotzdem heiraten. Mehr gibt's da nicht zu reden.«

»Ich möchte mit dir über die Mulgraves sprechen.« Er

spürte, daß Oliver ruhiger wurde, die starre Abwehr ein wenig schmolz, und wußte, daß er die Aufmerksamkeit seines Sohnes gewonnen hatte. »Ich kann dir sagen, warum deine Mutter sich so heftig gegen deine Heirat mit Elizabeth Kemp sträubt, Oliver. Weil ich vor vielen Jahren eine Affäre mit ihrer Mutter, Nicole Mulgrave, hatte.«

Er konnte es sich jetzt nicht mehr vorstellen. Während er Oliver von dem Mann erzählte, der er damals gewesen war, hatte er das Gefühl, von einem anderen Menschen zu sprechen, der in einem sehr fernen Land gelebt hatte. Und obwohl er sich der Einzelheiten der Affäre klar erinnerte – wie er Nicole zufällig in London gesehen und sie für Faith gehalten hatte –, konnte er die Gefühle, die ihn damals bewegt hatten, in der Erinnerung nur schwer nachempfinden.

Als er zum Ende gekommen war, blieb es lange still. Dann sagte Oliver mit einem dünnen Lächeln: »Du meine Güte, Dad, das sind ja wirklich extreme Maßnahmen.«

»Nein, es ist wahr. Es ist lange her, wie ich schon sagte. Du warst erst zwei Jahre alt, und Elizabeth war gerade zur Welt gekommen.«

»Ach, dann sind wir also wenigstens nicht Bruder und Schwester. Kein Inzest, wie beruhigend.« Oliver sah ihn an. »Das wäre ein Mittel, mich abzuschrecken, nicht wahr? Eine Prise *Herzogin von Malfi*, aber –«

»Oliver!« Er hätte seinen Sohn jetzt gern berührt, aber er spürte, wie heftig es in dem Jungen brodelte.

»Wie hast du Lizzie Kemp kennengelernt, Oliver?«

»Im *Blauen Schmetterling*. Das ist ein Modegeschäft in Soho. Es gehört Lizzies Tante. Da habe ich sie kennengelernt.«

»Im *Blauen Schmetterling*«, wiederholte Guy bestürzt. Und er hatte geglaubt, die Vergangenheit wäre begraben und vergessen!

»Ja.« Oliver sah ihn stirnrunzelnd an. »Ich habe die Geschäftskarte vor Jahren mal in deiner Brieftasche gefunden. Ich dachte, du hättest dort was gekauft.« Er brach ab und sagte dann aufgeregt: »Faith! Was Mutter vorhin gesagt hat –«

Die Mulgraves – Huren sind sie alle miteinander! Wären wir ihnen doch nie begegnet!

»Du kennst auch Faith, nicht wahr, Dad?«

Mußte es an einem einzigen Nachmittag die ganze Wahrheit sein? *Ja, Oliver, tatsächlich hatte ich auch mit Faith eine Affäre ...*

Guy sagte: »Ich habe die ganze Familie Mulgrave gekannt. Ralph und Poppy – Poppy ist im Krieg ums Leben gekommen – und die Kinder: Faith, Jake und Nicole.« Er holte tief Atem. »Nicole Mulgrave – Nicole *Kemp* – und ich waren eine Zeitlang zusammen. Es begann im Dezember 1941. Ich könnte dir jetzt Gründe nennen, Rechtfertigungen, Entschuldigungen, aber ich glaube nicht, daß dich das interessieren würde. Nicole verließ Mann und Kind und zog mit mir zusammen. Unsere Beziehung war nicht von langer Dauer. Danach bin ich zu deiner Mutter zurückgekehrt. Nicole ist, glaube ich, ins Ausland gegangen. Soviel ich weiß, war sie seitdem mehrmals verheiratet ...« Aus Fairneß fügte er hinzu: »Jetzt kannst du vielleicht verstehen, warum es deiner Mutter so schwerfällt, deine Verlobung zu akzeptieren.«

»Ja. Mein Gott!« Olivers Lachen war ohne Heiterkeit. »O ja.«

Guy dachte voller Widerwillen an Eleanors hysterischen Ausbruch und die Worte, zu denen Wut und Eifersucht sie verleitet hatten: Seine Hand schien ihm noch jetzt von dem Schlag zu brennen, mit dem er sie zum Schweigen gebracht hatte. Er bedauerte tief, daß Oliver das hatte mit ansehen müssen.

»Wenn du uns vorgewarnt hättest ...« sagte er voller Verzweiflung. »Wenn wir auch nur die geringste Ahnung gehabt hätten, daß du dich verliebt hast...« Mit Scham und Schmerz erkannte er die Kluft, die in den letzten Jahren zwischen ihm und seinem Sohn aufgerissen war.

»Ich wollte es ja gar nicht so«, murmelte Oliver. »Ich habe das nicht geplant...«

»Und das Studium! Warum hast du mir nie gesagt, daß du nicht glücklich warst?«

Oliver zuckte die Achseln. »Ich weiß auch nicht«, sagte er gedämpft. »Wahrscheinlich hab' ich nicht gewußt, wie ich es dir beibringen soll.«

»Du meinst, du hattest nicht das Vertrauen, um mit mir zu sprechen?« Es gelang Guy nicht zu verbergen, wie sehr ihn das verletzte.

Oliver zuckte zusammen. Dann sagte er langsam: »Ich nehme an, es ist mir zur Gewohnheit geworden ... ich dachte, alles müßte immer gleich bleiben. Manchmal vergißt man, daß man etwas verändern kann. Daß man es besser machen kann.«

Oliver, dachte Guy, hat den größten Teil seines Lebens immer vor mir versteckt. So, wie ich meine wichtigsten Erinnerungen, Ängste und Enttäuschungen vor ihm versteckt habe.

Er hatte Mühe, sich mit all diesen neuen Erkenntnissen auseinanderzusetzen. »Du bist also mit – mit Faith befreundet?«

Ein Nicken.

»Wie geht es ihr?« Er mußte es wissen.

»Es geht ihr gut. Sehr gut, glaube ich.«

»Und Jake?« Er lechzte danach, von ihnen zu hören. Die Mulgraves hatten ihm soviel bedeutet; erst jetzt erkannte er, daß er in den letzten fünfeinhalb Jahren einen Teil seines eigenen Lebens verleugnet hatte.

»Jake war Lizzies Onkel, richtig? Er ist tot. Sie hat mir erzählt, daß er ertrunken ist.« Oliver bemerkte die Veränderung im Gesicht seines Vaters und war zum erstenmal betroffen. »Tut mir leid, Dad, ich wollte dich nicht traurig machen. Du hast ihn wohl gern gehabt?«

»Sehr.« Er konnte kaum sprechen.

Oliver sagte: »Ich muß gehen – ich bin schon zu spät. Lizzie wartet auf mich.« Er sah seinen Vater forschend an und berührte zaghaft seine Hand. »Alles in Ordnung, Dad?«

Guy zwang sich, zu lächeln und zu nicken, innerlich jedoch fühlte er sich leer und ohne Hoffnung. Er sah Oliver nach, als dieser davonging, und wußte, daß er seinen Sohn verloren hatte, wie er Faith, Jake und Nicole verloren hatte. Sie waren einander in dem Gespräch, das sie soeben geführt hatten, vielleicht näher gekommen, aber es war zu spät für sie. Oliver würde bald ein verheirateter Mann mit einem eigenen Kind sein. Vater und Mutter würden für ihn in den Hintergrund rücken.

Guy blieb in der staubigen kleinen Parkanlage sitzen, bis langsam die Sonne unterging. Dann erst kehrte er, weil er keine Alternative wußte, ins Haus zurück.

Oliver machte sich auf den Weg zum *Black Cat Café*. Er war nie gern mit der U-Bahn gefahren – es war so düster und drückend da unten –, darum ging er zu Fuß, die Hände in den Hosentaschen, den Kopf gesenkt, tief in Gedanken versunken.

Sie wartete unten an dem Tisch, an dem sie immer saß. Sie mußte schon länger gewartet haben, denn vor sich hatte sie einen Teller mit einem Stück Käsekuchen, das sie zu einem Haufen klebriger Krümel zermanscht hatte, und der ganze Tisch stand voller Tassen mit kalt gewordenem Kaffee, auf dem die Milch eine eklige Haut gebildet hatte.

Als er auf sie zukam, hob sie mit einem Ruck den Kopf und fragte: »War es sehr schlimm?«

Er setzte sich ihr gegenüber. »Ziemlich, ja.« Er versuchte zu lächeln, aber sein Mund fühlte sich an wie eingefroren.

Sie griff über den Tisch, um seine Hand zu berühren, aber er zuckte zurück. »Hast du eine Zigarette da, Lizzie?«

Sie schüttelte den Kopf. Ihre Augen waren sehr groß und sehr dunkel. »Ich hol' dir welche.«

Sie stand auf und kam ein paar Minuten später mit Zigaretten und Streichhölzern zurück. Oliver riß das Zellophan auf, und die Zigaretten fielen wie Mikadostäbchen aus der Packung. Er schaffte es, sich eine zwischen die Lippen zu schieben, und hatte dann Mühe, ein Streichholz anzuzünden. »Scheiße«, knurrte er, als das erste Hölzchen unentzündet zerbrach. »Scheiße, Scheiße, Scheiße«, als ein ganzes Bündel Hölzer in seinen Schoß hinunterfiel. Er hörte selbst, wie seine Stimme schrill wurde.

»Laß mich das machen, Oliver«, sagte sie, aber da war er schon aufgesprungen, und sein Stuhl kippte krachend zu Boden. Er wußte, daß die Leute rundherum ihn anstarrten.

»Ich muß hier raus«, sagte er heftig und lief die Treppe hinauf. Draußen rannte er zwischen hupenden Autos hindurch über die Straße in Richtung Fluß. Als er das Embankment erreicht hatte, lehnte er sich an die Mauer und legte den Kopf auf die verschränkten Arme.

Er spürte ihre Hand auf seinem Haar und sagte: »Tut mir leid. Ich dachte, es würde gehen.«

»Es ist doch ganz gleich, was sie denken, Oliver«, sagte sie sanft. »Wir haben ja uns, das ist doch die Hauptsache.«

Er hob den Kopf und drehte sich um, um sie anzusehen. Dunkle Schatten lagen unter ihren Augen. Ihr Gesicht schien schmaler geworden zu sein.

»Genau das paßt meiner Mutter überhaupt nicht«, sagte er. »Es gibt da nämlich unerwartete Komplikationen.«

Sie sagte nichts, sah ihn nur an.

»Sand im Getriebe.« Er hätte beinahe gelacht. »Deine Mutter und mein Vater ...«

»Meine Mutter und dein Vater«, wiederholte sie. »Was ist mit ihnen? Sag schon, Oliver!«

»Sie hatten mal was miteinander«, sagte er.

»Oh.«

Er wartete einen Moment, als sie nichts weiter sagte, fragte er: »Ist das alles? Oh!«

»Wann war das? Wann hatten die beiden was miteinander?«

Sein Verstand arbeitete so ungewohnt langsam, daß er ihr nicht gleich eine Antwort geben konnte. Dann aber fielen ihm die Einzelheiten der grauenvollen Auseinandersetzung mit seinen Eltern wieder ein, und er sagte: »Als du noch ein Baby warst. Im Dezember einundvierzig. Ja, das war's – nur ein paar Monate –, so ein kurzes Kriegsabenteuer, nehme ich an.«

»Meine Mutter hat meinen Vater im November einundvierzig verlassen.«

»Dir macht das nichts aus?«

Sie überlegte einen Moment. »Nein. Nein, eigentlich nicht.« Sie begegnete seinem Blick mit ihren klaren Augen. »Meine Mutter hat massenhaft Ehemänner und Liebhaber gehabt, weißt du, mein Vater nennt sie ›die liebestollen Anbeter‹. Ein paar habe ich kennengelernt. Sie sind natürlich alle ganz gräßlich, und meine Mutter wechselt sie wie die Hemden. Mein Vater spricht eigentlich nie von ihnen, und er redet auch nie davon, was zwischen ihm und meiner Mutter passiert ist, aber Tante Faith hat mir ein bißchen was erzählt. Meine Mutter meint, sie müßte genau den Richtigen finden, verstehst du?«

»Den Richtigen?«

»Den Richtigen für sie. Er muß natürlich supertoll aussehen. Außerdem muß er dieselbe Musik und dieselben Bücher mögen und –«

»So was Albernes«, sagte Oliver von oben herab. »Der oder die Richtige – das gibt's doch gar nicht.«

Sie sah ihn an. »Meinst du? Ich denke, das kommt auf den Standpunkt an. Wenn man jemanden wirklich liebt, werden die Eigenschaften an ihm, die man vielleicht nicht unbedingt bewundernswert findet, interessant und liebenswert, nur weil sie eben zu ihm gehören. So geht es mir jedenfalls mit meiner Mutter. Immer schon. Ich weiß, wie sie ist, und bin daran gewöhnt.« Elizabeth warf Oliver einen teilnahmsvollen Blick zu. »Du hingegen – du hast deine Eltern in einem bestimmten Licht gesehen, und jetzt mußt du dich erst daran gewöhnen, sie in einem ganz anderen zu betrachten.«

Er kam sich plötzlich um Jahre jünger vor als sie. »Herrgott noch mal«, sagte er verzweifelt und ließ sich auf eine Bank fallen. »Macht es dir denn überhaupt nichts aus, daß sie was miteinander hatten?« Er starrte zum Fluß hinaus. »Macht es dir nichts aus, daß wir – daß sie...«

Sie stand hinter ihm und strich ihm leicht über das Haar. »Es ist so lange her, Oliver.«

Ihre Berührung war beruhigend. Er schloß die Augen.

»Es hat doch mit uns gar nichts zu tun«, sagte sie. »Das einzige, was mir daran zu schaffen macht, ist, daß es meinem Vater weh tun wird.«

»Ich weiß nicht, ob ich ihm überhaupt gegenübertreten –«

»Ich rede vorher mit ihm. Du brauchst dir keine Gedanken zu machen.«

»Er wird mich wahrscheinlich umbringen.«

Sie drückte ihre Wange auf sein Haar. »Er wird dich wahrscheinlich umbringen *wollen*, aber er wird es nicht tun, weil ich ihm sagen werde, wie sehr ich dich liebe. Und wie glücklich wir sein werden.«

Er sagte plötzlich: »Kann es sein, daß sie deshalb dauernd streiten? Weil er...?«

Sie kam um die Bank herum, setzte sich auf seinen Schoß und umschlang seinen Hals mit beiden Armen. »Wenn du dich in eine andere verlieben würdest, dann würde ich sie hassen, Oliver. Und ich wäre wahnsinnig wütend auf dich.«

Eiserne Bestimmtheit trat in die warmen braunen Augen, und während er sie nachdenklich ansah, rieb er sich die Stirn und sagte langsam: »Für mich wäre das eine Befreiung, verstehst du? Ich dachte nämlich immer, sie streiten sich meinetwegen. Ich dachte immer, es wäre alles meine Schuld.«

»Ach, Oliver, du Armer«, sagte sie und begann ihn zu küssen. »Wie kann es deine Schuld sein? Wie kann es die Schuld eines Kindes sein?« Sie umfaßte seine Hand. »Komm«, flüsterte sie. »Fühl mal. Ganz gleich, was zwischen uns geschieht, *ihre* Schuld kann es niemals sein.« Sie führte seine Hand unter ihre Kleider – Pulli, Bluse, Unterhemd und Jeans –, bis sie auf ihrer glatten Haut zu ruhen kam.

Ihr Bauch war flach, noch nicht gerundet von dem wachsenden Kind. »Ich lese gerade ein Buch darüber«, flüsterte sie. »In ein paar Wochen werde ich schon spüren, wie sie sich bewegt.« Er sah eine tiefe, unerschütterliche Freude in ihren Augen.

Nicole hatte ein Haus im Marais Poitevin gemietet. Es war umgeben von einem Geflecht kleiner Bäche und Rinnsale, die mit smaragdgrünen Wasserlinsen bedeckt und von Weiden beschattet waren. Auf dem Anwesen tummelten sich zwei Hunde, zahlreiche Katzen, ein Kanarienvogel im Käfig, ein zottiger Esel und Stefan.

Nicole hatte ihn in Rom aufgelesen. »Er ist halb Pole, halb Italiener. Sieht er nicht blendend aus?«

Faith stimmte zu. Stefan sah in der Tat sehr gut aus.

»Und er spielt Klavier wie ein junger Gott! Nur mit dem Pedal geht er ein bißchen zu großzügig um. Ich muß sehr laut singen, um mir Gehör zu verschaffen.« Nicole blähte ihren Brustkorb auf und führte vor, wie sie in einem Nachtlokal am Klavier stehend aus voller Lunge *Je ne regrette rien* sang.

Vor ihrer Abreise nach Frankreich hatte Faith ihrer Assistentin Annie versprochen, sie während ihrer zweiwöchigen Abwesenheit täglich im *Blauen Schmetterling* anzurufen. Aber in Nicoles Haus gab es kein Telefon, und immer öfter ließ sie ein oder zwei Tage verstreichen, ohne zu telefonieren, weil sie keine Lust hatte, sich die Fahrt nach Niort anzutun, wo es eine öffentliche Telefonzelle gab. Sie konnte sich nicht erinnern, wann sie das letzte Mal Urlaub gemacht hatte. Sie schlief sehr viel, aß Unmengen und unternahm mit Nicole zusammen Bootsfahrten auf dem Fluß, bei denen sie träge vor sich hin dösend im Heck lag, während der blendend aussehende Stefan ruderte. Ihre Lieblingsbeschäftigung war es, die Märkte und Antiquitätengeschäfte der näheren Umgebung zu durchstöbern.

Als sie eines Tages auf dem Grund ihres Koffers ein Bündel Papiere aus dem Laden entdeckte, das sie eigentlich während des Urlaubs hatte durchsehen wollen, starrte sie es nur einen Moment lang unwillig an, bevor sie es kurzerhand wieder in den Koffer warf. Überrascht und etwas schockiert gestand sie sich ein, daß sie den Laden überhaupt nicht vermißte. Sie genoß dieses sorglose In-Den-Tag-hinein-Leben und fragte sich, ob der *Blaue Schmetterling* nicht ein oder zwei Wochen länger ohne sie auskommen könnte. Der Wunsch, weiterzureisen, tiefer in den Süden, war erstaunlich stark. Sie überlegte, ob ihr Widerwille, nach London zurückzukehren, mit dem anonymen Anrufer zu tun hatte, und mußte sich eingestehen, daß der Zwischenfall mit der Ratte sie letztendlich doch nervös gemacht hatte. Sie hatte seither keine Nacht mehr richtig geschlafen. Ärgerlich über ihre Hasenfüßigkeit, beschloß sie, gleich am folgenden Tag die notwendigen Buchungen für die Rückreise vorzunehmen. Es war Zeit, nach Hause zurückzukehren und im Laden wieder die Zügel in die Hand zu nehmen. Es war Zeit, sich in London ein hübsches kleines Haus zu kaufen, nach vernünftigen und praktischen Gesichtspunkten. Aber jeden Morgen, wenn sie den Glanz der Sonne und die Farbenpracht der Frühlingsblumen sah, lösten sich all ihre Vorsätze in Luft auf.

Dann traf Davids Telegramm ein: Elizabeth würde Oliver Neville heiraten.

David und Elizabeth gingen durch den Park von Compton Deverall.

»Eine kirchliche Trauung, Lizzie«, sagte David. »Darauf bestehe ich. Du wirst dich in der Kirche trauen lassen.«

»Aber wir glauben das doch alles gar nicht, Daddy«, entgegnete Elizabeth. »Oliver und ich sind Atheisten.«

»Das ist mir egal. Meinetwegen kannst du den Großkhan von China anbeten. Alle Kemps sind seit der Reformation in der Dorfkirche getraut worden, und du wirst da keine Ausnahme machen.«

»Aber das dauert doch *Wochen*! Das Aufgebot und der ganze Quatsch. Wir dachten, mit einer Sondergenehmigung –«

»Nein!« sagte David fest und bestimmt. »Meine Tochter wird sich bei ihrer Hochzeit nicht verkriechen wie lichtscheues Gesindel. Nein, Lizzie. Wir feiern Hochzeit, wie sich das gehört, und wenn das heißt, daß du ein, zwei Monate warten mußt, dann müssen wir das eben in Kauf nehmen.«

»Aber es wird so peinlich werden, Dad! Olivers Eltern und Mama ...« Verlegen fügte sie hinzu: »Außerdem sieht man bis dahin bestimmt, was los ist.«

»Daran hättest du denken sollen, bevor –« Er brach ab, als er ihr Gesicht sah. »Das tut mir leid, Liebes. Ich hätte das nicht sagen sollen.«

»Es macht nichts, Daddy.« Sie seufzte und hakte sich bei ihm ein. »Also gut, dann heiraten wir eben in der Kirche. Obwohl du genau weißt, daß ich es hasse, wie eine aufgetakelte Diwanpuppe daherzukommen.« Ein wenig zaghaft fügte sie hinzu: »Du magst ihn doch, oder, Daddy?«

Die Hände in die Hosentaschen geschoben, blieb David an der Grenze seines Besitzes stehen und ließ den Blick über Land und Haus schweifen. Er lächelte, um das schmerzliche Gefühl des Verlusts vor ihr zu verbergen. »Ehrlich gesagt, Lizzie, ich mag ihn überhaupt nicht. Ich halte ihn für einen charmanten, gewissenlosen Schurken. Aber da du dich entschlossen hast, einen Schurken zu heiraten, werde ich ihn wohl dulden müssen. Und vielleicht werde ich ja sogar lernen, ihn zu mögen, wenn er dir guttut.«

Eleanor eröffnete Guy, daß sie ihn verlassen würde.

»Freddie und ich lieben uns seit beinahe zwei Jahren, Guy. Ich bin einzig Olivers wegen bei dir geblieben. Jetzt, wo Oliver für mich verloren ist, besteht kein Grund mehr zu bleiben.«

Als sie sein verständnisloses Gesicht sah, rief sie wütend: »Wilfred Clarke, Guy. Hast du es denn nicht *gewußt*?«

Wortlos schüttelte er den Kopf.

»Reich die Scheidung ein, Guy. Du kannst mich wegen Ehebruchs verklagen, es ist mir egal. Freddie und ich werden heiraten, sobald die Scheidung durch ist. Du mußt dir inzwischen eine andere Wohnung suchen. Das Haus gehört mir, wie du weißt. Ich hielt es nur für fair, dich vorzuwarnen. Freddie und ich ziehen in ein Hotel, aber vielleicht könntest du dafür sorgen, daß das Haus in spätestens vierzehn Tage frei ist.« Sie musterte ihn mit kritischem Blick. »Du solltest dich endlich zusammenreißen, Guy. Du hast dich in letzter Zeit scheußlich gehenlassen.« Sie knöpfte ihren Mantel zu, nahm Tasche und Handschuhe.

Als sie die Tür aufzog, fragte er: »Und die Hochzeit...?«

Eleanor blieb nicht einmal stehen. »Welche Hochzeit? Ich weiß nichts von einer Hochzeit.«

Die Tür fiel hinter ihr zu. Guy drehte sich um und betrachtete sich im Spiegel über dem Kamin. Eleanor hatte recht. Er hatte sich in letzter Zeit gehen lassen. Heute morgen hatte er, da er kein frisches Hemd gefunden hatte, das angeschmutzte von gestern übergezogen, und als er sich jetzt mit der Hand über das Kinn strich, merkte er, daß er vergessen hatte, sich zu rasieren. Er konnte sich nicht erinnern, wann er zuletzt etwas gegessen hatte.

Das letzte Gespräch mit Oliver ließ ihn nicht los. Einzelne Sätze gingen ihm ständig durch den Kopf, Warnsignale, die all sein Tun begleiteten. *Ein phantastisches Landhaus, Dad. Ein Riesenbesitz. Und sie ist das einzige Kind.* So viel nackter Materialismus! Er fröstelte. Hatte er in seinem Bemühen, Oliver stets das Beste zu geben, allzu unbedacht in Eleanors Bresche geschlagen? War die Vereinbarung, die er nach seiner Affäre mit Nicole Mulgrave mit Eleanor getroffen hatte, vielleicht nur eine Fortführung der Torheit gewesen, ein Vergehen, das schwerer war als das, welches es provoziert hatte?

Oliver hatte ihm gezeigt, wo er falsch gehandelt hatte, indem er ihm die Kompromisse vorgeworfen hatte, die er eingegangen war. Sein Vortrag über die Ideale, die ihm einmal teuer gewesen waren, war nur bedeutungsloses Geschwätz gewesen, sinnlos wie das Geplapper eines Papageis. Leidenschaft und Prinzip – beides war ihm abhanden gekommen. Guy zwang sich, den Blick nicht von dem bestürzenden Bild im Spiegel zu wenden. Nur indem er bewußt verschwimmen ließ, was seine Augen sahen, konnte er noch die Umrisse des jungen Mannes ausmachen, der er einmal gewesen war. Aber er konnte sich nicht mehr des jungen Mannes erinnern, dem bei seiner ersten Reise auf den Kontinent Geld und Paß in Bordeaux gestohlen worden waren. Er konnte sich nicht an seine erste Begegnung mit Ralph erinnern, seinen ersten Blick auf La Rouilly. Er konnte es alles vor sich sehen, gewiß, statisch, eingefroren im Moment, wie die Fotos in einem Album, aber er konnte sich nicht mehr seiner Gefühle erinnern.

Erinnere dich, flüsterte er sich zu. Erinnere dich. Er wollte das Glas des Spiegels über dem Kamin zertrümmern und eine Scherbe in sein Fleisch drücken, bis er etwas fühlte, irgend etwas. Aber das – das Dramatische, Spektakuläre – war nie seine Art gewesen. Er konnte nur beharrlich an der Kruste kratzen und hoffen, daß es zu schmerzen anfangen würde, wenn er nur lange genug an der verschorften Wunde schabte.

Aber eine freundlichere Erinnerung blieb und begleitete ihn; die Erinnerung an die Wärme von Olivers Hand, als sie nebeneinander auf der Bank vor dem Haus gesessen hatten. »Ich dachte, alles müßte immer gleich bleiben. Man vergißt manchmal, daß man etwas verändern kann, daß man es besser machen kann«, hatte Oliver gesagt. Guy wußte, daß auch er in einem Käfig steckte, aus dem er nicht herauskam. Er dachte an den jungen Mann, den er auf der Party bei Wilfred Clarke – Eleanors Geliebtem – getroffen hatte. An diesem Abend hatte er sich seinem eigenen jüngeren, besseren Selbst gegenübergesehen, aber er hatte es sich bis zu diesem Moment nicht eingestanden. *Ich habe vor, in Afrika zu arbeiten ... die Not, Dr. Neville. Die Not ist so ungeheuer groß!*

Guys Herz begann etwas schneller zu schlagen. Er setzte sich an den Tisch und stützte das Kinn in die offene Hand. Konnte man so spät im Leben Anspruch auf eine zweite Chance erheben?

Auf der Heimreise dachte Faith immer nur: Ich bin schuld, ich bin schuld daran, daß Lizzie Oliver Neville heiraten wird. Sie hätte nach jener ersten Begegnung der beiden in ihrem Laden Lizzie ans andere Ende der Welt schicken sollen. Und niemals hätte sie Oliver erlauben dürfen, sie im Laden zu besuchen.

In London trennten sie sich. Ralph nahm den Zug nach Norfolk. Nicole reiste weiter nach Compton Deverall. Faith stieg in ein Taxi und fuhr nach Hause zum *Blauen Schmetterling*, doch das Gefühl, heimgekehrt zu sein, stellte sich nicht ein. Der Laden und die Wohnung erschienen ihr kalt, fremd und abweisend. Zwar begann sie beinahe unverzüglich, Ordnung in das Chaos zu bringen, das sich in den Wochen ihrer Abwesenheit breitgemacht hatte, aber sie tat es ohne jede Begeisterung.

Eine Woche nach ihrer Rückkehr wurde sie mitten in der Nacht von einem lauten Krachen aus dem Schlaf gerissen. Auf Zehenspitzen schlich sie nach unten und sah, daß jemand einen Ziegelstein durch das Schaufenster geworfen hatte. Glasscherben lagen überall, auf dem Teppich und den Waren. Sie glitzerten im Schein der Straßenlampe, so daß es aussah, als wären die Kleider und Schals mit Brillanten bestickt. Ein kalter Luftzug blies durch das Loch in der Scheibe.

Faith rief die Polizei an, machte sauber, so gut es ging, und überprüfte die Schlösser und Riegel der Türen zwischen Laden und Wohnung. Dann ging sie wieder zu Bett, aber sie konnte nicht mehr einschlafen. In die Steppdecke gehüllt, hockte sie bis zum Morgen aufrecht in den Kissen und hatte das Gefühl, daß die Existenz, die sie sich mit soviel Mühe geschaffen hatte, unter ihren Händen zerfiel. Aber weit schlimmer war, daß sie gar nicht mehr sicher war, ob ihr an dieser Existenz überhaupt noch etwas lag.

Im August wollten Faith und Ralph zusammen von Heronsmead nach Compton Deverall reisen. Faith plante alles bis ins kleinste Detail. Hätte sie all die aufrührerischen Gefühle, die sie in den Stunden vor dem Morgengrauen zu attackieren pflegten, ähnlich streng unter Kontrolle nehmen können, wäre sie froh gewesen.

Dennoch fiel ihre sorgfältige Planung im letzten Moment widrigen Umständen zum Opfer: Obwohl es Anfang August war, regnete es in Strömen, und Ralph hatte nicht nur seinen Regenschirm, sondern auch sein Hochzeitsgeschenk verlegt. Er fand beides erst nach einer halben Stunde intensiven Suchens im Geräteschuppen wieder.

Das Resultat war, daß sie in Holt ihren Zug verpaßten und infolgedessen auch den Anschluß am Waterloo-Bahnhof in London. Während eines kurzen Aufenthalts in Reading bestand Ralph darauf, aus dem Zug zu steigen, um am Bahnhofsbuffet Tee und belegte Brote zu kaufen. (»Ich habe nicht gefrühstückt, Faith. Ich kann dieses Gezuckel ohne Frühstück nicht durchstehen.«) Faith blieb im Abteil zurück und stand tausend Ängste aus, daß er nicht rechtzeitig zur Abfahrt des Zuges wieder zurück sein würde. Bei ihrer Ankunft in Salisbury war niemand da, um sie abzuholen – wahrscheinlich hatte der dazu abgeordnete Hochzeitsgast nach vergeblichem Warten aufgegeben –, und ein Taxi war nirgends aufzutreiben. Sie standen ratlos im Regen, der ihre feinen Kleider durchnäßte, und es wurde immer später.

»Dieses gottverfluchte Land!« schimpfte Ralph. »Dieses gottverfluchte Wetter. Jetzt stell dich nicht so an, Faith!«

Sie machten sich zu Fuß auf den Weg. Nach etwa einem Kilometer hielten sie einen vorüberkommenden Bus an, der sie bis kurz vor Compton Deverall mitnahm. Das letzte Stück bis zur Kirche marschierten sie wieder.

Der Platz vor der Kirche war leer. Durch die alten Mauern war Gesang zu vernehmen. Ralph strebte sogleich mit großen Schritten zum Portal und drückte es auf. Kaum waren sie im Innern der Kirche, stimmte er sehr laut und falsch in die Hymne ein.

Als Faith endlich wieder zu Atem gekommen war, wandten sich Oliver und Elizabeth schon vom Altar ab und schritten durch den Mittelgang zum Portal. Was für ein schönes Paar, dachte sie, während sie in ihren Taschen nach dem Reis kramte, den sie doch ganz bestimmt eingesteckt hatte, und fragte sich, wohin um alles in der Welt es mit ihrem Vater gekommen war.

An einem ihrer Pumps war der Absatz abgebrochen, als sie über einen Zauntritt geklettert war; sie streifte das ruinierte Paar Schuhe ab und ließ es im Kirchenstuhl stehen. Das nasse Haar klebte ihr strähnig an Kopf und Nacken; der Stoff ihres Kleides aus Cons Werkstatt war nicht farbecht: Jade vermengte sich mit Türkis und färbte ihre Haut. Elegant kleidete Hochzeitsgäste drängten aus der Kirche hinaus. Irgend jemand trat ihr auf die Zehen, sie bekam einen Ellbogen in die Rippen. Bekannte Gesichter lächelten ihr zu, alte Freunde winkten grüßend. Dann drehte sie sich um und stand direkt vor Guy Neville.

Guy kam sich vor wie ein Gespenst. So viele Gespenster in dieser kleinen Kirche – Mulgraves, Kemps, Nevilles. Er war froh, dafür gesorgt zu haben, daß er die Kemps nicht allzu lange mit seiner peinlichen Anwesenheit würde belästigen müssen.

Hinter Oliver gähnten Reihen leerer Kirchenstühle. Was für eine tote, leidenschaftslose Gesellschaft, dachte Guy, der er und Eleanor einmal angehört hatten. Er war gespannt gewesen, ob Eleanor es sich nicht doch noch anders überlegen und kommen würde; und als während der Feier das Portal geöffnet wurde und ein feuchter Luftzug in die Kirche fegte, hatte er sich, halb in der Erwartung, daß sie es sein würde, neugierig umgedreht. Aber es war nicht Eleanor; es waren Faith und Ralph.

In dem Moment war alles wieder präsent gewesen. Wie eine Flut war plötzlich die Erinnerung an den Tag über ihn hereingebrochen, als er zum erstenmal die Küche von La Rouilly betreten hatte. Es war nicht länger ein starres Bild, es war lebendige Erinnerung mit Farben, Geräuschen, Gerüchen und Gefühlen. Der Wiesenblumenstrauß, den er Poppy mitgebracht hatte. Poppys zartes, müdes Gesicht. Von irgendwo war Klavierspiel zu hören gewesen, und jemand hatte gesungen, daß ihm das Herz weit geworden war. Er erinnerte sich der riesigen, staubigen Küche, der Spinnweben, die zwischen den leeren Weinflaschen unter dem Spülbecken hingen, der Katze, die zusammengerollt im Sonnenschein lag, der durch das Fenster fiel.

Jetzt begriff er, daß er sich an jenem fernen Tag vor vielen Jahren verliebt hatte. Unrettbar, zum erstenmal in seinem Leben. Und er begriff auch, daß er sie alle geliebt hatte, auf ganz unterschiedliche Weise: Ralph, Poppy, Faith, Jake, Nicole. Und natürlich La Rouilly. Dieses leidenschaftliche Gefühl hatte sich im Lauf der Jahre verändert, aber es hatte ihn niemals ganz verlassen. Sie hatten ihm etwas gegeben, was ihm gefehlt hatte; etwas, von dem er erst jetzt, in diesem Moment wieder eine leise Ahnung bekam.

Nach dem Gottesdienst wünschte er Oliver und Elizabeth Glück, und während die beiden von einer Flut von Freunden und Verwandten der Familie Kemp fortgerissen wurden, begann er, sich einen Weg zu den Mulgraves zu bahnen. Alle Gäste in der Kirche strömten zum Portal; einen Moment lang verlor er Faith und Ralph aus den Augen. Besorgt schaute er auf seine Uhr, aber als er den Kopf hob, hatte er sie wieder im Blick, helles Haar, blaugrünes Kleid. Zwischen weinenden Großtanten und zappeligen kleinen Kindern drängte er sich zu ihr durch.

Als er sie ansprach, schüttelte sie den Kopf und hielt eine Hand wie eine Muschel an ihr Ohr. »Ich kann dich nicht hören, Guy.«

»Ich habe gesagt«, rief er laut, »du siehst wunderbar aus.«

Andere Gäste rempelten ihn an; sie sprach mit ihm, aber er hörte nicht, was sie sagte. Ihr Mund bewegte sich lautlos wie in einem Stummfilm.

»Wollen wir nach draußen gehen?« schrie er, nahm sie beim Ellbogen und schob sie durch das Gewühl.

Draußen, im Schutz des überdachten Friedhofstors, wußte er nicht, wie er beginnen sollte. Tausend Dinge wollte er ihr sagen, aber er wußte, daß jedes Wort Anmaßung gewesen wäre. Wie konnte er ihr sagen, daß er sie liebte, nachdem er sie immer wieder enttäuscht und im Stich gelassen hatte? Wie konnte er ihr sagen, daß allein ihr Anblick Balsam für seine Seele war, wo er sich doch nur zu lebhaft an ihr Gesicht erinnerte, als sie das letzte Mal auseinandergegangen waren?

So sagte er statt dessen: »Schrecklich, das mit Jake. Es tut mir so leid. Oliver hat es mir gesagt. Man kann sich nicht vorstellen, daß er wirklich tot ist.«

Vor der Kirche zückten die Fotografen ihre Kameras, und die Hochzeitsgäste stellten sich in Positur. Jemand rief und bedeutete ihnen, sich zu einer der Gruppen zu gesellen.

»Jake ist ins Wasser gegangen«, sagte Faith. »Seine Leiche wurde nie gefunden.« Ihre Stimme war kalt, ihr Ton brüsk. »Er ist in Cornwall, in der Nähe der Schule, an der er unterrichtet hatte, einfach ins Meer hinausgewatet.« Einen Moment war es, als bröckelte ihre eisige Abwehr. »Er hat seine Kleider sauber und ordentlich zusammengelegt auf den Felsen zurückgelassen. Eigentlich ganz untypisch für Jake, nicht?«

Er hätte sie so gern in den Arm genommen und versucht, den Schmerz zu lindern, der sich unverhüllt in ihren Augen spiegelte, aber gerade in diesem Moment rief jemand seinen Namen, und als er sich umdrehte, sah er Ralph auf sie zukommen.

Faith sagte hastig, bevor ihr Vater sie erreichte: »Papa weigert sich zu akzeptieren, daß Jake tot ist. Wir reden fast nie darüber.«

Ralph rief mit Donnerstimme: »Guy! Guy Neville! Das ist ja großartig!«, und dann schlugen die üppigen Falten seines nassen Mantels über Guy zusammen und raubten ihm einen Moment den Atem.

Gleich darauf begann Ralph, sich über die Predigt auszulassen (»Dieses salbungsvolle, scheinheilige Gesabbere. Ich kann die verdammten Pfaffen nicht ausstehen!«), und Guy, der nochmals auf seine Uhr sah, hatte den Eindruck, daß die Zeit raste.

»Du gehst mit uns zum Haus, Guy«, sagte Ralph. »Zum Empfang, meine ich.«

»Ich habe beschlossen, den Empfang sausen zu lassen. Die Geschichte ist doch ein bißchen peinlich.«

»Na hör mal, nach diesem ganzen kirchlichen Hokuspokus brauchst du doch bestimmt so dringend wie ich einen kräftigen Schluck.«

»Ich versuche, weniger zu trinken, Ralph. Und ich halte es für besser, auf den Empfang zu verzichten. Man muß es ja nicht zu weit treiben.«

»Ich weiß überhaupt nicht, wovon du sprichst.«

»Von Nicole«, sagte Guy.

»Ach das!« versetzte Ralph wegwerfend. »Das haben doch alle längst vergessen.«

Guy wandte sich von Ralph ab und sah Faith an. Ihm war, als würde es ihn innerlich zerreißen. »Im übrigen«, fügte er hinzu, »muß ich zum Bahnhof. Ich habe noch eine weite Reise vor mir.«

Ihr Lächeln erlosch.

»Wenn ich jetzt nicht gehe«, sagte er verzweifelt, »verpasse ich mein Flugzeug.«

»Eine Reise?« fragte Ralph neidisch. »Wohin denn?«

»Nach Afrika«, antwortete Guy.

»Er geht nach Afrika, Nicole. Für zwei Jahre. Weiter weg ist ja kaum möglich.« Faith starrte zum Fenster hinaus. Auf dem Rasen hinter dem Haus standen Tische und Stühle verlassen im Regen. Faith und Nicole hatten das Hochzeitsmahl und die feierlichen Reden im Großen Saal über sich ergehen lassen und dann die Flucht ergriffen. Jetzt hockten sie hinter geschlossenen Vorhängen in einem tiefen Fenstersitz. »Aber es spielt ja sowieso keine Rolle. Die Geschichte ist lange vorbei.«

Nicole stellte ihr Champagnerglas ab. »Und was tust du jetzt?«

»Wieso? Warum sollte ich etwas *tun*?«

»Wegen Guy – ich meine, du hast Guy doch immer geliebt.«

»Es ist wahrscheinlich einfach zu lange gegangen.« Sie dachte zurück an das Gespräch mit Guy vor der Kirche. Stirnrunzelnd sagte sie: »Erinnerst du dich an das Restaurant, in dem wir in Aix öfter gegessen haben? Papa hat immer behauptet, daß sie dort das beste Cassoulet in der ganzen Provence machen. Wir mußten jedesmal stundenlang auf das Essen warten. Papa hat's nichts ausgemacht, weil er ein Glas nach dem anderen gekippt hat, und Mama hat's nichts ausgemacht, weil sie froh war, mal sitzen zu können und nicht selber kochen zu müssen. Aber für uns war es eine Qual.«

Nicole nickte. »Jake war immer ganz schlecht vor Hunger.«

»Und wenn das Essen dann endlich kam, war keiner von uns fähig, auch nur einen Bissen hinunterzubringen. Papa war wütend, und Mama dachte, wir brüten irgendeine

Krankheit aus. Aber uns fehlte überhaupt nichts, wir hatten nur zu lange warten müssen.«

Faith dachte an ihr letztes Zusammentreffen mit Guy in dem kleinen Café. Sie sah noch den Musikautomaten, die beiden jungen Burschen in den Lederjacken und den alten Mann mit der Schirmmütze vor sich. Damals hatte sie Guy gesagt, sie wolle ihn nie wiedersehen. Jetzt, da sie sich danach sehnte, mit ihm zusammenzusein, da es sie danach verlangte, mit ihm die Freuden und die Enttäuschungen der Jahre seit ihrer Trennung zu teilen, war er auf dem Weg nach Afrika.

Sie wandte sich Nicole zu. »Ich denke, so ähnlich ist es mit Guy und mir. Wir haben einfach zu lange gewartet.«

»Das ist doch Quatsch, Faith. Das kannst du nicht vergleichen. Man wird nicht einfach überdrüssig, jemanden zu lieben. Die Liebe wird nicht sauer wie eine Flasche Milch, die man in der Sonne stehengelassen hat.«

»Außerdem vermute ich, daß Guy der Meinung ist, es sei alles meine Schuld.«

»Was soll deine Schuld sein?«

»Das hier.« Sie wies zum Rasen hinaus. Irgendwo aus den Tiefen des Hauses konnte sie Ralph singen hören. »Wenn ich Oliver nicht erlaubt hätte, mich im Laden zu besuchen –«

»Jetzt hör endlich auf damit, Faith.« Nicole tunkte ein Biskuit in ihren Champagner und sagte mit vollem Mund: »Oliver ist vielleicht das Beste, was Lizzie passieren konnte. Sie ist eine Mulgrave. Äußerlich schlägt sie David nach, aber vom Naturell her ist sie wie wir. Ich habe Jahre gebraucht, um das zu erkennen, aber ich weiß, daß ich recht habe. Sie ist ein leidenschaftlicher Mensch. Ohne Oliver würde sie wahrscheinlich früher oder später nach irgendeinem idiotischen Protestmarsch im Gefängnis landen. Wenn sie ihre Leidenschaft an ihn – und das Kind – verschwendet, ist es das wenigstens wert. Und vergiß nicht, daß wir beide in Guy verliebt waren, Faith! Da ist es doch kein Wunder, daß Elizabeth sich in seinen Sohn verguckt.« Nicole strahlte. »Hör mal, das Kleid ist einfach phantastisch geworden, Faith. Ich hatte schon Angst, sie würde in ihrem gräßlichen Pulli und den Jeans zur Hochzeit kommen.«

»Con hat es entworfen, und ich habe es gemacht. Der Schleier ist von Davids Großmutter.«

Einen Moment wurde Nicole sentimental. »Ich habe auch in diesem Schleier geheiratet, erinnerst du dich?« Aber sogleich schlug ihre Stimmung wieder um. »Mach nicht so ein trauriges Gesicht, Faith. Das hier ist eine *Hochzeit*. Da wird Fröhlichkeit erwartet.«

»Ich kann mir einfach nicht vorstellen«, sagte Faith nach einem kurzen Schweigen, »daß die beiden miteinander glücklich werden.«

Nicole ging nicht, wie Faith es beinahe erwartet hatte, einfach über ihre Bedenken hinweg.

»Sie sind natürlich sehr jung.« Sie strich sich eine blonde Strähne aus den Augen. »Ich könnte mir vorstellen, daß Lizzie das Eheleben nach kurzer Zeit so unerträglich finden wird wie ich damals. Aber sie hat eine etwas beständigere Natur als ich, meinst du nicht?«

Faith entgegnete trocken: »Es wäre schwer, jemanden zu finden, der weniger beständig ist als du, Nicole.«

Nicole war nicht gekränkt. »Eigentlich komisch, nicht? Ich wollte nie so sein. Ganz im Gegenteil.« Sie runzelte die Stirn. »Ach was, vielleicht geht es ja gut. Seien wir einfach optimistisch. Vielleicht ist Lizzie eine Frau, die wie du ein ganzes Leben lang an einem Mann festhält. Das kann man jetzt wirklich noch nicht sagen.«

Faith sah Nicole an. »Wie geht es Stefan?«

Nicole seufzte. »Er ist leider unmöglich.«

»Was? Wieso denn?«

»Er schmatzt beim Essen, und das geht nun wirklich nicht.«

»Du könntest ihm doch Manieren beibringen ...«

»Das hab' ich versucht, glaub mir. Er wäre ideal, aber mit Suppe steht er hoffnungslos auf Kriegsfuß.« Nicole kicherte. »Findest du es nicht auch manchmal komisch – du und ich –, du bist so praktisch veranlagt, Faith, und ich war immer die große Romantikerin.« In ihren blauen Augen blitzte ein Lachen, als sie Faith ansah. »Aber du liebst seit Ewigkeiten ein und denselben Mann, während ich –«

»Während du auf der Suche nach dem einen Dutzende mitgenommen hast.« Auch Faith begann zu lachen.

»Und manche von ihnen waren so fürchterlich! Erinnerst du dich an Miguel?«

»Spielte der nicht Gitarre? Wahnsinnig schlecht, wenn ich mich recht erinnere.«

»Und Simon. Mit seinen Sonetten!« Nicole wollte sich ausschütten vor Lachen. »Rupert – sah aus wie ein Adonis, aber ich glaube, im Grunde hatte er für Frauen überhaupt nichts übrig ...«

»Dieser gruselige Russe ...« Faith liefen die Tränen über das Gesicht.

Keuchend vor Lachen rangen sie um Atem, und dann sagte Nicole: »Dabei hatte ich den Richtigen längst gefunden, ich war nur zu dumm, um es zu merken.«

Faith wischte sich die Augen. »David?«

»Natürlich. Weißt du, im Grunde genommen bin ich eine Vagabundin wie unser Vater. Viel mehr war ich nie. Ich wollte so vieles haben, oder bildete mir ein, es haben zu wollen – einen tollen Liebhaber, ein schönes Haus, eine große Karriere als Sängerin –, und wenn ich es hatte, merkte ich ziemlich schnell, daß ich es in Wirklichkeit überhaupt nicht wollte. Eine Zeitlang war es vielleicht ganz schön, aber dann wurde es öde. Ich singe in den schrecklichsten Spelunken, Faith. In billigen Kneipen, wo es nicht einmal eine Garderobe gibt und wo man sich auf der Toilette umziehen muß, und in abgetakelten kleinen Theatern mit wackliger Bühne. Manchmal sind die Zuhörer blau, manchmal spielen sie Billard oder Karten, und manchmal ist überhaupt kein Publikum da.«

Eine Zeitlang schwiegen sie beide, dann sagte Nicole: »Du weißt wahrscheinlich, daß Guy und Eleanor sich scheiden lassen?«

Lizzie hatte es ihr bei einer Anprobe erzählt. Faith hatte beinahe die Nadeln verschluckt, die sie sich zwischen die Lippen gesteckt hatte.

»Eleanor hatte jahrelang einen Liebhaber«, sagte sie jetzt.

Nicole begann wieder zu lachen. »Kannst du dir das vorstellen? Wie sie aus ihrem Tweedkostüm zu ihrem Liebhaber ins Bett springt?«

Als das Gelächter versiegt war, sagte Nicole plötzlich: »Ach, wenn doch Jake hiersein könnte. Ohne ihn ist nichts mehr wie früher. Er hätte sich mit Papa gestritten und mit Lizzie getanzt, die pickligen kleinen Gänschen hätten sich alle in ihn verknallt, und es wäre alles viel lustiger gewesen.«

Faith brannten die Augen. Zuviel Champagner, dachte sie. »Glaubst du ...?« Sie sah Nicole an. »Papa ist immer noch überzeugt ...«

»Ich weiß nicht.« Nicoles Stimme klang traurig. »Ich weiß es wirklich nicht, Faith.«

Elizabeth zog ihr Hochzeitskleid aus. Eigentlich hätte ihre Mutter ihr dabei helfen sollen, aber ihre Mutter war nirgends zu finden. Deshalb half Oliver ihr.

Er zog den Reißverschluß auf und schob seine Hände um ihre Taille.

Von plötzlichen Zweifeln gepackt, fragte sie: »Stört es dich?«

»Was?«

»Das hier.« Elizabeth klopfte auf ihren Bauch. Sie hatte einen ziemlich großen Brautstrauß tragen müssen.

Er antwortete nicht, sondern streifte ihr das Kleid von

den Schultern und drückte sein Gesicht mit einem Seufzer der Wonne an ihren nackten Busen.

»Oliver! Wenn jemand kommt!«

Er hob den Kopf nur, um zu sagen: »Na und? Jetzt dürfen wir.«

Ja, dachte sie, jetzt dürfen wir. Sie würde eine Weile brauchen, um sich daran zu gewöhnen. Es kam ihr immer noch wie etwas Verbotenes vor.

Sie sagte: »Jetzt muß ich auch noch dieses gräßliche Kostüm anziehen. Es ist so eng, man kann sich kaum bewegen.«

»Es ist sogar meine Pflicht«, fuhr er fort, als hätte sie nichts gesagt, »das hier zu tun.«

»Wirklich?« Das Hochzeitskleid war zu Boden geglitten und lag wie cremefarbener Schaum um ihre Füße.

»Ja, wirklich. Wir sind erst vor dem Gesetz Mann und Frau, wenn wir zusammen geschlafen haben.«

Sie spürte ihre Erregung, als er das sagte. Die letzten zwei Monate hatte sie wie eine Nonne in Compton Deverall gelebt. Erst jetzt wurde ihr bewußt, wie sehr ihr das Zusammensein mit ihm gefehlt hatte.

Sie sagte plötzlich: »Ich finde es ganz toll von deinem Vater, daß er an ein Krankenhaus in Afrika geht. Du bist doch bestimmt stolz auf ihn.«

Oliver, der gerade dabei war, Elizabeth den Petticoat abzustreifen, hielt einen Moment inne. »Ja, ich denke schon.« Er sah sie erstaunt an.

»Wie hast du das Ganze heute gefunden?« fuhr sie fort.

»Die Hochzeit? Grauenvoll. Absolut grauenvoll.«

»Ja, nicht wahr?« stimmte sie aus vollem Herzen zu. »Das war bestimmt der längste und anstrengendste Tag meines Lebens. Allein schon all diese unterschwelligen Geschichten.«

Er liebkoste mit der Zunge ihren Nabel. Dann sah er auf. »Glaubst du, daß sie trotz ihres Alters immer noch

Lust aufeinander haben? Deine Mutter und mein Vater, meine ich?«

Elizabeth schnitt ein Gesicht. Ein wohliger Schauder erfaßte sie, als Oliver sacht ihren Bauch zu küssen begann. »Für so was sind sie doch viel zu alt«, sagte sie mit Entschiedenheit. Dann schloß sie die Augen. Sein weiches Haar strich über ihren Schenkel. »Oh, Oliver«, sagte sie, »wir brauchen doch nicht zu warten, bis wir heute abend im Hotel sind, oder?«

Ralph hockte schwer betrunken auf der Treppe und hielt einem halben Dutzend von Elizabeths Anti-Atombombenfreunden mit schallender Stimme einen Vortrag. Im Großen Saal hatte jemand eine Rock-'n'-Roll-Platte aufgelegt, und es wurde getanzt. Elizabeth und Oliver waren begleitet von flatternden Luftschlangen und dem Getöse leerer Blechdosen nach Cornwall abgereist, wo sie ihre Flitterwochen verbringen wollten. Es hatte aufgehört zu regnen, und auf der Terrasse zupfte jemand auf einer Gitarre. Andere Gäste spazierten im Garten umher und deponierten ihre Weingläser in Blumenschalen und auf Mäuerchen. Ein Schwung junger Männer, Olivers Kommilitonen, vermutete Nicole, mixte in der Küche Cocktails aus Resten von Sherry und Champagner und garnierte die Gläser mit Kirschen und Ananasstückchen aus der Bowle. Trotz Davids Anstrengungen, dachte Nicole, war es eine Hochzeit à la Mulgrave geworden.

Die ersten Gäste brachen auf. Autoscheinwerfer erleuchteten die Buchenallee und verloren sich in der Dunkelheit. Nicole ging langsam durch das Haus. Merkwürdig, wie vertraut es ihr war, beinahe ein Zuhause. Merkwürdig auch, wie sie sich manchmal, wenn sie an einem Strand am Mittelmeer gelegen oder sich in der schmuddeligen kleinen Garderobe eines Nachtlokals in Los Angeles zurechtgemacht hatte, nach diesen hallenden

Korridoren und dem Geruch der Buchen im Regen gesehnt hatte.

Sie fand ihn in der Galerie, wo er nachdenklich die alten Gemälde betrachtete.

»Weißt du«, sagte sie, als sie auf ihn zuging, »ich habe früher immer das Gefühl gehabt, sie sähen voller Mißbilligung auf mich herab.«

»Meine Vorfahren?« David lachte. »Im Gegenteil. Sie wären begeistert gewesen von dir und hätten mich unerträglich langweilig gefunden.«

Er stand vor einem Kemp, der zur Zeit Jakobs I. gelebt hatte. Sie betrachtete das Bild. »Ich kann mir dich nicht mit Ohrring und Schmachtlocke vorstellen, David.«

»Eben«, sagte er, als sie sich bei ihm einhängte. »Genau das meinte ich.« Er sah sie an. »Ich habe mich hierhergeflüchtet. Warum bist du hier, Nicole?«

»Ich habe dich gesucht.« Sie strich ihm mit dem Handrücken über die Wange. »Armer David. Für dich war es wohl eine Qual, hm?«

»Sieben Stunden«, sagte er. »Diese entsetzliche Feier dauert jetzt schon länger als sieben Stunden.«

»Du darfst dir keine Sorgen machen«, sagte sie liebevoll. »Elizabeth wird sicher glücklich werden. Ich weiß es.«

»Sie ist noch so *jung*! Ein Schulmädchen.« Er schüttelte den Kopf. »Und dieser Junge ...«

»Faith hat Oliver sehr gern, und sie hat eine gute Menschenkenntnis. Eine weit bessere als ich.« Nicole sah ihn voll Zärtlichkeit an. »Ich war nie gescheit genug, um zu wissen, welche Menschen ich halten und welche ich besser ziehen lassen sollte.«

Er küßte sie, und nach einer Weile sagte sie: »Versuch es nicht zu schwer zu nehmen, David, bitte. Um Lizzies willen. Und vielleicht auch um meinetwillen. Es gibt nicht viel in meinem Leben, das ich bereue, aber was Guy und ich getan haben, das bereue ich doch ein wenig.«

16

DER LANDROVER WURDE in den tiefen Furchen der unbefestigten Straße hin und her geworfen. Es war Januar, und die Sonne hatte die von Fahrspuren durchpflügte rote Erde hart wie Stein gebrannt. Noch keine zehn Minuten waren seit seiner Abfahrt vom Missionskrankenhaus vergangen, und schon war Guy von Kopf bis Fuß mit rotem Staub bedeckt.

»Geben Sie kräftig Gas«, hatten ihn die Afrikaerfahrenen in seinem Klub bei einem früheren Besuch in Daressalam geraten. »Dann spüren Sie die Schlaglöcher nicht.« Guy drückte das Gaspedal durch und dachte: Wenn meine Patienten aus der Cheviot Street mich jetzt sehen könnten ... Unzählige Male war ihm dieser Gedanke während seines fünfmonatigen Aufenthalts in Tanganjika durch den Kopf gegangen.

Er konnte sich an die Dimensionen, die Extreme dieser Landschaft nicht gewöhnen. Er konnte sich nicht an die flutartigen Überschwemmungen in der Regenzeit gewöhnen, die Straßen in Flüsse und Flüsse in reißende Ströme verwandelten, und nicht an die Hitze, die sich während der Trockenperiode zu einer kompakten Masse zu verdichten schien, gegen die man ständig ankämpfen mußte.

Einmal im Monat fuhr er nach Daressalam, um die Vorräte aufzustocken und die Post zu holen. Es war so etwas wie eine notwendige Gnadenfrist. Als er sich damals bei dem anglikanischen Missionskrankenhaus um eine Anstellung beworben hatte, war ihm ein Leben in erbarmungsloser Askese vorgeschwebt. Durch unermüdliche Arbeit und ein Leben in Armut hatte er seine von Alter und Erfahrung abgestumpfte Seele freilegen wollen, um auf diese Weise herauszufinden, ob unter der Oberfläche noch etwas Wahres und Gutes geblieben war. Und in der Tat – so wie die tropische Sonne seine Haut ausdörrte, so wie das Fieber ihm jedes Gramm überschüssiges Fleisch von den Knochen brannte, so zwang ihn Afrika, alle Selbsttäuschung aufzugeben.

Ein großer Teil des Wissens, das er im Lauf von dreißig Jahren erworben hatte, war hier unbrauchbar. Er war neuen Feinden begegnet, der Malaria und der Schlafkrankheit. Ihre Symptome waren ihm so vertraut geworden wie einst die Symptome von Magengeschwür und Herzkrankheit. Er war wieder zum Schüler geworden; bis spät in die Nacht hinein, wenn sein Körper längst nach Ruhe lechzte, saß er über Lehrbüchern. *Die Malaria ist eine durch die Fiebermücke,* Anopheles, *übertragene Infektionskrankheit beim Menschen. Die Erreger, Plasmodien, gehören zu den Sporentierchen. Es gibt verschiedene Arten von Malaria, von denen die gefährlichste die* Malaria tropica *ist ...*

Jeden Tag stieß er an seine Grenzen. Seine Fähigkeiten waren den Anforderungen nicht gewachsen. Es waren nie genug Betten da, nie genug Medikamente, immer war die Zeit zu knapp. Während der ersten Wochen seines Aufenthalts in Tanganjika hatte Guy das Gefühl gehabt, sich gegen Schleusentore zu stemmen, die von einer gewaltigen Druckwelle aus Schmerz und Elend gesprengt zu werden drohten. Später war ihm sein Hochmut bewußt geworden: Wie kam er dazu, sich einzubilden, er wäre fähig, die ungeheure Not und Energie, die Afrika war, einzudämmen?

Noch schneller, dachte er jetzt, als die ersten roten Dächer der Vorstädte von Daressalam sichtbar wurden, hatte er einsehen müssen, daß man mit sechsundvierzig nicht mehr so robust und widerstandsfähig war wie mit sechsundzwanzig. Mit steifen Gliedern und Nackenschmerzen stand er jeden Morgen von seinem Eisenbett mit der durchgelegenen Matratze auf, und lange vorbei waren die Zeiten, als er noch alles hatte essen können, was ihm vorgesetzt wurde. Er fuhr langsamer, als er sich der Stadtmitte näherte. Er hatte Kopfschmerzen, vermutlich von der Hitze und den unaufhörlichen Erschütterungen der schier endlosen Fahrt.

In seinem Klub nahm ihm ein weißgekleideter Bediensteter seine Tasche ab, ein anderer brachte ihm seine Post. Guy nahm den Stapel Briefe und Päckchen mit in sein Zimmer hinauf. Auf dem Bett sitzend, sah er gespannt das Bündel Briefe durch. Das Telegramm war etwa in der Mitte. Guy riß den Umschlag auf. CHRISTABEL LAURA POPPY AM 18. DEZ. GESUND ZUR WELT GEKOMMEN STOPP MUTTER UND KIND WOHLAUF STOPP EIN GUTES NEUES JAHR STOPP ALLES LIEBE OLIVER.

Nachdem er ein Bad genommen hatte, ging er zum Wasser hinunter, Palmen und Mangroven standen reglos in der Hitze. Daus, jedes Boot mit einem aufgemalten Auge auf dem Bug, lagen sachte schaukelnd im Hafen und warteten auf den Wind, um nach Sansibar auslaufen zu können. Das Telegramm in Guys Hand hing so schlaff wie die Trapezsegel der Boote. Christabel Laura Poppy, dachte er. Meine Enkelin.

»Wußten Sie das denn nicht?« Peggy Macdonald zog genüßlich an ihrer Zigarette. »Mir hat es Dick Farnborough erzählt, und der hatte es, soviel ich weiß, vom Einäugigen.«

Es war Abend, und sie saßen in der Bar des Gymkhana-Klubs. Im Nebenraum spielte eine indische Band europäische Tanzmusik, einige Paare bewegten sich träge über die Tanzfläche.

»Der Einäugige?« fragte Guy, Interesse heuchelnd. Er

hatte schon vergessen, was die klatschfreudige Peggy Macdonald ihm soeben erzählt hatte.

»Kennen Sie ihn nicht?« Sie schüttelte erstaunt den Kopf. »Ich dachte, jeder in Dar kennt den einäugigen Jack. Ab und zu läßt er sich auch hier mal sehen, aber« – Sie sah sich mit raschem Blick um – »heute abend scheint er nicht hier zu sein. Er unterrichtet an einer Eingeborenenschule, soviel ich weiß. Jedenfalls nicht an der Internationalen Schule. Meine Freundin Millie veranstaltet gerade eine Sammlung für ihn. Gebrauchte englische Lesebücher. *Janet und John gehen einkaufen*. Etwas naiv, finde ich.« Sie lachte kurz auf. »Man fragt sich doch, was die kleinen Knirpse hier damit anfangen sollen.«

Guy lächelte höflich und wünschte, er könnte sich endlich mit Anstand verabschieden. Die Hitze war kaum noch erträglich. Sein Hemd klebte ihm am Rücken, jede Bewegung kostete Anstrengung, jedes Wort machte Mühe.

Er bemerkte, daß Peggy Macdonald immer noch sprach und sah sie entschuldigend an. »Verzeihen Sie, ich war mit meinen Gedanken woanders.«

»Ich sagte, Sie müssen morgen zum Lunch kommen.«

»Da kann ich leider nicht.«

»Robert ist nämlich nicht da.« Sie legte ihm die Hand auf den Arm. »Wir hätten den ganzen Tag für uns.«

Die Einladung war unmißverständlich. Sie war eine durchaus attraktive Frau, Ende Dreißig vielleicht, elegant gekleidet, aber er verspürte keinen Funken Interesse. Ihre Aufdringlichkeit machte ihn nur verlegen und ungeduldig.

»Ich muß Einkäufe machen«, erklärte er.

»Einkäufe?«

»Ich muß ein Taufgeschenk für meine Enkelin besorgen.«

»Ihre *Enkelin*!« Sie zog die Augenbrauen hoch. »Tja dann ...« Sie nahm es mit Gelassenheit. »Was wollen Sie ihr schenken?«

Er schüttelte den Kopf. »Ich habe keine Ahnung.«

Hilfsbereit sagte sie: »Im allgemeinen schenkt man einen silbernen Becher, Guy, oder einen Löffel mit Monogramm.«

»Ach, solche Dinge bekommt sie bestimmt zu Dutzenden. Ich würde ihr gern etwas Besonderes schenken. Etwas typisch Afrikanisches vielleicht.«

»Dann gehen wir zusammen einkaufen. Ich hole Sie morgen vormittag um – sagen wir, um neun – in Ihrem Klub ab.« Sie betrachtete ihn einen Moment und sagte mit freundlicher Fürsorge: »Sie sollten schlafen gehen, Guy. Sie sehen nicht gerade glänzend aus.«

In seinen Eingeweiden rumorte es unangenehm. »Ich brauche offenbar besonders lang, um mich zu akklimatisieren«, sagte er bekümmert.

»Manche schaffen es nie, mein Freund«, erwiderte sie. Wieder tätschelte sie ihm den Arm, aber diesmal war die Berührung eher mütterlich. »Manche schaffen es nie.«

Sie trafen sich am folgenden Morgen im Hotelfoyer.

Peggy küßte ihn flüchtig auf die Wange. »Sie sehen schrecklich aus, mein Freund. Wird Ihnen das nicht zuviel werden?«

»Keineswegs«, versicherte Guy, obwohl er seine Zweifel hatte. Er war vollgepumpt mit Chinin und Aspirin.

Sie führte ihn durch die Straßenmärkte in der Samora Avenue und mitten hinein in das geschäftige Gewimmel auf dem Kariakoo-Markt. Die Farben, Gerüche und Geräusche der Stadt drangen beinahe gewalttätig auf ihn ein: das Hupen der Busse und Taxis, die Gold- und Rosttöne der Gewürze, die in Säcken an den Ständen feilgeboten wurden, der durchdringende Salzgeruch des Indischen Ozeans, der hier niemals fern war. Peggy Macdonald inspizierte mit routinierter Kennerschaft Teppiche, Messinggegenstände und Schnitzereien.

In der Mittagshitze flüchteten sie sich zum Essen in den Gymkhana-Klub. Trotz Jalousien und Ventilatoren spürte Guy keine Abkühlung. Allein in der Toilette, drückte er eine heiße Hand an seine gleichermaßen heiße Stirn und versuchte zu schätzen, wieviel Temperatur er hatte.

»Ich mache Ihnen einen Vorschlag«, sagte Peggy, als er an den Tisch zurückkam. »Ich frage Jack.«

»Jack?«

»Wissen Sie nicht mehr, ich habe Ihnen gestern abend von ihm erzählt. Ich werde ihn bitten, eine schöne Makondearbeit für Sie aufzutreiben. Die Sachen haben Ihnen doch gefallen, nicht wahr?«

Sie sprach von den Ebenholzschnitzereien, die in diesem Gebiet eine lange Tradition hatten. Guy hatte die dunklen, bewegten Formen auf dem Markt bewundert; Peggy hatte behauptet, sie seien von minderer Qualität.

»Ist das nicht eine Zumutung?« meinte Guy zweifelnd.

»Unsinn. Jack tut das gern. Er hat letztes Jahr für mich ein sehr schönes Stück aufgetrieben, das ich meiner Schwägerin geschenkt habe. Jack und ich sind gute Freunde. Er hat früher einmal an der Privatschule in England unterrichtet, die mein Sohn besucht hat. Die Welt ist wirklich klein, nicht?«

»Das ist ein ganz schöner Sprung – von der englischen Privatschule nach Daressalam.«

»Oh, Jack ist in der ganzen Welt herumgekommen.« Peggy griff zu ihrem Glas Cola mit Rum. »Er hat mit so ziemlich allem gehandelt, was man sich vorstellen kann – legal und illegal, mein Freund –, er behauptet sogar, auf einem Piratenschiff im Chinesischen Meer gefahren zu sein, obwohl ich da meine Zweifel habe. Die Augenklappe – das passt mir alles ein bißchen zu gut. Bobby Hope-Johnstone sagte, er kenne ihn aus Frankreich, aus dem Krieg. Geheimdienst, Guy«, erläuterte sie, die Stimme ein wenig senkend, »aber Jack spricht nicht darüber.«

Das Essen wurde gebracht, ein Curry mit Reis, die Soße dick wie Gelatine. Guy wandte sich ab.

Peggy sagte: »Bis zu Ihrem nächsten Besuch hier finde ich bestimmt etwas Schönes für Sie, mein Freund. Sie kommen doch jeden Monat, nicht wahr?«

Sie warf ihm einen Blick zu. »Fühlen Sie sich bitte nicht verpflichtet, meinetwegen zu bleiben. Sie sind ganz grün im Gesicht. Das verschlägt mir regelrecht den Appetit.«

Sie hatte dunkle Augen wie Elizabeth und helles Haar wie er. Als seine Tochter zwei Wochen alt war, packte Oliver sie in Decken und zeigte ihr das Haus und den Besitz. »Das ist die Galerie«, sagte er, »und das sind die Bilder deiner Vorfahren. Du hast ihr Blut in den Adern. Das hier ist der Große Saal. Oben an der Decke ist dein Familienwappen aufgemalt. Und das alles hier ist dein Land, bis hinunter zum Bach im Süden und bis zum Waldrand im Norden. Diese Wiese hier und das Wäldchen werde ich verkaufen und so dafür sorgen, daß dein Erbe bewahrt wird.«

Es begann zu schneien, in dicken Flocken, die wie Federn durch die stille Luft taumelten, und er trug seine kleine Tochter ins Haus zurück. Sehr leise öffnete er die Tür zum Schlafzimmer; Elizabeth lag unter Decken und Kissen im Bett und schlief. An der Wand stand das Kinderbettchen, Babysachen lagen unordentlich herum, der gewachste Holzfußboden war weiß bestäubt mit verschüttetem Babypuder. Auf einer Kommode lagen Stapel von Flugblättern und Zeitschriften. Auf dem Titelblatt der obersten prangte die Schlagzeile: DIE SECHZIGER: JAHRZEHNT DER ABRÜSTUNG ODER DER NUKLEAREN KATASTROPHE?

Oliver sah zu dem schlafenden Kind in seinen Armen hinunter und fröstelte innerlich. Andere Bilder schoben sich vor den Anblick des nun schon vertrauten kleinen Gesichts: ein gewaltiger Atompilz; Fotos von japanischen

Kindern, deren Rücken wie gehäutet aussahen. Die tiefe Angst, von der die abgöttische Liebe zu seiner Tochter stets begleitet schien, drohte ihn zu überwältigen. Er fühlte sich hilflos und ohnmächtig und drückte das Kind an sich, als könnte er es mit seinem Körper und seiner Wärme vor allen Schrecken und Gefahren der Welt schützen.

Der Immobilienmakler schimpfte brummelnd vor sich hin, während sie durch strömenden Regen aus Holt hinausfuhren. »Ich hätte das Haus schon vor Jahren versteigern lassen sollen. Ich hab' den Leuten immer gesagt, sie können froh sein, wenn sie es überhaupt noch loskriegen. Die Kunden wollen doch heutzutage alle modernen Komfort! Badezimmer, Toilette im Haus, Zentralheizung...«

Faith hörte ihm nur mit halbem Ohr zu. Sie hatten den Ort hinter sich gelassen und fuhren jetzt durch freies Land. Wasser tropfte von den nackten schwarzen Ästen der Bäume, und die Straße war voll riesiger Pfützen. Die Baumgruppen, die hohen Hecken, die schmalen Sträßchen – alles war vertraut. Sie war plötzlich unerwartet nervös, der Mund war ihr trocken. Als der Makler den Wagen abbremste und sagte: »Ich muß mal auf die Karte schauen – ich glaub, wir sind hier falsch«, mußte sie sich erst räuspern, bevor sie sagen konnte: »Fahren Sie einfach weiter die Straße hinunter, Mr. Bolsover, und biegen Sie dann da vorn bei der Allee ab.«

Er warf ihr einen erstaunten Blick zu. »Ich dachte, Sie kennen das Haus nicht.«

»Doch, ich kenne es«, erwiderte sie und lächelte. »Aber es ist viele Jahre her, daß ich es das letzte Mal gesehen habe.«

Sie bogen in die schmale Allee ein. Der Wagen rumpelte durch Furchen und Schlaglöcher. »O Gott, meine Federung«, jammerte Mr. Bolsover.

Faith stieg aus dem Wagen und betrachtete das Haus. Es

erschreckte sie, wie weit der Verfall fortgeschritten war. Einer der Läden hing schief nur noch an einem einzigen Scharnier, und auf dem Dach fehlten eine Menge Schindeln. Einen Moment lang war sie sich ihres Entschlusses nicht mehr sicher.

Als sie im vergangenen Monat mit ihrem Vater in Holt Einkäufe gemacht hatte, war ihr im Fenster des Immobilienmaklers die Anzeige für das Haus aufgefallen, das offenbar erneut zum Verkauf stand. Später hatte sie aus einem Impuls heraus den Makler angerufen und einen Besichtigungstermin mit ihm vereinbart. Ich benehme mich wie eine typische Mulgrave, dachte sie. Ich bin bereit, eine sichere Existenz ohne Überlegung wegzuwerfen. Und wofür? Für einen Wunschtraum? Ein Wolkenkuckucksheim?

Mr. Bolsovers Stimme folgte ihr, als sie den Weg hinunter ging. »Ihr Schirm, Miss Mulgrave!« Der Regen strömte an den Ranken der Kletterrose herab, und die papierdünnen Samenschoten der Mondviole zitterten im heftigen Schauer.

Mr. Bolsover gesellte sich an ihre Seite und bemerkte unsicher: »Irgend jemand kommt zweimal im Jahr her und schneidet das Zeug da zurück, soviel ich weiß. Könnte ganz hübsch aussehen ...«

Dürres Laub flatterte auf und stob auf die Veranda, als er die Haustür öffnete. Er sah auf seinen Plan. »Der Eingangsbereich.« Er betätigte einen Lichtschalter, aber es geschah nichts. »Ich habe sie eigens gebeten, den Strom einzuschalten«, sagte er ärgerlich. »Er wird von einem Privatgenerator vom Gut in Deanridge geliefert. Das Haus gehörte ursprünglich zum Gutsbesitz. Zum Glück« – er lächelte selbstgefällig – »habe ich eine Taschenlampe mitgenommen.«

Der Lichtstrahl erhellte den schmalen Flur. Faith öffnete eine Tür.

»Das ist das Wohnzimmer.« Zwinkernd im trüben Licht,

versuchten sie, etwas zu erkennen. »Der Raum ist praktisch in seinem Originalzustand erhalten. Sie haben das Glück, Miss Mulgrave, daß die letzten Eigentümer hier kaum etwas verändert haben. Ich meine, die Mode ändert sich ja ständig, nicht wahr? Die massiven Holztüren und die alte Täfelung des offenen Kamins«, sagte er sehr nachdrücklich, »lassen kleinere Mängel vergessen, finden Sie nicht auch?«

Stroh und Lehmklümpchen eines Vogelnests, das durch den Schornstein herabgefallen war, lagen auf dem Boden des offenen Kamins. Die Tapete war wellig und hatte sich an vielen Stellen von der Wand gelöst.

»Wollen wir uns die oberen Zimmer ansehen, ehe wir in die Küche gehen?« meinte Mr. Bolsover, und sie stiegen die Treppe hinauf ins obere Stockwerk.

»Man könnte aus einem der Zimmer hier oben natürlich ein Badezimmer machen, Miss Mulgrave. Wenn Sie vorhaben, das Haus allein zu beziehen...«

Er verstummte, als bereitete es ihm Verlegenheit, die Tatsache ansprechen zu müssen, daß sie unverheiratet war und keine Kinder hatte.

»Mein Vater wird zu mir ins Haus ziehen, Mr. Bolsover«, erklärte sie.

Sie gingen von Zimmer zu Zimmer. Dunkle Flecken an den Wänden verrieten, wo Nässe eingedrungen war, und im kleinsten Zimmer war an einer Stelle der Verputz abgebröckelt.

Als Faith die Küchentür öffnete, stand ihr plötzlich klar und lebendig ein Bild vor Augen: Guy, wie er den Finger durch den Staub auf dem Küchenbord zog.

Was schreibst du da?
Guy liebt Faith. Was sonst?

Sie trat vor das Bord und sah es sich an. Natürlich war nichts zu sehen außer einer dicken, schmierigen Staubschicht. Seit Guy fortgegangen war, hatte sie sich manchmal gefragt, ob nicht vielmehr die Hoffnung, etwas wiederzufinden, als der Wunsch, etwas hinter sich zu lassen, ihn nach Afrika getrieben hatte.

»... mich für den Zustand des Hauses entschuldigen, Miss Mulgrave«, sagte Mr. Bolsover. »Vielleicht darf ich Ihnen noch ein paar andere Objekte zeigen? Ich habe da in Norwich einen sehr gut ausgestatteten allein stehenden Bungalow ...«

Faith mußte an Poppy denken, die mit Ralph durchgebrannt war, und an Jake, der von zu Hause ausgerissen war, um im Spanischen Bürgerkrieg zu kämpfen. Zum Teufel mit der Vernunft, dachte sie. Zum Teufel mit den Konsequenzen.

»Das ist sehr nett von Ihnen, Mr. Bolsover«, sagte sie, »aber ich denke, ich werde ein Angebot für das Haus machen.«

Sie ging zum Wagen zurück.

Guy wußte, daß er seit dem Malariaanfall in Daressalam nie wieder ganz auf die Beine gekommen war. *Kein Malariamedikament ist hundertprozentig wirksam*, hieß es in den Fachbüchern – er war der lebende Beweis für die Richtigkeit dieser Behauptung. Im Krankenhaus bei der Arbeit pflegten Magenkrämpfe und Unwohlsein ihm anzukündigen, daß er wieder einmal eine schlimme Nacht vor sich hatte. Zu Hause, wenn er auf der Veranda seiner Hütte saß und die eleganten, rotgewandeten Massai und ihre mageren Rinder vor dem Hintergrund der untergehenden tropischen Sonne beobachtete, konnte er fühlen, wie sich der Schweiß auf seiner Stirn sammelte. Nachts, wenn er im Bett lag, dem Summen der Moskitos lauschte und den Geckos zusah, die über die Zimmerdecke huschten, pflegte der Schlaf lange nicht zu kommen und war, wenn er endlich kam, nicht erholsam, sondern quälend, von Alpträumen heimgesucht, die ihn erschöpften. Einmal schrie er laut, und eine Nonne, die auf dem Weg vom Nachtdienst im Krankenhaus zu ihrer Unterkunft war, klopfte bei ihm und fragte, ob alles in Ordnung sei. Ein andermal ging er in die Kapelle, die aus Lehm gebaut und mit Wellblech gedeckt war wie die meisten Bauten des Dorfs, und setzte sich drinnen nieder, ohne zu wissen, was er sich davon erhoffte. Die Hitze sammelte und steigerte sich in dem geschlossenen Raum, aber nach einer Weile begann er sich besser zu fühlen.

Eines Nachts träumte er, er ginge auf dem Blakeney Point zum Meer hinaus. Seine Füße versanken im Kies, und von der Nordsee her blies ein eisiger Wind. Er suchte Faith, aber er fand sie nicht. Er wußte, daß sie da war – daß sie gleich dort hinter diesem Felsen war oder im Schatten dieser Düne stand –, aber so unerbittlich er sich auf schmerzenden Füßen vorwärts trieb, er sah immer nur einen flüchtigen Schimmer hellen Haars oder eines blauvioletten Kleides. Vom Meer her beobachteten ihn die gemalten Augen auf dem hölzernen Bug der Boote. Wellen erhoben sich, überrollten den Strand und durchnäßten ihn. Der Himmel war bleigrau, und dort, wo das Wasser den Kies berührte, bildete sich Eis. Als Guy an sich herabsah, wurde er gewahr, daß die Kälte ihn mit einem glänzenden, undurchdringlichen Panzer aus Eis überzogen hatte. Die böse funkelnden Blicke der gemalten Augen richteten ihn. Obwohl er immer heftiger zitterte, wollte der Eispanzer nicht brechen, sondern gewann mit jeder Meereswoge, die über ihm zusammenschlug, an Festigkeit.

In kaltem Schweiß gebadet und vom Fieberfrost geschüttelt, erwachte er. Er drückte die Fäuste in die Augenhöhlen, aber der Traum ließ sich nicht vertreiben. Das quälende Gefühl, daß gleich hinter der nächsten Ecke etwas Wichtiges wartete, wenn man nur Augen hatte, es zu sehen, hielt an. Als er die Augen schloß, wirbelten leuchtendbunte Bilder durch seinen Kopf, zusammenhanglose

Szenen, projiziert von einer sich ständig drehenden Laterna Magica.

Und plötzlich, als stünde sie direkt neben ihm, hörte er Peggy Macdonald sagen: »Jack hat an der Privatschule unterrichtet, die mein Sohn besucht hat ... Hope-Johnstone kennt ihn aus Frankreich, aus dem Krieg ... Geheimdienst, mein Freund.« Guy riß die Augen auf. Jake, dachte er, plötzlich hellwach.

Er setzte sich auf. Mit zitternden Händen goß er sich aus der Flasche neben seinem Bett ein Glas Wasser ein. Während er trank, ermahnte er sich, vernünftig zu sein. Das war schließlich typisch für Fieberschübe – Phantasie, Erinnerung und Realität vermischten sich. Doch der Verdacht ließ sich nicht löschen. Jake hatte an einer Privatschule für Jungen unterrichtet; Jake hatte während des Kriegs in Frankreich für den Geheimdienst gearbeitet. Guy streckte sich wieder aus und überlegte, ob es möglich war, daß Jake Mulgrave, der vor sechs Jahren an der Küste von Cornwall ins Meer gegangen war, an den Gestaden des Indischen Ozeans angespült worden war.

In der folgenden Woche fuhr er wieder nach Daressalam. Im Restaurant des Gymkhana-Klubs sah er sich nach Peggy Macdonald um und entdeckte sie vor einem offenen Fenster. Sie hatte ein Glas in der Hand und unterhielt sich mit einem stämmigen jungen Mann mit blondem Haar. Als Guy näher trat, drehte sie sich nach ihm um und winkte ihm zu.

»Guy!« Sie lächelte ihn an und streifte mit den Lippen flüchtig seine Wange. »Ich möchte Sie mit Larry Raven bekannt machen. Larry ist ein neuer Freund von mir.«

Sie tauschten einen kurzen Händedruck, dann sagte Guy drängend: »Peggy, ich muß unbedingt mit Ihnen über diesen Mann sprechen, von dem Sie mir erzählt haben, als ich das letzte Mal hier war. Über diesen einäugigen Jack ...«

»Ach Gott«, sagte sie betreten. »Ich hatte ja versprochen, Ihnen über Jack eine Makonde Schnitzarbeit zu besorgen. Es tut mir wirklich leid, Guy, aber es hat einfach nicht geklappt. Jack hat sich seitdem nicht mehr im Klub sehen lassen. So ist er – komm' ich heut nicht, komm' ich morgen. Sie brauchen ein Taufgeschenk für Ihre Enkelin, nicht wahr? Habe ich Sie jetzt arg in Bedrängnis gebracht?«

»Nein, nein, das ist nicht weiter schlimm. Aber könnten Sie mir seinen Nachnamen sagen?«

»Seinen Nachnamen? Wessen Nachnamen? Jacks?« Sie zuckte die Achseln. »Ich habe keinen Schimmer, mein Freund. Bei uns heißt er nur der einäugige Jack.«

»Und wie sieht er aus?«

»Tja ... « Sie zog die Mundwinkel herab. »Helles Haar – die Augenklappe natürlich –, sehr attraktiv, wenn man die vergessen kann. Obwohl ich persönlich finde, daß sie ihm etwas Draufgängerisches gibt.« Sie lächelte.

»Und die Augenfarbe?«

»Blau. Ein ganz herrliches Blau. Für Männer mit blauen Augen«, sagte sie mit einem Blick zu ihrem Begleiter, »hatte ich immer schon eine besondere Schwäche.«

»Wie alt ist er?«

»Jack?« Peggy Macdonald schüttelte den Kopf. »Etwa in meinem Alter, würde ich sagen. Aber jetzt müssen Sie mich wirklich entschuldigen, Guy. Ich muß unbedingt tanzen. Es kribbelt mich schon in den Füßen.«

»Sagen Sie mir noch, wo ich ihn erreichen kann«, rief er ihr nach, als sie davonging, und sie drehte sich kurz um und gab zurück: »In irgendeiner schrecklichen Spelunke, vermute ich. Aber vielleicht ist er auch gar nicht mehr in Dar. Er ist ein sehr unsteter Mensch, wissen Sie.«

Guy war sich völlig im klaren darüber, warum er eine Spur verfolgte, die höchstwahrscheinlich ins Leere führen würde. Er konnte Faiths Blick nicht vergessen, als sie gesagt hatte: »Jake ist ins Wasser gegangen«; und er erinnerte sich, daß sie hinzugefügt hatte: »Seine Leiche wurde nie gefunden.« Diese Tatsache machte ihm Hoffnung. Er würde Faith ihren Bruder wiedergeben. Das würde sein Geschenk an sie sein.

Aber seine Zuversicht schmolz dahin, als er ernsthaft mit seinen Nachforschungen begann. Jede Erkundigung wurde mit einem Kopfschütteln oder Achselzucken beantwortet. Er würde vielleicht nie erfahren, ob der einäugige Jack nun tatsächlich Jake Mulgrave war oder nicht, weil dieser Mensch nirgends aufzustöbern war.

Er konzentrierte seine Suche auf das afrikanische Viertel der Stadt. Gelächter und Gespräche verstummten, wenn er in schäbige kleine Kneipen trat, die nur von einer nackten Glühbirne erhellt wurden. Keine Frauen, keine weißen Gesichter außer seinem eigenen. Stickige Luft, in der der süßliche *bhang*-Haschisch-Geruch hing. Weit nach Mitternacht ging er beinahe taumelnd vor Müdigkeit eine dunkle, schmale Gasse hinunter. Ein Perlenvorhang schepperte, als er in die trübe erleuchtete Wellblechhütte trat. In stockendem Swahili fragte er, was er an diesem Abend schon zwanzigmal gefragt hatte, und der Mann hinter dem Tresen wies mit dem Daumen in eine Ecke des Raums.

Unter den dunklen Gesichtern war ein helles. Guy musterte den Mann, der dort am Tisch saß, und war enttäuscht. Aber dann sah er noch einmal hin. Die Augenklappe lenkte von den Gesichtszügen ab, ebenso die dünnen Narben rundherum. Einzig das helle Haar und die anmutig lässige Körperhaltung erinnerten ihn an Jake Mulgrave. Aber wenn er die Augen zusammenkniff, so daß das Bild ein wenig verschwamm, die Jahre schmolzen, dann konnte es sein ...

»Ich weiß, was du denkst, Guy – wie beschissen ich aussehe. Um ehrlich zu sein, ich dachte gerade das gleiche von dir.«

Lächelnd stand Jake auf. Guy bot ihm die Hand. Aber Jake nahm sie nicht, sondern umschlang Guy mit beiden Armen und drückte ihn an sich, als wollte er ihn zerquetschen.

Später sagte Jake: »Ich muß zugeben, daß ich daran dachte, mich umzubringen. Ziemlich theatralisch, nicht? Ich weiß wirklich nicht mehr genau, wie sich das Ganze abgespielt hat. Ich glaube, ich hatte Lust, eine Runde zu schwimmen und bin vor lauter Wonne viel zu weit rausgeschwommen. Als ich zurückwollte, merkte ich, daß die Strömung stärker war als ich, und da dachte ich plötzlich: Warum eigentlich nicht? Ich meine, ich hatte ja wirklich alles in meinem Leben so gründlich verpfuscht, ob das nun Frauen betraf oder die Familie oder die Arbeit, daß es mir sinnlos erschien, weiterzumachen.« Er lächelte. »Aber die Sache hatte einen Haken, Guy. Ich war nicht totzukriegen. Ich ertrank einfach nicht. Ich kam immer wieder hoch wie ein Korken. Es war die reinste Farce.«

Sie waren in Jakes Wohnung. Zwei kleine, fast leere Räume: ein Stuhl, ein Berg Kissen, auf dem Jake mit gekreuzten Beinen hockte, ein mitgenommener alter Koffer in einer Ecke, ein hoher Stapel Bücher in einer anderen. Jake, dachte Guy, schien buchstäblich aus dem Koffer zu leben.

»Du warst also viel zu weit draußen«, hakte er nach.

»Ich war, könnte man sagen, ein Spielball der Wellen. Ja, das ist der richtige Ausdruck. Ein Spielball der Wellen.« Jake lachte. »Wie dem auch sei, irgendwann wurde ich ein Stück weiter oben an der Küste angetrieben. Ich weiß nicht genau, wo es war, ich habe den Namen des Ortes nie erfahren. Aber ich war splitterfasernackt, und ich fror erbärmlich. Ich war mir nicht sicher, ob ich erst im Gefängnis landen oder erst erfrieren würde.«

»Und was hast du getan?«

Jake füllte ihre Gläser auf. »Zuerst hab' ich ein paar Sachen von einer Wäscheleine geklaut, dann bin ich ins nächste Dorf marschiert. Da lag ein Fischkutter, der zu den Scilly-Inseln wollte und auf dem noch ein Mann fehlte. Also heuerte ich an. Ich war zwei Wochen auf Tresco – wunderschön, aber höllisch öde –, dann kam ich auf einem anderen Boot unter, das nach Brest fuhr. Die hatten Zwiebeln geladen oder so was.« Er zuckte die Achseln. »Danach – danach war ich ständig auf Achse. Vieles hab' ich inzwischen vergessen.« Er kniff das gesunde Auge zusammen. »Und das ist gut so.«

»Was ist mit deinem Auge passiert?« fragte Guy neugierig.

»Männern erzähl' ich im allgemeinen, daß ich von einem Leoparden angesprungen wurde, und Frauen, daß in Macao eine Hure mit dem Messer auf mich losgegangen ist. Aber dir sag ich die Wahrheit, Guy. Ich hatte viel zuviel gesoffen und dazu weiß der Himmel was für Zeug geraucht, und als ich aus meinem Rausch aufwachte, war gerade einer dabei, mir die Taschen zu leeren. Ich setzte mich zur Wehr, aber der Kerl hatte ein Messer und ich hatte keines, außerdem war ich immer noch blau, da hatte ich keine Chance.« Jake berührte mit den Fingerspitzen flüchtig die Augenklappe. »Eine Zeitlang hatte ich ein Glasauge, aber das verdammte Ding ist dauernd rausgefallen, und mit der Klappe ist es viel einfacher.«

»Mein Gott«, flüsterte Guy.

»Ich lag zwei Monate lang in irgendeiner miesen Bruchbude von einem Krankenhaus – in Tanger! Zu trinken gab's natürlich nichts, dafür hatte ich viel Zeit, mir anzuschauen, was aus mir geworden war. Besonders gefallen hat es mir nicht. Aber es wäre etwas albern gewesen, noch einmal einen Selbstmordversuch zu unternehmen.« Jake sah Guy an. »Und was ist mit dir, Guy? Was um alles in der Welt hat dich hierher verschlagen?«

»Ich wollte eigentlich die Kranken heilen.« Er lächelte ironisch. »Ich arbeite an einem Missionskrankenhaus im Busch. Nur bin ich inzwischen selber krank. Ich habe es irgendwie geschafft, mir nicht nur die Malaria, sondern auch noch die Amöbenruhr zu holen, so daß man überlegt, mich demnächst wieder nach Hause zu schicken. Vorzeitige Entlassung wegen Krankheit.«

»Aber was hat dich hier herausgetrieben, Guy?« fragte Jake. »Als wir uns das letzte Mal gesehen haben, schienst du doch in London wohletabliert zu sein.«

»Kann sein, aber das war mir einfach nicht genug. Ich fühlte mich zunehmend unbefriedigt. Ich war in einer Tretmühle, aus der ich nicht herauskam, und als Oliver mir dann eröffnete, daß er Elizabeth heiraten würde –«

»Oliver? Dein Sohn?«

Guy sah Jake an. »Er hat im vergangenen August Elizabeth Kemp geheiratet.«

Im ersten Moment zeigte Jake keine Reaktion. Dann begann er zu lachen. »Oliver und Elizabeth?« fragte er keuchend. »Dein Oliver ... und Nicoles Elizabeth?«

Guy ärgerte die Reaktion. »Ich verstehe nicht, was daran so komisch ist. Keiner von uns hat sich das gewünscht.«

»Man bekommt meistens nicht das, was man sich wünscht.« Jake bemühte sich, sein Lachen zu unterdrücken.

»Aber Elizabeth war schwanger.«

Jake riß das gesunde Auge auf.

»Ich habe eine kleine Enkelin«, sagte Guy stolz. »Sie heißt Christabel.«

»Ich gratuliere«, sagte Jake. Seine Stimme war jetzt beinahe ruhig. »Und Eleanor? Nicht gerade die begeisterte Großmutter, vermute ich.«

»Keine Ahnung, wir sind nicht in Verbindung.«

Jake sagte nachdenklich: »Beinahe – *beinahe*, wohlgemerkt – tut sie mir leid.« Er warf Guy einen scharfen Blick zu. »Ihr seid nicht miteinander in Verbindung? Dann ist sie gar nicht mit hier?«

»O nein. Wir lassen uns scheiden.« Guy runzelte die Stirn. »Nicht wegen Oliver und Elizabeth. Das war nur der äußere Anlaß.« Er fühlte sich plötzlich ungeheuer deprimiert. »Unsere ganze verdammte Ehe war ein einziger Fehler. Kannst du dir vorstellen, wie das ist, Jake, wenn man erkennen muß, daß zwanzig Jahre Leben ein Fehler waren?« Sein Ton war bitter.

Jakes Mundwinkel zuckten. »Natürlich kann ich das, Guy. Mein ganzes Leben war nichts als eine Folge von Fehlern. An denen ich größtenteils selbst schuld war. Aber das ist ja bei Fehlern meistens so, nicht?«

In dem Schweigen, das nach Jakes Worten eintrat, waren schnelle Schritte draußen auf der nächtlichen Straße zu hören und das Schwirren eines Schwarms kleiner weißer Nachtfalter mit papierfeinen Flügeln, die um die Öllampe flatterten.

»Und heute denke ich«, sagte Guy langsam, »wie *anmaßend* es von mir war, mir einzubilden, ich könnte etwas ändern; ich könnte die Welt erlösen – oder auch nur mich selbst. Meine Reise in die Selbstfindung hat mir nur zwei Erkenntnisse gebracht – daß ich eine schwache Leber habe und mit sechsundvierzig Jahren immer noch hoffnungslos naiv bin.«

»Du bist ein Idealist, Guy«, sagte Jake mit Wärme. »Das warst du immer.«

Eine großzügige Interpretation, dachte Guy. Die Trennungslinie zwischen Idealismus und Selbsttäuschung schien ihm in diesem Moment sehr fein zu sein.

»Ihr habt euch also getrennt, du und Eleanor. Und Faith – was ist mit Faith?«

»Sie war auf der Hochzeit. Sie sah gut aus.«

»Das meinte ich nicht.« Jake maß ihn mit strengem Blick.

»Ich war nur in der Kirche und bin dann gleich gefahren. Auf dem Empfang konnte ich mich ja wirklich nicht blicken lassen.«

Jake schien wieder gegen die Lachlust zu kämpfen. »Fast tut es mir leid. Daß ich nicht dabei war, meine ich. Ich kann mir gut vorstellen, daß du dir eher unerwünscht vorgekommen bist.«

»Genau«, bestätigte Guy.

»Und da bist du – einfach abgehauen?«

»Ich mußte mein Flugzeug erwischen!« verteidigte er sich.

»Du hast also Faith mitgeteilt, du müßtest dringend nach Afrika, und damit bist du kalt lächelnd wieder aus ihrem Leben verschwunden?«

»Aber nein, so war es nicht. Oder falls doch, dann entsprach es nicht meiner Absicht.« Aber er erinnerte sich, wie Faiths Gesichtsausdruck sich verändert hatte, als er Ralph gesagt hatte, daß er nach Afrika gehen würde. Wie das Licht in ihren Augen erloschen war.

»Faith liebt dich, Guy«, sagte Jake. »Sie hat dich immer geliebt, und sie wird dich immer lieben.«

Zum erstenmal seit Monaten regte sich in Guy ein Fünkchen Hoffnung. »Glaubst du wirklich?« fragte er.

»Ich *weiß* es.« Jakes Ton klang gereizt und ungeduldig. »Herrgott noch mal, Guy – soll das etwa heißen, daß du Faith nichts von deinen Gefühlen für sie gesagt hast? Vorausgesetzt natürlich, daß auch du sie immer noch liebst?«

»Ja, ich liebe sie«, erwiderte er leise und unternahm den Versuch einer Erklärung. »Aber glaubst du nicht, daß es reichlich lächerlich und arrogant von mir gewesen wäre, anzunehmen, Faith wolle nach allem, was geschehen ist, überhaupt noch etwas mit mir zu tun haben? Ein solches Maß an größenwahnsinniger Selbsttäuschung konnte nicht einmal ich aufbringen.«

»Du mußt das klären.« Jake schlug mit der Faust in seine offene Hand. »Du mußt mit ihr sprechen.«

»Ach ja, so, wie du mit ihr gesprochen hast, Jake? Um ihr zu sagen, daß du quicklebendig bist?«

»Du hast ja recht«, murmelte Jake. Er stand auf und stieß die Fensterläden auf. Ein Insektenschwarm schoß ins Zimmer.

»Warum hast du ihr nicht geschrieben? Einen Brief wenigstens – eine Postkarte...? Mein Gott, Jake, du mußt doch gewußt haben, was sie annehmen würde!«

Jetzt war Jake derjenige, der sich verteidigte. »Am Anfang hab' ich gar nicht weiter darüber nachgedacht. Ich hatte viel zu viel damit zu tun, vor mir selber zu fliehen und meine Wut auf mich an der ganzen Welt auszulassen. Als ich dann im Krankenhaus lag, dachte ich – na ja, ein Häufchen Kleider irgendwo am Strand und ein Brief in einem Rucksack – ja, mir war klar, was man daraus schließen würde. Ich dachte allerdings, daß vielleicht der Mann, dem ich die Kleider geklaut hatte ... oder die Fischer ...?«

»Nein. Offensichtlich nicht.«

»Gut, also, zuerst wollte ich schreiben, aber dann dachte ich, wozu überhaupt? Die sind doch ohne mich viel besser dran. Faith hatte recht. Nach dem Tod unserer Mutter haben wir alles auf sie abgewälzt.«

»Ralph ist überzeugt, daß du noch am Leben bist.«

Jake lächelte. »Mein Vater hatte immer schon eine erstaunliche Begabung dafür, das zu glauben, was er glauben wollte.« Sein Ton war liebevoll. Er sah Guy an. »Hast du dir mal überlegt, Guy, daß wir von Glück reden können, überhaupt unsere Haut gerettet zu haben?« Jakes Gesicht verdüsterte sich. »Überleg mal, was wir erlebt haben. Und überleg, was wir verloren haben. Spanien ... und Frankreich ...«

»La Rouilly«, sagte Guy.

»Und die Menschen – das Mädchen, mit dem Faith bei

den Sanitätern zusammengearbeitet hat, Nicoles Fliegerfreunde, Genya und Sarah ...«

»Fünf Jahre von Olivers Leben«, murmelte Guy.

»Unsere Mutter«, sagte Jake. »Ich erinnere mich, daß eine junge Frau einmal zu mir sagte, der Krieg würde uns alle durcheinandermischen wie Spielkarten. Sie hatte recht, nicht wahr? Aber wir haben es nie geschafft, wieder in die richtige Ordnung zu finden. Und überleg mal – überleg bloß mal, was wir alles gesehen haben. Was wir *wissen*. Unsere Generation – wir haben das Unsägliche erlebt. Auschwitz – und Hiroshima. Wie lebt man damit?« Er hob die Hand zu der Augenklappe. »Manche Menschen stellen sich natürlich einfach blind, aber ich glaube nicht, daß du oder ich dazu fähig sind.«

Die Nachtluft hatte etwas Kühlung gebracht.

Guy sagte zögernd: »Wenn sie mich nach England zurückschicken – könntest du nicht zumindest einen Brief schreiben, Jake? Ich könnte ihn in England aufgeben, dann wüßte Faith wenigstens, daß du lebst und daß es dir gutgeht.«

»Nein«, sagte Jake.

»Aber um Himmels willen –«

»Keinen Brief.« Jake sah Guy mit zusammengekniffenen Augen an. »Du selbst gehst zu ihr. Du gehst zu Faith – du schreibst keinen Brief, und du telefonierst nicht. Das mußt du mir versprechen.« Er starrte Guy grimmig an. »Los, Guy, versprich es mir.«

Schweigen. Bei dem Gedanken an ein Wiedersehen mit Faith hatte Guy das Gefühl, die Sehnsucht würde ihn verschlingen.

Er stand auf. »Und wenn ich zu Faith gehe«, sagte er, »was soll ich ihr dann sagen?«

Jake lächelte. »Sag ihr, daß ich glücklich bin. Sag ihr, ich alles habe, was ich brauche.«

Guys Blick flog durch das kleine, kahle Zimmer mit

dem einen Stuhl, dem Kissen und dem alten Koffer. Dann gab er Jake die Hand und ging durch die Nacht zurück in seinen Klub.

Ralph hatte sich angewöhnt, sich alles aufzuschreiben, weil er sonst wichtige Dinge einfach vergaß; regelmäßig zu essen zum Beispiel oder den Mülleimer hinauszutragen oder sich mit Harry und Ted im *Woolpack* zu treffen. Er hatte allerdings eine Neigung, die Zettel, die er sich schrieb, zu verlieren. Vergeßlichkeit schien eine irritierende und peinliche Begleiterscheinung des Alters zu sein. Eines Morgens, als er an der Bushaltestelle stand und an sich hinuntersah, bemerkte er, daß er unter seinem Mantel immer noch den Schlafanzug anhatte; er marschierte nach Heronsmead zurück und dankte Gott, daß niemand ihn so gesehen hatte.

Faith, die oft abends anrief, meinte immer, sie müsste ihn an irgendwelche Dinge erinnern. Da sie gern aus einer Mücke einen Elefanten machte, tat er jedesmal so, als hätte er selbstverständlich an alles gedacht, worauf sie ihn hinwies, und erzählte ihr dann beispielsweise, er hätte den Braten gegessen, den sie ihm am Wochenende gemacht hatte, obwohl der in Wirklichkeit in der Speisekammer grünlich vor sich hin schimmelte.

Auch sie schrieb ihm Listen: Listen mit den Telefonnummern von Ärzten und Handwerkern; Listen der frischgewaschenen und geplätteten Kleidungsstücke, die sie ihm in den Wäscheschrank gelegt hatte; Listen der Kuchen und Pasteten und Konfitüren, die sie in die Speisekammer gestellt hatte. Die Telefonnummern warf Ralph weg – er hatte Freunde genug, die für ihn da waren, wenn er sie brauchte, und Ärzte hatte er immer gehaßt – und die anderen Listen verlegte er und entdeckte sie später höchst überrascht im Hühnerstall wieder, wo sie unter Stroh und Hühnermist auf dem Boden lagen.

Als die Erkältung, die ihn einige Tage ans Haus gefesselt hatte, vorbei war, beschloß Ralph, einen Ausflug zu machen. Er würde nach Cromer fahren. Wenn er auch nicht mehr in die Fernen früherer Zeiten schweifte, so brauchte er dennoch gelegentlich das Abenteuer einer Reise. Außerdem mußte er ein Geschenk für das Baby besorgen. Faith hatte ihm berichtet, daß in einigen Wochen in Compton Deverall die Taufe gefeiert werden sollte. Ralph hatte also in Riesenbuchstaben BABYGESCHENK auf einen Zettel geschrieben und diesen an die Hintertür geklebt, um ihn ja nicht zu vergessen.

Er zog seinen alten schwarzen Mantel über (Faith hatte ihm einen neuen gekauft, aber der alte war ihm so lieb wie ein treuer Freund), wickelte sich seinen roten Wollschal um den Hals und stülpte den schwarzen Schlapphut auf den Kopf. Dann ging er auf dem Fußweg am Salzsumpf entlang zur Hauptstraße hinauf. Es war kalt, aber sonnig, nur ein sanftes Lüftchen strich leise durch das Schilf. Wie immer, wenn er ins Marschland hinaussah, mußte Ralph an Poppy denken. Seine Vergeßlichkeit erstreckte sich nur auf die Gegenwart, nicht auf die Vergangenheit. Er erinnerte sich genau – er hatte den deutschen Bomber und das Geschützfeuer gehört und hatte sofort gewußt, was geschehen war. Er hatte sie auf seinen Armen nach Hause getragen. Am folgenden Tag war er zum Salzsumpf gegangen und hatte versucht, auf dem Fußweg ihre Spuren zu finden. Er hatte wissen müssen, ob sie auf dem Heimweg gewesen war, als die Kugeln sie getroffen hatten. Er hatte wissen müssen, ob sie ihm vor ihrem Tod vergeben hatte. Aber die Erde war gefroren gewesen – genau wie heute – und hatte den Abdruck ihrer Füße nicht bewahrt. Und nach einer Weile hatte er vor lauter Tränen sowieso nichts mehr sehen können.

In Cromer kaufte Ralph Tee, Räucherheringe und ein Glas Marmelade. Er hatte seine Liste vergessen, aber mit

Tee, Heringen und Marmelade konnte er den Rest der Woche herrlich und in Freuden leben. Er hatte nicht vergessen, daß er ein Geschenk für das Baby besorgen mußte (Christabel Laura Poppy – wie reizend!), und brachte eine vergnügte halbe Stunde damit zu, von Schaufenster zu Schaufenster zu bummeln. In den Tiefen eines muffigen alten Trödelladens entdeckte er eine Schneckenmuschel, blaßrosa und weiß, mit vollendeten Windungen. Als er sie ans Ohr drückte, konnte er das Rauschen des Meeres hören. Der Verkäufer verpackte sie ihm in Seidenpapier, und er zog befriedigt von dannen, den Weg zum Wasser hinunter.

Einige Fischerboote tanzten auf den Wellen, aber die Strandhütten, die Fischbuden und die Spielhallen waren alle geschlossen. Als Ralph nach einem flotten Spaziergang Lust auf eine Tasse Tee bekam, stellte er fest, daß auch die Cafés an der Uferpromenade geschlossen waren. Die Kälte war beißend geworden; das strahlende Blau von Meer und Himmel trügerisch. Tapfer stapfte Ralph weiter. Er würde sich eben eine Portion *fish and chips* genehmigen. *Fish and chips* gehörten zu den wenigen kulinarischen Genüssen dieses Landes. Aber auch die Imbißstuben waren geschlossen.

Er bemerkte auf der anderen Seite der Promenade eine Gruppe junger Leute und überquerte die Straße, um sie anzusprechen. »Ich bitte vielmals um Entschuldigung«, sagte er höflich und lüftete den Hut, »aber können Sie mir vielleicht sagen, ob es hier in der Nähe ein Café gibt? Die Lokale an der Promenade sind offenbar alle geschlossen.«

Sie hatten alle schäbige Lederjacken an und engsitzende Jeans. Sie erinnerten ihn verrückterweise an die Scharen von Rekruten, die er 1914 vor der Gare du Nord in Paris gesehen hatte. Sie trugen das Haar mit Brillantine an den Kopf geklatscht, und ihre Gesichter waren blau vor Kälte. Einer sagte, »Ja, blöd, was, Opa?«, aber ein anderer begann, auf übertrieben affektierte Art Ralphs Sprechweise nachzuahmen, (»Oh, entschuldigen Sie vielmals... das sind ja exorbitante Zustände hier... diese Dienstboten heutzutage, also wirklich!«). Dann wandte er sich ihm zu, sagte: »Schicker Deckel, alter Knabe«, und riß Ralph mit einer flinken Bewegung den Schlapphut vom Kopf.

»Aber, aber«, sagte Ralph und versuchte seinen Hut zurückzuerobern. Aber er war nicht schnell genug, und schon wurde das gute Stück wie ein Fußball halb über die Straße getreten.

»Aber, aber«, sagte Ralph wieder und versuchte zu lächeln, versuchte vernünftig mit ihnen zu reden. »Ich weiß ja, daß ihr nur Spaß macht, aber es ist wirklich verflixt kalt.«

Sie schienen ihn gar nicht zu hören. Brüllendes Gelächter, ein lauter Ruf: »Komm schon, Jonesy – Tor!«, und sein Hut flog hoch in die Luft und landete am Strand.

Als Ralph sich anschickte, über die Straße zu laufen, dachte er, er könnte ihnen vielleicht von dem Fußballspiel erzählen, das er einst in der mexikanischen Wüste ausgetragen hatte, mit einem ausgetrockneten Kürbis als Ball und den Schädeln von Wildhunden als Torpfosten. Doch einer der Burschen, der wiehernd vor Gelächter nach hinten sprang, rannte ihn plötzlich um, und er stürzte in den Rinnstein. Alles, was er in seinem Einkaufsnetz bei sich trug, flog auf die Straße.

Ein Passant schimpfte laut, und die Burschen stoben auseinander und rannten die Promenade hinunter davon. Eine Frau half ihm auf und sammelte seine Einkäufe wieder ein. Das Teepäckchen war aufgeplatzt, sein Inhalt wie Asche über das Pflaster verstreut, und aus dem zerbrochenen Glas quoll Marmelade blutrot in die Gosse. Doch die Muschel, die die weite Reise vom Indischen Ozean bis an diese kalten Küsten überstanden hatte, war unversehrt.

Die Frau musterte Ralph mit großer Besorgnis, fragte,

wie er sich fühle, und meinte, er sollte wenigstens eine Tasse Tee trinken, um sich aufzuwärmen. Doch Ralph, der nur nach Hause wollte, versicherte ihr, es gehe ihm ausgezeichnet.

Er holte seinen Hut vom Strand, fegte den Sand von der Krempe und ging zur Bushaltestelle. Er war ziemlich wackelig auf den Beinen, und der Bus hatte Verspätung. Ihm wurde kalt, während er wartete. Die ganze Fahrt fühlte er sich todmüde und erschöpft. Der Bus rüttelte und schüttelte, und Ralph hielt die Schneckenmuschel fest auf seinem Schoß. Er würde nach Hause gehen, ein Feuer machen und Radio hören. Und so bald keinen Ausflug mehr unternehmen.

Nachdem er ausgestiegen war, machte er sich auf den Weg die schmale Straße hinunter, die zum Dorf führte. Er mußte langsam gehen, weil seine Beine immer noch zitterten. Der Tag war bitter kalt geworden, und das Blau, in dem der Himmel sich am Morgen gezeigt hatte, war zu einem milchigen Weiß verblaßt. Die Sonne hing wie eine kleine glänzende Glasscheibe in der Höhe. Nicht ein Lüftchen regte sich, Ginster und Schilf und selbst die kleinen Vögel, die dort lebten, waren starr wie auf einem Foto.

Auf halbem Weg hielt Ralph an, um Atem zu schöpfen. Richtig krank fühlte er sich nicht, nur irgendwie sonderbar. Er verspürte so einen Druck in der Brust, als wollte da gleich etwas bersten. Seine Hände und Füße waren eiskalt. Er hätte gern sein Einkaufsnetz abgesetzt, das immer schwerer zu werden schien, aber seine Finger, die um die Henkel gekrümmt waren, ließen sich nicht öffnen. Als er weitergehen wollte, wurde das Engegefühl in seiner Brust noch beklemmender. Schmerz legte sich wie eiserne Bänder um seinen Brustkorb und schoß brennend durch seinen linken Arm. Keuchend setzte er sich am Straßenrand nieder.

Er blickte auf. Er konnte das Häuschen sehen, das am

Rand des Marschlands stand. Die Sonne war sehr grell geworden, wie die Sonne in La Rouilly. Ralph starrte zum Himmel hinauf. Seine Kinderfrau schalt ihn. »Du sollst doch nicht in die Sonne sehen, Ralph, das ist schlecht für die Augen.« »Dumme Person«, schimpfte Ralph. »So eine unglaublich dumme Person. Was bildet die sich eigentlich ein?« sagte er laut, dann schloß er die Augen.

In der Küche fing Faith an. Sie beseitigte die dicken grauen Spinnweben, riß verfaulte Schränke heraus, warf rostige Töpfe und Pfannen auf den Müll. Unter dem rissigen Linoleum entdeckte sie farbige Fliesen, kleine Quadrate in Terrakotta, Creme und Schwarz. Als der ganze Raum leer und sauber geputzt war, strich sie die Decke weiß und die Wände türkis. Obwohl einige der anderen Räume noch nicht bewohnbar waren und an manchen Stellen das Regenwasser durch das morsche Dach tropfte, hatte sie von zu Hause einige Kostbarkeiten mitgebracht, die ihr besonders lieb waren: ein Paar blaßgrüner Vasen, ein Teeservice aus feinem Porzellan mit einem Blumenmuster. Sie paßten perfekt zum Grün und Braun des Hauses. Unvermittelt fielen ihr Dinge ein, die sie vor Jahren einmal besessen hatte: ein Armband, das sie in Marrakesch gekauft hatte, ein spanisches Schultertuch, das ihre Mutter ihr geschenkt hatte. Sie wußte nicht, wo oder wann diese Gegenstände verlorengegangen waren. Die Besitztümer der Mulgraves, dachte sie, sind wahrscheinlich über den ganzen Kontinent verstreut.

Nach dem Mittagessen machte sie im Garten ein großes Feuer und sah zu, wie die orangeglühenden Funken zum Winterhimmel hinaufflogen. Sie beschloß, noch am Abend mit ihrem Vater über das Haus zu sprechen. Er würde anfangs wenig begeistert sein, vermutete sie, aber wenn er das Haus erst gesehen hatte, würde sich das ändern. Heronsmead war von hier aus so mühelos zu erreichen, daß er, wenn er das wollte, den Friedhof und den Strand jedes Wochenende aufsuchen konnte. Sie würde ihm das große hintere Zimmer mit Blick auf den Garten geben; das kleine nach vorn gelegene Zimmer würde sie ausräumen und dort ihre Kleider unterbringen. Das Vionnet-, das Schiaparelli-, das Paul-Poiret-Kleid, das sie in Frankreich entdeckt hatte ...

Um fünf wusch sich Faith Gesicht und Hände in einem Eimer Wasser, sperrte das Haus ab und ging. Sie war angenehm müde, und während sie den Wagen durch die holprige schmale Allee lenkte, stellte sie ihm Kopf Listen auf. Sie mußte einen Maurer und einen Kaminkehrer bestellen und einen Dachdecker, um die fehlenden Schindeln ersetzen zu lassen. Sie mußte sich nach den hiesigen Geschäften erkundigen; sie würden Kohle und Lebensmittel brauchen. Sie würde bei einem Schreiner Bücherregale anfertigen lassen und in Trödelläden nach brauchbaren Möbeln suchen.

Sie stellte den Lieferwagen am Straßenrand ab und ging zu Fuß den grasbewachsenen Weg hinunter, der nach Heronsmead führte. Und ich muß jemanden bestellen, der sich die Abflußrohre ansieht, dachte sie, und ich muß Daddy fragen, ob ich genug Geld auf der Bank habe, um ein anständiges Badezimmer einbauen zu lassen und ich muß –

Gleich als sie die Pforte aufstieß, sah sie, daß etwas nicht stimmte. Das fremde Fahrrad an der Hausmauer, die weit offenstehende Haustür. Sie begann zu laufen.

Als sie ihr sagten, daß ihr Vater tot war, daß er auf der Straße am Salzsumpf zusammengebrochen und an einem Herzinfarkt gestorben war, murmelte sie: »Dann bin jetzt nur noch ich übrig. Alle anderen sind gegangen.« Der Dorfpolizist, der im Haus auf sie gewartet hatte, drückte ihr ein Glas Kognak in die heftig zitternde Hand und führte sie ans Feuer. Als sie sich setzte, preßte sie die Knie zusammen und die Fußsohlen fest auf den Boden, um das Zittern zu unterdrücken.

Am nächsten Tag sprach sie mit dem Pfarrer, dem Bestattungsunternehmer und dem Arzt. Sie telefonierte, schrieb Briefe und schien ständig zwischen dem Dorf, Holt und Norwich unterwegs sein, um die Formalitäten zu erledigen. Es kam ihr absurd vor, daß man Monate zur Verfügung hatte, um ein erfreuliches Ereignis wie eine Hochzeit zu organisieren, aber gerade einmal ein oder zwei Wochen für eine Beerdigung. Und daß man über die Verköstigung der Trauergäste und über Hymnen nachdenken und alle möglichen schrecklichen Formulare ausfüllen mußte, wenn man mit seinen Gedanken ganz woanders war und alles, was einem die Leute erzählten, prompt wieder vergaß.

Das Haus auszuräumen ging beinahe über ihre Kräfte. Jede Schublade war bis zum Rand vollgestopft mit nutzlosem alten Zeug, in jedem Schrank, den sie öffnete, fielen muffig riechende Kleider voller Mottenlöcher von den Bügeln, und Staubwolken drohten sie zu ersticken. Sie versuchte, eine Liste der Leute zu erstellen, die sie vom Tod ihres Vaters unterrichten wollte. Sie konnte sich der Namen vieler Freunde ihres Vaters nicht erinnern, und sie wußte nicht, wer von ihnen noch lebte und wer schon tot war. Das Telefon läutete beinahe unaufhörlich. »Es gibt da einen wunderschönen Satz von Gurdjieff, Faith, mein Kind«, sagte einer der »Untermieter«, und seine Stimme klang alt und zittrig, »der vielleicht für die Trauerfeier geeignet wäre. Ich weiß, daß Ralph kein Anhänger war, aber ich habe immer gespürt, daß er sympathisierte.«

Nachdem Faith aufgelegt hatte, suchte sie ihre Liste. Sie meinte, sie auf dem Tisch liegengelassen zu haben, aber da war sie nicht. Sie versuchte, sich zu erinnern, was sie getan hatte, ehe sie ans Telefon gegangen war. Sie hatte nach dem

Adreßbuch ihres Vaters gesucht – wenn er überhaupt eines besessen hatte, was zugegebenermaßen eher unwahrscheinlich war. Oder hatte sie sich vielleicht gerade eine Tasse Tee gemacht? Sie hatte in den vier Tagen seit dem Tod ihres Vaters unzählige Tassen Tee zubereitet und die meisten davon gar nicht getrunken.

Sie ging in die Küche, wo überall schmutzige Tassen herumstanden und die Krümel der Plätzchen, mit denen sie den Pfarrer bewirtet hatte, zusammengekehrt werden mußten. Ihre Liste war weder im Wäschekorb noch in der Speisekammer. Wieder läutete das Telefon: Annie vom *Blauen Schmetterling*, die ihr in heller Panik mitteilte, daß die bestellte Ware immer noch nicht eingetroffen war. »Mach den Laden zu«, sagte Faith, »schließ einfach alles ab«, sagte sie und amüsierte sich flüchtig über das entsetzte Schweigen am anderen Ende der Leitung. Dann legte sie auf und ließ sich aufs Sofa fallen.

Im Wohnzimmer herrschte das Chaos: Papier, Kartons, Regenmäntel, Gummistiefel – alles lag durcheinander. *Und ich war immer so gut organisiert*, dachte sie verzweifelt. Als sie die Hände vors Gesicht schlug, wußte sie nicht, ob sie um ihren Vater weinte oder über das heillose Durcheinander, das sie umgab. All die Gegenstände im Zimmer, einst untrennbar mit Ralph verbunden, bedrückten sie jetzt. Es war, als nähmen sie ihr das letzte bißchen Lebenskraft.

Draußen klopfte es. Sie war zu müde, um aufzustehen und nachzusehen. Einen alten Pullover von Ralph um die Schultern, blieb sie auf dem Sofa sitzen. *Wenn ich nicht hingehe*, dachte sie, *wird derjenige, der draußen ist, schon wieder verschwinden*. Sie schloß die Augen. Sie würde ein Nickerchen machen, und wenn sie wieder erwachte, würde sie mühelos ihre Liste wiederfinden oder eine neue erstellen.

Draußen war es wieder still geworden. Als sie fast eingeschlafen war, hörte sie auf dem Kiesweg, der um das Haus herumführte, Schritte knirschen. Papa, dachte sie im ersten Moment, dann wurde sie ganz wach und hätte am liebsten von neuem geweint.

An der Hintertür rief Nicole: »Faith? Bist du da? Ich bin's.«

Ralph wurde am Ende der folgenden Woche beerdigt. Nicole nahm die ganze Organisation in die Hand. Sie überzeugte den Pfarrer davon, daß ihr Vater es verdiente, neben seiner Frau auf dem Dorffriedhof begraben zu werden, auch wenn er nicht im konventionellen Sinne gläubig gewesen war. Sie wählte die Hymnen aus (»›Auf, auf zum Kampf mit aller Macht...‹ – das ist das Richtige für Papa!«); sie sprach mit dem Bestattungsunternehmer. Wenn Ralph je die Adresse eines Freundes auf einen alten Briefumschlag oder eine Telefonnummer auf einen Bucheinband gekritzelt hatte, so entdeckte Nicole sie, notierte sie und schrieb dann einen Brief oder telefonierte. Bei der Trauerfeier war die kleine Dorfkirche voll bis auf den letzten Platz. Nach der Beerdigung führte Nicole die Trauergemeinde nach Heronsmead, wo Elizabeth gerade letzte Hand an das kalte Buffet legte.

Die »Untermieter« waren damit beschäftigt, riesige Mengen Brötchen, Gebäck und Bier zu vertilgen, als Elizabeth Faith zuflüsterte: »Sie ist jetzt wach, Tante Faith. Komm, sag ihr guten Tag!«

Faith folgte Elizabeth nach oben in das Schlafzimmer ihres Vaters, wo Christabel hellwach und mit großen Augen in einer Tragetasche lag. Elizabeth beugte sich hinunter und nahm ihre Tochter auf den Arm.

»Schau, das ist deine Großtante Faith, mein kleiner Schatz.« Behutsam legte sie das Kind Faith in die Arme. »Macht es dir etwas aus, ein Weilchen auf sie aufzupassen, Tante Faith? Ich muß noch einmal hinunter. Als ich ging, wurde mein armer Vater nämlich gerade von einem schrecklichen italienischen Grafen wegen Subventionen für die Landwirtschaft ins Verhör genommen.«

Mit dem Kind in den Armen setzte sich Faith in einen Sessel. Die Tür schloß sich hinter Elizabeth. Sie vermutete, daß Lizzie die Tränen in ihren Augen gesehen hatte und sie aus Takt ein Weilchen allein lassen wollte. Sie wußte eigentlich nicht, warum sie weinte – ob aus Schmerz über den Tod ihres Vaters oder aus Wonne über vergessenes Entzücken darüber, ein Neugeborenes in den Armen zu halten. Aber sie wußte, daß sie dankbar war für diesen Moment friedlicher Ruhe nach einer Folge von Tagen, die quälend und erschöpfend gewesen waren.

Sie wischte sich mit dem Ärmel die Augen und sah zu dem Kind hinunter, betrachtete voll Rührung die gekrümmten Fingerchen mit den wundersam kleinen, feinen Nägeln und das aufgeworfene Mündchen. Vollkommenheit in jedem kleinsten Detail. Der Blick veilchenblauer Augen begegnete dem ihren, verharrte einen Moment und schweifte dann weiter. Auch jetzt noch träumte sie manchmal davon, ein eigenes Kind zu haben. Die Sehnsucht verging nie, so sehr sie auch gegen sie anzukämpfen versuchte.

Die Tür wurde geöffnet, und Oliver trat ins Zimmer. »Ich habe noch eine Decke mitgebracht. Ich dachte, ihr ist vielleicht kalt.«

Faith fühlte mit dem Handrücken Christabels Wange. »Ich glaube, ihr fehlt nichts, Oliver.«

»Trotzdem.« Er kniete neben seiner Tochter nieder. »Lizzie sagte, sie hätte geniest. Vielleicht bekommt sie eine Erkältung.« Voll ängstlicher Besorgnis sah er Faith an. »Oder Fieber.« Er nahm Christabel auf den Arm und ging mit ihr zum Fenster. »Sie ist ziemlich rot im Gesicht. Findest du nicht auch, daß sie ein rotes Gesicht hat, Faith?«

»Sie sieht ganz normal aus, Oliver. Ihr fehlt bestimmt

nichts.« Um ihn von seiner väterlichen Überfürsorglichkeit abzulenken, fragte sie: »Hast du noch einmal über meinen Vorschlag nachgedacht?«

Er lächelte flüchtig. »Du wirst es nicht glauben, aber ich habe die Dinge bereits ins Rollen gebracht. Ich hoffe nur, du willst mir jetzt nicht sagen, daß du es dir anders überlegt hast.«

Was für eine merkwürdige Mischung aus Zartheit und praktischer Berechnung, aus Großzügigkeit und Gewinnstreben, dachte sie. Oder vielleicht doch nicht so merkwürdig, wenn man an Guy und Eleanor dachte. Ihre anfänglichen Befürchtungen, daß die Ehe zwischen Oliver und Elizabeth ein Fiasko werden könnte, hatten sich gelegt. Aber Moment mal, sagte sie sich, es ist noch zu früh, sich ein Urteil zu bilden. Dennoch schien ihr, daß sein Ehrgeiz und ihr Idealismus, die so leicht hätten feindlich aufeinanderprallen können, in der Erhaltung des Familienerbes der Kemps, in der Fürsorge um die gemeinsame Tochter und in ihrer offenkundigen Liebe zueinander ein gemeinsames Ziel gefunden hatten.

»Ich habe einen Anwalt darauf angesetzt«, fügte er hinzu. »Er hat mir versprochen, die Formalitäten so schnell wie möglich zu erledigen.« Er sah sie fragend an. »Du bist doch sicher? Ich meine, ich kann mir vorstellen, daß es dir schrecklich schwerfällt...«

»Ich bin ganz sicher, Oliver«, sagte sie mit Entschiedenheit. »Man muß sein Leben ab und zu mal gründlich umkrempeln, finde ich.«

»Ja, das stimmt«, sagte er mit Überzeugung. »O ja.« Er gab seiner Tochter einen Kuß auf die Stirn. »Ach, beinahe hätte ich es vergessen – Dad hat mir geschrieben. Das heißt, es war ein Telegramm. Es kam, kurz bevor wir aus Compton Deverall abgefahren sind.« Mit dem Kind im Arm begann Oliver in seiner Jackentasche zu kramen. »Es war eine Nachricht für dich dabei.«

Faiths Herz schlug ein wenig schneller. »Für mich? Bist du sicher?«

Er zog ein Taschentuch, einen Schnuller, einen Füller und ein rosarotes Babymützchen aus der Tasche. Wie ein Zauberkünstler, dachte Faith ungeduldig.

»Ziemliches Durcheinander«, bemerkte er. »Wir wollten Dad eine Todesanzeige schicken – er und Ralph haben sich doch früher einmal gut gekannt, nicht? –, aber Dad liegt anscheinend irgendwo im Krankenhaus, und unser Brief ist offenbar verlorengegangen. Die Post ist ja wahnsinnig unzuverlässig da unten.«

»Dein Vater ist krank?« fragte sie. Diesmal, dachte sie, merkt er bestimmt was an meinem Ton.

Aber ihm schien nichts aufzufallen.

»Es scheint nicht allzu schlimm zu sein«, sagte er. »Ah, da ist es ja!« rief er dann und schwenkte triumphierend das Telegramm. »Es ist ein bißchen zerknittert. Soll ich es dir vorlesen, Faith?«

»Meinst du, du könntest ein paar Taxis bestellen, David?«, fragte Nicole. Es war vier Uhr nachmittags. Ihr taten die Füße weh.

»Ich könnte sie in mehreren Fuhren mit meinem Wagen zum Bahnhof bringen, wenn du willst.«

Sie schüttelte den Kopf. »Ich brauche dich hier.«

Er sah sie teilnehmend an. »Du siehst ganz mitgenommen aus. Was kann ich tun?«

Sie zwang sich zu lächeln. »Sorg einfach dafür, daß sie verschwinden. Ich hatte vergessen, wie entsetzlich anstrengend sie sind.«

Innerhalb einer halben Stunde waren alle »Untermieter« auf den Weg gebracht. Oliver und Elizabeth waren nach oben gegangen (um sich ein wenig auszuruhen, hatte Oliver behauptet, aber das bezweifelte Nicole), und Faith war im vorderen Zimmer auf dem Sofa eingeschlafen, sehr zu

Nicoles Zufriedenheit, die den Eindruck hatte, daß Faith in den letzten zehn Tagen kaum ein Auge zugetan hatte.

So blieb es David und Nicole überlassen, das Schlachtfeld Küche wieder in Ordnung zu bringen.

»Ich spüle ab«, sagte David und hängte sein schwarzes Jackett über eine Stuhllehne. »Und du unterhältst dich mit mir.« Er klopfte auf den gepolsterten Stuhl, der beim Herd stand.

»Ach, David, du Lieber«, sagte Nicole. »Stets der Herr und Gebieter.« Sie setzte sich.

David lachte und ließ Wasser ins Spülbecken laufen. Nach einer Weile fragte er: »Was hast du jetzt vor, Nicole?«

»Was ich vorhabe? Nach heute, meinst du?« Sie schüttelte den Kopf. »Ich habe keinen Schimmer. Du weißt doch, daß ich nie plane.«

Als er schwieg, sagte sie langsam: »Ich habe ehrlich gesagt keine Ahnung, was ich jetzt anfangen soll, David. Wir müssen natürlich das Haus ausräumen, aber einen großen Teil haben wir schon erledigt.«

»Was geschieht mit dem Haus?«

»Tante Iris will es verkaufen. Merkwürdig, sich vorzustellen, daß Heronsmead bald anderen Leuten gehören wird. Daß Fremde hier wohnen werden.« Sie sah ihn an. »Ich war einfach nicht fähig, über den heutigen Tag hinaus zu denken, David. Die Beerdigung – das ist wie ein dicker Schlußstrich. Ein Ende – für immer.«

Er stellte den letzten Teller auf das Abtropfbrett und trocknete sich die Hände an einem Geschirrtuch. Dann setzte er sich zu ihr, auf die Armlehne ihres Stuhls. Sie lehnte sich an ihn, und zum erstenmal, seit sie den Brief erhalten hatte, in dem Faith ihr vom Tod ihres Vaters berichtet hatte, weinte sie.

»Tut mir leid, aber jetzt werde ich wieder einmal den Herrn und Gebieter herauskehren«, hörte sie ihn sagen.

»Ich möchte, daß du mit mir nach Compton Deverall zurückkommst, Nicole.«

Sie schneuzte sich und hob den Kopf, um ihn anzusehen. »Um Urlaub zu machen, meinst du?«

»Wenn du es so willst. Oder –« Er schloß einen Moment die Augen. »Nicole, ich habe dich in all den Jahren unserer Trennung nie gebeten, zu mir zurückzukehren. Nicht, als du mich damals verlassen hast, im Krieg – nicht, als du nach Amerika gegangen bist, und auch später nicht, als du in Frankreich gelebt hast ... Aber ich bitte dich jetzt darum«, sagte er leise und zärtlich. »Ich fahre jetzt bald mit Elizabeth, Oliver und dem Kind zurück ins Hotel, damit ihr beide, du und Faith, ein bißchen Ruhe habt. Aber ich möchte, daß du morgen mit mir nach Compton Deverall zurückfährst. Um zu bleiben, Nicole. Um wieder mit mir zusammenzuleben.«

»Schau, was ich gefunden habe«, sagte Nicole und streckte ihre Hand aus.

Faith setzte sich auf und rieb sich die Augen. Dann sah sie sich das Foto an, das Nicole ihr hinhielt. Die drei Vanburgh-Schwestern blickten mit ernsten Gesichtern in die Kamera, Angehörige geordneterer Zeiten.

»Mama.« Faith lächelte. Sie fühlte sich noch angenehm schläfrig. »Mama, Tante Iris und Tante Rose.«

»Sie sehen – so hoffnungsvoll aus.«

»Mama sieht sehr jung aus, finde ich. Das muß vor dem Krieg aufgenommen worden sein. Vor dem ersten, meine ich. Ich würde gern wissen ... wenn sie gewußt hätten, was auf sie zukommt, was hätten sie dann wohl gedacht?«

»Die arme alte Tante Rose ist verrückt geworden. Das hat mir Iris erzählt. Es scheint ein strenges Familiengeheimnis zu sein. Und Mama« – Nicole zog ein Gesicht – »ich weiß nicht. Sie hatte Papa, und sie ist in der Welt herumgereist, und sie hat drei Kinder bekommen –«

»Vier«, sagte Faith. »Vergiß nicht den kleinen Jungen in Spanien.«

»Natürlich. Vier.«

David war mit Oliver, Elizabeth und dem Kind nach Holt ins Hotel gefahren und hatte Faith und Nicole allein im Haus zurückgelassen. Faith sah auf ihre Uhr. Sie hatte beinahe vier Stunden geschlafen.

Nicole legte das Foto in einen alten Schuhkarton. »David möchte, daß ich mit ihm nach Hause komme.«

»Tust du's?«

»Vielleicht. Ich kann es ja wenigstens versuchen. Ich weiß nicht, ob es gutgehen wird. Es macht mir, ehrlich gesagt, ziemlich große Angst.« Sie sah Faith an. »Aber was ist mit dir?«

»Ach, ich komm' schon zurecht. Sobald wir hier fertig sind, fahre ich raus zu meinem Haus.«

Nicole machte ein skeptisches Gesicht. »Ich weiß nicht, so ganz allein...«

Seltsam, wie schwer es fiel, ihre frisch entdeckten Hoffnungen auszusprechen, selbst ihrer Schwester gegenüber. Seltsam, wie schwer es fiel, mitten in der tiefsten Hoffnungslosigkeit daran zu glauben, daß es noch Freude gab.

Nicole musterte sie. »Was ist?« Sie kniff die Augen zusammen. »Was ist passiert, Faith? Du siehst –«

»Ich muß dir etwas sagen, Nicole.« Zuerst das weniger Gravierende, dachte sie. »Ich habe den *Blauen Schmetterling* verkauft. An Oliver.«

Nicole sah sie groß an. Sie öffnete den Mund, um etwas zu sagen, aber Faith kam ihr zuvor. »Weißt du, der Laden hat mir schon seit Ewigkeiten keinen Spaß mehr gemacht. Ich glaubte, er wäre das, was ich immer wollte, aber so war es nicht. Und dann die Ratte, das eingeschlagene Fenster, ich wollte mich nicht mit Gewalt vertreiben lassen, verstehst du? Aber dann wurde mir auf einmal klar, daß ich genug hatte, und da fiel mir Oliver ein.«

»Ausgerechnet Oliver? In einem Laden? Das kann ich mir wirklich nicht vorstellen.«

Faith lachte. »Brauchst du auch nicht. Er hat vor, das Pachtrecht zu verkaufen und ein Vermögen damit zu machen, daß er irgendeine Scheußlichkeit auf das Grundstück stellt. Soho ist ja ohnehin schon voll von Scheußlichkeiten. Wenn ich daran denke, wie es war, als Con und ich dort angefangen haben! Und David hat mir erzählt, daß Oliver einen Riecher für gute Immobiliengeschäfte hat.«

»Ja, aber was willst du denn dann tun, Faith?«

»Ich werde das tun, was ich immer am liebsten getan habe«, antwortete sie ruhig. »Was ich schon vor Jahren hätte tun sollen. Ich werde mit alten Kleidern handeln, alt im Sinne von aus einer anderen Zeit. Ich mache keinen Laden mehr auf. Ich will keinen Laden mehr. Einen Teil des Jahres werde ich reisen. In Nordafrika findet man wunderschöne Sachen – Dschellabas und Kaftane und tollen Schmuck.« Sie lächelte. »Natürlich ist das eine riskante Sache. Ich weiß nicht, ob es klappt, aber es ist auf jeden Fall ein Abenteuer.«

»Jeder Mensch braucht Abenteuer.« Nicole tätschelte Faith das Knie. »Siehst du darum endlich wieder glücklich aus? Weil du nicht mehr an den Laden gebunden bist?«

Faith stand auf und ging zum Fenster. Auf dem Sims stand ein Kästchen mit altem Schmuck. Sie ließ eine Schnur venezianischer Glasperlen, die sie oft am Hals ihrer Mutter gesehen hatte, zwischen ihren Fingern hindurchgleiten. »Das ist es nicht allein«, sagte sie. »Oliver hat ein Telegramm von Guy bekommen. Er kommt nach Hause.«

»Wann?«

»Ein genaues Datum hat er nicht genannt. Aber bald. Und er geht nicht nach Afrika zurück, weil er nicht gesund ist. Er kommt für immer nach Hause, Nicole.«

»Und?« fragte Nicole gespannt.

»Und er will mich sehen.« Als sie lächelte, fühlte es sich an, als wären ihre Gesichtszüge eingerostet. »Er bat Oliver, mir auszurichten, daß er mich besuchen kommen wird. Und er schrieb, er hätte ein Geschenk für mich.«

»Was für ein Geschenk?«

»Ich habe keine Ahnung.« Ihr wäre es genug, Guy wiederzusehen, dachte sie. Sie schlang beide Arme fest um ihren Oberkörper und blickte in den Garten hinaus, wo die letzten Sonnenstrahlen Regenbogenfarben ins feuchte Gras malten.

»Weiß er denn, wo du zu finden bist?«

»Oh, ich denke schon.« Faith dachte an das Zimmer, in dem sie und Guy sich geliebt hatten, ihre Körper gesprenkelt von Staub und Sonnenlicht. »Ja, ich denke schon. Guy wird den Weg schon finden. Das hat er doch immer gekonnt.«

An diesem Abend entfachten sie ein großes Feuer. Eigentlich hatten sie es im Garten anzünden wollen, aber dann sagte Nicole: »Gehen wir an den Strand, Faith, komm. Ich weiß, es ist nicht Papas Geburtstag, aber wir müssen trotzdem an den Strand.«

Sie schichteten Treibholz auf dem feinen grauen Kies auf und häuften darauf alte Briefe, Kleider, zerbrochene Möbelstücke, fadenscheinige Decken. Jeder Funke, der zum Himmel aufstieg, enthielt für Faith ein Stück Erinnerung. Auf diesem Stuhl mit dem wackligen Bein hatte ihre Mutter stets gesessen, wenn sie in der Küche das Gemüse geschnipselt hatte; diesen Schlips, der an beiden Enden ausgefranst war, hatte sie selbst ihrem Vater in Bordeaux gekauft. Die Flammen verschlangen die Erinnerungen und schickten sie in feuriger Pracht zum Himmel hinauf. Nicole stand in ihrem mottenzerfressenen Nerz neben ihr, und das Meer schlug plätschernd an den Strand. Sie griff nach Faiths Arm, und Faith dachte an die Mulgrave-Regel: Zusammenhalten um jeden Preis. Die Tränen auf ihren Gesichtern glänzten wie Gold.

Es war ein bitterkalter englischer Frühlingstag, als Guy auf dem Londoner Flughafen aus der Maschine stieg und über das Rollfeld ging. Er fror, aber er war glücklich. Die Nebel des frühen Morgens hingen über den Hausdächern und übergossen sie im diffusen Licht der blassen, wolkenverhangenen Sonne mit silbrigem Glanz. Guy schob die Hände in die Manteltaschen, atmete tief die naßkalte Luft und fühlte sich wie berauscht vor Erleichterung darüber, endlich wieder zu Hause zu sein.

Ein Taxi brachte ihn in die Stadtmitte. Er nahm sich ein Hotelzimmer, stellte sein Gepäck ab und setzte sich dann in die U-Bahn nach Soho. Erwartungsfreude erfaßte ihn, als er in die Tate Street einbog und an dem Buchmacherladen, der zweifelhaften Buchhandlung, dem Jazzklub vorüberging. Auf der Straße brausten die Autos vorbei, und Fußgänger rempelten ihn an, als er vor dem Laden stehenblieb, aber ihm war, als hätte die Geschichte einen Sprung rückwärts gemacht und ihn in das Jahr 1940, das Jahr der Luftangriffe, zurückgeworfen. Das Dach des Hauses, in dem Faith gelebt hatte, war nicht mehr da. Das Gebäude war nackt, leer, den Elementen ausgesetzt. Die Fenster hatten keine Scheiben mehr, und die schmutzgrauen Vorhänge flatterten im Wind. Auf dem Trümmergrundstück nebenan lagen Berge von Dachschindeln und Backsteinen. Beinahe meinte er, am Himmel das Brummen der Bomber zu hören.

Er ging um das Haus herum nach hinten. Der Lärm war ohrenbetäubend. Preßluftbohrer ratterten, Hämmer schlugen gegen Holzbalken, Kacheln und Fliesen krachten aus dem oberen Stockwerk herunter. Er mußte brüllen, um von dem Arbeiter, der oben in einem Fenster hing, überhaupt gehört zu werden.

»Keine Ahnung«, schrie der Mann herunter. »Wir haben vor einer Woche mit den Abbrucharbeiten angefangen, keinen Tag zu früh, wenn Sie mich fragen.«

Guy ging zur Straße zurück. Sein Kopf war seltsam leer. Seit dem Tag, an dem er Jake Mulgrave in Daressalam aufgespürt hatte, hatte er sich diesen Moment immer wieder vorgestellt: wie er nach London zurückkommen, zum Laden gehen und Faith gegenübertreten würde. Er würde ihr sagen, daß ihr Bruder am Leben war, und dann würde irgendwie, auf wunderbare Weise, alles wieder gut sein. Aber es war nicht gut. Den *Blauen Schmetterling* gab es nicht mehr. Faith wohnte nicht mehr in der Wohnung über dem Laden. Er wußte nicht, wo er sie finden konnte.

Trotz der Kälte war ihm plötzlich heiß. Seine Hände zitterten heftig; seine Stirn war schweißnaß. Nicht jetzt, sagte er wütend zu sich selbst und suchte das nächste Café. Dort bestellte er sich Tee und etwas zu essen und schluckte ein halbes Dutzend Tabletten. Er war nicht sicher, ob das Essen oder die Tabletten gewirkt hatten, aber nach einer Weile kehrten die Entschlossenheit und die Gewißheit, die ihn in den Wochen der Krankheit und auf der langen anstrengenden Heimreise aufrecht gehalten hatten, zurück. Ralph würde wissen, was geschehen war, wo sie sich aufhielt.

Vom Café aus begab er sich zum Liverpool-Street-Bahnhof. Im Zug nickte er ein und erwachte rechtzeitig, um in Norwich umsteigen zu können. Es hatte leicht zu regnen begonnen, als er in Holt ankam. Er sah sich nach einem Taxi um, aber es war keines da. Dann bemerkte er einen Bus und rannte, dem Fahrer winkend, über die Straße.

Der Bus rumpelte eine halbe Stunde durch den Nieselregen, dann stieg Guy an der dreieckigen Grünanlage aus, wo er sich vor Jahren einmal mit Faith getroffen hatte. Auf dem Weg die schmale Straße hinauf, die am Salzsumpf entlangführte, fühlte er sich merkwürdigerweise an Afrika erinnert. Das Wispern des Schilfs war wie das Wispern des hohen Grases dort. In der Ferne kreischte ein Seevogel, und ein Schauder überrann ihn.

Er war nie zuvor in Ralphs Cottage gewesen. Beinahe hätte er den Fußweg übersehen, der von der Straße aus durch eine schmale Lücke im Weidendickicht abbog. Gestrüpp blieb an ihm hängen, und ein paarmal wäre er im Matsch beinahe ausgerutscht. Klatschnasses Gras schlug ihm um die Füße. Der Weg führte zu einem Holztor, auf dessen oberster Querleiste der Name »Heronsmead« stand. Aber noch ehe er das Tor geöffnet hatte, kam ihm der Verdacht, daß auch dieser Weg ihn ins Leere führte. Der ungepflegte Garten, die leere Wäscheleine, der Schornstein, aus dem kein Rauch aufstieg – das alles legte nahe, daß auch dieses Haus leer und verlassen war.

Er trommelte mit der Faust an die Haustür und lauschte lange angestrengt in der Hoffnung, Schritte zu hören. Vielleicht war Ralph mit dem Alter schwerhörig geworden; vielleicht hatte er Arthritis und tat sich mit dem Gehen schwer. Er versuchte auszurechnen, wie alt Ralph inzwischen war und kam beinahe erschrocken auf Mitte Siebzig. Als niemand ihm öffnete, ging er nach hinten. Unregelmäßiges Klappern verriet ihm, daß die Hintertür nicht verschlossen war und gegen den Pfosten schlug. Er stieß sie auf. Der Herd in der Küche war kalt. Auf den Borden standen kein Geschirr, Spülbecken und Abtropfbrett waren leer. Die Zimmer waren ausgeräumt, Kälte und Feuchtigkeit in den Räumen ließen vermuten, daß das Haus seit einiger Zeit nicht mehr bewohnt war.

Er dachte wieder an den Laden: ein Abtragen von Schichten – Dach, Tapeten, Mörtel –, als versuchte jemand, den Gang eines Lebens auszulöschen oder zu verändern. *Der Blaue Schmetterling* und Heronsmead, beide leer und verlassen. Was hatte Faith zu einem solchen Umbruch veranlaßt?

Das Glücksgefühl, das ihn seit seiner Rückkehr nach England begleitet hatte, war verschwunden, und ihm schoß der erschreckende Gedanke durch den Kopf, sie könnten ins Ausland gegangen sein, sich entschlossen haben, das Zigeunerleben wiederaufzunehmen, das sie früher geführt hatten. Jake hat sich geirrt, dachte er. Ich habe die Dinge zu lange treiben lassen. Ich habe erwartet, daß sich während meiner Abwesenheit nichts verändern würde, aber natürlich hat sich alles verändert, und ich habe die Dinge zu lange treiben lassen.

Als er sich wieder auf den Weg machte und das verlassene Haus hinter sich ließ, schoß ihm eine andere Erklärung durch den Kopf, und sobald er oben auf der Hauptstraße war, blickte er sich aufmerksam um. Er entdeckte die dünne Spitze eines Kirchturms und er lief darauf zu.

Auf dem Friedhof fand er sie, Ralph und Poppy, wieder vereint. Er setzte sich auf eine Bank und drückte sein Gesicht in seine Hände, während er weinte. Er erinnerte sich, wie er damals mit erhobenem Daumen in der Nähe von Bordeaux an der Straße gestanden hatte, voller Angst, weil er in einem fremden Land ohne Geld und ohne Paß war. Ralph hatte in einem verbeulten alten Citroën neben ihm angehalten und ihm angeboten, ihn mitzunehmen. Im Nu hatte Ralph die Geschichte seines aktuellen Dilemmas sowie ein gut Teil seiner Lebensgeschichte aus ihm herausgekitzelt. Er hatte darauf bestanden, ihn nach La Rouilly mitzunehmen, und dort hatte er Poppy kennengelernt. Dort hatte er Faith kennengelernt.

Er erinnerte sich an den Tod seines Vaters, an das Gefühl, ausgesetzt zu sein – eine Nußschale, verloren auf stürmischer See. »Ein Spielball der Wellen«, hatte Jake gesagt. Er konnte nur ahnen, was Ralphs Tod für Faith bedeuten mußte. Als der Schock über seine Entdeckung nachließ und er wieder klar denken konnte, gewann seine Entschlossenheit, sie zu finden, doppelte Kraft. Sie sollte diesen Schmerz nicht allein ertragen müssen. Selbst wenn er ihr Ralph nicht zurückgeben konnte, würde doch die Nachricht, daß Jake am Leben war, die Dunkelheit ein wenig erhellen. Aber wo konnte sie nur sein? Er dachte daran, das zu tun, was er vielleicht schon hätte tun sollen, bevor er aus London abgefahren war: Oliver in Compton Deverall anzurufen und sich nach dem Verbleib von Lizzies Tante Faith zu erkundigen.

Aber da war ihm plötzlich, als hörte er ihre Stimme: *... es ist etwas, das ich allein tun muß. Für mein Seelenheil ...* Und das Haus im Wald fiel ihm ein.

Er ging zur Hauptstraße zurück. Da weit und breit kein Bus zu sehen war, hielt er einen Lastwagen an und ließ sich von ihm nach Holt mitnehmen. Dort mietete er ein Auto. Zuerst fuhr er nach Süden, parallel zur Küste, das glitzernde Meer immer in Sicht. Dann landeinwärts, durch schmale, heckengesäumte Straßen. Ein Glück, dachte er, daß ich immer schon einen guten Orientierungssinn und ein gutes Gedächtnis hatte.

Es war dämmrig, als er die schmale Allee erreichte, die das Haus mit der Straße verband. Er ließ den Wagen stehen und ging zu Fuß. Irgendwie erschien ihm das angemessener. Einen solchen Gang mußte man zu Fuß machen. Wäre er jünger und gesünder gewesen, er hätte die letzten Meter seiner Wallfahrt vielleicht auf Knien zurückgelegt. Als hinter dem lichten Grün der jungen Blätter das Haus sichtbar wurde, verließ ihn einen Moment der Mut. Aber als er dann aus dem Schatten der Bäume trat und das Fenster im oberen Stockwerk sah und die Frau, die sich hinter dem Glas bewegte, wußte er, daß er endlich den richtigen Weg gefunden hatte, daß er nach Hause gekommen war.

In dem kleinen weißgetünchten Raum hingen überall Kleider. Ihre Farben – tiefes Grün, schimmerndes Saphirblau, glühendes Karminrot – umgaben sie. Sie brauchte nur die

Hand auszustrecken, um einen Samtärmel, eine seidene Falbel zu berühren.

Als sie aus dem Fenster blickte, sah sie ihn, eine kleine dunkle Gestalt, die durch die Allee zum Haus heraufkam. Vor langer Zeit hatte sie auf ihn gewartet; diesmal, dachte sie, habe ich nicht gewartet, sondern mein Leben weitergelebt, und er ist dennoch gekommen. Sie waren über Meere gefahren, sie und Guy, und manchmal hatten ihre Reisewege sich gekreuzt, und sie hatten ein Stück der Fahrt gemeinsam zurückgelegt, bevor sich ihre Wege wieder getrennt hatten. Stürme hatten sie auseinandergerissen, Gewitter hatten sie vom geplanten Kurs abgebracht. Aber sie war stets dem Kompaß ihres Herzens gefolgt, dem Weg, den die Sterne ihr vorgezeichnet hatten.

Sie vertraute zuversichtlich darauf, daß sie endlich mit günstigen Winden segeln würden. Freudig öffnete sie das Fenster, lehnte sich hinaus und rief seinen Namen.

SERIE PIPER

Judith Lennox
Das Winterhaus
Roman. Aus dem Englischen von Mechtild Sandberg. 541 Seiten.
SP 2962

Der Gartenpavillon der Familie Summerhayes – genannt das »Winterhaus« – ist ein Ort der Zuflucht für drei Freundinnen, die zwischen den Weltkriegen in der idyllischen Umgebung von Cambridge aufwachsen. Da ist die idealistische, kluge Robin, die in der nahegelegenen Universitätsstadt studieren soll. Da ist Maia, die schönste und ehrgeizigste der drei, auf der Suche nach einem reichen Mann, und da ist die stille Helen, die von ihrem scheinbar gutherzigen Vater, dem Vikar der Gemeinde, mehr als vereinnahmt wird. Dramatisch, romantisch und voller Warmherzigkeit erzählt Judith Lennox, wie sich diese drei jungen Frauen in einer Welt behaupten lernen, die rauher und aufregender ist als das grüne Paradies der Kindheit.

»Judith Lennox' Winterhaus steht in bester Tradition des romantisch-realistischen Gesellschaftsromans.«
Brigitte

Tildas Geheimnis
Roman. Aus dem Englischen von Mechtild Sandberg. 552 Seiten.
SP 3219

Die begabte junge Rebecca aus London, gerade verlassen und auch sonst nicht vom Glück verwöhnt, glaubt zu träumen: Für einen renommierten Verlag darf sie die Biographie der Tilda Franklin niederschreiben, die ihr Leben ganz in den Dienst von Waisen und unehelichen Kindern gestellt hat. Rebecca aber hat nicht geahnt, worauf sie sich einläßt: Durch ihre Besuche bei Tilda in deren malerischem Haus in Oxfordshire, durch die Gespräche mit der faszinierenden alten Dame und nicht zuletzt durch ihre Gefühle für Tildas Enkel Patrick läßt Rebecca sich immer tiefer in ein tragisches Familiengeheimis hineinziehen, dessen Wurzeln bis in die Zeit des Ersten Weltkriegs zurückreichen. Bis sie erkennt, daß der Schatten eines schrecklichen Verbrechens auf Tildas Vergangenheit lastet ... Eine bewegende Familiengeschichte, deren dramatischem Sog man sich nicht entziehen kann.